ISBN: 978-3-98660-033-4
© 2022 Chiemsee Verlag
Raiffeisenstr. 4 • D-83377 Vachendorf
Versand & Vertrieb durch Nova MD GmbH
www.novamd.de • bestellung@novamd.de • +49 (0) 861 166 17 27
Text: Markus Mattzick
www.mattzick.net • autor.markus@mattzick.net
Bildnachweis: Shutterstock, Alex_Po; stockphotoatinat
Druck: CUSTOM PRINTING
Wał Miedzeszynski 217, 04-987 Warszawa, Polen

MARKUS MATTZICK

OHNE STROM

Wo sind deine Grenzen?

BAND I

Für meine Eltern, die mir den Spaß am Lesen vorgelebt haben.
Danke dafür und für so vieles mehr

PROLOG

Das Lager mit den bienenkorbartigen Hütten wurde von Mille und den anderen Frauen in weniger als zwei Stunden aufgebaut. Nsalu drehte den Stock in ihren Händen, bis Rauch und Funken entstanden. Nebenbei warf sie einen Blick auf die anderen Frauen. Flink bogen diese für die Rundhütten an der neuen Stelle Zweige, die sie verwoben und mit Gras abdeckten. Sollten die jüngeren Frauen nach dem Aufbau Beeren und Wurzelknollen suchen, Nsalu als Gemahlin des Ältesten bewachte währenddessen das Lagerfeuer.

Als Mädchen und junge Frau hatte sie sich oft darüber aufgeregt, dass nur die Männer jagten oder den Honig besorgten. Mittlerweile war es ihr nicht mehr wichtig und sie gönnte den, ihr oft fast kindisch vorkommenden, Männern den Jagderfolg. Genau wie den beiden, die zwar zerstochen, aber lachend und mit einem Topf voller Honig zurückgekommen waren und sich dafür feiern ließen.

Nsalu wusste nicht, dass ihre Lebensweise als ›Jäger und Sammler‹ bezeichnet wurde, sie kannte keine andere.

Die Frauen brachten genug Beeren für die fünfundzwanzig im Lager lebenden Menschen mit. Bis vor wenigen Wochen waren es siebenundzwanzig gewesen, zwei hatten das Lager verlassen und sich einer anderen Gruppe angeschlossen. Das war nicht ungewöhnlich: Viele Konflikte, auch die Trennung von Paaren, wurden so gelöst und einer der

Männer, der die Gruppe verlassen hatte, war Milles ehemaliger Lebens-partner Ngaola. Vermutlich würden beide bald wieder neue Partner haben.

Als Mille Ngaola und seinem Begleiter nachgeschaut hatte, hatte sich Nsalu neben sie gestellt: »Sei froh, dass du den letzten Kerl los bist. Vielleicht schaust du besser nach einem, der wirklich mit Pfeil und Bogen umgehen kann.«

Zeit hat keine große Relevanz für die Hadza und auch wenn es immer wieder zu Kontakten mit der ›Außenwelt‹ kam, für die meisten des Volkes gab es keine Vorstellung über die Welt jenseits des afrikanischen Buschs. Dass ihr Stammesgebiet in Tansania lag, war für Nsalu ebenso unwichtig wie die Tatsache, dass die (vermutete) Wiege der Menschheit, Olduvai Gorge, nur knappe fünfzig Kilometer entfernt lag. Dass sie die einzige Volksgruppe in Tansania waren, die keine Steuern zahlen mussten, war für sie ebenfalls bedeutungslos. Von was auch: Allen Besitz konnten sie mit sich herumtragen.

Nsalu kannte Autos von Besuchern und Flugzeuge hatte sie über einen Lagerplatz fliegen sehen. Ein Tourist hatte ihr erklärt, dass die geraden Wolken am Himmel Kondensstreifen seien, die von großen Maschinen gemacht wurden. Flugzeuge, die so groß waren, dass mehr als einhundert Menschen hineinpassten. Für sie und die meisten anderen Hadza war das im Grunde unwichtig, denn sie waren mit ihrem Leben, so wie es war, zufrieden.

ISS

Die vierhundertfünfundfünfzig Tonnen schwere Internationale Raumstation schwebte keine vierhundert Kilometer über Afrika. Aus den sieben Fenstern des Cupola-Moduls sah Ben Lennard den großen afrikanischen Grabenbruch, der in ein paar Millionen Jahren ein neuer Ozean sein würde.

Ganz so lange würde sein Aufenthalt auf der ISS nicht mehr dauern, trotzdem länger als damals der kurze Hopser, bei seinem ersten Space

Shuttle Flug. Mittlerweile war er bereits zwei Monate dort, zwei weitere würden folgen. Sechzehn Sonnenaufgänge pro Tag empfand er am Anfang überwältigend, aber irgendwann wurden die zur Gewohnheit.

Ihn trennten nur wenige Zentimeter von der extremen Kälte, Hitze und dem Vakuum des Alls und ein kompliziertes System lebenserhaltender Technik ermöglichte den Astronauten überhaupt den Verbleib auf dem extraterrestrischen Vorposten der Menschheit. Die Tage an Bord der ISS waren straff durchorganisiert, trotzdem gab es immer wieder Zeit, um zu träumen.

Ben stieß sich ab und bewegte sich wie ein Taucher im Wasser durch die Schwerelosigkeit. Sein Weg führte ihn erst durch das Tranquility-Modul, das den Crewmitgliedern unter anderem als Badezimmer diente. Neben einer von zwei Toiletten an Bord befanden sich in dem Segment der Raumstation Systeme zur Abwasseraufbereitung und zur Sauerstoffproduktion. Von dort aus gelangte er in das Unity-Modul, welches zusammen mit der zwei Wochen vorher in den Orbit gebrachten russischen Komponente Sarja den Anfang der ISS bildete. Hier befand sich der Ofen der ISS, mit dem sich die Astronauten ihre Nahrung erwärmten. Ben würde später dorthin zurückkommen, um sich eine Mahlzeit zuzubereiten. Leider war der letzte Versorgungsflug schon einige Wochen her, »frische« Ware gab es erst wieder mit dem nächsten Dragonflug.

Er drehte sich so, dass er den Übergang zum russischen Teil der Station im Rücken hatte und bewegte sich in das Destiny-Modul. Die Fitnessgeräte erinnerten ihn daran, dass für den Tag ein Work-out eingeplant war, das dem Abbau von Knochen und Muskelmasse entgegenwirken sollte. Der Schwung, den er sich im Unity-Modul gegeben hatte, reichte aus, um ihn durch Destiny bis zum Harmony-Segment schweben zu lassen. Neben einer kleinen Werkstatt befanden sich hier vier Crew-Kojen. Er bog rechts ab und gelangte in das europäische Forschungsmodul Columbus, in dem er während der nächsten Erdumrundung Experimente durchführen würde.

ERSTER AKT

TAG 1

Der Einkaufswagen war wesentlich voller als geplant und die ›alte‹ Weisheit ›Kaufe nicht hungrig ein‹ schien sich bestätigt zu haben. Auf dem Weg zur Kasse ärgerte sich Malte darüber, dass sich die Obst- und Gemüseabteilung am Eingang des Supermarktes befand, weshalb man ständig genötigt war, alle Sachen im Wagen umzuräumen, um die Früchte nicht zu zerdrücken.

Er erinnerte sich, einen Bericht über Verkaufspsychologie gelesen zu haben. Das eine oder andere war sogar hängengeblieben. Ziel eines jeden Geschäftes war es, den Kunden so lange wie möglich im Laden zu halten. Die Obstabteilung am Markteingang und die Hintergrundmusik bremsten den eiligsten Feierabendeinkäufer aus.

Dass er den Einkaufskorb im Auto hatte liegen lassen, rundete seinen Frust ab, denn das bedeutete, dass ihm am Fahrzeug nichts anderes übrig blieb, als alles erneut umzupacken.

Dann war er mit seinen Gedanken zurück im Supermarkt und irgendwie schlichen immer wieder dieselben Leute in denselben Gängen wie er herum. Das hatte etwas von einer Verschwörung, war aber bei genauerem Nachdenken logisch. Die meisten Käufer hatten einen ähnlichen Weg durch den Markt, durch die gleichen Verkaufsfallen. Man musste sich zwangsläufig immer wieder begegnen. Beim Versuch, die nervigen Mitkunden mit einem längeren

Aufenthalt in der Zeitschriftenabteilung zu umgehen, stellte er fest, dass das Problem grundsätzlich dasselbe blieb, es waren nur andere Leute, die ihm jetzt im Weg standen. Andererseits war er für diese selbst ›andere Leute‹.

An der Kasse angekommen, traf er seinen Freund Robert Kempf und dessen Frau Birgit, die ein Paket Toilettenpapier auf das Band legte, als das Licht ausging.

Er sah Birgit nur noch als Silhouette und hörte überraschte Rufe. Dosen fielen scheppernd aus den Regalen, vermutlich hatte jemand seinen Wagen hinein gelenkt. Vom Parkplatz ertönte das Geräusch des Aufeinandertreffens von Metall und zersplitterndem Glas. Ein weiterer Schlag von Metall gegen Glas, diesmal ohne dass das Letztere zerbrach, kam vom Eingang. Die automatische Schiebetür hatte sich nicht mehr geöffnet und ein Kunde war mit dem Einkaufswagen dagegen gefahren.

»Habt ihr eure Stromrechnung nicht bezahlt?«, witzelte Robert.

»Natürlich«, reagierte die Verkäuferin, »wir möchten unseren Kunden ein neues Einkaufserlebnis bieten: den Dunkelsupermarkt!«

Malte sah sich um: Nicht nur die Deckenbeleuchtung war ausgefallen, auch die sonst beleuchteten Tiefkühl- und Kühlregale waren dunkel, selbst das vertraute Surren der Kühlaggregate war nicht mehr zu hören.

»Bestimmt haben die bei den Straßenarbeiten an der Hauptstraße ein Kabel erwischt«, mutmaßte Robert.

Der junge Mann, der hinter Malte stand, meldete sich zu Wort: »Wir haben vor einer halben Stunde Feierabend gemacht.«

»Bestimmt habt ihr irgendwas angeknackst und das ist nur eine Spätfolge.«

»Wenn Sie meinen, dann wird das wohl so sein! Mein Handy geht übrigens auch nicht, da haben wir wohl noch ein Kabel erwischt.«

»Mein Handy geht auch nicht mehr«, wunderte sich die Verkäuferin.

Malte holte sein eigenes Mobiltelefon heraus und stellte fest, dass es ebenfalls nicht funktionierte. Sonderbar, dass die Akkus von drei

Handys gleichzeitig leer waren, und dass die Notausgangsbeleuchtung ebenfalls dunkel war.

Am Ausgang hatte sich mittlerweile ein kleiner Auflauf gebildet, Robert hatte sich durchgedrängelt und versuchte, die Tür aufzuschieben.

»Warten Sie, Herr Kempf, man muss die Tür erst entriegeln. Ich hole eine Leiter«, erklärte ein Verkäufer.

Das war der Vor- und Nachteil, wenn man im Dorf lebte, dachte Malte, man war schnell mit Namen bekannt.

Der Verkäufer kehrte mit der Leiter zurück, entfernte die Verschalung und zog am Entriegelungsbolzen.

»Versuchen Sie es bitte noch einmal«, bat er.

Robert schob die Tür auseinander und die Menschen drängten durch den Ausgang. Die warme Luft von draußen drückte in den Supermarkt.

»Könnt ihr ohne Strom überhaupt kassieren?«, fragte Malte die Verkäuferin.

»Die Scanner gehen nicht, wir müssen warten, bis der Strom wieder geht. Außerdem verriegelt die Kasse elektronisch.«

»Kartenzahlung dürfte ausgeschlossen sein?«

»Witzbold«, antwortete die Kassiererin, aber Malte sah sie lächeln.

»Eigentlich haben wir ein Notstromaggregat. Ich weiß nicht, ob damit die Kassen versorgt werden.«

»Werden sie nicht«, erklärte Ralf Müller, der Supermarktleiter. »Die sollen Tiefkühl- und Kühlregale versorgen. Ich schaue mal nach.«

Die Augen gewöhnten sich langsam an den dunklen Markt. Malte warf einen Blick in den eigenen Einkaufswagen und erkannte schemenhaft die darin liegenden Artikel. Bis auf die Tiefkühlpizza war alles nicht von einer Kühlung abhängig und er überlegte, die Pizzen zurück ins Regal zu bringen und den Wagen stehen zu lassen. Wenn der Strom gleich wieder funktionierte, wäre das unnötig und er hatte den Eindruck, dass dieses Spiel nicht zu gewinnen war: Ginge er weg, würde der Strom schnell wieder funktionieren, blieb er in der Schlange, würde es Stunden dauern. Die ersten Kunden ließen ihre Wagen stehen und strebten zum Ausgang.

Ein paar Minuten werden die Pizzen noch durchhalten, dachte Malte und folgte der Menge hinaus.

Der Unfall, den man eben gehört hatte, hatte sich zwischen einem Audi A3 und einem Land Rover ereignet. Glücklicherweise gab es nur Materialschaden auf beiden Seiten.

Interessanterweise schüttelte Carl Holzer, der Fahrer des Land Rover, ebenfalls sein Handy.

So wie es schien, war der Audi aus der Parklücke herausgefahren und hatte den Land Rover hinten eingedrückt. Andreas Pape, der Fahrer des Audi, musste den Geländewagen übersehen haben. Malte kannte ihn ebenfalls aus dem Gemeinderat.

»Du hättest aber noch bremsen können«, warf Pape seinem Gegner vor und schob seine Brille nach oben, die ihm sofort wieder den Nasenrücken herunterrutschte.

»Hab ich, aber der Motor ging aus und weder die Servolenkung noch der Bremskraftverstärker haben funktioniert«, erklärte Holzer, der sicherlich das ein oder andere Feierabendbier getrunken hatte. Das würde auch erklären, wieso sie erst jetzt über die Ursache des Unfalls grübelten. Leicht angetrunken war Holzer sehr redselig und wiederholte seine Argumente gerne mehrmals.

Die beiden diskutierten über die Reparatur der Schäden und Holzer gab sich Mühe auszuhandeln, dass die Angelegenheit an der Versicherung vorbei und ohne Polizei geregelt wurde.

Malte ließ seinen Blick über den Parkplatz streifen und erst jetzt fiel ihm auf, dass sich kein Fahrzeug bewegte. Nicht nur das, die Landstraße, die direkt am Supermarkt vorbeiführte, war unbefahren und die sonst üblichen Fahrgeräusche waren verstummt. Er wollte sich den Unfallschaden genauer anzuschauen, als er eine junge Frau bemerkte, die tränenüberströmt vor ihrem Seat Ibiza stand. In der rechten Hand hielt sie den Schlüssel, auf den sie wiederholt drückte, mit der linken rüttelte sie an der Fahrertür.

»Hab keine Angst«, schluchzte sie, »Mama ist gleich bei dir!«

Malte hob die Brauen. Offensichtlich war dort ein Kind eingeschlossen. Er und andere, die das mitbekommen hatten, eilten, zu der Frau.

»Bitte helft mir, meine Lara ist im Auto eingeschlossen!«, flehte die junge Frau.

Beim Auto angekommen sah er den Kindersitz, darin lag ein schlafendes Mädchen und die Abendsonne brannte auf das Auto herunter.

»Man lässt kein kleines Kind alleine im Fahrzeug!«, tadelte Robert. »Wieso hat der kein Schloss? Warum bauen die so etwas?«

Die junge Frau schaute verzweifelt aus: » Mein Mann hat den selber so umgerüstet.«

»Wieso … ach egal. Es wird doch irgendeine Möglichkeit geben, ohne Fernbedienung in das Auto zu kommen!«, sagte Robert.

»Ich habe nur die Einkäufe eingeräumt, Lara ins Auto gelegt und den Einkaufswagen zurückgebracht. Das waren keine zwanzig Sekunden«, stammelte die Mutter.

Robert schlug vor: »Wir können mit einem Hammer eine Scheibe einschlagen. Vielleicht fällt aber jemand etwas Besseres ein?«

Malte holte sein Handy heraus, um nach ›Seat Ibiza öffnen ohne Türschloss‹ zu googeln. Das dunkle Display erinnerte daran, dass sein Smartphone den Dienst versagt hatte.

Robert drehte sich um und ging in Richtung seines eigenen Autos. »Ich hole jetzt den Hammer aus meinem Werkzeugkasten und wir befreien Lara!«

Sie einigten sich, dass das Fahrerfenster am weitesten vom Kind entfernt war. Mit einem flinken Schlag drückte Robert die Scheibe ein.

Holzer bemerkte trocken: »Carglass repariert hier nichts mehr!«

Robert beseitigte mit dem Hammer die Glasreste, entriegelte die Tür und gab den Platz frei, damit die junge Frau zu ihrem Kind gelangen konnte.

»Und was nun?«, fragte Pape.

Stromausfall, kam Malte der Gedanke, kompletter Stromausfall. Alles, was Elektrizität benötigt, funktioniert nicht mehr! Prüfend sah er sich um, es musste so sein.

»Totaler Stromausfall«, sagte er, erst leise.

Dann erneut etwas lauter hinterher: »Totaler Stromausfall!«

Fast alle drehten sich um und schauten ihn an.

»Was?«, fragte Robert.

»Totaler Stromausfall«, wiederholte Malte, »schau dich um: Der Strom im Supermarkt, kein Handy funktioniert, die Motoren sind ausgegangen und die Funkfernbedienung versagt. Habt ihr nicht bemerkt, dass da seit Ewigkeiten kein Auto vorbeigekommen ist? Man hört keine Motorengeräusche, nicht einmal die von der A 45!«

»Warum sollten Autos nicht mehr fahren? Die haben Verbrennungsmotoren«, warf Andreas Pape ein.

»Der Zündfunke ist elektrisch«, erklärte Robert, »außerdem sind die Autos heute voller Elektronik, ohne die sie nicht fahren. Malte hat recht, der Strom ist komplett weg!«

»Wie soll das denn passiert sein? Das gesamte Stromnetz und alle Akkus und Batterien? Die sind komplett unabhängig voneinander«, wunderte sich Pape.

Robert vermutete: »Es könnte ein EMP gewesen sein.«

»Ein was?«, fragte Holzer.

»Ein EMP, Elektromagnetischer Impuls, so was entsteht bei einer Atombombenexplosion und zerstört elektrische Bauteile. Glaube ich«, erklärte Robert.

Holzer sah nach oben und schmunzelte: »Eine Atombombenexplosion müsste man gesehen haben, oder? Und ist Elektronik in einem Gehäuse nicht geschützt? Faradayscher Käfig und so?«

»Kommt wahrscheinlich auf die Stärke des EMP an«, fuhr Robert fort, »das Militär hat Waffensysteme entwickelt, die mit Mikrowellen arbeiten.«

»Klingt irgendwie weit hergeholt und vor allem: Wer soll denn dahinterstecken?«, fand Pape.

»Die CIA!«, schlug Holzer vor.

»Al-Qaida!«, vermutete Birgit Kempf.

»Ein kleines Nest in Mittelhessen wäre mein erstes Ziel, wenn ich Terrorist oder Geheimdienstagent wäre!«, reagierte Malte leicht amüsiert.

Sie konterte: »Das macht Terrorismus aus! Die Leute sollen Angst haben und merken, dass sie überall getroffen werden können, und dafür eignet sich ein unbekannter Ort besser als eine Metropole. Frankfurt, Berlin oder Hamburg kann jeder treffen!«

»Was ist mit Sonnenstürmen? Die können auch elektrische Geräte beeinflussen«, schlug Holzer vor.

»Zumindest Funkwellen. Und das Magnetfeld kann davon beeinflusst werden, wer weiß, was noch möglich ist«, ergänzte Robert.

»Magnetfeld …«, grübelte Pape, »steht nicht auch ein Polsprung an?«

»Ihr Schlaumeier wisst aber schon«, meldete sich Birgit Kempf, »dass Menschen ebenfalls mit Elektrizität funktionieren?«

Die fragenden Blicke aus der Runde schien sie ein wenig auszukosten: »Nervenimpulse sind elektrische Signale.«

»Dann ist es doch offensichtlich: Nur Strom, der künstlich erzeugt wird, funktioniert nicht«, überraschte Holzer alle mit einer Theorie.

»Das beschreibt es recht gut«, gestand Malte.

»Wir gehen in den Schatten und warten, bis der Strom wieder da ist«, schlug Robert vor.

Zustimmendes Nicken von jeder Seite und die Gruppe bewegte sich in Richtung des Eingangs. Lara bedrückte das alles nicht, sie schlief friedlich in ihrem Kindersitz und war nicht einmal beim Einschlagen der Autoscheibe aufgewacht.

JUTTA

Die Boeing 767 war im Landeanflug auf den Frankfurter Flughafen und musste, wegen des verspäteten Abflugs, auf einen tieferen Flugkorridor ausweichen. Jutta Dietz überprüfte die Instrumente, spürte das leichte Vibrieren des Steuers und war in Gedanken ein paar

Stunden weiter, denn dies war ihr letzter Flug vor ihrem eigenen Urlaub.

Sie hatte sich für die nächsten Wochen vorgenommen, den Garten neu anzulegen. Ihrem Vermieter war der zu groß geworden.

Unter ihnen zogen die Mittelgebirge vorbei und wenn sie mit einem Fallschirm hätte abspringen können, würde sie vor der eigenen Haustür landen. Zumindest fast.

Ihr Blick glitt wieder über die Instrumente, Geschwindigkeit und Sinkrate waren exakt wie erwartet, als plötzlich die Anzeigen ausfielen.

»Was ist das?«, fragte Steffen, ihr Co-Pilot, während er sich vorbeugte und nacheinander mit dem Zeigefinger auf verschiedene Anzeigen tippte.

Er lehnte sich nach hinten, durchsuchte eine der Seitentaschen, holte einen kleinen Hefter zu sich und durchblätterte ihn.

»Non Normal Checklist«, kündigte er die Liste an, »dann lass uns die mal abarbeiten.«

Punkt für Punkt diktierte Steffen, Jutta wiederholte sie und versuchte die Stromkreise und die Staudruckturbine zu überprüfen.

»Geht sie?«, fragte der Co-Pilot nach der Staudruckturbine.

Die 767 wehrte sich zwar, aber Jutta hielt die Maschine stabil. Die Turbine musste automatisch ausgeklappt sein und das Hydrauliksystem mit Druck versorgen. Jutta warf dem Co-Piloten einen schnellen Seitenblick zu. »Ich denke es hat funktioniert.«

Steffen diktierte weiter von der Checkliste, bis Jutta aufgab: »Nein, nichts. Ist das die richtige Checkliste?«

»Plan to land at the nearest suitable Airport«, beendete der Co-pilot die Liste. »Welcher ist denn der naheliegendste passende Flughafen?«

Panisch ging Jutta im Kopf die erreichbaren Landeplätze durch, gab sich aber Mühe Ruhe auszustrahlen: »Lützellinden!«

»Lützewas?«, fragte Steffen.

»Lützellinden«, sie warf einen Blick auf den Standby-Kompass, »ein kleiner Flugplatz. Die Landebahn ist kurz, aber es liegt direkt auf unserem Weg.«

»Ein Flugplatz?« Steffens Stimme überschlug sich. »Ist die Bahn lang genug und hält die uns überhaupt aus?«

»Ganz bestimmt.« Dabei versuchte Jutta optimistisch zu klingen. Hastig blätterte Steffen durch die Notfallchecklisten: »Wir müssen improvisieren.«

»Total loss of power«, stellte Jutta fest, »und somit keine Chance die Flugverkehrskontrolle zu erreichen.«

Ohne Kontakt waren sie fast blind und auf sich allein gestellt. Steffen beschäftigte sich weiter mit dem Überfliegen der Listen und schüttelte regelmäßig den Kopf. Die Schwerkraft drückte das Kerosin in die Turbinen und da sie sich ohnehin im Sinkflug befanden, liefen diese im Leerlauf.

Ein Klopfen an der Cockpittür ließ Steffen merklich zusammenzucken. Jutta schaffte es, sich ihren Schrecken nicht anmerken zu lassen.

»Ja?«, rief Jutta und warf einen Blick auf einen kleinen Monitor, der normalerweise die andere Seite der Tür zeigte. Ohne Strom blieb diese Mattscheibe schwarz.

Sabine, die Chefflugbegleiterin dieses Fluges, fragte: »Was ist los?«

»Stromausfall, aber die Hydraulik funktioniert, wir haben keinen Kontakt zur Flugverkehrskontrolle«, berichtete Steffen. »Bereite die Passagiere auf eine Notlandung vor!«

»Ohne Strom?«, hörte sie die durch die Tür gedämpfte Stimme.

»Lauter reden«, entgegnete er leicht gereizt.

»Wie schlimm ist es?«, brüllte Sabine.

Jutta antwortete: »Wir werden es nicht bis zu einem großen Flughafen schaffen und müssen einen geeigneten Platz zum Landen finden. Da alle Instrumente ausgefallen sind, fliegen wir blind. Die Steuerung ist schwerfällig und wenn wir einen Strömungsabriss haben ... nein, darüber mag ich nicht nachdenken. Selbst wenn wir nicht abstürzen, haben wir das Problem, dass wir den Vogel bei der Landung kaum steuern können. Wenn du gläubig bist ... jetzt wäre die Zeit für ein Gebet!«

»So schlimm? Okay, wir werden die Passagiere einweisen.«

Hoffentlich würden Sabine und ihre Kolleginnen es schaffen, die Insassen zu beruhigen.

Die Minuten verstrichen und die beiden hielten das Flugzeug zumindest stabil. Wie schnell sie waren und wie viel Höhe sie verloren hatten, konnten sie nur schätzen.

»Was ist das?« Sie entdeckte einzelne Punkte vor sich.

»Vögel!«, stellte Steffen überrascht fest.

»Du hast recht«, ihre Stimme klang entgeistert und sie sah keine Möglichkeit, dem auszuweichen, ohne die ohnehin schon fragile Stabilität ihres Landeanfluges zu gefährden.

Schnell näherten sie sich dem Vogelschwarm und unvermeidlich registrierte sie die dumpfen Aufschläge, die die Steuerung erzittern ließen, und dass bis eben beruhigende Summen der Turbinen erstarb. Vogelschlag mit Triebwerksausfall. Dazu gab es auch eine Checkliste, erinnerte sich Jutta.

»Welche Ironie«, flüsterte Jutta, »Kraniche gegen den Condor. Das wäre eine Titelzeile im Boulevardmagazin wert!«

»Das kann man sich nicht ausdenken.« Steffen versuchte hektisch aus dem Fenster nach den Triebwerken zu schauen, obwohl er doch wissen musste, dass die aus dem Cockpit nicht zu sehen waren.

»Es ist gar nicht die Jahreszeit für Zugvögel. Warum fliegen die so hoch?«, versuchte Jutta ihn abzulenken. Woher auch immer sie das hatte: Wenn jemand in ihrer Nähe in Hektik oder Panik geriet, schaffte sie es meist, dies auszugleichen.

»Das ist nicht wichtig.« Steffen hatte die Panik in der Stimme, die sie selbst fühlte. »Wie bekommen wir das Flugzeug ohne Strom auf den Boden?«

Jutta versuchte ihn abzulenken: »Na der ›Gimli Glider‹ hat es geschafft und der war in fast 11.000 Meter Höhe, als denen der Sprit ausging!«

»Den Namen habe ich schon gehört«, grübelte der Co-Pilot, »an Details erinnere ich mich nicht.«

»Das war ebenfalls eine Boeing 767. Die Piloten hatten eine spektakuläre Notlandung hingelegt«, erklärte Jutta weiter, »wegen eines Umrechnungsfehlers war die Maschine nur zur Hälfte betankt. Der

Pilot war auch Segelflieger, sein erster Offizier ehemaliger Kampfflieger. Und die waren wesentlich höher als wir.«

Steffen schien zumindest etwas beruhigt zu sein: »Zumindest kennst du die Piste!«

Sie überlegte verzweifelt, wie sie vor dem Flugplatz die Geschwindigkeit reduzieren konnte und ob das Feld hinter der Landebahn und die Landebahn selbst die 767 aushalten würden.

»Wir können uns an der A 45 orientieren, die führt direkt am Flugplatz vorbei. Kurz hinter Wetzlar, das müssten wir gut erkennen«, erläuterte Jutta.

Es erforderte erhebliche Kraft, das Flugzeug nur mit den Seilzügen und der Hydraulik zu steuern. Wenn sie einen Fehler machen würde und die Strömung abriss, würden sie abstürzen.

»Herborn«, meldete Jutta, »noch knappe drei Minuten, wenn wir nicht zu schnell an Höhe verloren haben.«

Die fehlenden Turbinengeräusche und das schweigende Funkgerät machten die Szene fast surreal. Fallwinde ließen das Flugzeug erzittern und leicht absacken, aus der Kabine waren Schreie zu hören, die kurz darauf wieder verstummten.

»Ohne Strom haben wir keine Landeklappen, wir werden viel zu schnell sein.« Steffen sah blass aus.

Er schaute aus dem Fenster und beobachtete den fast wolkenlosen Himmel.

»Siehst du, dort im Westen? Ich glaube, die haben die Maschine nicht mehr unter Kontrolle!«

Jutta warf einen Blick nach rechts aus der Scheibe und erkannte ein Flugzeug, das dem Boden entgegen trudelte.

»Was ist bei denen los?«, fragte sie, »haben sie die gleichen Probleme wie wir?«

»Es sieht so aus«, vermutete Steffen.

Sie spürte einen Kloß im Hals, denn ihr war klar, was mit dem anderen Flugzeug passieren würde. Beide wandten den Blick ab und fokussierten sich wieder auf die eigene Maschine, die sich widerstrebend kontrollieren ließ.

Das Flugzeug verlor weiter an Höhe und sie erkannte Wetzlar mit dem nie vollendeten Dom: »Über den Hügel, dann sehen wir den Flugplatz.«

»Auf der Autobahn bewegt sich nicht ein einziges Fahrzeug«, kommentierte Steffen.

Mittlerweile erkannte sie, dass sich die Autos nicht nur nicht mehr bewegten, sondern dass sich zahlreiche Unfälle auf der Autobahn ereignet hatten. Einige kleinere Auffahrunfälle, Fahrzeuge, die wohl in die Böschung gefahren waren und teilweise auf dem Dach lagen. Auf einer Autobahnabfahrt hatte es eine Massenkarambolage gegeben.

Konnten sie bisher das Flugzeug im Anflug auf gerader Linie halten, leiteten sie nun eine leichte Linkskurve ein. Insgesamt hatten sie Glück im Unglück: Die Landebahn war frei, die Maschine war mit ihr auf einer Linie und der Sinkflug passte.

Konzentriert arbeiteten sie die Checkliste für eine Landung ab und improvisierten wieder, da viele Punkte nicht abzuarbeiten waren.

»Wollen wir hoffen, dass das Fahrwerk ordentlich ausfährt und einrastet«, sagte Jutta. »Gravity Drop!«

Sie betätigte den entsprechenden Hebel.

Jutta hatte keinen Zweifel, dass die Räder ausgefahren waren. Die Fahrwerke verringerten die Leistung der Staudruckturbine und ausgerechnet für den letzten Teil des Anfluges ließ sich die Maschine deswegen noch schlechter steuern. Sie überquerten die Autobahn und Jutta vermutete, dass sie es bis zur Landebahn schaffen könnten. Sie war sich sicher, dass sie nicht auf ihr zum Stehen kommen, sondern darüber hinaus rollen würden. Ohne Schubumkehr sogar um einiges weiter. Sie waren nur wenige Meter über dem Boden und Jutta bemerkte das Luftkissen, das sich unter dem Flugzeug aufgebaut hatte. Die Maschine bekam dadurch mehr Auftrieb und wurde weitergetragen.

»Nur noch ein paar Meter«, murmelte Jutta, als sie mit aller Kraft versuchte, die 767 in einer Linie mit der Landebahn zu halten.

Durch den Auftrieb verlangsamte sich der Jet, die Nase stieg in die Höhe und Jutta setzte vor der Bahn auf.

Der erste Bodenkontakt presste sie in die Sitze, aus der Kabine konnten sie Schreie hören. Die Maschine fing nicht an zu rollen, sondern sprang. Beide umklammerten die Steuer und strengten sich an, den Flieger gerade zu halten. Nach einer gefühlten Ewigkeit setzten die Hinterräder das zweite Mal auf, diesmal auf der Piste und das Flugzeug rollte. Jutta spürte, dass bei der ersten Bodenberührung ein Rad geplatzt sein musste. Das war schlecht, denn so ließ sich die Maschine schwieriger lenken. Es war wiederum gut, weil dadurch der Bremsweg kürzer war. Sie ließen die Nase sinken, bis das Bugrad ebenfalls aufsetzte. Alle Fahrwerke schienen ordentlich eingerastet zu sein.

Jutta bremste stärker. Viel zu schnell näherten sie sich dem Ende der Landebahn. Juttas Hand krampfte sich um den Hebel. Hielt das Flugzeug die Spur? Das Bugrad rollte über die Bahn hinaus, der Rest folgte schnurgerade. Wenigstens etwas. Noch einmal rüttelte die Maschine und verlangsamte sich auf dem weichen Untergrund der Wiese. Dann standen sie. Geschafft.

SIMONE

Simone saß in einem nobel ausgestatteten Konferenzsaal im Hanseatic Trade Center in Hamburg. Ihre Aufgabe war es, ihren Kunden zu überzeugen, dass ihr Bankhaus am besten geeignet war, sein ohnehin schon beachtliches Vermögen zu vergrößern. Das Ganze mit möglichst wenig Risiko und großen Renditen, die Quadratur des Kreises.

Der Tag hatte extrem früh angefangen: Ihr Kollege Arne und sie waren gegen sieben Uhr von Frankfurt Richtung Hamburg geflogen und mit drei Kundenterminen war der Tag großzügig geplant. Während die ersten beiden seit Jahren Kunden ihrer Bank waren, war ausgerechnet der letzte Termin des Tages eine Neuakquise. Auf den konnten sie sich am schlechtesten vorbereiten, denn sie wussten zu wenig vom potenziellen Klienten, dem Chef einer Firma für umweltfreundliche Energiegewinnung.

Dessen Büroräume waren im Turm des Columbus Hauses untergebracht und die Aussicht aus dem 18. Stockwerk war faszinierend. Die Elbphilharmonie stand in unmittelbarer Nähe, die Elbe und Teile des Hafens waren gut zu beobachten. Harald Burk hatte innerhalb von zwei Jahren mit wenig Startkapital eine Firma aus dem Boden gestampft, die Solaranlagen verschiedener Art aus aller Welt importierte und installierte.

Nach einer Stunde Gespräch hatte sie den Eindruck, dass er genau wusste, was er wollte: Keinen Honig um den Mund geschmiert bekommen, sondern direkt zum Kern der Sache kommen. Die hochwertige Broschüre des Bankhauses hatte er dementsprechend kaum beachtet und sich sofort die von Arne angefertigte Präsentation über verschiedene Produkte angeschaut. Mit einem Kennerblick blätterte er die unwichtigen Seiten fast ungelesen weiter und überflog die anderen nur wenig länger.

»Gefällt mir.« Herr Burk legte die Präsentationsmappe auf den großen Konferenztisch.

»Und wie …« Der Bildschirm seines Laptops wurde plötzlich dunkel. Er wandte sich um und schaute aus dem Fenster.

Simone folgte seinem Blick: »Nach was schauen Sie?«

Burk erklärte: »Die Frachtkräne bewegen sich nicht mehr. Da scheint das Stromnetz nicht mit den Belastungen durch die vielen Klimaanlagen zurechtzukommen.«

Simone hatte den Eindruck, dabei Eurozeichen in seinen Augen zu sehen. Sie stellte sich vor, dass jeder Stromausfall ein Verkaufsargument für seine Produkte sein musste.

»Was ist mit Ihrem Notebook?«, fragte sie.

Herr Burk ging zu seinem Laptop und drückte auf einen Schalter: »Okay, das ist seltsam.«

»Na toll«, ließ sich Arne hinreißen, »wenn das länger dauert, werden wir durch das Chaos unseren Rückflug verpassen. Oder hat die U-Bahn eine eigene Stromversorgung?«

»Da bin ich überfragt«, gestand Herr Burk, »Ihr Zeitproblem fängt schon hier an. Die Aufzüge dürften nicht mehr funktionieren und mit Ihrem Schuhwerk wird der Abstieg ins Foyer keine wirkliche Freude sein.«

Dabei deutete er auf Simones High Heels, die zwar nicht die höchsten Absätze hatten, jedoch einen Treppenabstieg erschwerten.

Erst ärgerte sie sich über diesen Kommentar, konterte dann: »Die Schuhe kann ich ausziehen, das Treppenhaus wird irgendwann gewischt worden sein!«

Burk reagierte mit einem kurzen, stoßartigen Lachen. »Sehr gut! Ich würde vorschlagen, dass wir unseren Termin für heute beenden. Ich melde mich die nächsten Tage telefonisch bei Ihnen, dann können wir weitere Details besprechen.«

Burk schaute stirnrunzelnd aus dem Fenster: »Schauen Sie, da vorne.«

Simone stellte sich neben ihn und sah, wie ein Ausflugsboot, im Hafenbecken vor dem Büroturm, die Kontrolle verloren zu haben schien: Das Schiff fuhr geradeaus in die Uferbefestigung. Da es ohnehin kurz vor dem Anlegen war, würde es einen relativ kleinen Materialschaden geben.

»Eigentlich wird das Schiff von einem sehr erfahrenen Kapitän gesteuert, wir hatten schon Events auf dem Kahn«, teilte Herr Burk mit, »aber …«

Er schaute wieder aus dem Fenster und Simone folgte seinem Blick, auf der Elbe sah sie eines dieser großen Passagierschiffe.

»Sehen Sie oben am Mast die Radaranlagen? Die sollten sich normalerweise drehen«, erklärte Burk.

»Vielleicht ist es nicht eingeschaltet?«, vermutete Arne.

Der Kunde musterte ihren Kollegen und kam Simone dabei wie ein Lehrer vor, der über die Frage eines Grundschülers lächelt: »Möglicherweise, aber eher unüblich.«

»Ich kann mich täuschen«, setzte Herr Burk fort, »aber das Schiff scheint nicht den normalen Weg zu nehmen.«

»Glauben Sie, es könnte auch außer Kontrolle sein?«, befürchtete Simone.

»Wie kommen Sie darauf und vor allem wieso ›auch‹?«, reagierte Burk auf ihre Frage.

Sie antwortete: »Sie betonten vorhin, dass der Kapitän des Ausflugsbootes normalerweise sehr viel Erfahrung hat, als ob Sie vermuten, dass es eine andere Ursache geben könnte.«

»Gut aufgepasst.« Burk nickte, nahm seinen Blick kaum vom Ozeanriesen, der sanft eine Kurve fuhr. »Das Schiff sollte mittlerweile einen engeren Radius fahren. Wenn sich das nicht ändert, rammt es die Elbphilharmonie. Sie haben sich für Ihren Besuch einen ereignisreichen Tag ausgesucht!«

»Zwei Havarien sind nichts, was man unbedingt sehen müsste«, wandte Simone mit etwas Empörung in der Stimme ein.

»Sie haben recht«, entschuldigte sich Herr Burk.

Die Spitze des Schiffes verschwand hinter der Elbphilharmonie aus ihrem Sichtfeld, ein Ruck signalisierte, dass das Gefährt auf Widerstand gestoßen war. Ob es die Fassade des Gebäudes berührt oder gar beschädigt hatte, konnte Simone nicht erkennen.

Burk wurde wieder Geschäftsmann: »Zurück zu uns: Ich melde mich bei Ihnen. Ihnen wünsche ich eine angenehme Rückreise, das nächste Mal sehen wir uns in Frankfurt.«

Er öffnete die Tür: »Herr Schröder, können Sie meinen Besuch bitte zum Foyer herunterbringen? Machen Sie Feierabend, dann müssen Sie nicht wieder die Treppen hochsteigen!«

»Gerne«, sagte der etwa 30 jährige Angestellte und wandte sich an Arne und Simone: »Zwei Minuten bräuchte ich noch, könnten Sie bitte an unserem Empfang auf mich warten?«

Grübelnd wartete sie am Tresen, während Arne die dort aufgehängten Kunstwerke begutachtete. Wenig später kam Schröder und geleitete sie aus dem Büro in Richtung der Fahrstühle. Er drückte auf die Ruftaste des Aufzuges und schlug sich nach einem kurzen Moment mit der flachen Hand an die Stirn.

»Die Gewohnheit.« Er führte sie direkt zum Treppenhaus.

Charmant hielt er die Tür auf und Simone und Arne schlüpften durch.

»Wann geht Ihr Rückflug«, fragte er.

»Gegen 19:30 Uhr«, antwortete sie.

»Das sollte zu schaffen sein«, gab sich Schröder zuversichtlich, »aber wer weiß, ob die U-Bahnen fahren. Dann los!«

Er führte die Gruppe das Treppenhaus hinunter. Simone hatte die Schuhe ausgezogen und in ihrer Handtasche verstaut und der Abstieg gelang zügig. In den Gesprächsfetzen, die sie, auf dem Weg nach unten, aufschnappten, ging es um Unfälle: Autos, Schiffe, Boote, ausgefallene Ampelanlagen und nicht mehr funktionierende Telefone.

Sie nahm ihr eigenes Mobiltelefon aus der Tasche. Vor Kundenterminen schaltete sie es aus Gewohnheit aus, jetzt ließ es sich nicht wieder einschalten. Das hatte sie den Gesprächen im Treppenhaus entnommen: Anscheinend funktionierten auch Handys nicht mehr.

Im Foyer angekommen, warfen sie einen Blick auf die Straße und auf Teile des Hafens. Simone erkannte einige Unfälle und das von oben beobachtete Ausflugsschiff war nicht das Einzige, welches Probleme hatte. Menschen mit leichten Wunden an Kopf und Armen wurden von Helfern versorgt, das Foyer selber war mit Menschentrauben gefüllt, die angeregt diskutierten.

»Kein Verkehrslärm, kein Hupen und vor allem keine Sirenen«, bemerkte Schröder, »ich weiß nicht, was da draußen los ist, aber wenn es in der ganzen Stadt so aussieht, wie hier auf der Straße, sollten Sie damit rechnen, dass Sie Ihren Rückflug nicht pünktlich erreichen.«

»Vielleicht fährt die U-Bahn noch«, hoffte Simone.

»U-Bahn? Nein, die blieb auf einmal stehen, fünfzig Meter vor Baumwall«, erklärte ein Mann im Vorübergehen.

»Ich bringe Sie bis zum Bahnhof, das sind keine zwei Kilometer. Von da aus kommen Sie bestimmt weiter«, bot sich Schröder an.

Er hatte bei Simone schon beim Eintreffen in Burks Büro einen entgegenkommenden Eindruck gemacht.

»Ist das kein Umweg für Sie?«, fragte sie.

»Es liegt nicht direkt auf meiner Strecke, aber« und er deutete nach draußen, »ich habe den Eindruck, dass Sie im Moment jemanden mit Ortskenntnissen benötigen könnten.«

»Wir nehmen Ihr Angebot gerne an«, sagte Arne und die drei verließen den Columbus Komplex.

Auch wenn die Klimaanlage im Gebäude ausgefallen war, traf sie die drückende Abendhitze vor der Tür mit voller Wucht. Arne lockerte seine Krawatte, Schröder war weiter und hatte seine bereits ausgezogen.

FLORIAN

Das monotone Auf und Ab der Herz-Lungen-Maschine nervte und beruhigte Florian gleichzeitig. Er hatte einige Operationen damit durchgeführt, fand den Gedanken, dass das Leben des Patienten auf dem OP-Tisch komplett davon abhing, faszinierend und erschreckend zugleich. Obwohl er den Geräten vertraute, hoffte er, dass er nie selbst darauf angewiesen sein würde. Jeder Eingriff war ein Risiko, auch wenn sich für das Personal im OP im Laufe der Zeit so etwas wie Routine eingestellt hatte.

Nach seiner Ausbildung zum Krankenpfleger war er ins Operationsteam gewechselt. Die Arbeit mit den Patienten auf den unterschiedlichen Stationen hatte ihm nicht zugesagt und mit der Zusatzausbildung zum Kardiotechniker hob er sich von den Krankenpflegern ab.

Den Mann auf dem Tisch vor ihm berührte das eintönige Geräusch der Herz-Lungen-Maschine im Moment nicht. Es handelte sich schließlich um sein Herz, das sie stillgelegt hatten und dessen Funktion nun die Maschine übernahm.

»Warum muss es immer der letzte Bypass sein …. Tupfer! …«, Kai Hense, der Chefarzt, streckte der OP-Assistentin die Stirn entgegen, »der Probleme macht.«

»Zwei von drei«, grinste Florian unter seiner Maske, »beschwer dich mal nicht, das ist doch gar kein schlechter Schnitt. Der Tag von unserem Patienten war definitiv schlechter.«

»Ganz sicher hat der sich den anderes vorgestellt«, sagte die Assistenzärztin, »und beim ersten Sodbrennen hat der sicher auch nicht an einen Herzinfarkt gedacht.«

»Fertig.« Kai lehnte sich etwas zurück und begutachtete sein Werk.

Florian freute sich auf den Feierabend und schaute sehnsüchtig nach der Uhr, deren Zeiger ihm 17:40 Uhr offenbarten. Er beobachtete, wie Kai nach der Klemme griff, die auf der Hauptschlagader saß. Nach dem Lösen begann das Herz optimalerweise von allein an zu schlagen.

Plötzlich ging das Licht im Operationssaal aus.

»Was soll der Mist!«, fluchte Kai.

Florian blinzelte und schaute in jede Richtung. Der gesamte OP-Bereich war fensterlos, sodass kein Licht von außen eindrang. Der Saal wurde stockdunkel und nicht einmal schemenhaft war etwas zu erkennen. Flüchtig erinnerte er sich an seinen Besuch im ›Dunkelkaufhaus‹, eine ›Nichtsehenswürdigkeit‹ in Wetzlar. Schnell war sein Fokus wieder im OP.

»Kai, meine Maschine läuft nicht mehr, du musst schnell was machen.«

Die Stimme der Assistenzärztin klang panisch: »Wir haben keinen Puls mehr.«

»Ich versuche, die Klemme im Dunkeln zu lösen«

Kai beschrieb seine Handgriffe: »Ich suche die Klemme ... da ist sie nicht ... habe sie ... und sie ist entfernt.«

Ein metallisches Scheppern belegte, dass er den Wagen für das Besteck verfehlt hatte.

»Daneben«, kommentierte Kai kurz und knapp, »ich kann nicht fühlen, ob Blut in sein Herz fließt.«

Nach einem gefühlt unendlich langen Moment: »Das Herz fängt nicht an zu schlagen, ich starte mit einer offenen Herzmassage.«

Florian hatte das schon einmal beobachtet: Dabei umfasst der Arzt das freiliegende Herz des Patienten und versucht, es mit rhythmischer Kompression wieder zum Schlagen zu bringen. Er wartete gespannt.

Einen Stromausfall während einer Operation hatte Florian selbst noch nicht erlebt: »Das Notstromaggregat braucht ewig.«

»Ich habe das Zeitgefühl verloren«, gestand Kai. »Hat jemand eine Ahnung, wie lange ich das Herz schon massiere?«

Nachdem niemand reagierte, gab er auf: »Ich kann hier nichts mehr tun außer den Tod des Patienten festzustellen.«

Nach einem Moment betretenen Schweigens erhob Florian die Stimme: »Draußen ist Licht!«

Schemenhaft war der OP-Saal zu erkennen. Von außen kam eine Krankenpflegerin mit einer Kerze hinein.

»Im ganzen Krankenhaus ist der Strom ausgefallen«, klärte sie das Team auf.

Doktor Hense schaute auf den Patienten und dann in Richtung Florian: »Hat deine verfickte Maschine denn keinen Akku? Was ist da los? Akku kaputt? Notstromaggregat springt nicht an? Sind wir hier in irgendeinem Entwicklungsland?«

Florian fühlte sich ungerecht behandelt und eine Antwort lag ihm auf der Zunge, Hense kam ihm jedoch zuvor: »Entschuldige bitte, wir werden die Notsysteme noch mal überprüfen müssen.«

»Kannst du uns mit mehr Licht versorgen?«, fragte Florian die Pflegerin.

»Ja. Dauert aber einen kurzen Moment«, reagierte die Angesprochene, gab die mitgebrachte Kerze der Assistenzärztin und verließ den Saal.

LUKAS

Trotz des warmen Wetters war das Forum an diesem Tag belebt, weshalb Lukas und Sören öfter hintereinander statt nebeneinander liefen. Wie die meisten Jungen zwischen vier und vierundneunzig Jahren wurden die zwei wie magisch vom Elektronikmarkt angezogen. Sie ließen die weiße Ware gänzlich unbeachtet und strebten zu den Regalen mit den Spielen für die Playstation am hinteren Ende des Marktes. Dort verhielten sich die Jugendlichen typisch männlich und versuchten, sich gegenseitig mit ihren Fachkenntnissen über die Produkte zu übertrumpfen. Die waren, gesammelt, zumindest so fundiert, dass der anwesende Fachverkäufer keine Chance hatte.

»Lass uns ein Eis essen gehen!«, schlug Lukas vor.

»Wir waren eben erst bei Burger King«, widersprach Sören.

»Eben erst? Wir sind schon ewig hier«, reagierte Lukas, »und ein Eis passt immer rein.«

»In die Eisdiele oder unten?«, fragte Lukas.

»Unten«, beschloss Sören und sie machten sich auf den Weg zum Eisverkaufsstand im Erdgeschoss.

Erneut eilten sie durch das Obergeschoss, sodass sie von der Galerie aus die unten laufenden Leute beobachten konnten. Sie betraten die Rolltreppe und stellten sich hintereinander auf die Stufen. Lukas vorn, Sören hinten.

Lukas' Blick fiel auf das grüne Logo des Buchladens im Obergeschoss: »Wird das eigentlich mit zwei oder mit drei Silben ausgesprochen?«

Sören sah in verständnislos an: »Was?«

Lukas deutete auf das Logo: »Zweisilbig oder drei?«

»Wen interessiert das? Über was Du Dir Gedanken machst! Wollen wir nachher noch zocken?«

Lukas überlegte laut: »Klar. Was wollen ….«

Als die Rolltreppe abrupt stoppte, mussten sich die Jungs festhalten, Sören knallte leicht gegen Lukas.

»Mensch, pass doch auf«, schimpfte der und hielt sich krampfhaft am Handlauf fest.

Im ganzen Einkaufszentrum waren überraschte Rufe zu hören. Dem Mann, der auf der gleichen Rolltreppe fast unten angekommen war, gelang es nicht mehr, sich festzuhalten und er fiel die beiden letzten Stufen hinunter. Die Tüten, die er trug, platzten auf und ihr Inhalt verteilte sich am Ende der Treppe.

»Wow!«, war das Erste, was Sören herausbrachte.

Von seiner Position auf der Rolltreppe sah Lukas, wie von der linken Seite ein Lkw in sein Blickfeld auf die Straßenkreuzung raste und die auf der Kreuzung liegen gebliebenen Autos etwa zehn Meter vor sich her schob, bevor er komplett zum Stehen kam.

»Nein«, flüsterte Lukas, »nicht cool, gar nicht cool. Lass uns schauen, ob wir helfen können!«

Sören sah ihn entgeistert an: »Hast du das gesehen? Der Lastwagen hat die Autos einfach weggeschoben!«

»Es gibt bestimmt Verletzte, denen wir helfen können!«

Die Jungs verließen die Rolltreppe, rannten durch die geöffneten Türen nach draußen, blieben auf dem Platz vor dem Eingang stehen und sahen sich um. Die Ampeln waren ausgefallen und kein einziges Fahrzeug lief. Überall hatten sich Autos ineinandergeschoben.

Sie näherten sich den Fahrzeugen, die vom Lkw zur Seite geschoben worden waren. Aus einigen Autos stiegen Menschen aus, andere blieben sitzen, wenige bewegten sich nicht.

»Ob die tot sind?«, flüsterte Sören.

Lukas erschauerte bei dem Gedanken und klopfte an die Scheibe des Skodas, neben dem sie standen. Auf dem Fahrersitz saß eine Frau und sie war entweder ohnmächtig oder tot. Nachdem eine Reaktion ausblieb, öffnete er die Tür, und die Fahrerin sackte ein wenig in seine Richtung, wurde aber vom Sicherheitsgurt gehalten. Eine sichtbare Verletzung erkannte er nicht.

Lukas griff nach ihrem Handgelenk und prüfte den Puls: »Sie lebt.«

Er beugte sich ins Auto, löste den Gurt und presste mit der anderen Hand die Schulter der Frau in den Sitz, damit sie nicht umfiel.

»Sören, holst du die Decke, die auf dem Rücksitz liegt«, bat er.

Der holte die Decke, während Lukas sich hinkniete und einen Arm hinter den Rücken der Ohnmächtigen schob. Dann umfasste er mit der durchgeschobenen Hand ihre Hüfte, wobei er sich nicht ganz wohl fühlte. Die Frau war vermutlich 15 Jahre älter als er, aber er fand sie attraktiv und durch den Stoff ihres eng anliegenden Kleides spürte er ihren Slip. Er schüttelte kurz den Kopf, als ob er eine auf seiner Nase sitzende Fliege vertreiben wollte, und konzentrierte sich wieder darauf, die Frau aus dem Auto herauszubekommen.

Sören breitete die Decke auf den von der Sonne erwärmten Steinplatten aus und wartete hinter Lukas: »Sag Bescheid, wenn ich dir helfen soll!«

Lukas drückte mit der linken Hand gegen die Knie der Dame und drehte sie so zu sich, dass ihr Rücken ihm zugewandt war. Er griff mit den Armen unter die Achseln, ergriff mit der Rechten ihren linken Unterarm, den er vor ihrem Bauch platzierte und mit beiden Händen so festhielt, dass alle seine Finger und Daumen vorne waren. Hier spielten ihm seine Hormone wieder einen Streich, berührten seine Arme doch ihre Brüste. Er atmete tief durch, verlagerte das Körpergewicht nach hinten und zog die Frau so aus dem Auto heraus auf seinen Oberschenkel.

Sören hatte ihre Unterschenkel ergriffen, bevor diese auf den Boden fielen. Gemeinsam trugen sie sie zur vorbereiteten Decke und legten sie in die stabile Seitenlage.

Um sie herum waren auch andere damit beschäftigt, Verletzte zu versorgen und Lukas fiel auf, dass zwei Körper mit Decken abgedeckt auf dem Boden lagen.

»Seltsam.« Lukas drehte sich und wunderte sich »Wie kann das denn angehen?«

»Keine Ahnung, die Fahrzeuge scheinen alle gleichzeitig ausgegangen zu sein«, stellte Sören fest, »im gleichen Moment mit der Rolltreppe.«

»Das ist wie in dieser einen Serie, ›Revolution‹, da sind sämtliche elektrischen Geräte ausgefallen, alle Lichter gingen aus, Flugzeuge sind vom Himmel gefallen«, erinnerte sich Lukas und sie suchten darauf den Himmel ab, zumindest den Teil, den man zwischen Gebäude und Hochtrasse sah.

»Kein Flugzeug zu sehen«, bestätigte Lukas.

»Was war denn die Ursache für den Stromausfall in der Serie?«

»Keine Ahnung, irgendwas Menschengemachtes.«

»Und wie kam der Strom wieder?«

»Ich soll Dich spoilern?«, neckte Lukas, »aber um ehrlich zu sein: Das weiß ich nicht mehr. Es ging um ein postapokalyptisches Amerika, aber nicht so krass wie bei ›The Walking Dead‹.«

Die von ihnen aus dem Auto gerettete Frau öffnete die Augen und richtete sich mit verwirrtem Blick auf.

»Können wir Ihnen helfen?«, fragte Lukas.

»Wie komme ich hierher? Was ist passiert?«

»Sie hatten einen Unfall«, antwortete Lukas, »und Sie waren wohl ohnmächtig. Wir haben Sie aus Ihrem Auto geholt.«

Mittlerweile hatte ein sportlicher Mann um die dreißig die Leitung der Versorgung der Unfallopfer übernommen und kam auf sie zu: »Ihr habt die Dame aus dem Auto geholt?«

Das war mehr Feststellung denn Frage: »Gut gemacht! Ich glaube, die Erstversorgung steht und Schwerverletzte scheinen wir nicht zu haben.«

Lukas entging nicht, dass der Mann dabei in die Richtung der Toten schaute.

»Vielen Dank für eure Hilfe, vielleicht mögt ihr irgendwann bei uns Maltesern vorbeischauen? Wir suchen ehrenamtliche Helfer!«

Lukas freute sich über das Kompliment: »Ich bin bei der Freiwilligen Feuerwehr aktiv, aber man weiß ja nie! Auf Wiedersehen!«

»Auf Wiedersehen«, entgegnete der Mann und wandte sich wieder den Verletzten zu.

»Wir werden nach Hause laufen müssen«, vermutete Lukas.

»Wir können warten, bis der Strom wieder da ist und mit dem Bus fahren«, schlug Sören vor.

»Ich glaube, es ist besser, jetzt zu gehen«, sagte Lukas, »wenn die Busse wieder fahren, können wir uns den Rest des Weges mitnehmen lassen. Sollte das die ganze Nacht dauern, sitzen wir hier fest. Bei mir sind es nur knappe fünf Kilometer, die schaff ich gemütlich in einer Stunde, aber bei dir sind es fünfzehn oder zwanzig Kilometer. Da brauchst du mindestens drei Stunden.«

Sören nickte: »Wir sehen uns morgen in der Schule!«

»Mach's gut«, reagierte Lukas. »Lauf dir keine Blasen!«

Sie umarmten sich und jeder eilte in eine andere Richtung davon.

LAURA

Okay, wir versuchen es noch einmal«, rief Laura in die kleine Schulturnhalle.

Endlich hatten sich ihre Mädels, achtzehn Stück, alle sechs bis acht Jahre alt, aufgestellt und Laura bückte sich, um den CD-Spieler zu starten.

Das gewohnte Anlaufen des CD-Tellers blieb aus und sie drückte noch mal. Wieder reagierte das Abspielgerät nicht. Sie kontrollierte den Stromanschluss am Player und den Stecker in der Steckdose.

»Na toll«, sagte sie, »ausgerechnet jetzt geht dieses Mistteil kaputt.«

Das Gerät hatte in letzter Zeit ohnehin das Abspielen einiger CDs verweigert, die meisten ihrer MP3-CDs hatte er erst gar nicht angenommen.

»Okay die Damen, wie ihr bemerkt habt, läuft die Musik nicht, wir werden das trocken üben.«

»Können wir nicht etwas spielen? Ohne Musik zu tanzen … macht keinen Spaß«, sagte Mariella.

»Wir üben das Stück noch einmal trocken, danach ist Schluss für heute.«

Sie hörte die Eingangstür, ein untrügliches Zeichen, dass die ersten Eltern zum Abholen gekommen waren.

»Los die Damen! Eins, zwei, drei, vier«, zählte Laura an und dann mit Betonung auf »Eins« weiter.

Da die Musik als Orientierung fehlte, sagte sie zwischendurch die Figuren an. Stolz beobachtete sie, wie ihr Team die Choreografie fehlerlos meisterte. Sie kannte Tanzgruppen deren Tänzerinnen älter waren als ihre und die das nicht so gut hinbekamen.

»Wunderbar, das war ein gelungener Abschluss, ich würde sagen, wir machen Schluss für heute!« Sie rieb sich zufrieden die Hände.

Die Mädchen strömten in Richtung der Umkleidekabine, während drei Mütter die Halle betraten.

Laura wollte die kurze Gelegenheit nutzen, um die Neuigkeiten bei Instagram anzuschauen, aber ihr Handy ging nicht an.

War der Akku eben nicht fast dreiviertel voll gewesen?

Als die Mütter bei ihr ankamen, legte sie das Smartphone weg.

»Hallo Laura, alles klar bei euch?«, fragte Maike Zinn mit einem besorgten Unterton.

»Ja, heute haben die Mädels super mitgemacht, nur mein CD-Spieler hat sich endgültig verabschiedet.«

»Warte noch, bis du dir einen neuen kaufst, anscheinend ist im ganzen Dorf der Strom ausgefallen.«

»Wie gut, dass die Mädchen direkt nach dem Training noch nicht duschen und nicht föhnen müssen!«

»Laura!«, rief Mariella aus der Toilette, »die Spülung ist kaputt!«

»Wie? Kaputt? Da klemmt bestimmt nur etwas«, antwortete Laura, ging zur Toilette und drückte auf die Spülung. Außer einem leichten Rinnsal kam nichts.

»Das ist auf allen Klos so«, sagte eines der anderen Mädchen.

Ein Drittes stand vor dem Waschbecken und beobachtete, wie die Tropfen aus dem Wasserhahn kamen: »Hier kommt auch nix!«

Maike war Laura gefolgt und vermutete: »Es scheint kein Druck auf der Leitung zu sein.«

»Hängt das Wasser vom Strom ab?«, fragte Laura.

Maike runzelte die Stirn: »Ich habe mir noch nie Gedanken darüber gemacht, wie das Wasser ins Haus kommt.«

»Wasserdruck?«, vermutete Laura, »Wird der nicht irgendwie durch Schwerkraft aufgebaut?«

»So oder so, die Toiletten sollten vorerst nicht mehr benutzt werden«, schlug Maike vor.

»Gute Idee«, stimmte Laura zu und rief lauter hinterher: »Habt ihr das alle gehört? Bitte nicht mehr die Toiletten benutzen, hebt es euch für daheim auf!«

Weitere Eltern kamen an und berichteten davon, dass ihre Autos nicht angesprungen waren.

»Keine Fernentriegelung und nicht mal ein Klacken, wenn man den Schlüssel umgedreht hat!«, erklärte Mariellas Vater.

Mittlerweile stand Laura mit den Eltern und den restlichen Kindern vor der Turnhalle. Bis dahin waren nur die Hälfte der Mädchen abgeholt worden. Das war ungewöhnlich, es kam zwar hin und wieder vor, dass sich jemand verspätete, aber nie so viele auf einmal.

»Vielleicht werden nicht alle Kinder abgeholt?«, vermutete Laura.

»Ich kann Kathrin mitnehmen, die wohnt direkt neben uns«, bot Mariellas Vater an.

Fünfzehn Minuten später wartete Laura nur noch mit zwei Mädchen vor der Halle, als Maike zurückkam.

»Ich habe Pauline nach Hause gebracht, die wird von der Oma versorgt«, erklärte sie, »und ich wollte nachschauen, ob du zurechtkommst.«

»Danke dir! Ich klemme gerade noch einen Zettel an die Tür, falls doch jemand kommt. Dann wollten wir loslaufen, Nadja nach Hause bringen. Emily kommt noch mit zu mir und wird dort von ihren Eltern abgeholt.«

Die Eltern des Mädchens arbeiteten beide in Frankfurt und Laura hatte ihnen angeboten, ihre Tochter nach dem Training mit nach Hause zu nehmen, bis beide von der Arbeit zurück waren.

»Was dagegen, wenn ich euch begleite?«

»Nein, im Gegenteil!« Laura klebte den Zettel an die Glastür, schloss ab und die vier machten sich auf den Weg.

Umbach hatte ungefähr 2.400 Einwohner und, wenn man von den paar Aussiedlerhöfen und dem Hofgut absah, gab es im Dorf keine weiten Wege. Die Tatsache, dass Nadja an einer vollkommen anderen Ecke als Laura wohnte, war deshalb nicht dramatisch.

Zwischen Wetzlar und Gießen gelegen war es bis kurz nach dem Krieg eine eher kleine Siedlung. Erst durch die Vertriebenen war die Bevölkerungszahl rasant angewachsen. Um den alten Ortskern mit Fachwerkhäusern und der Steinkirche aus dem 16. Jahrhundert wurden in den Fünfzigerjahren die typischen, gleichen, kleinen Siedlungshäuser gebaut, von denen mittlerweile viele mit Gauben und Anbauten individueller aussahen.

Die ursprünglich vielen kleinen Läden, der Metzger und der Bäcker waren in den letzten Jahrzehnten verschwunden und durch den Supermarkt am Dorfrand ersetzt worden. Die alteingesessene Gastronomie war nicht mehr vorhanden, ein italienisches Restaurant und ein türkischer Imbiss boten sich als kulinarische Treffpunkte im Dorf an.

Auf ihrem Weg entfernten sich Laura und die anderen zunächst vom Dorfzentrum und waren relativ schnell bei Nadjas Haus. Sie drückte die Klingel, hörte diese nicht und klopfte deshalb sofort an die Tür.

»Kein Strom«, schlussfolgerte Maike.

Nach einer kurzen Weile hörten sie, wie jemand im Haus die Treppe hinunterkam, die Großmutter des Mädchens öffnete die Tür: »Hallo Nadja! Hallo, ihr drei!«

Sie umarmte ihre Enkeltochter und fragte: »Wo ist denn deine Mama?«

Laura antwortete: »Bis eben war sie nicht da, wir haben einen Zettel an der Turnhalle hinterlassen und bringen die Kinder nach Hause, die nicht abgeholt wurden.«

»Das ist lieb von euch! Bei uns ist der Strom ausgefallen!«

»Wohl im ganzen Dorf«, sagte Maike, »und kein Auto springt an.«

Sie verabschiedeten sich und machten sich auf den Weg quer durch das Dorf. An der Hauptstraße angekommen, sahen sie einen Lkw, der einen Van in die Bushaltestelle geschoben hatte. Laura zuckte zusammen, denn sie erkannte den Ford Galaxy von Nadjas Mutter und so, wie das Fahrzeug verformt war, wollte sie, speziell mit Emily, nicht näher herangehen.

Sie griff nach Emilys Arm und Maike musste ähnlich gedacht haben, denn sie nahm ihre andere Hand und sagte: »Kommt, wir gehen an der Kirche vorbei!«

Die Straßen waren, bis auf wenige Spaziergänger und Fahrradfahrer, leer. Erst jetzt fiel Laura auf, dass von der A 45, die man normalerweise im halben Dorf hörte, kein Lärm wahrzunehmen war.

Jonas, ein ehemaliger Mitschüler von Laura, kam ihnen auf seinem Fahrrad entgegen und hielt an: »Habt ihr das Flugzeug vorbeisegeln sehen?«

»Hallo Jonas«, antwortete Laura kühl, »Nein. Was ist so Besonderes an einem Segelflugzeug?«

»Nein, kein Segelflugzeug, eine Passagiermaschine, zweistrahlig, aber groß, Airbus oder Boeing, die ist lautlos über die A 45 hinweggesegelt! Unglaublich! Ob die auch einen Stromausfall an Bord hatten?«

Er holte Luft und schaute in Richtung Süden. »Die flog so tief, bestimmt ist die in der Nähe gelandet!«

»Wo soll hier denn bitte ein Passagierflugzeug landen?«, fragte Laura.

»Auf der Autobahn? Es gibt Abschnitte, die als Landebahn nutzbar sind.«

»Und was ist mit dem Verkehr auf der Autobahn? Das wäre viel zu gefährlich!«

»Hörst du irgendwelchen Verkehr? Die Autobahn ist still, da rollt nichts mehr! Ich fahre rüber und schau mir das an«, erklärte Jonas, schwang sich auf sein Rad und fuhr los.

Als sie ihre Straße erreichten ließ Maike Emily los. »Ich mache mich wieder nach Hause. Ihr kommt zurecht?«

»Das bekommen wir hin.« Laura nickte zuversichtlich.

Gemeinsam mit Emily ging sie die paar Meter bis zu ihrem Haus. Da das Auto ihres Vaters nicht auf der Straße stand, wusste sie, dass er noch nicht daheim war. Sie öffnete die Tür und bat Emily hinein. Laura hängte ihren Schlüssel in den Schlüsselkasten, stellte ihre Tasche neben die Heizung und ging mit ihrem Gast ins Esszimmer.

»Magst du etwas trinken?«, fragte sie.

»Nein, jetzt nicht«, antwortete Emily, »ich muss mal aufs Klo.«

Sie öffnete die Tür zum Gäste-WC, öffnete den Wasserhahn des Waschbeckens und auch hier kamen nur wenige Tropfen heraus.

»Der Spülkasten müsste noch voll sein. Ich hole von draußen schon mal eine Gießkanne Wasser.«

»Kommt da denn Wasser aus der Leitung?«, fragte Emily.

»Vermutlich nicht, wir haben aber das Regenfass und da ist mit Sicherheit noch Wasser drin.«

Sie ließ das Mädchen zurück, begab sich in die Garage und füllte eine Gießkanne. Als sie die Garagentür schloss, hörte sie die Spülung und Emily kam ihr sichtlich erleichtert entgegen. Laura ging an ihr vorbei und hob den Deckel des Spülkastens an. Das vertraute Geräusch des Rauschens, wenn sich der Kasten auffüllt, fehlte. Sie goss Wasser hinein, senkte den Deckel und stellte die Gießkanne unter das Waschbecken.

»Hast du Hunger?«

»Ein klein wenig!«

»Mal schauen, ob wir etwas Schmackhaftes für dich finden!« Laura öffnete den Kühlschrank.

Keine Beleuchtung und auch kein Surren. Natürlich, ohne Strom.

Sie nahm Butter, etwas Käse, Wurst und das Gurkenglas heraus, machte zwei belegte Brote und gab Emily einen der Teller. Während die sich an den Tisch setzte und sofort anfing, die Gurken zu verdrücken, holte Laura Gläser, füllte sie mit Apfelsaftschorle, stellte eins vor Emily und ging mit dem anderen in der Hand durch den Raum.

»Lass es dir schmecken Süße!« Sie nahm wieder ihr Smartphone in die Hand. Das schwarze Display entmutigte sie. Irgendwie fühlte sie sich nicht komplett. Einer Eingebung folgend, wollte sie es in ihr Zimmer bringen und an das Ladegerät anschließen. Die Erkenntnis, dass das ohne Strom ihr Handy nicht laden würde, traf sie erneut wie ein kleiner Schlag in die Magengrube.

Na gut, sprach sie sich Mut zu, erst um Emily kümmern, dann wollte sie nach ihrem Tablet schauen. Sie steckte das Telefon wieder in die Tasche und wanderte durch den Raum.

An der Wand hingen Bilder der Familie und von Freunden. Ihre Mutter hatte die freie Fläche im Esszimmer und das gesamte Treppenhaus mit Familienbildern zugepflastert. Sie schaute sich das Hochzeitsfoto ihrer Eltern, Simone und Malte, an. Ihre Mutter war auf einem Geschäftstermin in Hamburg und sie hoffte, dass es ihr gut ging. Ihr Vater hätte schon daheim sein sollen. Direkt daneben hing das Hochzeitsbild ihrer Tante Jutta und deren Mann Florian. Fast ein Drittel der Bilder zeigten entweder sie selbst, ihren Bruder Lukas oder beide zusammen.

MALTE

Die Gruppe schlenderte zum Eingang des Supermarktes, wo sich alle aus dem Markt versammelt hatten. Dort stand man weder direkt in der prallen Sonne noch im dunklen Gebäude.

Malte bemerkte, dass der Bauarbeiter in eine Diskussion mit dem Marktleiter, Ralf Müller, verwickelt war: »Du wirst mir ja wohl die paar Flaschen Wasser verkaufen können, vor allem wenn ich die passend bezahlen kann!«

»Ein paar Flaschen?«, reagierte Müller. »Das ist ein ganzer Einkaufswagen voll!«

»Stell dich nicht so an, du hast dein Geld und kannst es wegschließen.« Der Mann wurde ungeduldig.

Müller musterte den Wagen: »Das sind aber nicht nur ein paar Flaschen, du hast den ganzen Einkaufswagen voll!«

»Ich bezahle doch! Wo ist denn dein Problem?«

»Dann muss ich allen etwas verkaufen und ohne Kasse geht das nicht«, versuchte Müller seine Situation zu erklären.

Der Mann gab nicht auf: »Deshalb kaufe ich jetzt auch nur einen Artikel!«

»Ja, aber davon gleich den ganzen Wagen. Warte doch, bis der Strom wieder da ist, dann …«

Der Bauarbeiter schaute sich um, näherte sich Müller, griff nach dessen Oberarm und zog ihn so an sich, dass er ihm direkt ins Ohr sprechen konnte. Trotzdem war es laut genug, dass Malte mithören konnte: »Kannst du dir vorstellen, dass der Strom gar nicht wiederkommt?«

»Gar nicht?«

»Gar nicht!«, wiederholte der Bauarbeiter. »Ich habe einen Freund, der hat sich seit Jahren auf so etwas vorbereitet und ich habe immer über ihn gelächelt. Jetzt schau dich um: Kein Auto funktioniert, kein Handy, es gibt keinen Strom.«

»Ach Quatsch, du glaubst doch nicht, dass die Regierung nicht für so einen Fall vorgesorgt hätte. Bestimmt ist Hilfe von außen unterwegs«, reagierte Müller zuversichtlich.

»Von außen?«, fragte der Bauarbeiter nach.

»Ja, von außerhalb des betroffenen Gebietes, mit Sicherheit gibt es Notfallpläne und irgendwo sitzen jetzt ein paar Techniker und bringen die Stromleitungen wieder in Ordnung«, erklärte Müller.

Der Arbeiter schüttelte den Kopf: »Und was, wenn es kein ›Außen‹ gibt?«

Entnervt gab Müller auf: »Weißt du was, damit ich meine Ruhe habe … kassier ich dir den Wagen ab. Wie willst du das Zeug nach Hause bekommen?«

»Ich nehme den Einkaufswagen mit«, antwortete der Bauarbeiter, als ob es das Selbstverständlichste war.

»Du weißt schon, dass …«, fing Müller an, unterbrach sich selbst: »Bring den Wagen bei Gelegenheit wieder zurück.«

Im Anschluss zog er einen Notizblock und einen Kugelschreiber aus seiner Tasche und zählte die Flaschen: »Wie viel, sagtest du, kostet die Flasche?«

»Neunzehn Cent.«

Müller nannte den Preis, nahm das Geld entgegen und beobachtete, wie der volle Wagen vom Parkplatz geschoben wurde.

Er rief das Supermarktpersonal zu sich: »Tobias: Hol hinten bitte zwei Kirmes Garnituren und ein paar von den Einweg-Grills. Werfe sie an, ich hole Schwenksteaks und Bratwürstchen. Sandra kommt gleich mit mir ins Büro und holt die Geldkassette, wir verkaufen die Steaks mit Brötchen für zwei, die Würstchen für einen Euro … ach, Ketchup und Senf nicht vergessen!

Alle anderen: Wir räumen die Tiefkühlwaren zusammen, bitte mit etwas System: Schweres nach unten, Leichtes oben. Hauptsache es kühlt sich gegenseitig. Wenn die TK-Ware verstaut ist, machen wir das Gleiche mit der Kühlware. Falls jemand Ideen hat, wie wir die Tiefkühltruhen länger kühl halten können: her damit. Anja, du nimmst dir die andere Geldkassette und wir versuchen, ein paar Waren zu verkaufen.«

Die Angestellten verteilten sich und fingen an, die Aufgaben zu erledigen.

Dann wandte er sich an die Kundschaft: »Sehr geehrte Kunden, wegen des Stromausfalls können wir keinen normalen Betrieb aufrecht erhalten. Wir werden eine Kasse öffnen, bitte maximal fünf verschiedene Artikel pro Person, da wir durch den Markt gehen müssen, um die Preise abzulesen! Tiefkühlartikel gibt es zum halben Preis!«

Müllers Aktionismus löste etwas von der Anspannung und die meisten strömten zu ihren Einkaufswagen zurück. Obwohl es im Gebäude dunkel war, gewöhnten sich die Augen langsam an die dämmrigen Lichtverhältnisse. Fast alle räumten ihren Wagen aus und stellten die Produkte wieder an ihren richtigen Platz.

Malte hatte seinen Wagen komplett geleert und überlegte, was er für die Dauer des Stromausfalls am meisten benötigte. Da er sich nicht sicher war, ob sie Streichhölzer zu Hause hatten, fragte er sich bei den anderen Kunden durch und legte einen großen Packen in den Einkaufswagen. Kerzen hatten sie definitiv genug, die müsste er nicht kaufen. ›Tiefkühlware günstiger‹ klang verlockend, als er daran dachte, dass bei ihm daheim weder Tiefkühlschrank noch Ofen funktionieren würden, verwarf er den Gedanken wieder.

»Der ganze Laden voll und nur fünf Artikel«, amüsierte sich Robert, der ebenfalls bei den Streichhölzern angekommen war. In seinem Wagen stapelten sich 5-Liter Kanister Wasser, Kerzen und Brot.

Mittlerweile hatte der Marktleiter selbst die Aktionsartikel geplündert: Windlichterlaternen aus Blech sorgten für eine fast feierliche Atmosphäre im Markt.

Robert zeigte sich beeindruckt: »Tüchtig, tüchtig! Wenn du in der Schule so findig gewesen wärst!«

»Herr Kempf, manche Talente erwachen erst spät!«, konterte der junge Mann grinsend und stellte zwei der Laternen auf.

Malte bewunderte und mochte Robert, der einst einer seiner Lehrer an der Gesamtschule in Atzbach war. Über die Jahre hatte er mit dem Pensionär eine Freundschaft entwickelt. Gerne erinnerte sich Malte an sein erstes Jahr im Unterricht bei Robert. Der hatte es verstanden, mit der gelungenen Mischung aus streng am Anfang, lockere Zügel später und vor allem einer mitreißenden Art die Schüler einerseits unter Kontrolle zu halten, andererseits für den Schulstoff zu begeistern. Bis heute hörte Malte ihm gerne zu, denn Robert hatte ein unheimlich breit gefächertes Wissen.

Nachdem beide ihre fünf Artikel hatten, standen sie zufällig wieder direkt hintereinander in der Schlange.

»Was mich wundert«, grübelte Malte, »ist, dass gar kein elektrisches Gerät funktioniert. Wenn es ›nur‹ die mit Mikroprozessoren wären, dürfte es sich um einen EMP oder etwas Ähnliches handeln, aber es funktioniert nicht mal mehr einfache Elektrik.«

»Was ist denn heute noch einfach«, erwiderte Robert. Malte wusste aus anderen Gesprächen, dass ihm die Entwicklung manchmal zu schnell ging.

»Siehst du die Beleuchtung für die Notausgänge«, er deutete auf die grünlich schimmernden Hinweislampen, »die sollten normalerweise durch Akkus oder Batterien in Betrieb sein, keine Elektronik, simple Elektrik. Warte mal …«

Malte sah sich ein wenig verstohlen um, nahm aus dem Batterieregal eine Packung mit einem neun Volt Block, öffnete diesen und hielt sich die Kontakte an die Zunge. Robert sah ihn fragend an.

»Alter Gitarristentrick«, erklärte Malte, »normalerweise sollte man eine Reaktion spüren, ein leichtes Kribbeln, irgendwas halt. Aber nichts, da fließt kein Strom mehr.«

Er wischte den neun Volt Block kurz mit seinem Hemd ab, legte ihn in die Verpackung und arrangierte diese möglichst unauffällig wieder ins Verkaufsregal.

»Es ist nicht meine Schuld, wenn eure Kartenleser nicht funktionieren«, regte sich Holzer an der Kasse auf.

Müller überwachte die Bargeldzahlungen hinter der eingeschüchterten Kassiererin und versuchte, Holzer zu beruhigen: »Das habe ich auch nicht gesagt. Wir können aktuell nur gegen Bargeld verkaufen, bitte haben sie dafür Verständnis.«

»Witzbold«, schimpfte Holzer, »erst bringt man den Konsument-en dazu, auf das Plastikgeld zu wechseln und dann ist man verlas-sen. Ich würde das gerne anschreiben lassen.«

»Verstehen Sie mich bitte nicht falsch, aber …«, fing Müller an.

»ABER«, fiel ihm Holzer ins Wort, »ABER? Ich war schon Kunde dieses Supermarktes, da war es noch der kleine Laden, oben an der Ecke. Da warst du Quark im Schaufenster! Ich habe meine Ware immer bezahlt und du willst mich jetzt hier abweisen?«

Müller fühlte sich sichtlich unwohl in seiner Haut.

»Ich kann dir das Vorstrecken«, sagte Robert und zückte seinen Geldbeutel.

Auch diesen Charakterzug bewunderte Malte, er schaffte es fast immer, Situationen zu deeskalieren.

Die Kassiererin nahm das Geld entgegen und gab Robert das Rückgeld.

»Danke«, brummte Holzer.

Er drohte Müller: »Darüber reden wir noch!«

Nachdem Holzer den Markt verlassen hatte, nutzte Müller den Augenblick für eine Erklärung: »Darf ich um Aufmerksamkeit bitten?«

Er wartete, bis es im Laden etwas ruhiger wurde: »Ich wurde schon mehrmals gefragt: Da Ihre Autos nicht funktionieren, kön-nen Sie den Einkaufswagen mit nach Hause nehmen. Bringen Sie ihn bitte wieder mit, sobald Sie Ihre Fahrzeuge abholen. Der eine Euro ist nicht der Kaufpreis, sondern das Pfand!«

»Falls sich das bis morgen früh nicht geändert hat, sollten wir eine Versammlung einberufen«, schlug Robert Malte vor.

Der stimmte zu: »Ja, das wäre gut. Wenn das hier länger anhält, müssen wir schnell anfangen zu planen.«

»Ich habe schon eine Idee«, grinste Robert, »wenn es so weit ist, wirst du Ort und Zeit mitbekommen.«

Malte runzelte die Stirn: »Ich bin gespannt.«

Die Schlange vor den beiden wurde schnell abgearbeitet und sie verabschiedeten sich am Ausgang. Vor dem Supermarkt roch es nach Grillgut und Müllers Idee wurde gerne angenommen.

Malte lief zu seinem Auto, öffnete die Tür … zumindest war das sein Plan. Sein Fahrzeug hatte eine automatische Fernentriegelung, die reagierte, wenn der Kartenschlüssel neben dem Pkw war. Manchmal, zum Beispiel wenn der Schlüssel abgeschirmt wurde, funktionierte das nicht. Diesmal war ihm schnell klar, dass es ohne Strom nicht klappen würde. Er holte den Autoschlüssel aus der Tasche, klappte den mechanischen Schlüssel aus, öffnete die Verdeckung und entriegelte sein Fahrzeug. Er nahm seinen Rucksack vom Beifahrerplatz, den Laptop wollte er auf keinen Fall zurücklassen, schaute auf den Rücksitz und in den Kofferraum. Gab es andere Sachen, bei denen es sich lohnte, sie mitnehmen? Er entschied sich für den Erste-Hilfe-Kasten, packte den, gemeinsam mit dem Rucksack, zu den Einkäufen im Einkaufswagen und verschloss das Auto.

Er erinnerte sich nicht, wann er das letzte Mal vom Markt bis zu seinem Haus gelaufen war. Der Wagen war wegen eines verklemmten Rades extrem störrisch und nur mit erheblicher Kraftaufwendung hielt Malte ihn ›in der Spur‹.

An der Ampel im Dorfzentrum sah er einen Unfall, der weniger glimpflich aussah, als die Kollision auf dem Supermarktparkplatz. Vor vielen Häusern standen Menschen und diskutierten lebhaft.

Malte schnappte hier und dort Gesprächsfetzen auf: »Gerade als es spannend wurde, ging der Fernseher aus …«

»… wie soll ich denn das Essen ohne Ofen fertigmachen, hoffentlich wird der Strom bald wieder eingeschaltet.«

Manche versuchten, ihre Handys durch das Hochhalten oder Einnehmen absonderlicher Positionen zum Funktionieren zu bewegen. Bei Malte weckte das Erinnerungen an früher, wenn man probierte, den Fernsehempfang mit einer Zimmerantenne durch ähnliche Akrobatik zu verbessern. Dass die Geräte nur empfangsbereit waren, solange sie Strom hatten, blendeten viele aus, was Malte nicht verwunderlich fand: Die Verfügbarkeit von Elektrizität sahen alle als gegeben und sie war Teil der Zivilisation. Die Telekommunikation ermöglichte erst den ›Just-In-Time‹-Lebensstil der modernen Gesellschaft, nicht nur in den Metropolen, sondern auch in Dörfern wie Umbach.

Malte überlegte: Seine Tochter Laura hatte Tanzstunde und sollte bereits daheim sein. Ihr Bruder Lukas hatte ihm eine Nachricht geschrieben, dass er nach der Schule ein wenig in der Stadt blieb. Unter normalen Umständen war das eine Busfahrt von zwanzig Minuten, zu Fuß waren die fünf Kilometer für seinem Sohn keine Herausforderung.

Mehr Sorgen bereitete ihm Simone. Seine Frau war am Morgen für einen Geschäftstermin nach Hamburg geflogen. Sollte dort der Strom ausgefallen sein, wären die Bedingungen in der Großstadt um einiges schwerer als hier im ländlichen Gebiet. Er erreichte die Straße, in der ihr Haus stand, atmete einmal tief durch und setzte zum Endspurt mit dem Einkaufswagen an.

JUTTA

Die Maschine schaukelte leicht nach und Jutta atmete erleichtert durch.

»Wow!«, brachte sie heraus, »und nun raus aus dem Vogel!«

Sie arbeiteten die Evakuierungscheckliste ab, zumindest so weit es möglich war, öffneten die Cockpittür und sahen, dass das Kabinenpersonal mit der Evakuierung der Maschine angefangen hatte. Ging es beim normalen Boarding und Unboarding eines Verkehrsflugzeuges manchmal etwas chaotisch zu, wurde jetzt noch mehr gedrängelt und geschoben. Jutta sah, dass die meisten Fluggäste die Anweisung, ihr Handgepäck in den Fächern zu belassen, ignorierten.

»Lassen Sie Ihr Gepäck im Flugzeug! Ihre Sicherheit geht vor«, rief Jutta, ohne dabei gezielt einen Passagier anzusprechen.

Die Blicke, die sie dafür erhielt, waren gelinde gesagt unerfreulich, aber außer einer Frau, die ihren Koffer wieder zurück in die Ablage schob, reagierte niemand auf ihre Anweisung.

»Meine Damen und Herren«, versuchte es Steffen, lauter und mit Nachdruck, »die Sicherheit aller Passagiere geht vor. Bitte verlassen Sie umgehend die Maschine und lassen Sie Ihr Gepäck zurück.«

Ein etwa ein Meter neunzig großer Mann drängelte sich an Jutta vorbei und hielt seine Laptoptasche vor seine Brust. Da der Platz beim Ausgang extrem eng war, schob er sie so von sich weg, dass sie rückwärts zurück ins Cockpit stolperte.

»Von einer Saftschubse lass ich mir nix sagen!«, hörte sie ihn schimpfen, bevor dieser über die Notrutsche die 767 verließ.

»Lassen Sie Ihr Gepäck liegen und verlassen Sie umgehend das Flugzeug«, rief Jutta in einem Ton, mit dem sie als Ausbilderin bei den US-Marines hätte anfangen können.

Zumindest die Passagiere, die die Maschine durch die vordere Tür verließen, befolgten ihre Anweisung. Durch die Kabine erkannte Jutta, dass das beim hinteren Ausstieg nicht der Fall war.

»Beeindruckend«, grinste ihr Co-Pilot.

»Geholfen hat es kaum«, resignierte sie.

Sie beobachteten, wie zuerst die Passagiere das Flugzeug verließen und dann die Bordcrew folgte. Während Steffen den Ausstieg vorne nutzte, kontrollierte Jutta die restliche Kabine. Mit einem mulmigen Gefühl nahm sie die Notrutsche und schloss zu den anderen Passagieren und Crewmitgliedern auf, die sich in Richtung des Restaurants, am Rande des Flugplatzes, bewegten.

Am Ende der Landebahn trafen sie mit Zeugen zusammen, die vom Restaurant und vom Tower auf sie zu gekommen waren. Es bildete sich sofort eine kleine Ansammlung und Jutta hörte schon aus einiger Entfernung, dass es zu lauten Wortgefechten kam.

Der Mann mit der Laptoptasche hatte sich bedrohlich vor Sabine aufgebaut und erklärte, so laut, dass es jeder hörte: »Ich muss nach Frankfurt und nicht auf irgendeinen Hinterwäldler Flugplatz! Es ist mir egal, wie Sie das hinbekommen, aber kümmern Sie sich darum, dass ich weiterkomme!«

Ein anderer Passagier kam ihr zur Hilfe: »Ist Ihnen nicht bewusst, dass wir eine Notlandung überlebt haben? Sie sollten dankbar …«

»Wer hat denn Sie gefragt?«, warf der Laptoptaschenträger ihm an den Kopf, »Sie meinen wohl, Punkte bei der Stewardess machen zu müssen.«

Ein Mann, der vom Tower gekommen war, versuchte es ebenfalls: »Sie haben unglaubliches Glück gehabt, ich hätte nie gedacht, dass man hier mit einer 767 landen könnte!«

Der Angesprochene drehte sich um: »Und wo ist dieses ›hier‹?«

Der Mann antwortete: »Wir sind hier in Lützellinden, zwischen Gießen und Wetzlar, etwa 60 Kilometer nördlich von Frankfurt.«

›Laptoptasches‹ Blick fand Steffen: »Sie sind doch hier der Verantwortliche. Sie haben uns hergebracht, sehen Sie zu, dass wir weiter kommen.«

Ihr Kollege schaute kurz zu Jutta und dann zurück zu dem Mann: »Also erst mal: Ich bin der Co-Pilot. Ihr Leben verdanken Sie, Herr … dürfte ich nach ihren Namen fragen?«

»Weidenauer«, reagierte dieser schnippisch.

»Herr Weidenauer. Dort drüben steht unsere Pilotin, Jutta Dietz, die das Wunder vollbracht hat, eine 767, ohne Strom, wie ein Segelflugzeug zu landen. Ich kann Ihnen versichern, dass das nicht viele Piloten hinbekommen hätten.«

Weidenauer tippte mit dem Zeigefinger auf Steffens Namensschild: »Und wer Herr …«, er schaute auf besagtes Schild, »Hofgartner, ist zuständig für unseren Transfer an den Zielflughafen?«

»Gute Frage«, gewann der Co-Pilot etwas Zeit, »normalerweise kümmern wir uns nach einer Notlandung erst darum, ob es Verletzte gibt, das scheint nicht der Fall zu …«

Weidenauer ließ Steffen stehen und wandte sich an den Mann aus dem Tower: »Könnten Sie mir bitte ein Taxi rufen, mein Handy funktioniert nicht.«

Der schaute verunsichert vom Co-Piloten über Jutta und dann zu Weidenauer: »Wir haben einen Stromausfall und mein Mobiltelefon lässt sich ebenfalls nicht einschalten. Autos funktionieren nicht, ich befürchte, ich kann Ihnen nicht helfen.«

»Mich interessiert nicht, wer mir nicht helfen kann. Haben sie denn zumindest eine Idee, wer oder wo mir jemand helfen kann oder wo ich am ehesten jemand finde, der mich nach Frankfurt bringt?«

»Jetzt beruhigen Sie sich bitte«, schaltete sich Jutta ein, »offensichtlich gibt es ein größeres Problem. Auf der Autobahn bewegt sich kein Fahrzeug mehr. Wir sollten überlegen, welche Optionen wir haben.«

Weidenauers eiskalter Blick traf Jutta: »Schätzchen, nur weil du im Cockpit den Knüppel anfassen darfst, muss ich mir von dir nichts sagen lassen.«

Er sah sich um und schaute in Richtung Allendorf, das hinter der gelandeten 767 zu sehen war.

»Ich werde in den nächsten Ort gehen und schauen, wie ich weiterkomme. Wer hier nicht festsitzen mag, kann mir gerne folgen.«

Ein Raunen ging durch die Gestrandeten und Jutta bemerkte, dass dieser Mann mit seinen seltsamen Manieren nicht wenige der Passagiere beeindruckte.

»Wie kommen wir an unser Gepäck?«, fragte einer der Fluggäste.

Jutta schaute nach der Maschine: »Für das Handgepäck müsste man wieder in die Kabine. An den Gepäckraum kommen wir nicht. Ohne Strom lässt der sich nicht öffnen.«

»Wir haben keine Gangway, aber ich könnte eine Leiter bringen«, bot der Mann aus dem Tower an.

»Das wäre gut! Soll ich Ihnen helfen?«, sagte Steffen.

»Nein danke, das bekomme ich schon hin«, antwortete der Mann, drehte sich um und ging in Richtung der Flugzeughallen.

»Meine Damen und Herren«, sprach Jutta ihre Passagiere an, »Für diese Situation haben wir kein Standardvorgehen. Wir werden jetzt das Handgepäck aus der Maschine holen. An den Gepäckraum kommen wir im Moment nicht …«

»Sie wollen mir sagen«, Weidenauer baute sich vor Jutta auf, »dass Sie nicht wissen, wie Sie mein Gepäck aus Ihrem beschissenen Flugzeug bekommen?«

Jutta widerstand der Versuchung dem Mann eine Ohrfeige zu geben: »Nein. Ich weiß, wie wir an Ihr Gepäck kommen, nur mit den uns momentan zur Verfügung stehenden Mitteln geht das nicht. Selbst wenn wir die Klappe öffnen könnten, müssten wir die Container herausbekommen. Ohne schweres Gerät ist das nicht zu machen. Sie entschuldigen mich bitte, ich habe zu tun.«

Sie wartete nicht auf weitere Reaktionen und eilte zur 767, Steffen und der Rest der Crew folgten ihr, danach dann die Passagiere.

»Ohne Mist«, flüsterte Jutta zu Steffen, der neben ihr lief, »ich habe keinen Plan, was wir hier weiter machen sollen.«

»Dieser Weidendingsda ist krass, man rettet dem das Leben und bekommt direkt eine hereingewürgt. Wenn du mich fragst, krankt unsere Gesellschaft an solchen Typen«, sagte Steffen, »und um auf die Situation zu kommen: Sind wir verantwortlich für die Passagiere? Müssen wir bei der Maschine bleiben? Was für einen Notfall haben wir überhaupt?«

»EMP? Sonnensturm? Alle elektrischen Geräte scheinen ausgefallen zu sein, so schnell wird keine Hilfe von außen kommen«, vermutete Jutta.

»Im Grunde können wir froh sein, wenn das riesige Rumpelstilzchen einige Passagiere mitnimmt, uns nicht mehr nervt und damit entlastet«, grinste Steffen. »Du könntest nach Hause gehen, hast es ja nicht weit.«

»Lass uns schauen, wie viele Passagiere Weidenauer folgen, mit den restlichen und der Crew können wir dann vernünftig die Optionen durchgehen«, entschied Jutta, »und du weißt schon, dass ich bei der Maschine bleiben muss?«

»Ja. Aber die Situation ist definitiv nicht normal.«

Mittlerweile war der Mann vom Flugplatz mit der Leiter angekommen und Jutta stieg gemeinsam mit zwei Fluggästen in die Kabine, um die Handgepäckstücke über die Notrutsche aus dem Flugzeug zu befördern.

Weidenauer war einer der Letzten, der seinen Koffer bekam und notierte sich die Namen von Steffen und Jutta: »Sie werden von mir hören.«

Er führte eine beachtlich große Gruppe an Passagieren vom Flugplatz weg.

»So viele«, staunte Sabine, »das dürften fast zwei Drittel sein!«

Jutta schaute ihnen hinterher und wandte sich an die restlichen Passagiere: »Können wir gemeinsam die verschiedenen Optionen durchgehen? Um ehrlich zu sein, weiß ich nicht, was passiert ist. An Bord ist sämtlicher Strom ausgefallen und nur der Umstand, dass unser Flugzeug mit Seilzügen und Hydraulik steuerbar ist, hat uns gerettet. Wer nach dem Stromausfall aus dem Fenster geschaut hat, wird andere Passagierflugzeuge gesehen haben, die abgestürzt sind.«

Sie atmete kurz durch: »Wie wir eben gehört haben, ist auch hier der Strom ausgefallen, auf der Autobahn bewegt sich nichts. Ich würde nicht damit rechnen, dass wir schnell Hilfe von außen bekommen. Die Optionen, die mir spontan einfallen sind: Hier bleiben und auf Hilfe warten, in den Nachbarorten nach Hilfe suchen oder sich zu Fuß auf den Weg zu machen.«

»Zu Fuß?«, fragte eine Passagierin erstaunt, »dafür habe ich kaum das richtige Schuhwerk an.«

»Führen Sie uns denn?«, erkundigte sich eine andere.

»Ich muss nach Kassel«, warf ein weiterer Fluggast ein.

»Haben Sie eine Ahnung, wie lange man braucht, um 60 Kilometer zu laufen?«, fragte ein anderer Passagier.

Jemand antwortete: »Spaziergänger gehen im Schnitt fünf Kilometer pro Stunde, nach Frankfurt wären wir die ganze Nacht unterwegs.«

Die Wirtin der Flugplatzgaststätte gesellte sich zu der Gruppe und verkündete laut: »Sicherlich haben Sie nach dem Schock alle Hunger und Durst, ich würde Ihnen gerne eine warme Suppe und Getränke anbieten.«

»Warme Suppe«, staunte Steffen.

»Der Strom geht nicht, aber Gas haben wir in den Flaschen«, erklärte die Wirtin, »da ich mitbekommen habe, dass Sie zumindest heute Nacht hier festsitzen, kann ich Ihnen den Gastraum zum Übernachten zur Verfügung stellen. Sie müssten es sich auf Stühlen bequem machen, Matratzen kann ich leider nicht anbieten, Decken auch nicht. Das dürfte aber alles besser sein, als unter freiem Himmel zu schlafen.«

Das Angebot fand positives Echo und die Wirtin führte die Gestrandeten zur Gaststätte. Steffen, Sabine und Jutta ließen sich ein wenig zurückfallen.

»Es ist überschaubar und es ergeben sich vier Richtungen: Einige wollen nach Frankfurt, ein paar nach Westen in Richtung Limburg. Eine Handvoll muss in Richtung Kassel und etwa zehn Leute in Richtung Dortmund. Außer dir scheint niemand hier aus der Gegend zu sein«, resümierte Sabine das, was sie aufgeschnappt hatte. »Ich werde mich der Gruppe anschließen, die nach Limburg möchte, die anderen Mädels werden mit nach Frankfurt laufen.«

»Habt ihr in eurem Gepäck vernünftiges Schuhwerk?«, fragte Steffen.

»Müssen wir schauen«, sagte Sabine, »wenn nicht, vielleicht lässt sich im Ort etwas organisieren?«

Er sah Jutta an: »Du willst nach Hause laufen, nehme ich an?«

Sie war hin- und her gerissen. Umbach lag nur knappe zehn Kilometer nördlich: »Ich werde beim Essen bei euch bleiben und mich danach auf den Weg machen. Morgen früh komme ich wieder her.«

»Hört sich nach einem Plan an«, sagte Steffen, »und falls zwischendurch jemand Offizielles kommt, bin ich ja hier.«

Die restlichen Passagiere und die Crew füllten einen Großteil des Restaurants und als die Wirtin um Hilfe beim Servieren bat, meldeten sich einige Freiwillige.

»Da die Zapfanlage elektrisch gekühlt und betrieben wird, kann ich Ihnen leider kein frisches Bier anbieten, aber wir haben Radler und Alkoholfreies in Flaschen und Wasser, Limo, Cola und Apfelsaftschorle«, offerierte die Wirtin. »Ich habe zufällig eine Lauchcremesuppe für das Wochenende vorbereitet. Wenn sie durchgezogen ist, schmeckt sie noch besser. Aber die sollte so schon gut schmecken.«

Mit der zusätzlichen Hilfe waren schnell Getränke und Suppenteller an alle verteilt. Jutta merkte erst beim Essen, wie hungrig sie war, und genoss jeden Löffel der herrlichen Suppe. Das Geräusch des Bestecks auf den Tellern und das Klirren der Gläser bestätigten, dass es allen anderen schmeckte.

Die Passagierin, die auf das Problem des unpassenden Schuhwerks hingewiesen hatte, kam an den Tisch, an dem Jutta und Steffen saßen: »Ich wollte mich bei Ihnen dafür bedanken, dass Sie unser aller Leben gerettet haben.«

An den angrenzenden Tischgruppen wurde es still, alle drehten sich in ihre Richtung.

Die Frau ergänzte: »Und das Verhalten dieses Weidenauer war peinlich und total daneben. Lassen Sie sich nichts einreden, Sie sind toll!«

Sie schüttelte den beiden Piloten die Hand und kehrte zurück an ihren Platz. Mittlerweile hatten sich alle zu Jutta umgedreht, alle standen auf und klatschten. Nacheinander kamen sämtliche Passagiere, um ihr und ihrem Co-Piloten die Hände zu schütteln.

»Danke!«

»Vielen, vielen Dank!«

Jutta war gerührt und Steffen hatte Tränen in den Augen: »Wir wollten selbst nur sicher unten ankommen.«

Nach dem Essen ging sie zur Wirtin, um zumindest Speisen und Getränke für die Crew zu bezahlen.

»Nein danke«, entgegnete sie fast beleidigt, »Sie alle sind in Not und ich helfe gerne. Ich bin ein Freund von ›Pay-it-Forward‹, geben Sie bei passender Gelegenheit einen Gefallen an jemand anderen weiter.«

»Das ist ein großartiges Prinzip«, gestand Jutta.

Sie verabschiedete sich von den Passagieren, wünschte allen einen guten Heimweg und wurde mit Applaus entlassen. Mit ihrem Rollkoffer verließ sie, gefolgt von ihrer Crew, das Restaurant.

»Ihr kommt zurecht?«, fragte sie.

»Wir werden sehen«, lächelte Sabine, »mach' dich nach Hause.«

Sie ließ ihre Crew hinter sich und machte sich auf dem Weg in Richtung Autobahn.

FLORIAN

Florian hatte angefangen, die Herz-Lungen-Maschine zurückzubauen, als die Pflegerin mit zusätzlichen Kerzen und einem weiteren Arzt zurück in den OP kam.

»Ist euer Patient transportfähig?«, fragte er.

Sein Blick fiel auf den OP-Tisch und das Kopfschütteln von Doktor Hense gab ihm die Antwort.

»Wir brauchen dringend Hilfe. Es sind sämtliche Maschinen ausgefallen, wir kommen mit der Überwachung der Patienten nicht hinterher«, erklärte der Arzt, »verteilt euch bitte auf der Intensivstation.«

»Und der OP-Saal?«, wunderte sich die Assistenzärztin.

»Euer Patient läuft euch nicht mehr weg, bei einigen Patienten geht es um jede Sekunde!«, forderte der Arzt und verschwand wieder.

Nacheinander verließ das Team den Saal, entledigte sich der Handschuhe und Masken und begab sich zu den Waschbecken.

»Wenig Druck«, wunderte sich Florian, aber niemand reagierte auf seinen Kommentar.

Auf dem Flur der Intensivstation trafen sie Horst Bruder, den Stationsarzt, der dankbar für die Verstärkung war: »Danke, dass ihr gekommen seid. Nehmt euch bitte die Zimmer von hinten nach vorne vor und ich befürchte, wir werden nicht alle Patienten retten können. Konzentriert euch auf die mit den besten Chancen.«

Florian musste bei dem Hinweis schlucken: »Wir sollen entscheiden, wer leben darf und wer nicht?«

»Nein«, schüttelte der Stationsarzt den Kopf, »nicht ›wir‹, die Entscheidung dürfen Sie als Krankenpfleger nicht treffen. In jedem Team sollte ein Arzt dabei sein, der die Triage anzuwenden hat.«

Florian war zwar froh, die Patienten nicht selbst in die verschiedenen Stufen einteilen zu müssen, den herablassende Kommentar mit dem ›Krankenpfleger‹ würde er sich merken. Bruder hatte sich soeben einen Platz auf seiner ›Liste‹ erarbeitet und irgendwann würde er die Gelegenheit haben sich zu revanchieren.

Er bildete ein Team mit Kai und schnell begaben sie sich zum hintersten Patientenzimmer.

»Triage«, grübelte Kai, »das ist schon eine Weile her.«

»Vier Stufen«, half Florian. »Bei der Ersten geht es um Opfer, die akut bedroht sind, denen sofort geholfen werden muss. Schwer Verletzte werden aufgeschoben, wenn möglich überwacht. Leicht Verletzte auf später vertröstet und in der vierten Stufe sind die ohne Überlebenschance.«

Am Zimmer angekommen, stellten sie den Tod der zwei Patienten fest. Geschockt wechselten sie in den nächsten Raum. Beide Patienten waren an eine künstliche Beatmung angeschlossen und während sich der Brustkorb des einen bewegte, lag der andere bewegungslos in seinem Bett. Florian entfernte beim Lebenden den nutzlosen Beatmungsschlauch.

Hense überprüfte dessen Vitalfunktionen: »Atmung und Puls stabil, das Herz hört sich gut an, den können wir zumindest ein paar Minuten allein lassen.«

»Ich schiebe den Verstorbenen zu denen nebenan, der Patient hier muss nicht mit der Leiche im Zimmer liegen.« Florian entriegelte das Fahrwerk, Kai öffnete ihm die Tür und er fuhr das Bett in das Nachbarzimmer.

Die Kranken in zwei weiteren Räumen waren stabil, Florian erkannte am Dialysegerät, dass der Kranke dringend darauf angewiesen war, dass die Maschine schnell wieder lief. Im Gegensatz zur künstlichen Beatmung war die Gefahr zwar nicht akut, aber je länger die Dialyse hinausgezögert wurde, umso wahrscheinlicher wären irreversible Nierenschäden, an denen Erkrankte innerhalb weniger Wochen sterben würden.

»Bei uns waren es drei von acht«, berichtete er dem Team, als sie sich im Stationszimmer versammelten, um einen Überblick der Situation zu bekommen.

Bruder schaute von seinen Notizen hoch: »Wir sind keine zwei Stunden ohne Strom und haben auf unserer Station mehr als ein Viertel der Patienten verloren. Bei einer weiteren Handvoll müssen wir hoffen, dass wir möglichst schnell wieder funktionierende

Maschinen bekommen. Die Notstromaggregate sind nicht angesprungen und die Akkus aller Geräte … aller Geräte haben versagt. Wie kann das sein?«

Er schaute jeden flüchtig an, erwartete aber, wie es schien, keine Antwort: »Erschwerend kommt hinzu, dass die Kolleginnen und Kollegen der Nachtschicht zum Großteil nicht gekommen sind. Wir müssen einen Notdienst einrichten.«

Nach einem kurzen Seufzen fuhr er fort: »Ich bitte alle, die keine Kinder oder pflegebedürftige Menschen daheim haben, hierzubleiben.«

»Als ob wir nicht genug Probleme haben, steht die Versorgung mit Wasser auf der Kippe: Aus den Leitungen kommt nichts mehr. Für dringende Fälle können wir das Wasser aus den Flaschen nehmen, wir müssen im Auge behalten, dass unsere Patienten nicht dehydrieren. Soweit zur Situation im Haus. Es ist mit der Einlieferung weiterer Verletzter zu rechnen. Falls wir jemanden entbehren können: Die Notaufnahme wird sich über jede Hilfe freuen.«

»Was machen wir mit den Verstorbenen?«, fragte Kai, der, so vermutete Florian, in Gedanken auf dem Heimweg zu Frau und Kindern war.

»Ohne Aufzüge können wir die nicht nach unten bringen, wir lassen sie auf den Zimmern und hoffen, dass morgen alles wieder geht«, beschloss der Stationsarzt.

»Ohne Kühlung werden uns einige Medikamente umkippen«, wandte die Assistenzärztin aus dem OP ein.

Doktor Bruder nickte: »Wenn wir die Kühlschränke zulassen, sollte sich die Temperatur eine Weile halten und auch hier gilt das Prinzip: Hoffen, dass wir bald wieder Strom haben! Damit ich eine Übersicht bekomme: Wer hat daheim Kinder und zu pflegende Angehörige?«

Etwa ein Drittel meldete sich. »Ich danke euch, dass ihr uns bis jetzt unterstützt habt, und wünsche euch einen guten Heimweg. Wir sind für jeden dankbar, der hierbleibt! Bei den anderen entschuldige ich mich, euer Engagement einzufordern, zumindest bis wir wieder so etwas wie Normalität haben. Kümmert euch darum, dass jemand in der Kantine Essen für euer Team besorgt.«

»Hättest du dir mit dem Nachwuchs mehr Mühe gegeben«, witzelte Kai, »könntest du jetzt gehen.«

Er war auf dem Weg zu seinem Auto und wurde von Florian begleitet, der die Chance auf eine Zigarette und einen kurzen Plausch nutzte.

Ihm entging das Grinsen nicht: »Das wird schon und morgen ist der Spuk hier vorbei, ich sehe das als Abenteuer.«

Nach flüchtigem Nachdenken fügte er hinzu: »Auch wenn es eine sehr ernste Situation ist.«

»Was passiert, wenn sich das bis morgen nicht ändert?«, wunderte sich Kai.

»Kein Strom? Kein Wasser?«, mutmaßte Florian. »Dann geht das hier schnell den Bach herunter. Einige der Nachtschicht sind nicht gekommen und es ist fraglich, wer von der Frühschicht kommen wird. Außer die, die in Laufnähe zur Klinik wohnen.«

Bei Kais Auto angekommen, kramte Florian eine Zigarette aus seiner Tasche, zündete sie an und sog genussvoll den Rauch ein.

»Die Fernentriegelung geht auch nicht«, beschwerte sich Kai.

Er schloss das Fahrzeug auf, setzte sich ans Steuer, vergaß nicht, sich anzuschnallen, und drehte den Schlüssel. Florian hörte weder ein Anlassergeräusch noch einen anspringenden Motor.

»Dann halt zu Fuß nach Hause«, beschloss Kai.

Sie verabschiedeten sich und Florian bummelte zurück zur Klinik, die oben auf einem Hügel stand und einen Blick über das Umland gestattete. Er schaute Kai hinterher, der nur einen Ort weiter wohnte und flotten Schrittes dorthin eilte. Da es einer der längsten Tage im Jahr war, würde es dauern, bis es dunkel wurde. Florian fragte sich, wie der Betrieb des Krankenhauses nur mit Kerzenlicht funktionierte.

Er ging in die Notaufnahme, in der am meisten Hilfe notwendig sein würde. Zu seiner Überraschung war dort nicht viel los und ihm wurde klar, dass ohne funktionierende Rettungswagen oder Autos weniger Patienten angeliefert wurden. Genaue Diagnosen, erzählte ihm ein Kollege, waren ohne Röntgengerät teilweise nicht machbar. Nach einer Erstversorgung schickte man die meisten wieder weg.

Florian betrat die Kantine, um sich etwas zu stärken, ergatterte ein mit Schinken und Käse belegtes Sandwich und fand einen freien Platz direkt neben Doktor Bruder, der sich das gleiche Essen gönnte: »Guten Appetit. Ich hoffe, dass eben hat dir nicht den Hunger verdorben.«

»Mahlzeit«, reagierte Florian, »und nein, da muss schon mehr passieren.«

Doktor Bruder deutete in den Raum: »Soweit ich mitbekommen habe, ist nicht einmal jeder Zehnte der Nachtschicht gekommen. Da in den meisten Stationen viele dageblieben sind und eine Doppelschicht schieben, haben wir für die Nacht mehr Personal als bei einer normalen Schicht. Trotzdem kann ich es kaum erwarten, bis die Frühschicht kommt.«

»Hast du dir überlegt, dass nur wenige kommen werden?«, fragte Florian.

»Du weißt, ich bin unverbesserlicher Optimist, das Glas ist nicht nur halb voll, physikalisch gesehen ist es ohne Vakuum sogar ganz voll!«

Florian lächelte: »Trotzdem sollten wir in Erwägung ziehen, dass morgen früh nicht genug Kollegen kommen werden.«

»Weißt du, es ist weniger das Personal, um das ich mir Gedanken mache. Ich hatte euch vorhin schon gesagt, dass wir entscheiden müssen, wer die besseren Chancen zum Überleben hat. Bisher wurde uns diese Entscheidung abgenommen, aber wenn wir morgen früh keinen Strom haben und das Wasser nicht läuft, werden wir schnell ein Hygieneproblem haben und unser Vorrat an Wasserflaschen ist nicht unendlich«, grübelte Doktor Bruder.

Er aß den letzten Bissen seines Sandwiches, erhob sich und nickte ihm zu, bevor er die Kantine verließ.

»Darf ich?«, fragte eine etwa fünfzigjährige Frau und deutete auf den Sitz, den Doktor Bruder verlassen hatte.

Florian überlegt kurz und ihm fiel ein, dass sie eine der Hebammen war: »Klar Maren! War es bei euch so stressig?«

Er hatte die Frage nicht beendet, als ihm die verweinten Augen auffielen.

»Heute ist der schlimmste Tag, den ich bisher erlebt habe! Wir hatten eine Geburt, als der Strom ausfiel, die verlief erstaunlich problemlos. Auf der Station haben … hatten wir zwei Frühchen, die Brutkästen sind ausgefallen.«

Sie sprach nicht weiter, Tränen kullerten an ihrem Gesicht herunter.

LUKAS

Nachdem Lukas sich von seinem Freund verabschiedet hatte, eilte er zum Treppenaufgang der Bahnüberführung. Von dort sah er, dass ein Regionalzug ein paarhundert Meter vor dem Bahnhof zum Stehen gekommen war, und es hatte vermutlich eine Weile gedauert, bis das Personal die Evakuierung des Zuges eingeleitet hatte. Eine lange Schlange Menschen lief über das Gleisbett und der Anblick erinnerte Lukas ein wenig an eine Ameisenstraße.

Auf der Überführung hatten sich ebenfalls Auffahrunfälle ereignet, die liegen gebliebenen Autos waren alle leer. Er hatte beschlossen, weitestgehend dem Weg der Busstrecke zu folgen, obwohl es nicht die kürzeste Strecke war. Sollte ein Bus fahren, würde er winken und hoffen, dann für den Rest des Weges mitgenommen zu werden. Gerne hätte er etwas Musik gehört, wurde vom schwarzen Display seines Smartphones daran erinnert, dass es nicht funktionierte.

Als er bei dem kleinen türkischen Supermarkt in Niedergirmes, einem Wetzlarer Stadtteil, vorbeikam, war er erstaunt. Schon von Weitem sah er, dass Kunden dabei waren, den Laden leer zu kaufen und beim Vorbeigehen hörte er laute Diskussionen, jedoch sprach und verstand er kein Türkisch und ihm entging der Inhalt der Auseinandersetzung.

Konditioniert vom jahrelangen auf dem Bürgersteig bleiben kam er gar nicht erst auf die Idee, auf der Straße zu laufen. Ihm fiel auf, dass einige der Menschen, die in alle Richtungen unterwegs waren, die Chance nutzten und auf der Fahrbahn liefen. Selbst wenn womöglich vereinzelte Autos fuhren, wären die keine Gefahr, denn die vielen liegen gebliebenen Fahrzeuge blockierten überall die Wege.

Vor Lukas liefen zwei Männer, beide so um die sechzig Jahre alt, schätzte er und beim Überholen bekam er einen Teil ihres Gespräches mit: »… Versicherungen wird das ein Vermögen kosten! Alleine die Auffahrunfälle, die ich bis jetzt gesehen habe! Das geht in die Millionen!«

»Du glaubst doch nicht im Ernst, dass die bezahlen werden? Die werden das unter ›höhere Gewalt‹ einordnen oder behaupten, dass man damit hätte rechnen müssen. Wirst sehen, die Einzigen, die verdienen werden, sind die Rechtsanwälte«, kam der Einwand des anderen.

Worauf der Erste grinsend meinte: »Und da die meisten das über ihre Rechtsschutzversicherung machen werden, wird ihnen der Wind aus den Segeln genommen.«

Etwas weiter kamen ihm Menschen mit leeren und vollen Einkaufswagen entgegen. Die Gefüllten konnte er nachvollziehen, die hatten vermutlich im Supermarkt eingekauft und brachten ihre Waren nach Hause. Für die Leeren hatte er zunächst keine Erklärung parat. Beim Passieren eines liegen gebliebenen Ford Focus bekam er eine Antwort für sein Rätsel. Jemand hatte den Einkauf schon hinter sich, als das Auto ausging, und nahm sich einen Wagen um die Besorgungen nach Hause zu bringen. Das war besser, als Kisten oder große Taschen die ganze Zeit zu tragen.

An der nächsten Kreuzung fiel ihm eine ältere Frau auf, die er auf über siebzig schätzte und die ratlos neben einem Kleinwagen stand.

»Hallo«, sprach sie ihn an, »kannst Du mir bitte helfen?«

»Hallo«, antwortete Lukas, »wobei soll ich Ihnen denn helfen?«

»Ich habe alle Besorgungen im Auto und war auf dem Weg nach Hause, als mein Auto ausging. Jetzt habe ich gesehen, dass viele sich Einkaufswagen geholt haben, und ich muss doch meine Sachen nach Hause bringen.« Sie klang etwas wirr.

Lukas erinnerte sich, dass Florian ihm erklärt hatte, dass die meisten älteren Menschen zu wenig Flüssigkeit zu sich nahmen und wieder »klar« würden, wenn sie genug getrunken hätten.

»Soll ich Ihnen einen Einkaufswagen besorgen und helfen, Ihre Einkäufe nach Hause zu bringen?«, fragte er.

»Ja, das wäre lieb von dir«, freute sie sich.

Lukas schaute kurz durch die Heckscheibe in den Kofferraum und entdeckte unter ihren Einkäufen Wasserflaschen: »Nehmen Sie sich was zu trinken und setzen Sie sich ein wenig hin, ich bin gleich zurück!«

Er lief den Weg zum Parkplatz des Supermarktes zurück, drehte sich wiederholt um und sah, dass die Dame seinem Vorschlag folgte und etwas trank.

Ähnlich wie bei dem kleinen türkischen Laden bot sich ein sonderbares Bild: Entweder kamen Kunden schimpfend und ohne Waren aus dem Markt, dem angrenzenden Discounter, oder die Einkaufswagen waren bis zum Rand gefüllt. Etwas dazwischen gab es nicht. Der erste Einkaufswagenunterstand war leer. Er begab sich zum nächsten, dort waren fünf Stück und er nahm einen, bevor fast gleichzeitig weitere Personen am Unterstand ankamen.

Lukas lief zurück zu der Dame mit ihrem Kleinwagen und bekam hinter sich mit, wie ein Streit um die restlichen Wagen anfing. Er legte einen Zahn zu, da er befürchtete, jemand könnte auf die Idee kommen, ihm ›seinen‹ streitig zu machen.

Am Auto angekommen, sah er, dass die Frau die komplette Flasche Wasser getrunken hatte. Vermutlich war das wenig mehr als der heiße Tropfen auf dem Stein, dachte Lukas und überlegte, wie er ihr das von seinem Onkel vermittelte Wissen weitergeben konnte, ohne dass er sie unhöflich als ›ältere Dame‹ bezeichnen würde.

»Mein Onkel hat mir erklärt, dass man genug trinken soll, damit man nicht dehydriert«, versuchte er es zaghaft.

Die Dame lächelte: »Besonders alte Menschen?«

Lukas fühlte sich ertappt und sie hatte das wohl seinem Gesicht angesehen: »Alles gut. Ich bin eine alte Frau und du bist nicht der Erste, der mir diesen Tipp gibt.«

Erleichtert öffnete Lukas den Kofferraum und verpackte alles in den Einkaufswagen: »Wo wohnen Sie?«

»Naunheim, in der Straße Richtung Umbach«, erklärte die Dame.

»Das passt, ich muss nach Umbach und das liegt genau auf meinem Weg«, freute sich Lukas.

Die Frau schloss ihr Auto ab und beide machten sich auf den Weg: »Wie heißt du?«

»Lukas, Lukas Kinzig.«

Sie überlegte kurz: »Ich glaube, ich kannte deinen Großvater. Ich bin Regine Schmidt und bestehe auf Regine.«

»Haben Sie … hast Du die ganze Zeit seit dem Ausfall im Auto gewartet?«, wollte Lukas wissen.

»Ja. Ich hatte glücklicherweise keinen Unfall.«

Sie liefen an einem Pkw vorbei, in den ein Kleinbus gefahren war.

»Viele haben mir Hilfe angeboten, denen habe ich geantwortet, dass die mit Unfällen mehr Unterstützung nötig hätten. Ich wollte im Auto warten, bis es wieder anspringt. Die Zeit verging wie im Flug und nachdem mir die Leute mit den Einkaufswagen auf der Straße aufgefallen sind, kam ich darauf, dass ich auch laufen müsste. Und du warst die erste Person, die ich angesprochen habe.«

»Umgehungsstraße oder durch den Ort?«, Lukas deutete auf beide Wegmöglichkeiten, die sie am Ortseingang hatten.

»Durch den Ort«, entschied Regine, »wir müssen ohnehin durch die Ortsmitte und der andere Weg ist steiler. Die Umbacher Straße ist steil genug, du wirst ordentlich schieben müssen. Ich weiß gar nicht, wie ich das wieder gut machen soll.«

»Ich mache das gerne und es ist kein Umweg für mich«, entgegnete Lukas.

An ihrem Haus angekommen, half Lukas beim Hereintragen der Einkäufe.

»Kann ich dir etwas zu trinken anbieten?«, fragte Frau Schmidt.

»Nein danke, ich würde mich gerne auf den Heimweg machen«, er verabschiedete sich, folgte der Straße und blieb kurz auf der Brücke über der Autobahn stehen, um sich das Chaos anzuschauen.

Dort waren sehr viele Menschen zu Fuß unterwegs. Die Unfälle waren, wegen der höheren Geschwindigkeit, heftiger gewesen als in der Stadt oder auf der Landstraße.

Nachdem er sich von der Autobahn losgerissen hatte, überquerte er den Rest der Brücke und ließ den Blick kurz über Umbach schweifen. Das Dorf war aus einem kleinen Tal heraus auf die Hänge der anliegenden Hügel gewachsen. Der durch die Mitte des Dorfes laufende Längenbach teilte es in zwei Hälften und speiste im Zentrum einen Löschwasserteich, der früher als Freibad gediente hatte. Direkt daneben stand die alte Kirche. Auf dem Hügel im Osten ragte der moderne Stahlbetonturm des katholischen Gotteshauses hoch. Ein Großteil der Vertriebenen, die in das Dorf und die Nachbarorte gekommen waren, waren Katholiken.

Er lief am Ortsschild vorbei und stellte auf den ersten Blick keine Veränderung fest. Der Unfall an der Ampel im Dorfzentrum und die vielen Menschen auf der Straße, zeigten ihm klar und deutlich, dass ›es‹ hier ebenso passiert war.

Im Kopf ging er die Sachen durch, die er normalerweise daheim anstellte und stellte ein wenig resigniert fest, dass dieser Abend ohne YouTube, ohne Musik, ohne Computerspiele und ohne Fernsehen laufen würde. Selbst lesen war ohne elektrisches Licht schwierig.

Als er in seine Straße einbog, sah er, wie sein Vater mit einem Einkaufswagen in der Doppelgarage des Hauses verschwand. Zumindest er war zuhause und erst in diesem Moment erinnerte er sich, dass seine Mutter sich auf einer Geschäftsreise befand. Er mochte seinen Vater, aber es gab Momente, in denen er Lukas einfach nicht verstand.

Seine Mutter hingegen war für ihn über jeden Zweifel erhaben. Es gab kaum ein Thema, dass er nicht mit ihr besprach, auch das manchmal nicht einfache Verhältnis zwischen ihm und seinem Vater. Seine Schwester trainierte an dem Tag ihre Tanzgruppe und er nahm daher an, dass sie zu Hause sein müsste. Zumindest wären sein Vater und er damit nicht allein, dann kamen sie normalerweise problemlos miteinander zurecht. Trotzdem verlangsamten sich seine Schritte, aber mittlerweile bemerkte er, dass er hungrig war.

Er beschleunigte wieder, stand vor der Haustür und kramte nach dem Schlüssel in seiner Hosentasche, um die Tür aufzuschließen.

»Bin zu Hause«, rief er beim Öffnen der Tür extra laut, damit ihn jeder hören konnte.

Erst als er die Tür komplett geöffnet hatte, sah er, dass Malte in dem kleinen Flur stand.

»Ich glaube, das hat jetzt die ganze Nachbarschaft mitbekommen«, sein Vater lächelte erleichtert, »schön, dass du zu Hause bist! Bist du den ganzen Weg gelaufen?«

LAURA

Das Brot war gegessen. Laura räumte das saubere Geschirr aus der Spülmaschine und die schmutzigen Teller hinein. Als sie die Maschine schließen wollte, fiel ihr ein, dass sie nicht mehr funktionierte. Ein kurzes Öffnen des Wasserhahns zeigte, dass Abwaschen nicht ohne Aufwand möglich war.

»Wir brauchen Wasser zum Trinken, Kochen und für das Geschirr«, sagte Laura zu sich selbst.

»Nimm es doch aus der Regentonne«, schlug Emily vor.

»Für die Toilettenspülung ist das okay, eventuell zum Duschen oder Wäsche waschen, zum Trinken und Essen zubereiten sicher nicht«, erklärte Laura.

Das Mädchen überlegte eine Weile und schaute dabei hier- und dorthin: »Was ist mit Wasser aus der Flasche?«

»Das geht! Ich weiß nur nicht, ob wir genug da haben.« Laura freute sich, dass die Kleine ein wenig abgelenkt war. Im Wohnzimmer schlug die Pendeluhr. Zumindest die ging, stellte Laura fest.

»Acht Uhr«, verkündete Emily, die offenbar jeden Schlag mitgezählt hatte.

»Lass uns nachschauen, wie viel Wasser wir haben.« Nicht nur dem Mädchen tat es gut beschäftigt zu sein. Gemeinsam gingen sie zum Vorratsraum neben der Küche, in dem ein riesiger Tiefkühlschrank stand. Direkt daneben hatte ihr Vater ein Regal für Getränkekästen gestellt. Fast vier volle Kästen Mineralwasser, etwas mehr als 40 Liter berechnete sie schnell. Im angrenzenden Regal lagen acht große Flaschen, beinahe schon Kanister, mit Trinkwasser. Das Etikett verriet, dass in jedem Behälter fünf Liter waren. Laura hatte sich immer gefragt, wofür ihr Vater die gekauft hatte, die Qualität von Leitungswasser war sicherlich besser als das in diesen Kanistern. Die aktuelle Situation war dann die Antwort auf diese Frage: Wenn kein Wasser aus der Leitung kam, war es gut, diesen Vorrat zu haben.

Ihr Blick fiel wieder auf den Tiefkühlschrank und sie überlegte, wie sie verhindern konnte, dass dessen Inhalt sich zu schnell erwärmte. In Ermangelung einer geeigneten Idee und in der Erwartung, dass der Stromausfall nur kurze Zeit dauern würde, ignorierte sie die Überlegungen.

»Ihr habt eine Menge Wasser«, holte Emily sie aus den Gedanken.

»Ja, das glaube ich auch«, reagierte Laura, »damit sollten wir sogar ein paar Tage ohne Wasser aus der Leitung auskommen. So lange wird das bestimmt nicht dauern, bis alles wieder geht.«

»Lass uns mal schauen, dass wir dir ein Nachtlager vorbereiten«, kündigte Laura an.

»Ein Nachtlager?«, Emily klang etwas bekümmert, »meinst du Mama und Papa kommen mich nicht bald abholen?«

»Die sind bestimmt unterwegs und vielleicht kommen die nach Mitternacht.« Emilys Eltern arbeiteten in Frankfurt und falls dort ebenfalls keine Autos funktionierten, würden sie vermutlich erst mitten in der Nacht in Umbach ankommen. »Wir machen für dich ein kleines Matratzenlager in meinem Zimmer und wenn wir das nicht brauchen: umso besser!«

Gemeinsam stiegen sie die Treppen hoch. Laura betrat das Gästezimmer, in dem das Bügelbrett, ein Heimtrainer und anderer Kram stand, öffnete den Schrank und holte eine Garnitur Bettwäsche mit Bezügen heraus: »Trag die bitte in mein Zimmer, hinten links im Flur, mein Name steht auf der Tür.«

Seit sie sich erinnern konnte, war das mit Winnie Puuh und I-Ah geschmückte Namenschild an ihrer Tür. Emily umarmte die Bettwäsche und trippelte in die besagte Richtung, Laura nahm die

Matratze, die am Heimtrainer lehnte und genutzt wurde, wenn sie oder Lukas Übernachtungsgäste hatten, und folgte ihrem Gast. Die hatte es geschafft, ohne die Wäsche fallen zu lassen, den Türgriff zu ertasten und die Tür zu öffnen. Nachdem sie in Trippelschritten das Zimmer betreten hatte, drückte Laura sich an ihr vorbei und legte die Matratze auf den Boden neben ihrem Bett.

»So, gib mal her.« Sie bezog das Nachtlager des Mädchens. Im Nu hatten sie das Spannbettlaken gemeinsam über die Matratze gezogen. Emily kümmerte sich um das Kopfkissen, Laura darum die Decke zu beziehen, und die Schlafgelegenheit war fertig.

»Ich zeige dir das Badezimmer, falls du heute Nacht musst«, erklärte Laura und zeigte ihr den Weg.

Emily fiel dabei ein: »Wir müssen Wasser für die Spülung holen!«

»Ja, das machen wir gleich. Und etwas Trinkwasser, damit wir uns nachher die Zähne putzen und zumindest ein bisschen waschen können«, plante Laura.

»Hm«, die kurze Antwort ließ sie vermuten, dass Emily gehofft hatte, um das Zähneputzen herumzukommen.

»Siehst du, wir haben frische Zahnbürsten da.« Laura präsentierte eine verpackte Bürste.

»Ja, toll.« Emily versuchte nicht einmal, Begeisterung zu heucheln.

»Wollen wir uns auf die Terrasse setzen und UNO spielen?«, schlug Laura vor.

»Wir können es probieren«, willigte Emily mit wenig Elan ein.

Innerhalb kurzer Zeit hatten sie die Getränke vom Abendessen, eine Tüte Gummibären, eine Packung Kekse und das Kartenspiel zum Tisch auf der Terrasse gebracht. Laura fiel die veränderte Geräuschkulisse auf, die Autobahn sorgte normalerweise für ein nahezu monotones Grundrauschen, das komplett verschwunden war. Auch das übliche Summen und Brummen, das man sonst im Haus hörte, das von Kühlschrankkompressoren, Umwälzpumpen und dem Brenner der Gasheizung stammte, wie ihr Vater ihr erklärt hatte, war verstummt. Entgegen der eigenen Erwartung hatte Emily doch einigen Spaß, UNO zu spielen. Dass sie öfter gewann, war dafür vermutlich nicht unwichtig.

Die Zeit verging wie im Fluge und so bemerkten sie die Rückkehr von Lauras Vater Malte erst, als ihr Bruder Lukas sich laut mit »Bin wieder zu Hause!« ankündigte. Die anschließende kurze Diskussion zwischen den beiden hörte sie am Rande mit.

»Oh, hallo, wir haben Besuch?«, frage ihr Vater.

»Hallo Papa, hallo Lukas«, Laura stand auf und umarmte sie nacheinander herzlich und erklärte dabei. »Emilys Eltern sind noch nicht da, ich vermute, sie sind von Frankfurt unterwegs. Sie wird heute vermutlich bei mir schlafen.«

»Hallo Emily«, begrüßte Malte das Mädchen.

Die stand auf und schüttelte ihm die Hand: »Hallo Herr Kinzig.«

»Hallo Emily, bestimmt wirst du kaum schlafen können, weil Laura die ganze Nacht schnarchen wird«, grinste Lukas.

»Hallo Lukas«, grüßte die Angesprochene, »kein Problem, ich habe einen festen Schlaf, erzählt mein Papa immer.«

Lauras Bruder nahm tapfer den leichten Boxschlag seiner Schwester auf seinen Oberarm hin.

»Lukas«, fuhr Malte fort, »hilf mir bitte, die Einkäufe aus der Garage in den Vorratsraum zu bringen. Die Damen, wir sind gleich wieder zurück und ihr könnt uns erzählen, was bei euch passiert ist.«

Kurze Zeit später hörte Laura schon eine Diskussion der beiden. Lukas hatte die Idee, mit dem Einkaufswagen durch die Wohnung direkt zur Vorratskammer zu fahren. Ihr Vater war dagegen, da die Rollen vielleicht Steine auf dem Weg aufgesammelt hatten und das Laminat zerkratzen könnten.

Nach kurzer Zeit kamen beide mit Getränken auf die Terrasse zurück und setzten sich an den Tisch. Lukas hatte sich selbst ein Brot zubereitet, welches er gemütlich verputzte, ihr Vater schien keinen Hunger zu haben.

»Wer mag denn anfangen?«, schaute Malte in die Runde.

Laura erzählte, wie sie den Stromausfall erlebt hatte, wie sie auf die Eltern der Kinder gewartet hatte und schließlich losgelaufen war, um die nicht abgeholten Mädchen nach Hause zu bringen. Sie berichtete von dem Unfall, hoffte aber, dass ihr Vater und Bruder den Seitenblick und die Betonung verstanden, nicht weiter darauf einzugehen. Lukas hatte mittlerweile sein Brot aufgegessen, nahm einen Schluck Wasser und fing an, seine Erlebnisse zu schildern.

»Regine Schmidt?«, fragte ihr Vater, »an die erinnere ich mich. Finde ich gut, dass du geholfen hast.«

Abschließend erzählte Malte, was er erlebt hatte und auch wenn er den ausgereiftesten Erzählstil im Hause hatte, fand Laura, dass Lukas die heftigsten Erlebnisse hatte.

Mittlerweile dämmerte es und Laura wurde wieder aktiv: »Wir sollten Kerzen suchen.«

Sie wartete gar nicht ab, sondern stand auf und überlegte sich dann: »Lukas, sei so lieb und bleib du mit Emily hier und spiele eine Runde UNO.«

Der schien wenig begeistert und setzte zu einer Antwort an, der Blick seines Vaters hielt ihn davon ab, etwas zu sagen. Er fügte sich dem Schicksal, nahm die Karten und fing zu mischen an. Laura und ihr Vater fanden verschiedene Taschenlampen, keine funktionierte, dann suchten sie die Kerzen.

»Wir sollten welche im Flur und im Badezimmer platzieren«, schlug Malte vor. »Aber bitte so, dass uns das Haus nicht in Flammen aufgeht.«

Sie besorgten entsprechende Kerzenständer, die wie klassische Laternen aussahen.

»Grablichter wären jetzt gut, die brennen lange«, sagte Malte, aber sie verfügten nur über normale Kerzen. »Ich bin gespannt, wie lange Emilys Eltern brauchen, bis sie herkommen. Und ich frage mich, wie ich an deren Stelle reagieren würde. Im Büro bleiben und warten, bis der Strom wieder da ist? Selbst wenn sie sich so schnell wie Lukas zum Laufen entschieden haben, dürften die frühestens zum Frühstück hier sein.«

»Wenn ihnen nichts passiert«, gab Laura zu bedenken. »Was, glaubst du, ist mit Mama?«

Sie sah, dass ihren Vater die Frage ebenfalls beschäftigte.

»Ich würde gerne sagen, dass ich es weiß«, antwortete Malte, »aber ich habe keine Ahnung, überhaupt nicht. Eigentlich wollte sie heute Abend wieder zurückkommen, ein Hotel dürfte sie nicht gebucht haben. Wenn auch in Hamburg der Strom ausgefallen ist, dürfte die Situation dort komplizierter sein als hier. Sie wird zusammen mit ihrem Kollegen einen Weg finden. Und wenn der Strom wieder da ist, sollte sich die Krise schnell auflösen.«

Laura hörte an der Stimme ihres Vaters, dass er nicht so zuversichtlich war, wie er erzählte, bohrte aber nicht weiter nach.

Zurück auf der Terrasse war es mittlerweile so dunkel, dass man die ersten Sterne sah. Im Licht des zunehmenden Mondes war die Landschaft schemenhaft zu erkennen. Die sonst übliche Straßenbeleuchtung war erwartungsgemäß nicht angegangen, hier und dort erkannte man Lichter, die in den meisten Fällen von Lagerfeuern stammen durften.

In Wetzlar hingegen schimmerte es an zwei Stellen orangerot, sie vermutete, dass dort Häuser brannten.

»Wie löscht man ohne Löschfahrzeuge?«, fragte Laura unbestimmt in die Runde.

Wie sie erwartet hatte, reagierte Lukas: »Früher hatten die Feuerwehren Handspritzenwagen. Wir haben so eine im Heimatmuseum stehen und beim Jubiläum haben wir die in Betrieb genommen. Ganz früher haben sich alle gegenseitig geholfen und man hat mit Eimerketten Wasser aus Bächen, Flüssen, Seen oder Brunnen geschöpft. Unser Löschteich mitten im Ort war für so etwas gedacht.«

»Es bleibt zu hoffen, dass der Brand nicht auf andere Gebäude überspringt und dass sich aus dem Haus alle retten konnten. Das Gebäude selber wird nicht zu retten sein«, vermutete Malte.

Lukas stimmte zu: »Ja, ohne Löschzug wird da nicht viel zu machen sein«.

Trotz des bewölkten Himmels war mittlerweile das Band der Milchstraße so deutlich zu bewundern, wie sonst nie.

»Wie schön«, sagte Laura, »der Nachthimmel ohne Fremdlicht ist.«

»Und wie still es nachts ohne die Autobahngeräusche ist«, fügte Lukas hinzu.

»Wollt ihr nicht eure Gitarren holen und uns ein wenig unterhalten«, schlug Malte seinen Kindern vor. Die schauten sich an, lächelten, standen auf und betraten das Haus, um kurz darauf wieder mit ihren Instrumenten zurückzukommen.

Lukas grinste: »Ohne mein Tablet gibt es nur das Repertoire, das ich auswendig drauf habe.«

»Wir lassen uns überraschen, nicht Emily?«, frage Malte das Mädchen, das von der ganzen Familie so beschäftigt wurde, dass sie nicht auf die Idee kam, sich um ihre Eltern zu sorgen.

»Ja«, kam die begeisterte Antwort und Laura bemerkte, wie Emily das alles als Abenteuer empfand. Bruder und Schwester waren aufeinander eingespielt und hatten ein Repertoire, das sich über Jahrzehnte erstreckte. Sie fingen mit David Bowies ›Space Oddity‹ an und verteilten dabei die Strophen. Lukas war ›Major Tom‹ und Laura ›Ground Control‹ und nach etwa einer halben Stunde endeten sie mit ›Wish You Were Here‹ von Pink Floyd.

Laura freute sich, dass sie Applaus von den Nachbarn bekamen: »Auch wenn das Spaß gemacht hat, ich werde jetzt mit Emily hochgehen, Zähne putzen und wir werden uns ins Bett legen. Bis morgen früh!«

Sie umarmte nacheinander ihren Bruder und ihren Vater und verschwand mit dem Mädchen ins Haus.

»So schön möchte ich auch singen können«, bewunderte Emily Laura.

»Wir können mal ein Lied zusammen singen, vielleicht kannst du das sogar schöner als ich«, schlug sie vor und freute sich, dass sie es geschafft hatte, ein Lächeln auf Emilys Gesicht zu zaubern.

Entgegen Lauras Erwartungen klappte das Zähneputzen doch und die beiden legten sich in ihre Nachtlager.

»Was ist, wenn meine Eltern nicht kommen?«, fragte Emily ängstlich.

»Die kommen sicher«, gab sich Laura zuversichtlich, »und meine Mama auch.«

»Ist die auch in Frankfurt?«, wollte das Mädchen wissen.

»Nein, die ist in Hamburg, das ist sogar noch weiter weg.«

»Ich habe morgen Schule«, gab Emily zu bedenken.

»Morgen wird den ganzen Tag viel durcheinander sein, wer weiß, ob überhaupt Schule ist. Ich muss in den Kindergarten, aber das schauen wir uns morgen an.«

Aus dem Flur fiel der Lichtschein der aufgestellten Laternen herein. Laura nutzte das wenige Licht, um in ihrem Nachtschränkchen den alten mechanischen Wecker zu finden. Sie vermutete die Uhrzeit, zog etwas Zeit ab und stellte ihn auf 22:30 Uhr und die Weckzeit auf 7:00 Uhr.

»Die Autobahn ist ja still, aber das Ticken des Weckers ist ganz schön laut«, beschwerte sich Emily.

»Ja, aber einen anderen habe ich nicht«, antwortete Laura, »Gute Nacht, träum was Schönes.«

»Gute Nacht«, kam die Antwort zurück.

Laura lag eine Weile wach im Bett, sorgte sich um ihre Mutter und ihren Freund. Das regelmäßige Atmen von Emily signalisierte ihr, dass diese eingeschlafen war. Sie nahm ihr Handy in die Hand und versuchte, es anzuschalten, aber das Gerät reagierte nicht. Laura kämpfte kurz gegen die Panik, die in ihr aufstieg, beruhigte sich und schlief ein.

SIMONE

»Wir laufen hier lang!« Schröder deutete nach links.

Simone hatte im Foyer ihre Schuhe wieder angezogen und nachdem sie einige Meter gelaufen waren, bemerkte Schröder: »Entschuldigen Sie bitte, ich habe etwas große Schritte gemacht.«

»Ich hätte mir andere Schuhe mitbringen sollen«, gestand Simone.

Für einen normalen Termin war das alles kein Problem, da sie dabei nicht allzugroße Strecken lief: »Aber zwei Kilometer sollten machbar sein. Mit Laufschuhen wäre das definitiv bequemer.«

Sie liefen den Sandtorkai entlang und bekamen trotz der Umstände so etwas wie eine kleine Stadtführung: »Kommen Sie das nächste Mal mit mehr Zeit. Direkt da drüben«, er deutete durch eine Häuserlücke, »ist das Miniaturwunderland, alleine das ist einen Hamburgbesuch wert!«

»Ja, meine Tochter war mal dort und war total begeistert«, bestätigte Simone.

Auf dem Hinweg hatten sie ein Taxi genutzt und sich auf den Termin vorbereitet, weshalb sie nur wenig von der Gegend mitbekommen hatten. Der Kontrast zwischen den Backsteingebäuden der Speicherstadt und den modernen Bürogebäuden gefiel Simone.

»Die Gebäude sind interessant, die Straße selbst ist trostlos«, bemerkte Arne.

Schröder lächelte: »Nennen wir es zweckmäßig. Aber ich gebe Ihnen recht, Hamburg hat Schöneres zu bieten. Zum Beispiel weiter vorne das Maritime Museum und die berühmte Elbphilharmonie haben Sie bereits gesehen!«

»Sie sind aber kein Hamburger?« Simone war aufgefallen, dass der Dialekt nicht zu der Hansestadt passte.

»Nein«, gab Schröder zu, »ich komme ursprünglich aus der Nähe von Bielefeld. Bin damals zum Studieren hergekommen und seitdem hier geblieben.«

»Und Sie kennen die ganze Stadt?«, vermutete Arne.

»Ich weiß um viele der Sehenswürdigkeiten, alle gesehen habe ich nicht. Vermutlich habe ich in München mehr Sightseeing gemacht als hier, aber der Tipp mit dem Miniaturwunderland, der ist authentisch. Da war ich schon mehrmals und die erweitern regelmäßig.«

Der Weg führte sie fern irgendwelcher Prachtstraßen in Richtung des Hauptbahnhofes. Auf allen Straßen bot sich das gleiche Bild, unzählige Auffahrunfälle blockierten die Wege. Da ohnehin kein motorisiertes Fahrzeug fuhr, waren es nur die Radfahrer, die sich die Lücken suchten.

»Merkwürdig«, nahm Arne das Gespräch an sich, »die Smartphones gehen nicht, der Strom in den Gebäuden ist ausgefallen, die U-Bahn ist stehen geblieben und alle Autos scheinen gleichzeitig ausgegangen zu sein. Ich würde auf einen EMP tippen oder auf einen Sonnensturm, der vermutlich die ganzen Transistoren gebraten hat.«

»EMP?«, fragte Simone.

Arne erklärte, was er darüber wusste, wobei er zugab, dass das nicht viel war. Er ergänzte dann sein Halbwissen um Sonnenstürme und war damit mit seinen Erklärmöglichkeiten am Ende, wie er betonte.

»Wie lange wird es dauern, bis die Stromversorgung wieder steht?«, grübelte Schröder.

»Gute Frage«, überlegte Arne, »ich weiß nicht einmal, ob die Transistoren dann ganz defekt sind oder nur eine gewisse Zeit nicht mehr funktionieren.«

Trotz Simones Schuhwerk kamen sie schnell voran und es dauerte nicht lange, bis der Bahnhof ins Blickfeld kam.

Vor dem Haupteingang hatte sich eine Menschenmenge angesammelt, es wurde gedrängelt und geschubst, blieb aber ruhig. Ein Mitarbeiter der Bahn war nach draußen gekommen und versuchte, der Ansammlung etwas mitzuteilen. Da sein mitgebrachtes Megafon nicht funktionierte, war er von dort, wo Simone und ihre beiden Begleiter standen, kaum zu hören.

»Gepriesen sind die Siechen«, konnte sich Arne ein Filmzitat nicht verkneifen.

»Kommst du etwa aus Rübennasenhausen?«, zeigte Schröder, dass er den Film ›Das Leben des Brian‹ der britischen Komikergruppe ›Monty Python‹ kannte.

»Pst«, wurden sie von einer Frau vor ihnen ermahnt, was sie direkt zum Lachen brachte. Die Frau drehte sich um, warf beiden einen finsteren Blick zu, schüttelte den Kopf und versuchte, sich weiter nach vorne in die Menge zu drängeln.

»Keine Züge fahren, keine Informationen«, teilte ein Mann mit, der sich den entgegengesetzten Weg freikämpfte. »Heute wird nichts mehr funktionieren und schon gar keine Normalität einkehren.«

Simone schaute Arne und Schröder an, an Rückkehr an diesem Tag war nicht zu denken.

»Kein Taxi, keine U-Bahn, kein Zug und vermutlich schon gar kein Flugzeug«, fasste Arne zusammen. »Wir sollten uns ein Hotel suchen.«

»Halt! Haltet ihn, meine Tasche«, hörten sie jemanden rufen.

Simone drehte sich um und sah eine etwas kräftigere Frau, die einen jungen Mann verfolgte, der anscheinend ihre Handtasche entwendet hatte und sich dank eines Skateboards mit hoher Geschwindigkeit von ihr entfernte. Reflexartig drückte Simone die eigene Tasche fester an sich. Nach wenigen Metern gab die Bestohlene auf, hielt die Hand vor ihren Mund und fing zu weinen an. Egal in welche Richtung Simone schaute: Es waren keine Sicherheitskräfte zu sehen, weder Polizisten noch die Security vom Bahnhof. Sicherlich hatten die seit dem Stromausfall mehr zu tun, als sie bewältigen konnten.

»Hotel?«, fragte Arne.

Damit holte er Simone aus ihren Gedanken. Sie versuchten es bei drei Hotels und wurden mit verschiedenen Problemen konfrontiert. Da sie nicht die Einzigen waren, die wegen des Stromausfalls in Hamburg stecken geblieben waren, bemühten sich viele um die freien Zimmer. Wegen des Ausfalls sämtlicher Kartenzahlsysteme bevorzugten die Hotels Kunden, die bar zahlten. Damit nicht genug: Da die meisten Hotels ihr Buchungssystem komplett IT-gestützt betrieben, fehlte oft der Überblick, wie viele Zimmer überhaupt frei waren.

»Vielleicht sollten wir in etwas weiterer Entfernung vom Bahnhof suchen? Und es gibt doch bestimmt Pensionen«, überlegte sich Simone.

»Selbst da haben Sie die gleichen Probleme wie bei den Hotels«, reagierte Schröder, »ohne Bargeld werden Sie bei den Pensionen weniger Erfolg haben. Ich könnte Ihnen für heute Nacht bei mir eine Couch und eine Schlafcouch anbieten. Es ist nicht das ›Ritz‹, aber es ist besser als auf irgendeiner Parkbank.«

»Das können wir nicht annehmen«, wehrte Simone ab, »es wird sich schon was für uns ergeben!«

So zuversichtlich war sie nicht, und seine Argumente leuchteten ihr ein: Ohne Bargeld waren die Chancen eine Übernachtungsmöglichkeit zu finden äußerst gering.

»Es gibt bestimmt einen Pfandleiher, ich könnte meine Halskette abgeben und wieder abholen, wenn sich alles wieder normalisiert hat«, offenbarte sie eine Idee.

»Selbst wenn wir jetzt eine offene Pfandleihe finden, und ich weiß nicht, wo eine ist«, erklärte Schröder. »Man wird sie mächtig über den Tisch ziehen. Morgen früh können Sie immer noch ihren Schmuck verpfänden. Vermutlich ist das gar nicht notwendig.«

»Er hat recht«, nickte Arne, »ich wüsste nicht, wieso wir das Angebot nicht annehmen sollten.«

Simone überlegte kurz, aber ihr fiel keine Alternative ein, die nicht auf »schlafen unter freiem Himmel« hinauslief: »Ja, vielen Dank. Wir wissen das sehr zu schätzen und werden uns erkenntlich zeigen.«

»Mein Name ist Helge«, sagte Schröder. »Solange wir so was wie eine WG sind, könnten wir auf Du umsteigen.«

Simone und Arne schauten sich kurz an: »Simone.«

Sie streckte ihre Hand Helge entgegen, der sie schüttelte.

»Arne«, folgte der ihrem Beispiel.

»In diese Richtung«, zeigte Helge den Weg.

Sie liefen los und schon nach der ersten Ecke blieb Helge mit einem kurzen »Oh Fuck« stehen. Dort brannte in einiger Entfernung ein Haus lichterloh.

»In dem Gebäude ist einer der besten asiatischen Imbisse in Hamburg.« Nach einer kurzen Pause korrigierte sich Helge: »War. War einer der besten asiatischen Imbisse.«

Auf der Straße hatten sich Schaulustige versammelt, aus den angrenzenden Häusern kamen die Bewohner schwer bepackt heraus. Ernsthafte Löschversuche konnte Simone sich nicht vorstellen und sie fragte sich, wie man solch einen Brand ohne moderne Mittel bekämpfen konnte. Sie erinnerte sich an einen Bericht über das große Londoner Feuer von 1666, bei dem vier Fünftel der englischen Stadt zerstört worden waren. Um das Feuer aufzuhalten, riss man damals Häuser ab, die noch nicht brannten, um so Schneisen in die Stadt zu schlagen, über die das Feuer nicht springen konnte. Das schnelle Abreißen der Steingebäude im Straßenblock war definitiv keine Option und Eimerketten kamen ihr aberwitzig machtlos gegen solch eine Feuerwand vor.

»Sollen wir nicht helfen?«, fragte Simone ihre beiden Begleiter.

Arne schaute sie entgeistert an, Helge eher zweifelnd: »Ich wüsste nicht wie.«

»Meinst du nicht, wir sollten das der Feuerwehr überlassen?«, schlug Arne vor.

»Wenn deren Fahrzeuge nicht funktionieren, werden die nicht kommen«, gab Simone zu bedenken.

»Ich glaube, du irrst dich«, sagte Arne und deutete in Richtung des Brands, »da vorne, die sehen wie Feuerwehrleute aus.«

Simone kniff die Augen ein wenig zusammen und ahnte, wen Arne meinte: »Meinst du? Ich kann niemanden erkennen.«

Nachdem sie einige Häuser weiter gelaufen waren, gestand sie: »Du hast recht! Und vermutlich Augen wie ein Adler.«

Sie erkannte zwei Feuerwehrleute, die in einer regen Diskussion mit einer Gruppe verwickelt waren, die aufgeregt auf den Brand und die angrenzenden Häuser deutete.

Simone hörte, worum es in der Diskussion zwischen den Feuerwehrleuten und den Anwohnern ging: »… wir haben keinen Druck auf dem Hydranten, unsere Wagen funktionieren nicht, wir können nichts tun.«

»Aber meine Wohnung, meine Sachen«, schrie einer der Bewohner.

»Wir können Sie nicht mehr in das Haus lassen, das ist zu gefährlich«, versuchte der Feuerwehrmann zu beruhigen.

Der Angesprochene riss sich los und rannte zur Haustür. Da die Feuerwehrleute ohnehin in der Unterzahl waren, unternahmen sie keinen Versuch, ihn daran zu hindern.

»Wie wäre es mit einer Eimerkette«, mischte Simone sich ein.

Einer der Feuerwehrleute musterte sie von oben bis unten und setzte zur Antwort an: »Selbst wenn wir genügend Anwohner mit Eimern herbekommen: Der Brand ist außer Kontrolle geraten. Mit ein paar Wassereimern können wir nicht einmal das Übergreifen auf die umstehenden Gebäude verhindern. Wir versuchen momentan nur, die Bewohner aus den nächsten Häusern zu evakuieren und die Wohnungen leer zu räumen.«

»Die Wohnungen leerräumen?«, wunderte sich Helge.

Entgeistert blickte der Feuerwehrmann auf die Gebäudefront und erklärte das Vorhaben: »So viel Möbel, Gardinen wie möglich aus den Wohnungen werfen, in der Hoffnung, dass das Feuer weniger brennbares Material findet und dadurch ausgeht. Es ist kein guter Plan und Sie können sich vorstellen, dass wir massiven Widerstand der Anwohner haben. Mit Unterstützung der Polizei brauchen wir wohl nicht zu rechnen.«

»Sie haben das Gebäude aufgegeben?«, wobei Simone mehr feststellte, denn fragte.

»Das ist schon verloren«, resignierte der Feuerwehrmann, »ich habe kaum Hoffnung für die Nachbargebäude und bin froh, wenn heute Nacht nicht der ganze Block brennt. Und hoffe, dass wir alle Anwohner aus den Häusern bekommen. Wobei ich momentan keine Idee habe, wo wir alle unterbekommen sollen.«

Die drei verabschiedeten sich, wobei sich Helge bei dem Feuerwehrmann stellvertretend für dessen Kollegen für deren Einsatz bedankte.

»Da vorne ist es«, sagte Helge, als sie seine Straße erreicht hatten, »und Ihr werdet froh sein, wir müssen nur drei Treppen hoch.«

Die gesamte Häuserfront wurde durch Gründerzeithäuser gesäumt, deren Fassaden Simone faszinierten. Sie betraten das dämmrige Treppenhaus. Helge holte, fast ohne anzuhalten, seine Post aus dem Briefkasten und führte sie die Stockwerke hoch.

Wie zu erwarten, hatte die Wohnung hohe Decken und er geleitete sie durch den Flur in das Wohnzimmer: »Willkommen in meinem Appartement. Lassen sie sich von der Größe nicht täuschen, bis vor Kurzem habe ich hier mit meiner Freundin gewohnt.«

Simone fragte sich, was eine Wohnung dieser Größe an Miete verschlang.

»Ich würde vorschlagen, die Dame übernimmt die Schlafcouch im Büro«, deutete er auf eine Tür, »und Arne darf es sich auf der Couch gemütlich machen. Setzt Euch, ich hole Bettzeug.«

Simone trat ans Fenster und schaute auf die Straße, auf der viele Leute unterwegs waren. Da keine Autos fuhren, wirkte alles entschleunigt. Nach einem kurzen Moment kam Helge zurück, legte eine Garnitur Bettdecke und Kopfkissen auf die eine Seite der breiten Couch, die andere Bettwäsche brachte er ins angrenzende Büro.

Sie folgte ihm und sah sich um: »Das wirkt alles sehr aufgeräumt hier.«

»Ja«, stimmte Helge zu, »meine Freundin ist für Minimalismus und hat mich angesteckt. Wir haben vor einiger Zeit einen Großteil unserer Bücher verschenkt und sind viele andere Sachen losgeworden. Ich habe dir ein T-Shirt von mir mitgebracht, da ich annehme, dass du nicht in der Bluse schlafen willst.«

Erst jetzt wurde Simone bewusst, dass sie nur das hatte, was sie am Leibe trug und diesen Gedanken sah Helge ihr vermutlich an: »Von meiner Ex sind noch ein paar Klamotten hier in der Wohnung, die sie bisher nicht abgeholt hatte. Sie war ein klein wenig größer als du, vielleicht finden wir etwas, das dir passt.«

Simone hätte wieder gerne gesagt, dass sie das nicht annehmen könne, ihr war aber bewusst, dass sie erst mal keine Alternative hatte.

Für Arne hatte er ebenfalls ein T-Shirt bereitgelegt: »Habe das eben schon probiert. Hier kommt auch nichts mehr aus der Wasserleitung. Ich würde vorschlagen, dass wir das Trinkwasser zum Zähneputzen verwenden. Statt mit Wasser könnten wir die Feuchttücher zum Waschen benutzen, für die Toilettenspülung habe ich noch keine Idee, bei der wir keine Getränke verschwend ... ah, Moment, auf dem Balkon habe ich die Gießkanne.«

Er verließ das Wohnzimmer. Simone hörte, wie er eine Tür, wahrscheinlich die Balkontür, öffnete und nahm an, dass der zum Innenhof zeigte, und kam kurz darauf grinsend wieder zurück, in der Hand hielt er eine grüne Gießkanne.

»Für einen Balkon ist die aber recht groß«, schmunzelte Arne.

»Reine Faulheit«, gestand Helge und brachte sie ins Badezimmer.

»Hast du weitere Eimer? Wir können aus dem Fluss etwas Wasser holen«, schlug Arne vor.

»Gute Idee. Ich müsste außerdem irgendwo einen Kanister haben und die Außenalster ist nicht weit weg«, stimmte Helge dem Vorschlag zu.

Er sammelte Eimer und Kanister, gab Arne und Simone je einen davon und behielt die Eimer für sich selbst. Sie verließen das Haus und liefen keinen Block, bis sie vor der Außenalster standen.

Auf der Straße beobachtete Simone, wie eine Gruppe junge Männer an der Laderampe eines liegen gebliebenen Lastwagen hantierte.

»Die plündern den Lkw«, flüsterte sie ihren Begleitern zu. Helge und Arne versuchten, unauffällig einen Blick auf den Lkw zu werfen.

»Nicht einmal vier Stunden Stromausfall und dann das«, beschwerte sich Helge, »manchmal wünschte ich mir, auf dem Dorf zu wohnen, da gab es so etwas nicht.«

»Dorf«, horchte Arne auf, »sagtest du nicht Bielefeld?«

»Im Grunde ein Dorf bei Bielefeld«, erklärte Helge, »aber da das keiner kennt, ist ›Bielefeld‹ die einfachere Erklärung.«

Sie überlegten einzuschreiten, da die Gruppe ihnen zahlenmäßig überlegen und altersmäßig einige Jahre jünger war, entschieden sie sich dagegen, füllten schnell die Eimer und kehrten in Helges Wohnung zurück.

Mittlerweile dämmerte es und der Hausherr bot seinen beiden Gästen belegte Brote und Wein an: »Einen Spätburgunder, um den Tag ausklingen zu lassen.«

Simone nahm dankbar ihr Glas entgegen, setze es an die Lippen und genehmigte sich einen kleinen Schluck, den sie nicht sofort herunterschluckte. Genau ihr Geschmack. Sie spülte ihn gemeinsam mit einem Zweiten hinunter.

»Wenn morgen früh kein Zug geht, sollten wir uns zu Fuß auf den Weg machen«, grübelte Arne laut nach.

»Zu Fuß? Weißt du, wie weit das ist?«, warf Simone ein.

»Nicht weiter als mit dem Auto«, grinste Arne, um dann ernster zu werden. »Erinnere dich an den ganzen Tag. Wir sind in einer Millionenstadt, es gibt keinen Strom, es gibt kein Leitungswasser.

Du hast die Feuerwehr gehört, die sind froh, wenn nur ein paar Häuser dem Brand zum Opfer fallen. Wir sollten morgen früh versuchen, etwas zu essen und vor allem Trinkwasser zu kaufen und uns aus der Stadt herausmachen.«

»Arne hat recht«, pflichtete Helge bei, »die Stadt wird zur Falle. Sollte sich morgen früh nichts verändert haben, begleite ich euch.« Er stand auf und holte aus dem Büro einen klassischen Straßenatlas. »Am besten folgen wir den Autobahnen«, fing er zu planen an.

JUTTA

Der Weg vom Flugplatz führte bis kurz vor die Autobahn und machte einen Knick, um ihrem Verlauf parallel zu folgen. Jutta verließ ihn, kletterte durch ein paar Büsche und stand vor der Leitplanke. Bis dort war ihr niemand begegnet. Das veränderte sich schlagartig, denn auf der Schnellstraße bot sich ein ungewöhnliches Bild: Unzählige, liegen gebliebene Fahrzeuge, viele waren vermutlich nur ausgerollt und säumten die Straße. Vereinzelt sah sie Karambolagen, es gab Autos, die, teils überschlagen, in der Böschung lagen. Die meisten Autos schienen verlassen zu sein, neben einigen Lastern standen kleine Gruppen. Jutta vermutete, dass sich die Fahrer sich nicht zu weit von ihren Fahrzeugen zu entfernen trauten, weil sie um ihre Fracht fürchteten. Menschen liefen auf beiden Seiten der Autobahn und amüsiert registrierte Jutta, dass man sich an die Fahrtrichtung hielt. Deutsche Gründlichkeit, auch in der Katastrophe?

Sie kletterte über die Leitplanke und folgte der Straße, die in wenigen Kilometern an ihrem Heimatort Umbach vorbeiführte. Die Strecke selbst kannte sie fast wie im Schlaf, auch wenn sie für den Weg zur Arbeit die Bahn präferierte. Was ihr aber nicht bewusst war, waren die Steigungen und das Gefälle auf der Autobahn, die fielen mit einem motorisierten Untersatz nicht so auf.

Als sie an einem Lkw mit einer kleinen Menschengruppe vorbeikam, rief ihr einer der Männer zu: »Bist Du die Pilotin?«

Jutta drehte sich um: »Ich bin Pilotin, ob ich *die* Pilotin bin, weiß ich nicht.«

»Das Passagierflugzeug, das über die Autobahn gesegelt ist?«, ergänzte der Mann.

»Ja, das war meine Maschine«, gestand Jutta.

»Gesegelt? Nicht abgestürzt?«, wurde sie weiter verhört.

»Wir konnten die 767 auf dem Flugplatz notlanden, ohne Verletzte«, schilderte sie.

»Respekt! Respekt! Ich stand hier, als Du über uns gesegelt bist, so ein großes Flugzeug und nur die Windgeräusche!«, er deutete ein Klatschen an, »und wann startest Du wieder?«

Jutta schmunzelte: »Erst mal danke. Mit dem Fliegen - das wird sich zeigen. Ich habe momentan noch keine Idee, wie wir das Flugzeug wegbekommen sollen.«

»Ist dein Heimatflughafen nicht in die andere Richtung?«, fragte der Mann.

»Ja, aber ich will jetzt erst mal nach Hause und das ist in die Richtung.« Jutta war das Gespräch nicht unangenehm, trotzdem drängte sie weiter.

»Lass Dich von mir nicht aufhalten. Ich wünsche alles Gute«, verabschiedete sich der Mann.

Die Talbrücke war schnell erreicht, und die Fahrzeuge auf der Brücke waren, soweit sie sah, alle verlassen. Am Ende der Brücke wurde sie aus ihren Gedanken gerissen: Dort war ein Viehtransporter liegen geblieben. Schweine oder Schafe, vermutete Jutta aufgrund der Art des Transporters, Geruch und Geräusche sprachen für Erstere.

Am Lkw angekommen, rümpfte sie die Nase, das Gegrunze wurde teilweise durch herzergreifendes Gequieke unterbrochen. Zwar brannte die Sonne nicht mehr, trotzdem war es am Tag warm und im Innern es Lkw sicherlich unerträglich heiß. Jutta selbst war keine Vegetarierin, versuchte aber, so wenig Fleisch wie möglich zu essen und wenn, dann kaufte sie es dort, wo sie wusste, dass es den Tieren zu Lebzeiten gut ging. Transporter wie dieser störten sie gewaltig.

Sie näherte sich der Fahrerkabine, klopfte und wartete, bekam aber keine Reaktion.

»Haben Sie Hunger?«, versuchte ein Mann, der an dem Lkw vorbeilief, witzig zu sein. Sie überlegte, ob ihr das eine Antwort wert wäre, entschied sich dagegen.

Sie klopfte erneut an die Fahrertür und rüttelte daran. Sie war verschlossen.

»Kann ich Ihnen helfen?«, Jutta drehte sich um und schmunzelte.

Hätte man dem Fragenden einen roten Mantel und eine gleichfarbige Mütze verpasst, er wäre der perfekte Weihnachtsmann. Sogar die blauen Augen und der runde Bauch vervollständigten diesen Eindruck.

»Mein Lkw«, erklärte er kurz.

Sie hatte sich mittlerweile gefasst: »Hallo, mir brauchen Sie nicht zu helfen, aber die Tiere auf Ihrem Lkw, die könnten Hilfe gebrauchen.«

»Wieso sollen die Hilfe brauchen?«, wollte ›Santa Claus‹ wissen.

»Hören Sie nicht das Quieken? Glauben Sie, denen geht es gut? Haben die überhaupt noch Wasser?«, Jutta fing an, in Fahrt zu kommen, »und zu heiß dürfte es denen auch sein.«

»Wo die hinkommen, kann denen das egal sein«, versuchte der Fahrer sie abzufertigen.

»Aber dort sind Sie nicht und solange Ihr Lastwagen nicht fährt, werden die da nicht hinkommen. Wollen Sie erst warten, bis alle Tiere gestorben sind?« Jutta wurde aggressiver, selbst wenn der Mann sie um fast einen Kopf überragte und sie sich etwas unwohl fühlte.

»Und was soll ich tun? Wasser ist alle und raus lassen kann ich die Viecher nicht, die bekomme ich nie wieder zurück in den Lkw.« Sie sah, dass er das Dilemma selbst schon bemerkt hatte, und vermutlich befürchtete, zur Verantwortung gezogen zu werden.

»Hören Sie«, setzte sie zu einem neuen Versuch an, »Hören Sie Herr …?«

»Harald, nennen sie mich Harald.«

»Ich bin Jutta. Hören Sie Harald, die Tiere sehen teilweise erbärmlich aus. Sollten Sie hier nicht so schnell weiterkommen, werden die Tiere qualvoll sterben. Man muss sie nicht mehr leiden lassen als ohnehin schon.«

Harald versuchte, sich zu rechtfertigen: »Haben Sie eine Ahnung, wie ich leiden werde, wenn ich ohne die Tiere ankomme?«

Es wurde ihr klar, dass sie ihm eine Lösung anbieten musste, bei der er keine Angst um seinen Job haben brauchte: »Sie waren doch nicht die ganze Zeit am Lkw? Was, wenn irgendjemand die Tiere frei gelassen hat, während Sie sich erleichtert haben? Oder während Sie für sich etwas zu essen besorgt haben? Oder während Sie die Gegend erkundet haben?«

Der Lkw-Fahrer schaute verunsichert nach seiner Fracht und warf einen Blick auf seine Uhr: »Mist, die ist auch stehen geblieben.«

»Seit wann sind Sie unterwegs?«, fragte Jutta.

»Seit heute Vormittag, 10:00 Uhr«, antwortete Harald, »Sind Sie so eine PETA-Tante? Ich mach doch nur meinen Job und bring die Tiere zum Schlachthof. Alleine für die Verspätung bekomme ich Stress, ein paar tote Säue, da regt sich keiner drüber auf.«

Jutta wollte gar nicht darüber nachdenken, was im Normalfall mit den während des Transports verendeten Schweinen passierte, ob sie ordnungsmäßig entsorgt wurden.

Sie schüttelte sich innerlich: »Bemerken Sie denn nicht, dass gar kein Auto und kein Handy geht? Auch Ihre Uhr ist stehen geblieben, die Situation ist alles andere als normal. Geben Sie den Tieren eine Chance und lassen Sie sie frei.«

Mittlerweile hatte sich ein Paar der vielen ›Wanderer‹ dazu gestellt und das Gespräch mitverfolgt.

Die Frau unterstützte Jutta: »Die ganze Autobahn ist voller liegen gebliebener Fahrzeuge. Mit schneller Hilfe ist auf keinen Fall zu rechnen und selbst wenn Ihr Lkw wieder fahren könnte - wenn es in die andere Richtung genauso aussieht wie das, was wir die letzten fünf Kilometer gesehen haben, kommen Sie hier nicht weiter.«

Harald presste die Lippen zusammen. Dann nahm er sein Handy aus der Tasche und bestätigte: »Ja, funktioniert immer noch nicht.«

Das Paar und Jutta sahen ihn erwartungsvoll an. »Sie müssten mir aber helfen, die Tiere aus den oberen Abteilen zu holen. Ohne Strom geht die Hydraulik der Rampen nicht.«

Das Freilassen zog sich hin: Die Tiere waren auf drei Etagen und darin auf je fünf Ladebuchten verteilt. Die befreiten Schweine erkundeten alles um den Lkw und beschnupperten neugierig ihre neue Umgebung. Es zeigte sich, dass einige mutiger waren und andere vorsichtiger. Das erste Tier fand eine Lücke in der Leitplanke, durch die es das angrenzende Feld erreichte. Schnell bemerkte Jutta, dass die Schweine zu einem kleinen Bachlauf trotteten, an dem sie ihren Durst stillten.

»Wie viele Tiere sind das insgesamt? Und das stinkt total übel«, fragte der Mann des ›Wanderer‹-Paares.

»190 Schweine. Der Gestank - neben der Gülle und Scheiße dürfte das vor allem die Kotze sein. Schweine werden schnell reisekrank und übergeben sich«, antwortete Harald, als er die zweite Etage öffnen wollte. »Ohne die Rampe bekommen wir die hier nicht herunter.«

»Vielleicht können wir einen der Heuballen vom Feld herüberrollen und den auf die Rampe legen?«

»Haben Sie eine Ahnung, wie schwer die Teile sind?«, zweifelte der ›Wanderer‹-Mann.

»Nicht wirklich«, gestand Jutta, »finden wir es heraus.«

Auf dem Weg zur Leitplanke am Autobahnrand sprach sie zwei weitere ›Wanderer‹ an und überredete sie, ihnen zu helfen. Sie sammelten sich um den nächstliegenden runden Heuballen und fingen an, ihn in Richtung des Tiertransporters zu rollen. Bis zur Leitplanke funktionierte das. Der erste Versuch, den Ballen darüber zu bewegen scheiterte.

»Da hat nicht viel gefehlt«, feuerte der ›Wanderer‹-Mann an.

Auch der zweite Anlauf misslang.

»Sollen wir Ihnen helfen«, fragte ein junger Mann, der mit drei weiteren an der Stelle mit dem Schweinetransporter vorbeigelaufen war.

»Gerne«, freute sich Jutta, »wir wollen den Strohballen zu dem Tiertransporter rollen, damit wir die Tiere aus den oberen Etagen befreien können.«

»Der Fahrer des Lkw wird stinksauer auf Sie sein«, grinste der junge Mann.

»Nicht doch«, antwortete Harald, »der hilft hier mit.«

Mit gemeinsamen Kräften gelang es, denn Ballen über die Leitplanke zu hieven. Kurze Zeit später hatten sie ihn auf der Rampe in Position gebracht. So konnten sie zunächst die Tiere aus dem obersten und dann aus dem mittleren Boden befreien.

Die Gruppe stand da und beobachtete, wie sich die Schweine über ihre Freiheit freuten und sich langsam in die eine oder andere Richtung davonmachten. Die Helfer und das ›Wanderer‹-Paar verabschiedeten sich und setzten ihre Wege fort.

Jutta klopfte Harald auf die Schulter: »Danke, Sie haben das Richtige getan!«

Der beobachtete die freigelassenen Tiere und lächelte: »Ja. Ich bin gespannt, wie mein Chef darauf reagieren wird.«

»Schauen Sie sich um, das ist eine Ausnahmesituation, wer weiß, mit welchen Problemen der sich beschäftigen muss«, sagte Jutta. »Was wollen Sie jetzt machen?«

»Ich werde hier beim Lkw bleiben, habe zu essen und trinken dabei und morgen sehe ich weiter«, überlegte sich Harald.

»Ich will morgen wieder zum Flugplatz kommen und werde schauen, ob Sie noch da sind. Machen Sie es gut«, verabschiedete sich Jutta.

Kurz nach der Kuppe öffnete sich der Blick ins Lahntal und sie erkannte Umbach, dass unverändert wirkte — wenn man von der fehlenden Bewegung von Fahrzeugen auf der Hauptstraße zwischen Umbach und Waldgirmes absah. Dort am Dorfrand lag das Museum, das bei den Ausgrabungen der wenigen Überreste einer römischen Stadtgründung stand. Erst in den Neunzigern entdeckt, belegte der Fund, dass man versucht hatte, den Rest von Germanien zu kolonisieren. Nach der Varusschlacht wurde der Ort aufgegeben. Jutta hätte es begrüßt, wenn das berühmteste Fundstück, der

Pferdekopf einer vergoldeten Reiterstatue, die vermutlich Augustus darstellte, im Museum zu besichtigen wäre. Die zuständige Behörde gönnte dem Ort nur eine Replik.

Manchmal stellte sie sich vor, wie es hier aussehen würde, wenn diese Stadtgründung erfolgreich gewesen wäre. Ob sich heute eine Großstadt dort befinden würde. Sie erinnerte sich, dass das römische Straßennetz zur Blütezeit des Imperiums über 80.000 km groß war, nur die gut ausgebauten Straßen. Erst in der Neuzeit konnte diese Leistung wiederholt und anschließend übertroffen werden.

Vor nicht einmal 250 Jahren, als Goethe kurzzeitig in Wetzlar gelebt hatte, hatte die Postkutsche für die Strecke von Frankfurt nach Wetzlar zwei bis drei Tage gebraucht. Auf einer intakten römischen Straße hätte das nicht so lange gedauert.

Für Jutta war es nicht nachvollziehbar, wie die Infrastruktur untergehen konnte und das Wissen, wie man die Straßen instand hielt, anscheinend mit verloren gegangen war. Wie schnell eine Straße verfallen konnte, sah sie deutlich an dem Zustand der Schnellstraße, über die sie sich bewegte. Im Grunde reihte sich eine Baustelle an die nächste.

Sie erreichte den Autobahnparkplatz, der in Steinwurfentfernung von Umbach lag, lief an den Picknicktischen vorbei zur Böschung und ließ die A 45 hinter sich.

Nach wenigen hundert Metern passierte sie das Ortsschild, von da aus war es nicht mehr weit bis zu ihrer Wohnung. Auf dem Feld vor dem Schwimmbad hatte die Burschenschaft Holz und Gartenabfälle für ein riesiges Sonnenwendfeuer gestapelt, das in zwei Tagen stattfinden sollte. Jutta freute sich darauf bereits seit Wochen, denn trotz ihres technischen Berufes war sie im Inneren die Pfadfinderin geblieben, die sie als Kind und Jugendliche war und ein Lagerfeuer faszinierte sie immer. Sie erreichte das Haus, in dem sie zusammen mit ihrem Mann die obere Wohnung bewohnte, und in dem ihr Vermieter in der Erdgeschosswohnung lebte.

Herr Siebenthal war verwitwet und fast 90 Jahre alt. Den Großteil seines Lebens bewältigte er alleine, einmal am Tag kam eine mobile Pflegekraft bei ihm vorbei. Es freute Jutta, dass er sie, trotz zwei eigener, erwachsener, Kinder väterlich behandelte. Sie nahm ihn oft zum Wocheneinkauf mit und für kleinere Dinge hatten sie im gemeinsamen Treppenhaus, eine Magnettafel aufgehängt, an die er Notizzettel mit ›kleinen Besorgungen‹ heftete. Immer mit wesentlich mehr Geld, als die Artikel kosteten und manchmal mit dem Zusatz ›Kauf dir vom Rest ein Eis‹ versehen.

Sie schloss die Haustür auf und warf direkt einen Blick auf die besagte Tafel, dort hing aber kein Zettel. Um sicherzugehen, wie es Herrn Siebenthal ging, klingelte sie an der Tür. Ihr fiel auf, dass sie die Klingel nicht gehört hatte, die sonst so laut war, dass Florian und sie mitbekamen, wenn jemand ihren Vermieter besuchte. Dann wurde ihr klar, dass die nicht ohne Strom funktionierte und klopfte an der Tür.

»Ich bin alt und nicht schwerhörig«, kam prompt die Reaktion aus der Wohnung. Sie hörte, wie er langsam zur Tür kam und öffnete.

Er lächelte sie an: »Schön, dass du da bist! Da draußen muss viel los sein! Als ich im Garten war, musste ich an dich denken. Das war kurz nachdem der Strom ausgefallen war und ein Passagierflugzeug ziemlich niedrig über der Autobahn geflogen ist!«

Sie lächelte und klärte auf: »Das war mein Flugzeug, wir haben es in Lützellinden gelandet!«

Erst blieb ihm der Mund offen stehen, dann meinte Jutta Stolz in seinem Blick zu erkennen: »Mein Mädchen, du bist ein Teufelskerl! Komm herein und erzähl mir, wie du das gemacht hast!«

Jutta folgte der Einladung, betrat die Wohnung und staunte: »Es riecht nach frisch zubereitetem Tee?«

»Ich bin so alt«, grinste der Rentner, »dass ich noch gelernt habe, Tee ohne Strom zuzubereiten. Willst du eine Tasse?«

»Gerne«, nahm Jutta das Angebot an. Sie folgte ihm auf den Balkon, er holte eine zweite Tasse aus seiner Küche. Beide setzten sich an den Tisch und er hörte gespannt ihren Erzählungen zu. Zwischendurch stellte er ein paar Kerzen auf, da die Dämmerung mittlerweile zur Dunkelheit gewechselt war.

Dann ließ sie sich von ihm berichten, wie er den Stromausfall erlebt hatte, und war erstaunt, wie ruhig, fast stoisch er das hingenommen hatte.

»Früher«, grinste er, »waren wir nicht so vom Strom abhängig, wir hatten keine Computer, keinen Fernseher, Radio gab es, einen Kühlschrank hatten wir erst spät. Ich habe heute Nachmittag ein wenig im Garten gearbeitet, das geht nicht mehr so schnell, und mich danach an der Regentonne gewaschen, weil der Wasserhahn nichts mehr ausspuckte. Dann habe ich mich auf die Terrasse gesetzt und mein Buch weitergelesen.«

Als sie gähnte, wurde er direkt väterlich: »Kind, du hattest einen aufregenden Tag, schlaf mal ein paar Stunden und morgen früh wird wieder alles normal sein.«

Jutta verabschiedete sich und stieg die Treppen zu ihrer Wohnung hoch. Sie war froh, so einen netten Vermieter zu haben. Oben angekommen, warf sie ihren Schlüssel in die kleine Schüssel auf dem Regal im Flur, begab sich ins Schlafzimmer, schlüpfte aus ihrer Uniform, dem Hemd und dem BH, nahm sich ein T-Shirt von Florian und legte sich aufs Bett. Sie war sich nicht sicher, ob er heute Spät- oder Nachtschicht hatte, bestimmt wurde er im Krankenhaus gebraucht. Sie hatte den Gedanken nicht beendet, als sie schon eingeschlafen war.

TAG 2

SIMONE

Simone wachte orientierungslos auf. Nur langsam kamen die Erinnerungen zurück: Hamburg, Stromausfall, Arne und sie waren Gäste von Helge, einem Mitarbeiter eines Kunden ihrer Bank, der so nett war, ihnen eine Bleibe anzubieten. Sie stand auf, stellte sich ans Fenster, zog die Vorhänge zur Seite und warf einen Blick heraus. Vereinzelt waren Menschen unterwegs, einige mit Fahrrädern, viele mit vollgepackten Rucksäcken. Eine eindeutige Richtung war nicht auszumachen und man hatte sich schnell daran gewöhnt, die ganze Straße zu nutzen.

Sie spürte ein dringendes Bedürfnis und öffnete leise die Tür zum Wohnzimmer, um festzustellen, dass die Herren wach waren und Helge Kaffee gezaubert hatte.

Der Duft hätte ihr schon vorher auffallen müssen und ihr fragender Blick veranlasste ihren Gastgeber zur Anmerkung: »Campingkocher auf dem Balkon. Ach ja und guten Morgen!«

»Guten Morgen«, erwiderte Simone, »ich müsste mal für kleine Königstiger.« Sie huschte ins Badezimmer. Als sie zurückkam, stand eine Tasse Kaffee für sie bereit.

»Milch oder Zucker?« Helge hielt ihr beides hin.

»Schwarz wie ihre Seele«, kam ihr Arne zuvor. Sie warf ihm einen gespielt bösen Blick zu, auf den er mit dem Herausstrecken der Zunge reagierte.

»Sehr seriös geht es in eurer Bank wohl nicht zu«, kommentierte Helge grinsend.

Simone umklammerte die Kaffeetasse mit beiden Händen, nahm einen Schluck und schaute ihn mit hochgezogenen Augenbrauen über die Tasse an: »Du hast ja keine Ahnung!«

»Wie du bereits bemerkt hast, ist der Strom nicht wieder da«, erklärte Helge. »Es wäre gut, die Stadt zu verlassen.«

»Wegen eines Stromausfalls?«, frage Arne.

Helge holte Luft: »Es dürfte jetzt etwa acht Uhr morgens sein, genau weiß ich das nicht, weil ich nicht eine einzige Uhr habe, die stromlos läuft. Der Ausfall war gestern kurz vor sechs. Damit sind das schon vierzehn Stunden. Die Trinkwasserversorgung scheint direkt mit ausgefallen zu sein, der Druck auf den Wasserleitungen kann sicher ohne Pumpen nicht gehalten werden. Das mit dem Strom alleine wäre nicht so gravierend, das fehlende Wasser ist ein mehrfaches Problem: So ein Brand wie gestern Abend ist nicht zu löschen. Was passiert, wenn es weitere Brandherde gibt? Das nächste Thema ist Hygiene. Wir haben zwar ein wenig Wasser in der Gießkanne, aber wie spült man ohne? Und selbst alleine für mich würde mein Trinkwasservorrat keine Woche halten. Ähnlich wie bei den Lebensmitteln bin ich von der ›Just-In-Time‹-Lieferkette des Einzelhandels abhängig.«

Simone grübelte: »Die Großstadt wird zur Todesfalle. Nicht lange und jeder wird versuchen, herauszukommen.«

»Mal ganz langsam, wir sind hier in Deutschland Anfang des einundzwanzigsten Jahrhunderts«, versuchte Arne zu beruhigen. »Der Staat wird doch für solche Krisen vorgesorgt haben.«

»Sicherlich«, überlegte Helge, »aber wenn auch bei den Katastrophendiensten sämtliche Elektronik ausgefallen ist, läuft die Kommunikation nicht. Das erschwert die Koordination.«

»Hilf dir selbst, dann hilft dir Gott?«, fasste Arne zusammen.

»Ich hoffe nicht.« Helge hatte viel nachgedacht. »Ich glaube, dass das Wenige, was in der Stadt ist, schnell verbraucht sein wird, weil zu langsam nachgeliefert wird. Wenn überhaupt nachgeliefert wird. Und dann wird es Streit um das geben, was noch da ist.«

»Also raus aufs Land«, stimmte Arne zu. »Es wird viele geben, die die gleiche Idee haben. Das direkte Umland wird schnell überfüllt sein.«

»Sollten wir schauen, ob nicht doch ein Zug fährt?«, schlug Simone vor.

»Einen Versuch ist es wert, ich habe zwei große Trekkingrucksäcke von meiner Freundin und mir hier und einen kleinen Rucksack, da können wir so viel Getränke mitnehmen, wie wir tragen können«, plante Helge.

Simone schaute an sich herunter. Sie hatte nur das T-Shirt und einen Slip an, den man wegen der Länge des Hemds nicht sah. Nicht dass sie etwas zu verstecken hätte, aber reisefertig war sie definitiv nicht: »Ich habe ein Problem, denn ich habe nur die High Heels und das Kostüm dabei.«

Helge musterte sie kurz: »Da Arne ungefähr meine Größe hat, kann er Klamotten und ein paar Turnschuhe von mir haben. Schaue Du mal in den Karton rechts neben dem Schreibtisch, da sind Sachen von meiner Ex drin. Nimm dir, was du brauchst.«

Simone wechselte in das Büro, fand und öffnete den beschriebenen Karton und wühlte sich durch. Helges Ex-Freundin schien etwas größer als sie selbst zu sein, sodass die Kleidung ein wenig zu weit sein würde, aber definitiv tragbar. Sie nahm sich ein T-Shirt, einen Kapuzenpulli und eine Jeans heraus, zog das an und ging ins Wohnzimmer.

»Bist du geschrumpft«, neckte Arne sie, relativierte aber sofort, »Nein, das fällt kaum auf, ist halt etwas ungewohnt, wenn man dich sonst überwiegend im Kostüm oder Hosenanzug kennt.«

Arne hatte ein ähnliches Outfit von Helge bekommen und war dabei, sich die Schuhe zu binden.

»Hättest du Zahnbürsten?«, frage sie ihren Gastgeber.

»Ja, hole ich dir gleich.« Er hatte angefangen, Getränkeflaschen, Klamotten und gut tragbare Lebensmittel auf dem Wohnzimmertisch zu sammeln. »Steht dir gut! Nimm dir am besten eine zweite Garnitur mit.«

Er betrat den Flur und sie hörte, wie er in dem großen Schrank wühlte. Kurz darauf kam er mit den drei versprochenen Rucksäcken wieder zurück. Simone hatte die Zeit genutzt und eine zweite Jeans, einen weiteren Kapuzenpulli und ein paar T-Shirts geholt. Dann hatte sie eine Jeansjacke gefunden, die zwar abgenutzt aussah, aber eine andere Jacke war im Karton nicht zu finden.

»Schuhe und Socken waren keine dabei, die hat deine Ex nicht zufällig woanders liegen lassen?«, hoffte Simone.

Helge schüttelte den Kopf: »Nein. Alles, was von ihr noch hier ist, ist in den beiden Kartons und im zweiten sind weder Kleidung noch Schuhe. Aber wir können eine Nachbarin fragen.«

Simone hatte ein ungutes Gefühl: Erst waren sie auf die Hilfe von Helge angewiesen, ›plünderte‹ die Kleiderkiste von dessen Ex-Freundin und sollte nun bei einer wildfremden Frau um Schuhe betteln.

»Ach komm schon.« Helge schien Gedanken zu lesen. »Du würdest in so einer Situation auch helfen, oder? Komm mit, hoffentlich ist sie überhaupt da.«

Gemeinsam stiegen sie ein Stockwerk tiefer. Helges Finger war an der Klingel, er zögerte, zuckte mit den Schultern: »Gewohnheit!«

Statt zu klingeln, klopfte er an die Tür und wartete auf eine Reaktion. Simones Blick fiel auf das kleine Schuhregal neben der Wohnungstür, auf dem Turn- und Straßenschuhe einer ganzen Familie standen.

Nachdem sie eine Weile gewartet hatten, musterte Helge das Regal: »Könnten dir die Turnschuhe da passen?«

Tatsächlich schienen sie die richtige Größe zu haben: »Ich kann mir die Schuhe nicht ungefragt nehmen.«

Helge ignorierte ihren Protest: »Ich schreibe ihr gleich einen Zettel und schiebe den unter der Tür durch und du nimmst dir jetzt die Schuhe, keine Widerrede.«

Sie nahm die Turnschuhe und zog sie an. Genau wie die Kleidung waren sie etwas zu groß, aber besser, als in den High Heels zu laufen. Zurück in der Wohnung packten sie die Rucksäcke. Dabei entpuppte sich Helge als wahrer Künstler und Simone erwartete, dass genau wie beim Tetris die ein oder andere Lage verschwand.

Als sie ihr Kostüm verpacken wollten, winkte Helge ab: »Das lassen wir hier und wenn es sich wieder normalisiert hat, holt ihr das ab oder ich schicke es euch mit der Post. Wir nehmen nur das mit, was wir brauchen.«

Er verfasste den Brief an die Nachbarin, Helge und Arne nahmen die großen, Simone den kleinen Rucksack und sie verließen die Wohnung. Ihr Gastgeber verschloss die Tür, zögerte kurz, folgte den anderen dann die Treppe herunter und schob den Brief unter der Tür der Nachbarn durch.

Nach kurzer Zeit erreichten sie den Block, in dem am Abend vorher das Haus gebrannt hatte. Der Brand hatte sich durch den halben Häuserblock gefressen, viele Gebäude standen noch in Flammen und die Hitze schlug ihnen entgegen. Vereinzelt hatte man es geschafft, einige Wohnungen zu räumen, aber das Gerümpel auf der Straße hatte ebenfalls Feuer gefangen.

»Mein Gott, der komplette Block wird abbrennen, man müsste Häuser sprengen.« Arne wirkte entsetzt. Wegen der Hitze nahmen sie einen Umweg und gelangten zum Bahnhof.

Die Menge auf dem Vorplatz war größer als am Vortag, es fehlte jede Spur von Sicherheitskräften und Bahnpersonal. Schnell wurde deutlich, dass der Bahnbetrieb eingestellt war, und hier und dort hörte sie Menschen Städtenamen rufen: »Flensburg? Wer will nach Flensburg?«

»Berlin! Berlin!«

»Bremen! Bremen!«

Es war ein einziges Durcheinander, trotzdem schaffte es Arne »Hannover! Wer will nach Hannover!« herauszuhören.

Sie folgten dem Ruf, bis sie vor einem leicht rundlichen Dreißigjährigen standen, der laut »Hannover! Hannover!« wiederholte.

»Hallo, ich bin Simone, das sind Arne und Helge, wir wollen nicht nach Hannover, aber zumindest in die Richtung.«

»Hallo Simone«, unterbrach der Ausrufer sich selbst, »ich bin Fabian, komme aus Hannover und möchte da auch hin … und am besten nicht alleine.«

Sie überlegte, ob eine Großstadt ein geeignetes Endziel war: »Hat sich bisher sonst niemand gefunden?«

»Doch, die paar Leute dort drüben beim Blumenkübel«, deutete er in die Richtung, »haben den gleichen Weg. Ich versuche, ein paar mehr zu finden.«

»Ich habe eine Idee!« Helge nahm seinen Rucksack ab, entfernte ein Wahlplakat, das an einem nahe gelegenen Laternenpfahl hing und auf einem Pappkarton befestigt war, zauberte einen Edding aus einer der Seitentasche des Trekkingrucksacks und malte ein großes »H« auf die Rückseite. Er grinste und hielt das Schild in die Höhe und Simone meinte umgehend zu erkennen, wie einige Menschen in ihre Richtung strebten.

»Gute Idee«, bewunderte jemand Helge. »Darf ich mir den Stift ausleihen? «

Der Markierstift machte die Runde und andere Wahlplakate wurden zweckentfremdet. Ein wenig wie früher, als noch getrampt wurde, dachte Simone.

Die ›Hannoveraner‹ waren mittlerweile auf zwölf Leute angewachsen und unterhielten sich angeregt, teilten die eigenen Erlebnisse der letzten Stunden. Ihr fiel auf, dass längst nicht alle so viel Glück wie sie hatten: Zwei Frauen wurden wohl ebenfalls auf einem Geschäftstermin überrascht und trugen entsprechende Kostüme. Bei den Schuhen hatten sie auf High Heels verzichtet, trotzdem war die Straßentauglichkeit der Pumps ungeeignet für lange Strecken. Beim Gespräch mit den beiden erfuhr sie, dass sie sich die Nacht auf der Bank einer U-Bahnstation um die Ohren gehauen hatten. Andere hatten sie im Freien oder in Kneipen verbracht. Simone fiel der verschwitzte Geruch der Menge auf. Wenige hatten Rucksäcke, einige einen Rollkoffer, fast die Hälfte nur das, was sie am Leib trugen. Helge und Fabian hatten sich über den Atlas gebeugt und planten den Weg.

»Erst auf die A 255, dann auf die A 1 bis zum Maschener Kreuz, von da aus weiter auf der A 7 bis Wedemark und dann sind wir fast schon in Hannover.« Fabian beschrieb es, als wenn es das einfachste auf der Welt sei.

Unter normalen Umständen wäre die Strecke mit dem Auto in eineinhalb Stunden zu schaffen.

Arne musterte die Gruppe: »Ohne Getränke kommen die meisten nicht weit.«

»Dann müssen wir welche besorgen.« Fabian schien entweder naiv, übermäßig optimistisch oder beides zusammen zu sein.

Simone hatte etwa fünfzig Euro dabei, bei Arne war sie sicher, dass er fast gar kein Bargeld hatte, er bevorzugte Kartenzahlung. Sie wusste, dass Deutsche im Durchschnitt ungefähr 100 Euro bar bei sich trugen und da Kartenzahlung nicht möglich war, galt es, mit dem vorhandenen Geld auszukommen.

Fabian nutzte seinen mitreißenden Optimismus, um den Abmarsch der Gruppe anzukündigen: »Meine Damen und Herren, ich bedanke mich bei Ihnen, dass Sie sich für ›Fabi‹-Reisen entschieden haben! Mein Name ist Fabian Scheurer und ich bin für die nächsten Stunden Ihr Reiseleiter auf dem Weg nach Hannover. Wir werden uns zuerst in Richtung A 1 bewegen und etwas später dann auf die A 7 wechseln, die uns fast direkt nach Hannover führt. Die Reisegeschwindigkeit beträgt Schrittgeschwindigkeit, unser Servicepersonal hat leider frei. Ich hoffe, Sie haben eine angenehme Reise.«

Simone schmunzelte und überlegte, welchen Beruf er hatte und nahm sich vor, ihn bei passender Gelegenheit zu fragen. Die Gruppe machte sich, angeführt von Fabian und Helge, auf den Weg. Gemeinsam mit Arne wartete sie, bis die mittlerweile 25 Personen an ihnen vorbeigezogen waren und bildeten das Schlusslicht. Trekking- oder Wanderkleidung hatte außer Helge niemand an. Mittlerweile bemerkte Simone, dass die Turnschuhe etwa eine halbe Nummer zu groß waren und da sie keine passenden Socken hatte, ihre Füße in den Schuhen rutschten.

Liegengebliebene Fahrzeuge übersäten die Straße, die ›Wanderer‹ organisierten sich wie von selbst: Fast alle liefen auf der ›richtigen‹ Seite der Autobahn. Erstaunlicherweise waren einige auf den Weg in die Stadt hinein, aber vermutlich hatten sie ihre Beweggründe.

MALTE

Malte wurde durch die Morgensonne geweckt. In Ermangelung einer funktionierenden Uhr konnte er die aktuelle Uhrzeit nur grob schätzen, vermutlich war es sieben Uhr, genaueres würde er durch die Pendeluhr im Wohnzimmer erfahren. Ein kurzer Griff zur Nachttischlampe zeigte ihm, was er befürchtet hatte: Der Strom war immer noch weg.

Er eilte ins Bad, erleichterte sich und nahm sich vor, am Vormittag die Wanne, zumindest ein wenig, mit Wasser aus den Regentonnen zu füllen. Unten angekommen, stellte er fest, dass niemand vor ihm aufgewacht war, und bereitete gleich ein Frühstück für alle vor. Er erstellte eine kurze Inventur der Lebensmittel im Kühlschrank und in der Vorratskammer und sah zu, dass er für das Essen die Sachen nahm, die ohne Kühlung am ehesten verdarben.

Von oben hörte er die Tür von Lauras Zimmer auf- und zugehen. Da er die trippelnden Schritte nicht erkannte, vermutete er, dass es Emily sein musste. Laura war beim Laufen kaum zu hören, Lukas war das absolute Gegenteil, bei ihm wackelte meist das ganze Haus und Malte fragte sich oft, wie er das hinbekam.

»Nur Toastbrot«, beschwerte sich Laura, die er nicht herunterkommen gehört hatte.

»Das hält am kürzesten und muss als Erstes weg«, erklärte er.

»Ungetoastet?«, nörgelte sie weiter.

»Du kannst den Grill anwerfen und es dir dort toasten.«

Seine Tochter schaute auf die Terrasse: »Gute Idee. Willst du deins auch gegrilltoastet?«

»Bereite einfach ein paar vor, ich bin mir sicher, dass Emily und Lukas die so eher mögen«, wies er Laura kurz an.

Mittlerweile hatte Emily den Weg nach unten gefunden, nur von Lukas fehlte jede Spur. Malte entschied sich, ihn schlafen zu lassen. Dann nahm er einen kleinen Topf aus der Küche, füllte ihn mit Wasser aus einem der Kanister, brachte ihn auf die Terrasse und stellte ihn neben die Toastscheiben auf den Grillrost. Laura hatte den Lavasteingrill angemacht und Malte war froh, dass sie Gas hatten.

»Für den Kaffee.« Er hatte Lauras fragenden Blick bemerkt.

Ihr Blick zeigte Erkenntnis: »Ah, die Kaffeemühle ist keine Dekoration mehr. Guter Einfall.«

Er warf einen Blick auf den Kaffeevollautomaten, der für jede Tasse die Bohnen frisch mahlte und der ohne Strom nutzlos war. An die an der Küchenwand hängende Kaffeemühle hatte er gar nicht gedacht.

»Wir haben auch noch den Instantcappuccino.« Er mochte den nicht sonderlich. »Trinken wir erst mal den.«

Seine Tochter lachte: »Dir ist die Mühle gar nicht erst eingefallen, oder?«

Laura legte die Toastbrote in einen Frühstückskorb und verschwand im Haus. Malte wartete, bis das Wasser kochte, stellte den Grill wieder ab und folgte ihr.

»Du auch einen?«, bot er seiner Tochter an.

»Ja gerne!«, freute diese sich.

Kaum hatten sich alle drei hingesetzt, hörten sie, wie Lukas sich regte. Der Weg von seinem Zimmer ins Bad war klar nachzuvollziehen.

Wenig später kam Lukas die Treppe heruntergepoltert: »Wie soll ich mir denn jetzt bitte die Haare machen?«

Laura verdrehte die Augen, Malte lächelte innerlich: »Einmal mit dem Kopf in die Regentonne und da kein Föhn funktioniert, nimmst du das Fahrrad und lässt deine Haare vom Fahrtwind trocknen!«

Lukas fand Sarkasmus eigentlich lustig, wusste Malte, nur nicht wenn er selber Ziel war.

»Mann! Papa, das war ernst gemeint!« Die Stimme verriet irgendein Gefühl zwischen Frust und Verzweiflung. Genau wie bei seinem Vater standen die Haare morgens in alle möglichen Richtungen ab, den »Straight out of Bed«-Look hatten sie quasi erfunden.

Malte riss sich zusammen: »Mehr als ein wenig nass machen geht jetzt nicht, damit bekommst du das Chaos deiner Frisur erst mal in den Griff.«

Lukas eilte die Treppe hoch und kam kurze Zeit später grinsend mit einer Baseballkappe auf dem Kopf wieder zurück.

»Du weißt, was ich zu Kopfbedeckungen in der Wohnung sage?«, kontrollierte Malte, ob seine Erziehung bei seinem Sohn angekommen war.

Der nickte zustimmend: »Ja Papa, ›keine Kappe im Haus‹, es ist aber ein Sonderfall! Sobald alles wieder normal ist und ich meine Haare föhnen kann, werde ich die nicht mehr anziehen.«

Er schaute seinen Vater fast flehend an und Malte erteilte die Ausnahme: »Okay.«

»Warum dauert das so lange?«, meldete sich Emily.

»Deine Eltern haben einen weiten Weg. Ich bin überzeugt, dass sie bald da sein werden.« Malte bewunderte, wie Laura Ruhe ausstrahlte und dem Mädchen so Sicherheit vermittelte.

»Die meinte ich nicht, ich meinte den Strom«, sagte Emily.

Malte bemerkte, wie ihn auch seine beiden Kinder ebenfalls fragend anschauten: »Ich weiß es nicht. Ich kann mich nicht erinnern, überhaupt so einen langen Stromausfall erlebt zu haben. Ich bin mir nicht sicher, wo das Problem liegt, denn das Stromnetz alleine ist es nicht, Autos und batteriebetriebene Geräte funktionieren auch nicht und ich habe keine Idee, was so etwas verursachen kann.«

Emily überlegte kurz: »Was ist mit Schule?«

»Das ist eine gute Frage«, antwortete Malte. »Da es eine Ausnahmesituation ist und deine Eltern nicht da sind, wartest du mit Laura hier, bis die dich abgeholt haben und die sollen das Entscheiden. Ist das okay Laura?«

Die hatte einen Bissen Marmeladentoast genommen und nickte kurz, hob die Hand, um zu signalisieren, dass sie etwas sagen wollte.

Nachdem sie gekaut und heruntergeschluckt hatte, ergänzte sie: »Ich nehme dich mit in die KiTa, dann lassen wir einen Zettel an der Tür, damit deine Eltern wissen, wo du bist.«

»Hauptsache du lässt Emily nicht allein«, Malte bemerkte den leicht beleidigten Blick des Mädchens. »Auch wenn Du schon eine junge Frau bist.

Lukas, du fährst bitte nicht nach Wetzlar, für dich finde ich noch eine Aufgabe, bleib bis dahin in Rufweite des Hauses oder leg mir einen Zettel hin, wo ich dich finden kann. Auf dem Handy anrufen ist nicht, denkt unbedingt an den Zettel.«

Nach einer kurzen Denkpause fügte er hinzu: »Bis der Strom wieder funktioniert, möchte ich, dass jeder, der das Haus verlässt, einen Zettel an den Spiegel im Flur klebt, auf dem steht, wo er hingegangen ist. Okay?«

Bevor seine Kinder antworteten, klopfte es an der Tür.

»Das werden deine Eltern sein«, sagte Laura zu Emily.

Gemeinsam öffneten sie die Haustür und obwohl Malte Emilys Gesicht nicht sah, war er sicher, dass sie sich enttäuscht fühlte, denn es waren nicht ihre Mutter und ihr Vater, sondern seine Schwester.

»Jutta«, freute sich Laura, die sich besonders gut mit ihrer Tante verstand.

Malte war oft fasziniert, wie ähnlich sich die beiden waren, sowohl optisch, aber auch ihr Verhalten.

Er stand auf und ging zu den drei Damen: »Jutta, kommst du aus Frankfurt? Was ist dort los?«

Sie umarmte ihn: »Nein, ich bin gestern Abend in Lützellinden gelandet und so spät nach Hause gekommen, dass ich direkt eingeschlafen bin.«

»In Lützellinden gelandet?« Nicht nur Lukas hatte aufgehorcht.

»Wenn ich einen Kaffee bekomme, erzähle ich euch die Geschichte«, bot Jutta an.

Die Kinder hörten begeistert zu und Malte empfand Stolz auf seine Schwester. Lukas brannte darauf, seine Erlebnisse mit seiner Tante zu teilen und nachdem Emily und Laura gemeinsam ihren

Abend schilderten, erzählte Malte, wie er den Stromausfall erlebt hatte.

»Nachher will ich mit ›Kleine Tante‹ nach Lützellinden reiten, und nach dem Flugzeug schauen«, kündigte Jutta an, »und ob Passagiere hängen geblieben sind.«

»Was ist mit Florian?«, fragte Malte.

»Der ist noch nicht zurückgekommen, ich nehme an, die werden im Krankenhaus einen Notbetrieb fahren. Sicherlich kommt er bald«, gab sich Jutta zuversichtlich.

Malte war angesichts der nicht funktionierenden Fahrzeuge weniger zuversichtlich.

Erneut klopfte es an die Tür und sofort erhellte sich Emilys Gesicht, diesmal blieb sie aber sitzen. Lukas öffnete die Tür und bat ihre Eltern, die extrem übermüdet wirkten, hinein.

Emily war nicht mehr zu halten, stürmte vor und umarmte nacheinander ihren Vater und ihre Mutter: »Das war aufregend, Laura und ich haben eine Pyjamaparty gemacht, zu meinem Geburtstag möchte ich mit meinen Freundinnen eine Übernachtungsparty machen. Und Laura soll auch kommen!«

»Mal langsam kleine Maus«, bremste sie ihr Vater aus, »ich möchte mich bei deinen Gastgebern und vor allem bei Laura bedanken.«

»Keine Ursache, ich hatte viel Spaß mit Emily«, entgegnete sie.

»Wollen Sie etwas trinken oder essen?«, bot Malte an.

»Gerne, aber nur wenn es keine Umstände macht, ich würde einfach nur ein Wasser nehmen«, antwortete Emilys Vater.

Ihre Mutter war ähnlich bescheiden: »Haben Sie noch so einen Cappuccino?«

»Ich koch das Wasser«, übernahm Laura die Initiative.

Malte musterte kurz das angekommene Paar: Beide hatten Businesskleidung an, das Schuhwerk war zum Laufen weiter Strecken eher ungeeignet und er sorgte sich um seine Frau. Hatte sie High Heels an und würde sie andere Schuhe finden?

»Sind Sie die ganze Nacht gelaufen?«, fragte Malte.

Emilys Mutter nickte: »Als der Strom ausfiel, fanden wir es erst lustig. Arbeiten ohne PC geht nicht, also haben wir mit der

Abteilung eine Flasche Sekt getrunken. Als wir an den Fenstern standen, aus denen wir Frankfurt überblicken konnten, sind uns die auf den Autobahnen liegen geblieben Pkw und die Unfälle aufgefallen.«

»Wieso ist das so?«, wunderte sich Lukas. »Sind die Bremsen nicht mechanisch?«

»Ja«, bestätigte sein Vater, »aber vermutlich haben alle Fahrzeuge Bremskraftverstärker, die vom Strom abhängig sind, und die Servolenkung hängt vom funktionierenden Motor bzw. Strom ab.«

Emilys Mutter fuhr fort: »Etwas mulmig haben wir dann überlegt, was wir machen sollen. Mathias ist in die Tiefgarage, von der zwölften Etage bis ins zweite Untergeschoss, und kam nach einer Ewigkeit wieder zurück, um mir zu erklären, dass das Auto nicht anspringt. Wir sind dann losgelaufen.«

Ihr Mann übernahm: »Am Anfang sind wir schnell vorangekommen, dann hatte ich mir eine Blase gelaufen und mit den Schmerzen wurden wir langsamer. Ich hatte vorgeschlagen, dass wir eine Pause machen, doch Elena wollte zurück zu Emily.«

Wie zur Bestätigung wurde diese von ihrer Mutter fest an sich gedrückt und die zerdrückte Träne im Gesicht der Frau entging Malte nicht. Das Mädchen fasste für ihre Eltern die Erlebnisse aller zusammen und er war erstaunt, dass sie sich sogar Details behalten hatte.

Emilys Vater stand auf: »Nochmals vielen Dank, wir wollen Sie jetzt nicht weiter stören und erst mal nach Hause, eine Runde schlafen.«

»Emily kann gerne eine Weile bei mir bleiben«, schlug Laura vor.

Emily schaute besorgt ihre Eltern an, ihre Mutter bemerkte das: »Wie du möchtest Schatz, du kannst gerne hierbleiben.«

Sie entschied sich, mit ihren Eltern nach Hause zu gehen, und die wieder vereinte Familie verabschiedete sich.

Jutta nutzte die Chance für den Absprung: »Ich werde zu ›Kleine Tante‹ gehen und nach meinem Flugzeug schaue.«

»Gilt die Zettelregelung auch für Jutta?«, fragte Lukas.

Malte lächelte: »Heute noch nicht, außerdem weiß ich, wo sie ist.«

Nachdem sich seine Schwester verabschiedet hatte, war er alleine mit seinen Kindern und sein Sohn nutzte die Chance sofort: »Was ist mit Mama?«

»Wie? Was ist mit Mama?«, fragte Malte.

»Was wirst du machen, um ihr zu helfen?«, forderte Lukas.

Er war von der Frage seines Sohns überrumpelt, hatte sich zwar Gedanken um Simone gemacht, war aber nicht auf die Idee gekommen, selbst etwas zu unternehmen: »Wenn in Hamburg ebenfalls der Strom ausgefallen ist, wird sie sich vermutlich auf den Rückweg machen. Eure Mutter ist einfallsreich.«

»Und wenn sie schon im Flugzeug saß?« Lauras Frage traf ihn wie einen Schlag. Er überlegte, welche Flugzeiten Simone genannt hatte.

Dann erinnerte er sich, dass ihr Abflug erst gegen acht Uhr abends geplant war: »Nein, ihr Flug ging später.«

Das schien beide Kinder zu beruhigen, sein Sohn ließ trotzdem nicht locker: »Du wirst doch irgendwas tun, um ihr zu helfen?«

»Lukas, das würde ich gerne, aber was soll ich tun? Ihr entgegenlaufen? Ich wüsste nicht, welchen Weg sie nimmt, das wäre wie die Suche nach der Nadel im Heuhaufen.«

Malte erkannte, wie Emotion und Ratio in Lukas' Kopf gegeneinander kämpften. Sein Sohn hatte die Pubertät überwiegend im Griff, aber manchmal war er überfordert. In solchen Situationen hatte er wenig Einfluss auf ihn und er schaute Laura flehend an, die einen besseren Zugang zu Lukas hatte.

Es entstand eine stille Pause und Malte war dankbar, als sie durch das Gebimmel einer Handglocke auf der Straße unterbrochen wurde.

Lukas brummte kurz: »Ich gehe hoch.«

Seine Tochter beruhigte ihren Vater: »Ich kümmer' mich um ihn. Du kannst schauen, wer da das Alteisen sammelt.«

Malte öffnete die Tür und kniff die Augen zusammen: Der Glockenläuter kam die Straße hoch und rief zwischen dem Gebimmel etwas und als der nahe genug war, erkannte er Robert Kempf und konnte ihn verstehen: »Heute Mittag Dorfversammlung im Dorfgemeinschaftshaus, kommt bitte alle!«

Er erreichte das Haus von Malte, begrüßte diesen mit Handschlag: »Sei doch so gut, komme in etwa einer halben Stunde bei mir vorbei und hilf mir die Versammlung vorzubereiten.«

Beide waren Mitglieder im Gemeinderat und Robert hatte die Rolle des Ortsvorstehers.

»Heute Mittag ist eine unpräzise Zeitangabe«, gab Malte zu bedenken.

»Ich weiß, da aber die meisten Uhren, inklusive unserer Kirchturmuhr, vom Strom abhängig sind, wissen die wenigsten, wie viel Uhr es exakt ist.«

»Kommt noch jemand vorher zu dir?«, fragte Malte.

»Mal schauen, ich versuche, alle Gemeinderatsmitglieder aus Umbach anzusprechen, ich weiß aber nicht, ob alle da sind«, antwortete Robert.

Malte nickte: »Und was haben wir vor?«

Robert schaute ihn an: »Du bist doch sonst so schnell im Denken: Wir brauchen einen Krisenplan. Möglichst bald.«

FLORIAN

Sie trafen sich zu einer Personalversammlung in einem Saal, der zu klein für alle war. Florian hatte keinen Sitzplatz ergattert und trotzdem fiel es ihm schwer, wach zu bleiben. Er stand an eine Wand gelehnt und wartete darauf, dass die Versammlung anfing.

Der Chefarzt betrat den Raum, schwang sich auf einen der Tische und geduldete sich, bis Ruhe eingekehrt war: »Guten Morgen! Ich möchte mich bei Ihnen allen für den Einsatz bedanken. Mir ist bewusst, dass einige von ihnen in der dritten Schicht sind. Ich werde versuchen, Ihnen einen Überblick über das zu geben, was wir wissen.«

Er machte eine kurze Pause: »Gestern, gegen etwa 17:45 Uhr fiel der Strom aus. Soweit wir das aktuell beurteilen können, müssen wir davon ausgehen, dass es nicht nur Wetzlar getroffen hat. Augenzeugen berichteten von abstürzenden Flugzeugen und sämtlicher motorisierter Verkehr ist zum Erliegen gekommen. Das dürfte die Ursache für die fehlenden Ablösungen sein.«

Florian schaute in die Runde, wenige sahen frisch aus. Einige hatte er gestern beim Dienstantritt schon gesehen.

»Es ist offensichtlich, dass wir den ordnungsmäßigen Betrieb des Krankenhauses nicht aufrecht erhalten können«, fuhr der Chefarzt fort. »Bisher hat der Stromausfall das Leben von acht Patienten gekostet. Wir haben aktuell etwa fünf Weitere, bei denen wir nur hoffen können, dass sich die Verhältnisse schnell wieder normalisieren. Durch die fehlende Motorisierung bekommen wir kaum neue Patienten in die Klinik. Ich bitte alle Ärzte zu überprüfen, welche Kranken gehfähig und damit in der Lage sind, selber den Weg nach Hause zu finden.«

Ein Raunen ging durch den Saal. »Um es uns einfacher zu machen, werden wir folgende Stationen zusammenlegen.« Er verlas eine lange Liste. »Bitte koordiniert euch, speziell dort, wo Patienten über Stockwerke transportiert werden müssen. Ohne die Aufzüge ist das eine Herausforderung, aber dafür haben wir das entsprechende Gerät.«

»Weiterhin bitte ich Sie, sparsam mit der Wäsche umzugehen. Da die Wäscherei nicht funktioniert, wird es vorerst keinen Nachschub geben«, erklärte der Chefarzt weiter. »Wir arbeiten an einer Lösung. Die Apotheke und die Medikamente stehen ab sofort unter der Kontrolle von mir und einigen Kollegen.«

Er nannte die Namen der Auserwählten. »Da wir keinen Ersatz bekommen, ist die Ausgabe strengstens zu kontrollieren und wir versuchen, das Vorhandene maximal zu strecken. Ich vertraue auf die Ärzte, die Dosen für die Kranken etwas herabzusetzen. Schmerzmittel vorerst nur, wenn der Patient extreme Schmerzen hat, da verlasse ich mich auf das Urteil des Pflegepersonals.«

»Das ist ein wenig wie in der Dritten Welt«, kommentierte ein Stationsarzt, was ihm einen nicht sonderlich freundlichen Blick des Chefarztes einhandelte:»Mir ist bewusst, dass Sie ein Jahr bei ›Ärzte ohne Grenzen‹ waren, kommen Sie bitte nach der Versammlung zu mir, wir können von Ihren Erfahrungen profitieren.«

Florian schmunzelte. Der Mann war für eine harte Personalführung bekannt, erkannte aber Talente und, wie in diesem Falle, Kompetenzen. Wenn der Stationsarzt es nicht zu ungeschickt anstellen würde, wäre das ein Schub für seine Karriere. Er hätte sich mit dem Kommentar auch Steine in den Weg legen können. Florian überlegte, was aus der Situation für ihn herauszuholen war, entschied sich, zunächst zu beobachten, und auf seine Chance zu warten.

»Wir gehen davon aus, dass bald Angehörige der Patienten auftauchen. Bei allen Fällen, bei denen es medizinisch verantwortbar ist, werden wir sie auffordern, ihre Familienangehörigen mitzunehmen«, fuhr der Chefarzt fort.»Machen Sie das bitte mit Nachdruck.«

Er blickte einmal durch die ganze Runde:»Haben Sie bis hierher Fragen?«

»Ich habe Familie daheim!«, meldete sich eine Pflegerin,»Kinder, die ich nicht alleine lassen kann.«

Der Chefarzt sah sie kurz mit leeren Augen an:»Ich kann niemanden zwingen hierzubleiben, sondern nur appellieren, das Wohl unsere Patienten im Sinn zu haben. Wenn Sie Kinder daheim haben oder andere Verwandte, die auf Sie angewiesen sind, verstehe ich das.«

»Bei uns sind nicht nur die mit Kindern gegangen«, flüsterte der Pfleger neben ihn, Florian versuchte, sich an seinen Namen zu erinnern, Christoph, Christopher oder Christian. Er war sich nicht sicher.»Die Westerberger zum Beispiel, der ihr Sohn ist 25 und studiert in Aachen.«

»Es gibt immer welche, die sich nicht an die Regeln halten«, flüsterte Florian zurück.

Er überlegte, ob er seinen Vermieter als Pflegefall vorschieben konnte. Er gehörte zwar nicht zur Familie, aber zumindest Jutta hatte zu ihm ein freundschaftliches Verhältnis.

»Niemand von uns kann Dienst rund um die Uhr machen«, merkte eine der Krankenschwestern an, »können wir feste Pausen für alle einplanen?«

Der Chefarzt nickte: »Die Station ist für die Einteilung verantwortlich, achten Sie bitte gemeinsam darauf, dass für jeden Auszeiten eingeplant werden, und zwar lang genug, dass man Zeit zum Schlafen hat. Für zwischendurch empfehle ich Powernapping.«

»Mein mitgebrachtes Essen und Trinken ist aufgebraucht«, erklärte ein Assistenzarzt. »Werden wir vom Krankenhaus versorgt?«

Die Pause, die folgte, war etwas länger: »Für jeden haben wir vorerst zwei Flaschen Wasser pro Tag eingeplant. Die Vorräte im Café haben wir für Sie reserviert. Es wird sich um die Verteilung auf die Stationen gekümmert.

Wenn niemand mehr eine Frage hat, bitte ich Sie sich auf Ihre Stationen zu begeben und mit den Zusammenlegungen anzufangen. Planen Sie anschließend für Kolleginnen und Kollegen Pausenzeiten. Gemeinsam werden wir diese Krise meistern. Ich danke Ihnen allen für Ihren Einsatz.«

›Chris‹ grinste Florian an: »Ob sich das auf unsere Lohnzettel auswirken wird? Einige Ärzte werden sich feiern lassen und wir haben die ganze Arbeit erledigt.«

Da ›seine‹ Abteilung die Patienten einer anderen aufnehmen sollte, begab er sich mit drei weiteren Kollegen direkt die beiden Stockwerke hoch und fragte, wie sie helfen konnten. Alle Patienten der Station waren bettlägerig und nicht in der Lage, sich alleine fortzubewegen. Transportiert wurde mit Krankenbahren und man bildete Dreierteams, um sich auf der Treppe ablösen zu können. Florian fiel positiv auf, dass sich keiner der Ärzte zu fein oder zu schade war, beim Tragen zu helfen. Die ganze Aktion dauerte knappe zwei Stunden und die Patienten waren auf den Zimmern der Station verteilt.

Im Fall eines stark übergewichtigen Mannes versuchte eines der Dreierteams es erst allein. Als klar wurde, dass sie das nicht schaffen würden, konnten sie dem Patienten nicht vor der Peinlichkeit bewahren, ihn mit sechs Personen die Treppe herunterzutragen. Statt zu dritt, was schon recht eng war, waren die Zimmer mit bis zu fünf Betten belegt, das Personal traf sich auf dem Stationszimmer, um den Dienst einzuteilen.

Etwas später nutzt Florian eine kurze Pause, um sich eine Zigarette zu gönnen, und ging dafür zum Raucherbereich vor den Haupteingang der Klinik. Als Raucher hatte man den Vorteil, schnell mit anderen rauchenden Menschen in Kontakt zu kommen. Darüber hinaus war es am Krankenhaus wie in vielen Firmen. Die weniger werdenden Raucher kannten sich gegenseitig und wussten immer etwas mehr von dem, was in den verschiedenen Stationen passierte. Florian nutzte diese Gelegenheit, um Eindrücke zu sammeln, und alle Informationen und Gerüchte liefen darauf hinaus, dass kein Personal ankam. Stattdessen verließen immer mehr das Krankenhaus.

Die neuen Regelungen für die Medikamente hatten ihn hellhörig werden lassen. Wenn die knapp würden, wäre es sicher nicht verkehrt, ein paar Reserven anzulegen. Er kontrollierte seinen Zigarettenvorrat und wurde sich bewusst, dass das sein nächstes Problem sein würde. Zigarettenautomaten funktionieren nicht ohne Strom, er musste schauen, wo er schnell Nachschub bekam.

»Bei mir sieht es nicht besser aus.« ›Chris‹ hatte sich neben ihm gestellt und hielt ihm demonstrativ seine ebenfalls fast leere Packung entgegen.

»Wir sollten den Automaten weiter vorne plündern«, schlug Florian vor und bemerkte, dass Chris sich nicht sicher war, ob er das ernst meinte oder nicht.

»Klar«, sagte er, »bin sofort dabei, sag wann.«

Er erkannte am Stimmfall, dass das für Chris keine Option war.

Florian ging zurück zu seiner Station und half einer Ärztin bei einer Runde durch die Patientenzimmer, bei der sie wieder den Tod eines Patienten feststellten.

Nachdem sie das letzte Zimmer verließen, sagte sie zu ihm: »Das war es, jetzt haben wir keinen mehr, der Beatmung braucht. Von nun an sind die Hygiene und Dehydrierung unsere größten Feinde.«

Florian gab ihr teilweise recht: »Was ist mit denen, die Medikamente benötigen?«

Die Ärztin schaute betroffen: »Wir haben noch Reserven und die können wir strecken. Es ist aber erschreckend, wie viele Probleme wir jetzt schon haben und es macht mir Angst, dass das erst der Anfang sein könnte.«

»Soll ich die Tabletten für die Zimmer zusammenstellen?«, bot Florian an.

Die Ärztin war eine der wenigen Personen, die das Vertrauen des Chefarztes hatte.

Die zögerte kurz, reichte ihm den Schlüssel für den Medikamentenschrank: »Du kannst ihn mir nachher zurückbringen.«

Florian ging zum Stationszimmer, nahm den Wagen für die Tablettenkästchen und fing an, die Medizin für die Patienten zusammenzustellen. Es kam ihm gelegen, dass die Kollegin am Tresen in ein Zimmer gerufen wurde und er war für einen Moment alleine. Zielgerichtet entnahm er einige Schachteln verschiedener Medikamente und ließ sie in die Tasche seines Kittels fallen. Sofort fiel ihm auf, dass da nicht viel hereinpasste, ohne das man es sah. Er holte seinem Rucksack aus dem Aufenthaltszimmer und verstaute das Diebesgut darin, kehrte zurück und merkte, dass er immer noch unbeobachtet war. Erneut nutzte er die Chance, achtete darauf, dass die entnommene Menge so gering blieb, dass es nicht auffiel. Er verschloss den Schrank, nahm den Wagen und schob ihn zum ersten Zimmer, um mit der Verteilung der Medikamente anzufangen.

Gemeinsam mit der Krankenschwester von der anderen Station, arbeitete er sich durch die Zimmer und sorgte dafür, dass zu den Tabletten ein Glas Wasser getrunken wurde, um der Dehydrierung vorzubeugen.

»Ich mach mich hier bald vom Acker«, vertraute sie sich ihm an, was ihn verwunderte, denn außer im Vorbeigehen hatten die beiden bisher kaum Kontakt.

»Und was ist mit den Patienten?«, redete ihr Florian ins Gewissen.

Sie sah fast geistesabwesend durch ihn durch: »Ich bin seit gestern Morgen hier und habe keine zwei Stunden geschlafen. Von der Nachtschicht kam kaum jemand und von der Frühschicht ebenso wenig. Gleichzeitig sind so viele andere gegangen, nicht nur Pfleger, hast du bemerkt, dass auch Ärzte weg sind?«

Florian war das nicht entgangen. Nicht nur solche, die Familie hatten.

Trotzdem stellte er sich unwissend: »Ja, aber überwiegend nur die mit Kindern daheim!«

»Ach komm«, reagierte sie etwas verärgert, »das glaubst du doch selbst nicht! Du wirst sehen: Die, die am längsten bleiben, werden es am schwersten haben zu gehen, denn die werden die Patienten sich selbst überlassen.«

Er hatte bisher zwar überwiegend die Gelegenheit gesehen, vor seinen Vorgesetzten zu glänzen, fand die Vorstellung abzuhauen wenig kreativ: »Was willst du machen? Einfach gehen und deine Kollegen in Stich lassen?«

»In Stich gelassen wurden wir von denen, die ihren Dienst nicht angetreten haben«, erklärte sie Florian. »Selbst bei der Notaufnahme sind viele nicht gekommen und ich weiß, dass die Notdienste im Katastrophenfall die Anweisung haben, sich in ihre Dienstzentralen zu begeben. Und wenn schon die nicht kommen, wird es daran liegen, dass sie gar keine Möglichkeit haben, weil Busse und Autos nicht fahren. Die Einzigen, die bisher dazu gekommen sind, kamen zu Fuß oder mit dem Fahrrad!«

Er war sich sicher, dass sie recht hatte, und überlegte sich, wie er das Krankenhaus verlassen konnte, ohne dass es so aussah, als ob er die anderen allein ließ.

Nach der Visite kehrten die beiden ins Stationszimmer zurück.

Sie holte ihre Jacke, schaute ihn an und erklärte: »Ich gehe eine rauchen.«

Florian überlegte sich, ob er mit einem ›Mach's gut‹ antworten sollte, denn er war sich sicher, dass sie nach ihrer Zigarette nicht wiederkommen würde. Er nickte ihr stumm zu und genoss den

Anblick ihrer Bewegungen, als sie den Flur zum Treppenhaus hinunterging.

MALTE

Malte fragte sich, wie früher minutengenaue Termine geplant und eingehalten wurden. Vermutlich hatte der Blick zur Kirchturmuhr geholfen, zumindest wenn diese ein mechanisches Uhrwerk hatte, das hiesige zeigte immer noch 17:45 Uhr.

Im Laufe der Jahrhunderte war die Taktung der Zeit für Menschen feiner geworden. In manchen Gebieten war sie so minimal, dass z.B. Broker Wert darauf legten, ihre Rechenzentren nicht zu weit von denen der Börse entfernt zu haben, denn alleine die räumliche Distanz entschied über den Zeitvorteil der lichtschnellen Datenströme. In anderen Gegenden der Welt war man da oft großzügiger und verabredete sich für ›Freitag Abend‹. Präziser wurden die Zeitangaben dort nicht. Gemeinsame Zeitzonen waren nicht so alt und die Notwendigkeit ergab sich erst mit der Verbreitung der Bahn: Vorher waren Reisen durch Europa manchmal eine kleine Zeitreise, denn an jedem Ort galt die eigene Zeit.

Robert Kempf hatte die Versammlung für Mittag anberaumt und ohne Uhr tat sich Malte schwer, die anvisierte halbe Stunde abzuschätzen. Er erreichte das Haus, klingelte und wartete. Kempfs wohnten in einer alten Hofreite mitten im Ort, nicht weit vom Löschwasserteich entfernt. Malte erinnerte sich daran, dass das gesamte Gebäude früher einmal verputzt war. In den Achtzigern oder Neunzigern hatten es Robert und seine Frau gekauft und innen und außen komplett renoviert. Dabei wurde das Fachwerk freigelegt, die Scheune zum Wohnraum ausgebaut und einige der Fächer des Fachwerks mit Glasscheiben versehen. Malte mochte sein modernes Haus, diese Hofreite hatte aber mehr Seele und er beneidete seinen Freund darum. Nach kurzer Zeit fiel ihm dann ein, dass die Klingel nicht funktionierte, und er klopfte, so laut er konnte an das Hoftor.

»Herein!«, hörte er Robert rufen.

Malte öffnete die Tür im Tor und betrat den Kopfsteinpflasterhof. Das riesige Scheunentor war durch eine Fensterfront ersetzt worden, die den Blick auf den weitläufigen Wohn- und Essbereich des Hauses zuließ. Davor stand ein Tisch aus grobem Holz, den man eher auf einer Almhütte vermuten würde. An ihm saßen Robert Kempf und Carl Holzer, der Ingenieur war. Irgendetwas mit Bau, was speziell, konnte sich Malte nie merken. Obwohl er Mitte 50 war, hatte er eine wesentlich jüngere Frau. Malte wusste, dass das seinen Kindern aus erster Ehe ein Dorn im Auge war. Besonders dem Sohn, der mit seiner Stiefmutter früher in einer Klasse war. Neben dem Jagen war Holzer im Vorstand des örtlichen Schützenvereins, und kein Verächter eines ›guten‹ Schluckes.

Ebenfalls am Tisch war Andreas Pape, der in der Filiale der Volksbank im Dorf arbeitete. Robert war Teil des Gemeindevorstandes, die beiden anderen und Malte waren Angehörige verschiedener Fraktionen der Gemeindevertretung.

»Hallo miteinander, kommen denn noch mehr?«, grüßte Malte und gab jedem die Hand.

Robert bot ihm etwas zum Trinken an: »Ich habe weder die anderen Umbacher aus dem Vorstand noch weitere Gemeindevertreter erreicht. Bis auf Nadine, die wollte noch kommen.«

Malte mochte Nadine Bodner, die beste Freundin seiner Schwester. Sie war auf einem der Aussiedlerhöfe aufgewachsen und hatte den harten Beruf der Landwirtin von ihrem Vater übernommen. Er hatte sich hingesetzt, als es wieder am Tor klopfte.

»Du hast geklingelt, oder?«, grinste Holzer ihn an. »Das Mädel ist praktischer veranlagt als du.«

Malte konnte und wollte dem nicht widersprechen, es beruhigte ihn, dass das für alle Herren am Tisch galt.

»Hallo Jungs«, begrüßte Nadine die Männer.

Nach der Begrüßung legte Robert los: »Es wird keinem von euch entgangen sein, dass wir uns in einer Krise befinden. Gestern, gegen 17:45 Uhr fiel in Umbach und der Umgebung sämtlicher Strom aus. Der fremdlichtfreie und sternenklare Himmel und die fehlenden Flugzeuge lassen vermuten, dass das nicht nur bei uns passiert ist. Wie weit das Ausfallgebiet reicht, wissen wir nicht.«

Er nahm einen Schluck Wasser und fuhr fort: »Heute Morgen bin ich als Erstes zu Ralf Müller gegangen und habe ihn angewiesen, den Supermarkt bis zur Versammlung geschlossen zu halten. Er schien mir da nicht undankbar zu sein, ohne Kassensystem und Strom ist der Verkauf eher schwierig. Gleiches habe ich bei der Apotheke, der Bäckerei und beim Getränkemarkt gemacht.«

»Backshop«, korrigierte ihn Pape, dessen Bankfiliale direkt daneben lag. »Das ist nur ein Backshop, die werden von ihrer Großbäckerei beliefert. Du hast eigentlich nicht das Recht, so eine Anweisung zu erteilen!«

»Wie man es nimmt«, gestand Robert, »soweit ich mich erinnere, wird der Katastrophenfall vom Landrat ausgerufen. Da der nicht erreichbar ist, fällt die Kompetenz an die Bürgermeister und unsere Bürgermeisterin habe ich nicht erreicht. Soweit ich weiß, ist unsere im Urlaub. Und da ich glaube, dass wir handeln oder zumindest planen sollten, bin ich aktiv geworden.«

»Das sollte kein Vorwurf sein«, ruderte Pape ein wenig zurück. »Mich wundert nur, dass alle sofort mitmachen!«

»Mich auch«, sagte Robert, »ich hatte mit Widerstand gerechnet.«

»Was ist mit den anderen Gemeindeteilen?«, fragte Holzer.

»Bisher habe ich noch keinen Kontakt aufgenommen, das würde ich gerne koordinieren, und zwar sowohl mit den Gemeindeteilen, aber auch mit den anderen Nachbarorten. Eigentlich hoffe ich, dass wir das nicht brauchen, es ist aber nicht verkehrt, wenn wir das Schlimmste annehmen.«

»Und was wäre das?«, fragte Nadine.

»Das Schlimmste wäre, wenn wir dauerhaft ohne Strom leben müssten«, antwortete Robert.

»Das ging früher auch ohne.« Pape wirkte ein wenig trotzig.

»Das mag sein«, fiel ihm Holzer ins Wort, »aber damals war einiges anders.«

»Carl hat recht«, unterstützte Robert, »wir sind extrem vom Strom abhängig. Kurzfristig können wir das überbrücken, mittel- bis langfristig müssen wir Vorbereitungen treffen.«

Wieder war es Nadine, die den Gedanken von Robert am schnellsten folgte: »Du willst mehrere Pläne aufstellen? Erst mal die nächsten Tage überbrücken und dann für mehrere Wochen?«

»Selbst wenn wir heute Nachmittag wieder Strom haben, wird es Wochen dauern, bis sich die Lage normalisiert«, holte Robert aus. »Nach allem, was ich gehört habe, sind Straßen blockiert. Das ist nichts, was bis zum Wochenende erledigt werden kann. Ich habe mir ein wenig Gedanken gemacht und wir müssen folgende Themen angehen: Am wichtigsten ist die Wasserversorgung. Die Pumpen bekommen wir nicht wieder in Betrieb, wir müssen uns überlegen, wie wir alle mit genug Trinkwasser versorgen. Neben Trinkwasser brauchen wir Wasser für die Hygiene. Der Brunnen oben am Waldrand hat Trinkwasserqualität, wir müssen uns überlegen, wie wir das verteilen können.«

»Sollte die Schwerkraft nicht reichen, um fast das ganze Dorf mit Wasser aus dem Wasserhochspeicher zu versorgen?«, fragte Holzer.

»Normalerweise ja«, bestätigte Kempf, »der wird … wurde gerade gewartet, weshalb er fast leer ist. Und selbst wenn er das nicht wäre, wurde er mit Pumpen gespeist. Wir müssen also einen Weg finden, ihn zu füllen, und bis dahin muss Wasser im Dorf verteilt werden.«

»Ich habe einen großen Tank, der dürfte …«, wollte Holzer vorschlagen.

»Lass uns die Aufgaben nachher auf der Versammlung verteilen«, unterbrach ihn Kempf, »ich möchte, dass wir hier nur grob brainstormen, an was wir denken müssen.«

»Nahrungsmittel?«, fragte Pape.

»Danke Andreas«, reagierte Robert, »viele haben Nahrungsmittel nur für wenige Tage daheim. Wir müssen einen vernünftigen Verteilungsschlüssel für den Warenbestand im Supermarkt finden. Das habe ich nicht bis zu Ende gedacht.«

Robert wechselte zum nächsten Thema. »Ich hoffe, dass wir mit Doktor Haarberg, Zahnarzt Haendel und der Apothekerin ein

Team bilden können, dass die Verteilung der Medikamente plant. Und vielleicht haben die Ideen, wie wir Nachschub bekommen können.«

»Bei der Apothekerin warst du schon«, bemerkte Malte. »Hast du mit den beiden anderen gesprochen.«

»Ja, mit Haarberg, der ist dabei«, bestätigte Robert. »Das ist in die Wege geleitet, vielleicht finden sich bei der Versammlung andere, die die Mediziner unterstützen.«

»Wir müssen uns um die Leute kümmern«, ergänzte Nadine, »die normalerweise von mobilen Pflegediensten unterstützt werden. Auch da sollte Haarberg einen Überblick haben und das sollte möglichst schnell sein, nicht dass schon jemand hilflos daheim ist.«

»Das Nächste, um das wir uns kümmern müssen, sind Informationen«, erläuterte Robert. »Wir brauchen vernünftige Wege, wie wir Informationen im Ort teilen. Wir müssen herausfinden, wie viele Menschen im Ort sind. Ist jemand im Ort gestorben, ohne dass es jemand mitbekommen hat? Was machen wir mit der Frau, die gestern beim Unfall gestorben ist? Wie lange können wir eine Bestattung hinauszögern?«

»Das sind mehrere getrennte Themen«, erkannte Holzer. »Die Anzahl der Menschen im Ort ist definitiv wichtig für die Verteilung von Wasser und Nahrungsmitteln. Kommunikation wäre nicht ganz so wichtig. Wir sollten so etwas wie eine Polizei aufstellen.«

»Eine Polizei?«, wunderte sich Nadine.

»Ja, eine Polizei«, antwortete Holzer. »Wir können davon ausgehen, dass die in Wetzlar genug zu tun hat und sollten selber für unsere Sicherheit sorgen.«

Robert gab ihm recht: »Da habe ich bisher nicht dran gedacht. Willst du die Planung leiten?«

»Gerne«, Holzer fühlte sich geschmeichelt. »Als Zentrale wäre das Schützenhaus geeignet.«

Malte zog die Augenbrauen hoch: »Das Schützenhaus?«

»Ja«, erwiderte Holzer, »das ist zwar nicht mitten im Ort, man kann ihn von dort aber überblicken und es gibt Waffen und Munition.«

»Über Bewaffnung reden wir noch«, vermittelte Robert, der anscheinend bemerkte, dass das zwischen Malte und Holzer ein heißes Thema werden könnte.

»Was machen wir mit Externen«, fragte Pape. »Schicken wir die weg?«

Maltes Gedanken waren bei Simone und er hoffte, dass sie dort wo sie war, Hilfe bekäme: »Wir helfen, das ist doch keine Frage. Das muss koordiniert werden. Da kann ich mich drum kümmern.«

»Wir können nicht jedem helfen, wir müssen uns erst mal um uns selbst kümmern«, bekräftigte Pape und Holzer nickte eifrig.

»Willst du die Leute einfach weiterschicken?«, fragte Malte.

»Wenn wir nicht mit Nachschub zu rechnen brauchen, sollten wir mit dem, was wir haben, sorgsam umgehen«, fing Pape an. »Wenn wir jedem was geben, sind die Reserven bald leer.«

Malte setzte zu einer Antwort an, dann ging ihm durch den Kopf, dass Pape recht haben könnte, was er ungern zugab. Außerdem widersprach es seinem Naturell, er würde einen Weg finden müssen, wie er anderen helfen könnte, ohne zu viele der eigenen Reserven zu verschwenden: »Okay, das hatte ich nicht im Blick. Vielleicht hilfst du, mir einen Plan aufzustellen.«

»Sollen wir die Sonnenwendfeier absagen«, schlug Pape vor.

Das Sonnenwendfeuer hatte sich in den letzten Jahren zu einem regionalen Event entwickelt und die Ortsvereine hatten viel Zeit und Arbeit in die Vorbereitung gesteckt und mit über zweitausend Besuchern war es einer der Höhepunkte des Dorflebens.

Robert kam ihm mit einer Antwort zuvor: »Ich sehe keinen Grund, weshalb das ausfallen sollte. Wir würden so zumindest so etwas wie Normalität bewahren und sollte sich bis morgen Abend nichts ändern, lenkt es alle ein wenig ab.«

»Wir müssten mit den Musikern sprechen, ob die richtig unplugged auftreten können«, plante Malte, »und die Getränke, das sollten wir rationieren.«

»Vielleicht können wir Getränkemarken verteilen?«, schlug Nadine vor, »und die Ausgabe auf die ausgeteilten Marken beschränken? Wer mehr möchte, soll sich das von zu Hause mitbringen. Wir müssten das mit dem Getränkehändler besprechen. Ich könnte eine Kutsche für den Transport zur Verfügung stellen.«

»Das klingt gut«, sagte Robert. »Andreas, was ist mit Bargeld? Haben die Bankfilialen Reserven und kommt ihr an die Kontendaten heran?«

»Sofern nicht jemand eine hohe Abhebung angekündigt hat, haben wir kaum etwas da. Die Kunden bitten wir normalerweise die Automaten zu nutzen«, erklärte Pape. »Wir können nicht viel an die Kunden ausgeben und ich vermute, dass es bei den anderen Bankfilialen in den Nachbarorten nicht anders aussehen wird.«

»Und Nachschub werdet ihr vermutlich nicht bekommen«, stellte Malte fest.

»Da die Automaten mit einem Zahlenschloss versehen sind, kommen wir nicht an das Geld ran«, fasste Pape zusammen.

Robert schaute kurz alle nacheinander an und kratzte sich etwas abwesend an der Schläfe: »Gut, für eine erste Momentaufnahme sollte das reichen, vielleicht hat bei der Versammlung jemand Ideen, was wir vergessen haben könnten.«

»Und vielleicht ist der Spuk bald wieder vorbei«, hoffte Holzer.

»Ja, vielleicht ist er das«, pflichtete Robert ihm bei. »Lasst uns zum Dorfgemeinschaftshaus gehen, die Ersten werden sicher bald kommen.«

JUTTA

Die Koppel, auf der ihr Schimmel ›Kleine Tante‹ stand, war nicht weit vom Haus ihres Bruders entfernt. Jutta machte sich wenig daraus, dass Florian manchmal versuchte, sie wegen des Pferdes aufzuziehen. Sie hatte als Mädchen begeistert die Pippi Langstrumpf Bücher von Astrid Lindgren verschlungen und die Filme oft gesehen. ›Sei wie Pippi, nicht wie Annika‹, sollte eine Devise in ihrem Leben sein, über die sich ihre Eltern freuten, zumindest wenn sie es nicht mitbekam.

Ein eigenes Pferd gönnte sie sich erst, als sie erwachsen wurde. ›Kleine Tante‹ war seit fast zehn Jahren Teil ihres Lebens und war zunächst dunkel, eher ein Apfelschimmel. Zwischendurch sah sie exakt wie der ›Kleine Onkel‹ in den Pippi-Filmen aus, nur im Gegensatz zu ihm waren ihre Punkte nicht aufgesprüht. Mittlerweile war sie so weiß wie Gandalfs ›Schattenfell‹ in der ›Herr der Ringe‹-Verfilmung.

Sie betrat die Koppel und wurde erst dann von ›Kleine Tante‹ registriert, die langsamen Schrittes auf sie zukam. Jutta machte sich nichts vor, denn das Tier wusste, dass ihre Begrüßung meist mit einer Karotte oder einem Apfel zusammenfiel.

Jutta kramte den Apfel aus ihrer Tasche, streckte ihre Hand und streichelte den Kopf des Pferdes, während dieses gemütlich die Frucht fraß: »Hast du Lust auf einen Ausritt?«

Sie nahm sich Zeit, das Pferd zu striegeln, legte eine Decke über den Rücken und sattelte es. Nachdem sie den Sitz des Zaumzeuges und des Sattels kontrolliert und sich ihren Reithelm aufgezogen hatte, schwang sie sich hoch, lehnte sich nach vorne und tätschelte den weichen Hals: »Dann los, heute reiten wir eine neue Strecke!«

Die Autobahn war direkt in der Höhe vom Ort von einer Böschung eingefasst, von der man auf sie hinunterschauen konnte. Etwas weiter südlich wechselte dies und man musste einen kleinen Wall hochklettern.

An den meisten Stellen waren Wall und Böschung bewachsen. In ihrer Kindheit fand sie diese Grünstreifen trotz des Autobahnlärmes faszinierend und kannte so die verschiedenen Zugangswege. Sie wechselten dort vom geteerten Feldweg auf die Autobahn, wo beide etwa auf gleicher Höhe lagen. Eine Weile ritt sie die Leitplanke entlang, bis sie eine Unterbrechung sah, sodass ›Kleine Tante‹ nicht springen brauchte.

Ohne die liegen gebliebenen Fahrzeuge sah es aus wie ein autofreier Sonntag. Trotz der Hindernisse lief der ›Verkehr‹ recht störungsfrei, selbst ein paar übermütige schnelle Radfahrer kamen den Fußgängern nicht in den Weg. Genau wie am Vortag hatte man sich auf den ›richtigen‹ Seiten der Autobahn verteilt. Jutta überquerte die Fahrbahn nach Norden, stieg ab und wechselte gemeinsam mit ›Kleine Tante‹ auf die andere Spur. Im Gegensatz zu ihrem Rückweg am Abend waren mittlerweile alle Fahrzeuge verlassen, selbst in den Lkws war niemand mehr zu sehen. Vereinzelt sah sie Leute halbherzig an der ein oder anderen Autotür rütteln, dabei blieb es aber.

Auf dem Pferd erreichte sie den liegen gebliebenen Schweinetransporter wesentlich schneller. Ein paar Schweine hielten sich nahe beim Lkw auf, vom Fahrer fehlte jede Spur. Andere der befreiten Tiere entdeckte sie vereinzelt und in Gruppen auf den anliegenden Feldern und sie fragte sich, wie lange sie in der freien Natur überleben konnten. Sie wusste, dass Schweine sehr intelligent waren, aber der Wechsel von der Vollversorgung im viel zu engen Stall zur Selbstversorgung war nicht einfach. Natürliche Feinde brauchten sie nicht zu befürchten, Jäger, Hunger und Krankheiten dürften jetzt die Gefahren für die befreiten Tiere sein.

Im lockeren Trab ritt sie weiter, verließen die Autobahn und waren schnell auf dem Feldweg zum Flugplatz. Nach kurzer Zeit gab das Gelände die Sicht auf die Gebäude des Flugplatzes frei und sie ließ ihr Pferd in den Galopp wechseln. Anstatt zum Tower entschied sie sich, direkt zur Gaststätte zu reiten, stieg ab und befestigte ›Kleine Tante‹ am Zaun.

Auf dem Flugplatz selbst waren keine Menschen zu sehen, ›ihre‹ 767 stand wie ein Fremdkörper auf dem Feld.

»Pilotin und Reiterin?« Sie hatte die Wirtin gar nicht aus der Gaststätte kommen hören.

Jutta drehte sich um und lächelte die Frau an: »Jeder hat so seine Talente! Ich wollte schauen, was meine Passagiere machen.«

»Da kommen Sie etwa eine Stunde zu spät«, bedauerte die Wirtin. »Wir haben mit dem, was der nicht mehr ganz so kühle Kühlraum hergab, ein Frühstück für alle gezaubert und danach machten sie sich auf den Weg.«

Jutta überlegte sich, ob sie die Gruppe, die Richtung Norden lief, verpasst hatte, hätte sie denen doch auf der Autobahn begegnen müssen.

Jutta nickte und schaute wieder zum Flieger: »Also ist keiner mehr hier?«

Die Wirtin schüttelte den Kopf.

»Dann muss ich jetzt warten, bis sich die Verhältnisse normalisiert haben und sehen, wie wir das Flugzeug hier wieder wegbekommen«, dachte sie laut nach.

Die Wirtin wirkte sorgenvoller: »So ein kurzer Stromausfall hat etwas Romantisches, Kerzenlicht und so. Aber das ist jetzt nicht mehr kurz und macht mir ein wenig Angst.«

Jutta wollte etwas erwidern, wusste aber nicht was und auch nicht, wieso sie überhaupt hergekommen war. Selbst wenn sie die Crew und ihre Passagiere getroffen hätte, gab es nichts, was sie für sie hätte tun können.

Die Wirtin grinste: »Sie wissen nicht, was Sie hier machen sollen?«

Erstaunt schaute Jutta sie an: »Ja. Ich werde den Rückweg antreten. Vielen Dank für Ihre Hilfe und sollten Sie nach Umbach kommen, fragen Sie nach mir, es gibt nur eine Jutta, die Pilotin ist.«

Sie streckte der Wirtin die Hand zum Abschied entgegen, die nahm sie herzlich in den Arm und drückte sie kräftig: »Passen Sie auf sich auf. Und auf Ihr schönes Pferd!«

Sie beschloss, nach Umbach zurückzukehren. Auf der Autobahn angekommen, bemerkte sie, dass dort wesentlich mehr los war als auf ihrem Hinweg.

»Verkaufen Sie das Pferd?«, fragte einer der ›Wanderer‹.

Jutta war etwas erstaunt: »Nein, auf keinen Fall.«

»Einen Versuch war es wert.« Der Fragende grinste sie an. »Ich bin jetzt seit vier oder fünf Stunden am Laufen, vermutlich sollte ich eine Pause machen.«

Der sportliche Mann lehnte sich gegen die Leitplanke und packte eine fast leere Wasserflasche aus seinem Rucksack: »Da sollte ich mich bald um Nachschub kümmern.«

Jutta hielt ihr Pferd neben dem Mann an: »Wo kommen Sie denn her?«

Er nahm einen Schluck aus der Flasche und verteilte die Flüssigkeit im Mund, bevor er sie herunterschluckte: »Aktuell komme ich aus Frankfurt, ich bin auf dem Weg nach Hause.«

Ihm fiel schnell auf, dass die Antwort ihr nur teilweise half: »Es geht zurück nach Essen.«

»Können Sie denn reiten?«, fragte Jutta.

»Wollen Sie mir das Pferd doch verkaufen?«, wieder lächelte der Mann. »Nein, auch wenn ich gerne schneller vorankommen würde, vermutlich würde ich es nur bis da vorne schaffen und dann vom Pferd fallen.«

»Warum laufen Sie nicht mit einer Gruppe?« Jutta dachte an ihre Passagiere und Crew und bei den ›Wanderern‹ schien es wenige zu geben, die alleine liefen.

»Ich bin, direkt als es hell wurde, losgelaufen«, sagte der Mann. »Kein Wunder, ich habe im Foyer bei einem Kunden geschlafen und das war alles andere als gemütlich. Und bei einer Gruppe muss man auf die Langsamsten warten. Ich mache Triathlon und kann ein ganz anderes Tempo gehen.«

»Man hätte Gesellschaft und muss nicht die erste wildfremde Reiterin ansprechen, um ein Gespräch zu führen«, neckte ihn Jutta.

»Ich fühle mich erwischt«, sagte der Mann, »aber ich glaube, wenn ich den Bedarf für Gespräche habe, dann findet sich jemand. Wie Sie sehen, ist recht viel los.«

»Und in Essen wartet jemand auf Sie, vermute ich.«

»Meine schwangere Frau und meine kleine Tochter. Bis zur Geburt sind es noch ein paar Wochen, aber bei den Kleinen weiß man nie, auch die Tochter kam vier Wochen zu früh.«

Jutta betrachtete seine fast leere Wasserflasche: »Ich kann Ihnen zwar nicht mein Pferd geben, aber eine Flasche Wasser.«

Sie nahm ihren Rucksack vom Rücken und zauberte eine Literflasche hervor.

»Was wollen Sie dafür haben?« Der Mann zögerte, die Flasche anzunehmen.

»Nichts, nach Ihrer Geschichte dachte ich, ich wäre Ihnen etwas schuldig«, sagte Jutta. »Ich habe gestern selbst erfahren dürfen, wie angenehm es ist, wenn einem ohne direkte Gegenleistung geholfen wird. Geben Sie den Gefallen irgendjemanden weiter.«

Sie verabschiedete sich und ritt zurück nach Umbach, wie es sich gehörte auf der richtigen Fahrbahn.

Auf der Straße ins Dorf erkannte sie einen Schulfreund auf seinem Fahrrad: »Hallo Ralf!«

Der Angesproche drehte sich um und hielt an: »Hallo Jutta! Wohin des Weges?«

»Nach Hause, ich will schauen, ob Florian daheim ist«, erklärte sie. »Wo kommst du her?«

»Ich bin einer der wenigen, der heute Morgen zu seiner Arbeitsstelle geradelt ist.« Jutta erinnerte sich, dass er bei einem der Optikbetriebe in Wetzlar arbeitete: »Abgesehen vom Chaos in der Stadt ist ohne Strom nicht an Arbeiten zu denken. Man hat alle nach Hause geschickt … Immerhin war jemand da, der sich getraut hat, die Entscheidung zu treffen. Es gibt andere Betriebe, da hat niemand die Eier einzugestehen, dass man momentan nichts Sinnvolles machen kann.«

Sie stieg vom Pferd ab und führte ›Kleine Tante‹, während Ralf sein Fahrrad schob.

»Es wird doch irgendwas geben, das ohne Strom geht?«, fragte Jutta.

»Möglicherweise, aber Strom betreibt Werkzeuge und Beleuchtung. Und selbst wenn du das ausklammerst, bleibt das Problem, dass die Wasserversorgung zusammengebrochen ist. In einem Einfamilienhaus mögen die Folgen überschaubar sein, ich möchte aber nicht in der Firma aufs Klo gehen, wenn zig Leute vor mir drauf waren und es kein Wasser für die Spülung mehr gibt!«

»Wenn du schon heute früh ins Büro gefahren bist, hast du es eine Weile dort ausgehalten?«

»Na ja«, begann Ralf, »erst mal kommt man dank der ganzen liegen gebliebenen Autos auch mit dem Fahrrad nicht so schnell voran und ich habe mich ein wenig umgeschaut, meist aus der Ferne. Die stadtnahen Lebensmittelgeschäfte, die ich gesehen habe, sind alle leergekauft. Beim großen Supermarkt im Forum gab es großen Ärger, hat mir jemand auf dem Weg erzählt, kein Licht, keine funktionierenden Kassen und keiner vom Markt, der die Verantwortung übernehmen wollte. Irgendwann haben sie alle Leute aus dem Markt bekommen und die Türen wieder verschlossen, ganz ohne Schlägerei und Diebstahl ging das nicht.«

Mittlerweile waren sie im Ort angekommen, vor dem Supermarkt gab es eine Menschenansammlung, anscheinend war hier nicht geöffnet worden.

»Das sind keine Leute aus Umbach«, stellte Jutta fest.

»Nein, ich habe das Gefühl, dass einige Wetzlarer ihr Glück im Umland versuchen, denn die Reserven in der Stadt dürften schnell aufgebraucht sein«, erklärte Ralf. »So, ich muss dort lang, wir sehen uns bestimmt bald wieder!«

Jutta verabschiedete sich, setzte sich auf das Pferd und ritt zur Koppel. Dort nahm sie ›Kleine Tante‹ den Sattel ab, striegelte und bürstete sie und verabschiedete sich.

Daheim angekommen sah sie, dass ihr Vermieter einen Zettel an die Tafel gehangen hatte, dass er zur Versammlung gegangen sei.

Jutta stieg die Treppen hoch, öffnete die Wohnungstür und sagte vorsichtig: »Hallo?« Aber Florian war nicht daheim.

LAURA

Es hatte gedauert, bis Lukas sich von ihr beruhigen ließ, zumal er zunächst das Gespräch verweigerte. Vor seiner Pubertät hatte er seinen Vater angehimmelt, mit steigendem Alter mehrten sich die Konflikte. Sie oder ihre Mutter schlichteten oft zwischen den beiden, wobei es ihrer Mutter wesentlich besser gelang, aber auch sie war oft erfolgreich.

Laura war klar, dass ihr Bruder sich von ihrem Vater oft nicht ernst genommen fühlte und sich wie ein kleiner Junge behandelt sah. Zum Teil gab sie ihm recht. Meistens waren das aber Momente, in denen sich Lukas auch wie ein solcher benommen hatte. Im Gegensatz dazu war ihr eigenes Verhältnis zu ihrer Mutter schon kitschig freundschaftlich, sodass der Spruch ›sie ist fast wie eine Schwester für mich‹ gar nicht so weit hergeholt war.

»Jetzt kümmert er sich wieder um das Dorf, anstatt um Mama«, beschwerte sich Lukas erneut.

»Ich vermisse sie auch«, beruhigte sie ihn, »aber er hat recht, im Moment kann er nichts für sie tun.«

Ihre äußere Ruhe stand im krassen Gegensatz zu ihren inneren Gefühlen. Ihr Vater und ihr Bruder hatten nicht bemerkt, dass sie den ganzen Abend und Morgen immer wieder ihr Handy aus der Tasche geholt hatte. Ohne den Kontakt zu ihren Freundinnen fühlte sie sich einsam und von der Welt abgeschnitten. Dass sie sich gestern um Emily kümmern konnte, hatte sie bis in den Schlaf abgelenkt. Laura vermisste ihren Freund, der knappe zwanzig Kilometer entfernt wohnte. Er wollte am Abend zu ihr kommen, aber die Strecke, für die er mit dem Auto sonst keine zwanzig Minuten brauchte, war nicht mehr nebenbei zu überbrücken. Sie holte ihr Smartphone aus der Tasche, das Display blieb schwarz.

»Es geht nicht«, erklärte ihr Lukas, »gewöhn dich dran!«

Sie schmunzelte, denn ihr war klar, dass es ihm ähnlich schwerfiel wie ihr: »Ja, das Tablet funktioniert auch nicht. Ich werde in die KiTa gehen und schauen, ob da jemand ist.«

Laura machte dort ein Praktikum für ihr Pädagogikstudium. Sie verabschiedete sich, ging in die Garage, nahm ihr Fahrrad und drückte auf den Schalter, der das große Rolltor öffnete, um wieder abzusteigen und das Tor mit der Hand zu öffnen.

Beim Kindergarten angekommen, stellte sie das Fahrrad ab, verschloss es, und sah am Eingang ein handgeschriebenes Plakat: ›Wegen Strom- und Wasserausfall bleibt die KiTa heute geschlossen.‹

»Ich bin nicht die Einzige!«, wurde sie freudig von Marlene Gehl, die in ihrer Nachbarschaft wohnte, begrüßt. »Waren das gestern Abend Lukas und du?«

Laura schaute sie fragend an.

»Gitarre spielen und singen?«, schob Marlene erklärend hinterher.

»Hallo, ja das waren wir«, antwortete sie.

»Sehr schön. Ihr solltet überlegen, öffentlich aufzutreten«, wurde sie gelobt. »Auch wenn du nicht überpünktlich bist, schön, dass du hier bist. Wie du gesehen hast, habe ich für heute eigenmächtig die KiTa geschlossen.«

»Kamen denn viele Kinder her?«, fragte Laura.

Marlene schüttelte den Kopf: »Eine Handvoll, aber die Eltern haben nicht wirklich erwartet, dass wir öffnen. Ein Vater hat mir erzählt, dass Herr Kempf für heute Mittag eine Versammlung im Dorfgemeinschaftshaus angesetzt hat. Da können wir hingehen. Kannst du in die Schule gehen und schauen, ob jemand dort ist?«

Laura nahm den kurzen Weg durch ein kleines Tor im Zaun zwischen KiTa und Schule und traf auf dem Schulhof direkt den Hausmeister: »Hallo Laura!«

»Hallo Norbert«, begrüßte sie Herrn Reutow, der ihr zum Beginn des Praktikums das ›Du‹ angeboten hatte, »hier ist es so leise, bleibt ihr heute auch geschlossen?«

»Ja«, antwortete Norbert.

»Als ich heute Morgen aufgeschlossen habe, war klar, dass wir kein Wasser haben, bis auf das wenige, das in der Leitung war. Und Patricia war die einzige Lehrerin, die hergekommen ist, die anderen wohnen alle weiter weg.«

»Ist sie noch da?«, frage Laura.

Er schüttelte den Kopf: »Du hast sie knapp verpasst. Sie ist wieder nach Hause gefahren, hier, meinte sie, könne sie im Moment eh nichts machen.«

Laura informierte ihn über die Bürgerversammlung und kehrte zurück in die KiTa.

»Heute ist nicht nur kindergarten-, sondern auch schulfrei«, erzählte sie Marlene, die im Personalraum war und etwas auf große Kartonbögen zeichnete. »Was machst du?«

»Zeit totschlagen«, grinste Marlene, »nach Hause gehen lohnt sich nicht. Und ich wollte heute Nachmittag etwas für nächste Woche vorbereiten, das mache ich halt jetzt schon.«

»Kann ich dir helfen?«, bot sich Laura an.

»Gerne«, freute sich Marlene und erklärte ihr, was zu tun war.

Während die zwei flink zeichneten, ausschnitten und klebten, tauschten sie ihre Erlebnisse seit dem Stromausfall aus. Sie waren so in Gespräch und Arbeit vertieft, dass beide aufschreckten, als jemand ans Fenster klopfte. Laura schaute hoch und sah Norbert, der auf seine Armbanduhr deutete.

Marlene stand auf und öffnete das Fenster: »Hallo Norbert, deine Uhr geht noch?«

»Nicht wirklich«, resignierte der ein wenig, »ich habe sie aus Gewohnheit angezogen. Wir sollten uns auf den Weg zur Versammlung machen.«

Nachdem Marlene die KiTa abgeschlossen hatte, spazierten die drei gemeinsam zum Dorfgemeinschaftshaus, das der Ort in den Siebzigerjahren errichtet hatte, als es der Gemeinde finanziell blendend ging. Auf dem Platz davor hatten sich bereits viele Anwohner eingefunden.

»Kommt ihr bitte rein?«, Robert Kempf hatte sich auf eine Bank gestellt und gestikulierte allen, dass sie hereinkommen sollten, »Wir würden gerne anfangen!«

Langsam bewegte sich die Menge zum Eingang, Laura und Marlene versuchten nicht in der vordersten Reihe, aber auch nicht hinten dabei zu sein. Sie fanden einen gemütlichen Platz auf den breiten Fensterbänken im Raum und Laura sah sich um. Gemeinsam mit vier anderen Mitgliedern des Gemeindevorstandes saß ihr Vater auf der Bühne des Saales.

Durch die vielen Gespräche war das Lärmniveau recht hoch und Kempf hatte seine Probleme sich durchzusetzen. Es war Nadine, die mit einem lauten Pfiff auf den Fingern die Diskussionen zum Verstummen brachte.

»Danke Nadine.« Kempf nickte ihr zu. »Vielen Dank, dass ihr so zahlreich erschienen seid. Der Form halber erwähne ich, dass wir seit gestern 17:45 Uhr keinen Strom mehr haben. Wie ihr alle bemerkt habt, sind die Pumpen für die Wasserversorgung ausgefallen und wir haben keinen Kontakt zur Außenwelt. Da sich unsere Bürgermeisterin auf einer Urlaubsreise auf Gran Canaria befindet, wir den Landrat nicht erreichen können, von Landes- oder

Bundesbehörden brauchen wir gar nicht anzufangen, rufe ich hiermit für die Gemeinde den Katastrophenfall aus.«

Ein Raunen ging durch die Menge.

»Das ist erst einmal prophylaktisch und ich hoffe, dass wir den bald wieder aufheben können. Ich versuche einen kurzen Überblick über die Probleme zu geben, die wir angehen müssen.«

Laura hörte zu, wie Herr Kempf von Wasserver- und -entsorgung berichtete und von der Beschlagnahme des Warenbestandes des Supermarktes, die von der Menge positiv angenommen wurde. Beim Thema Bürgerwehr eskalierte die Versammlung.

»Was soll das? Irgendwelche Jäger und Sportschützen sollen hier Polizei spielen?« Laura erkannte in der Fragenden die Mutter eines Mädchens ihrer Tanzgruppe. »Und die sollen mit Waffen hier herumlaufen?«

Holzer übernahm an dieser Stelle die Gesprächsführung: »Hör zu Ivonne, ich weiß, dass du an das Gute in allen Menschen glaubst, aber wir haben eine Notsituation und wir können uns nicht darauf verlassen, dass uns die Polizei aus Wetzlar oder Gießen zu Hilfe kommt. Wenn Flüchtende uns überfallen …«

Ivonne fiel ihm direkt ins Wort: »Dir fällt echt kein anderes Thema ein, oder? Seit Jahren fabulierst du vom kommenden Bürgerkrieg und jetzt nutzt du einen kleinen Stromausfall? Weißt du, was das für Methoden sind? Du nutzt den Stromausfall als deinen Reichstagsbrand!«

Es entbrannte eine hitzige Diskussion, die lauter und chaotischer wurde, bis Nadine erneut mit einem beherzten Pfiff Ruhe in die Versammlung brachte.

»Danke Nadine!« Diesmal hatte Malte die Gesprächsleitung übernommen. »Ivonne, ich verstehe deine Bedenken und teile sie ebenfalls, und mir behagt die Idee auch nicht. Ich würde vorschlagen, dass du Teil des Bürgerwehrausschusses wirst. Damit hast du einen Einblick in die Tätigkeit und kannst, wenn nötig, regulierend eingreifen.«

Laura lachte innerlich, die Gesichtsausdrücke von Ivonne und Holzer sprachen Bände, es war kein Geheimnis, dass die beiden wenig Sympathien füreinander empfanden. Der Schachzug ihres Vaters war fast genial, denn die Bürgerwehr würde aufgestellt werden und die Bedenkenträger hatten mit Ivonne eine Vertretung.

»Okay, ich bin dabei«, stimmte diese zu.

Die Diskussion wurde wieder zivilisierter und es meldeten sich zwei ehemalige Polizisten als weitere Freiwillige für den Ausschuss.

Die Wasserversorgung wurde nach kurzer Erklärung in die Hände der Feuerwehr gelegt und Laura sah, dass Lukas sich zu anderen Aktiven der Freiwilligen Feuerwehr gesellt hatte. Das Thema medizinische Versorgung wurde erstaunlich schnell abgearbeitet, zum Haus-, Zahnarzt und der Apothekerin gesellten sich zwei Krankenpfleger.

»Leider haben wir gestern bei einem Autounfall ein Todesopfer zu beklagen«, fuhr Herr Kempf fort. »Soweit ich das mitbekommen habe, gibt es bisher keine weiteren. Lasst uns gemeinsam daran arbeiten, dass das so bleibt. Schaut bitte nach euren Nachbarn, sollte sich jemand nicht melden oder die Tür nicht öffnen, wendet euch an die Feuerwehr.«

Die Versammlung reagierte mit zustimmendem Gemurmel.

»Wir brauchen eine Übersicht, wer aktuell im Ort ist, von wem bekannt ist, dass er dauerhaft nicht da ist, zum Beispiel im Urlaub und wer sonst unterwegs ist«, übernahm Andreas Pape. »Da geht es vor allem darum, zu sehen, ob jemand vermisst wird. Wer mir helfen möchte, meldet sich bitte gleich nach der Versammlung bei mir.«

Er machte eine kurze Pause: »Das nächste Thema ist der Umgang mit Externen, damit sind Menschen aus Nachbarorten, -städten oder andere Durchreisende gemeint.«

»Gestern sind die ersten Gestalten von der Autobahn vor meinem Haus aufgetaucht«, meldete sich ein Mann.

»Und vorm Supermarkt lungerten heute Morgen die ersten Wetzlarer herum«, berichtete ein anderer.

Andreas Pape wartete ein wenig: »Malte und ich werden versuchen, etwas zu organisieren. Wer uns unterstützen mag, meldet sich bitte gleich bei ihm.«

»Wann kann ich etwas im Supermarkt kaufen?«, fragte eine ältere Frau.

Die Blicke richteten sich auf Kempf: »Gleich nach der Versammlung. Allerdings bitte ich um Verständnis, dass wir keine Hamsterkäufe wollen. Beim Einkauf heute bitte auf das Allernötigste beschränken, selbst wenn der Strom wieder geht, wird es dauern, bis Nachschub kommt, denn die Straßen sind durch die ganzen liegen gebliebenen Fahrzeuge blockiert.«

»Vielleicht sollte man bei der Tiefkühlware großzügiger sein«, schlug jemand vor.

»Ja«, Kempf kratzte sich an der Schläfe, »das macht tatsächlich Sinn, aber trotzdem sollten wir auf eine gerechte Verteilung achten. Überhaupt wäre ich dankbar für Hilfe in diesem Bereich. Wer sich berufen fühlt, kommt gleich bitte mit zum Supermarkt.«

»Ich habe kaum noch Bargeld«, gestand die ältere Frau, was ihr wohl unangenehm war.

Robert Kempf lächelte sie an: »Wir werden das auf dem kleinen Dienstweg regeln und schauen später weiter.«

Laura hatte den Eindruck, dass diese Erklärung nicht nur die fragende Dame beruhigte.

»Was ist mit den Spinnern vom Hofgut?«, fragte Ivonne.

Laura musste grinsen, denn ihr Vater titulierte die Anwohner und Angehörigen des alten Hofguts im Nordosten von Umbach ebenfalls so. Vor einigen Jahren hatte es eine sektenartige Gruppierung übernommen, die auf den ersten Blick wie eine Naturreligion wirkte und ökologische Landwirtschaft betrieb. Man lebte vegetarisch und im Laufe der Zeit waren weitere Anhänger der Freyristen, wie sie sich selbst nach einem nordischen Gott nannten, in den Ort gezogen und hatten sich Häuser im Dorf gekauft. Jedes Mal, wenn ein Wohnhaus zum Verkauf stand, meldete die Sekte ihr Interesse.

Die Angehörigen versuchten, am Dorfleben teilzunehmen, was nicht allen Alteingesessenen gefiel. Denn hinter der vordergründig ökologischen Lebensweise standen völkische Denkweisen. Vom Kleidungsstil her wirkten die Anhänger der Gruppe wie aus einer anderen Zeit. Die Jungen trugen bis spät in den Herbst kurze

Hosen, die Mädchen grundsätzlich Röcke oder Kleider und die Erwachsenen erinnerten an die Heimatfilme der Fünfzigerjahre. Ähnliche Gruppen gab es im ganzen Land und jährlich organisierte die Sekte ein Zeltlager für Sympathisanten und Anhänger mit hohem Zulauf. Laura war etwas verwundert, dass kein einziges Mitglied bei der Versammlung anwesend war.

LUKAS

Was ist mit den Spinnern vom Hofgut?«, fragte die Frau, die bei den Grünen aktiv war.

Lukas verstand diese Ablehnung nicht, zumal deren nachhaltige Lebensweise mit ökologischer Landwirtschaft genau das war, was ihre Partei forderte. Die Freyristen beteiligten sich normalerweise am Dorfleben, einige der Jungs waren bei der Freiwilligen Feuerwehr, andere in verschiedenen Vereinen aktiv. Über die Jugendlichen bei der Feuerwehr hatte er lockeren Kontakt und war schon einige Male zu Besuch gewesen. Auch wenn ihm alle dort etwas altbacken vorkamen, hatte er sich dort immer wohlgefühlt. Man behandelte ihn wie einen Erwachsenen, im Dorf kam er sich oft nur wie ›Malte Junior‹ vor. Zumindest mit wenigen Ausnahmen. Florian, der Mann seiner Tante, nahm ihn für voll.

Sein Vater, Kempf und die anderen auf der Bühne schauten sich kurz an, bevor Malte das Wort übernahm: »Ich bin erstaunt, dass kein Bewohner hier ist.«

Dabei betonte er ›Bewohner‹ intensiv und unterstrich mit einem Blick auf die Frau von eben, dass er anscheinend nicht damit einverstanden war, sie ›Spinner‹ zu nennen. Zumindest nicht öffentlich.

Malte fuhr fort: »Ich werde nachher vorbeigehen. Mit deren Hofladen können die bei der Versorgung des Dorfes helfen.«

Andreas Pape übernahm: »Der nächste Punkt ist das Sonnenwendfeuer morgen Abend: Wir sehen keinen Grund, wieso das nicht sattfinden sollte. Ich hoffe, das sieht die Feuerwehr auch so?«

Lukas war etwas verwundert über die Frage, er hatte mitbekommen, wie Pape vor der Versammlung mit Dirk, der die Feuerwehr anführte, darüber gesprochen hatte. Vielleicht wollte er das nur offen für alle ansprechen.

Dirk bestätigte die Frage: »Da die letzten Tage nicht komplett trocken waren, sollte das keine Gefahr darstellen. Das Feld ist ohnehin weit genug vom Freibad und den nächsten Häusern entfernt.«

Nadine meldete sich: »Wir können Getränke mit der Kutsche transportieren. Allerdings nur begrenzt, wer mehr zu trinken gedenkt, bringt bitte von daheim etwas mit. Für die Getränke selbst werden wir Getränkemarken verteilen.«

Nach einer kurzen Diskussion zur Feier übernahm Kempf die Leitung: »Ich denke, wir sind mit den geplanten Themen durch. Hat noch jemand Fragen?«

Zwei meldeten sich. Herr Kempf erteilte dem Ersten mit einer Geste das Wort.

»Was ist mit der Müllabfuhr? Der Restmüll sollte heute abgeholt werden?«

»Die Müllabfuhr wird heute nicht kommen«, antwortete Herr Kempf, »und nächste Woche nicht so schnell. Wir werden uns etwas überlegen.«

Kempf blickte suchend über die Versammlung, es meldete sich noch Joseph Pinn: »Joseph?«

Es folgte eine kurze Pause, in der er sich zu sammeln schien: »Ich könnte Hilfe gebrauchen, meine Kühe müssen mindestens einmal pro Tag gemolken werden. Besser zweimal.«

Robert schien zufrieden: »Da wird sich jemand finden, allerdings brauchen die bestimmt eine Einweisung.«

Pinn nickte erleichtert: »Das sollten wir hinbekommen.«

Er beendete die Versammlung und die Menge löste sich langsam auf. Diejenigen, die bei den verschiedenen Aufgaben helfen wollten, meldeten sich bei Holzer, Malte und Kempf. Lukas gesellte sich zu den Mitgliedern der Feuerwehr, die sich um Dirk Meier versammelten.

Der versuchte einen Überblick über die anwesenden Feuerwehrleute zu bekommen: »Lasst uns zur Wache gehen!«

»Dirk«, wurde er beim Losgehen durch Klaus Grosslitz aufgehalten, »ihr könntet mir bei einem Problem helfen.«

Dirk schaute ihn an: »Schieß los.«

Lukas merkte ihm an, dass ihm die Situation unangenehm war:
»Bei uns auf dem Hof ist der Strom ausgefallen und das Notstromaggregat nicht angesprungen.«

Er machte eine kurze Pause, die Umstehenden sahen ihn fragend
an: »Dadurch funktioniert die Lüftung nicht. Ich war die ganze
Nacht unterwegs und als ich heute Morgen nach Hause gekommen
bin ... »

Dirk schaute ihn mit aufgerissenen Augen an: »Wie viele Hühner?«

»Etwa 20.000«, gestand Herr Grosslitz, »ohne Lüftung hatten sie
keine Chance.«

Ein kurzes Schweigen wurde von Dirk gebrochen: »Du hast
20.000 tote Hühner, weil du immer noch mit Bodenhaltung
arbeitest.«

Der Geflügelbauer verteidigte sich: »Hast du eine Ahnung,
welcher Aufwand Biohaltung ist? Und alle gehen lieber zum Discounter, um nicht zu viel für ihre Geflügelbrust zu bezahlen. Glauben die denn alle, dass der Kram dort vom Biohof kommt?«

Dirk hatte etwas Einsehen: »Für deine Tiere ist es jetzt ohnehin zu spät. Lukas? Kannst du bitte schauen, ob du Frau Liebenroth erwischst? Die hatte ich vorhin gesehen und kann uns sicher
Tipps geben, was wir mit den Tieren machen sollen. Erklär ihr, was
passiert ist und bitte sie, mit dir zur Wache zu kommen.«

»Klar. Mach ich«, Lukas verabschiedete sich, verließ den Saal und
versuchte, in der Menge die Tierärztin zu finden.

Ihre roten Haare sollten zwischen den ganzen Menschen eigentlich auffallen, da sie aber nicht mal einen Meter sechzig groß war,
übersah man sie schnell. Er folgte einem Teil der Menge, deren Weg
in die Richtung der Tierarztpraxis führte, die im Wohnhaus von der
Tierärztin untergebracht war.

Als sie dabei war die Haustür aufzuschließen, hatte er sie eingeholt: »Frau Liebenroth, dürfte ich Sie stören?«

»Hallo Lukas«, begrüßte sie ihn, »worum geht es denn?«

Er schilderte ihr die Situation mit den toten Hühnern und dass Grosslitz die Feuerwehr um Hilfe gebeten hat, die ihrerseits Beratung von ihr nötig hätte.

»Die Geflügelfabrik?« Ihr Tonfall zeigte, dass sie von der Art der Haltung nicht viel hielt. »Ich muss nur was holen, wartest du bitte, dann können wir zusammen zur Feuerwache gehen.«

Sie verschwand ins Gebäude und Lukas brauchte sich nur kurz zu gedulden, bis sie wieder mit einem kleinen Koffer aus dem Haus kam: »Das war wirklich schnell! Soll ich Ihnen den Koffer abnehmen?«

»Oh, sehr zuvorkommend.«

Gemeinsam gingen sie zur Feuerwache und wurden dort von Dirk begrüßt: »Hallo Frau Liebenroth! Vielen Dank, dass Sie gekommen sind!«

»Keine Ursache«, reagierte sie, »ich helfe gern. Ich nehme an, dass uns für den Abtransport der Tiere momentan die Möglichkeiten fehlen?«

Dirk schaute sie etwas planlos an: »Ich habe keine Vorstellung, wie viel Volumen 20.000 Hühner haben. Ohne funktionierende Fahrzeuge ist das keine Option. Werden wir Sauerstoffflaschen benötigen?«

»Vermutlich nicht«, antwortete die Tierärztin, »der Stall hat große Tore, die geöffnet werden können, die Belüftung ist nur notwendig, weil diese Tore im Betrieb nicht geöffnet werden. Es kann aber nicht schaden sie mitzunehmen.«

Lukas stand die ganze Zeit neben den beiden und hatte zugehört: »Wenn der Stall große Tore hat, wieso hat er sie nicht geöffnet?«

»Seit seine Frau mit den Kindern ausgezogen ist, war das Leben von Herrn Grosslitz mit vielen Hochs und Tiefs versehen. Er trinkt gerne und ich glaube, dass er jemanden gefunden hat, wo er sich ein wenig den Frust von der Seele reden kann«, erklärte Frau Liebenroth. »Wenn er seit gestern Nachmittag unterwegs war und die ein oder andere Flasche Bier getrunken hatte, war er mit den Gedanken vermutlich woanders. Für die Tiere ist es nur bitter.«

»Und was sollen wir mit den Kadavern machen? Vergraben? Verbrennen?«, überlegte sich Dirk die Optionen.

»Vergraben könnte das Grundwasser belasten«, erklärte die Veterinärin, »auch wenn das viele Tiere sind und es unheimlich stinken wird, sollten wir sie verbrennen.«

Dirk machte ein leicht angeekeltes Gesicht: »Und wie lange wird das dauern? Wie lange wird so etwas brennen?«

»Da habe ich keine Antwort«, gestand Frau Liebenroth, »wir werden es herausfinden.«

»Welches Material sollen wir mitnehmen?«, fragte Lukas, »und vor allem: wie?«

»Wir haben den Bollerwagen, da passt einiges rein«, entschied Dirk, »ich überlege noch, was wir als Brandbeschleuniger einsetzen.«

Er ließ die beiden stehen und stellte Material bereit. Lukas holte den Wagen und fing an, ihn mit den anderen Feuerwehrleuten zu bestücken. Danach zog er sich um und niemand wies ihn darauf hin, dass er nur in der Jugendfeuerwehr war. Nachdem alles beladen war, liefen sie zum Geflügelhof.

Lukas hatte bisher wenig über die verschiedenen Haltungsformen von Nutztieren nachgedacht und war beim Anblick des Stalles und der Kadaver angeekelt und schockiert. Der Gestank war penetrant und er hatte keine Ahnung, ob es die toten Hühner waren oder der Kot und Dreck auf dem Boden. Der Gedanken, dass er Fleisch von Tieren gegessen hatte, die so gehalten wurden, brachte ihn fast zum Übergeben.

Beschämt stand der Geflügelbauer am Tor des Stalles und wartete auf eine Reaktion. Neben ihm stand ein Karton mit Einmaloveralls. Er hielt mehrere in den Händen und bot sie den Feuerwehrleuten an. Dirk musterte ihn kurz, nahm einen der Overalls und sein Team folgte seinem Beispiel. Grosslitz selbst hatte ebenfalls einen angezogen und verteilte Einwegmasken, die den allerschlimmsten Gestank fernhalten sollten.

Frau Liebenroth kramte ein kleines Döschen aus ihrem Arztkoffer und bot sie als Erstes Dirk an: »Hier, Wick VapoRub, ein wenig unter die Nase schmieren, dann ist der Gestank weniger schlimm.«

Sie hatten vorher einen freien Platz am Ende des Hofes ausgesucht, zu dem die Kadaver gebracht wurden. Mit großen Schaufeln und Mistgabeln bewaffnet, brachten sie die toten Tiere aus dem Stall und der Berg wuchs schnell an. Zwischendurch schüttete Dirk Benzin aus einem Kanister über die Hühner und als der Haufen schulterhoch war, zündete er ihn an. Der Gestank wurde weder besser noch schlechter, einfach nur anders. Selbst wenn man kurz an Brathähnchen erinnert wurde, die verbrannten Federn überdeckten das sofort wieder. Nachdem der Stall geräumt war, entledigten sich alle der Einmaloveralls und warfen sie mit auf den Scheiterhaufen.

Eine Regentonne wurde zum Waschen genutzt und Grosslitz war verschwunden, um kurz darauf mit einem Kasten Bier wieder zurückzukommen: »Ich hole noch Wasser.«

Lukas hatte sich ein Bier genommen, ein wenig abseits der Gruppe gestellt und starrte in das verzehrende Feuer.

»Schon bei normalen Bedingungen ist die Lebensmittelindustrie unmoralisch, im Krisenfall leider auch desolat.« Die Tierärztin hatte sich, ebenfalls mit einer Flasche Bier, neben ihn gestellt. »Für die Tiere ist es vielleicht sogar besser so, ansonsten hätten sie noch eine Weile ihr tristes Leben im Stall weiterführen müssen.«

»Waren Sie schon öfter in solchen Ställen?«, fragte Lukas.

Sie antwortete: »Nach dem Studium hatte ich eine Weile für das Veterinäramt gearbeitet. Wäre ich nicht schon vorher Vegetarierin gewesen, wäre ich es in der Zeit geworden. Es geht aber auch anders als hier.«

Dirk bat zwei seiner Leute auf dem Hof zu bleiben, bis das Feuer heruntergebrannt war: »Ich traue euch zu, das einschätzen zu können. Falls ihr dennoch Hilfe braucht, schickt Grosslitz zu uns.«

Lukas überlegte, dass man sich, bis die Telefone wieder funktionierten, andere Kommunikationswege einfallen lassen musste. Oder alte Arten wiederbeleben. ›Feurio‹ war schon im Mittelalter der Ruf für Feuermeldungen. Sie ließen zwei Feuerlöscher auf dem Hof, bepackten den Bollerwagen und kehrten zur Feuerwache zurück.

»Habt ihr gestern Abend die Feuer in Wetzlar gesehen?«, erinnerte sich Lukas an den Vorabend.

Dirk nickte: »Ja, wir müssen uns überlegen, wie wir mit den Mitteln, die wir haben, gegen einen Hausbrand ankommen. Wenn das im alten Dorfkern passiert, haben wir kaum eine Chance.«

»Wir könnten die Feuerspritze aus dem Heimatmuseum in Betrieb nehmen«, schlug Guido Stettner vor. »Das hatten wir beim Jubiläum schon gemacht, ist ein paar Jahre her, sollte aber kein Problem sein. Und Wasser müssen wir aus dem Bach oder dem Löschteich holen.«

»Morgen machen wir direkt eine Übung mit der Spritze!«, sagte Dirk. »Und wenn wir schon bei ›alter‹ Feuerwehrtechnik sind: Wir sollten Eimerketten proben. Früher war es üblich, dass jedes Haus einen oder mehrere Eimer dafür bereithielt. Das müssen wir anordnen lassen.«

»Hatte Herr Kempf nicht gesagt, dass wichtige Sachen im Aushang beim Dorfgemeinschaftshaus bekannt gemacht werden?«, fragte einer der jüngeren Aktiven. »Da können wir einen entsprechenden Zettel aufhängen und am besten direkt für morgen Mittag zu einer Probe einladen.«

»Klasse Idee«, bekräftigte Dirk, »machst du einen Zettel und bringst ihn bei Kempf vorbei?«

Lukas bewunderte, wie Dirk in der Lage war, Arbeit zu delegieren. Indem er die Leute direkt ansprach, nahm er sie in die Verantwortung. Das war bei Notsituationen wichtig, denn die Frage, ob ›jemand‹ helfen könnte, führte selten zu Erfolg. Besser war es, konkret anzusprechen und um Hilfe zu bitten.

»Wunderbar, wenn das klappt, hätten wir für die Sonnenwendfeier einen funktionierenden Feuerschutz«, freute sich Dirk. »Eine größere Herausforderung wird das mit dem Wasser aus dem Brunnen. Wir brauchen saubere Tanks und einen Karren oder besser eine Kutsche, mit der wir den Transport machen können.«

»Es hatten sich in der Versammlung ein paar gemeldet, die große und vor allem saubere Tanks hatten«, erinnerte sich Lukas, »und Kutschen, da sollten wir Nadine fragen, wenn die selber nichts hat, kann die was organisieren.«

Einer der Feuerwehrleute meldete sich: »Ich habe eine Liste mit denen, die sich wegen der Wassertanks gemeldet haben. Soll ich die mal alle besuchen?«

»Nimm dir jemanden mit«, ergänzte Dirk. »Und schaut euch genau an, welche davon für Trinkwasser geeignet sind. Wir müssen dann schauen, wie viele Wasseraufbereitungstabletten wir haben. Und wir müssen einen Weg finden, mit dem THW in Verbindung zu kommen.«

»Ich könnte mit dem Fahrrad hinfahren«, bot Lukas seine Hilfe an.

Dirk schaute ihn nachdenklich an: »Das möchte ich mit deinem Vater besprechen und ich komme dann mit.«

»Du hältst mich doch nur auf!«, neckte Lukas.

Dirk grinste: »Möglicherweise, aber vor Ort kann ich besser sehen, ob die etwas Nützliches für uns haben!«

»Okay«, fasste er zusammen, »ihr kümmert euch um die Wassertanks und ich gehe mit Lukas zu Nadine, um nach einer Kutsche zu fragen.«

SIMONE

Meine Großmutter hat mir von ihrer Flucht aus Schlesien erzählt«, berichtete Arne. »Das war während eines richtig kalten Winters. Sie konnte sich daran erinnern, wie sie das Haus abgeschlossen hatten. Als ob sie in den Urlaub fahren würden. Zurückgekommen ist sie nie. Eigentlich wollte ich mit ihr mal in ihr altes Heimatdorf fahren, das hat aber nie geklappt und vor drei Jahren ist sie gestorben.«

Simone hatte den Eindruck, ihn trösten zu müssen: »Mach‹ dir keine Vorwürfe, du bist nicht das einzige Enkelkind gewesen!«

Er schaute zu ihr herüber: »Nein, das war ich nicht, trotzdem ärgere ich mich. Man sollte manchmal einfach machen, anstatt nur davon zu träumen.«

»Erinnerst du dich an Details ihrer Fluchtberichte?«, fragte Simone.

»Teilweise«, sagte Arne, »am Anfang waren sie mit dem Auto gefahren, bis der Sprit ausging. Andere waren mit Kutschen unterwegs und viele nur zu Fuß. Um die Wege stritt man sich mit entgegenkommenden Soldaten und viel mehr als dreißig Kilometer am Tag schafften sie nicht. Wenn man die Zwischenaufenthalte, die es für die Erholung der Menschen und Tiere brauchte, hinzurechnete, wurde es sogar noch weniger. Die Hilfsbereitschaft der Orte, durch die die Flüchtlingskolonnen zogen, wurde nicht größer. Wie auch? Durch den Kriegswinter hatten die Orte wenig und die steigende Zahl an Flüchtenden machte das alles nicht einfacher. Und was meine Oma in ihren Berichten total ausgelassen hatte, war das Toilettenproblem!«

Simone war sofort klar, was Arne meinte: Der stete Strom an Personen, der vor und hinter ihnen lief, hatte Bedürfnisse und es lag nahe, sich in die an die Straße grenzenden Grünstreifen und Böschungen zu erleichtern, wo Büsche und Hecken Sichtschutz boten. Die warmen Temperaturen des Tages und die Menge an Menschen verwandelten die Seitenstreifen schnell in ein Minenfeld aus Ausscheidungen, Taschentüchern und der Gestank von Urin lag dort penetrant in der Luft.

Fand Simone es am Anfang interessant, in einer relativ großen Gruppe unterwegs zu sein, zeigten sich gegen Mittag Probleme. Genau wie bei der Kleidung war nicht jeder auf einen Gewaltmarsch vorbereitet und sie mussten die Autobahn verlassen, um Nahrung und Getränke zu besorgen.

Die meisten Geschäfte hatten geschlossen, einige waren leergeräumt und in den Regalen standen nur weniger nützliche Artikel: Haarspray, Putzmittel, Schreibwaren und Ähnliches. Arne schaffte es, in einem Laden zwei Thermosflaschen zu kaufen, bei einem Getränkehändler konnte Fabian drei Kästen mit Mineralwasser ergattern.

Trotz der langen Mittagspause erreichten sie am frühen Nachmittag das erste Etappenziel, das Maschener Kreuz: »Ich schlage vor, ihr ruht euch aus. Ich versuche, eine Bleibe für die Nacht zu organisieren. Vielleicht schaut jemand, ob er Getränke besorgen kann.«

Helge hatte sich zu Simone und Arne gesellt: »Im Grunde weiß er nicht, was er macht, einfach nur vorwärts.«

»Meinst du, dass uns das nicht irgendwann Probleme machen wird?«, Arne war nicht das komplette Gegenteil von Fabian, doch generell eher skeptisch.

Helge winkte ab: »Es gibt so Leute, denen gelingt einfach furchtbar viel und ich glaube, er denkt nicht einmal an die Möglichkeit, dass er scheitern könnte. Wir sollten trotzdem zusehen, dass wir uns selber immer eine Reserve halten und wenn es nicht anders geht, uns von der Gruppe trennen.«

»Ich werde ihn begleiten.« Arne stellte seinen Rucksack ab und folgte Fabian, der dabei war die Autobahn zu verlassen.

Simone hatte sich im Schneidersitz auf die von der Sonne erwärmte Fahrbahn gesetzt, Arnes und ihr Rucksack standen an ihrer Seite, Helge positionierte seinen ebenfalls dort und setzte sich ein wenig ungelenk neben sie.

»Durch dich sind wir um einiges besser ausgestattet als die meisten anderen unserer Gruppe.«

Helge nickte: »Wir dürften jetzt fast vierundzwanzig Stunden ohne Strom sein. Selbst wenn er jetzt wieder funktionieren würde, wird es Wochen dauern, bis sich alles normalisiert. Wir müssen uns die nächsten Tage sehr viel aufs Improvisieren verlassen.«

Er roch kurz an seiner Kleidung: »Und auch wenn wir ein wenig besser dastehen als andere, unser Vorsprung ist nicht allzu groß. Vor allem werden unsere Reserven schnell zur Neige gehen.«

Simone gestand sich ein, dass sie sich nicht bewusst war, welche Probleme ihnen bevorstanden. Insgeheim hatte sie gehofft, dass die Lichter wieder angingen, sie mit ihrer Kreditkarte einkaufen konnte und dann nur zum nächsten Bahnhof gehen brauchte, um nach Hause zu fahren.

Helge musste ihre Gedanken erraten haben: »Schau dir die ganzen Fahrzeuge an. Die meisten sind vermutlich abgeschlossen. Ohne großes Räumwerkzeug wird man die Straßen nicht freibekommen und wir leben mittlerweile damit, dass die Lieferketten optimiert sind. Mit Strom wird der Schienenverkehr vermutlich schneller wieder laufen, aber da müssten erst die liegen gebliebenen Züge in die Bahnhöfe gebracht werden. Ich glaube, bis das alles wieder funktioniert, bin ich längst wieder daheim.«

»Wir werden gar nicht den ganzen Tag laufen können«, kam es Simone in den Sinn, »sondern werden immer mehr Zeit brauchen, um Wasser zu besorgen?«

»Ja.« Helge hatte sich die Schuhe und die Socken ausgezogen und massierte seine Fußrücken. »Und wir müssen uns früh genug auf die Suche nach einer Unterkunft machen. Wir sind vielleicht nicht die Ersten, die aus der Stadt heraus sind, waren aber früh. Da werden noch einige folgen. Und irgendwann kommen uns Wellen aus anderen Städten entgegen.«

»Wellen? Wieso glaubst du, dass es so viele sein werden, dass man von Wellen sprechen kann?«, fragte Simone.

»Mathematik.« Helge grinste. »In Deutschland gibt es über zehn Millionen Pendler, die meisten haben es nicht ganz so weit und dürften den Heimweg schon erledigt haben. Die mit dem etwas weiteren Weg dürften mittlerweile alle unterwegs sein und spätestens morgen bei sich daheim ankommen. Dann kommen Menschen wie du, Geschäftsreisende, dazu Kurzurlauber, die einen längeren Weg haben. Das sind nur die, die nicht in den Städten wohnen. Wenige haben für mehr als drei oder vier Tage Lebensmittel daheim, die meisten Geschäfte, die wir gesehen haben, waren bereits leer gekauft. In den Städten wird das noch schneller passiert sein. Und wenn es nichts mehr zu Essen und Trinken gibt, werden die Leute sich auf die Suche machen und dazu die Städte verlassen.«

Sie zog sich ebenfalls die Schuhe aus und betrachtete ihre Ferse, an der sich eine Blase abzeichnete: »Damit wird das Laufen die nächsten Tage nicht einfacher.«

Helge schaute sich die Blase an: »Da machen wir morgen ein Pflaster drauf, widerstehe der Versuchung sie aufzustechen!«

Simone zog sich wieder Socken und Schuhe an und versuchte aufzustehen. Auch wenn sie recht sportlich war, der lange Fußmarsch steckte ihr in den Knochen und sie nahm sich vor, sich bei der nächsten Pause nur anzulehnen, damit das Aufstehen nicht zu so einem Kraftakt werden würde.

Seit dem frühen Nachmittag hatten ›Wanderer‹ die Autobahn seitwärts verlassen, vermutlich, um in den anliegenden Orten Verpflegung und Unterschlupf zu suchen. Immer wieder sah man, wie jemand versucht, liegen gebliebene Autos, Lkws oder Busse zu öffnen. Auf der Gegenseite ging dabei jemand rabiat vor und hatte die Scheibe auf der Beifahrerseite eines Ford Galaxy eingeschlagen. Die Aktion wurde zwar von einigen beobachtet, aber niemand reagierte. Jeder war mit sich selbst genug beschäftigt. Sie beobachtete, wie der Mann die hintere Tür des Vans öffnete, und anfing, die Sitze zu einer Liegefläche umzuklappen.

Er bemerkte, dass sie zuschaute, sah sie direkt an und lächelte: »Man tut, was man kann!«

Sie war perplex, mit welcher Selbstverständlichkeit und ohne Scham er das machte. Als etwas später eine Frau gemeinsam mit einem Kind im Vorschulalter zu ihm kam, verstand sie seine Motivation. Die Familie brachte ihre Rucksäcke im Van unter. Der Mann verabschiedete sich und verschwand in der Böschung.

Beim Gedanken an ihre Familie kramte Simone ihr Smartphone aus der Tasche. Das Display blieb weiterhin schwarz und wenn es vorgestern fast unerheblich war, wo auf der Erde man sich befand: Die knappen vierhundert Kilometer Luftlinie verhinderten jede Kommunikation mit ihrer Familie.

Von der Gruppe war nur etwa die Hälfte auf der Autobahn geblieben und mittlerweile kamen die Ersten von ihren ›Beutezügen‹ zurück, teilweise mit leeren Händen. Andere hatten Beutel mit

Äpfeln organisiert und einige Flaschen Wasser bereicherten den Fundus der Gruppe. Die Erfahrungen der Beutejäger waren unterschiedlich, von: »Der Getränkemarkt hat uns das Wasser einfach so gegeben!« bis »Das ist das teuerste Brot, das ich je gekauft habe.« Während auf der einen Seite schon recht unverhohlen geplündert wurde, war die Hilfsbereitschaft noch ziemlich hoch.

Fast zeitgleich mit dem Mann, der den Van aufgebrochen hatte und der mit zwei großen Taschen zu seiner Familie zurückkehrte, kamen Arne und Fabian zurück.

»So was habe ich noch nicht erlebt«, vertraute er Simone und Helge an, »ich weiß immer noch nicht, was Fabian beruflich macht, aber der hat ein Verhandlungstalent!«

Fabian hatte sich in der Mitte der Gruppe aufgebaut: »Hört ihr alle bitte kurz her!«

Er wartete, bis sie ihn anschauten: »Zusammen mit Arne konnte ich für heute Nacht eine Übernachtungsmöglichkeit für uns alle organisieren. Im nahe liegenden Gewerbegebiet gibt es einen Wohnwagen-Verleih und der Besitzer stellt uns Wohnwagen zur Verfügung. Und nun folgt mir bitte.«

Er drehte um und ging in Richtung des Mittelstreifens, die Gruppe stand auf, packte die Habseligkeiten und folgte ihm.

»Dass wir den Verleih gefunden haben, war Zufall«, berichtete Arne. »Auf dem Weg haben wir diskutiert, ich zweifelte, dass wir überhaupt etwas finden und Fabian winkte ab und zeigte mir auf einmal das Grundstück mit den ganzen Wohnwagen. Als ich dann einwendete, dass ohne Geld nichts zu machen wäre, antwortete er nur ›Lass es uns einfach versuchen!‹«

»Offensichtlich hat er einen Weg gefunden«, kombinierte Helge.

»Ja«, bestätigte Arne, »als wir ankamen, hatte der Besitzer gerade sein Büro abgeschlossen. Fabian erzählte von unserer Gruppe, wechselte das Thema auf Fußball. Er hatte wohl den St. Pauli Banner im Büro bemerkt und er kannte sich richtig, richtig gut aus. Dann war er auf einmal bei Religion und dann wieder bei der Gruppe und beiläufig erwähnte er, dass wir eine Übernachtungsmöglichkeit suchen. Der Mann meinte, er könne uns ein paar Wohnwagen anbieten, man würde sich beim Preis einig werden. Fabian hat erst dann erzählt, wie groß die Gruppe ist, und ich dachte, das wäre es gewesen, doch Fabian umschmeichelte den Mann. Und jetzt kommt es: Ich verstehe nicht wieso, aber wir brauchen gar nichts zu bezahlen.«

»Gar nichts?«, Simone zog die Brauen hoch.

»Gar nichts«, wiederholte Arne, »ich hatte mit einer Abfuhr gerechnet, aber Fabians Optimismus muss den Mann angesteckt haben.«

Am Grundstück angekommen, wurde sie vom Besitzer begrüßt: »Hallo miteinander. Wie ich gehört habe, haben Sie alle einige Kilometer hinter sich. Auch wenn ich Ihnen kein Fünfsternehotel anbieten kann, Fabian hat mich davon überzeugt Ihnen für heute Nacht eine Bleibe in unseren Wohnwagen anzubieten. In jedem ist genug Platz für vier. Ich bitte, von Kerzen in den Wohnwagen abzusehen. Bei den Toiletten handelt es sich um Chemische, die funktionieren mit Schwerkraft und ich bitte darum, dass mir morgen früh pro Wohnwagen jemand beim Leeren hilft. Einfache Wolldecken sind ebenfalls vorhanden und es wäre nett, wenn jeder morgen beim Saubermachen hilft. So ein wenig Jugendherbergsgefühl für alle. Ich würde jede Gruppe direkt zum Wohnwagen führen und eine kurze Einweisung geben. Wer mag den Anfang machen?«

Die ersten vier wurden zu ihrem Wohnwagen geführt und Fabian gesellte sich zu Helge, Arne und Simone: »Wäre es okay, wenn ich mich eurer Gruppe anschließe?«

»Klar«, antwortete Helge, »wie hast du das hinbekommen?«

Fabian lächelte: »Zwei Sachen haben mir die Tür geöffnet, das eine ist die Sache mit St. Pauli, das andere … seht ihr den Aufkleber auf einigen der Wohnwagen?«

Er deutete auf den stilisierten Fisch: »Ich habe ein wenig an die christliche Nächstenliebe appelliert und wie ich dann im Gespräch mitbekommen habe, ist der Besitzer, genau wie ich, Mitglied in einer freien evangelischen Gemeinde.«

»Evangelikal?«, brach es aus Arne hervor.

»Freie Evangelische«, antwortete Fabian, ohne weiter darauf einzugehen, »Und keine Angst, wir erwarten von niemandem, dass er mit uns betet. Wer mag, den hindern wir natürlich nicht daran.« Arne war Religion gegenüber skeptisch und die Institution Kirche lehnte er ab. Simone war keine regelmäßige Kirchgängerin, hätte sich selbst aber als gläubig bezeichnet. Freie Gemeinden waren ihr zwar ein Begriff, kannte aber nicht genau den Unterschied zur ›normalen‹ Kirche. Trotz der kleinen Einweisung, die jede Gruppe bekam, waren sie als letzte Gruppe schnell an der Reihe und nach der Erklärung einigten sie sich darauf, wer welches Bett nehmen würde. Sie verstauten die Rucksäcke und trafen sich draußen mit den anderen.

Der Besitzer hatte Fabian die Schlüssel für das Verwaltungsgebäude gegeben und erklärte ihm: »Bedient euch an den Getränken und an dem wenigen, was im Kühlschrank ist. Ich gehe jetzt nach Hause und komme morgen früh wieder vorbei. Im Lager sind ein paar Kirmesbänke, da hinten ist etwas Holz und direkt daneben die Feuerschale. Für morgen früh versuche ich, etwas Essen zu organisieren.«

Er verabschiedete sich, setzte sich auf sein Rad und fuhr davon. Fabian holte mit Arne und Helge die Bänke aus dem Lager und stellte sie zu einer großen Runde auf dem Hof. Schnell war Holz aufgeschichtet und das Feuer entzündet. Die Hannoveraner kamen nach und nach wieder aus den Wohnwagen.

Als alle Platz genommen hatten, stand Fabian auf: »Auch wenn sich einige schon kennengelernt haben, würde ich vorschlagen wir machen eine Vorstellungsrunde. Da wir viele sind, reicht es, uns auf wenige Sachen zu beschränken, Name, Alter, Familie, Beruf und ein Hobby. Wenn es recht ist, mache ich den Anfang: Fabian Scheurer, 35 Jahre, verheiratet drei Kinder, Webdesigner.«

Simone war ein wenig überrascht und hatte etwas in Richtung Marketing oder Vertrieb erwartet. Als Fabian sich hinsetze und er Helge aufforderte weiterzumachen, bemerkte sie, wie sich ihr Unterleib zusammenzog. Ein kurzes Nachrechnen bestätigte ihren ersten Verdacht, sie würde die nächsten Tage Hygieneartikel benötigen und die zwei Tampons in ihrer Handtasche reichten auf keinen Fall für die ganze Zeit.

FLORIAN

Trotz des Personalmangels genehmigte sich Florian regelmäßig Pausen und jedes Mal schaute er, ob er in einer anderen Station weitere Medikamente ›organisieren‹ konnte. Er war nicht überrascht, als er auf der Nachbarstation einen Kollegen beobachtete, der, als Florian ins Stationszimmer kam, den Medikamentenschrank schloss und ein paar Päckchen in seine Tasche steckte.

Erschrocken sah er Florian an: »Ach komm, du hast nichts gesehen!«

Er überlegte kurz, gemeinsame Sache zu machen, entschied sich dagegen: »Hallo! Ist sonst noch wer hier? Hier wird nicht richtig auf die Medikamente aufgepasst!«

Der Erwischte sah in entgeistert an und als eine Ärztin und andere Kollegen hereinkamen, schaute er beschämt auf den Boden.

»Taschen ausleeren«, sagte sie so bestimmend, dass der Erwischte sofort der Anweisung folgte.

»Auch den Rucksack«, insistierte sie.

Als er zögerte, nahm sie den Rucksack in die Hand und schüttete ihn kurzerhand auf dem Tisch aus. Florian war beeindruckt, da war jemand wesentlich fleißiger oder dreister als er selbst. Vielleicht hätte er sich auf einen Handel einlassen sollen. Dann aber gefiel ihm die Rolle als derjenige, der den Dieb überführt hatte.

Die Ärztin beendete das Schweigen: »Mir ist bewusst, dass wir eine Stresssituation haben und ich weiß, was du geleistet hast. Gehe jetzt einfach, wir reden darüber, wenn sich die Situation wieder normalisiert hat.«

Nachdem der Erwischte gesenkten Hauptes die Station verließ und die anderen wieder zu ihren Aufgaben zurückkehrten, wandte sich die Ärztin an Florian: »Vielen Dank. Es ist mir bewusst, dass Sie sich der Gefahr ausgesetzt haben, als ›Kameradenschwein‹

beschimpft zu werden, aber schon ohne Medikamentenmangel ist es schwer genug.«

»Genau das habe ich mir auch gedacht«, gab sich Florian formvollendet, »ich wünschte, ich hätte den Kollegen die Chance gegeben, die Medikamente selbst zurückzulegen, das hätte niemand mitbekommen müssen!«

»Machen Sie sich keinen Vorwurf«, beruhigte ihn die Ärztin, »es war seine eigene Entscheidung. Würden Sie mir bitte helfen, seine Beute wieder zurück zu räumen?«

»Klar«, sagte Florian, »vielleicht wäre es sinnvoller, die Medikamente zentral zu sammeln, dann könnte man Sie bewachen lassen.«

Die Ärztin dachte kurz über seinen Vorschlag nach und stimmt ihm zu:»Ich denke, das ist eine gute Idee, lassen Sie uns das schnell wegschließen und dann gehen wir zum Chef und schlagen ihm das vor.«

Florian empfand den Stromausfall als Geschenk: Er konnte mit Ideen und Tat vor den Vorgesetzten glänzen und war seinen Kolleginnen und Kollegen eine Stütze. Nach dem Gespräch mit dem Chef wurde er beauftragt, die Medikamentenvorräte auf den Stationen auf ein Minimum zu reduzieren und die restlichen zentral, in der Apotheke, zu sammeln. Das eröffnete ihm die Möglichkeit, unauffällig weitere Beute abzuzweigen.

Mittlerweile machte er sich mehr Gedanken, wie er das Krankenhaus verlassen konnte, ohne dass es wie eine Flucht aussah. Er nutzte eine Zigarettenpause, um seine Beute im Auto zu verstecken. Seinen Mercedes Kombi hatte letztes Jahr einer der Hersteller von medizinischen Maschinen bezahlt. Die zeigten sich mittlerweile fast spendabler, als die Pharmavertreter bei den Ärzten. Zur Sicherheit drehte er den Zündschlüssel, aber vom Anlasser gab es nicht mal ein Klacken. Mit dem Fahrzeug würde er nicht wegkommen.

Mehr Probleme bereitete ihm, wie er die Klinik verlassen konnte, ohne wie ein Deserteur zu wirken. Wenn die Krise vorüber wäre, würde das negativ auf ihn zurückfallen.

Als er durch den Eingangsbereich der Klinik lief, fiel ihm auf, dass sich der Geruch geändert hatte. Das Desinfektionsmittel war zwar noch in der Luft vorhanden, aber es roch mehr und mehr wie in den Seniorenheimen, das Ammoniak stach in der Nase. Er nahm das Treppenhaus mit schnellen Schritten und war von sich angetan, ohne große Atemnot auf der Station angekommen zu sein. Die Teilnahme am Lauftreff zahlte sich definitiv für seine Fitness aus. Auf den Stationen war der Gestank intensiver und er fragte sich, wie das erst werden würde, wenn der Vorrat an frischer Bettwäsche aufgebraucht war.

Im Stationszimmer hing eine Tafel, auf der das anwesende Personal vermerkt war und Florian machte es sich zur Gewohnheit, nach jeder Zigarettenpause einen Blick darauf zu werfen. Auch diesmal waren wieder zwei Namen verschwunden.

Die nächsten zwei Stunden, zumindest ging er davon aus, dass es etwa so lange dauerte, verbrachte er damit, Patienten zu versorgen. Die Luft in den Zimmern war wegen der Überbelegung zum Schneiden, jedoch hatte man keinen weiteren Kranken verloren. Es wurde aber auch keiner abgeholt. Seinen Zigarettenvorrat hatte er sich mit zwei Päckchen aus der Tasche eines Patienten aufgefüllt, damit wäre die Nachschubfrage für die nächsten beiden Tage geklärt.

Er verließ die Station, nahm die Treppen und war auf dem Weg zum Haupteingang, als er aus einem Flur hörte, wie dort anscheinend eine Scheibe eingeschlagen wurde. Langsam ging er in Richtung des Geräusches und wartete, bis sich die Augen an das Dämmerlicht gewöhnt hatten. Dort erkannte er, wie sich jemand Zugang über einen Seiteneingang verschafft hatte, der Einbrecher hatte ihn nicht bemerkt.

Perfekt, freute sich Florian, der Dieb war knappe zehn Zentimeter kleiner, nicht übermäßig sportlich und bewegte sich eher unbeholfen. Bei einer körperlichen Konfrontation würde er nicht den Kürzeren ziehen. Er rief sich den Grundriss ins Gedächtnis und überlegte, in welche Richtung dessen Diebestour gehen könnte und wo er ihn wirkungsvoll und mit Publikum ›stellen‹ konnte. Wichtig war, dass der Einbrecher die Gelegenheit zur Flucht hatte und dabei so weit vom Krankenhaus wegkam, dass Florian sich selbst aus dem Staub machen konnte.

Der Dieb schlich durch den Flur und versuchte erfolglos, jede Tür zu öffnen. Florian glitt auf Zehenspitzen rückwärts und bog in einen Seitenflur ab, nun musste er nur warten, bis der Dieb an ihm vorbeiging, um ihn dann durch den Eingangsbereich zu jagen.

Er brauchte sich nicht lange gedulden und der Mann schlich an dem Seitenflur vorbei. Er zählte leise bis fünf und folgte ihm mit lauten Schritten. Als der Dieb ihn sah, bemerkte der, dass ihm der Rückweg abgeschnitten war. Er flüchtete genau in die erhoffte Richtung. Florian stellte fest, dass er keine Probleme bei der Verfolgung hatte und passte seine Geschwindigkeit dem Einbrecher an, der quer durch den Eingangsbereich lief.

Als er die dauerhaft geöffnete Drehtür passierte, meldete sich Florian: »Du Dieb! Bleib stehen!«

Die wenigen Personen, die sich dort aufhielten, hatten bis dahin dem Flüchtenden nachgeschaut und drehten die Köpfe erst in seine Richtung, dann wieder zum Dieb.

Für Florian hätte das nicht besser laufen können. Niemand machte Anstalten, dem Einbrecher zu folgen. Auf dem Vorplatz erhöhte er das Tempo, um den Abstand zu verringern, und hoffte, dass ihm genügend Leute zuschauten, wie er die Zufahrt herunter in Richtung Parkplatz den Dieb verfolgte.

Dort zog Florian das Tempo weiter an, sodass er seinen Rückstand fast auf Armeslänge verkürzte. Mit einem kurzen Armstoß brachte er den Einbrecher zum Taumeln, ein zweiter Stoß ließ ihn stolpern. Sofort fing Florian an, auf den am Boden liegenden Mann einzutreten, und zielte hauptsächlich auf dessen Bauch.

Der Attackierte versuchte seine Arme schützend vor seinen Unterleib zu halten, Florian reagierte sofort und trat ihm ins Gesicht.

»Heute hast du den Falschen getroffen«, keuchte er.

Er gönnte sich eine kurze Pause und hörte, wie der Mann wimmerte, was ihn veranlasste, mehrmals gegen dessen Kopf zu treten. Nach einem Knacken erstarb das Wimmern und Florian wischte seine blutverschmierten Schuhe am T-Shirt seines Opfers ab. Den bewusstlosen Körper zog er in das Gebüsch und sah zu, dass er nicht so schnell vom Parkplatz aus zu sehen war.

Florian war zufrieden mit sich: Er war raus aus der Klinik und die, die ihn beobachtet hatten, hatten jemanden gesehen, der einen Dieb in die Nacht verfolgt hatte. Nun konnte er den Heimweg antreten, eine Begründung weshalb er nach der Verfolgung nicht mehr zurück in die Klinik gekommen war, konnte er sich die folgenden Tage zurechtlegen.

Es galt nun unbeobachtet zum Auto zu kommen, um seine Beute abzuholen. Er war froh, dass er dafür den Rucksack einer Kollegin genommen hatte, die sich am Vormittag aus dem Staub gemacht hatte, sein eigener lag im Stationszimmer und somit deutete nichts auf eine geplante Flucht. Schnell drehte er den Schlüssel, nahm den Rucksack, verschloss die Tür und lief los.

Er schätzte, dass es etwa Mitternacht war, und der zunehmende Mond erhellte die Straße so gut, dass er alles problemlos erkennen konnte. Die meisten Häuser waren dunkel, vereinzelt entdeckte er Feuerstellen in den Gärten, in wenigen Fenstern war Kerzenlicht zu sehen.

Der Weg führte ihn durch ein Wohngebiet und Florian lief auf der Mitte der Straße. Aus dem Augenwinkel erkannte er in einer Einfahrt ein Mountainbike und zögerte nicht lange. Das Haus war komplett dunkel, die Rollladen waren heruntergelassen. Niemand war auf der Straße zu sehen. Das Fahrrad lehnte an der Wand und er fasste sein Glück nicht: Es war nicht abgeschlossen.

Als er das Rad wegnahm, schlug im Haus ein Hund an.

»Mist«, fluchte Florian. Gerade als er sich auf das Rad setzte, ging der Rollladen beim Fenster über ihm hoch.

Eine Frau sah ihn direkt an: »Da klaut jemand dein Fahrrad!«

Er trat in die Pedale, verließ die Einfahrt und bog in die Straße ein. Er hörte, wie sich die Haustür öffnete, und schnelle Schritte ihn verfolgten: »Bleib stehen, Du Drecksau!«

Florian schaute nicht zurück und versuchte, mit der Gangschaltung zurechtzukommen. Die leiser werdenden Fußschritte hinter ihm signalisierten, dass er sich absetzte, aber sicher war er noch nicht. Er erreichte die Hauptstraße, bog ab und schaute das erste Mal zur Seite. Seinen Verfolger hatte er um achtzig Meter abgehängt und die vor ihm liegende Straße hatte ein langes Gefälle. Das sollte genug sein, um zu entkommen.

Der Blick nach hinten bestätigte ihm das. Sein Gegner hatte aufgegeben und schrie ihm hinterher: »Ich werde Dich finden und dann bekommst du deine Abreibung, Du Wichser!«

Das Gefälle war erst sanfter, Florian gewann trotzdem schnell an Geschwindigkeit.

Er fuhr die steile Hauptstraße herunter, von dort aus konnte er normalerweise bis Umbach sehen, aber der Ort war nicht zu erkennen und die Windräder hinter Blasbach zeichneten sich nur mit wenig Kontrast vor dem Hintergrund ab. Vereinzelt erkannte er Feuer, meistens eher klein, vermutlich Lagerfeuer. In Richtung des Kalsmunt, einer Burgruine, die auf einem Basaltkegel über der Stadt thronte, brannte ein Haus.

Er folgte der abbiegenden Hauptstraße, als er weiter unten eine Gruppe Menschen entdeckte. Durch die hohe Geschwindigkeit war sein Bremsweg lang und die Rotte von etwa zehn Personen fing an, sich in seine Richtung zu bewegen. Junge Männer, sportlich und muskulös. Bei ihm klingelten alle Alarmglocken. Er musste sich entscheiden, ob er es unbeschadet durch die Gruppe schaffte oder ob er schnell genug umdrehen und flüchten konnte. Kurzentschlossen stieg er ab, drehte das Fahrrad herum und schob es bis zur Abzweigung hoch. Dort angekommen setze er sich wieder auf das Rad und trat wie wild in die Pedale. Der Blick nach hinten zeigte ihm, dass er nicht langsamer hätte sein dürfen: Seine Verfolger waren bis auf wenige Meter an ihn herangekommen. Diese schienen bemerkt zu haben, dass er schnell außerhalb ihrer Reichweite sein würde, und fingen an ihn zu bewerfen. Links neben ihm zerplatzte eine Bierflasche und ein Baseballschläger erwischte sein Hinterrad. Florian stabilisierte das Fahrrad und das Gefälle half ihm, erneut Abstand zu gewinnen. Um die nächste Ecke gebogen, fühlte er sich sicher genug anzuhalten. Er merkte, wie das Adrenalin seinen Körper durchflutete, sein Puls war hoch, der Atem flach.

Seine Verfolger hatten aufgegeben. Schon das zweite Mal innerhalb kurzer Zeit. Vermutlich war die Gang nicht die einzige, die sich die Dunkelheit zunutze machte, sie würden auch an anderen Stellen auf potenzielle Opfer warten. Er ging die unterschiedlichen, möglichen Routen nach Umbach durch: verschiedene direkt durch die Stadt, andere, ›am Rand‹ entlang, oder direkt aus ihr heraus. Gegen Letzteres sprach der steile Anstieg und beim Rückweg würde er den Jungs begegnen, denen er erst entkommen war.

Er entschied sich, der Straße weiter zu folgen, die zu einem ehemaligen, nicht mehr vorhandenen Stadttor führte. Von dort ging es Richtung Garbenheim, das von Goethe als ›Wahlheim‹ in ›Die Leiden des jungen Werther‹ verewigt wurde, und dann über Naunheim nach Umbach.

Nachdem er sich für den Weg entschieden hatte, trat er in die Pedale und ließ das Fahrrad rollen, das Gefälle erledigte die Arbeit für ihn. Er blieb immer wieder stehen und trotzdem sich seine Augen an die Dunkelheit gewöhnt hatten, waren zu viele Schatten durch Bäume, Gebäude und Fahrzeuge vor ihm, in denen sich jemand hätte verstecken können. Ohne Unterbrechung kam er bis kurz vor die eiserne Brücke, die über die Lahn führte. Aus der Deckung eines Hauses wagte er einen Blick und die Vorsicht war angebracht: Wie im schlechten Film standen brennende Tonnen darauf, um die mehrere Personen zu erkennen waren. Glücklicherweise hatten sie als Ort ihrer Blockade die Mitte der Brücke ausgewählt, der Weg nach Garbenheim war nicht unbeobachtet, aber frei. Er setzte sich wieder auf das Fahrrad, wechselte die Straßenseite und fuhr los.

JUTTA

Jutta hatte das Bürgerhaus verlassen und sich zum Milchbauern gestellt, um den sich eine kleine Gruppe gebildet hatte.
Der hatte angefangen zu erklären, »… harte Arbeit. Hat denn jemand schon mal gemolken?«

Als sich niemand meldete, erzählte er weiter: »Okay, das lernt ihr schnell. Wichtig wäre es, dass das eine tägliche Aufgabe wird. Auch an Sonn- und Feiertagen!«

Einige schauten sich etwas unbehaglich an, jedoch blieben alle dort.

»Bekommen wir die Milch dann?«, fragte eine der Freiwilligen.

Der Gesichtsausdruck des Landwirtes sprach Bände, mit so einer Frage hatte er nicht gerechnet:

»Einiges davon.«

»Wie viel denn?«, bohrte sie nach.

»Darüber habe ich mir keine Gedanken gemacht. Ich dachte ohnehin, dass alles vom Rat verteilt wird?«, versuchte Pinn die Diskussion zu umgehen.

Jutta war ein wenig überrascht, denn nicht jedem schien bewusst zu sein, dass die generelle Versorgungslage schwierig war.

Sie versuchte, dem Milchbauern zu helfen: »Im Moment geht es vor allem darum, keine Lebensmittel zu verschwenden oder zu verlieren. Wie das geregelt wird, kommt an zweiter Stelle.«

Die Begründung wurde hingenommen, weitere Diskussionen blieben aus, Pinn wirkte erleichtert: »Weiß jeder, wo mein Hof ist? Der ist nicht direkt im Dorf, sondern ein Stück entfernt, vielleicht kommt ihr mit dem Fahrrad dorthin?«

Er erklärte den Weg, setzte sich auf das eigene Rad und fuhr, begleitet von den ersten Helfern, die ebenfalls mit dem Rad bei der Versammlung waren, los.

Am Aussiedlerhof angekommen, legte Pinn los: »Die Kühe müssen zweimal pro Tag gemolken werden. Wenn ihr ein wenig geübt seid, werdet ihr für eine Kuh etwa fünfzehn Minuten brauchen. Dabei gibt die Kuh bis zu zehn Liter, die gefiltert und gekühlt werden müssen. Früher machte man das, indem wir die Milchkannen in kaltes Wasser gestellt haben. Das gibt uns ein wenig Zeit, aber die Milch sollte schnell verbraucht werden.«

»Können wir die nicht selber haltbarer machen?«, fragte Jutta. »Butter oder Käse?«

Der Landwirt schaute sie an: »Wir waren so festgefahren in den hohen Ertrag der Kühe und den Verkauf an die Molkereien, ich habe mir keine Gedanken gemacht, dass wir das selber weiter verarbeiten könnten. Allerdings ist Butterschlagen ein echter Kraftakt!«

»Nana«, tadelte Nadine, »das haben früher traditionell die Frauen mit dem Butterfass gemacht! Also, nicht rumjammern!«

»Ich weiß«, grinste Herr Pinn, »wir müssten sogar zwei im Keller haben. Ich glaube, im Heimatmuseum stehen auch welche. Und so ein Butterglas mit Kurbel ist auch da. Ich frage mich nur, ob wir das Buttermachen ohne Eiswasser hinbekommen. Von Käse habe ich keine Ahnung.«

»Wir könnten Bodners befragen«, schlug Jutta vor, »und die Landfrauen. Wenn wir das richtig anfassen, dann haben wir damit Lebensmittel, die richtig lange halten.«

Er führte die Freiwilligen zur Weide, sein Sohn trieb ihnen einige Kühe entgegen.

»Man nähert sich dem Tier langsam von vorne und bindet es an. Es lässt sich mit etwas Futter ablenken. Mit einem Eimer, Feingefühl, warmen Händen und einem Melkschemel geht es fast von allein.

Wenn die Kuh entspannt ist, tretet ihr von der Seite an sie heran und reinigt die Zitzen der Euter mit einem weichen Tuch und lauwarmen Wasser. Das werden wir vorbereiten.«

Sein Sohn führte die besprochenen Schritte an einer Kuh vor.

»Dann setzt ihr euch auf den Schemel und stellt den Eimer unter das Euter. Mit den Händen umfasst ihr die Zitzen, ob diagonal oder gegenüberliegend ist egal.«

Demonstrativ führte er das mit seinem Daumen und der anderen Hand vor und ihm schien im ersten Moment nicht klar zu sein, weshalb einige der Freiwilligen kicherten: »Bitte! Ihr seid doch alle erwachsen und es geht hier ums Kühemelken und nicht … ihr wisst schon was.«

Nachdem sich seine Helfer beruhigten, fuhr er fort: »Übt etwas Druck auf die Zitzenwurzel aus und wichtig ist, dass ihr nicht daran zieht, sondern die Milch mit leichtem Druck der Finger nacheinander in den Eimer transportiert.«

Wieder führte sein Sohn das Beschriebene vor und mit flotter Bewegung füllte sich der Eimer.

»Wer versucht es als Erstes?«, fragte der Landwirt und sein Blick traf sie. »Jutta!«

Sie setzte sich auf den frei gewordenen Schemel und legte beide Hände an die Zitzen. Sie gab sich Mühe, die Bewegungen des Sohns zu imitieren, trotzdem kam kaum Milch aus dem Euter.

»Schon fast gut«, lobte der, »versuche es so.« Er beugte sich vor, führte Juttas Hand und mit kleiner Veränderung füllte sich der Eimer. Nicht so schnell wie eben, aber merklich besser als zuvor.

Pinn ließ sie den halben Bottich füllen und bat dann den nächsten Helfer an die Kuh. Mittlerweile hatte sein Sohn zwei weitere Kühe herangeführt, festgebunden und Schemel sowie Eimer dazu gestellt.

Auf dem Weg nach Hause rechnete Jutta schnell im Kopf durch: Vierzig Kühe mit zwanzig Litern täglich, das wäre bei etwa 2000 Einwohnern gerade Mal ein großes Glas Milch pro Person. Nicht viel.

Daheim angekommen, hatte ihr Vermieter sie auf einen heißen Tee eingeladen und sie diskutierten über die Bürgerversammlung.

»Holzer und Pape sind im Grunde gute Kerle«, schimpfte Herr Siebenthal, »aber ihre Ansichten sind manchmal ein wenig … antiquiert. Dein Bruder muss aufpassen. Die ›Miliz‹ die sie sich vorstellen, so was bekommt schnell eine unangenehme Eigendynamik.«

»Herr Kempf und Nadine sind auch noch da.«

»Trotzdem würde ich beiden nicht weiter trauen, als ich einen Medizinball werfen kann. Und das ist nicht weit.« Herr Siebenthal stellte seine Tasse auf den Tisch. »Und in so einer Krise muss man aufpassen, dass sich nicht jemand schnell zum Retter profiliert. Beide sind längst nicht so bürgerlich, wie sie sich geben. Eine Frau als Pilotin? Du passt so gar nicht in ihr Weltbild. Und dass Nadine nichts für Männer übrig hat? Wart's ab, die werden das noch zum Thema machen.«

Nadine und Jutta hatten gemeinsam Kindergarten und dreizehn Jahre Schule hinter sich und waren beste Freundinnen. Nach dem Abitur hatten sich ihre Wege etwas getrennt, ihre Freundin ging auf die Universität, um Agrarökonomie zu studieren, hatte schon vor ihrem Abschluss den elterlichen Betrieb komplett auf ökologischen Anbau und Tierhaltung umgestellt.

Während des Studiums hatte sie ihr Coming-out und nicht selten musste sich Jutta seitdem nervige Witze von meist angetrunkenen Männern über ihre Freundschaft und die Möglichkeiten, die sich für ihren Partner dadurch ergeben würden, anhören. Selbst Florian unterließ es nicht, immer wieder das gemeinsame Schlafzimmer als Übernachtungsmöglichkeit für ihre Freundin anzubieten.

Jutta grübelte über die Vorwürfe von Herrn Siebenthal: »Die Leute haben doch ganz andere Probleme, da muss sich Nadine keine Sorgen machen.«

»Wenn es den Leuten schlecht geht, sind sie zugänglich, wenn ihnen jemand Schuldige anbietet. Ob diejenigen wirklich schuldig sind, ist unerheblich, Hauptsache es gibt eine Minderheit, die man präsentieren kann.«

Der alte Mann schien zu bemerken, dass Jutta das Thema nicht angenehm war, und wechselte es: »Mit deinem Pferd hast du schon einen Vorteil, wie früher ein Adeliger bist du wesentlich mobiler!«

»Ja, wenn ich überlege, wie lange ich gestern für den Heimweg von Lützellinden gebraucht habe, ich hatte überlegt, ob ich zur Klinik reite, um nach Florian zu schauen, wusste aber nicht, was ich dort mit ›Kleine Tante‹ hätte machen sollen. Sie einfach anzubinden erschien mir als zu leichtsinnig.«

»Verständlich. Mache dir keine Sorgen. Florian kann recht gut auf sich selbst aufpassen, der weiß schon, wie er Oberwasser behält. Und was dein Pferd betrifft: stelle es doch hier in den Garten.«

Jutta antwortete: »Das ist eine gute Idee! Vielen Dank!«

»Ich hätte dann nur gerne ein paar der Äpfel für das Gemüsebeet«, grinste Herr Siebenthal.

Der Vermieter behandelte Jutta fast wie eine Tochter, war aber nie mit ihrem Mann warm geworden. Er hatte es ihr nie ausdrücklich gesagt, sie bemerkte aber die kleinen Spitzen, die er verteilte, ohne dabei respektlos zu sein. Sie musste dennoch zugeben, dass er mit seiner Bemerkung, ›Florian schaffte es, fast immer Situationen für sich zu nutzen‹ recht hatte. Er war jederzeit hilfsbereit und Jutta ging davon aus, dass er in dem Moment Kollegen und Patienten eine große Stütze war.

»Die mobile Pflege war heute sicherlich nicht da. Kann ich Ihnen denn etwas helfen?«

»Ich komme noch alleine zurecht, vielleicht könntest du mir morgen helfen, mal beim Supermarkt vorbeizugehen, wobei ich nicht ganz verstanden habe, wie die Verteilung funktionieren soll.«

»Ich werde gleich zu Nadine fahren, die weiß mehr und ich gebe Ihnen dann Bescheid.« Jutta brachte die Tasse in die Küche.

»Stell sie auf die Spüle, ich kümmere mich darum. Zeit habe ich genug«, lächelte ihr Vermieter. »Ansonsten benutze ich, wie üblich, unsere Tafel!«

Jutta verabschiedete sich, verließ das Haus und holte ihr Fahrrad aus dem Schuppen. Den Weg zum Aussiedlerhof von Nadines Familie war sie schon unzählige Male gefahren, gelaufen und geritten. Als Mädchen war sie, wie die meisten anderen, von Pferden fasziniert, es war vor allem ihre Freundin und deren Eltern, die ihr den ersten intensiven Kontakt mit den für sie majestätischen Tieren ermöglichten.

Auf dem Hof angekommen, stellte sie ihr Fahrrad ab, ging zur Haustür und hörte aus der Scheune ein Motorengeräusch. Sie lief zum Tor, lugte hinein und sah, wie Nadine mit ihrem Vater neben einem Traktor mit laufendem Motor stand, der vermutlich älter als Herr Bodner war.

»Wieso funktioniert euer Traktor?« Sie trat näher und legte ihre Handfläche auf das vibrierende Gehäuse.

»Hallo Jutta.« Nadines Vater streckte ihr die Hand zur Begrüßung entgegen.

Nach dem Coming-out seiner Tochter war er auf sie zugekommen und hatte sie gebeten, Nadine zurück auf ›den richtigen Weg‹ zu helfen. Es hatte nicht lange gedauert und Herr Bodner wurde derjenige, der sich am meisten aufregte, wenn die Akzeptanz für gleichgeschlechtliche Beziehungen fehlte.

»Hallo Herr Bodner.« Trotz der jahrzehntelangen Freundschaft zwischen Jutta und seiner Tochter hatte er ihr das ›Du‹ nicht angeboten, sie kannte auch sonst niemanden außerhalb seiner Familie, der ihn duzte.

»Wie du siehst«, reagierte er auf ihre Frage, »ist das gute Schätzchen ein paar Jahre älter und ist ein Selbstzünder. Da wir ihn ankurbeln können, brauchen wir zum Starten keine Elektrik.«

»Damit haben Sie vermutlich das einzige funktionierende Motorfahrzeug im weiten Umkreis«, vermutete Jutta.

»Nein«, schaltete sich Nadine in das Gespräch ein, »wenn ich mich recht erinnere, gibt es im Dorf einige dieser Schätzchen. Vielleicht funktionieren nicht alle, aber das wird sich herausfinden lassen.«

Herr Bodner setzte sich auf den Traktor, betätigte verschiedene Hebel und der Motor erstarb: »Wir wollten nur schauen, ob er überhaupt noch läuft.«

»Und auch wenn die Maschine nicht so stark ist.« Nadine wischte sich die ölverschmierten Hände mit Papiertüchern ab. »Der wird uns eine große Hilfe sein!«

»Da fällt mir ein, wieso ich hier bin: Weißt du, wie das mit der Verteilung der Sachen aus dem Supermarkt läuft?«, fragte Jutta.

»Nicht genau, wir besprechen das morgen in der Ratssitzung. Ich glaube, Robert hat da schon eine Idee. Ich könnte deine Hilfe gut gebrauchen: Es wäre gut, wenn wir Pferdefuhrwerke haben, dafür brauchen wir Kutscher, die wissen, wie man die steuert.«

»Ich lasse euch Mädels alleine«, verabschiedete sich Herr Bodner.

»Ich habe seit Jahren keine Kutsche mehr geführt.« Jutta saß lieber direkt auf dem Pferd. »Aber ich sollte das hinbekommen.«

»Super! Kommst du morgen früh her? So gegen 9 Uhr?«

Die beiden tauschten sich über ihre Erlebnisse aus und als Jutta ihren Notlandungsbericht beendete, stand Nadine mit offenem Mund da: »Ich muss dich jetzt umarmen … ich gebe acht, dich nicht mit Öl vollzuschmieren.«

Nach der Verabschiedung ging Jutta zurück zum Fahrrad. Es war seltsam: Vor zwei Tagen wäre sie für so ein Gespräch nicht extra den Weg bis zum Hof herausgefahren, ohne Handys und Telefone ging es jetzt nicht anders.

Als sie daheim war, brachte sie das Fahrrad in die Garage. Ihr Blick fiel auf einen Dachlattenrest, den sie kurz entschlossen mit in die Wohnung nahm. Etwas zur Verteidigung im Haus zu haben, war nicht verkehrt. Und in der Schublade im Schreibtisch musste noch eine Dose Pfefferspray sein.

Nach einem kurzen Abendessen legte sie sich ermüdet ins Bett. Normalerweise las sie ein paar Seiten in einem Buch, das fehlende Licht einerseits und die Müdigkeit andererseits ließen sie schnell in einen tiefen Schlaf sinken.

Als sie erwachte, war sie zunächst orientierungslos. Wenn man lange genug in einem Haus lebt, kannte man alle Geräusche und blendete sie aus. Seit dem Stromausfall hatten sich die Geräusche verändert und es war stiller als sonst. Sie hatte Durst, war aber zu müde um aufzustehen und wollte sich wieder hinlegen, als sie hörte, wie die Haustür geschlossen wurde.

Es folgte Stille und Juttas Hoffnung, dass es sich um Florian handeln könnte, schwand, da er stets sehr geräuschintensiv nach Hause kam. Das Pfefferspray hatte sie sich auf den Nachttisch gestellt, sie ertastete die Dose beim Aufstehen mit der linken Hand. Mit der anderen ergriff sie die Latte und schlich zur offenen Schlafzimmertür, um sich auf die Lauer zu legen.

Jutta hörte ein Kratzen und kurz darauf öffnete sich die Tür, ihre Hoffnung, dass es Florian war, stieg. Wer sonst hatte einen Wohnungsschlüssel. Die Tür öffnete sich komplett und vor dem Hintergrund des Fensters im Treppenhaus sah sie die Silhouette eines Mannes, der einen Rucksack trug. Größe und Statur passten zu Florian, sie konnte aber das Gesicht nicht erkennen und wollte auf keinen Fall durch ein leichtsinniges ›Hallo‹ ihre Position verraten.

Der Eindringling tastete sich in die Wohnung und stieß mit dem Knie gegen den Schuhschrank: »Verdammte Kacke!«

»Florian!« Jutta ließ Latte und Pfefferspray fallen und fiel ihrem Mann in die Arme.

Der war überrascht: »Jutta! Du bist daheim? Ich habe mir so viele Gedanken um dich gemacht!«

Die beiden umarmten sich lange und nach einem intensiven Kuss drückte er sie von sich: »Lass mich bitte den Rucksack und die Schuhe ausziehen, außerdem würde ich gerne etwas trinken.«

»Warte, ich hole dir was.« Jutta ging in die Küche, zündete eine Kerze an, nahm zwei Gläser sowie eine Flasche Wasser aus dem halb vollen Kasten und brachte alles zum Tisch. Florian setzte sich und sie goss beiden ein.

»Wie kommt es, dass du hier bist? Ich habe von den ganzen Flugzeugabstürzen gehört und gehofft, dass du entweder noch nicht gestartet oder schon gelandet bist?«

Jutta hatte mittlerweile Routine, ihre eigenen Erlebnisse zu erzählen. Sie berichtete außerdem von den Planungen im Dorf und dass sie am nächsten Tag Nadine zur Hand gehen würde.

»Nadine hat von einem Medizinerteam erzählt, vielleicht kannst du dich einbringen.«

Im Anschluss erklärte ihr Florian, wie er den erlebt hatte und was ihm seitdem passiert war.

»… dann habe ich den Dieb erwischt, er hat mir den Inhalt seiner Tasche gezeigt und gejammert, er hätte nur etwas zu essen und trinken für sein Kind gesucht. Ich war total genervt und außer Atem, habe ihm eine gescheuert und gesagt, dass er das Weite suchen soll. Er lief in Richtung Klinik weg und ich machte mich ebenfalls auf den Weg dorthin und konnte froh sein, mir etwas Zeit gelassen zu haben. Der Dieb wurde von einer Gruppe angehalten und ich konnte sehen, wie sie ihn brutal zusammengeschlagen und getreten haben. In dem Moment war mir klar, dass ich nach Hause gehen musste und drehte um.

Auf der Brücke, beim ›Hauser Tor‹, traf ich auf die nächste Gang, allerdings hatte ich die schon vorher bemerkt und konnte mich fast vorbei schleichen, als ich eine Stimme hörte: ›Hey, da schleicht einer vorbei!‹ Der Satz war nicht fertig ausgesprochen, als ich den ersten Schuss hörte und die Kugel hinter mir vorbeizischte. Ich trat wie wild in die Pedale und die Kerle verfolgten mich und weitere Schüsse donnerten durch die Nacht. Eine Kugel muss direkt in den Asphalt neben mir eingeschlagen sein, ich spürte wie hochgewirbelte Steine gegen meine Beine und das Fahrrad schlugen.«

Jutta nahm seine Hände, die zu zittern angefangen hatten, vermutlich durchströmte ihn bei der Erinnerung noch mal das Adrenalin. »Ich bin ohne nach hinten zu schauen bis zum Kreisel gefahren und habe mich erst dort wieder getraut eine Pause einzulegen. Ich weiß nicht, wie lange ich im Gras saß, bis ich mich soweit beruhigt hatte und weiterfahren konnte. Ich bin dann durch Garbenheim über die Lahnwiesen nach Naunheim gefahren und jetzt bin ich einfach nur müde.«

Jutta setzte sich rittlings auf seinen Schoß, hielt seinen Kopf in den Händen und führte ihn zu ihrem Mund. Während sie Florian küsste, bemerkte sie, dass der Kuss und die Nähe ihres Körpers bei ihm nicht folgenlos blieben. Sie presste ihre Hüfte rhythmisch gegen seine und trotz seiner Müdigkeit reagierte er. Sein Küssen wurde intensiver, fordernder, er knabberte an ihren Lippen und fing an, ihr das T-Shirt auszuziehen. Sie nestelte am Verschluss seiner Hose, stand auf und zog ihn hinter sich her bis ins Schlafzimmer.

Auf dem Weg stieg er aus seiner Hose und entledigte sich des Oberteils und seines T-Shirts. Vor dem Bett stehend zog er seine Shorts aus und sie kletterte katzengleich auf die Matratze. Er ergriff ihren Slip, zog ihn hastig herunter und folgte ihr, fasste ihre Hüfte und drang langsam von hinten in sie ein. Jutta krallte ihre Hände in die Bettwäsche und presste ihr Becken gegen seines und übernahm so die Initiative.

Verschwitzt, ineinander verschlungen und total erschöpft lagen beide im Bett, die Bettdecke brauchten sie nicht, dazu waren ihre Körper zu erhitzt. Jutta genoss das Gefühl, wie seine Hand sanft ihre Rundungen streichelte und bekam davon eine Gänsehaut.

»Frierst du?« Er war dabei sich nach vorne zu strecken, um die Decke hochzuziehen.

»Nein.« Sie kuschelte sich an ihn. »Das war nur total angenehm.«

Trotzdem zog Florian die Bettdecke über sie und während sie von ihm gestreichelt wurde, versuchte sie erst, dem Schlaf zu widerstehen. Die zusätzliche Wärme ließ ihr keine Chance: Sie bemerkte, wie seine Fingerspitzen sanft mit ihrer sensiblen Brustwarze spielte und schlief ein.

TAG 3

SIMONE

Simone lag im oberen der beiden Stockbetten und trotz des Schnarchkonzertes, mit dem die drei Männer sie die ganze Nacht versorgt hatten, hatte sie tief und erholsam geschlafen.

Sie war als Erste aufgewacht und stellte zwei Probleme fest: Wie es das Ziehen im Unterleib angekündigt hatte, hatte sie ihre Tage bekommen. In ihrer Handtasche lagen nur zwei Tampons, sie brauchte schnell Nachschub.

Das andere Problem war ebenfalls ein hygienisches: Beim Kleiderfundus von Helges Freundin fehlte Unterwäsche komplett und den aktuellen Slip trug sie schon, seit sie nach Hamburg geflogen war. Lukas hatte es mal geschafft, auf einer zehntägigen Klassenfahrt nur eine Unterhose zu verwenden, alleine beim Gedanken daran schüttelte es sie.

»Guten Morgen.« Fabian war ebenfalls aufgestanden und öffnete die Tür. »Hast du gut geschlafen?«

»Wie ein Murmeltier!« Simone zog sich die Jeans an, schaute nach der Blase an der Ferse und entschied sich, den Tag barfuß zu beginnen. Sie folgte Fabian heraus, der mit gesenktem Kopf und gefalteten Händen vor dem Wohnwagen stand.

»Amen«, hörte sie ihn sagen.

»Ich müsste unbedingt bei einer Drogerie vorbei oder in einen Supermarkt, meine Tampons werden nicht für die nächsten Tage reichen. Außerdem brauche ich ein paar Unterhosen.«

»Wir fragen unseren Gastgeber, der wird Ideen haben, wo man beides bekommt.« Er schaute zu den Wohnwagen und stutzte, weil bei Zweien die Türen offen, aber niemand zu sehen war. »Entschuldigst du mich bitte, ich will mir das anschauen.«

Simone folgte ihm und mit »Hallo« rief Fabian nacheinander in die beiden Wagen herein.

»Die müssen sich früh auf den Weg gemacht haben.« Sie merkte Fabian die Enttäuschung an.

Fast unbemerkt war Helge dazugekommen: »Irgendjemand hatte gestern die Frage gestellt, ob das Laufen mit so vielen Leuten sinnvoll wäre und ob es nicht einfacher sein wird, Wasser und Nahrung für kleinere Gruppen zu besorgen.«

Fabian schüttelte den Kopf. »Zumindest hätten sie sich verabschieden können.«

Die anderen kamen aus den Wohnwagen und Herr Hengstwart, der Besitzer des Caravan-Verleihs, kam in Begleitung von drei weiteren Leuten auf Fahrrädern mit vollen Fahrradanhängern.

»Guten Morgen! Gut geschlafen?«, fragte Hengstwart. »Ich konnte gestern Abend ein wenig Nachschub für euch organisieren.«

Während er sprach, begrüßten seine Begleiter die Gruppe und fingen an, die Sachen auszupacken, holten die zu den Bänken passenden Tische aus dem Lager und sie frühstückten gemeinsam.

Gegen Ende des Frühstückes kam Hengstwart auf Simone zu: »Hallo, Fabian hat mich darauf hingewiesen, dass Sie eine Drogerie suchen. Vielleicht stellen Sie für die Gruppe eine Einkaufsliste zusammen und wir fahren gemeinsam dorthin.«

»Fahren?«, Simone war etwas verwundert.

»Sie nehmen das Fahrrad meiner Frau und ich fahre mit Ihnen: Ich kenne die Marktleiterin.« Er zeigte dabei auf ein Rad.

»Okay, ich frage mal, wer etwas benötigt.«

Eine halbe Stunde später hatte Simone die Liste zusammengestellt, saß auf dem Rad und folgte Hengstwart zur Drogerie.

Dort klopfte er bei einem Nachbarhaus. »Die Marktleiterin wohnt hier.«

Beziehungen öffneten Türen und kurze Zeit später standen sie zu dritt im Drogeriemarkt.

»Darf ich die Liste sehen«, bat sie Simone und ließ sie sich geben. »Schöne Handschrift! Ich denke, wir sollten alles haben.«

Simone brannte das Thema Bezahlung auf dem Gewissen: »Ich habe kaum Bargeld, kann Ihnen mein Armkettchen anbi …«

»Ich bedanke mich für Ihr Angebot«, wehrte die Marktleiterin ab. »Gehen Sie davon aus, dass Sie Ihren Schmuck noch benötigen.«

»Das können wir … das kann ich nicht annehmen.« Simone war fast zum Weinen zumute.

Als sie die Artikel im Hänger verstaut hatten, umarmte sie die Frau: »Vielen, vielen Dank!«

»Alles Gute für Ihren Weg!«, verabschiedete sie sich.

Als sie zurück zum Caravan-Verleih kamen, hatte die Gruppe die Wohnwagen so gut gereinigt, wie es die Möglichkeiten zuließen.

Der ›Einkauf‹ aus der Drogerie wurde verteilt und Hengstwart entkuppelte einen Fahrradanhänger.

»Ich hoffe, er wird euch eine Hilfe sein. Wenn ihr auf die A 7 wollt, folgt der Horster Landstraße durch den Ort. Bei der Autobahn müsst ihr die Böschung herunterklettern.«

Am späten Vormittag bedankten und verabschiedeten sie sich. Wie vorgeschlagen kletterten sie einen kleinen Hang herunter und waren zurück auf der Autobahn. Im Vergleich zum Vortag waren mehr Menschen, vor allem wesentlich mehr Fahrradfahrer auf der Straße und erneut hatten sich die Menschen auf die richtigen Fahrbahnen verteilt.

Neben Simone hatten sich auch andere in der Gruppe Blasen gelaufen, wodurch das Gesamttempo gedrückt wurde. Nach wenigen Kilometern machten sie an einem Rastplatz Pause. Der Gastronomiebetrieb dort sah nicht vielversprechend aus: Zerbrochene Scheiben und vermutlich war alles Brauchbare geplündert. Für den Tag und den Folgetag konnten sie sich aber noch mit den am Morgen erhaltenen Spenden versorgen. Sie ergatterten mehrere Tischgruppen, einige setzten sich auf den Bordstein.

Simone ging die geplante Route in Gedanken durch: »Irgendwann kommen uns die Menschen aus anderen Großstädten entgegen.«

Fabians drehte ihr den Kopf zu. »Das habe ich nicht bedacht.«

Simone fragte: »Was meinst du?«

»Ich war fixiert darauf«, er kratzte sich an der Schläfe, »dass die Leute Hamburg verlassen werden, mir kam nicht in den Sinn, dass es in anderen Städten ähnlich aussieht und dafür brauchen die gar nicht so groß sein.«

»Die Hilfsbereitschaft der Menschen wird abnehmen«, gab Helge zu bedenken. »Ich habe mal gelesen, dass bei vielen Katastrophen selbstloses Verhalten erst überwiegt. Wenn die eigenen Ressourcen knapp werden, wird sich das drehen.«

»Wir sollten weiter gehen«, schlug Fabian vor, »zumindest ein paar Kilometer und eine Unterkunft müssen wir auch noch suchen.«

Trotz schmerzender Füße schnappte sich Simone ihren Rucksack und versuchte, mit gutem Beispiel und hoffentlich motivierender Laune die anderen mitzureißen. Gemeinsam mit Fabian übernahm sie die Führung der Hannoveraner, Helge und Arne warteten, bis alle losgelaufen waren und bildeten das Schlusslicht.

Sie nutzte die Chance, Fabian ihre offenen Fragen stellen: »Du hast erzählt, dass du Mitglied in einer freien Gemeinde bist. Worin unterscheidet ihr euch von den normalen evangelischen Kirchen?«

Der überlegte nicht lange: »Es gibt keine eindeutige Antwort. Aber ich glaube, wenn man es kurz macht, dann geht es um eine andere Interpretation der Bibel. Wir nehmen sie wörtlicher.«

»Kreationismus?«, fiel Simone als Erstes ein.

»Wird in unserer Gemeinde, speziell in Verbindung mit intelligentem Design als alternative Theorie zur Evolution gesehen, wobei es für die Gemeindemitglieder keine Vorgabe gibt. Wir verstehen das nicht als Konkurrenz zur Naturwissenschaft, sondern als Ergänzung.

An vielen Stellen sind wir vermutlich etwas konservativer als die normale Kirche und werden für unsere Haltung zu Themen wie der Homo-Ehe, Abtreibung und Sterbehilfe kritisiert. Sexualität vor oder außerhalb der Ehe lehnen wir ab.«

»Ihr lehnt Homosexualität ab?«

»Wie soll ich das formulieren?«, fragte Fabian mehr sich selbst. »Wir nehmen auch Homosexuelle in der Gemeinschaft auf, sehen es aber nicht gerne, wenn Homosexualität ausgelebt wird.

Im Gegensatz zur Amtskirche gibt es bei uns die Gläubigentaufe, das bedeutet, dass nicht Eltern für ihre Kinder entscheiden, sondern jeder für sich selbst.

Und wir finanzieren uns aus freiwilligen Beiträgen der Mitglieder.«

»Und das funktioniert?« Simone war überrascht.

»Wir können unsere Gemeinde recht gut finanzieren, ja«, Fabian lächelte.

»Seid ihr evangelikal?«

»Ich denke, Arne spielte auf die sehr konservativen freien Gemeinden und die extremeren Richtungen, die die Gemeinschaften in den Vereinigten Staaten vertreten, an. Eine klare Definition und Grenze gibt es nicht, zumindest nicht nach meinem Verständnis.«

»Danke für die Erklärung.« Simone wollte das Thema nicht weiter vertiefen. »Und du arbeitest in Hamburg?«

»Nein, ich hatte einen beruflichen Termin. Die Agentur sitzt in Hannover und ich wohne in einem kleinen Ort, ein paar Kilometer außerhalb.« Während des Laufens drehte er sich um, und schaute über die Gruppe. »Meine Präsentation war fertig und ich war auf dem Weg zum Bahnhof, als der Strom ausfiel.«

»Von deinem Auftreten hätte ich eher vermutet, dass du im Marketing oder Vertrieb arbeitest«, gestand ihm Simone.

»Webdesign ist schon fast ein Teil vom Marketing und mein Chef ist der Ansicht, dass ich Vertriebstalent habe, und traut mir den Umgang mit Neukunden zu.«

»Warst du erfolgreich?«

»Wie man es nimmt. Ich denke, sie waren zufrieden und ich hoffe, ich werde das noch erfahren. Du humpelst?«

»Ich habe mir eine Blase gelaufen, aber es geht schon. Wie lange werden wir heute noch laufen?«

Fabian schaute nach dem Stand der Sonne und schien die Zeit zu schätzen: »Je weiter wir kommen, desto besser. Wir müssen früh genug anfangen, eine Unterkunft zu suchen, mit so vielen Leuten wird es kaum Auswahl geben.«

»Du findest die Gruppe zu groß?« Simone war erstaunt, sie hatte den Eindruck, dass er den nächtlichen Weggang einiger bedauert hatte.

»Zumindest hätte ich kein Problem, wenn noch mehr sich eigenständig auf den Weg machen.« Simone fand, dass er dabei traurig wirkte. »Es wäre vermutlich einfacher.«

MALTE

Robert hatte den provisorischen Dorfrat erneut in seine Hofreite eingeladen. Sie saßen wieder an der gleichen Tischgruppe im Hof.

Robert übernahm die Eröffnung: »Unsere Situation hat sich nicht verändert, wir sind immer noch ohne Strom.«

Holzer hatte sich ein Glas Wasser eingeschenkt und hielt die Flasche fragend hoch. Nadine nickte und er schüttete ihr ein. »Damit sind wir die pro forma Regierung der Gemeinde?«

»Des Ortsteils«, korrigierte Robert, »gestern war ich kurz in Waldgirmes und habe dort beim Meier gebeten, für heute Nachmittag ein Treffen von Vertretern aus jedem Ortsteil anzusetzen. Möchte mich jemand begleiten? Andreas?«

»Klar, wenn sonst niemand mag?‹

Nadine, Holzer und Malte schüttelten den Kopf.

»Was habt ihr denn bisher erreicht? Warst du mit deiner Statistik erfolgreich?«, fuhr Robert fort.

Andreas öffnete seinen Ringblock: »Ich habe das jetzt nur für Umbach vorbereitet. Bei der letzten ›normalen‹ Sitzung hatten wir offiziell 2.474 Einwohner mit Erstwohnsitz. Zieht man Urlauber ab, Berufspendler, da habe ich Simone mitgezählt«, er schaute kurz zu Malte, »die Studenten, die auswärts studieren, Leute in Krankenhäusern oder auf Kuren und noch ein paar andere, die seit dem

Stromausfall niemand gesehen hat, sind wir um die 1.800 Einwohner im Dorf. Ein paar Monteure in den beiden Pensionen und Menschen, die ihre Partner hier haben, damit dürften wir irgendwo bei 1.900 liegen.«

»Weißt du, wie viele der Externen gehen wollen?«, fragte Holzer.

»Ich gehe davon aus, dass die Monteure uns bald verlassen werden. Das ist aber nur ein Tropfen auf dem heißen Stein.« Andreas tippte mit dem Kugelschreiber auf eine Zahl in seinem Block. »Und bei den anderen habe ich keine Ahnung.«

Er blätterte eine Seite weiter. »Wenn wir davon ausgehen, dass jeder knappe fünf Liter Wasser pro Tag benötigt, zum Trinken und als Brauchwasser, benötigen wir hundert Hektoliter. Täglich.

Im Gegensatz zu vielen Orten haben wir den Vorteil, mit dem Freibad und dem Löschteich zumindest einen großen Vorrat zu haben. Da wäre zu klären, wie man das als Brauch- oder gar Trinkwasser benutzen kann. Die Bäche sind noch da. Ich war so frei und habe mich nach der Leistung des Brunnens erkundigt. Wenn keine Trockenheit herrscht, können wir mit vierundzwanzig Kubikmetern pro Tag rechnen, was das betrifft, wird nur die Verteilung die größere Herausforderung sein.«

»Wo hast du die fünf Liter her?«, wunderte sich Nadine.

»Es gibt eine Empfehlung für den Katastrophenfall von irgendeinem Bundesamt. Darin wird empfohlen, man solle pro Person für zwei Wochen 28 Liter Trinkwasservorräte vorhalten«, erklärte Andreas. »Ich bin mir nicht sicher, ob da Brauchwasser mit eingerechnet wurde, und habe das aufgerundet.«

Holzer nickte. »Besser den Bedarf ein wenig höher ansetzen als zu niedrig, das gibt uns etwas Spielraum!

Im Ort sind mehr Wassertanks, als wir brauchen. Von diesen 1000 Liter Kunststofftanks mit dem Metallgitter außen herum. Die Herausforderung wird es sein, das Wasser in die Haushalte zu bekommen. Die wenigsten haben Kanister, die groß genug für den Vorrat einer Familie sind.

Mit dem Getränkehändler habe ich gesprochen, was der an Getränken hat, wird ohne Nachschub und bei Rationierung keine

Woche halten. Bei der Rationierung brauchen wir schnell Lösungen. Der Getränkehändler wurde von einigen recht aggressiv angegangen.«

»Danke, Carl.« Robert hatte schon bei Papes Vortrag Notizen gemacht und schrieb einen Satz fertig. »Wenn du ohnehin dabei bist, was macht denn deine Polizei?«

»Wir haben zwei pensionierte Polizisten. Lothar Bittler hat sich angeboten, die Leitung zu übernehmen.« Malte war sich nicht sicher, ob Holzer darüber glücklich oder verärgert war. »Wenn niemand etwas dagegen hat. Mit drei ehemaligen Berufssoldaten verfügen wir über militärische Erfahrung, mit der Kombination können wir uns auf verschiedene Szenarien vorbereiten. Bernd Schmidt, die meisten von euch kennen ihn sicher, war Major bei der Bundeswehr und ist somit der Ranghöchste.«

»Verschiedene Szenarien?« Nadine zog skeptisch die Augenbrauen hoch.

Holzer holte tief Luft: »Ich weiß, dass ihr mich für einen Gestrigen haltet, aber ich glaube, wir brauchen für die Ordnung im Ort Polizisten, die bei Streitigkeiten zwischen den Bürgern vermitteln. Bei fast zweitausend Menschen gibt es immer mal Zwist und in einer Krise sogar schneller. Dafür sind die Erfahrungen der Ex-Polizisten geeignet. Ein anderes Thema sind potenzielle Überfälle von außerhalb. Da könnten die Kenntnisse, die unsere Veteranen bei Auslandseinsätzen gesammelt haben, von Vorteil sein.«

Malte war angenehm überrascht. »Hattest du harte Diskussionen mit Ivonne?«

Holzer grinste: »Die hat dermaßen Haare auf den Zähnen. Wenn wir die an jeden Ortseingang stellen, wird sich niemand trauen uns zu überfallen. Euer weltoffenes Gewissen war durch sie vertreten.«

Robert beendete seine Notizen. »Nach der Versammlung haben Ralf Müller und ich beschlossen, die schnell verderbliche Ware und die Tiefkühlware zu verteilen. Bei einigen Sachen habe ich keine Ahnung, was daraus gemacht werden soll, aber weg ist weg und besser als fortgeworfen. Die Waren aus dem Backshop sind komplett verteilt.

Konserven und anderes Haltbare würde ich gerne noch zurückhalten, ich würde Andreas bitten, sich zu überlegen wie wir Brot, Mehl, Milch und die restlichen Grundnahrungsmittel gerecht verteilen können. Für die Getränke aus dem Supermarkt und vom Getränkehändler brauchen wir einen Verteilschlüssel.«

»Was machen wir, wenn die Ware komplett verteilt ist?«, fragte Nadine.

Robert schaute sie lange an. »Dann benötigen wir Nachschub.«

»Das wird nicht einfach«, reagierte Nadine, »wir haben einiges an landwirtschaftlicher Fläche, aber das muss geerntet werden. Ohne Maschinen wird das eine Herausforderung.«

»Was ist mit Obst- und Gemüsegärten?« Malte dachte an den örtlichen Gartenverein. »Da sollte etwas zu holen sein und vor allem Tipps, wie wir schnell etwas anbauen können.«

»Mit denen habe ich gestern gesprochen.« Nadine war einen Schritt weiter. »Rat und Tat sind kein Problem, als ich die Verteilung VON deren Ernte ansprach, war wenig Begeisterung zu bemerken. Bei den Landwirten rechne ich mit Widerstand, da müssen wir uns überlegen, wie wir die zugänglicher machen. Nach dem Krieg wurden in den Städten viele Grünflächen zum Anbau von Gemüse und Kartoffeln verwendet. In Berlin war man in der Lage die Hälfte des Bedarfs selbst zu decken. Und das, obwohl die Böden nicht optimal waren und viele Stadtmenschen keinen grünen Daumen hatten. Das Hofgut könnte einiges zur Versorgung beitragen …«

Malte fiel ihr ins Wort: »Entschuldige, dass ich dich unterbreche. Lukas ist dort manchmal Gast und hat mir vorgeschlagen, mich dorthin zu begleiten.«

»Das ist mir recht«, sagte Nadine. »Ich bin mir nicht sicher, ob die bereit sind, uns zu helfen. Und wenn, dann werden die Bedingungen stellen.«

»Das weißt du erst, nachdem wir mit denen gesprochen haben«, lenkte Holzer ein, »erst mal abwarten. Über Bedingungen braucht man nicht zu diskutieren, bevor man sie nicht kennt.«

»Was wird das wohl sein?«, giftete Nadine zurück. »Nichts für Homosexuelle, keine Ausländer, am besten nur gute, traditionelle, deutsche Familien …«

»Es ist gut Nadine«, beruhigte Robert. »Deine Bedenken sind zur Kenntnis genommen und werden hier in der Runde geteilt. Warten wir Maltes Gespräche ab. Kannst du bitte bei den Bauernhöfen weitermachen?«

»Bedauerlich ist, dass der Geflügelhof fast alle Tiere verloren hat«, brachte Nadine das Thema wieder zur Ernährungsfrage. »Mich wundert, dass sich Josef Pinn nicht schon früher gemeldet hatte, der dürfte mit seinem Milchvieh überfordert gewesen sein und hat riskiert, dass die Tiere Entzündungen bekommen, wenn sie nicht gemolken werden.«

»Ist das gefährlich?«, fragte Robert.

»Im ungünstigen Fall kann die Kuh sterben.« Nadine war für klare Worte bekannt.

»Wir sollten generell mehr Einwohner in die verschiedenen Arbeiten einbeziehen«, meldete sich Holzer, »sie kommen so auf weniger Dummheiten und wir schaffen ein Gemeinschaftsgefühl.«

»Andreas, Malte.« Robert hatte bei seinem Block auf die nächste Seite umgeblättert. »Habt ihr euch schon mit der Frage der Externen beschäftigt?«

Pape nickte. »Da war uns Nadines Familie eine Hilfe: Die haben die alte Scheune auf dem Feld in Richtung Naunheim, wir müssten ein paar Feldbetten, Schlafsäcke oder Decken besorgen. Dann könnten dort Durchreisende eine Nacht schlafen. Wenn wir die Plätze einschränken, sind wir in der Lage, denen auch ein wenig Wasser anzubieten.«

»Hat jemand eine Idee, wie viele das sein könnten?«, fragte Holzer.

»Die meisten in den Städten werden nicht in der Lage sein, sich selbst zu versorgen und die Einwohner werden versuchen, aufs Land zu kommen. Nicht alle auf einmal, sondern in Wellen«, antwortete Malte.

»Malte? Wie viele?«, fragte Robert nach.

»Mehr als dass wir allen helfen können«, gestand Malte, und das tat ihm in der Seele weh. »Wesentlich mehr.«

Robert nickte: »Ich schlage vor, dass wir uns morgen früh wiedertreffen und für den Nachmittag eine Bürgerversammlung ansetzen. Den Aushang mache ich dann. Sicherlich haben noch andere Fertigkeiten, die uns allen nutzen können, es wird ja noch Pilzsammler geben und wir haben diese Kräuterdame, die immer die Führungen macht.«

Daheim traf Malte seinen Sohn, der sich gerade auf sein Fahrrad schwingen wollte: »Hallo Lukas, hast du Zeit? Ich würde gerne das Hofgut besuchen.«

»Was willst du da?« Lukas Faszination für die Freyristen war weder Malte noch Simone entgangen. Ihrem Sohn war aber auch nicht entgangen, dass seine Eltern dem Hofgut kritisch gegenüberstanden.

»Wir müssen überlegen, wie wir die Menschen im Dorf ernähren können«, erklärte Malte. »Das Hofgut könnte uns dabei eine Hilfe sein.«

»Tolle Idee! Die sind für Gemeinschaft und halten zusammen.« Lukas Begeisterung war ihm unangenehm. »Ich bin mir sicher, dass die helfen. Bei Dorfveranstaltungen sind sie immer vorne mit dabei.«

Malte musste eingestehen, dass die Sekte sich bei allen Aktivitäten des Ortes rege beteiligte: ›Aktion saubere Landschaft‹, beim Aufschichten des Sonnenwendfeuers und beim Weihnachtsmarkt. Die Teilnahme in den verschiedenen Vereinen und bei der Freiwilligen Feuerwehr waren Malte ebenfalls nicht entgangen, er unterstellte ihnen aber, damit bürgerliches Verhalten vorzuspielen. Die Freyristen vertraten offen erzkonservative Werte, die dahinterstehende Lehre entstammte einer Buchreihe, die sich ökologisch gab und in der die ›Mutter Erde‹ und die nordischen Götter Freyr und Freya verehrt wurden. Aber auch vor ›dem Feind‹ wurde gewarnt. Die Formulierungen waren meistens schwammig, manchmal las man konkret vom ›Finanzjudentum‹. Volk und Boden galten als unzertrennbar, natürlich zusammengehörend.

»Das mag sein«, versuchte Malte es vorsichtig. »Schau aber genau hin, was sie sagen und wie sie handeln.«

»Die sind halt ein wenig altmodischer als du. Na und?« Lukas reagierte leicht gereizt und Malte beließ es dabei.

Gemeinsam fuhren sie zum Hofgut, einem denkmalgeschützten, ritterlichen Anwesen aus dem 16. Jahrhundert. Malte erkannte neidvoll an, dass die Gruppe dort in wenigen Jahren Beachtliches geleistet hatte: Die einst baufälligen Gebäude waren aufwendig saniert worden, Gewächshäuser hochgezogen, Gemüsegärten angelegt. Auf dem Hof wohnten etwa fünfzig Freyristen, die Mehrheit davon waren Familien mit drei, vier oder gar fünf Kindern.

Völlig außer Atem kam er am Tor des Hofguts an und stellte fest, dass Lukas nur ein wenig beschleunigt atmete.

Auf den beiden Torflügeln war ein kunstvoll verziertes Balkenmuster befestigt, das beim geschlossenen Tor ein Symbol ergab und sein Sohn schien zu merken, dass er es bewunderte.

»Die Inguz Rune. Sie steht, unter anderem für Freyr. Frau Odrell hat mir erklärt, dass es eine einfache Variante gibt, einfach nur ein Quadrat, das entweder auf einer Kante oder auf der Spitze steht. Diese Variante ist etwas kunstvoller und das Zeichen der Freyristen.«

»Ja«, nickte Malte, »das Symbol ist seit Jahren im Ort immer wieder zu sehen. Und mit den herausgezogenen Linien wirkt es auch wie ein Symbol, im Gegensatz zu einem einfachen Quadrat.«

Kurz darauf standen sie vor einem Gebäude, in dem früher der Gutsverwalter lebte. Nun wohnte Helene Odrell dort, die das geistige und weltliche Oberhaupt der Freyristen in Umbach war.

Lukas klopfte und die beiden warteten. Er hatte erfahren, dass dies nicht der einzige Ort war, an dem die Sekte Land und Immobilien gekauft hatten. Ob es jemand oberhalb von Frau Odrell gab, hatte er nicht herausgefunden. Die Informationspolitik der Sekte war eher verschlossen. Das Netzwerk schien jedoch gut zu funktionieren: Jährlich veranstaltete die Sekte Seminare und Zeltlager, zu denen viele Mitglieder von außerhalb kamen.

»Hallo Lukas.« Die Tür hatte sich geöffnet und eine attraktive Frau begrüßte sie. »Herr Kinzig! Willkommen. Wie kann ich ihnen helfen?«

Malte wusste, dass die Blondine etwa 60 Jahre alt war. Die langen Haare waren zu einem kunstvollen Zopf verflochten und reichten bis über ihren Rücken herunter.

LUKAS

»Hallo Frau Odrell«, begrüßte Lukas die sympathische Frau.

Auch wenn sie fast seine Großmutter sein konnte, fand er sie attraktiv: Die langen Haare, das freundliche Gesicht und der Körper waren ein Traum. Er musste sich anstrengen, nicht auf ihre großen Brüste zu starren, die in dem Kleid, das sie trug, besonders gut zur Geltung kamen.

»Guten Tag Frau Odrell«, riss sein Vater ihn aus seiner Fantasie. »Wir hatten gestern eine Dorfversammlung wegen des Stromausfalls und wir haben jemanden vom Hofgut vermisst.«

Frau Odrell trat ein wenig zur Seite. »Kommen Sie herein! Darf ich einen Kaffee anbieten?«

Sie deutete auf ein Regal mit Filzpantoffeln: »Dürfte ich Sie bitten, Ihre Schuhe auszuziehen?«

»Gerne«, antwortete sein Vater. Sie folgten ihr durch das kurze Treppenhaus und betraten ein weitläufiges Esszimmer.

»Ernst? Bringst du unseren Gästen bitte Kaffee«, bat sie einen kurzhaarigen Mann, der am Tisch saß.

»Hallo Lukas«, grüßte Ernst. »Hallo Herr Kinzig.«

Er stand auf, verschwand hinter einer Tür, kam kurz darauf mit einem Tablett zurück und stellte es auf den Tisch. »Ich hatte gerade frisch gebrüht.«

»Bitte nehmen Sie Platz. Bedienen Sie sich bitte selbst!«, sagte Frau Odrell.

Malte sah Lukas fragend an, der nickte und sein Vater schüttete für beide einen Kaffee ein. »Für Sie auch?«

»Ja bitte.« Die Dame des Hauses lächelte. »Wir hatten spät von der Versammlung erfahren und selbst ein Treffen mit den Anwohnern des Hofguts. Eigentlich wollten wir uns heute Mittag mit Herrn Kempf in Verbindung setzen. Ich nehme an, dass Sie in seinem Auftrag hier sind?«

Malte antwortete: »Wir versuchen, verschiedene Sachen für den Ort zu planen. Ich will offen sein: Wir machen uns Gedanken um die Nahrungsmittelversorgung. Bis die normalen Lieferketten wieder laufen, kann es lange dauern und bis dahin müssen wir die Lücken mit dem überbrücken, was im Ort vorhanden ist. Und Ihre Ernte würde helfen. Nicht nur das, Ihre Kenntnisse im Obst- und Gemüseanbau sind von unschätzbarem Wert.«

Frau Odrell trank einen Schluck Kaffee und stellte die Tasse ab. »Ich teile Ihre Vermutung bezüglich der Lieferketten und selbstverständlich helfen wir, wo wir können.«

Lukas jubelte innerlich, sein Vater musste doch merken, dass seine Abneigung gegen die Freyristen übertrieben war.

»Das freut mich.« Lukas hatte den Eindruck, dass sein Vater mit Ablehnung gerechnet hatte. »Wir haben Teams gegründet, die sich um verschiedene Sachen kümmern, wäre es möglich, dass jemand vom Hofgut dem Team für Nahrungsmittel beitritt?«

»An wen soll der sich wenden?«, fragte Frau Odrell und griff nach Block und Kugelschreiber, die auf dem Tisch lagen.

»Robert Kempf oder Nadine Bodner«, antwortete Malte.

Sie zog kurz die Augenbrauen hoch. »Ich werde jemanden vorbei schicken.«

»Die Freiwillige Feuerwehr kümmert sich um die Verteilung von Wasser aus dem Brunnen, wenn sie große Kanister oder Wassertanks hätten …«, fuhr Malte fort.

»Der Hof verfügt über einen eigenen Brunnen«, erklärte sie. »Im Moment brauchen wir kein zusätzliches Wasser, aber das kann sich ändern. Wassertanks haben wir einige, die können wir der Feuerwehr zur Verfügung stellen. Wir haben auch einen Vorrat an großen Kanistern, damit lässt sich das Wasser besser an Haushalte verteilen.«

Lukas freute sich, seinen Vater sprachlos zu sehen. »Klasse Frau Odrell. Meinst Du nicht auch, Papa? Ich gebe das nachher an Dirk weiter, die Feuerwehr wird sich hier melden. Bei Ihnen direkt?«

»Ja Lukas«, nickte sie. »Bestimmt ist schon die nächste Versammlung geplant?«

»Morgen Mittag«, bestätigte Malte. »Wir nutzen das Aushangsbrett am Dorfgemeinschaftshaus für Informationen. Sie haben jedes Jahr eine große Versammlung, darf ich annehmen, dass Sie so etwas wie Feldbetten haben?«

»Ja, tatsächlich.« Sie schien über die Frage überrascht zu sein, »wieso?«

Malte antwortete: »Wir wollen Menschen, die von außerhalb kommen, in Bodners Scheune eine Notunterkunft anbieten.«

Es entstand eine kurze Pause, bis Frau Odrell reagierte: »Das sollte sich arrangieren lassen. Kann das bis zur Versammlung morgen warten?«

»Ich denke, bis zur Versammlung reicht.« Lukas war sich sicher, dass sein Vater nicht mit so viel Kooperationsbereitschaft gerechnet hatte.

»Wird die Sonnenwendfeier stattfinden?«, frage sie.

»Ja, ein wenig Ablenkung wird guttun.« Malte erhob sich. »Ich bedanke mich für den leckeren Kaffee und vor allem für ihre Hilfsbereitschaft! Werden Sie denn zur Feier kommen?«

Die Dame stand ebenfalls auf: »Ja, sicher. Um nichts in der Welt würde ich mir die entgehen lassen.«

Malte streckte die Hand zum Abschied entgegen: »Auf Wiedersehen und vielen Dank!«

Sie schüttelte erst Maltes und dann Lukas' Hand: »Auf Wiedersehen Lukas, Herr Kinzig, auf Ihren Sohn können Sie stolz sein. Er ist immer hilfsbereit, freundlich und höflich!«

Malte legte väterlich den Arm um Lukas, was ihm ein wenig unangenehm war: »Das bin ich. Viel mehr als er es manchmal weiß!«

Sie wurden zur Tür begleitet, verließen das Haus und bestiegen ihre Fahrräder, um zurück ins Dorf zu fahren.

»Lief doch gut«, stichelte Lukas ein wenig, weil er vermutete, dass sich sein Vater dieses Treffen anders vorgestellt hat.

»Ja«, gestand sein Vater, »ich muss gestehen, dass ich überrascht bin. Aber da wird noch was kommen. Was hast du heute noch vor?«

»Sei nicht immer so negativ«, kritisierte Lukas. »Frau Odrell und die anderen vom Hofgut schreiben Solidarität ganz groß.

Ich will gleich zur Feuerwehr, wir wollten mit der Feuerspritze aus dem Heimatmuseum üben.«

Die geplante Radtour zum THW in Wetzlar mit Dirk behielt er für sich, er vermutete, dass sein Vater das ablehnen würde, und er würde Dirk anlügen.

»Die Feuerspritze«, sinnierte Malte. »Man könnte es fast als Abenteuer sehen.«

Lukas wurde ungehalten: »Abenteuer? Du weißt schon, dass Mama da draußen in Gefahr ist?«

»Lukas, es vergeht kein Augenblick, in dem ich nicht an sie denke, ich wüsste aber nicht, wie ich ihr helfen soll!«

Sie fuhren eine Weile wortlos nebeneinander her.

»Ich muss jetzt da lang«, brummelte Lukas.

»Halt bitte an.« Malte bremste sein Fahrrad und wartete, bis Lukas stand.

Dann beugte er sich zu seinem Sohn und nahm ihn in den Arm: »Was auch immer passiert, ich denke an Mama und denke daran, worum sie uns immer gebeten hat: Wir müssen uns nicht die ganze Zeit einig sein, aber beim Abschied sollte immer eine Umarmung drin sein.«

Mit etwas Widerwillen ließ sich Lukas von seinem Vater umarmen, gab am Ende nach und erwiderte die Umarmung.

»Danke.« Lukas fand, sein Vater wirkte erleichtert. »Pass auf dich auf und wir sehen uns nachher beim Sonnenwendfeuer.«

»Klar bin ich vorsichtig, bis nachher!« Lukas trat in die Pedale und fuhr zur Feuerwehrwache.

Dort stand auf dem Hof die Feuerspritze aus dem Heimatmuseum und wurde getestet.

Lukas war ein wenig enttäuscht. Der Druck, der aufgebaut wurde, erinnerte eher an einen normalen Gartenschlauch denn an einen richtigen Feuerwehrschlauch: »Das soll helfen?«

Dirk begrüßte ihn: »Es ist besser als nichts und ›hallo‹. Hat dein Vater sein Okay gegeben?«

»Ja, ist kein Problem gewesen«, log Lukas.

Neben den Feuerwehrleuten waren etwa hundert Einwohner mit großen Eimern erschienen, bei einigen Behältern war sich Lukas nicht sicher, ob die stabil genug für eine Eimerkette waren.

»Okay«, rief Dirk, »stellt euch bitte in zwei Reihen von hier bis zum Löschteich auf, achtet darauf etwa eine Armlänge Abstand zu euren Nachbarn zu haben.«

Die Angewiesenen stellten sich wie vorgeschlagen auf, am Löschteich selbst standen acht Männer parat, die die Wassereimer füllen und an die Eimerkette weitergeben sollten.

Dirk begab sich etwa in die Mitte: »Die Seite, die mir näher ist, leitet die vollen Eimer weiter, die andere die leeren zurück zum Teich. Auf mein Kommando: Los!«

Es dauerte eine Weile, bis sich alle eingespielt hatten, aber dann lief es und die Eimer wechselten in beachtlicher Geschwindigkeit die Hände und wurden am Ende der Ketten ausgekippt.

Lukas stand neben Dirk, der die Kette beobachtete: »Siehst du, dass die ersten Ermüdungen zeigen?«

Obwohl es ihm vorher nicht aufgefallen war, sah er, dass es an mehreren Stellen zu Verzögerungen kam. Dirk schritt ein: »Stop! Wir wechseln die Seiten.«

Er wartete, bis die vollen und leeren Eimer die Seiten gewechselt hatten: »Und: LOS!«

Diesmal war die Kette schneller im Takt.

Dirk wirkte zufrieden: »Das müssen wir regelmäßig üben und hoffentlich werden wir das nie brauchen.«

»Ich danke allen!« Dirk konnte laut sein. »Das hat besser geklappt als erwartet! Wir sollten die Übung bald wiederholen. Lasst die Eimer bitte bei euch im Eingang stehen, damit ihr sie im Notfall schnell zur Hand habt!«

Die Menge löste sich schulterklopfend auf und bald waren nur noch die Feuerwehrleute bei der Wache.

»Stellt ihr die Spritze bitte herein?«, bat Dirk die anderen und Lukas forderte er auf: »Schnapp dir dein Rad.«

»Fahren wir durch die Stadt oder durch Garbenheim und dann durch den Wald?«, fragte Lukas.

Dirk überlegte: »Die Stadt vermeiden wir, Garbenheim wäre okay. Wir fahren aber über die Autobahn und dann direkt ins Gewerbegebiet.«

Lukas hatte nicht bedacht, dass ohne Autoverkehr die Autobahnen als Fahrradwege nutzbar waren: »Das klingt nach einem Plan!«

Sie fuhren auf dem planierten Feldweg, der parallel zur Böschung der Schnellstraße lief, bis zu einer Stelle, an der er ohne große Kletteraktion auf die A 45 wechseln konnte. Schnell überquerten sie den Mittelstreifen, fuhren Richtung Süden. Dirk war zwar fitter als sein Vater, trotzdem hatte er Mühe Lukas' Tempo mitzugehen und an einer Stelle, an der ein Viehtransporter stand, bat Dirk um eine kurze Pause.

»Tante Jutta hat hier gemeinsam mit dem Fahrer des Transportes die Schweine befreit«, erinnerte sich Lukas an ihre Erzählung.

Dirk schaute sich um: »Da drüben scheint eine Rotte herumzulaufen, so richtig in der Freiheit sind die nicht angekommen.«

Lukas fühlte sich nach wenigen Augenblicken ausgeruht: »Fahren wir weiter?«

»Ist dir aufgefallen, dass viele Autos aufgebrochen sind? Eigentlich fast alle«, wies Dirk Lukas auf etwas hin, das ihm entgangen war.

»Die Leute klauen?« Er war geschockt.

»Na ja, stehlen, plündern. Ich denke, viele suchen etwas, das ihnen hilft«, versuchte Dirk die Taten zu relativieren, »was zu trinken, zu essen, Schuhe.«

»Warum macht die Polizei da nichts?« Lukas konnte sich nicht erinnern, seit dem Stromausfall überhaupt einen Polizisten gesehen zu haben.

»Die haben die gleichen Probleme wie alle anderen«, erklärte Dirk, »im Katastrophenfall sind die und Mitglieder der Notdienste angehalten, ihre Zentrale aufzusuchen. Dass gleichzeitig motorisierte Fahrzeuge und elektronische Kommunikation ausfallen, kam in keinem Szenario vor. Die werden versuchen, um die Wache in Wetzlar Ordnung zu halten, aber die Ablösung kommt teilweise gar nicht erst hin. Beim THW wird es ähnlich aussehen, da werden wir kaum jemanden antreffen.«

Beide tranken einen Schluck Wasser und fuhren weiter. Als sie das Gelände des THW, das sich auf einem ehemaligen Kasernengelände befand, erreichten, wurde Dirks Verdacht bestätigt. Einige Tore der Hallen waren geöffnet, jedoch war niemand zu sehen.

»Hallo?«, versuchte es Lukas mehrmals, ohne dass er eine Antwort bekam.

Sie betraten eine der Hallen und auch dort war niemand anzutreffen. Die Spuren sprachen für ungebetenen Besuch: Regale waren ausgeräumt, die Planen der Lkws zerschnitten und Material wahllos auf dem Boden verteilt.

»Wir sollten nicht mehr auf uns aufmerksam machen«, flüsterte Dirk. »Nur falls die, die hier alles durchwühlt haben, noch da sind.«

»Gibt es denn hier irgendwas, dass es sich zu plündern lohnt?«, fragte Lukas.

»Massenhaft. Ich nehme an, man hat es auf Notstromaggregate abgesehen und auf Nahrungsmittelvorräte.« Dirk zeigte auf eines der Aggregate, das in der Ecke stand. »Aber hier sieht es nur nach Vandalismus aus. Vermutlich hatte man nicht gefunden, was man gesucht hat.«

»Und die THWler?« Er merkte, dass Dirk ernster wurde.

»Ich hoffe, dass sie sich aus dem Staub gemacht haben, nichts davon rechtfertigt, dass man sein Leben riskiert«, antwortete er. »Wir fahren zurück. Es gäbe Sachen, die wir gebrauchen könnten, dafür aber so eine Tour mit einer Kutsche auf sich zu nehmen, da müssen wir erst mit deinem Vater und den anderen aus dem Rat reden.«

Lukas biss sich auf die Lippe, was Dirk bemerkte: »Lukas? Nicht wirklich? Ich hatte dich gebeten, dir das Einverständnis deines Vaters zu holen.«

»Aber …«, stotterte er.

»Nein! Kein ›aber‹«, Dirk war wütend. »Es ist wichtig, dass ich dir vertrauen kann, verstehst du das? Mir ist klar, dass du unbedingt helfen willst, aber wie du hier gesehen hast, ist es jetzt gefährlicher als vor drei Tagen.«

Lukas ließ den Kopf hängen und Dirk boxte ihm locker auf den Arm: »Wenn wir zurück sind, wirst du das selbst deinem Vater sagen. Sobald du ihn siehst. Okay? Und für die Zukunft erwarte ich, dass du dich an Abmachungen hältst.«

Lukas nickte und fühlte sich wie ein kleiner Junge behandelt, was ihn ärgerte: »Ich hatte befürchtet, dass er es nicht erlaubt.«

Dirk zuckte mit den Schultern: »Ja, das wäre möglich gewesen. Ich werde mich nicht gegen deinen Vater stellen. Ich kann versuchen, ihm gut zuzureden. Und außerdem weißt du nicht, ob er wirklich abgelehnt hätte. Lass uns zurückfahren.«

Sie verließen die Halle und fuhren zurück.

Als sie beim Supermarkt in Umbach vorbeikamen, sah Lukas, wie einige Anwohner mit gefüllten Einkaufswagen, Schubkarren oder vollen Armen nach Hause strebten. Sein Vater hatte morgens erklärt, dass man die vorhandenen Nahrungsmittel verteilen wollte und Lukas fragte sich, ob er einen Anteil für die eigene Familie gesichert hatte.

Auf dem Feld vor dem Schwimmbad war ein riesiger Berg aus Holz aufgeschichtet. Lukas fand es schade, dass man sich nicht mehr Mühe gegeben hatte. In anderen Orten baute man daraus bekannte Bauwerke nach.

Auch einen Bierpilz war aufgestellt und für die Musiker wurde eine kleine Bühne aufgebaut. Er hatte sich vorgenommen, mit Laura irgendwann beim Sonnenwendfeuer aufzutreten.

Die ›Prominenz‹ des Medizinrates war Florian komplett bekannt. Pflegekräfte, alle, soweit er überblickte, aus der mobilen Pflege, erweiterten das Team. Etwas deplatziert war seiner Ansicht nach die Heilpraktikerin. Er lehnte alternative Methoden nicht generell ab, Verena Kratsch war aber von homöopathischen Mitteln überzeugt und Impfgegnerin.

Doktor Marko Haarberg eröffnete die Versammlung formal: »Ich freue mich, euch zum ersten Treffen der Mediziner in Umbach zu begrüßen und hätte mir gewünscht, dies wäre aus einem weniger dramatischen Anlass geschehen. Da ihr euch gegenseitig kennt, erspare ich uns die Vorstellungsrunde. Wir wissen alle so grob um die Kompetenzen der anderen.«

Florian entging Haarbergs Seitenblick auf Verena nicht und er musterte sie ebenfalls. Die Ökotussi entsprach fast dem klassischen Hexenbild, rote, lockige Haare und grüne Augen. Die Figur war trotz eines Beckens, das er euphemistisch als gebärfreudig bezeichnen würde, sportlich. Ihre Stimme empfand er als durchdringend, trotzdem war er überzeugt, dass sich eine Nacht mit dieser Frau lohnen würde.

»Ehrlich gesagt hätte ich mit mehr Leuten gerechnet«, fuhr Haarberg fort. »Aber für den Anfang ist es sogar besser.«

Florian sah die erste Chance, sich ins rechte Licht zu rücken: »Wir haben oben im Blumenviertel mindestens zwei Klinikärzte wohnen. Ich könnte nach dem Treffen vorbei …«

»Danke Florian«, unterbrach ihn Doktor Haarberg, »da komme ich nachher dazu. Ich wollte erst Grundsätzliches ansprechen, bevor wir ins Detail gehen.

Oben auf meiner Liste steht das Thema ›mobile Pflege‹ und ich habe mir erlaubt, die mir bekannten Fälle mit Doris und Reinhard abzugleichen. Danke dass ihr hier seid!

Soweit wir wissen, sind in Umbach momentan fünfzehn Einwohner, die in verschiedenen intensiven Abstufungen Hilfe bekommen. Wie das in den Nachbarorten ist, werden wir herausfinden.

Ebenfalls fehlen uns aktuell Informationen über die Situation im Pflegeheim in Atzbach. Da sollten wir jemanden hinschicken.

Der zweite Punkt auf meiner Liste sind Patienten mit dringendem Medikamentenbedarf: Insulin, Marcumar, Betablocker und eine Reihe anderer. Bis … falls die Versorgungsketten wieder funktionieren, muss Zeit überbrückt werden.

Medikamente selbst sind der dritte Punkt: Diese sind ab sofort streng zu rationieren, Schmerzmittel nur in äußersten Notfällen zu vergeben.

Wir sollten so etwas wie ein Spital einrichten, am besten nahe der Apotheke, wenn jemand eine Idee hat, heraus damit.

Und nun, Florian, der letzte Punkt: Personal. Neben uns fehlen mir aktuell die Sprechstundenhilfen und MTAs aus unseren Praxen. Dass Anna als Tierärztin Menschen behandeln kann, sollte allen klar sein, dürfte aber nicht überall auf Verständnis stoßen. Vermutlich brauchen wir deine Kenntnisse vorerst in einem anderen Bereich. Ich denke, es wäre gut, wenn du bei Schlachtungen dabei bist, das wird uns vor einigen Infektionen schützen, die auf mangelnde Hygiene beim Schlachten zurückzuführen sind.

So, damit bin ich durch. Florian, du kennst Klinikärzte?«

»Kennen ist übertrieben, ich weiß, wo sie wohnen und kann gleich mal vorbeischauen«, sagte er.

Haarberg nickte ihm zu: »Wunderbar, danke dir.«

»Deine Praxis würde sich als Spital anbieten?«, fragte Bernadette Litthau, die Apothekerin. »Bis zur Apotheke ist es nicht weit und aus den Behandlungszimmern könnten wir provisorische Krankenzimmer machen.«

Haarbergs Blick amüsierte Florian, es war offensichtlich, dass er an das Naheliegendste gar nicht gedacht hatte: »Schande über mein Haupt. Ja, da fehlen im Grunde nur Betten. Und weiteres Personal.«

»Aktuell auch Patienten«, ergänzte der Zahnarzt, Hendrik Haendel. »Aber die werden früher oder später kommen.«

»Wir brauchen irgendetwas als Krankenwagen«, formulierte Florian seine Gedanken laut. »Einen Karren?«

Bernadette schaute Haarberg an: »Da hast du einen wichtigen Punkt vergessen!«

Florian freute sich mit seinem Vorschlag gepunktet zu haben, denn die Apothekerin, deren Äußeres etwas Südländisches hatte, fand er richtig, richtig scharf. Er freute sich auf die Zusammenarbeit und war sich sicher, dass er Verena und Bernadette vorsichtig abklopfen könnte. Er war überzeugt ein Gespür dafür zu haben, welche Frau an ihm interessiert war.

Haarberg grinste: »Dafür sind wir hier.«

Florian legte nach: »Vielleicht hat jemand so einen Pferdekarren, den kann man auch als Mensch ziehen oder schieben.«

»Wir sollten einen der Landwirte fragen«, schlug Bernadette vor. »Da hat bestimmt jemand was in seiner Scheune.«

»Ich kann gerne mitkommen«, bot sich Florian an.

Bernadettes Blick zeigte ihm, dass sie nicht restlos begeistert von seinem Vorschlag war, trotzdem stimmte sie zu: »Das ist sicherlich nicht verkehrt.«

Doktor Haarberg nickte: »Könntet ihr das direkt nach dem Treffen machen?«

»Von mir aus gerne«, bekräftigte Florian.

»Ich muss erst mein Fahrrad holen«, erklärte Bernadette. »Ich habe noch ein anderes Problem: Einige der Medikamente müssen gekühlt werden, die Kühlschränke erwärmen sich zu schnell.«

Der Zahnarzt meldete sich zu Wort: »Es gibt verschiedene Möglichkeiten ohne Strom zu kühlen. Mit dem Smartphone wäre es ein Leichtes im Internet nach entsprechenden Bauanleitungen zu suchen. Wir können morgen bei der Versammlung fragen, ob jemand sich damit auskennt?«

»Gute Idee«, befand Haarberg. »Vielleicht sollten wir mit den Karren für die Ambulanz bis dann warten? Wir werden die nicht schon ausgerechnet heute Abend benötigen.«

Florian ärgerte sich, er hatte spekuliert, etwas Zeit alleine mit der attraktiven Apothekerin zu verbringen.

»Wie kommen wir an Nachschub?«, fragte die Tierärztin und als sie von allen fragend angeschaut wurde, erläuterte sie: »Wenn die Medikamente verbraucht sind? Wie organisieren wir Neue?«

Alle schauten Bernadette an: »Wir werden Sachen selber herstellen, wie es früher gemacht wurde.«

»Ich kenne mich mit Kräutern aus«, brachte sich Verena ins Spiel, »und zwar sowohl die, die man zur Nahrungsmittelzubereitung verwenden kann, als auch solche, die bei Wehwehchen helfen!«

Sie schien sich durch die anerkennenden Blicke der anderen geschmeichelt zu fühlen.

Haarberg schaute von Verena zu Bernadette: »Könnt ihr zwei euch zusammensetzen und die vorhandenen Medikamente erfassen? Meinen Bestand bring ich auch vorbei.«

»Ich ebenfalls«, bot der Zahnarzt an.

»Klar«, willigte Bernadette ein, Verena nickte, »wir können gleich nach dem Treffen zu mir gehen.«

»Können wir die Betreuung der Pflegepatienten besprechen?« Doris, gelernte Altenpflegerin und Leiterin des örtlichen mobilen Pflegedienstes, war spürbar angespannt. »Wir müssen die Arbeit verteilen und überlegen, ob wir welche zusammenlegen können.«

»Das mit dem Zusammenlegen wird nicht einfach«, gab Haarberg zu bedenken. »Die meisten haben sich bewusst gegen das Seniorenheim entschieden.«

»Das mag sein«, reagierte Doris, »aber wir haben eine Notsituation, da können wir nicht auf jeden Rücksicht nehmen. Ich will das nicht von oben herab entscheiden, aber wir sollten darüber sprechen. Es würde uns die Arbeit erleichtern.«

»Was würde sich denn für mehrere Patienten eignen?«, fragte Florian.

»Nicht alle zusammenlegen«, erklärte Doris, »einige haben reichlich Platz in der Wohnung. Uns ist schon geholfen, wenn wir je zwei oder drei Personen zusammen in eine Wohneinheit bekommen. Und nach der Krise kommt jeder wieder zurück.«

»Das klingt wie ein Plan«, stimmte Haarberg zu.

»Sie haben keine Gelegenheit, einen Notruf abzusetzen«, gab Florian zu bedenken. »Weder Telefone noch Notfallarmbänder funktionieren. Ich bin mir nicht sicher, ob wir sie komplett alleine lassen können.«

Betretenes Schweigen machte ihm deutlich, dass bisher keiner daran gedacht hatte.

Er setzte fort: »Wir müssen da die Verwandtschaft in die Pflicht nehmen.«

»Ich stimme dir zu, Florian«, sagte Doktor Haarberg, »aber nicht alle haben Verwandte, die im Ort wohnen. Für die anderen müssen wir etwas wie einen Pflegevormund suchen.«

»Herr Siebenthal ist für Jutta und mich fast so etwas wie ein Ersatzvater.« Dass sein Vermieter ihn selbst eher ablehnte, mussten die anderen ja nicht wissen. »Und es müssten zwei oder drei weitere mit mobiler Pflege bei uns in der Straße wohnen. Auf die könnte ich zugehen und fragen, ob sie zusammenziehen würden.«

Doris hatte einen Aktenordner aus ihrer Tasche geholt und durchblätterte ihn: »Ich schreibe dir die Adressen heraus. Besser ist, ich komme mit und stelle dich vor, das schafft Vertrauen.«

Haarberg sah zufrieden aus: »Doris, kümmerst du dich um die Diensteinteilung? Oder die Zuweisung?«

»Ja.« Doris war mit Schreiben fertig und gab den Zettel an Florian weiter. »Wenn Florian und Reinhard je ein Team übernehmen, wären wir gut aufgestellt. Vorausgesetzt wir finden Freiwillige.«

»Das«, schoss es Florian aus dem Mund, »sollte weniger ein Problem sein: Viele Jobs sind im Moment so nutz- und brotlos wie der Kühlschrankverkäufer in der Antarktis. Da sollte es genug geben, die Zeit haben.«

Reinhard schüttelte den Kopf: »›Zeit haben‹ sicherlich, aber einerseits müssen die bereit sein, bei der Pflege zu helfen, zum anderen können wir den zu Pflegenden nicht irgendwelche Menschen in die Wohnung bringen.«

Hier widersprach Florian: »Wir können nur versuchen, Rücksicht zu nehmen, es ist aber nicht so, als ob wir denen viel Auswahl bieten könnten. Die werden mit dem leben müssen, was da ist!«

Alle schauten Doktor Haarberg an: »Gefällt mir zwar nicht, aber er hat recht, weder wir noch unsere Patienten können momentan wählerisch sein. Falls es zu Problemen kommen sollte, kümmern wir uns dann darum.«

»Müssen wir uns für heute Abend vorbereiten?« Bernadette drehte mit dem Zeigefinger eine Locke aus ihren Haaren. »Die letzten Jahre gab es beim Sonnenwendfeuer immer den einen oder anderen kleinen Notfall.«

»Magen auspumpen hatten wir die letzten fünf Mal nicht«, winkte Haarberg ab. »Aber verstauchte Knöchel, die haben wir jedes Jahr. Wenn die Leute zu alkoholisiert über das Feld laufen. Ich bringe meinen Erste Hilfe Koffer mit und baue darauf, unterstützt zu werden.«

»Okay«, fasste Haarberg zusammen. »Die Einteilung der mobilen Pflege übernehmen Doris und Reinhard. Einen Ambulanzkarren organisieren wir auf der Versammlung. Florian oder Bernadette, einer von euch spricht das morgen dann bitte an. Bernadette und Verena erstellen eine Übersicht über unsere Medikamentenvorräte. Ich gestalte meine Praxis zum Spital um. Hoffentlich bereiten wir uns unnötig vor und die Normalität erreicht uns bald wieder! Offene Fragen?«

»Die Patienten im Seniorenheim in Atzbach?«, brachte die Tierärztin in Erinnerung, »da kann ich mich darum kümmern.«

»Danke Anna«, sagte Haarberg, »ich kann dir leider nicht sagen, wie viele Umbacher dort leben, aber es sollte sich vor Ort jemand finden, der dir das beantworten kann.«

»Und was machen wir mit denen?«, fragte Anna. »Frau Meier wohnt dort, ihr Sohn lebt in Kanada oder den Vereinigten Staaten. Weitere Verwandtschaft kenne ich nicht und die Frau war immerhin mal meine Nachbarin.«

Betreten vermied jeder den Blick des anderen, bis Anna die Initiative ergriff: »Ich werde herausfinden, wie gut die im Seniorenheim aufgestellt sind. Sollte absehbar sein, dass die Schwierigkeiten haben, würde ich vorschlagen, dass wir versuchen, die Leute zu uns in den Ort zu holen oder Helfer abzustellen.«

»Wenn ich mich kurz einmischen darf«, fing Florian an, »ich kann mir nicht vorstellen, dass die den Betrieb aufrecht halten können. In der Klinik hat es schnell an allem gefehlt: Trinkwasser, Wasser zum Reinigen, frische Wäsche, es kam kein Personal mehr.«

Sie verabschiedeten sich und beim nach Hausegehen las sich Florian die Personenliste durch, die er von Doris bekommen hatte. Sie würde nachher bei ihm vorbeikommen, damit sie gemeinsam alle Patienten besuchten.

Daheim angekommen, versuchte er bei Herrn Siebenthal zu klingeln, bis ihm einfiel, dass das nicht funktionierte und er laut anklopfte.

»Alt und nicht taub!«, hörte er seinen Vermieter schimpfen.

Es dauerte eine Weile, bis sich die Tür öffnete. Er musterte Florian von oben bis unten und er bemerkte, dass der Mann ihm nicht sehr zugetan war.

Kühl wurde er begrüßt: »Hallo, was kann ich für Sie tun?«

»Hallo Herr Siebenthal«, versuchte Florian die Ablehnung mit Freundlichkeit zu überspielen. »Nicht Sie für mich, sondern was ich für Sie tun kann!«

Der Senior legte die Stirn in Falten: »Was sollte es geben, dass Sie für mich tun könnten, was ich nicht selber hinbekomme?«

»Wir haben uns mit den Medizinern und Pflegern des Ortes getroffen, ich werde dem mobilen Pflegeteam helfen. Da wir im gleichen Haus wohnen, lag es nah, dass ich mich um Ihre Bedürfnisse kümmere.«

Nach einer kurzen Pause ergänzte er: »Nur solange, bis sich die Lage wieder normalisiert hat.«

Herr Siebenthal schaute in ernst an: »Ich bin nicht begeistert, aber vermutlich entlasten Sie dadurch die anderen Pfleger. Damit das klar ist: Sie kommen nicht ungefragt in meine Wohnung.

Figuren wie Ihnen traue ich nicht und der einzige Grund, dass Sie als Mieter hier wohnen, ist ihre Frau. Vergessen Sie nicht, ich beobachte Sie genau!«

Laura nutzte den Gasgrill, um die Aufbackbrötchen aufzubacken. Beim ersten Versuch schaffte sie es, außen eine Schicht Kohle zu erzeugen. Das Innere war fast gefroren, wobei sie sich fragte, wie lange die Vorräte tiefgekühlt blieben. Der zweite Anlauf funktionierte und sie zauberte ihrem Vater, Bruder und sich selbst ein annehmbares Frühstück. Zusammen mit ihrem Vater hatte sie am Abend vorher die Nahrungsmittel so eingeteilt, dass sie die Sachen am schnellsten verbrauchten, die die kürzeste Haltbarkeit hatten.

Praktischere Probleme hatte ihr Bruder, dem die Unterwäsche ausgegangen war: »Du weißt schon, dass du auch ohne den Stromausfall heute Morgen keine frische Unterhose hättest?«

Die Frage blieb unbeantwortet, sie bekam nur mit, wie er in die Waschküche ging und dort die Wäschehaufen durchwühlte und nach kurzem Moment triumphierend mit einer Handvoll Shorts zurückkam.

Laura schüttelte angewidert den Kopf: »Du bist ein Schwein!«

Lukas zuckte mit den Schultern: »Glaubst du die Leute früher haben jeden Tag frische Unterhosen getragen?«

In Ermangelung einer besseren Antwort winkte sie ab: »Mach, was du willst.«

»Vielleicht gehe ich ganz ohne«, neckte er sie. »Du weißt schon, Freischwinger und so!«

Jungs kommen in die Pubertät und nie wieder heraus, dachte Laura, hoffte aber, dass sich das Gespräch von selbst erledigen würde, wenn sie ihn ignorierte.

»Ich fahre in den Kindergarten«, kündigte sie an, »da kann ich mit Marlene das ein oder andere Sinnvolle vorbereiten.«

»Du könntest die Wäsche machen«, schlug Lukas vor, »das wäre etwas Sinnvolles.«

»Lass mal Brüderlein«, gab sie zurück, »wenn wir mit der Hand waschen, dann brauche ich deine körperliche Stärke zum Schrubben und Auswringen!«

Das Gesicht von Lukas sprach Bände, sie wusste, wann er sich in die Ecke argumentiert fühlte und legte deshalb nicht nach: »Ich geh' dann mal los, bis später!«

Mit dem Fahrrad war sie schnell beim Kindergarten und neben Marlene traf sie den Hausmeister der Grundschule. Die Dritte am Tisch war Patricia Krebs.

»Hallo Laura«, wurde sie von Marlene begrüßt. »Wir haben uns überlegt, einen Notbetrieb für den Kindergarten und die Grundschule zu planen.«

Sie setzte sich mit an den Tisch und hörte zu, wie Patricia ihre Idee präsentierte: »Wir brauchen einen der großen Wassertanks und mit Trinkwasser für die Kinder sollen uns die Eltern versorgen, sonst wird das nichts.«

»Wenn wir schon so einen großen Tank haben, wieso noch extra Trinkwasser?«, schaltete sich Laura in das Gespräch ein.

»Das Wasser aus dem Brunnen hat zwar fast Trinkwasserqualität, aber wenn es eine Weile im Tank steht, will ich kein Risiko eingehen. Zum Abkochen wird uns die Zeit fehlen«, erklärte Particia.

»Wir können uns besser unterstützen, wenn alles in ein Gebäude verlegt wird«, schlug Marlene vor.

»Ja«, bekräftigte Patricia, »das sehe ich auch so. Die Schule ist etwas größer.«

»Warum warten wir nicht«, grübelte Norbert Reutow, »bis sich wieder alles normalisiert hat?«

»Das wird nicht so schnell sein«, erklärte Marlene, »und ich glaube, es gibt den Kindern ein wenig Sicherheit, wenn wir ihnen etwas Routine bieten. Selbst wenn die anders aussieht als ihr bisheriger Alltag. Auch manch Erwachsener wird Routine begrüßen. Wer seinen Nachwuchs betreut weiß, kann sich mit anderen Sachen beschäftigen.«

»Wir werden Unterstützung brauchen«, wandte der Hausmeister ein. »Das Wasser muss herkommen, ihr Drei alleine werdet nicht genug sein, wenn nur die Hälfte der Kinder hergebracht werden.«

»So pessimistisch kenne ich dich sonst gar nicht«, wunderte sich Marlene. »Aber du hast recht. Wir sollten das auf der Versammlung besprechen. Es gibt noch mehr Erzieher und Lehrer im Ort. Und Eltern und andere Freiwillige, die uns helfen würden.«

Marlene drehte sich zu Patricia: »Wie vorgeschlagen, sollten wir das Schulgebäude nutzen, weil es größer ist. Den Umzug können wir mit den Kindern gemeinsam machen, dann haben die ein kleines Abenteuer.«

Patricia trommelte mit den Fingern auf der Tischplatte: »Trotzdem sollten wir zwei Räume vorbereiten: die großen Tische zur Seite räumen und ein paar von hier mit den Stühlen herüberbringen.«

Eine Stunde später waren zwei Räume im Erdgeschoss des Schulgebäudes rudimentär als Gruppenräume für Kindergartenkinder vorbereitet. Sie verabschiedeten sich und Laura eilte nach Hause.

Sie dachte an Lukas' Wäscheproblem und ging in die Waschküche, um den Berg Wäsche zu inspizieren, der sich dort angesammelt hatte. Ihre Eltern versuchten nicht zu sehr, in alten Rollenbildern zu leben, einige der regelmäßigen Aufgaben waren trotzdem klischeehaft verteilt und die Wäsche lag in der Verantwortung von Laura und ihrer Mutter.

Die hatte ihr erklärt, dass sich früher ihr Vater öfter darum gekümmert hatte, aber nach einigen Unfällen mit verfärbter oder eingelaufener Kleidung hatte ihre Mutter einen Bann für ihn und die Waschmaschine ausgesprochen.

Als Laura die vollen Wäschetonnen sah, wusste sie gar nicht, wie sie anfangen sollte. Vor allem hatte sie bisher nur einzelne Kleidungsstücke mit der Hand gewaschen. Es war ihr ein Rätsel, wie man das für vier Personen machte. Sie beschloss, sich an Frau Kempf zu wenden. Sie war bei den Landfrauen und die pflegten einige traditionelle Arbeiten, sicherlich kannte sich eine davon mit dem ›Waschtag‹ aus.

Frustriert nahm sie ihr Smartphone aus der Tasche, drückte auf alle Tasten, aber es blieb tot. Seit fast achtundvierzig Stunden hatte sie nichts von ihren Freundinnen und Freunden gehört, hatte kein Instagram-Bild mehr gesehen, geschweige denn eines gepostet, weder Tweets gelesen noch einen Messenger genutzt.

Trotz aller Aktivitäten seit dem Stromausfall kam sie sich von der Welt abgeschnitten vor. Sie sehnte sich danach, mit ihrer Mutter zu reden und sie vermisste ihren Freund so sehr, dass es sie schmerzte. Eigentlich wollte der am Tag vorher nach Umbach kommen, die zwanzig Kilometer Entfernung seines Wohnortes waren mit dem Auto oder dem Roller eine Leichtigkeit. In der aktuellen Situation schien es fast unüberwindbar. Entgeistert starrte sie auf das Display ihres Telefons und sie zerdrückte eine Träne. Die Stille im Haus, die fehlenden Umweltgeräusche schrien sie förmlich an und sie setzte sich auf den Boden, vergrub ihr Gesicht in den über den angezogenen Knien verschränkten Armen und ließ ihrem Gefühl freien Lauf.

Nachdem sie sich wieder gesammelt hatte, stieg sie auf das Fahrrad und fuhr zu Birgit Kempf, mit dem Ziel, sie um Rat für die Haushaltsarbeit zu bitten.

Auf der Hauptstraße fielen ihr viele Menschen auf, die nicht aus Umbach stammten und die mit Rucksäcken, Koffern, beladenen Hand- und Schubkarren durch den Ort wanderten.

Bei einer Gruppe erkannte sie ihre ehemalige Mitschülerin Aysel und ging auf sie zu: »Hallo Aysel! Wo wollt ihr hin?«

Aysel, die vorher auf den Boden geschaut hatte, hob langsam ihren Kopf und Laura sah ein blaues Auge und einen großen Kratzer im Gesicht ihrer Schulfreundin: »Weg.«

Laura brauchte eine Zeit sich zu sammeln, die Familie von Aysel schaute sie mit etwas an, das sie als Angst oder Ablehnung interpretierte: »Aber wohin? Woanders ist es nicht besser?«

»Aysel! şimdi gel!«, rief ihr Vater.

Die drehte sich um und antwortete: »Hemen döneceğim.«

Sie schaute wieder Laura an: »Gestern Abend war schrecklich. Es kamen einige Deutsche. Kennst du den kleinen Supermarkt gegenüber von uns? Den an der Hauptstraße? Da gab es schon nichts mehr zu holen und die haben die Fensterscheiben eingeworfen, sind dann in den Laden und haben alle Regale auf die Straße geworfen. Den Besitzer haben sie verprügelt. Schnell wollten einige Nachbarn helfen, aber es kamen mehr von den Deutschen. Zwei aus der ersten

Gruppe hatten einen Mann auf die Knie gezwungen und eine Weile passierte nichts. Dann zog einer der Deutschen, die den Mann festhielten, eine Pistole und schoss ihm durch den Kopf.«

Laura hielt sich schockiert die Hände vor den Mund.

»Der Mörder stellte seinen Fuß auf den toten Körper, seine Frau wimmerte und wollte zu ihrem Mann, wurde von anderen Männern festgehalten. Der mit der Waffe fing an zu erklären, dass das mit jedem von uns passieren würde, wenn wir heute Abend noch im Ort wären.

Einige der jungen türkischen Männer attackierten die Angreifer, aber der Anführer war nicht der Einzige mit einer Schusswaffe. Wir wollten dann wieder in die Wohnungen, doch mittlerweile hatte sich von der anderen Seite eine dritte Gruppe genähert, die uns den Rückweg abschnitten.

Es wurde mehrmals geschossen, auch von uns, aber es dauerte nicht lange und der Widerstand war gebrochen. Sie hatten uns eingekesselt und ließen nur einen Ausgang offen, durch den alle mussten. Sie haben uns getreten, bespuckt, geschlagen und den Frauen, die Kopftücher trugen, haben sie die abgenommen.«

»Das ist schrecklich!« Laura hatte die Fassung noch nicht zurückgewonnen. »Wart ihr bei der Polizei?«

Aysel schüttelte den Kopf: »Einer der Deutschen verhöhnte uns, wir sollten nicht auf die Idee kommen zur Polizei zu gehen, da hätten sie genügend Freunde.«

»Die lügen! Das tun die immer!« Laura war entrüstet.

»Vielleicht«, Aysel senkte den Kopf, »vielleicht nicht. Kaum verließen sie Niedergirmes, folgten ihnen, mit etwas Abstand, einige unserer jungen Männer. Den Alten erklärten sie, sie wollten zur Polizei gehen, zurück kam keiner.«

Lauras Gedanken arbeiteten auf Hochtouren: »Ihr könnt bei uns im Ort unterkommen, mein Vater …«

Aysels Vater schaute Laura gleichzeitig streng sowie traurig an und sagte dann: »Danke für Hilfe Laura, Du bist gut Mädchen und ich froh, dass Asyel Freundin wie Dich hat. Aber hier in Umbach leben auch schlecht Menschen.«

»Wo wollt ihr denn hin?« Laura war der Verzweiflung nahe.

Aysel nahm sie in den Arm: »Vielen Dank Laura, auch wenn wir dir vertrauen, möchten wir unser Ziel lieber geheim halten. Das ist sicherer.«

Nach dem Abschied schaute Laura Aysel und ihrer Familie lange hinterher und fragte sich, wohin deren Weg führen würde. Sie hatte einige Bekannte, die schon jahrelang vor ›dem Bürgerkrieg‹ warnten und konnte nicht glauben, dass es wenig mehr als einen Tag ohne Strom brauchte, bis die dünne Schicht der Zivilisation abblätterte. Der Gedanke an die vom Rat geplante und von ihrem Vater skeptisch bewertete Miliz ergab auf einmal mehr Sinn.

Sie fuhr weiter zu Frau Kempf, der sofort auffiel, dass etwas mit ihr nicht stimmte: »Hallo Laura, welchen Geist hast du denn gesehen?«

Nachdem sie ihr von ihrem Treffen berichtete, war aus dem Gesicht von Frau Kempf die Farbe verschwunden: »So schnell?«

Frau Kempf bot Laura etwas zu trinken an. »Ich bin hergekommen, weil ich ein paar Haushaltsfragen habe!«

»Haushaltsfragen?«, Frau Kempf schaute skeptisch.

»Bei meinem Bruder fing der Wäschenotstand heute Morgen an und ein Blick in die Waschküche zeigte, dass es uns bald allen so geht. Außer ein wenig Feinwäsche habe ich bisher nichts mit der Hand gewaschen. Und ich dachte, die Landfrauen wüssten …«

»… wie man im Bach wäscht? Wir haben die Waschtreppe unterhalb des Löschteiches. Ich glaube dir, und vermutlich vielen anderen, können wir helfen. Wir werden unser Wissen teilen!«

»Ja, das denke ich auch: Wäsche waschen, Essen kochen, Backen … alles ohne Strom. Das Backhaus werden wir diesmal schon einige Zeit vor dem Backhausfest in Betrieb nehmen, oder?«

»Das dürfte problemlos möglich sein, da haben wir alle Erfahrung. Komm bitte morgen Abend wieder vorbei«, schlug Frau Kempf vor. »Bis dahin werden wir von den Landfrauen einen kleinen Waschkurs organisiert haben. Vorausgesetzt das Wetter spielt mit. Aber wenn ich mich an die letzte Wettervorhersage erinnere, war kein Wechsel in Sicht.«

»Vielen Dank.« Laura stand auf. »Sehe ich Sie auf der Feier?«

»Sicher! Bis gleich.«

»Auf Wiedersehen Frau Kempf!«

Nachdem sie den Hof verlassen hatte, wanderte ihre Hand wieder automatisch in die Hosentasche, um das Smartphone herauszuholen. Zunehmend frustriert hielt sie es in der Hand, starrte auf das dunkle Display und drückte die Hand fester um das Telefon. In einem Anflug von Wut holte sie aus, suchte ein geeignetes Ziel, überdachte die Aktion und steckte es zitternd wieder in die Tasche.

Sie beschloss, nach Hause zu fahren, ihr Fahrrad abzustellen, sich ein paar Getränke zu nehmen und direkt zum Feld zu gehen, auf dem der riesige Haufen Holz aufgeschichtet war.

Laura war beeindruckt, was man ohne Motorkraft hinbekommen hatte: Ein kleiner Bierpilz stand parat, Fackeln waren überall verteilt und auf der Bühne hatte eine Band aus dem Ort einen Soundcheck vorgenommen. Wenn man das ohne Technik so nennen durfte. Wo er die auch immer herhatte: Der Sänger hatte sich mit einer Flüstertüte ausgestattet.

Nach und nach kamen mehr Einwohner und Laura freute sich, dass kurz nacheinander Lukas, ihr Vater, ihre Tante Jutta und ihr Mann Florian auftauchten. Malte hielt ihr zwei Getränkemarken entgegen: »Oder soll ich dir ein Bier mitbringen?«

»Ein Radler wäre gut«, antwortete Laura.

»Mir ein Pils«, forderte Lukas.

Malte ging zum Bierpilz und kam kurze Zeit später mit Getränken für sich und seine Kinder zurück. Jutta und Florian hatten sich zu ihnen gestellt und sie prosteten sich gegenseitig zu.

»Auf bessere Zeiten!«, schlug Malte einen Toast vor.

»Auf bessere Zeiten«, stimmte Florian zu, und die anderen folgten.

Mit der Dämmerung entzündete Dirk das Feuer und die Band versuchte, mit einigen flotten Rocksongs die Stimmung aufzuheitern.

SIMONE

Die ersten Kilometer nach der Pause waren die Hannoveraner motiviert. Im Laufe des restlichen Tages verstummten dann die Gespräche und sie wurden langsamer. Fabians Bedenken über die Gruppengröße schienen sich zu bestätigen, kleinere Gruppen von Wanderern liefen an ihnen vorbei. Dabei spielte die Zusammensetzung der Hannoveraner eine Rolle. Sie waren altersmäßig gemischt und die überholenden Gruppen bestanden aus jungen, sportlichen Menschen. Aufgrund der fehlenden Fitness und der schmerzenden Füßen wurde die Frequenz der benötigten Pausen kürzer, während deren Dauer sich verlängerte.

Viele Autos waren aufgebrochen und auf das Geräusch von klirrendem Glas reagierte niemand mehr. Aus den liegen gebliebenen Lastwagen wurde munter geplündert, wobei sich Simone wunderte, wieso jemand große Flachbild-Fernseher wegtrug, anstatt sich um dringender Benötigtes zu kümmern.

Sie selbst hatte für zwei Tage genügend Trinkwasser, hatte aber mitbekommen, dass manche aus der Gruppe ihre Vorräte aufgebraucht hatten. Während einer Pause kam es zu einem Streit, bei dem einige die Aufteilung der vorhandenen Reserven forderten, aber andere das rigoros ablehnten.

Fabian versuchte, zwischen den Parteien zu vermitteln: »Wir können die Vorräte im nächsten Ort wieder auffüllen!«

Eine der Geschäftsfrauen reagierte empört: »Nur weil sich einige ihr Wasser nicht einteilen können, soll ich von meinem abgeben? Vor allem wissen wir nicht, ob wir so schnell wieder etwas bekommen. Habt ihr euch umgeschaut, wie viele hier unterwegs sind?«

Dem hielt direkt einer der Geschäftsmänner entgegen: »Größere Menschen brauchen mehr Wasser, das wurde nicht berücksichtigt.«

»Wir müssen etwas zu Essen suchen«, schaltete sich einer der Älteren der Gruppe in das Gespräch ein. »Wir sollten sofort den nächsten Ort aufsuchen.«

»Und dann?«, giftete die Geschäftsfrau ihn an. »Glauben Sie, die haben noch etwas? Und selbst wenn: So viel wie wir brauchen, bekommen wir nirgendwo. Ich gehe weiter, mein Wasser behalte ich für mich und wer mitkommen möchte, mir nach!«

Sie stand auf und schaute fordernd in die Runde.

»Gehen Sie!«, wütete der ältere Herr zurück. »Wir brauchen Sie nicht und versuchen unser Glück da drüben im Ort.«

Fabian sah betroffen hin und her: »Wir könnten gemeinsam zum Ort gehen und versuchen, unsere Vorräte aufzufüllen.«

»Fabian«, fing die Geschäftsfrau an, »nichts gegen Sie, aber Ihr Führungsstil ist miserabel. Mit Optimismus alleine ist so eine große Gruppe nicht zu führen. Sie müssen klare Vorgaben machen. Hätten Sie das getan, würden jetzt nicht so viele auf dem Trockenen sitzen. Ich schlage vor, dass wir die restlichen Nahrungsmittel aus dem Fahrradhänger unter allen aufteilen. Ich mache mich alleine auf den Weg.«

»Sie müssen nicht allein gehen.« Drei andere Personen waren aufgestanden. »Wir wollen unseren Anteil der Vorräte.«

»Undankbares Pack«, raunte Arne. »Fabian hat uns eine Unterkunft organisiert und es war sein Auftreten, dass uns die Vorräte verschafft hat. Und bei den ersten Problemen, die sich andeuten, verlassen manche wie Ratten das sinkende Schiff? So was wie euch … «

Fabian unterbrach ihn: »Es reicht Arne. Niemand wird gezwungen, in der Gruppe mitzulaufen, die Vorräte gehören allen, wer uns verlassen möchte, soll seinen Anteil nehmen. Ich wünsche jedem alles Gute und Gottes Segen!«

Nach einem kurzen Moment der Stille ergriff die Geschäftsfrau die Initiative: »Geht doch.«

Sie ging zum Fahrradanhänger, nahm sich einen kleinen Anteil der Vorräte und ging zum Rand der Gruppe. Die anderen folgten ihrem Beispiel und ohne sich umzudrehen, verließen sie die Hannoveraner.

»Arne, ich danke dir für deinen Rückhalt«, sagte Fabian, »und halte mich bitte nicht für undankbar, ich wollte nicht noch mehr Streit und böse Worte und ich glaube, nichts hätte die Trennung verhindert. Und so ganz unrecht hat sie nicht, wir müssen die Vorräte anders aufteilen, besser rationieren.«

»Das ist aber nicht alleine deine Aufgabe.« Arne schien sauer zu sein. »Da kann man doch vernünftig drüber reden und muss nicht gleich ausfallend werden.«

Simone unterstützte ihn: »Wir waren …, wir sind eine Gruppe und bevor man Vorwürfe macht, könnte man erst mal gemeinsam Lösungen suchen.«

»Lasst uns nach vorne schauen«, schlug Fabian vor. »Ich nehme an, dass jeder, der hier ist, dazu bereit ist, sein Wasser mit den anderen zu teilen?«

Mit leichtem Zögern nickten einige.

»Ich bin euch dankbar«, fuhr Fabian fort. »Lasst uns probieren, ob wir dort im Ort Hilfe finden.«

Die mittlerweile auf zwölf Personen geschrumpfte Gruppe verließ die Autobahn und lief auf einem planierten Feldweg auf das Dorf zu. Als sie bei einem Erdbeerfeld vorbeikamen, schlug Helge vor, sich dort ein paar Früchte zu nehmen. Wie die anderen aß Simone die ungewaschenen Beeren und konnte sich nicht daran erinnern, je etwas Schmackhafteres gegessen zu haben.

»Hey«, rief ein mittelalter, rundlicher Mann. »Was macht ihr auf meinem Feld?«

»Entschuldigung.« Fabian ging auf ihn zu. »Wir hatten Hunger und …«

»Sie klauen meine Früchte!« Der Mann fuchtelte mit seinem Gehstock drohend in der Luft. »Diebespack, macht euch weg, bevor ich mich vergesse.«

»Selbstverständlich bezahlen wir sie«, bot Simone an.

»Mädchen!« Er sah Simone herablassend an. »Und wenn ich nicht an euch hätte verkaufen wollen?«

»Das können wir leider nicht mehr ändern.« Simone ließ sich nicht beirren. »Wie viel wollen Sie denn dafür haben?«

»Mal sehen.« Er fing an, die Gruppe zu zählen. »Zwölf Leute, jeder ein Kilo, ich würde sagen, mit 300 Euro sind wir quitt.«

»Selbst wenn jeder von uns ein Kilo Erdbeeren gegessen hätte«, entgegnete Fabian, »wären das mehr als zwanzig Euro pro Kilo. Meinen sie nicht, dass das ein unverschämter Preis ist?«

»Ja Sie haben recht«, schien der Mann ein Einsehen zu haben. »Angebot und Nachfrage, ich denke 500 Euro wären angebracht. Wenn sie mit dem Preis nicht einverstanden sind, können Sie mir meine Früchte gerne zurückgeben.«

»Gibt es ein Problem Vater?« Vier Männer waren mittlerweile aus dem Dorf dazugekommen.

»Nein«, winkte der Mann ab, »wir werden uns gerade handelseinig.«

Simone wurde es langsam unwohl: »Einen Augenblick, wir sammeln das Geld ein.«

Sie lief die Gruppe ab und hatte am Ende die geforderten 500 Euro zusammen. Widerwillig gab sie sie dem Mann: »Wir würden gerne Wasser kaufen, meinen Sie im Ort bekommen wir welches?«

Der Mann schaute auf ihren Unterarm: »Für das Armband kann ich Ihnen zwei Kästen Wasser anbieten.«

»Simone«, Arne hielt sie am Arm fest, »mach das nicht!«

»Vier Kästen«, pokerte Simone.

Der Mann grinste: »Eine harte Geschäftsfrau? Drei. Nehmen Sie es an oder lassen Sie es?«

Simone überlegte kurz: »Wir reden von Kästen mit zwölf Flaschen zu je einem Liter?«

»Ja. Deal?«

Sie öffnete das Armband, wollte es ihm entgegenhalten, umschloss es aber mit der Hand: »Drei Kästen, das Armband gibt es, wenn die in unserem kleinen Anhänger sind.«

Erneut grinste der Mann und deutete auf Fabian, Arne und Helge: »Du, du und du, ihr geht mit meinem Sohn ins Dorf und holt das Wasser. Der Rest wartet hier, wir brauchen euch dort nicht.«

Die Angesprochenen folgten dem Sohn und kamen nach zwanzig Minuten mit den Wasserkisten zurück.

Wie ausgemacht, übergab Simone den Schmuck in die feisten Hände des Mannes: »Das Pfand könnt ihr behalten.«

Er lachte über seinen eigenen Witz und sah seinen Sohn und dessen Begleiter fordernd an, sodass diese in sein Lachen einfielen.

Das Armband steckte er in die Tasche: »Jetzt macht euch weg, bevor ich es mir anders überlege und euren Anhänger als Zoll konfisziere.«

»Lasst uns gehen«, kam Simone der aufkommenden Wut bei Arne und Helge zuvor. Widerwillig folgten sie ihr und sie vermied es, sich umzudrehen.

»Die Schnecke hätte Interessanteres anzubieten gehabt als das Armband«, rief der Sohn ihnen laut hinterher. Simone kochte innerlich vor Wut und sprach sich selbst zu: Weitergehen und nicht umdrehen.

Arne, der den Anhänger schob, lief mittlerweile neben ihr: »Sollen wir nicht umkehren und ...«

»Nein.« Simone war wütend. »Wir waren zwar in der Überzahl, ich bin mir aber nicht sicher, ob die nicht bewaffnet waren oder wie schnell weitere aus dem Ort dazugekommen wären. Sieh es so: Wir haben ein paar exklusive Erdbeeren essen dürfen und haben zusätzliches Wasser.«

»Simone, es tut mir leid«, fing Fabian an.

»Das muss es nicht«, beruhigte ihn Simone, »nicht du hast dich wie ein Arschloch benommen. Es war mir klar, dass wir nicht jeden Tag jemanden wie Herrn Hengstwart treffen, aber das wir dann direkt an so einen Wichser geraten, das konnte niemand wissen.«

»Das ist nur ein Vorgeschmack auf das, was uns bevorsteht.« Arnes fehlender Optimismus, dachte Simone, passte so gar nicht zu seinem Job im Vertrieb.

»Wir sollten uns langsam eine Unterkunft suchen«, wechselte Fabian das Thema. »Auch wenn es der längste Tag des Jahres ist, wird es schnell dunkel sein.«

»Vielleicht finden wir eine Scheune?« Simone wunderte sich, wie viele Menschen in Zukunft ähnlich reagieren würden, wie der Erdbeerverkäufer. »Aber lasst uns ein paar Kilometer zurücklegen und etwas Abstand zu den Typen bekommen.«

»Wenn alle auf der Autobahn laufen«, grübelte Helge laut, »wäre es dann nicht sinnvoller, die Landstraßen zu nehmen? Von Dorf zu Dorf? Da könnten wir eher Hilfe erwarten.«

»Ich glaube, auch dort sind genug unterwegs«, antwortete Arne, »und ob die Dörfer so hilfreich sind, zwei oder drei Orte wie der letzte und die ganze Gruppe wäre um alle Wertsachen und sämtliches Bargeld erleichtert.«

»Da schaut mal«, freute sich Fabian und zeigte nach vorne. »Ich glaube, wir haben unsere Unterkunft für die Nacht gefunden.«

Er deutete auf einen liegen gebliebenen Reisebus, die Türen standen offen, aus der Ferne sahen alle Scheiben intakt aus.

»Auch wenn es zum richtig Ausstrecken nicht reicht, sollte für jeden eine Sitzreihe zur Verfügung stehen«, plante Fabian.

»Wenn uns niemand zuvorkommt«, warf Arne skeptisch ein.

Helge knuffte ihn kameradschaftlich mit dem Ellenbogen in die Seite: »Dann lasst uns etwas Tempo zulegen und den Bus sichern.«

Sofort erhöhte er sein Gehtempo, Arne ließ sich nicht bitten und die zwei eilten der Gruppe voraus. Wenig später erkannte Simone aus der Ferne, dass sie den Bus bestiegen und, ihnen zuwinkend, wieder herauskamen.

Fabian, der das Anhängerschieben von Arne übernommen hatte, grinste sie an: »Damit haben wir heute Nacht ein Dach über dem Kopf!«

Am Bus angekommen, leerten sie zunächst den Anhänger und brachten die Wasserkästen auf die Hinterbank des Busses. Die Ersten machten es sich auf ihren Sitzen so bequem, wie es möglich war, andere verließen kurz die Straße, um sich zu erleichtern. Unweit des Busses befand sich ein kleiner Teich, in dem Simone, Arne und Helge ihre Füße abkühlten.

»Morgen werden wir früher anfangen, uns um Nahrung und Wasser zu kümmern«, plante Simone. »Und wir müssen einen Weg finden, wie man vorher erkennen kann, ob jemand hilfsbereit ist.«

»Da müssen wir ins kalte Wasser springen«, brachte es Arne auf den Punkt. »Ich glaube nicht, dass man das jemandem vorher ansieht.«

»Und beim nächsten Mundraub«, fuhr Helge fort, »müssen wir schneller sein. Oft kann ich mir Erdbeeren zu so einem Preis nicht mehr leisten.«

Simone stieg in den Bus, die anderen folgten ihr. Kurz nachdem sie sich schräg auf die Sitze gelegt hatte, überkam sie die Müdigkeit. Sie registrierte vereinzeltes Schnarchen, bevor sie in einen tiefen Schlaf fiel.

JUTTA

Wie versprochen, erschien Jutta am Morgen auf dem Bodner Hof. Nadine hatte zwei Pferde vor eine Kutsche gespannt, auf dem sich zwei der riesigen Tanks befanden.

»Meinst du nicht, dass das zu schwer wird?« Sie sah Nadine skeptisch an.

Die schüttelte den Kopf: »Ich würde sie damit nicht kilometerweit laufen lassen, aber vom Brunnen bis in den Ort sollte das kein Problem sein. «

Jutta runzelte die Stirn: »Na, es sind deine Pferde, du wirst wissen, was du denen zutraust.«

»Hilfst du mir, die zweite Kutsche fertigzumachen?«

»Klar! Los gehts.«

Zusammen wuchteten sie zwei weitere Tanks auf die leere Kutsche und zurrten sie mit Spanngurten fest. Aus dem Stall holten sie zwei Pferde, legten das Geschirr an und spannten sie ein.

»Ging doch schnell«, Nadine war begeistert. »Du hast nichts verlernt. Welche Kutsche führst du?«

»Ich nehme die hier.« Jutta klopfte einem der Pferde sanft auf den Hals. »Wenn das für dich okay ist.«

Beide kletterten auf die Kutschböcke, nahmen die Zügel in die Hand und trieben die Pferde an. Im lockeren Trab führte sie ihr Weg zum Löschteich. Sie folgten der Hauptstraße Richtung Blasbach, an der, kurz nach dem Ortsende, der Brunnen war.

Dort hatten sich mittlerweile Feuerwehr und einige Umbacher eingefunden, manche mit Handkarren, andere mit großen Kanistern. Dirk stand neben dem Wasserauslass, bei dem sich eine lange Schlange gebildet hatte. Das Wasser sprudelte aus einem leicht rostigen Rohr, ein Messingschild wies darauf hin, dass es keine Trinkwasserqualität hatte. Als Kinder und Jugendliche hatte sie nicht selten einen kühlen Schluck davon getrunken und ihr war nicht bekannt, ob es im Ort jemals einen Krankheitsfall in Verbindung mit dem Brunnenwasser gegeben hatte.

»Hallo ihr beiden«, begrüßte sie Dirk. »Ich hoffe, ihr habt Zeit mitgebracht, denn so schnell seid ihr nicht dran.«

Nadine wirkte ein wenig genervt: »Wir sind jetzt aber nicht völlig überraschend hier.«

»Was soll ich sagen«, verteidigte sich Dirk, »das mit der Verteilung über die Tanks ist nicht bei jedem angekommen. Wir werden ohnehin das Füllen der großen Tanks auf abends oder gar nachts verlegen. Die brauchen eine Weile, bis sie gefüllt sind.«

»Für die Pferde wäre es besser, wenn die nicht ganz voll sind«, wandte Jutta ein.

Dirk schaute Nadine an, die nickte: »Ja, ich denke, dreiviertel reicht. Eher weniger.«

»Bei der Brunnenleistung wird das Füllen eines Tanks ungefähr 40 Minuten dauern«, berechnete Dirk. »Ich würde vorschlagen, ihr stellt die Kutschen da drüben hin.«

Er deutete auf die Hauptstraße, die etwas niedriger als der Brunnen lag: »Mit den Schläuchen kann man das Wasser einlaufen lassen. Und nachmittags könnt ihr die abholen.«

»Kümmerst du dich darum, dass sie gefüllt werden?«, fragte Nadine.

»Ich muss selber gleich weg«, entschuldigte sich Dirk, »wir haben neben den Feuerwehrleuten einige andere Freiwillige, die sich um den Brunnen und die Wasserverteilung kümmern. Die wissen Bescheid, wo ihr die Tanks hinbringen sollt.«

Die beiden Frauen stiegen wieder auf die Kutschen, rangierten diese an den vorgeschlagenen Platz und spannten die Pferde ab: »Wir können sie solange auf die Koppel von ›Kleine Tante‹ bringen.«

Nadine war einverstanden und so brachten sie die vier Pferde zur kleinen Wiese, auf der Juttas Pferd weidete. Die Anwesenheit anderer Pferde machte sie neugierig und sie kam auf die neuen Tiere zu.

»Gestern wollte ich zum Krankenhaus reiten, hatte aber Bedenken. Wo hätte ich sie festmachen sollen? Ich bin froh, dass Florian daheim ist!«

»Hat er erzählt, wie es in der Klinik aussieht? Brauchen die ihn dort denn nicht mehr?«

»Zum Reden hatten wir keine Zeit«, grinste Jutta. »Als er nach Hause gekommen ist, haben wir erst mal … du weißt schon. Er hatte vorher berichtet, dass er einen Dieb verfolgt hatte und auf dem Rückweg zur Klinik wurde er selber fast von irgendeiner Bande erwischt.«

»Ich muss zur Sitzung mit deinem Bruder, Kempf und den anderen. Können wir uns gegen zwei Uhr beim Löschteich treffen?«, schlug Nadine vor.

»Hast du denn eine Uhr, die dir erlaubt solche pünktlichen Verabredungen zu machen?«

»Keine Armbanduhr, aber in der Wohnung meiner Eltern ist die alte Penduluhr, die mit dem tollen Gong, du erinnerst dich?«

Jutta konnte sich erinnern. Als Kind und Jugendliche hatte sie öfter bei Nadine übernachtet und die Uhr schlug zu jeder Stunde. Auch nachts. Ihre Eltern hatten eine Ähnliche gehabt, die nun in Maltes Wohnzimmer hing.

»Bis später!«

Als es ungefähr zwei Uhr war, eilte sie zum Löschteich, an dem Nadine bereits wartete. Gemeinsam holten sie die Pferde von der Koppel und gingen mit ihnen zum Brunnen. Drei der vier Tanks waren, wie abgesprochen, gefüllt, der vierte etwa bis zur Hälfte. Bis sie die Pferde eingespannt hatten, konnten sie sich auf den Weg machen. Man hatte ihnen zwei verschiedene Punkte im Ort zugewiesen, dort würde jemand warten, der die Kutschen entladen würde.

Direkt nach dem Ortseingang trennten sich ihre Wege und am Platz vor dem Kindergarten wartete Norbert Reutow mit einer Gruppe von Jugendlichen und Männern. Schnell schafften diese es dann, die schweren Tanks von der Kutsche auf ein aus Europaletten gebautes Podest zu heben, und die schon wartenden Anwohner füllten ihre Kanister und Eimer. Jutta brachte die Kutsche wieder zum Brunnen, stellte sie dort, genau wie am Vormittag, ab, befreite die Pferde und half ihrer Freundin, die kurz nach ihr eingetroffen war.

»Ich würde sagen, wir bringen die Pferde zurück zum Hof«, plante Nadine. »Die werden die Tanks heute nicht mehr füllen.«

»Lass uns vorher ›Kleine Tante‹ abholen.«

Am Hof angekommen, entließ Nadine die Pferde auf die Koppel.

»Sehen wir uns nachher?«, wollte Nadine wissen.

»Aber sicher.« Wieder umarmten sich die beiden.

Jutta stieg auf ihr Pferd und ließ es gemütlich nach Hause traben. Dort zeigte sie ›Kleine Tante‹ ihre neue Unterkunft und Herr Siebenthal ließ es sich nicht nehmen, die angekommene Mitbewohnerin zu begrüßen.

Die sonst nach dem Reiten übliche Dusche war, wegen der nicht funktionierenden Wasserleitungen, nicht möglich. Mit einem Waschlappen, kaltem Wasser und Duschgel versuchte sie den Stallgeruch loszuwerden. Sie hatte sich ein frisches Sommerkleid angezogen, roch daran und entschied, mit etwas Parfum den restlichen Pferdegeruch zu überdecken. Ihren Haaren gönnte sie einige Sprüher aus dem Flacon, trotzdem hatte sie den Eindruck, immer noch nach ›Kleine Tante‹ zu riechen.

Sie war gerade fertig, als sie die Wohnungstür hörte.

»Hallo Schatz«, begrüßte Florian sie. »Gut schaust du aus!«

Er rümpfte ein wenig die Nase: »Nur mit dem Pferdeduft hast du übertrieben.«

Er grinste dabei und sie zuckte resigniert mit den Schultern: »Ohne eine richtige Dusche oder ein langes Bad bekomme ich den

Geruch nicht so schnell weg. Es gab Zeiten, da hat dich das überhaupt nicht gestört.«

Sie streckte ihm demonstrativ ihre Hüfte entgegen, drehte sich weiter um, beugte sich vor, stützte sich mit einer Hand auf dem Bett ab. Jutta streichelte mit der anderen ihren Hintern, um dann das Kleid langsam hochzuziehen. Im Handumdrehen war er aus seinen Schuhen und der Hose geschlüpft und fing an, seinen Schwanz an ihrem Po zu reiben. Jutta reagierte mit auffordernden Hüftbewegungen und sie bemerkte, wie ihn das anheizte. Ungeduldig zog er ihren Slip herunter und gab sich gar nicht erst die Mühe, ihn auszuziehen. Mit der linken Hand ergriff er ihre Hüfte, mit der rechten dirigierte er seinen Schwanz direkt vor ihre Lippen und drang in sie ein. Mit beiden Händen an ihrer Hüfte schob er sie vor und zurück, erst behutsam, um schneller und fordernder zu werden.

Wenn sie Sex hatten, war es meistens lange und intensiv. Mit geübtem Wechsel aus schnell und langsam, zärtlich und härter, klassischer Missionarsstellung und kamasutraartigen Einlagen entdeckten sie immer wieder neue Bereiche ihrer Sexualität. An diesem Tag war es eher ›quick and dirty‹ und sie nahmen sich kurz Zeit, gemeinsam aneinandergeschmiegt im Bett zu liegen.

»Ich habe ›Kleine Tante‹ in unseren Garten geholt«, erklärte Jutta. »Sie auf der Koppel zu lassen, da hatte ich ein ungutes Gefühl.«

»Ja, das ist praktisch«, stimmte Florian zu. »Dann haben wir im Notfall etwas Fleisch da!«

Sie gab ihm einen leichten Klaps auf den Hintern: »Du bist ein Ekel!«

»Das hast du vorher gewusst!« Er grinste breit. »Ich bin im Medizinerrat aktiv und habe dabei die Versorgung von Herrn Siebenthal geerbt. Er war darüber mäßig begeistert. Etwas undankbar, wenn du mich fragst.«

»Ihr hattet einen ungünstigen Start.« Jutta konnte nicht begreifen, weshalb ihr Vermieter ihren Mann nicht leiden konnte, sonst mochte fast jeder Florian, aber Herr Siebenthal zeigte sich vom ersten Treffen an reserviert. »Gib ihm ein wenig Zeit.«

»Als Pilotin hast du momentan nicht allzu Sinnvolles zu tun.« Jutta war gespannt, in welche Richtung er das Gespräch lenkte. »Aber wir benötigen bei der medizinischen Versorgung Helfer.«

»Ich habe heute bei der Wasserversorgung geholfen.« Sie klang trotziger, als sie es wollte. »Und da gibt es viel Arbeit.«

»Wenn du meinst.« Diesen gönnerhaften Ton mochte sie nicht. »Wir brauchen definitiv Hilfe. Musst halt sehen, wo du sinnvoll helfen kannst.«

Und damit hatte er es wieder geschafft: War sie kurz davor der Ansicht, richtig gehandelt zu haben, zweifelte sie nun.

Sie gingen zur Wiese vor dem Freibad, auf dem sich schon eine große Menge der Dorfbewohner versammelt hatte. Am Bierpilz holten sie sich je eine Flasche Pils und schauten sich um.

»Da drüben sind Malte, Lukas und Laura«, freute sich Jutta und zog Florian hinter sich her.

Ihr Bruder hob sein Bier in die Höhe: »Auf bessere Zeiten!«

Auch wenn sie sich dem Trinkspruch anschloss, hatte Jutta den Eindruck, dass ihr Bruder nicht so positiv eingestellt war, wie er sich gab. Sie nutzte eine Gelegenheit, bei der sich Laura und Lukas zu ihren Freunden gesellt hatten und Florian sich in ein Gespräch mit Holzer vertiefte.

»Du sorgst dich um Simone?«, sprach sie ihren Bruder direkt und ohne Umwege an.

Er schaute sie an, sein Gesicht drückte seinen Schmerz aus: »Ja. Wir haben Berichte aus Wetzlar und Gießen, Erste aus Frankfurt sind angekommen. In den Städten muss es schlimm sein. Den ganzen Tag kamen vereinzelt Flüchtende durch das Dorf und wir können vielen nicht helfen. Etwas Wasser, aber kaum Nahrung … und weißt du, da draußen ist Simone und sie ist eine der Personen, die Hilfe braucht.«

»Sie ist hart«, versuchte sie ihren Bruder zu beruhigen. »Sie hat Ideen. Die kämpft sich durch.«

»Ich würde deinen Optimismus gerne teilen. Lukas macht mir Vorwürfe, dass ich mich lieber um das Dorf als um Simone kümmern würde.«

»Aber was solltest du denn für sie machen?«

»Ich denke, das weiß Lukas auch, trotzdem ist das zwischen uns, und unser Verhältnis war vor dem Stromausfall angespannt.«

Jutta sah, dass Florian wieder zu ihr kam: »Lass uns gleich noch mal reden!«

Sie drückte ihren Bruder, der ihre Umarmung erwiderte und seufzend ausatmete.

Das Feuer brannte lichterloh und war vermutlich im ganzen Lahntal zwischen Gießen und Wetzlar zu erkennen. Jutta war über die tolle Stimmung erstaunt: Die Band schaffte es zwar nicht, gegen den gesamten Gesprächslärm anzukommen, aber in einem Bereich um die Bühne wurde ausgelassen getanzt.

Florian stellte sich hinter sie und umarmte sie. Jutta genoss die Umarmung. Dabei umfasste sie seine Arme und schmiegte ihren Kopf gegen seinen Oberarm, als ihr ein Lichtschimmer im Supermarkt auffiel.

»Wie kommt das Licht in den Markt?«, fragte sie.

»Licht im Supermarkt?« Florian drehte seinen Kopf so, dass er das Gebäude sehen konnte. »FEUER! Der Supermarkt brennt!«

Es dauerte eine Weile, bis der Ruf die Runde machte, die Musik brach ab, geschockt starrten fast alle auf den Supermarkt, dann fingen die Mitglieder der Feuerwehr an, aktiv zu werden.

»Jeder schnell nach Hause und Eimer besorgen!«, rief Dirk. »Die Feuerwehrleute mit mir, wir holen die Spritze und Schläuche. Ihr zwei geht ins Freibad und macht einen Weg für den die Schläuche frei, wir pumpen Wasser aus dem Schwimmbecken.«

Als die alte Feuerspritze in Position gebracht war, brannte das Gebäude lichterloh. Schnell bemerkten sie, dass das zusammen mit der Eimerkette nicht mehr war, als der berühmte Tropfen auf dem heißen Stein. Entsetzt und resigniert änderte die Feuerwehr ihre Aufgabe und hielt Helfer und Neugierige weit genug vom Brand weg. Der einstürzende Dachstuhl des Supermarktes markierte das

Ende, die Vorräte, die bisher nicht verteilt wurden, waren verloren. Trotz der extremen Hitze, die das Feuer ausstrahlte, fröstelte es Jutta.

SIMONE

»KARTENKONTROLLE!«

Simone schreckte auf und schaute sich um. Draußen war es dunkel.

Sie fragte sich, ob sie geträumt hatte, da fiel ihr eine massige Gestalt auf, die vorne im Bus stand: »FAHRKARTENKONTROLLE!«

Gleichzeitig klopfte er mit der Hand gegen die Decke des Busses, mittlerweile schienen alle Hannoveraner aufgewacht zu sein.

Die Gestalt war kaum zu erkennen, hatte die Figur eines Bodybuilders und eine Glatze, mehr konnte Simone nicht ausmachen: »Ihr befindet euch in unserem Bus, wer keine Fahrkarte hat, kann eine bei mir kaufen.«

»Ihr Bus?«, fragte einer der Geschäftsmänner verschlafen. »Wer sind Sie denn?«

Der Bodybuilder hatte einen Baseballschläger, mit dem er dem Fragenden einen Schlag verpasste. Der schrie und wechselte dann zu einem Wimmern.

»Wenn hier jemand Fragen stellt«, erhob der Schläger seine Stimme, »bin ich das. Oder einer meiner Kumpels.«

Erst jetzt fiel Simone auf, dass hinter ihr im Gang zwei muskulöse Typen waren, einer neben dem Rädelsführer und auf ihrer Seite des Busses stand eine nicht genau erkennbare Zahl an weiteren Männern.

»Hat das jeder verstanden?«, fragte der Bodybuilder.

Als keine Antwort kam, schlug er mit dem Baseballschläger gegen eine der Sitzlehnen des Geschäftsmannes, dessen Wimmern sofort lauter wurde.

Zögerlich kam »Ja!« aus verschiedenen Sitzreihen.

»Gut«, der Schläger schien zufrieden mit sich zu sein. »Darf ich Ihre Fahrkarten sehen?«

»Niemand von uns hat eine.« Fabians Stimme zitterte. »Wir wollten den Bus nur für die Nacht nutzen.«

»Keine Karten.« Der Bodybuilder tat überrascht. »Ich werde aber kein Unmensch sein. Damit wir das regeln können, steigt ihr jetzt alle aus und dann schauen wir, wie ihr bezahlen könnt.«

Er drehte sich schnell in Richtung des Verprügelten, der erneut aufjaulte, lachte herablassend und stieg aus dem Bus.

Nacheinander verließen die Hannoveraner das Fahrzeug. Der Bodybuilder und seine Handlanger nahmen Taschen und Rucksäcke entgegen, ließen sich Uhren und Schmuck aushändigen und tasteten jeden ab. Alle mussten sich dazu mit gespreizten Beinen und den Händen an den Bus stellen und während sie bei den Männern effizient und grob vorgingen, genossen sie die Prozedur bei den Frauen.

Der Rädelsführer untersuchte Simone und stellte sich so nah hinter sie, dass sie seine Erektion an ihrem Rücken spürte, während er mit seinen groben Händen ihre Beine, ihr Geschlecht, ihren Bauch und gründlich ihre Brüste begrapschte: »Das gefällt dir doch. Endlich mal von einem richtigen Mann angefasst zu werden!«

Sein Schweißgestank ließ es Simone eiskalt den Rücken herunterlaufen. Er ließ von ihr ab und schickte sie zu den anderen, die bewacht von ein paar Handlangern etwas abseits standen.

»Wer sind die?«, flüsterte Arne.

Helge schaute verstohlen zu ihren Bewachern und antwortete in einem unbeobachteten Moment: »Den Dialekt kann ich nicht einordnen. Ich bin mir sicher, dass Lüneburg ein Problem mit kurdischen oder libanesischen Familienclans hat. Das ist nicht so weit weg von hier. Vielleicht …«

Am Bus weigerte sich ein Hannoveraner, seine Armbanduhr abzugeben: »Die habe ich von meinem Großvater!«

»Und jetzt gehört sie mir«, schrie der Mann, der ihn untersucht hatte.

Der Anführer ging zur bewachten Gruppe, zog den vorher Verprügelten heraus und zerrte ihn neben den Mann, der seine Uhr nicht abgeben wollte: »Gib ihm die Uhr!«

Irritiert schaute er erst den Rädelsführer, dann den Geschäftsmann an, dessen Gesicht bereits geschwollen war.

Mit einem schnellen Schwung schlug der Bodybuilder seinem Opfer in den Rücken, der fiel auf die Knie und schrie in Schmerzen auf: »Gib ihm die Uhr!«

Wieder blickte der andere von seiner Uhr zu dem Mann auf den Boden und zum Anführer.

Niemand der Hannoveraner traute sich etwas zu sagen, viele hielten sich den Mund zu und starrten entsetzt auf die Szene.

Des Wartens überdrüssig holte der Rädelsführer mit dem Baseballschläger erneut aus.

»Halt, halt, hier, er kann die Uhr haben«, flehte der Mann.

»Zu spät«, sagte der Anführer kalt und ließ den Schläger auf den Kopf seines Opfers herunterschnellen. Man hörte ein Knacken und das Wimmern des Mannes erstarb, sein Körper fiel leblos auf den Boden. Damit nicht genug, prügelte der Bodybuilder weiter auf ihn ein.

Dann sah er dem anderen in die Augen: »Schau ihn genau an, du hast sein Blut an den Fingern und nur, weil du meinem Mann nicht seine Uhr geben wolltest!«

Er drehte sich zu der Gruppe um: »Ihr habt genug für die Benutzung unseres Busses bezahlt, wir bedanken uns für eure Großzügigkeit. Geht jetzt weiter.«

Unsicher blickten sich Simone und die anderen an. Aus den Gesichtern sprach Entsetzen, aber auch die Frage, was mit ihren Vorräten geschehen sollte.

Der Anführer bemerkte das Zögern: »Geht!, Euch gehört hier nichts mehr. Und macht schnell, bevor ich meine Meinung wechsle!«

»Kommt«, sagte Helge und ging los, die anderen folgten ihm, als Letzter der nun uhrenlose Mann.

ZWEITER AKT

TAG 4

JUTTA

R UHE!« Robert Kempf versuchte das Durcheinander auf der Versammlung in den Griff zu bekommen. Wegen des Brandes im Supermarkt und dem damit verbundenen Verlust vieler Vorräte, war sie auf den Vormittag vorgezogen worden. Hatte beim ersten Mal das Dorfgemeinschaftshaus gereicht, war schnell abzusehen, dass diesmal mehr Bürger anwesend waren, und sie verlagerten die Versammlung in die nahe gelegene Turnhalle.

Kempf und die anderen vier Mitglieder des provisorischen Dorfrates hatten sich auf eine der langen Bänke gestellt. Der Schock saß tief und Jutta hatte den Eindruck, dass durch gegenseitiges Misstrauen wenig von der positiven Stimmung der Sonnenwendfeier übrig war.

Zwei beherzte Pfiffe von Nadine, die Jutta fast in den Ohren schmerzten, führten zum Verstummen der Diskussionen.

Kempf sah erleichtert zu Nadine, nickte und fing an: »Danke Nadine! Ich würde gerne sagen, dass ich mich freue, euch alle zu sehen, die Gründe dafür sind leider nicht so positiv.

Bis gestern Nachmittag waren wir auf einem guten Weg: Dank der Feuerwehr und vielen Freiwilligen läuft die Wasserversorgung.

Andreas und ich waren bei einem Treffen von Gemeindevertretern aus den verschiedenen Ortsteilen. Wie ihr euch vorstellen könnt, haben alle ähnliche Probleme und vorerst wird jeder Ort für sich selbst verantwortlich sein. Durch den regelmäßigen Austausch werden wir Wissen und Erfahrungen teilen. Beim Thema Sicherheit streben wir eine enge Zusammenarbeit an.«

Der Begriff ›Sicherheit‹ löste Zwischenrufe und kleinere Diskussionen aus, Jutta hatte sich bereits die Ohren zugehalten, als Nadines Pfiffe ertönten.

Kempf setzte wieder an: »In Umbach haben wir ein Team, das sich um den Aufbau einer polizeiartigen Einheit einerseits und einer Miliz andererseits kümmert. Erstere soll sich um Streitigkeiten innerhalb des Dorfes kümmern, die Miliz ist zum Schutz des Ortes gedacht. Der Brand gestern Abend ist, denke ich, ein Beleg für die Notwendigkeit von beidem.«

»Meinst du das ehrlich?« Erbost meldete sich Ivonne Schuldacker. »Glaubst du, dass man das hätte verhindern können? Wir wissen nicht einmal, wie es zum Brand gekommen ist.«

Robert kratzte sich an der Schläfe: »Wir hätten den Supermarkt bewachen sollen. Das war nachlässig, dadurch haben wir wichtige Vorräte verloren: Mehl, Zucker, Konserven.

Freiwillige für Polizei und Miliz können sich nach der Versammlung melden. Wichtig ist, dass es keine ›Vollzeitstellen‹ sind, die Miliz wird nach Bedarf zusammengerufen. Geübt werden muss trotzdem und eine weitere Aufgabe wird es sein, den Ort zu befestigen.«

Er schaute über die Menschenmenge: »Damit komme ich zum wichtigsten Punkt dieser Versammlung: Bei den ersten sieht die Versorgungssituation schlecht aus. Ich appelliere an alle, mit Nachbarn und Freunden zu teilen. Wir wollen es vermeiden, Nahrungsmittel zu beschlagnahm …«

Die folgenden Worte gingen im erbosten Geschimpfe unter. Jutta bemerkte, dass sich das Verhalten unterschied. Einige wurden still, was die Vermutung zuließ, dass es dort wenige Vorräte gab. Andere hielten wohl wenig vom Gedanken zu teilen.

»Jahrelang ist meine Arbeit allen egal«, beschwerte sich einer der Landwirte. »Teilweise wurde ich beschimpft, wenn ich nachts mit dem Schlepper unterwegs war, und nun bin ich gut genug, die Früchte meiner Arbeit mit jedem zu teilen? Wer bezahlt mir das denn bitte?«

»Es geht um die Versorgung deiner Mitbürger«, versuchte Kempf auf ihn einzureden. »Ist dir überhaupt bewusst, dass viele bald nichts mehr zu Essen haben? Willst du die verhungern lassen?«

Er schaute den Bauern an, der hielt seinem Blick stand und die gesamte Versammlung wartete lange auf eine Reaktion.

»Ich lasse mir nicht einfach was wegnehmen«, entgegnete der Landwirt trotzig, »und ich finde, du dramatisierst!«

Pape kam Robert zur Hilfe: »Ich verspreche dir, dass wir eine Lösung finden werden.«

Papes Worte schienen etwas Ruhe gebracht zu haben und Kempf redete weiter: »Da wir nicht wissen, wie lange es dauert, bis die Versorgung wieder steht, werden wir versuchen, möglichst viel Fläche im Ort mit Obst und Gemüse zu bepflanzen. Heute Nachmittag wird es beim Gartenbauverein einen Termin geben, bei dem praktische Tipps gegeben werden. Je mehr da hingehen, desto besser! In Absprache mit dem Verein lautet unsere Empfehlung, Ziergärten in Nutzgärten umzugestalten und, falls verfügbar, größere Flächen für den Anbau von Kartoffeln und Kohl zu verwenden. Genaueres erfahrt ihr bei den Gartenbauern.«

Sie war so in Gedanken versunken, dass sie kaum mitbekam, wie Kempf weiter erklärte: »… Tipps zum Anpflanzen finden auf dem Hofgut statt, der bei der Ausstattung von Bodners Scheune zum Flüchtlingslager hilfreich ist. Frau Odrell, vielen Dank für Ihre Hilfe.«

Jutta warf einen Blick auf Frau Odrell, die umringt von weiteren Bewohnern des Hofes war. Ihre freundliche Ausstrahlung stand im krassen Gegensatz zu den ernsten und angestrengten Blicken einiger ihrer Begleiter.

War das Thema ›Sicherheit‹ schon ein Reizwort, tobte nun ein weiterer Entrüstungssturm durch die Versammlung: »Wir haben kaum genug für uns, warum sollten wir uns um irgendwelche Schmarotzer kümmern? Die sollen sich selbst helfen.«

»Umbach zuerst! Wir können etwas geben, wenn wieder genug da ist.«

Nadine verschaffte sich mit einem lauten Pfiff Gehör: »Schaut euch bitte um! Nicht jeder hat das Glück, dass seine Familie beim Stromausfall hier in der Gegend war. Manche sind zurückgekehrt, andere befinden sich irgendwo in Deutschland oder noch weiter weg! Ich glaube, jeder von uns wäre froh, wenn unseren Freunden und Familien, dort wo sie sind, geholfen wird. Es ist keine Vollversorgung geplant, sondern nur ein Lager, in dem Vorbeiziehende etwas Wasser und Schutz bekommen sollen.«

Viele schauten betreten auf den Boden, andere verschränkten trotzig die Arme: »Das zieht nur Gesindel an.«

»Es werden mehr kommen, das spricht sich rum.«

Nadine war sichtlich verärgert: »Das zu unseren ›Werten‹, aber bitte. Wir im Rat sind ohne Gegenstimme dafür, Hilfe anzubieten. Ich bitte um Handzeichen, wer dafür ist!«

»Nadine, nicht!« Jutta sah, wie ihr Bruder versuchte, ihre Freundin zurückzuhalten. Als deutlich wurde, dass sich eine überwältigende Mehrheit meldete, konnte sie ein erleichtertes Lächeln auf seinem Gesicht erkennen.

»Wunderbar.« Nadine genoss sichtlich, dass sie den Rückhalt der Versammlung hatte. »Bitte Meldungen, wer gegen Hilfe ist!«

Zögerlich meldeten sich einige, Jutta schätzte, dass es nur jeder Zehnte war.

»Enthaltungen«, Nadine zählte zwar nicht mit, schien sichergehen zu wollen, nichts auszulassen. Es waren die Freyristen, die sich neben vereinzelten anderen enthielten.

»Ich danke euch.« Nadine nickte Kempf zu.

»Zwei Sachen habe ich noch«, sagte Kempf, »ich bin mir sicher, dass wir Pilz- und Kräuterkundige im Ort haben. Es würde mich freuen, wenn diese ihr Wissen mit allen teilen. Direkt nach der Versammlung treffen sich einige der Landfrauen im Backhaus, es wird gemeinsam Brot gebacken und Tipps für die Zubereitung des Teigs gegeben. Das Brot ist für alle, Andreas Pape hat eine Liste vorbereitet, in die ihr euch beim Abholen eintragt.«

Er wartete ein wenig, bevor er fortfuhr: »Die nächste Versammlung ist in einer Woche, selbe Zeit, selber Ort. Sollte es notwendig sein, werde ich es über Aushang und Ausruf bekannt geben. Danke für euer Kommen.«

Jutta ging nach draußen und bemerkte Pinn, der einer Gruppe, die um ihn stand, von den letzten Tagen berichtete: »… komplizierter ist, dass jeden Tag fremde Menschen auf dem Hof auftauchen. Am Tag nach dem Stromausfall kamen die Ersten aus Wetzlar, ab dem Zweiten welche aus Gießen. Alle haben um Lebensmittel gebettelt und am Anfang haben wir gerne gegeben, das wurde zu viel. Manche haben Geschichten erzählt, die hätte dir vor einer Woche niemand geglaubt. Du kennst das Seniorenheim direkt bei der Lahn? Davor sollen verwirrte Bewohner herumlaufen, da hat sich wohl das ganze Personal aus dem Staub gemacht. Die Lebensmittelgeschäfte sind alle leer gekauft oder geplündert. Nachts traut sich keiner mehr auf die Straße, in beiden Städten haben Gangs das Sagen und es gibt keine Polizei, die ihnen Einhalt gebietet.«

Jutta grübelte: »Mir machen die Gangs Angst, wenn die in der Stadt nichts mehr finden, werden die auf die Dörfer ausweichen. Es ist nur eine Frage der Zeit.«

»Zumindest haben wir den Vorteil, nicht in direkter Nachbarschaft mit Wetzlar oder Gießen zu sein«, sagte Pinn. »Die Lage meines Hofes ist ein echtes Problem, ich habe keine Ahnung, wie man den schützen soll.«

»Das wäre ein Thema für die Miliz«, schlug Jutta vor. »Zusätzlich kann man überlegen, ob man die Kühe verteilen könnte.«

»Das sind so viele, die bringt man nicht mal eben irgendwo unter.« Joseph Pinn war offensichtlich nicht von der Idee angetan.

»Du solltest mit Holzer und Kempf sprechen«, meinte Jutta, »das liegt im Interesse aller.«

Der Rat traf sich direkt nach der Versammlung bei Kempf. Alle hatten in der Nacht wenig geschlafen und die Aufarbeitung des Brandes stand aus.

»Wird Dirk feststellen können, ob es Brandstiftung war?«, fragte Holzer.

»Was soll es denn sonst sein?« Pape war etwas ungehalten. »Funkenflug vom Sonnenwendfeuer? Zu weit weg. Elektrischer Defekt? Ohne Strom? Jemand hat Feuer gelegt und wir müssen herausfinden, wer das war!«

»Ruhig Blut«, schritt Kempf ein. »Brandstiftung erscheint mir sehr wahrscheinlich und es wäre für den Frieden gut, wenn das schnellstmöglich aufgeklärt werden könnte. Unser Hauptaugenmerk sollte auf der Verpflegung des Ortes liegen. Woher bekommen wir Ersatz für die verlorenen Lebensmittel? Wie kommen wir schnell an Mehl?«

»Da könnten die Landwirte helfen«, meldete sich Nadine. »Neben dem Korn, das auf dem Feld ist, haben wir einiges in den Silos und Lagern liegen.«

Malte war verwundert: »Verkauft ihr das nicht alles direkt nach der Ernte?«

Nadine antwortete: »Nein. Einmal ist das Geschäft mit Getreide nervig: Die Preise schwanken extrem, da lohnt es sich oft, es zu lagern und bei besseren Bedingungen zu verkaufen. Daneben gibt es Getreidesorten, die vornehmlich als Futter verwendet werden. Da könnten die toten Vögel vom Grosslitz ein kleiner Glücksfall für uns sein, der hat mit Mais und Weizen gefüttert.«

»Wie lange werden denn die Getreidevorräte reichen?« Kempf war seit dem ersten Treffen eifrig dabei, die Sitzungen zu protokollieren. »Und wie können wir ohne Mühle das Getreide mahlen?«

»Robert«, grinste Nadine, »die letzte Frage wundert mich. Wir werden die alte Wassermühle wieder in Betrieb nehmen. Einige dürften noch Handmühlen haben.«

»Wie viel braucht denn ein Mensch pro Tag?«, fragte Holzer.

Nadine überlegte: »Es gibt keinen einfachen Weg, das zu berechnen und hängt davon ab, was sonst auf den Tisch kommt. Speziell mit Kartoffeln haben wir einen guten Energielieferanten und ich glaube, da gibt es Untersuchungen, bei denen man mit knappen 300 Quadratmetern eine Person ernähren kann. Die Lehre, die hinter dem Hofgut steht, behauptet, man benötigt einen Hektar pro Familie, inklusive Waldflächen.«

»Das beantwortet meine Frage nicht«, brummte Holzer.

»Nein Carl«, reagierte Nadine gereizt, »aber eine bessere Antwort habe ich im Moment nicht. Ich kann dir erzählen, dass man bei einem erwachsenen Menschen von einem Energiebedarf von circa 2700 Kalorien ausgeht, der bei uns, dank Zucker und Fett, häufig weit überschritten wurde. Auch die gegessenen Mengen lagen bisher weit über dem Nötigen. Um dir das andere Extrem vorzuführen: Im Hungerwinter 1946 und 1947 haben die Menschen in den Städten nicht einmal 800 Kalorien pro Tag zur Verfügung gehabt. Wenn du dir im Fastfoodrestaurant einen großen Burger mit Pommes reinstopfst, hast du bereits mehr Kalorien zu dir genommen.«

»Beruhige dich Mädel!«, ermahnte Holzer sie. »Es gibt keinen Grund patzig zu sein!«

»Ich bin nicht dein Mädel!«, platzte es aus Nadine heraus.

»Ist mir klar.« Holzer ließ nicht locker. »Ich bin ohnehin nicht dein Typ, du stehst eher auf Dos …«

»Carl, es ist gut!« Kempf hob selten die Stimme an. »Ich finde, Du solltest Dich bei ihr entschuldigen!«

Malte entging der Blickwechsel zwischen Pape und Holzer nicht. Der drehte sich zu Nadine und nuschelte: »Entschuldigung, die Nerven gingen mit mir durch.«

Erwartungsvoll schaute Kempf Nadine an, die widerwillig nickte.

»Wenn ich das richtig verstehe«, versuchte Malte die Diskussion wieder zum eigentlichen Thema zurückzubekommen, »haben wir genügend Ressourcen für die nächsten Wochen. Es geht nur darum, die Verarbeitung und Verteilung zum Laufen zu bringen?«

»Es könnte schlechter aussehen.« Nadine wirkte wieder entspannt.

Falls sie noch Groll hegte, sah Malte ihr diesen nicht an. Würde ihr Vater von dem kurzen Wortgefecht Wind bekommen, würde er Holzer gehörig den Kopf waschen.

»Wir werden um Lebensmittelmarken nicht herumkommen.« Pape formulierte das so, dass man nicht wusste, ob es Frage oder Feststellung war, »Ich werde Salzmann ansprechen, ob der eine alte Druckpresse hat und uns etwas setzen kann.«

»Das muss fälschungssicher sein«, gab Holzer zu bedenken.

»Aktuell können wir davon ausgehen, dass niemand in einen Copyshop läuft.« Nadine ließ sich eine kleine Spitze gegen Holzer nicht nehmen.

»Und wie verteilen wir die Nahrungsmittel?«, fragte Holzer, »Jeder das Gleiche kann nicht sein, jemand der hart arbeitet, muss mehr bekommen, Kinder und Frauen brauchen weniger und wer gar nichts macht, braucht nicht so viel.«

»Das war bei anderen Rationierungen ähnlich«, pflichtete Kempf bei, »Schwerarbeiter haben eine höhere Ration erhalten. Ich würde vorschlagen, dass Nadine und Andreas was ausarbeiten, das diskutieren wir dann beim nächsten Mal.«

»Wir haben keine Ahnung, was wir im Bestand haben«, reagierte Andreas Pape, »wie sollen wir denn da rationieren?«

»Sei ein wenig kreativ, Andreas.« Der Lehrer in Kempf blitzte kurz durch. »Erfasst, was da ist, holt euch Hilfe dazu, wir haben genügend Menschen im Ort, die helfen können.«

»Apropos Rationierung«, meldete sich Holzer, »mein Vorrat an Zigaretten neigt sich dem Ende zu. Der Brand im Supermarkt hat den Vorrat dort vernichtet, da bleiben nur die paar Automaten im Dorf. Die sollten wir sichern und verteilen.«

Da er der einzige Raucher in der Runde war, hatte bisher keiner der anderen an dieses Thema gedacht.

Malte sagte: »Die sollten gerecht an alle verteilt werden und wer nicht raucht, kann seine eintauschen.«

Holzers Blick sprach Bände und innerlich jubelte Malte. Der strafende Blick von Kempf nahm ihm etwas von der Freude.

»Da spricht nichts dagegen«, stärkte Kempf ihm unerwartet den Rücken.

»Das ist Unfug«, regte sich Holzer auf, »wer nicht raucht, benötigt keine Zigaretten!«

»Es ist ein Genussmittel, das niemand zum Leben braucht.« Kempf hob die Stimme. »Wenn wir andere Vorräte gerecht teilen, dann auch das.«

»Die Medikamente auch? Ich bekomme einen Insulinvorrat und kann den eintauschen?«, giftete Holzer.

»Hör dir mal selbst zu«, maßregelte Kempf ihn. »Willst du allen Ernstes die Notwendigkeit von Insulin mit der Abhängigkeit von Zigaretten vergleichen?

Vor allem glaube ich, dass das, was in den Automaten ist, nicht lange halten wird. Ihr werdet euch nach Alternativen umsehen müssen. Wenn früher der Tabak knapp wurde, haben die Leute Eichenblätter geraucht.«

Holzer winkte ab und verschränkte die Arme vor seiner Brust: »Wenn ihr meint.«

»Da wir bei Genussmitteln sind«, sagte Malte, »was ist mit Alkohol?«

»Hört ihr euch überhaupt selbst zu«, regte sich diesmal Nadine auf, »vier Tage Krise und ihr macht euch Gedanken um Nikotin und Alkohol?«

»Das mag sich unwichtig anhören«, erklärte Kempf, »beides hat seine Relevanz. Ich weiß von mindestens zweien, denen ich unterstellen würde, funktionale Alkoholiker zu sein. Bei manchen, wie Grosslitz, ist es offensichtlich. Wenn die plötzlich auf Entzug sind, könnten die ein Risiko bedeuten.«

»Früher wurde in Deutschland Tabak angebaut, es gab viele kleine Brauereien und nicht wenige haben Schnaps selbst gebrannt«, sagte Malte. »Ich bin sicher wir haben einige Hobbybierbrauer im Ort, Apfelwein hat hier ohnehin Tradition, da werden sich Wege finden lassen.«

Malte wartete auf ein Nicken von allen und fuhr fort: »Mein Besuch bei den Freyristen verlief positiv. Ich befürchte, dass wir die Hilfe teuer bezahlen werden.«

»Sei nicht so pessimistisch«, mahnte Holzer, »die sind kooperationswillig und helfen ihrem Volk.«

»Nicht alle im Ort sind vom ›Volk‹ und nicht jeder lebt ein Leben, wie sich deren Gemeinschaft das vorstellt«, sagte Malte. »Wie reagieren wir, wenn andere Anhänger in das Dorf kommen?«

»Bisher ist das nicht passiert«, sagte Kempf, »und da das Hofgut aktuell die Ressourcen mit uns teilt, ist das erst mal kein Thema.«

»Gibt es denn Neuigkeiten aus Wetzlar und Niedergirmes?«, fragte Nadine.

»Es ist schwer, zwischen Gerüchten und Informationen zu unterscheiden«, erklärte Andreas Pape. »Voneinander unabhängige Quellen bestätigten den Bericht von Laura. Eine große Gruppe Neonazis oder Reichsbürger hat das Viertel um den Supermarkt überfallen. Von den jungen, türkischstämmigen Männern, die sich an die Verfolgung gemacht hatten, fehlt jede Spur. Wie das alles so schnell passieren konnte, trotz fehlender Kommunikationsmöglichkeiten, ist ein Rätsel. Vermutlich wurde so etwas für den Krisenfall geplant und konsequent umgesetzt.«

»Das klingt echt wie im Mittelalter«, schlussfolgerte Holzer. »Wenn nicht schnell für Sicherheit gesorgt wird, wird es schwer, den Staat wieder aufzubauen.

Ich hätte noch ein Thema: Wir müssten uns überlegen, was mit dem Müll passiert, der in den Tonnen ist. Das ›Positive‹ ist, dass wenig neuer dazu kommt. Das, was aktuell vorhanden ist, stinkt zum Himmel und lockt Ratten und anderes Getier an.«

»Das bereichert die Speisekarte«, witzelte Nadine und alle schauten sie angeekelt an.

Sie grinste zurück: »Es gibt Länder, da werden Nager gegessen, so wie bei uns Schwein und Rind!«

»Hat jemand eine Idee, was wir mit dem Restmüll anstellen?«, fragte Kempf. »Irgendeine Stelle, bei der man den Müll schnell vergräbt und dass er uns nicht mehr in der Nase liegt?«

»Und wo er nicht das Wasser belastet«, ergänzte Holzer.

»Beim Autobahnrastplatz gibt es eine kleine Senke«, schlug Malte vor. »Wir müssten nur schauen, den Müll dahin zu bekommen.«

»Dafür nehmen wir ein paar Kutschen«, zeigte sich Nadine zuversichtlich. »Zumal das weniger werden dürfte. Und das ist mein Stichwort. Ich muss los, um beim Wasserverteilen zu helfen.«

»Ich wollte noch über die Kanalisation sprechen«, sagte Kempf.

»Das heben wir uns für das nächste Mal auf.«

Alle stimmten zu und verließen den Hof. Malte begleitete Nadine: »Ich bin die Kommentare wie die von Holzer so satt, man kann gar nicht so viel fressen, wie ich gerne kotzen würde!«

Malte fiel es schwer, ein Grinsen zu unterdrücken. »Lass dich nicht von ihm ärgern. Ich glaube, er will nur provozieren.«

»Wo sind wir denn hier? Unter Pubertierenden? Es sind so viele Probleme zu lösen, da braucht es so was nicht. Und ich kämpfe diesen Kampf schon so lang. Und du weißt, dass die vom Hofgut heftiger sind als Holzer.«

»Ich gebe es ungern zu, die sind aktuell handzahm, traue denen aber nicht.«

»Wie bewältigen deine Kids die Situation? Wie geht es dir? Das mit Simone muss dich doch zerfressen?«

»Was Simone betrifft, so macht mir Lukas Vorwürfe, ich würde mich um das Dorf und nicht um meine Frau kümmern. Das tut mir zwar weh, ich kann ihn aber verstehen. Laura ist mir eine große Hilfe, sie fängt ihn ein wenig auf. Beide sind aktiv am Helfen, Laura im Kindergarten, Lukas bei der Feuerwehr. Ich bin stolz auf die zwei!«

»Zurecht!«, bestätigte Nadine.

»Laura wird unruhiger, sie hat seit dem Stromausfall nichts von Gordon gehört.«

An einer Kreuzung trennten sich ihre Wege.

»Du machst das schon und denk daran, dass Simone eine starke Frau ist!«

Daheim freute er sich zunächst, dass beide Kinder da waren. Auf der Tafel waren die Einträge der zwei, ›Versammlung‹, durchgestrichen, bisher hatte sich dieses System bewährt und er folgte dem Beispiel für seinen eigenen Eintrag.

Seine Freude wurde schlagartig unterbrochen, als Laura ihm entgegenkam: »Das geht so nicht, ich werde langsam verrückt! Du musst etwas tun!«

Malte war mit den Vorwürfen überfordert und schaute seine Tochter fragend an.

»Mann, Papa!« Sie fuchtelte mit ihrem Smartphone vor seinem Gesicht. »Ich weiß nicht, wie es meinen Freundinnen geht und von Gordon habe ich bisher nichts gehört!«

Die tatsächliche räumliche Distanz war bei der Kommunikation unwichtig geworden. Bis zum Stromausfall. Erst jetzt wurde Malte bewusst, wie sehr sich das Kommunikationsverhalten der nächsten Generation verschoben hatte. Dabei hatte er das oft genug beobachten können. Seine Tochter sah ihn erwartungsvoll an und hielt ihm das Smartphone vor die Nase.

»Laura, was soll ich denn bitte tun? Ich kann dir auch nicht …«

»Tu etwas!«, unterbrach sie ihn, »es muss irgendeinen Weg geben.«

Tränen liefen ihr über das Gesicht, sie ließ erst die Arme hängen, ihr Handy fiel auf den Boden. Malte nahm sie in den Arm, drückte ihren Kopf an seine Schulter und strich ihr sanft durch das Haar. Er konnte sich nicht daran erinnern, wann er sie das letzte Mal so getröstet hatte.

»Ich will Mama! Ich will Gordon! Ich will meine Freundinnen!«, wimmerte sie und schluchzte.

»Mama ist eine starke Frau und wird zurückkommen«, versuchte er Laura aufzubauen. »Es wird halt nur ein paar Tage dauern.«

Er löste sich von seiner Tochter, hob das Handy auf und führte sie an den Tisch im Wohnzimmer: »Nimm bitte Platz.«

Aus dem Regal holte er einen Straßenatlas, den er schon hatte, seit er sein erstes Auto gekauft hatte. Er schlug ihn so auf, dass sie eine Übersichtskarte der Autobahnen in Deutschland sehen konnten: »Siehst du, Mama war hier, als der Strom ausfiel.«

Er deutet mit der Spitze eines Kugelschreibers auf Hamburg: »Wir sind hier« und umkreiste dabei die Region zwischen Gießen und Wetzlar, »dazwischen liegen 450 Kilometer.«

»Wie lange wird das dauern?« Mittlerweile hatte sie sich beruhigt und nahm aus dem Taschentuchspender auf dem Tisch ein Papiertaschentuch.

Wieder etwas, dass wir bald nicht mehr haben, ging es Malte durch den Kopf.

»Das kann ich dir leider nicht genau sagen«, gestand Malte. »Wenn sie dreißig Kilometer am Tag schaffen würde, könnte sie in zwei Wochen zurück sein. Ich gehe davon aus, dass sie weniger schaffen wird, sie wird sich zwischendurch um Essen und Trinken kümmern müssen.«

»Sie ist doch alleine«, sorgte sich Laura.

»Sie ist mit Arne hochgeflogen. Der lebt in Frankfurt, damit sind sie mindestens zu zweit«, versuchte er seine Tochter und sich selbst zu beruhigen, »Es wird noch mehr geben, die einen ähnlichen Weg haben. Die sind bestimmt in einer Gruppe unterwegs.«

Lukas war die Treppen heruntergekommen und hatte Maltes Erklärung mitbekommen: »Wir müssen mindestens zwei Wochen auf sie warten?«

»Ja«, sagte Malte, »vermutlich sogar länger.«

Da von seinem Sohn keine Reaktion kam, versuchte er Zugang zu ihm zu bekommen: »Dirk hat erzählt, wie aktiv du bei der Feuerwehr bist! Ich bin stolz auf dich.«

»Ach«, Lukas schien sich nicht über das Lob zu freuen, »das ist dir aufgefallen? Florian hat nicht so lange gebraucht.«

Malte spürte einen Stich, er kannte die Begeisterung seines Sohnes für seinen Schwager, es war etwas anderes, sie so direkt vorgeworfen zu bekommen.

Unbewusst oder bewusst rettete Laura die Situation: »Wann kommt denn Hilfe von außen?«

Malte holte tief Luft: »Ich weiß es nicht. Vielleicht nie, weil es vielleicht kein ›außen‹ gibt. Bis jetzt kenne ich niemanden, der eine vernünftige Erklärung für den Stromausfall hat.«

Seine Kinder schauten sich an und hatten ähnliche Ideen:

»Das war die CIA!«, fing Lukas an.

»Außerirdische«, setzte Laura nach.

»Ein unbekanntes, astronomisches oder physikalisches Phänomen?«, wollte sich Malte beteiligen.

Seine Kinder schauten sich gegenseitig an, danach ihn und fingen an zu lachen.

Laura attestierte: »Papa, du hast gewonnen. Du hast eindeutig die langweiligste Begründung gefunden.«

Nach einem kurzen Moment wurden sie wieder ernsthafter.

Sie stellte die nächste Frage: »Wenn es kein ›draußen‹ gibt, gibt es dann auch kein Ende und es wird immer so bleiben? Dann leben wir wie vor 150 Jahren? Müssen wir unsere Gesellschaft und die Technik neu aufbauen? Mit Dampfmaschinen und anderen Konzepten? So ein wenig ›Steampunk‹?«

TAG 5

SIMONE

Nach dem Überfall lief die Gruppe wortlos Stunden durch die dunkle Nacht. Irgendwann hatte Arne sich umgedreht und den Lichtschein am Horizont kommentiert: »Der Morgen dämmert schon.«

Die Gruppe erlaubte sich die erste Rast und es war Helge, der Arne korrigierte: »Das ist Norden, die Dämmerung erkennst du dort drüben. Ganz schwach.«

Er deutete nach Osten und dann wieder zum Schimmern: »Was wir dort sehen, wird das brennende Hamburg sein.«

Alle starrten schockiert in die Richtung.

Simone wunderte sich: »Wie viel brennt da, dass wir das bis hier sehen können?«

Helge überlegte kurz: »Vermutlich stehen ganze Viertel in Flammen.«

Fabian stand mit offenem Mund da: »Was ist mit den Menschen in der Stadt?«

Arne verkniff sich eine Spitze nicht: »Die erhalten eine Strafe Gottes!«

Fabian ignorierte den Vorwurf.

Simone bedachte ihren Kollegen mit einem bösen Blick. »Was? Darf ich nicht meine Meinung zum Religionsscheiß sagen?«

»Die Meinungsfreiheit beinhaltet die Möglichkeit, einfach mal die Fresse zu halten«, sagte Simone gereizt.

Arne wirkte erst etwas betroffen, grinste kurz darauf: »Du verlierst selten die Selbstkontrolle!«

Sie hatte ihn angeschaut und dann Richtung Fabian genickt und Arne war klar, was sie erwartete: »Okay, ich werde mich entschuldigen.«

»Es war nicht meine Schuld«, wimmerte der ›Uhrenlose‹, »es war ein Familienerbstück und wieso bringt jemand einen Menschen wegen einer Uhr …«

Der Rest des Satzes war in einem Heulen und Jammern untergegangen und Simone war bewusst, dass er im Grunde recht hatte. Trotzdem saß der Schock tief. Aller Vorräte und Wertsachen beraubt, brachen sie bald wieder auf.

»Wir müssen ins kalte Wasser springen und in einem der Orte um Hilfe bitten«, hatte Helge festgestellt. »Wir brauchen dringend Trinkwasser und etwas zu essen.«

Da es keinen Widerspruch gab, verließen sie gemeinsam die Autobahn und bewegten sich auf ein kleines Dorf zu.

Am Ortseingang wurden sie von einer mit Gewehren bewaffneten Gruppe empfangen: »Was wollt ihr hier?«

Fabian hatte die Führung wieder übernommen: »Wir sind überfallen worden. Man hat unsere Vorräte gestohlen und ein Mann der Gruppe wurde von der Gang erschlagen. Wir brauchen Hilfe, zumindest etwas Wasser!«

Nach einer Pause hatte er ein »Bitte« hinzugefügt.

Die Bewacher des Ortes berieten sich kurz: »Wer hat euch überfallen?«

»Genau wissen wir das nicht«, hatte Helge erklärt, »vermutlich jemand von den Familienclans aus Lüneburg.«

Wieder berieten sich die Bewacher: »Wartet da drüben! Wir werden euch etwas Wasser bringen.«

So dankbar die Hannoveraner für das Wasser waren, so enttäuscht waren sie, als die Bewacher sie zum Weitergehen aufforderten. Übermüdet und hungrig liefen sie lange bis zu einer Brücke und schlugen dort ein Lager auf. Erschöpft glitten die meisten sofort in einen tiefen Schlaf, Helge und Arne übernahmen die erste Wache.

Als Simone aufwachte, war es wieder dunkel und sie hatte jedes Zeitgefühl verloren.

»Ich denke, es wird zwei oder drei Uhr sein«, erklärte Fabian, der ihr Aufwecken bemerkt hatte.

»Dann hätte ich mindestens den halben Tag geschlafen«, sagte Simone.

»Vermutlich länger, etwas mehr wäre nicht verkehrt«, empfahl Fabian.

»Und du?«

»Ich halte Wache, auch wenn ich nicht wüsste, was ich gegen einen erneuten Überfall tun könnte.«

»Du machst dir Vorwürfe?«

»Ich habe die Menschen hierher geführt.«

»Ohne dich wären einige davon noch in Hamburg, dort würde es ihnen nicht besser gehen.«

»Dem einen schon, ich erinnere mich nicht einmal an seinen Namen.«

»Dieser Schläger hat ihn umgebracht, nicht du.«

»Wir müssen uns besser schützen!«

»Hast du eine Idee wie?«

»Bewaffnen. Oder wir suchen uns Schutz«, schlug Fabian vor.

Sie war etwas erstaunt: »Waffen?«

»Simone«, er schaute sie eindringlich an. »Auch wenn ich Optimist bin und an das Gute im Menschen glaube, ist mir klar, dass wir auf dem Weg vor uns einige Gefahren haben.«

»Du hast recht«, sagte sie. »Ich hätte dich eher für einen Pazifisten gehalten. Davon abgesehen wird uns niemand Waffen geben.«

»Dreißig Kilometer bis Soltau. Dort kenne ich jemanden aus der Freien Gemeinde und mit dessen Hilfe wird sich etwas organisieren lassen«, erklärte er. »Dies ist ein Gebiet, in dem die Schützenfeste eine große Tradition sind!«

»Dreißig Kilometer.« Simone überlegte. »Es ist unvorstellbar, dass das auf einmal so viel ist. Meinst du, wir schaffen das morgen?«

»Heute«, verbesserte sie Fabian. »Es ist nach Mitternacht. Und nein, so schnell sind wir nicht. Trinkwasser suchen und etwas zu essen wäre großartig. Vielleicht findet sich ein Landwirt, bei dem wir uns was erarbeiten können.«

»Wann wollen wir weiter?«, fragte Simone.

»Sobald es hell wird«, schlug Fabian vor. »Und ab jetzt in jedem Ort unser Glück versuchen.«

Wenig später bewegte sich die Gruppe auf der Autobahn in Richtung Süden. Bei jedem Dorf in Sicht verließ man die Schnellstraße und versuchte Arbeit gegen Verpflegung und Unterkunft anzubieten. Der ausbleibende Erfolg demotivierte alle. Der ›Uhrenlose‹ hatte mittlerweile nicht nur das Sprechen, sondern auch das Wimmern aufgegeben. Stumm flüsterte er vor sich her und wenn sie eine Pause einlegten, wiegte er sich rhythmisch vor und zurück.

»Der ist fertig«, hörte Simone Helge zu Arne sagen.

Der stimmte zu: »Lange macht der nicht mehr mit.«

»Wir müssen ihm helfen«, versuchte Simone den beiden ins Gewissen zu reden.

»Wir kommen selbst kaum zurecht«, reagierte Arne, »wie sollen wir ihm da helfen?«

Als ob er bemerkt hatte, dass über ihn gesprochen wurde, stand der ›Uhrenlose‹ auf und eilte schnellen Schrittes los.

Simone folgte ihm und stellte sich ihm in den Weg: »Wo willst du hin? Wir müssen zusammenbleiben.«

Er blickte durch sie durch. Völlig unerwartet stieß er sie so zur Seite, dass sie hinfiel. Er selbst setzte seinen vorher eingeschlagenen Weg fort.

»Geht es noch«, rief Arne und fing an, ihn zu verfolgen.

»Lass ihn«, hielt Simone ihn zurück.

»Was ist aus ›wir müssen ihm helfen‹ geworden?«, giftete Arne sie an.

Sie nahm seine zum Aufstehen angebotene Hand an: »Ich glaube, ihr habt recht. Wir können ihn nicht zwingen, bei uns zu bleiben.«

Der ›Uhrenlose‹ überquerte ein Feld, einen Feldweg und verschwand in einen kleinen Wald.

»Das ist wie im Horrorfilm, wir werden immer weniger.« Fabian hatte die Szene entgeistert verfolgt.

»Vielleicht hat er alleine mehr Glück?« Helge wirkte nicht überzeugt.

»Ist euch aufgefallen«, sagte Fabian, »dass uns nur andere Gruppen entgegenkommen und niemand uns überholt?«

Simone schaute die Autobahn entlang und bestätigte: »Hinter uns ist keiner.«

»Meint ihr, der Clan hat die Straße gesperrt?«, wunderte sich Arne.

»Lasst uns die auf der anderen Seite warnen, damit die denen nicht in die Hände laufen.« Fabian bewegte sich zum Mittelstreifen und sprach direkt die Gruppe an, die an ihnen vorbeizog.

»Hallo! In ein paar Kilometern hat jemand die Straße gesperrt«, versuchte er es.

Müde und erschöpfte Gesichter schauten ihn an, wanderten jedoch wortlos weiter.

Simone stellte sich neben ihn und schüttelte den Kopf: »Immer gleich mit der Tür ins Haus?«

Sie überquerte den Mittelstreifen und ging zu einer Gruppe, die sich auf den Boden gesetzt hatte: »Hallo! Woher kommt ihr denn?«

Skeptisch wurde sie gemustert. Eine Frau, die Simone nicht unähnlich war, reagierte als Erste: »Hallo. Wir sind aus Celle und auf dem Weg nach Hamburg. Und ihr?«

Sie versuchte, an Fabian vorbei einen Blick auf den Rest der Gruppe zu werfen.

»Da sind wir vor drei Tagen losgelaufen«, erklärte Simone, »und unser Ziel ist Hannover.«

»Wie sah es denn in Hamburg aus?«

»Nicht gut, schon als wir weg sind, brannten einige Häuser, viele Lebensmittelläden waren leer gekauft. Andere, die später los sind, haben uns berichtet, dass geplündert wurde.«

»In Celle sah es ähnlich aus. Nachdem kein Wasser mehr aus den Leitungen kam, waren die Läden schnell leer. Die Polizei versuchte ein Viertel in der Innenstadt zu sichern und bekam Hilfe von Einwohnern.«

»Wir sind einige Kilometer nördlich überfallen worden.« Simone wartete auf die Reaktion, die blieb aus.

»Einer aus der Gruppe wurde umgebracht. Man hat uns alle Vorräte und Wertsachen weggenommen«, erklärte sie weiter.

Der erwarte Schock blieb aus: »Wir müssen nach Norden und auf einem anderen Weg kann uns dort das Gleiche passieren.«

Das hatte Simone nicht bedacht: »Ist euch auf dem Weg hierher nichts passiert?«

»Nein. Wir sind bisher mehr Landstraße gelaufen und oft durch Orte durch. In vielen wurde uns geholfen, das wurde mit jedem Tag weniger.«

Sie kehrte zurück zu den Hannoveranern, die sich zum Weitergehen sammelten.

»Und?«, frage Fabian.

»Ich denke, die meisten sind sich der Gefahren bewusst«, antwortete Simone. »Und alle haben ihre Ziele. Dazu kommt, dass man nicht weiß, ob andere Wege sicherer sind.«

»Wie im Mittelalter«, vermutete Fabian. »Die Straßen waren damals auch nicht sicher.«

Der Tag verging und sie liefen wie Schlafwandler weiter. Beim Besuch eines Ortes hatten sie Glück und die Bewohner versorgten die Gruppe mit Wasser, etwas Obst und Brot. Eine Scheune nahe der Autobahn wirkte wie ein Magnet auf die verschiedenen Flüchtenden und sie entschlossen sich, dort ein Dach über dem Kopf für die folgende Nacht zu suchen.

Die Umgebung gab Hinweise, dass sie die letzten Tage intensiv genutzt wurde. Auf dem Weg dorthin war es besser, auf dem Feldweg zu bleiben, denn man lief Gefahr, in Fäkalien zu treten. Etwa dreißig andere Personen hatten sich in verschiedenen Ecken niedergelassen.

»Was würde ich für ein heißes Bad geben«, träumte Simone.

Die Anwesenden teilten ihre kargen Vorräte miteinander und berichteten gegenseitig von den eigenen Erlebnissen seit dem

Stromausfall, bis das Tageslicht nachließ und sich jeder einen Platz zum Schlafen suchte.

Simone war kurz vorm Einschlafen, als eine Gruppe mit Fackeln am Scheunentor erschien. Starr vor Angst beobachtete sie das Geschehen, die Erinnerung an zwei Nächte zuvor war sofort wieder da.

»Hallo«, meldete sich der Wortführer. »Wir bitten euch, weiterzuziehen.«

Simone atmete auf, zumindest schien es keine Wiederholung zu geben.

»Es ist nur für eine Nacht«, bat jemand.

»Wir wollen nur einen Schlafplatz haben«, bettelte ein anderer.

»Ich bitte euch, weiterzugehen«, der Wortführer bestand auf seine Forderung.

Simone versuchte, die Gruppe zu zählen. Die Flüchtlinge waren in der Mehrheit, aber es war fraglich, ob sie die Kraft für eine körperliche Auseinandersetzung hatten.

»Seien sie kein Unmensch.« Das war wieder der Erste, der sich vorhin gemeldet hatte. »Wir sind alle müde und wollen keinerlei Stress mach ...«

Ein Schuss hallte durch die Nacht, Simone merkte, wie sie zu zittern anfing. Sie sah, wie der Wortführer etwas ungehalten in die Richtung des Schützen schaute.

Er versuchte zu flüstern, sie hörte ihn trotzdem: »Das war nicht nötig.«

»Wart's ab, es hilft«, kam die Antwort.

»Bitte verlasst unsere Scheune, wir haben hier keinen Platz für euch«, forderte er es ein drittes Mal.

Diesmal bewegten sich die Ersten und verließen nacheinander das Gebäude. Davor standen die Dorfbewohner mit den Fackeln Spalier und als niemand mehr herauskam, gingen zwei zur Kontrolle hinein.

»Es könnte doch mal wieder aufwärtsgehen«, wünschte sich Helge.

»Was würde ich machen, wenn ständig neue Menschen in mein Dorf kämen?«, fragte Arne. »Vermutlich hätte ich das bald satt.«

»Wir werden jemanden finden, der hilfsbereit ist«, zeigte sich Fabian optimistisch, »und ich bin sicher, dass wir irgendwo für eine Übernachtung arbeiten können.«

»Je schneller wir solche finden, desto besser.« Arne wirkte um einiges pessimistischer.

»Hilfsbereitschaft wäre echt gut«, sagte Simone, »wir sind jetzt vier Tage unterwegs und ich habe nicht einmal ein Zehntel meines Weges geschafft.«

»Stell‹ dir vor, du wärst in Amerika gewesen.« Arne grinste sie an. »Oder in unserer Filiale in London!«

»Suchen wir uns eine Brücke«, holte Helge sie wieder in die Realität zurück.

»Das wird vermutlich das Einfachste sein«, vermutete Arne, »zumal ich weder auf Scheune noch auf einen Bus Lust habe.«

»Wir können froh sein, dass nicht Winter ist«, sagte Fabian, »und dass die Nächte nicht so kalt sind.«

Die nächste Brücke war schnell erreicht, dort schlugen sie ihr Lager auf.

»Arne und ich übernehmen die erste Wache«, bot Helge an. »Wen dürfen wir als Ablösung wecken?«

Schnell boten sich Freiwillige für die weiteren Wachen an. Simone legte sich hin, bettete ihren Kopf auf ihrem Arm und schaute auf die vom Mondlicht erhellten Felder. Während sie an ihr weiches Bett daheim dachte, glitt sie in einen tiefen Schlaf.

LUKAS

Lukas vermisste den Kontakt mit seinen Freunden. Er fragte sich, ob Sören gut nach Hause gekommen war. Er würde seinen Kumpel besuchen fahren, mit dem Fahrrad waren das alles keine Strecken. Nur musste er seinen Vater überzeugen, dass ihm nichts passieren würde. Dass sein alter Herr ihn wie einen Grundschüler behandelte, nervte ihn, er würde sich Hilfe von Florian holen. Der Mann seiner Tante war lockerer als sein Vater und verstand ihn besser. Dabei waren die beiden fast gleich alt.

Im Badezimmer sah er sich im Spiegel: Sein Haar war total verfettet, er musste es unbedingt mal wieder waschen, das kalte Wasser schreckte ihn jedoch ab.

»Laura!«, rief er laut, »kannst du bitte kurz herkommen.«

Tränenüberströmt kam sie aus ihrem Zimmer: »Was ist los?«

Auch er war es gewohnt, mit dem Handy ständigen Kontakt mit seinen Freunden zu haben. In der Summe verbrachte er vermutlich mehr Zeit an der Spielkonsole, dem PC, Tablet und Smartphone als seine Schwester. Der Verlust der Kommunikationsmöglichkeit schien ihr stärker zuzusetzen als ihm. Er hoffte, dass ihr Freund bald auftauchen würde, denn das würde ihre Laune verbessern.

»Deine Haare sehen nicht mehr so toll aus«, gab er sich wenig galant, »was hältst du davon, wenn wir uns beim Waschen helfen?«

Laura schaute in den Spiegel, hielt sich eine Strähne vor das Auge und nickte.

»Wir können etwas Wasser auf dem Grill kochen«, schlug Lukas vor, »und dann mit Kaltem mischen: Das sollte reichen, um das Shampoo herauszuspülen?«

Er stellte einen großen Topf Wasser auf den Grill und wartete, bis es kochte.

»Irgendwann wird uns das Gas ausgehen«, prophezeite Lukas. »Ob man irgendwo Nachschub bekommt?«

»Bei einem Baumarkt?«, vermutete Laura.

»Die werden schon geplündert sein«, sagte Lukas.

Das Wasser kochte und sie vermischten es mit kälterem in einem Eimer. Er rührte es mit einer Schöpfkelle um und steckte seine Hand hinein: »Perfekt, auf, hoch ins Bad.«

Dort angekommen, schäumten beide ihre Haare mit Shampoo ein und halfen sich gegenseitig, den Schaum wieder herauszuspülen.

Laura band sich die feuchten Haare in ein Handtuch, das sie turbanartig hochsteckte.

»Steht Gordon darauf?«, witzelte Lukas, aber er merkte sofort, dass er etwas Falsches gesagt hatte.

Laura schossen die Tränen ins Gesicht, sie verließ wortlos das Badezimmer, verschwand in ihrem Zimmer und schlug die Tür zu.

Er wartete ein wenig und klopfte an ihre Tür: »Entschuldigung. Ich wollte dir nicht wehtun.«

»Geh weg, lass mich in Ruhe«, bekam er zur Antwort und er folgte der Anweisung.

Er wusste, dass sie sich beruhigen würde und dafür etwas Zeit brauchte.

Mit dem Fahrrad fuhr er zur Feuerwehr, die bei der Wasserverteilung, mit zusätzlichen Freiwilligen gut eingespielt war. Am Brunnen wurden rund um die Uhr Wassertanks befüllt und solange das Wetter gut war, beschwerte sich niemand über die Aufgabe. Ein entsprechender Dienstplan hing am Schwarzen Brett.

Dirk schwang sich auf sein Fahrrad: »Hallo Lukas! Ich will bei Grosslitz vorbeifahren und nach den Resten vom Scheiterhaufen schauen. Kommst du mit?«

Lukas freute sich, das Vertrauen wiedergewonnen zu haben: »Klar. Ob das immer noch so stinkt?«

»Werden wir sehen«, antwortete Dirk, »oder riechen. Wir werden es riechen.«

Dirk sollte recht behalten, schon in einiger Entfernung vom Hof rochen sie die verbrannten Federn und das verkohlte Fleisch.

»Hätte man die nicht an Hunde, Katzen und Schweine verfüttern können?«, fragte Lukas.

»Das habe ich sogar Frau Liebenroth gefragt«, antwortete Dirk. »Sowohl Hunde als Katzen vertragen Aas, allerdings nur in geringen Mengen und so viele Hunde und Katzen haben wir nicht im Ort.«

»Wenn die Nahrungsmittel für die Menschen schon knapp sind«, wunderte sich Lukas, »was sollen dann die Haustiere fressen?«

Dirk wirkte nachdenklich: »Katzen werden sich selbst etwas jagen, zumindest wenn sie nicht zu sehr ›Hauskatze‹ sind. Hunde, die werden das fressen, was vom Tisch herunterfällt.«

»Irgendwann müssen sich die Menschen entscheiden, ob sie oder ihre Haustiere etwas zu essen haben.«, schlussfolgerte Lukas.

»Wenn es hart auf hart kommt, dann wird so was passieren. Die Grenze zwischen Haus- und Nutztier ist fließend und schon ohne Not zieht die jeder woanders. In einer Krise wird vermutlich vieles auf den Teller kommen, was man sonst nicht essen würde.«

Sie hatten den Hof erreicht und die verkohlten Überreste stanken vom Nahen wesentlich mehr.

Lukas hielt sich die Nase zu: »Wir hätten uns von diesem Zeug zum unter die Nase reiben mitnehmen sollen!«

Dirk nickte: »Hätten. Beim nächsten Mal denken wir daran.«

Auf dem Hof selbst war niemand zu sehen, die Tür des Bauernhauses lehnte nur an.

Lukas klopfte: »Herr Grosslitz? Hallo?«

Auch nach mehrmaligem Rufen reagierte niemand und Dirk trat kurz entschlossen in das Haus ein. Lukas folgte ihm und sie gingen von Raum zu Raum. In jedem Zimmer herrschte Unordnung, Kleidung war auf dem Boden verteilt, überall standen und lagen Wein-, Bier- und Schnapsflaschen.

»Wie kann man so leben?«, ekelte sich Dirk. »Seit ihn seine Frau verlassen hat, hat der hier nicht mehr sauber gemacht.«

Im Obergeschoss sah es nicht besser aus, Grosslitz fanden sie dort nicht.

»In der Scheune oder auf dem Feld?«, schlug Lukas vor.

»Ich möchte hier schnell heraus«, gab Dirk zu.

Sie verließen das Haus und überquerten den Hof. Die Halle, in der die Hühner gestorben waren, stand weit offen, dort war der Landwirt nicht zu finden.

Dirk öffnete das Tor der alten Scheune: »Was zum …«

Lukas drängte an Dirk vorbei, der halbherzig versuchte, ihn zurückzuhalten. An einem Balken hing der leblose Körper von Grosslitz an einem Seil, ein umgekippter Stuhl verriet, was passiert war. Zwei Krähen wurden durch die Eindringlinge aufgescheucht und sie sahen, dass sie begonnen hatten, von der Leiche zu fressen.

»Raus hier«, mit weit auseinandergerissenen Armen versuchte Dirk, die Vögel zu verjagen und Lukas tat es ihm gleich.

Es dauerte eine Weile, bis die Rabenvögel den Weg aus dem Tor herausgefunden hatten. Lukas kämpfte gegen das Übergeben und aus dem Augenwinkel bekam er mit, dass Dirks Magen rebellierte.

»Hol bitte die Plane von dort drüben«, bat Dirk, »ich versuche ihn loszumachen.«

»Sollten wir nicht warten?« Lukas zögerte.

»Auf wen?«

»Na auf die Polizei, vielleicht hat ihn jemand ermordet?«

Dirk zögerte, schaute nach dem toten Mann und dann zur Plane: »Wenn wir ihn hängen lassen, gehen die Krähen an ihn heran. Die Scheune hat überall Löcher in den Wänden. Und die Polizei, auf die brauchen wir nicht zu warten.«

Lukas war sich nicht sicher, folgte Dirks Bitte und brachte ihm die Plane. Dirk hatte den Stuhl aufgerichtet, sich daraufgestellt und durchtrennte mit einem Messer den Strick. Mit einem dumpfen Schlag fiel die Leiche auf den Boden.

»Entschuldigung«, sagte Dirk.

Gemeinsam breiteten sie die Plane aus, legten Grosslitz darauf und wickelten ihn darin ein.

»Begraben wir ihn?«, wollte Lukas wissen.

»Nein«, beruhigte ihn Dirk, »wir suchen einen Bollerwagen oder etwas Ähnliches und bringen ihn zum Friedhof.«

»Das ist schon ein wenig spooky!«, gestand Lukas.

»Ja, aber hier lassen möchte ich ihn nicht«, erklärte Dirk. »Er hat ein ordentliches Begräbnis verdient und wenn wir ihn liegen lassen, wer weiß, welche Tiere noch kommen. «

Sie durchsuchten die verschiedenen Unterstände und Hallen, bis sie eine große Schubkarre fanden.

»Für Heuballen?«, vermutete Dirk.

Gemeinsam legten sie den Leichnam darauf und Dirk fing an, ihn in Richtung Umbach zu schieben: »Nimmst du bitte die Fahrräder.«

Wortlos gingen sie den Weg bis zu den ersten Häusern, wo ihnen zufällig Florian entgegenkam: »Was habt ihr denn da?«

»Wen«, korrigierte ihn Dirk. »Grosslitz, er hat sich in seiner Scheune erhängt.«

Florian starrte kurz auf den in die Plane eingewickelten Körper: »Arme Sau! Kann ich euch helfen? Soll ich den Karren schieben? Wohin wollt ihr mit ihm?«

Dirk stellte den Schubkarren ab: »Wenn es dir nichts ausmacht, wir können uns den Weg zum Friedhof hoch abwechseln.«

Florian übernahm den Karren und Dirk schob sein eigenes Fahrrad.

»Soweit ich mitbekommen habe«, unterbrach Florian die kurze Stille, »ist das erst der zweite Todesfall in Umbach seit dem Stromausfall.«

»Von Weiteren weiß ich nichts«, bestätigte Dirk.

»Reicht das nicht schon?«, Lukas war etwas schockiert.

»Im Krankenhaus sind allein in den ersten Stunden nach dem Ausfall mehr Menschen gestorben.« Trotzdem Florian Raucher war, war er gut trainiert und das Gewicht zu schieben, schien ihm kaum etwas auszumachen.

»Du hast mir von dem Unfall vor dem Forum erzählt«, erinnerte Dirk Lukas an das selbst Erlebte.

»Ihr rechnet mit mehr Toten?« Bisher hatte Lukas alles eher als Abenteuer gesehen. Den Unfall in Wetzlar hatte er schon verdrängt.

Die beiden erwachsenen Männer schauten ihn an und Dirk reagierte: »Die allerersten Gefahren haben wir überstanden, die ganzen Unfälle, die wegen des Stromausfalls passiert sind. Solange es trocken ist, werden alle die Feuer, die sie zum Essenzubereiten brauchen, draußen machen. Sobald es kälter und nasser wird, werden manche ihren Grill drinnen aufstellen. Du kannst dir vorstellen, dass das zu Bränden oder Kohlenmonoxidvergiftungen führen kann.

Wenn wir es nicht schaffen, die Nahrungsmittelversorgung sicherzustellen, werden Menschen anfangen zu verhungern. Medikamentenmangel dürfte einige Leben kosten und Notfälle, die vor einer Woche fast Routineeingriffe waren, sind auf einmal riskant, zum Beispiel eine Blinddarmoperation.«

»Dann kommt es noch zu Streitigkeiten, die eskalieren«, setzte Florian die Liste fort, »oder Überfälle von irgendwelchen Gruppen.«

»Ihr könnt einem Mut machen!«, warf Lukas den beiden Männern vor.

»Wir tun alles, damit möglichst wenig passiert«, reagierte Dirk, »und ohne Risiko war das Leben vor dem Stromausfall auch nicht.«

»Ich habe gehört, dass du deinen Mann stehst«, lobte Florian Lukas.

Dirk schloss sich dem an: »Lukas ist extrem engagiert, manchmal muss ich ihn ausbremsen!«

Lukas war das Lob fast unangenehm, er hörte trotzdem weiter seinem Onkel zu: »Ihr macht hier alle einen tollen Job, ich hoffe, ihr bekommt das entsprechend gewürdigt.«

Die Trauerhalle war offen und obwohl der Kühlraum nicht mehr gekühlt wurde, war es drinnen deutlich kälter als draußen. Sie legten Grosslitz auf den Wagen, auf dem während der Trauerfeier auf Beerdigungen der Sarg stand.

»Will einer ein kurzes Gebet halten?«, fragte Dirk.

»Ich denke, ein Moment Stille ist angemessen«, reagierte Florian.

Sie warteten einen Augenblick mit verschränkten Händen und gesenkten Köpfen.

»Ich gehe zu Haarberg«, kündigte Dirk an, »der wird die Sterbeurkunde ausstellen und ich denke, dass die Beerdigung organisiert werden muss.«

»Das kann ich machen«, bot Florian an.

Dirk blickte von Florian zu Lukas: »Danke! Lukas, wir sehen uns morgen?«

»Klar«, antwortete Lukas.

Dirk setzte sich auf sein Fahrrad und fuhr fort, Lukas schob seines und lief gemeinsam mit dem Mann seiner Tante nach Hause.

»Papa nervt manchmal total! Ich soll dieses nicht machen, jenes nicht tun, um seine Erlaubnis betteln. Das geht mir echt auf den Keks.«

»Meinst du nicht, dein Vater macht sich nur Gedanken um dich?«

»Der macht sich Gedanken um alle anderen. Mama, Laura und ich stehen hinten an. Der kann sich nicht einmal den Namen meines besten Freundes merken!«

»Sören?«

»Siehst du, du kennst ihn und hast gemeinsam was mit uns unternommen! Vor allem nimmst du uns ernst, behandelst uns wie Erwachsene. Darauf kann ich bei meinem Vater ewig warten, bis ich selbst Großvater bin oder so. Und vermutlich wird er mir dann versuchen zu erklären, wie ich irgendetwas zu tun habe.«

»Erinnerst du dich, als wir mit Sören Cart gefahren sind?«

»Natürlich, das war ein total cooler Nachmittag, wir hatten die Bahn eine Stunde für uns und ich habe dich so was von abgeledert. Wie oft habe ich dich überrundet?«

»Oft genug und danach waren wir Burgeressen, Sören hatte fünf oder sechs Big Mac gegessen und hatte dann gefragt, wann es denn etwas zu essen gibt!«

»Das Big Mac Wettessen! Das war toll! Das ist zwei Jahre her, oder?

Ich würde gerne meine Freunde wiedersehen.«

»Glaube ich. Bestimmt wird sich bald eine Möglichkeit ergeben.«

Lukas schüttelte den Kopf: »Selbst wenn. Papa wird es mir nicht erlauben.«

»Ich kann bei deinem Vater ein Wort für dich einlegen«, bot Florian an.

»Ich vermisse so vieles, vor allem Mama. Auch einfache Sachen, Musik hören. Erstaunlicherweise fehlen mir die Computerspiele gar nicht.«

»Musik vermisse ich auch, du kannst zumindest selbst etwas spielen und singen!«

»Ja, das ist wahr. Krass ist das im Moment mit Laura, die vermisst ihren Gordon und dreht durch, weil sie nicht Instagram und WhatsApp nutzen kann.«

»Wie meinst du das?«

»Na die ist wie auf Entzug. Es fehlt nur noch, dass sie zu zittern anfängt«, beschrieb Lukas.

TAG 6

LAURA

Laura war dankbar, wenn sie beschäftigt war. Sobald sie sich auf nichts mehr konzentrieren musste, wanderten ihre Gedanken zu ihrem Freund, ihren Freundinnen und der fehlenden Möglichkeit, mit ihnen Kontakt aufzunehmen.

Die Landfrauen waren eine große Hilfe, denn, wie erwartet, hatten sie hilfreiches Wissen parat. Aus dem Backtag waren zwei geworden, danach musste erst Getreide gemahlen und neuer Teig zubereitet werden. Frau Kempf hatte erklärt, dass es in Hessens Dörfern bis Mitte des zwanzigsten Jahrhunderts oft gar keine Bäcker gab und Brot im ortseigenen Backhaus gebacken wurde. Die Landfrauen kümmerten sich nacheinander um die richtige Temperatur des Ofens, denn der Grat zwischen verbranntem und teigigem Brot war schmal. Vor dem Stromausfall wurden an den Backtagen drei Durchgänge gemacht und beim dritten der Ofen mit Kuchen bestückt. Den nutzten sie diesmal für kleinere Brotlaibe.

Einen Teil des eigenen Gartens hatte Laura zusammen mit ihrem Vater in ein Gemüsebeet verwandelt. Auch wenn es für die Aussaat von Kartoffeln und Gemüse spät war, der Vorratskeller hatte einige keimende Kartoffeln zu bieten und sie hoffte, dass sie noch genügend Zeit zum Wachsen hatten.

Es war der fünfte Morgen seit dem Stromausfall, fünf Tage ohne Handy und ohne Social Media. Wie jeden Morgen kontrollierte sie hoffnungsvoll, ob Smartphone oder Tablet ein Lebenszeichen zeigten. Enttäuscht ließ sie sich wieder in das Kissen sinken und war den Tränen nahe. In einem Impuls von Wut ergriff sie das Tablet, schrie laut ihren Frust heraus und warf es an die gegenüberliegende Wand. Dort traf es ein gerahmtes Pippi Langstrumpf-Plakat, ein Geschenk ihrer Tante Jutta, dessen Glas durch den Aufprall zersplitterte. Die Wucht reichte aus, den gesamten Rahmen von der Wand fallen zu lassen. Mit viel Lärm fiel es gemeinsam mit dem Tablet erst auf das darunter stehende Regal, riss einige Gläser mit, die dort dekorativ standen, und alles polterte auf den Boden.

Durch Lauras Schrei oder durch den anschließenden Lärm alarmiert, stürmte Lukas in ihr Zimmer: »Was ist los?«

Er schaute zu seiner Schwester und wurde kurz darauf, in der Tür stehend, von seinem Vater zur Seite geschoben: »Laura, was ist los?«

Die brüllte: »Ich halte das nicht mehr aus! Nichts funktioniert, ich kann niemanden erreichen!«

Sie zitterte und fing an, unkontrolliert zu weinen. Ihr Vater setzte sich an ihr Bett: »Lukas, hole bitte Handfeger und Schaufel und mach das weg.«

»Auch das Tablet?« Lukas zog die Stirn in Falten.

»Kümmere dich darum, dass man nicht durch die Scherben läuft.« Er nahm seine Tochter in den Arm und drückte sie fest an sich. »Lass es raus Laura.«

Sie brauchte eine Weile, bis sie wieder ruhig atmete und als sie die Kontrolle über sich zurückgewonnen hatte, erwiderte sie seine Umarmung, erst zögerlich und dann so fest sie konnte. Als ihr Vater anfing, die Muskeln anzuspannen, und sich ein wenig wand, ging ihr auf, dass sie zu fest drückte.

»Es kann nicht sein, dass alles anders ist«, fing sie an, sich zu erklären. »Vor einer Woche konnte man mit jedem sprechen und schreiben. Wann und wo man wollte. Jetzt bin ich wie abgeschnitten! Ich habe keine Ahnung, wie es Gordon geht, ich weiß nicht, wie es meinen Freundinnen geht, ich weiß nicht, wie es Mama geht.«

Sie ließ sich wieder in die Umarmung ihres Vaters sinken und zitterte.

»Ich würde dir gerne versprechen, dass das bald anders wird«, hörte sie ihren Vater sagen, »ich kann es leider nicht.«

»Jemand muss eine Idee haben.« Laura benahm sich störrisch. »Es geht um viel Geld, die wollen doch selbst, dass Instagram wieder funktioniert.«

Ihr Vater schaute sie erstaunt an: »Ich glaube, Instagram ist momentan die kleinste Sor …«

»Papa«, schrie sie ihn an, »ich vermisse das!«

Der Blick ihres Vaters verriet ihr, dass er sie nicht verstand. Die Wut kehrte zurück und sie wollte ihn anschreien, wurde aber von Lukas abgelenkt, der wieder in ihr Zimmer gekommen war und direkt die Unordnung beseitigte.

»Ich koche uns allen einen Kaffee«, bot Malte an, stand auf und verließ den Raum.

Sie beobachtete ihren Bruder, der das Tablet inspizierte, auf ihren Schreibtisch legte und aus dem Zimmer ging.

Auf dem Weg nach unten fiel ihr Blick auf die Böden im Flur und Wohnbereich, es musste dringend für Ordnung gesorgt werden: »Danke euch beiden.«

Malte drückte ihr eine Tasse mit heißem Kaffee in die Hand und kommentierte: »Die Kaffeebohnen sind bald aufgebraucht.«

Mit der kleinen Kaffeemühle, die bis letzte Woche nur zur Dekoration an der Küchenwand hing, hatten sie die Bohnen gemahlen und mit einem Keramikfilter jeden Morgen frischen Kaffee zubereitet. Laura genoss die Wärme, die von der Tasse ausging und starrte verträumt in die schwarze Flüssigkeit.

»Wir müssen dringend sauber machen«, fing sie an.

Malte und Lukas schauten sie überrascht an, hatten vermutlich mit etwas anderem gerechnet.

»Ich muss gleich zur Feuerwehr«, versuchte sich ihr Bruder vor der Hausarbeit zu drücken.

Malte schaute seinen Sohn streng an: »Wir haben alle zu tun, mein Sohn, die Arbeit zu Hause werden wir unter uns aufteilen.«

Lukas nickte widerwillig.

Sein Vater wendete sich Laura zu: »Erstellst du bitte einen Haushaltsplan, erst mal ohne Einteilung? Den nehmen wir uns heute Abend zusammen vor. Dann schätzen wir gemeinsam die Zeiten und verteilen das.«

Die Ressourcen für das Frühstück waren mittlerweile zusammengeschrumpft, trotzdem fühlte sie sich nach einer Portion Haferflocken gesättigt. Dass ihr Vater einer der Freiwilligen war, der beim Kühemelken half, hatte der Familie den Nachschub an frischer Milch gesichert.

Während sich Lukas auf den Weg zur Feuerwehr machte, kümmerte sie sich gemeinsam mit ihrem Vater um den Abwasch: »Wir haben heute so etwas wie Einschulung und erster Kindergartentag.«

»Ihr hattet doch die ganze Zeit Kinder dort«, wunderte sich Malte, »wieso wird es jetzt ›quasi‹ offiziell?«

»Marlene und Patricia haben sich überlegt«, erklärte Laura, »wie wir mit wenig Pädagogen die Kinder am besten beschäftigen. Wir haben einen provisorischen Lehrplan aufgestellt und ein Konzept, das die Kindergartenkinder integriert. Und heute fangen wir damit an.«

»Bleibt das Problem mit der Hygiene?«, vermutete Malte.

»Ja«, gestand Laura, »die ganz kleinen Kinder kommen ohnehin nicht in die Gruppe, wir haben einen Klassenraum für eine Mutter-Kind-Gruppe vorbereitet.«

»An die Familien mit Kleinkindern habe ich gar nicht gedacht«, machte sich Malte Vorwürfe. »Pampersvorräte haben wir gar keine mehr.«

Laura versuchte, ihren Vater zu beruhigen. »Es gibt ein paar Mütter, die sich mit Stoffwindeln auskennen und das den anderen erklären und zeigen werden.«

»Und wie werden die sauber gemacht?«, fragte Malte.

Laura überlegte kurz: »Waschen. Im Bach. Die Landfrauen haben da Antworten. Keiner hat versprochen, dass es einfach wird!«

Ihr Vater grinste sie an: »Fühlst du dich besser?«

Sie lächelte: »Wie man es nimmt, solange ich zu tun habe, geht es.«

Malte machte ein ratloses Gesicht: »Dann wäre die Lösung, dass du ständig beschäftigt bist?«

Laura schüttelte den Kopf verneinend: »Das muss anders gehen. Ich bin spät dran. Tschüss Papa! Und danke!«

Sie gab ihm einen Kuss auf die Backe, holte ihr Fahrrad und fuhr in die Schule. Überrascht vernahm sie das Schlagen der Kirchturmuhr und hielt an einer Stelle, von der sie sie sah. Ihr Vater hatte berichtet, dass ein paar Bastler sich vorgenommen hatten, dass elektrisch angetriebene Uhrwerk wieder auf den eigentlichen mechanischen Antrieb umzubauen. Wie sie es verstanden hatte, war der Aufwand überschaubar, denn dazu musste nur die Konstruktion, die den Antrieb aufzog, in den alten Zustand zurückversetzt werden und im Heimatmuseum hatte man die passenden Unterlagen und Bauteile. Acht Schläge hatte sie gezählt, damit hatte Umbach wieder so etwas wie eine einheitliche Zeit, Termine konnten nun präziser als ›morgen früh‹ sein.

Bei der Schule angekommen, stellte sie ihr Fahrrad in den Ständer. Auf dem Pausenhof liefen kleine und größere Kinder wild durcheinander, Herr Reutow hatte einen Teil des Zaunes zwischen der Kindertagesstätte und der Grundschule entfernt, damit die Kindergartenkinder die für sie gemachten Spielplätze nutzen konnten. Für die meisten von ihnen waren die Spieltürme und Schaukeln auf dem Pausenhof der Schule zu groß. Als sie die Kindermenge anschaute, fielen ihr die extremen Größenunterschiede zwischen den kleinsten Kindergarten- und den größten Schulkindern auf.

»Hallo Norbert«, begrüßte Laura den Hausmeister, »es war eine tolle Idee, den Zaun zu entfernen.«

»Hallo Laura«, erwiderte der Angesprochene und lächelte zufrieden. »Wenn alles wieder normal wird, werde ich den Zaun wieder aufbauen müssen. Vermutlich alleine schon aus versicherungsrechtlichen Gründen.«

»Glaubst Du, wir werden dann wieder zurück zum Alten kehren?«, fragte Laura.

»Es ist nicht einmal eine Woche her«, erklärte Norbert, »und es gab früher schon Krisen und Notsituationen und da ist man auch zurück zur Normalität gekommen.«

Das hohe Läuten, eher ein Gebimmel, einer Handglocke unterbrach ihr Gespräch.

Patricia Krebs stand am Eingang der Schule, schaute zufrieden über den Schulhof und rief laut: »Alle hereinkommen!«

»Ich muss dann los«, entschuldigte sie sich bei Norbert, »bis später!«

»Auf gutes Gelingen«, gab der Mann zurück, der, zu Unrecht wie Laura fand, als mürrisch galt.

Sie betrat den Gruppenraum und versuchte, eine Übersicht zu bekommen: Zwanzig Kinder, die jüngsten drei Jahre, die ältesten im Vorschulalter. Neben Maike Zinn, der Mutter eines ihrer Tanzmädels, die ausgebildete Erzieherin war und normalerweise in einem Kindergarten hinter Gießen arbeitete, waren zwei weitere Mütter dort. Soweit Laura wusste, hatten die keine pädagogische Ausbildung.

»Guten Morgen«, begrüßte Maike die im Stuhlkreis sitzenden Kinder. Laura nahm sich einen der kleinen Stühle und suchte sich einen freien Platz zwischen zwei Jungen. »Ich bin die Maike. Laura und ich sind für die nächsten Tage eure Erzieherinnen. Ein paar von euch waren gestern schon hier und zur Begrüßung würde ich vorschlagen, dass wir zusammen ein Lied singen. Hat jemand einen Vorschlag?«

Während einige Kinder schüchtern auf ihren Stühlen saßen, drängten sich andere direkt vor Maike, meldeten sich und riefen ihr unterschiedliche Lieder zu. Andere saßen brav auf ihren Stühlen und meldeten sich. Laura sah, wie einige dagegen ankämpften, nicht ebenfalls vor Maike zu stürmen.

Die hatte die Situation unter Kontrolle: »Setzt ihr euch bitte wieder hin? Vorher gibt es kein Lied.«

Die Kinder schauten erst sie und dann sich gegenseitig an. Widerwillig strebten sie zu ihren Sitzplätzen zurück, nicht ohne sich weiterhin zu melden und vereinzelt ihren Wunschtitel laut Maike entgegenzuwerfen.

Die wartete, bis alle wieder auf ihren Plätzen waren und fragte einen stillen Jungen, der die ganze Zeit sich meldend auf seinem Stuhl gesessen hatte: »Wie heißt du und welches Lied möchtest du singen?«

»Das ist unfair«, brach es aus einem der weniger zurückhaltenden Kinder hervor.

Maike meldete sich, legte den ausgestreckten Finger vor ihre Lippen und erklärte: »Das hier bedeutet, dass alle ruhig sind!«

Laura wusste, dass alle Kinder die Geste kannten und bis auf den kleinen Störenfried kopierten alle sie. Es dauerte nicht lange, bis er doch mitmachte.

»Okay«, brach Maike die Stille, »das klappt doch gut und jetzt bin ich darauf gespannt, welches Lied wir singen werden.«

Nachdem der Junge seinen Namen genannt hatte, wünschte er sich das Lied »Schöne Namen kennen wir«.

»Das ist eine tolle Idee«, freute sich Maike, »so lernen wir gleich die Namen von den Kindern und Erwachsenen, die neu sind!«

Laura mochte das Lied, weil jedes Kind an die Reihe kam und mit »Ich heiße …« sich vorstellte, alle anderen dann mit »Du heißt …« antworteten, bis man den ganzen Kreis durchhatte. Bei ein paar zurückhaltenden Kindern war es nicht einfach, den Namen zu verstehen, da das Flüstern kaum zu hören war.

In der Pause fiel auf, dass nicht alle Kinder ein Pausenbrot dabeihatten.

Gemeinsam mit Marlene, Patricia und Maike stand Laura auf dem Pausenhof und Marlene sprach das Thema an: »Ich glaube, wir sollten einheitliche Pausenbrote oder ein gemeinsames Frühstück organisieren.«

Patricia schaute sie an und nickte: »Ja, mir sind die Unterschiede auch aufgefallen und mit zunehmender Zeit wird das krasser werden.«

»Glaubst du, dein Vater kann uns beim Organisieren helfen?«, fragte Maike Laura.

Die zuckte die Schultern: »Vermutlich. Ich werde ihn nachher direkt fragen. Habt ihr eine Idee, wie wir das machen sollen?«

Maike antwortete: »Das hängt davon ab, was verfügbar und organisierbar ist. Wir sollten den Eltern die Situation erklären und um weitere Hilfe bitten.«

»Ich finde die Idee gut«, sagte Marlene, »befürchte aber, dass es früher oder später zu Widerstand kommen wird. Nicht nur hier bei uns, sondern im ganzen Dorf. Das alles dürfte vielen zu sozialistisch sein und einige werden ihre Vorräte nicht teilen wollen.«

Patricia hatte die Glocke in die Hand genommen, als Laura ein Fahrradfahrer auf der Straße neben dem Schulhof auffiel: »GORDON!!!!«

Der junge Mann auf dem Fahrrad drehte den Kopf zu ihr und sie sah ihn lächeln. Er stieg vom Fahrrad ab, ließ es fallen, rannte auf den Zaun zu, war mit einem Satz darüber gesprungen und nahm die ihm entgegengelaufene Laura in den Arm.

»Ich habe dich so vermisst«, flüsterte sie ihm ins Ohr. Sie sah eine Träne seine Wange herunterkullern und er brachte mit Mühe: »Ich dich auch!« hervor.

Die beiden umarmten und küssten sich innig und waren die Sensation für die vielen Kinder auf dem Pausenhof. Wie aus der Ferne hörte sie, dass Patricia das Ende der Pause läutete. Widerwillig folgten die Kinder den Rufen von Lehrerinnen und Erzieherinnen.

Laura löste sich aus der Umarmung von Gordon und war überrascht, dass Maike auf einmal neben ihr stand: »Ich würde sagen, ihr zwei nehmt euch Zeit miteinander. In Absprache mit den anderen hast du den Rest des Tages frei. Ach ja, und hallo Gordon.«

Sie wartete keine Antwort ab und Laura flüsterte: »Danke!«

Gemeinsam kletterten sie über den Zaun, Gordon hob sein Fahrrad auf und sie spazierten Arm in Arm nach Hause.

FLORIAN

Florian war zur Höchstform aufgelaufen. Die Abneigung von Siebenthal perlte an ihm ab, wie Wasser von einer Teflonpfanne. Er hatte den Eindruck, dass der störrische alte Sack sich in die Situation gefügt hatte. Trotzdem würde er ein Auge auf den Vermieter haben müssen.

Am Rande der Versammlung hatte er bei der Organisation eines Karrens, den man für die Ambulanz nutzen konnte, geglänzt. Nadine, die beste Freundin seiner Frau, war ihm dabei eine große Hilfe.

Entgegen ihres fast abweisenden Verhaltens beim Medizinertreffen zeigte sich Bernadette, die Apothekerin, ihm gegenüber wesentlich freundlicher. Mit dem langsam steigenden Vertrauen der Apothekerin würde er besseren Zugang zu den Medikamentenbeständen bekommen. Ihm war aufgefallen, dass Bernadette auch ohne Computerunterstützung akribisch arbeitete. Vorerst kam der Bestand als Quelle für ihn nicht infrage. Die aus dem Krankenhaus mitgenommenen Medikamente lagerte er in einem Werkzeugschrank in der eigenen Garage. Jutta schaute nie in diesen Schrank hinein.

Die ersten Kunden wurden ihm indirekt durch einen Beschluss des Medizinerrates zugespielt: Schmerzmittel hoben sie für Notfälle auf. Gerade in den ersten Tagen kamen Kunden in die Apotheke, die ohne die erhofften Tabletten gehen mussten. Er entwickelte ein Gespür, wem er vertrauen konnte und wer entsprechende Wertsachen hatte, ihn zu bezahlen. So wechselten eine Silberkette und ein paar goldene Ohrringe den Besitzer. Vorerst versteckte er diese mit den Medikamenten am selben Ort, ihm war aber klar, dass er sich ein weiteres Versteck einfallen lassen musste. Würde das gemeinsam entdeckt werden, wäre er in Erklärungsnot. Getreu seiner Devise ›eins nach dem anderen‹ stellte er das Problem erst mal hinten an.

Der Tod von Grosslitz war für ihn ein wahrer Glücksfall: Direkt nachdem er sich von Lukas verabschiedet hatte, war er zum Haus des Geflügellandwirtes gefahren und hat sich dort umgesehen. Er war angeekelt vom Zustand der Wohnung und fragte sich, ob der

Landwirt nicht in der Lage war, alles in Ordnung zu halten oder ob das Verlassenwerden von Frau und Kindern ihn hatten phlegmatisch werden lassen.

Trotz der vielen leeren Flaschen fand Florian Unmengen an verschlossenen alkoholischen Getränken im Haus. Finanziell musste Grosslitz nicht schlecht dagestanden haben. Die Bevorratung wirkte nicht so, als ob er in den Tag hinein hätte leben müssen. Es dauerte etwas länger, bis Florian den Zigarettenvorrat gefunden hatte, der sich in einer kleinen Werkstatt innerhalb der Scheune befand, in der sich der Mann erhängt hatte. Grosslitz hatte die gleiche Marke wie Florian geraucht, die nächsten Wochen war sein Nachschub gesichert.

Neben Bargeld fand er etwas Schmuck, nahm nur etwa ein Drittel des Gefundenen mit, denn wenn andere gar nichts finden würden, würde das verdächtig wirken. In Ermangelung einer besseren Idee benutzte er das Versteck für die Medikamente und den anderen Schmuck.

Er betrat das Haus und klopfte bei Herrn Siebenthal. Leiser, damit der keinen Grund hatte sich zu beschweren.

Als der die Tür öffnete, mühte er sich ein Lächeln ab: »Schon wieder? Was ist?«

Florian ignorierte die Abneigung: »Ich wollte fragen, ob ich Ihnen bei irgendetwas helfen kann?«

Der Mann schüttelte den Kopf: »Wenn ich etwas brauche, melde ich mich. Einen schönen Abend.«

Bevor Florian etwas erwidern konnte, war die Tür geschlossen. Gereizt ging er in die eigene Wohnung und versuchte, sich so gut wie möglich zu waschen. Jutta hatte für sie beide Abendbrot zubereitet.

»Genieße es, das war unser letzter Schinken«, erklärte sie. »Ich bin froh, dass der überhaupt so lange gehalten hat!«

Im Schlafzimmer erwartete ihn eine Überraschung: Jutta hatte den Raum mit einem Kerzenständer geschmückt, die Bettwäsche lag auf dem Sessel neben dem Fenster und auf dem Bett selbst befand sich ein Latexlaken. Er musste grinsen und drehte sich erwartungsvoll zu Jutta um, die nackt hinter ihm stand und mit einer Flasche Massageöl winkte.

»Weißt du, ich habe nach ein paar Einsätzen auf dem Bauernhof jetzt Übung im Melken, die kann ich auch daheim verwenden! Zieh dich aus und leg dich aufs Bett. Erst mal auf den Bauch.«

Ihn packte die Lust und im Handumdrehen hatte er sich der Kleidung entledigt. Als er die Shorts auszog, sprang seine Männlichkeit heraus und er konnte die Berührung von Jutta kaum erwarten.

Als er auf sie zuging, versetzte sie seinem Schwanz mit der flachen Hand einen Klaps und ermahnte ihn: »Hinlegen, habe ich gesagt!«

Er befolgte die Anweisung und legte sich auf den Bauch, wobei es nicht einfach war, seine pochende Erektion so zu platzieren, dass sie ihn nicht schmerzte.

»Schließe die Augen und lass mich machen«, folgte der nächste Befehl.

Er spürte, wie sie sich auf das Bett kniete, bemerkte ihr Knie seinen Oberschenkel streifen. Großzügig tröpfelte sie das Massageöl auf seinen Rücken und seine Beine, verrieb es mit den Händen. Er hörte, wie sie sich mehr in die eigenen Hände goss und dem Wackeln des Bettes entnahm er die Vermutung, dass sie ihren eigenen Körper einrieb.

Er fing an, seinen Kopf zu drehen, sah er doch zu gerne zu, wie sie sich selbst streichelte, doch sie hatte das geahnt: »Kopf nach unten und Augen zu!«

Wieder befolgte er die Anweisung und wartete, vor Geilheit fast platzend, ab. Das Massageöl lief mittlerweile an seinem Körper herunter und bildete zwischen ihm und dem Laken kleine Pfützen. Jutta hatte sich so hingekniet, dass er ihre Schamlippen an seinem Unterschenkel spürte, ihre Oberschenkel berührten seinen. Weil sie selbst mit Öl eingerieben war, rutschte sie mehrmals ab, bevor sie Halt fand. Als sie stabil auf ihm saß, fing sie an, seine Schultern zu massieren.

Er atmete heftig ein und aus, was Jutta dazu brachte innezuhalten: »Unangenehm?«

Er hörte an der Stimme, dass sie grinste, wackelte auffordernd mit dem Hintern: »Hör nicht auf, mach weiter!«

Anstatt ihrer Hände spürte er ihre Brüste auf seinem Rücken. Als ihre ölige Hand den Weg zwischen seine Oberschenkel fand und sie seinen Hoden umfasste, wollte er sich drehen. Mit sanfter Gewalt drückte sie ihn zurück.

»Geduld! Immer langsam mit den jungen Pferden! Du darfst dich gleich umdrehen!«

So intensiv Liebemachen mit dem Massageöl war, so problematisch war das Danach: War das Entfernen des Öls mit Dusche schon eine Herausforderung, war es mit Waschlappen und wenig Wasser eine Aufgabe für die halbe Nacht.

»Das hatte ich nicht bedacht«, gestand Jutta.

»Ich bin froh, sonst wäre mir etwas entgangen«, gab Florian zurück.

Sie hatten sich mit einigen Handtüchern vor dem Waschen abgerieben und versuchten, so auch das Öl vom Latexlaken zu entfernen.

Nachdem sie weitestgehend frei von Öl waren, legten sie sich nackt und eng ineinander verschlungen ins Bett. Durch die langen und anstrengenden Tage schliefen beide schnell erschöpft ein.

Florian hatte mitbekommen, dass die Kirchturmuhr wieder in Betrieb gesetzt wurde, das Glockengeläut überraschte ihn trotzdem. Er öffnete die Augen und stellte fest, dass Jutta bereits aufgestanden war.

Sie hatte ihm auf dem Küchentisch ein belegtes Brot hingestellt, daneben lag ein Zettel: ›Bin erst Melken und gehe dann Nadine helfen!‹. ›Melken‹ hatte sie mehrfach unterstrichen, mit einem Semikolon und einer Klammer den Augenzwinkersmiley hinzugefügt und gerne erinnerte er sich an die intensive Nacht zuvor.

Das Zusammenlegen von Senioren in wenige Wohnungen verlief reibungslos. Außer Herrn Siebenthal wohnte keiner mehr alleine. In die leerstehenden Häuser musste trotzdem geschaut werden, das machten teilweise Nachbarn, die das Vertrauen der eigentlichen Bewohner hatten. Für die restlichen Wohnungen hatte das Pflegeteam die Schlüssel, die ebenfalls in der Apotheke gelagert wurden.

Florian schaute beim Weggehen kurz nach Herrn Siebenthal, der seine Hilfe verweigerte. Für Florian bedeutet das weniger Arbeit, weshalb er gar nicht erst auf die Idee kam, seine Überredungskünste an seinem Vermieter zu verschwenden. Die weiteren Adressen in seiner Umgebung hatte er schnell abgearbeitet, speziell die neue Zweck-WG mit zwei alten Damen war ganz in seinem Sinne. Er konnte seinen Charme spielen lassen und die beiden Frauen ergänzten sich so gut, dass er dort wenig zu tun hatte.

Auf dem Weg zur Apotheke begegnete er Laura, die ihn grüßte: »Sorry, ich muss zur Schule!«

Er hielt kurz an und schaute der Davoneilenden nach. Sie war eine jüngere Version seiner Frau und er fragte sich, ob sie genauso ein wildes Stück wie ihre Tante war. Die Ähnlichkeit war ihm aufgefallen, als er Juttas Bruder und seine Familie kennenlernte: Aus dem Mädchen war rasant eine junge und attraktive Frau geworden. Wäre nicht ihre Tante seine Frau, wäre die Schönheit eine Sünde wert.

In der Apotheke stand die Apothekerin am Tresen und war in eine Liste vertieft, in der sie gelegentlich etwas abhakte.

»Hallo Bernadette«, grüßte er, »schon wieder Inventur?«

Sie schaute hoch und lächelte ihn an: »Hallo Florian, nicht direkt. Ich bin am überlegen, wie ich die Haltbarkeit der Medikamente mit in die Verteilung einbeziehen kann.«

Auch wenn er nicht mit dem Wissen der Pharmazeutin mithalten konnte, verfügte er über mehr als Grundkenntnisse: »Das wird nicht sofort unwirksam, oder?«

»Nein, nicht sofort. Es verliert nicht auf einmal die Wirkung, sie wird halt schwächer.«

»Ist das nicht besser als gar nichts?«

»Ja und nein. Gerade bei so etwas wie zum Beispiel Insulin, da können wir bei richtiger Lagerung und Reihenfolge der Ausgabe den Behandlungszeitraum erheblich strecken. Wir müssen uns nichts vormachen, wenn das aufgebraucht ist, brauchen einige Patienten viele Wunder.«

Das Gespräch nahm eine zu ernste Wendung und Florian versuchte, das Thema zu drehen: »Warst du denn schon mit Verena auf Kräuterjagd?«

»Ja, das waren wir und haben einiges gefunden. Sie weiß entweder um viele Stellen oder hat ein Händchen dafür.«

»Früher wäre sie vermutlich als Hexe verbrannt worden.«

»Nicht nur sie, auch ich.«

»Gut, dass diese Zeiten vorbei sind!«

Sie schaute ihn eine Weile an: »Weißt du, viele Männer hatten und haben Angst vor intelligenten und starken Frauen. Bei einer Krise können wir schnell zur Zielscheibe werden.«

»Du bist selbstbewusst und weißt dich zu behaupten?«, versuchte er ihr zu widersprechen.

»Wenn es den Menschen schlecht geht, sind sie schnell dazu bereit, jemandem zu folgen, der vermeintlich Schuldige präsentiert.«

»Bei uns funktioniert die Gemeinschaft doch, ich sehe zumindest keine akute Gefahr.«

»Im Moment, das kann sich schnell verändern. Ich bewundere deinen Schwager, Nadine und die anderen vom Rat. Der abgebrannte Supermarkt hätte die Stimmung kippen lassen können. Was ist denn draußen los?«

Er folgte ihrem Blick und sah einige Bewaffnete die Straße in Richtung Schwimmbad laufen.

»Unsere Miliz.«, vermutete er. »Wollen wir ihnen folgen?«

Bernadette zog den Kittel aus, legte ihn über den Tresen und forderte Florian auf rauszugehen: »Auf! Auf! Ich will abschließen.«

Beim Schwimmbad angekommen, konnte er den Rest vom Sonnenwendfeuer verglühen sehen. Die Feuerwehr zog die verbleibende Glut auseinander, es dauerte einige Tage, bis das Feuer komplett erlosch.

Von der Autobahn her näherte sich eine Gruppe von etwa fünfundzwanzig Menschen, Florian konnte zunächst nur Männer erkennen.

Holzer und einer der Ex-Soldaten, ›Major‹ Schmidt, bewegten sich auf die Gruppe zu. Ihnen folgten Mitglieder der Miliz mit ihren Waffen, überwiegend Gewehre. Von der Gruppe lösten sich zwei Männer. Die Kleidung, die sie trugen, war schmutzig, die Haare zerzaust, beide hoben die Hände und Florian musste sich anstrengen, das Gespräch zu hören.

»Wir brauchen etwas zum Trinken«, kamen sie nach einer kurzen Begrüßung direkt zu ihrem Anliegen, »und was zu essen.«

Schmidt reagierte: »Wie viele seid ihr?«

»Insgesamt etwa dreißig«, beantwortete der eine Mann die Frage.

Hinter Florian kamen mehr Dorfbewohner an, alle blieben an einer unsichtbaren Linie stehen. Aus dem Augenwinkel bemerkte er, wie sich eine Person nach vorne durchdrängelte und sich zu Holzer und Schmidt stellte.

»Was will denn Malte dort?«, fragte Florian laut.

»Dein Schwager ist doch im Flüchtlingsausschuss«, erklärte ihm Bernadette.

»Wo kommt ihr her?« Florian bemerkte, dass Schmidt auf die Bitte des Mannes nicht reagiert hatte.

»Aus Frankfurt, wir sind jetzt seit drei Tagen unterwegs«, erklärte der Mann.

Schmidt steckte mit Holzer und Malte die Köpfe zusammen, nach einer Weile drehte er sich zu dem Mann: »Seht ihr die Scheune dort oben?«

Er deutete in die Richtung, in der die alleinstehende Scheune von Bodners stand und in der die Dorfgemeinschaft ein Notlager eingerichtet hatte. Ein paar Feldbetten, zwei große Wassertanks und einige Decken.

Der Angesprochene nickte.

Schmidt erklärte weiter: »Dort könnt ihr heute übernachten, Wasser ist vorhanden, ein wenig Brot und für die Kinder etwas Milch haben wir auch. Ihr werdet von meinen Männern dorthin begleitet, kommt nicht auf die Idee, euch dem Dorf zu nähern.«

»Sollen wir mitgehen und nach Verletzten schauen?«, schlug Florian vor.

»Ja, das ist eine gute Idee«, stimmte Bernadette zu.

Zwei Männer der Gruppe liefen zurück zur Autobahn, um den Rest, der dort wartete, zu holen. Die anderen wurden von der Miliz zur Scheune begleitet. Die Dorfbewohner kehrten in das Dorf zurück, mancher gab der Neugierde nach und gaffte die Flüchtlinge unverhohlen an.

»Hallo Bernadette, hallo Florian, ihr kennt ›Major‹ Schmidt schon?«, begrüßte sie Malte.

»Bernd«, ergänzte der Vorgestellte und streckte zunächst Bernadette, dann Florian die Hand entgegen, »und Frau Litthau habe ich bereits kennengelernt. Florian … nein, wir hatten noch nicht die Ehre?«

»Mein Schwager«, erklärte Malte, »und als Krankenpfleger Teil des Medizinerrates.«

Florian ärgerte sich über den ›Krankenpfleger‹, Malte wusste genau, dass er Kardiotechniker war.

»Florian hatte vorgeschlagen, dass wir nach den Menschen aus der angekommenen Gruppe schauen«, erklärte Bernadette. »Vielleicht benötigen die medizinische Hilfe.«

»Verschwendet keine Medikamente an die«, ermahnte sie Holzer.

Florian schaute ihn kühl an: »Was wir den Menschen geben, entscheidet die medizinische Notwendigkeit. Dabei von ›Verschwendung‹ zu reden ist unangebracht.«

Bernadette schaute ihn mit einem Blick an, den er als Bewunderung interpretierte.

»Dem ist nichts hinzuzufügen!«, pflichtete sie ihm bei.

TAG 7

SIMONE

So schnell wie sich das Glück gegen sie gewendet hatte, so schnell kam es wieder zurück. Nach einer hungrigen Nacht verließen sie die Autobahn, um auf der Bundesstraße Richtung Soltau zu laufen. Direkt im ersten Ort fanden sie einen Landwirt, der ihnen gegen Arbeit bei der Erdbeerernte eine Unterkunft sowie Essen und Trinken angeboten hatte. Zum Mittagessen gab es frisches Brot, das Simone als so lecker empfand, wie bisher kaum etwas anderes. Sie vermutete, dass Hunger vieles köstlicher werden lässt. Bis zum Abend hatten sie die Erdbeeren auf zwei Feldern abgeerntet und einige hatten sich dabei einen Sonnenbrand geholt.

Dem Hinweis, dass es neben dem nahegelegenen Wäldchen einen kleinen Teich gab, in dem man baden konnte, ging die Gruppe dankbar nach. Nur mit der Unterwäsche bekleidet, sprangen sie in das kühle Nass. Simone erinnerte sich mit Wehmut an ihre letzte Dusche eine Woche zuvor. Auch wenn alle wieder die verdreckten Klamotten anziehen mussten: Man fühlte sich frischer und sauberer als am Morgen. Zum Abendessen hatte man ihnen eine Gemüsesuppe mit Wurst zubereitet und so konnten sie sich, das erste Mal seit zwei Tagen, ohne Hunger hinlegen. Das Strohlager in der Scheune ersetzte kein Bett, aber es war um einiges bequemer als die Brücken der letzten beiden Nächte.

Die Beine trugen sie fast automatisch ihrem Weg und Fabian grübelte über die verschiedenen Erfahrungen, die sie seit dem Stromausfall gemacht hatten: »Wir sollten uns überlegen, wie ich Kontakt mit meinem Bekannten aufnehmen kann. Vielleicht sollten wir nicht mit der ganzen Gruppe auftauchen?«

»Das ist eine gute Idee«, pflichtete Helge bei, »ich würde vorschlagen, Simone und du gehen vor.«

Sie war von der Idee ein wenig überfahren: »Wieso ich?«

»Ihr beide kommt am besten mit verschiedenen Typen Mensch zurecht.« Helge versuchte, sich eine Strähne aus der Stirn zu wischen. »Außerdem glaube ich, dass eine Frau weniger als Bedrohung angesehen wird als zwei Männer.«

»So weit sind wir schon?«, regte sich Arne auf.

»Helge hat nicht unrecht«, pflichtete Fabian bei.

»Und wo sollen wir warten?«, wunderte sich Arne.

»Mal schauen«, schlug Fabian vor, »vielleicht findet sich da von selbst eine Antwort.«

Der Weg führte sie durch einen Wald, dessen Blätterdach bei der Wärme angenehm kühlte. Bei einem Bahnübergang wurden sie von einem Wachposten empfangen.

»Was wollt ihr?«, rief ihnen der bewaffnete Mann entgegen.

Simone schaute sich um: Hinter einem kleinen Bahnhof war ein Hotelkomplex.

»Mein Name ist Fabian Scheurer, wir sind eine Gruppe von zwölf … elf Menschen und ich suche einen Bekannten von mir, Marius Beck. Er ist Mitglied der Freien Gemeinde.«

»Erwartet er euch?«, wollte der Mann wissen.

Simone wunderte sich über diese Frage, dann ging ihr auf, dass viele seit dem Stromausfall auf jemanden warteten.

»Nein«, gestand Fabian, »wir suchen Hilfe und ich hatte gehofft, dass Marius …«

»Sie wissen, wo er wohnt?«, ließ der Fragende nicht locker.

Fabian passte: »Nein, vielleicht könnten wir mit einem Telefonbuch …«

»Einen Augenblick«, wurde er unterbrochen.

Nach einer Weile kam der Mann auf sie zu und deutete auf Fabian: »Sie und eine Person gehen mit Henning, der kennt Marius und weiß, wo er wohnt. Der Rest kann sich drüben beim Bahnhof aufhalten. Der wird nicht verlassen, außer weg vom Ort oder wenn wir etwas anderes sagen. Habt ihr das verstanden?«

Auch wenn allen ein wenig unwohl war, nickten sie und gingen zum Bahnhof.

Sie und Fabian warteten auf Henning, der ein Gewehr schulterte und sie aufforderte, vor ihm zu laufen: »Ich will euch sehen.«

Sie liefen zunächst wortlos durch den Wald, Fabian war die Stille unangenehm: »Können Sie uns über die Zeit nach dem Stromausfall erzählen?«

»Vermutlich war es hier ähnlich wie in andren Orten«, erzählte Henning, »es gab einige Unfälle und Tote. Einen Tag später hatte die Polizei mit vielen Freiwilligen sich direkt dem Bürgermeister unterstellt.«

»Und sie sind einer davon?«, vermutete Simon.

»Ich bin Teil der Miliz, nicht Hilfspolizist«, fuhr Henning fort. »Wir sind für die Verteidigung zuständig.«

»Verteidigung? Vor wem?«, fragte Fabian.

»Einen koordinierten Angriff gab es bisher nicht«, antwortete Henning, »aber etliche Überfälle, die eher verzweifelt waren. Seitdem versuchen wir, größere Gruppen direkt im Auge zu haben. Nach Möglichkeit führen wir sie am Ort vorbei. Manchmal helfen wir, aber ihr könnt euch vorstellen, dass wir selbst nur Knappheit verwalten.«

»Kann der Ort sich denn versorgen?« Simone überlegte sich, bis zu welche Größe eine Stadt dazu in der Lage war.

»Weiß ich nicht«, gestand Henning. »Mit dem Umland sollte das funktionieren, zumindest haben wir bisher genug Nachschub, dafür arbeiten viele Leute von früh bis spät.«

»Ich frage mich, wie das bei mir daheim aussieht«, wunderte sich Simone. »Habt ihr Infos aus anderen Orten?«

»Überschaubar«, erklärte Henning. »Durch Leute wie euch bekommen wir einiges mit, aber gefühlt hört der Nachrichtenhorizont spätestens nach fünf Kilometern auf.«

Sie durchquerten den Ort und beobachteten, wie Vorgärten und andere Grünflächen zum Anbau von Obst oder Gemüse umgestaltet waren. Im Gegensatz zur Autobahn hatte man die Pkw an den Fahrbahnrand geschoben. Wenige Kutschen, einige Pferde und Fahrradfahrer teilten sich die Straße, die Fußgänger blieben überwiegend auf dem Bürgersteig.

»Pferde und Kutschen sind mir auf der Autobahn bisher gar nicht aufgefallen«, kommentierte Fabian.

Henning wusste eine Antwort: »Die meisten Pferde werden dort sein, wo sie hingehören. Die wird keiner einfach hergeben, weshalb man die für den lokalen Transport oder Ritt nutzt, aber vermutlich nicht für weite Strecken.«

»Das klingt sinnvoll«, bedankte sich Fabian für die Erklärung.

»Da vorne wohnt Marius«, Henning deutete auf ein Reihenhaus, »das Erste in der Reihe.«

Fabian klopfte an die Tür. Nach einer Weile öffnete sie sich und eine hoch gewachsene Frau stand vor ihnen: »Ja? Was kann ich für Sie tun?«

»Hallo Frau Beck«, fing Fabian an, »mein Name ist …«

»Fabian?!«, hörte man eine Stimme hinter der Tür rufen, »Fabian Scheurer? Bist du das?«

Die Tür wurde weit aufgerissen und der Mann musterte die Ankömmlinge von oben bis unten, stockte kurz bei Simone und wandte sich an Henning: »Danke Henning! Brauchst du etwas von mir? Muss ich meine Gäste irgendwo anmelden?«

»Ehrlich gesagt weiß ich das nicht so genau«, reagierte der, »du solltest wissen, dass mit den beiden weitere sechzehn gekommen sind, die warten an der Haltestelle Nord auf uns.«

»Ich verstehe«, sagte Marius Beck, »sei so gut und schau, was ihr für die Leute machen könnt. Etwas zu trinken anbieten? Wir kommen gleich dorthin.«

Henning verabschiedete sich: »Okay. Bis gleich.«

»Hallo Marius.« Fabian drückte den anderen Mann. »Das ist Simone, wir sind vor sechs Tagen in Hamburg aufgebrochen. Am Bahnhof wartet der Rest unserer Gruppe. Wir waren mal mehr …«

Die Erinnerung war ihm unangenehm und Tränen füllten seine Augen, sodass Simone übernahm: »Wir wurden nicht gut behandelt, einer von uns wurde umgebracht.«

Ihr Gegenüber sah geschockt aus: »Keine friedlichen Zeiten. Kann ich euch etwas anbieten?«

Fabian hatte die Fassung wieder gewonnen: »Um ehrlich zu sein: ja. Wir wollen uns bewaffnen.«

Sein Gegenüber reagierte erstaunt: »Und du denkst, ich kann euch helfen?«

»Ich hatte es gehofft.« Fabian wurde ruhiger. »Ich bin nicht davon ausgegangen, dass du uns Waffen geben könntest, aber vielleicht kennst du jemanden, Sportschützen oder jemand von der Polizei.«

»Kommt rein.« Marius trat zur Seite, seine Frau war einen Schritt nach hinten gegangen. »Oder wartet, wenn ihr nicht akut etwas braucht: Schatz, schicke bitte die Kinder zu den anderen Gemeindevorständen, die sollen das Gemeindehaus für zwanzig Gäste herrichten. Die Feldbetten sollten im Lager sein, Decken müssten genug vorhanden sein. Und sie sollen schauen, dass sie was zu Essen dahin bekommen.«

Er holte seinen Schlüssel und trat aus der Tür: »Wir gehen eure Leute holen und sprechen auf dem Weg.«

»Danke für deine Hilfe«, sagte Fabian.

»Ich verspreche dir nichts.« Marius legte ein ordentliches Tempo vor.

»Um offen zu sein«, versuchte es Fabian direkt, »wir können im Moment nichts bezahlen.«

»Erzählt mir bitte erst mal von Anfang an, vielleicht wie ihr den Stromausfall erlebt habt bis Soltau?«, bat Marius.

Simone fing an und wurde zwischendurch manchmal von Fabian unterbrochen, der das ein oder andere ergänzte. Nachdem er die Geschichte gehört hatte, sagte Marius: »Okay, ich kann den

Wunsch nach Bewaffnung gut verstehen. Wie lange es dauern wird, bis man wieder sicher durch das ganze Land reisen kann?«

»Ihr habt eure Stadt anscheinend recht gut im Griff«, lobte Simone, »wenn es in genügend Orten so funktionieren würde, müsste das machbar sein. Wenn ich unser Erlebnis nehme, befürchte ich, dass es in vielen Städten und Ortschaften übel aussieht.«

»Ich kenne ein paar Leute von der Polizei und einige Sportschützen«, ging Marius auf die dringende Bitte von Fabian und Simone ein. »Wenn wir eure Gruppe in die Gemeinde gebracht haben, werde ich versuchen Kontakt aufzunehmen. Vermutlich eher bei der Polizei. Der eine wird mir sicher einen Weg nennen, wie wir an Waffen kommen können.«

Sie sammelten die restlichen Hannoveraner am Bahnhof auf und wurden von Marius zum Gemeindezentrum geführt. Dort hatte man etwas zu Essen vorbereitet und als man den teils jämmerlichen Zustand der Gruppe sah, besorgte man Kleidung und ein paar Rucksäcke.

Marius hatte sich verabschiedet und als er zurückkam, ging er direkt auf Simone und Fabian zu: »Die positive Nachricht ist: Ihr werdet Feuerwaffen bekommen. Die Negative: Es sind nur zwei Handfeuerwaffen und es wird nur eine überschaubare Menge an Munition geben.«

Simone stellte die Frage nach der Gegenleistung: »Wie können wir das wieder gutmachen?«

Marius beruhigte sie: »Ich habe einen alten Gefallen eingefordert. Helft anderen, wenn die Hilfe benötigen.«

Nach einer Weile fügte er hinzu: »Und versucht, mir eine Nachricht zukommen zu lassen, wenn ihr euer Ziel erreicht habt! Lasst uns etwas essen, ich habe einen Bärenhunger!«

Sie setzten sich an den Tisch, an dem bereits Helge und Arne saßen. Letzterer sah sich um und sprach Fabian an: »Ich möchte mich entschuldigen.«

Fabian war überrascht: »Entschuldigen? Für was?«

»Ich hatte mich negativ über deinen Glauben ausgelassen«, versuchte Arne sich zu erklären. »Ehrlich gesagt, kann ich damit immer noch nichts anfangen und es gibt Teile eurer Sicht der Welt, die ich nur schwer tolerieren kann. Aber ihr helft uns. Einfach so. Das beeindruckt mich.«

»Arne«, fing Fabian an, »es gibt innerhalb der Freien Gemeinden große Unterschiede, manche, die würdest du wohl evangelikal nennen, haben Ansichten, da komme ich selber oft nicht mit. Ob wir hier oder in Seevetal die gleiche Hilfe bekommen hätten, wenn keiner von uns in einer Gemeinde gewesen wäre, kann ich dir nicht mal sagen.

Lass uns nachher bei einem Glas Wein oder einer Flasche Bier gemeinsam philosophieren.«

Er zeigte zu dem Tisch, auf dem eine große Auswahl an Getränken aufgebaut war.

Die Zeit verging, die meisten ihrer Gastgeber verließen das Gemeindehaus, nur Marius und seine Frau blieben bei den Hannoveranern und übernachteten mit ihnen dort.

Am nächsten Morgen schienen einige den Alkohol am Abend zuvor zu bedauern. Speziell Arne kniff die Augen zusammen und zuckte bei jedem Geräusch, das ein wenig lauter war.

»Hat sich ja gelohnt«, grinste Simone ihn an.

»Dafür habe ich mit Fabian fast eine neue Weltreligionsphilosophie entworfen … Wenn ich mich nur daran erinnern könnte.«

Zum Frühstück kamen wieder andere Gemeindemitglieder. Simone beobachtete einen sportlichen Mann, der mit einem schweren schwarzen Rucksack zu Marius ging. Die beiden unterhielten sich und Marius deutete auf sie und Fabian. Als er merkte, dass Simone ihn anschaute, winkte er sie zu sich: »Kannst du Fabian herholen?«

Kurze Zeit später standen die vier in einem kleinen Gruppenraum, abseits vom Rest: »Hallo miteinander, normalerweise würde ich mich vorstellen, mein Name ist im Moment nicht wichtig.

Marius hat mir erklärt, was euch bisher passiert ist und dass ihr euch bewaffnen wollt. Hier im Rucksack habe ich zwei Kleinkaliberwaffen inklusive je zweier Packung Munition. Mehr konnte ich auf die Schnelle nicht organisieren. Hat jemand von euch schon mal geschossen?«

»Zählt die Schießbude auf der Kirmes?«, fragte Fabian, der dafür einen strafenden Blick des Waffenspenders kassierte.

»Okay, also nicht. Im Grunde ist es einfach.« Er holte eine der Waffen und eine Packung Munition aus dem Rucksack. »Es handelt sich um zwei Kleinkaliberpistolen eines deutschen Herstellers. Hier könnt ihr das Magazin herausnehmen«, er führte es vor, »die Munition drückt ihr so hinein, dann wieder in die Waffe, entsichern … zielen und abdrücken. Das werde ich jetzt nicht vormachen. Vor dem Rest der Gruppe solltet ihr nicht zu offen über die Waffen sprechen.«

Er nahm das Magazin wieder aus der Waffe und drückte sie Simone in die Hand: »Nehmt sie in die Hand, fühlt, betätigt den Abzug. Macht euch mit der Sicherung vertraut!«

Skeptisch betrachtete Simone die grün-schwarze Pistole, die Marius ihr in die Hand gedrückt hatte. Sie war schwerer, als sie erwartet hatte und fühlte sich wie ein Fremdkörper in ihrer Hand an. Vielleicht würde sie sie Arne geben.

»German Sport Guns«, las sie die weiße Schrift vor, während sie die Sicherung inspizierte.

Sie bemerkte, wie Marius sie beobachtete: »Zielt niemals auf einen Menschen, es sei denn, er ist für euch eine Bedrohung. Glaubt nicht, dass es einfach ist, jemanden zu erschießen! Wenn ihr zweifelt, gibt das eurem Gegner einen Vorteil.

Ich finde es nicht gut, dass ihr mit Waffen herumlaufen werdet, und hätte mich Marius vor zwei Wochen so etwas gefragt, hätte ich ihn ausgelacht. Ich weiß, dass die Welt sich verändert hat, und vertraue Marius, der euch vertraut. Oder zumindest einem von euch, der den anderen traut und ich hoffe für euch, dass ihr nach Hause kommt, ohne die Waffen benutzen zu müssen.

Hat jemand Fragen?«

Fabian nickte: »Könntest du die Handhabung nochmal wiederholen?«

Der Waffenlieferant lächelte: »Ich finde es gut, dass du das fragst. Eigentlich wäre eine längere Einweisung besser. Marius, ist die Tür verschlossen?«

Der ging zur Tür, drückte die Klinke, nickte und kam zurück.

Sein Bekannter öffnete den Rucksack und holte zwei weitere Waffen heraus, mehrere Magazine und Munitionsschachteln, und breitete sie auf dem Tisch aus. Er deutete Fabian, eine in die Hand zu nehmen und der griff nach der Pistole.

»Okay«, bremste der Lieferant ihn aus, »so besser nicht. Das Erste, dass ihr euch merken solltet, ist, dass die Zeigefinger immer lang sein sollen, damit ihr nicht aus Versehen an den Abzug kommt.«

Er nahm die dritte Pistole in die rechte Hand und sein Zeigefinger folgte dem Lauf oberhalb des Abzugs: »Den Daumen um die Waffe. Wenn ihr den nach oben zeigen lasst, werdet ihr euch bei den meisten Pistolen beim Rückstoß verletzen. Der ein oder andere Schütze hat sich da die ›Walther‹-Narbe geholt.«

Die andere Hand legte er unter die rechte Hand, die Daumen zeigten nun beide in einer Reihe auf der anderen Seite am Lauf entlang: »Die Nichtschusshand ist nur zum Unterstützen. Achtet darauf, dass die keinen Druck auf die Waffe ausübt.«

Fabian und Simone folgten seinen Anweisungen, er überprüfte kurz: »Gut, genau so! Dann solltet ihr zusehen, einen möglichst guten Stand zu haben. Wenn ihr die Waffe auflegen könnt, ist das auch gut. Unterschätzt, auch beim Kleinkaliber, den Rückstoß nicht!«

Der Mann legte die Pistole auf den Tisch, öffnete ein Päckchen Munition, nahm eines der Magazine und zeigte, wie man die Patronen hineinführte. Dann nahm er wieder die Waffe in die Hand: »Das hier ist der Magazinhalter.«

Die andere Hand hielt er unter die Waffe, drückte auf den Halter und das Magazin fiel heraus: »Dann einfach das neue Magazin reinschieben, Verschluss einmal nach hinten ziehen und ihr seid wieder schussbereit.«

Sie wiederholten seine Bewegungen und er nickte zufrieden: »Wenn ich weg bin, solltet ihr noch ein paar Trockenübungen machen. Für jede Pistole gebe ich euch zwei Magazine und zwei Päckchen Munition mit. Das sind pro Waffe 100 Schuss, aber auch ordentlich Gewicht, das ihr zusätzlich tragen müsst. Unterschätzt das nicht!«

Nacheinander schob er Fabian und Simone die Magazine und Päckchen zu, verpackte den Rest in seinen Rucksack.

Er wartete einen Augenblick: »Ein kleiner Tipp: Tragt sie am Körper, so dass ihr schnell rankommt.«

Der Mann verabschiedete sich und Simone musterte die Pistole in ihrer Hand. Ein fremdes Gefühl.

LUKAS

Gemeinsam hatten sie am Abend das Wiedersehen von Laura und Gordon gefeiert: Jutta und Florian waren vorbeigekommen und sie hatten den Restbestand an Wein um einige Flaschen verringert. Während die Versorgung der Flüchtlinge in der Scheune lief und man von den Bewachern keine Beschwerden hörte, war der Blick auf die Altstadt von Wetzlar erschreckend. Kleine Brände hatten sich zu einem Großen vereint, der unfertige Dom war als steinerne Silhouette vor den Flammen zu erkennen. Das konnte nicht darüber hinwegtäuschen, dass der historische Kern der Stadt verloren war.

Gordon stand am nächsten Morgen gemeinsam mit Malte und Lukas auf der Terrasse und schaute zur brennenden Stadt.

»Warum die ganzen Brände?«, wunderte sich Gordon.

»Unachtsamkeit«, vermutete Lukas. »Kerzen, die zur Beleuchtung dienen sollten, haben Vorhänge Feuer fangen lassen. Vielleicht haben ein paar leichtsinnig in der Wohnung gegrillt. Du würdest dich wundern, wie schnell ein Brand entstehen kann.«

Der Freund seiner Schwester nahm die beiden Kaffeetassen für sich und seine Freundin und ging ins Haus hinein.

Lukas nutzte die Chance und sprach seinen Vater an: »Was machen wir mit Laura?«

»Was meinst du?«, fragte sein Vater erstaunt.

»Gestern Morgen? Die ist fast durchgedreht. Nein, nicht fast, die ist durchgedreht! Ich dachte, ich verbringe viel Zeit mit Handy, Playstation und Computer, aber Laura ist abhängig.«

Er sah, wie es in seinem Vater arbeitete: »Du hast recht. Das war wie Cold Turkey!«

»Cold Turkey?«, Lukas sah seinen Vater fragend an.

Der grinste zurück: »Ich bin froh, dass dir das nichts sagt. Als ›Cold Turkey‹ bezeichnet man den kalten Entzug. Das kommt vor, wenn man einem Abhängigen plötzlich die Droge entzieht und keinen Ersatz anbietet. Es kommt zu heftigen Entzugserscheinungen und ich gebe dir recht, Laura hat gestern entsprechend reagiert.«

»Und was machen wir mit ihr?«, bohrte Lukas nach, »darauf ansprechen?«

»Ich habe momentan keine Idee«, gestand Malte. »Ich wüsste nicht, wen ich da fragen kann.«

»Direkte Konfrontation oder versuchen wir es diplomatisch?«, fragte Lukas. »Weihen wir Gordon mit ein?«

»Hm, vielleicht fühlt sie sich dann in die Ecke gedrängt?«, sein Vater zweifelte ein wenig.

»Es gibt nichts Gutes, außer man tut es! Auf geht es!« Lukas nahm seine Tasse Kaffee, ging ins Haus, setzte sich zu Laura und Gordon an den Tisch und wartete, bis sein Vater Platz genommen hatte.

»Liebe Laura«, fing Lukas an, »ich könnte jetzt herumdrucksen, aber ich mache mir Sorgen um dich.«

Laura war geschockt von seiner Ansprache und schien keine Ahnung zu haben, über was er sprach: »Du machst dir Sorgen um mich?«

»Du erinnerst dich an gestern Morgen?« Ihr Blick sagte ihm, dass sie das tat. »Du bist durchgedreht, weil weder dein Handy noch das Tablet funktionierte!«

»Ach komm, da war ich kurz neben mir«, beschwichtigte Laura.

»Davon hast du mir gar nichts erzählt«, sagte Gordon.

»Dein ›Kurz neben dir‹ hat den Bilderrahmen gekostet und deinem Tablet die Spiderman-App eingebracht«, legte Lukas nach.

»Wie hast du das geschafft?«, fragte Gordon.

Laura wurde wortlos und Malte erklärte: »Sie hat das Tablet an die Wand geworfen und dabei den Rahmen getroffen.«

»Ja und?«, giftete seine Schwester ihren Vater an. »Jetzt ist alles wieder in Ordnung!«

»Wie lange wird das so bleiben?« Malte gab nicht nach und Lukas war froh, dass sein Vater ihm den Rücken stärkte. »Sag uns bitte, wie wir dir helfen können?«

»Ihr habt doch alle einen Knall«, Laura stand auf, ging, entgegen der Gewohnheit, gut hörbar die Treppe hoch und knallte ihre Tür zu.

Gordon schaute ihr unsicher hinterher und dann fragend Lukas und Malte an.

»Gib ihr ein wenig Zeit«, riet Malte, »ich denke sie weiß das selbst, nun geht es darum, wie wir helfen können.«

»Zumindest kann sie aktuell nicht rückfällig werden.« Der Humor von Gordon gefiel Lukas und dem schmunzelnden Gesicht seines Vaters entnahm er, dass es ihm ähnlich ging.

»Erzählst du uns, was dir bisher passiert ist?«, bat Malte.

Gordon überlegte kurz: »Klar, eine Kurzversion sollte reichen, dann gehe ich zu Laura.«

Er nippte an seiner Kaffeetasse: »Ich war im Auto, auf dem Weg nach Hause, und wollte von der Autobahn abfahren. Der Lkw vor mir fuhr recht gemütlich und ich war genervt, als mein Motor ausging. Eigentlich merkte ich als Erstes die fehlende Musik, ihr wisst ja, dass ich die im Auto oft ein wenig zu laut anmache.«

Lukas verstand, was er meinte. Manchmal brachte ihn Gordon morgens in die Schule, und wenn der am Abend zuvor alleine zu Kinzigs gefahren war, war das Autoradio irrsinnig laut eingestellt. Wenn er es dann anmachte, blies einem die Lautstärke den letzten Schlaf aus dem Körper.

»Das Auto rollte aus, die Bremse war echt schwergängig und die Servolenkung funktionierte nicht mehr. Nicht, dass das bei dem Kleinwagen unbedingt nötig wäre, aber wenn man es gewohnt ist, fehlt es einem.

Der Lkw vor mir schob sich in den davorhaltenden Pkw, war aber, Gott sei Dank, schon so langsam, dass nur Materialschaden entstand.

Dann habe ich etwas gewartet und entschieden, nach Hause zu gehen.«

Gordon nahm einen Schluck von seinem Kaffee: »Meine Mutter war daheim total aufgelöst, mein Vater kam fast gleichzeitig mit mir zurück. Das Gute war, dass Mama an dem Vormittag den Einkauf für die nächsten Tage gemacht hatte, trotzdem hatten wir bald das Problem, dass wir kein Wasser zum Spülen der Toilette hatten.«

»Unsere Regentonnen sind da echt hilfreich«, erklärte Malte, »aber die werden nicht ewig halten, wenn es nicht bald regnet, müssen wir die auffüllen.«

»Ja, so was haben wir leider nicht.« Gordon war jemand, der oft mit Hand und Fuß redete und Lukas erwischte sich dabei, wie er die Tasse beobachtete, die immer wieder in den Gefahrenbereich von Gordons Händen geriet. »Aber der Bach ist nicht weit entfernt und Papa und ich haben dort Wasser geholt und in die Badewanne und andere Behälter gefüllt.

Am nächsten Tag wurde meinem Vater klar, dass der Ausfall länger dauern könnte und selbst wenn er schnell vorbei wäre, es Wochen dauern würde, bis alles wieder normal wäre. Er hat mich gebeten, erst mal daheimzubleiben.

Wir haben ein paar Lebensmittel und Trinkwasser besorgt. Und dann kam es zu den ersten Überfällen.

Am dritten Tag kam eine riesige Gruppe aus Gießen, die sind gar nicht durch den Ort. Später wurde berichtet, die wollten das Verteilzentrum vom Edeka plündern und davor kam es zu einer großen Schlägerei. Als geschossen wurde, rannten die Eindringlinge weg.

Stellt euch das vor, keine 72 Stunden ohne Strom und schon schießen die Leute!«

»Wir sind bisher glimpflich weggekommen«, nutzte Malte die Redepause des jungen Mannes. »Bis auf den Brand des Supermarktes.

Tote wegen der Verteilung von Nahrungsmitteln hatten wir noch nicht.«

»Das Verteilzentrum war mehrmals Ziel von Überfällen«, fuhr Gordon mit seiner Zusammenfassung fort. »Ein paar Polizisten, die im Ort leben, haben den Schutz des Gebäudes organisiert. Andere haben die Verteilung der Ware übernommen. Für uns war das ein Glücksfall, bleibt aber ein Risiko, das Begehrlichkeiten weckt.«

»Laura hat dich vermisst.« Lukas sagte dies vorwurfsvoller, als es klingen sollte.

»Ich sie auch. Ich wollte schon am ersten Tag herkommen«, falls ihn der Tonfall von Lukas angegriffen hatte, ließ er sich das nicht anmerken. »Aber meine Eltern baten mich, bei ihnen zu bleiben. Ich wusste nicht, wie sicher der Weg hierher ist.«

»Florian hat üble Geschichten aus Wetzlar erzählt«, erinnerte sich Lukas und berichtete davon.

»Wo es ging, habe ich Städte und Dörfer umfahren, dadurch hat sich mein Weg fast verdoppelt. Ich sollte jetzt nach Laura schauen.« Gordon stand auf und stieg die Treppe hoch.

»Wenn das für die paar Kilometer schon so problematisch ist«, sagte Lukas niedergeschlagen, »wie schlimm ist es bei so weiten Wegen wie dem von Mama? Wie war das denn früher?«

»Früher?«, fragte sein Vater.

»Ja. Bevor es Strom gab«, erklärte Lukas seine Frage, »vor den Telefonen, vor dem Telegrafen, die Leute sind auch durch Europa gereist. Geschäftlich und so.«

Malte überlegte: »Vermutlich war es nicht so sicher wie vor drei oder vier Wochen, aber sicherer als heute.

Polizei und Bundeswehr sind mit der aktuellen Situation überfordert, das schafft Lücken und die werden halt gefüllt.«

»Man müsste die Verbindungsstraßen bewachen«, schlug Lukas vor.

»Vermutlich müssten dazu die Orte selbst gesichert sein«, gab Malte zu bedenken. »Aber die Idee ist gut.«

»Umbach ist doch sicher?«, fragte Lukas.

»Im Moment. Ich würde dir gerne sagen, dass das so bleiben wird, versprechen kann ich das nicht.«

»Dann müssen wir dafür sorgen, dass es sicherer wird. Und die Nachbarorte. Und die Wege und Straßen.« Lukas Gehirn arbeitete wie wild, er überlegte sich, wie man Stück für Stück die Wege nach Norden sichern könnte, bis es irgendwann weit genug war, dass seine Mutter einen sicheren Weg vor sich hatte.

»Rom wurde nicht an einem Tag erbaut«, reagierte Malte. »Wir arbeiten daran, dass es besser wird!

Was steht bei dir heute noch auf dem Programm?«

»Dirk wollte zum Supermarkt, schauen ob man etwas über die Brandursache herausfinden kann«, erklärte Lukas, »und es gibt einen Plan, eine Leitung zu legen, durch die das Brunnenwasser direkt zum Wasserwerk geführt wird, das würde einige Kutschfahrten einsparen.«

»Klingt gut. Gibt es dann wieder Wasser aus dem Hahn?«, vermutete Malte.

»Dirk meinte ja, aber ob es genug sein wird, wissen wir nicht. Herr Kempf hat einige Stellen gefunden, an denen es früher Brunnen gab«, Lukas fragte sich, ob der das seinem Vater nicht erzählt hatte. »Bilder und Pläne, aus dem Heimatmuseum. Vielleicht kann man da mit mechanischen Pumpen etwas machen, das würde das Wasserholen für viele vereinfachen.«

»Dirk hält viel von deiner Hilfe.« Lukas war sich nicht sicher, ob das eine Frage oder eine Feststellung sein sollte. »Ich bin stolz und habe den Eindruck, dass du in den letzten Tagen fast erwachsen geworden bist.«

»Und? Das gefällt dir nicht?« Lukas wusste nicht, was er mit dem Kommentar anfangen sollte.

»Doch!« Erstaunt bemerkte er, dass sein Vater Tränen in den Augen hatte. »Aber so gerne ich dich erwachsen werden sehe, so sehr wird mir dann klar, dass der kleine Junge verschwindet. Ich würde mir für dich wünschen, dass du im Herzen ein wenig ein kleines Kind bleiben kannst.«

Er war überrascht, als sein Vater aufstand, ihn in den Arm nahm: »Pass auf dich auf!«

Bei der Feuerwehr herrschte reger Betrieb, zahllose Rohre, Schläuche und Kupplungen lagen auf dem Platz vor den Garagen verteilt. Dirk stand mit Herrn Kempf und einigen anderen Männern in der Mitte des Durcheinanders und hielt einen großen Plan in der Hand.

»Okay, das sieht gut aus«, hörte er Dirk sagen, »damit hätten wir den Weg zum Wasserreservoir überbrückt, wir müssen nur überlegen, wie wir die Leitung sauberhalten können.

Hallo Lukas! Wir können gleich los.«

Lukas wartete, bis Dirk sein Treffen beendet hatte: »Bauen wir ein Aquädukt?«

»Wenn man es so betrachtet, dann vermutlich«, stimmte Dirk zu.

»Wie läuft das gleich beim Supermarkt?« Lukas war noch nie bei einer Branduntersuchung dabei.

»Wir werden uns schmutzig machen«, lachte Dirk. »Löschwasser dürfte diesmal kaum ein Problem sein und wir halten die Augen offen.«

»Nach was genau?«

»Nach Auffälligkeiten, wir versuchen herauszufinden, wo der Brand angefangen hat, ob das an einer oder an mehreren Stellen war. Letzteres würde für Brandstiftung sprechen.«

»Könnte es Funkenflug vom Sonnenwendfeuer gewesen sein?«

»Eher nicht«, lehnte Dirk die Vermutung ab. »Ausschließen sollten wir das nicht. Ich glaube, das wäre direkt an dem Abend aufgefallen.«

»Und wenn wir wissen, wo der Brand angefangen hat?« Lukas hatte viele Fragen. »Finden wir heraus, wer das Feuer gelegt hat?«

»Mit etwas Glück«, antwortete Dirk, »mit viel Glück: ja.«

Am Brandort angekommen, bestaunte Lukas das Dachgerippe des Supermarktes. Da sie nicht die Mittel hatten, das Feuer zu löschen, hatten sie es ausbrennen lassen. Lukas rümpfte die Nase, der Gestank des vielen geschmolzenen Kunststoffes lag genauso in der Luft wie der von verkohlten Lebensmitteln, die aus den Dosen, Gläsern und Beuteln geplatzt waren.

Dirk öffnete Türen zu den Büros und schaute sich die verschiedenen Regale an: »Ist dir an der Tür etwas aufgefallen?«

»Ja, die war nur auf der einen Seite verkohlt.«

»Gut aufgepasst, ähnliches kannst du hier bei den Regalen beobachten, der Brand kam von da hinten …« Dirk ging in die gezeigte Richtung. »Fällt dir etwas auf?«

»Geschmolzene Flaschen«, reagierte Lukas.

»Und warum fallen die dir auf?«, wollte Dirk wissen.

»An dieser Stelle sind die Regale mit dem Küchen- und Toilettenpapier.« Lukas versuchte, sich zu erinnern, wo das Speiseöl stand. »Zumindest vor dem Stromausfall. Und das sieht aus, als ob jemand die Flaschen hier abgestellt hatte.«

Dirk stimmte ihm zu: »Speiseöl, vermutlich. Unwahrscheinlich, dass das zufällig hierhergekommen ist.«

»Und warum sollte das jemand gemacht haben?« Lukas konnte sich keinen Grund vorstellen. »Der Brand nutzt doch niemandem.«

»Wem nutzt es?«, grübelte Dirk. »Es würde jemandem mehr Kontrolle geben, für den der Supermarkt Konkurrenz war.«

»Und wenn man jemanden absichtlich beschuldigen will?«, formulierte Lukas einen Gedanken.

»Das ist eine Idee, aber hätte man dann nicht eine Spur legen sollen?«, spann Dirk den Gedanken weiter. »Mir ist bisher kein Gerücht zu Ohren gekommen und ich rede mit vielen Leuten.«

»Ohne eine andere Spur kommen wir nicht weiter«, vermutete Lukas. »Sollen wir ein paar Leute befragen?«

»Das ist ein guter Vorschlag, ich wüsste nicht, bei wem wir anfangen sollten. Jemand, der beim Sonnenwendfeuer war? Jemand anderes?« Dirk ging die verschiedenen Optionen durch. »Lass uns zu Bittler fahren und dem berichten, was wir bisher herausgefunden haben. Vielleicht haben unsere Polizisten eine Idee.«

Lukas war erstaunt: »Wir geben auf?«

»Nein«, widersprach Dirk, »wir geben nicht auf, wir holen uns nur Hilfe.«

TAG 8

JUTTA

D ie in Betrieb gesetzte Kirchturmuhr empfand Jutta als positive Veränderung, der Tag bekam dadurch mehr Struktur. Die Pilotin war es gewohnt, dass ihre Zeiteinheiten kurz getaktet sein konnten. Sie hatte sich mit dem Campingkocher Wasser erwärmt und einen Tee gebrüht und blickte von ihrem Balkon in den Garten herunter. ›Kleine Tante‹ hatte kurz vorher frisches Futter von ihr bekommen und dabei stellte sie fest, dass das zusätzliche Kraftfutter bald aufgebraucht sein würde. Früher oder später würden die meisten Halter von Tieren mit diesem Problem konfrontiert werden und an die Konsequenzen für viele der Tiere mochte sie gar nicht denken.

»An die Ruhe könnte ich mich gewöhnen.« Florian hatte sich hinter sie gestellt und massierte ihr sanft, aber trotzdem kräftig die Schultern.

Sie umfasste seine Hände und drückte sie: »Ja, es ist unglaublich, an wie viele Geräusche man sich gewöhnt hatte. Die Autobahn, irgendwelche Heizungs- und Pumpengeräusche im Haus, Autos auf der Straße, Flugzeuge …«

Er löste sich von ihr und küsste sie in den Nacken: »Ich mache die Runde bei meinen Senioren, drücke mir die Daumen, dass alle noch leben!«

Manchmal kam sie mit seinem Humor nicht zurecht und der Wechsel zwischen dem fürsorgenden Mann, den sie bewunderte und liebte, und dieser zynischen Person irritierte sie: »Du machst das schon!«

Sie drehte sich um, umarmte ihn und gab ihm einen Kuss. Tagsüber sahen sie sich selten, Florian besuchte über den Tag verteilt die ihm anvertrauten Senioren und zwischendurch half er der Apothekerin oder dem Hausarzt.

Sie selbst arbeitete beim Milchbauern und war vor allem als Kutschfrau etabliert. Zumindest so etwas Ähnliches wie Pilotin. Genau wie ihre Nichte Laura schloss sie sich den Landfrauen an, die ihre dringend benötigten Kenntnisse teilten.

Sie ritt auf ihrem Schimmel zum Hof von Nadines Familie, ›Kleine Tante‹ verbrachte die Zeit, in der sie die Kutsche fuhr, auf einer Weide direkt neben dem Hof. Da Pferde Herdentiere sind, war sie dort nicht alleine, konnte frisches Gras fressen und hatte mehr Auslauf als im Garten beim Haus.

Nadine trug heute ein typisches Reiteroutfit, eng anliegende weiße Reiterhosen und die entsprechenden Stiefel

Jutta gab ihrer besten Freundin einen Klaps auf den Hintern. »Steht dir gut, das bringt deinen Allerwertesten zur Geltung. Um den beneide ich dich!«

»Ach komm, das ist nur die Hose, die das so in Form bringt. Und deinen musst du auch nicht verstecken.«

Nadine hatte die Verwaltung des Kutschenfuhrparks von Umbach übernommen: Neben den drei Kutschen, die der eigene Hof hatte, kamen durch die anderen Bauernhöfe zehn weitere hinzu.

»Welchen Auftrag hast du denn heute für mich?«, fragte Jutta.

»Bei der Wasserleitung wird Hilfe gebraucht«, teilte Nadine ihr mit. »Ich werde mit anderen die Brunnentour fahren. Bin gespannt, wie lange es dauert, bis die Leitung das obsolet macht!«

Die Frauen verabschiedeten sich und Jutta steuerte ihre Kutsche zur Feuerwehr.

Dort angekommen, wurde sie von ihrem Neffen begrüßt: »Hallo Tante Jutta, hast du mitbekommen, dass Gordon hier ist?«

»Hallo Lukas, du sollst mich nicht ›Tante‹ nennen, da fühle ich mich gleich so alt«, rügte sie ihn, meinte das aber nicht ernst. »Das wird vermutlich jeder im Ort mitbekommen haben. Laura soll so laut gerufen haben, dass man das bis nach Wetzlar gehört haben muss.«

»Hilfst du uns bei der Wasserleitung?«, fragte Lukas.

»Nadine meinte, ihr wärt schneller, wenn ich euch helfen würde«, bestätigte sie, »und dann sind die Kutschen für andere Sachen frei!«

»Na die ganze Wasserversorgung werden wir mit der Leitung nicht hinbekommen«, gab Lukas zu bedenken. »Es spart halt das ständige Herausfahren zum Brunnen.«

»Einen Schritt nach dem anderen.« Sie war vom Kutschbock abgestiegen, drückte ihren Neffen kurz an sich und gab dann Dirk die Hand.

»Perfekt! Danke fürs Kommen«, begrüßte er sie. »Können wir gleich beladen?«

»Von mir aus.« Jutta schaute auf das viele Material, das auf dem Hof lag. »Du hast hoffentlich den Überblick?«

Dirk holte einen großen Plan heraus, überflog ihn und musterte das Material auf dem Boden: »Kannst du sie da drüben hinfahren? Wir würden direkt beladen.«

Sie bewegte die Kutsche an den angegebenen Ort und wartete bis Dirk, Lukas und andere ihr Fuhrwerk bepackt hatten.

Das meiste war leichtes Material, die Herausforderung war, es vernünftig zu stapeln: »Wenn ihr mitfahren wollt, müsst ihr Platz für euch lassen!«

Dirk schüttelte den Kopf: »Wir fahren mit den Fahrrädern.«

Am Brunnen angekommen, hielt sie das Gefährt an, blockierte die Bremse und wartete auf den Arbeitstrupp, der wenige Augenblicke später kam. Während die kurze Fahrt auf ihren Neffen keine Wirkung zeigte, waren einige der Männer schon außer Atem. Vermutlich würde die Fitness von allen in den nächsten Wochen besser werden, zumindest solange die Nahrungsversorgung aufrecht gehalten werden konnte.

Jutta machte zwei weitere Materialtouren, bevor sie wieder zum Hof zurückfuhr. Da Nadine noch unterwegs war, brachte sie die Kutsche in die Halle und die beiden Pferde auf die Weide. Den anschließenden Versuch, ihr Pferd zu sich zu rufen, hielt die Stute für ein Spiel und es kostete sie einiges an Zeit. Bis sie sich doch von einem Apfel auf ihrer Hand anlocken ließ.

»Du könntest mir das einfacher machen!«

Sie tätschelte das Pferd am Hals, führte sie vor die Sattelkammer und legte ihr Sattel und Zaumzeug an.

»Hallo Jutta«, wurde sie von Herrn Bodner begrüßt, »ihr Mädels seid ja wieder fleißig!«

»Hallo Herr Bodner. Wir tun, was wir können.« Das Kompliment war ihr ein wenig unangenehm, saß sie doch fast die ganze Zeit nur auf dem Kutschbock. »Was macht denn ihr Schlepper?«

»Der läuft«, beantwortete er ihre Frage. »Ich würde den gerne für die Ernte parat haben, das würde uns einiges an Arbeit abnehmen. Bis dahin muss ich den einen Ernteaufsatz anpassen und bin nicht sicher, ob das funktionieren wird.«

»Sie können bestimmt mit der Sense ernten«, vermutete Jutta.

»Mädchen, du machst mich älter, als ich bin.« Sie wusste, dass er nur den Beleidigten spielte. »Aber ja, das kann ich. Nur ist die Fläche heute um einiges größer. Vielleicht sollte ich vor der Erntezeit einen Kurs im Sensen anbieten? Inklusive Schärfen?«

»Und im Dreschen!«, ergänzte Jutta. »Das kann keiner mehr.«

»Ich schon«, lobte sich Herr Bodner. »Das ist nichts, was man nicht lernen kann.«

»Ihre Scheune ist vielen Menschen eine große Hilfe«, wechselte sie das Thema auf die von Bodners für die Flüchtlinge bereitgestellte Unterkunft.

Nun wirkte der Vater ihrer Freundin verlegen: »So sollte es sein. Ich bin froh und stolz, dass unser Ort das auf die Beine gestellt hat und hoffe, dass möglichst viele andere Orte so etwas machen!«

»Sie glauben nicht daran?«

»Jutta, ich hatte das Glück und brauchte selber nie schlechte Zeiten erleben. Bisher zumindest nicht. Die Familie meiner Mutter musste damals fliehen und während ich bis heute nicht weiß, was ihr alles passiert ist, hat mein Onkel vieles von der Flucht erzählt.

Es gibt Menschen, die sind in Zeiten, in denen sie im Überfluss leben, so geizig, dass sie niemanden etwas gönnen, und schon gar bereit zum Teilen sind. Du kannst dir ausmalen, wie die in so einer Krise wie jetzt reagieren.«

»Vielleicht springt da mancher über den eigenen Schatten?«

»Möglicherweise. Es gibt viele, die so eine Situation ausnutzen werden. Du erinnerst dich an die Vertreibung in Niedergirmes? Aus Gießen gibt es die Berichte über Autonome, woanders sind es kriminelle Banden und das wird es überall im Land geben.«

»Als ich hergekommen bin, hatte ich gute Laune und war optimistisch.«

»Entschuldige, das wollte ich dir nicht nehmen und lass dich von meiner Skepsis nicht anstecken.«

Der Mann, der sonst so distanziert war, nahm sie in den Arm.

»Dankeschön.« Sie wusste, dass er körperliche Nähe nicht mochte.

Als sie vom Hof ritt, wurde ihr klar, dass sie seit dem Ausritt zum Flugplatz den Ort nicht mehr verlassen hatte. Sie ging im Kopf ihre Agenda für den restlichen Tag durch und entschied sich, spontan zu wenden.

Ihr erster Gedanke war, zu ihrem Flugzeug zu reiten, und so ritt sie zunächst zur Stelle, an der sie wenige Tage zuvor mit ihrem Pferd auf die Autobahn gewechselt war. Der Zustand der Böschung hatte sich innerhalb einer Woche erschreckend verändert, der Gestank von Urin und Kot hing penetrant in der Luft. Vor sieben Tagen waren die Fahrzeuge noch in gutem Zustand. Nun waren bei den meisten die Scheiben zerstört, Türen und Heckklappen standen offen und das Inventar lag um die Autos herum. Teilweise hatte jemand sich die Mühe gemacht, Sitze und anderes fest Verbautes herauszureißen.

Auf den Fahrbahnen selbst bewegte sich ein stetiger Strom von Menschen. Viele wirkten erschöpft und schienen sich nur mechanisch und mit gesenkten Köpfen zu bewegen. Die Kleidung von fast allen war verschmutzt, die Haare ungepflegt. Einige trugen

Rucksäcke, andere Stofftaschen oder die großen, blauen Taschen von Ikea. Wenige hatten Bollerwagen oder Schubkarren, in denen sie Habseligkeiten verstaut hatten. Zum Bersten gefüllte Kinderwagen, bei denen man zunächst nicht davon ausging, dass noch ein Kleinkind hineinpasste.

Juttas Anwesenheit war nicht unbemerkt geblieben.

Eine Frau mit Kinderwagen kam direkt auf sie zu: »Ich brauche etwas zu trinken. Für mein Kind. Bitte!«

Erwartungsvoll flehend schaute sie Jutta an, während sich immer mehr Personen näherten. Sie überlegte kurz, ihre Wasserflasche im Rucksack der Frau zu geben, wurde abgelenkt, als ein Mann die Hand nach den Zügeln von ›Kleine Tante‹ ausstreckte. Das Pferd scheute und die Menge, die sich um sie gebildet hatte, wich einige Schritte zurück.

»Gibt es dort im Dorf Hilfe?«, hörte sie den Mann, der eben nach ihrem Tier gegriffen hatte, fragen.

»Wir haben seit zwei Tagen kein Essen mehr.«

Jutta löste sich aus ihrer Starre und versuchte, Abstand zwischen sich und den Menschen zu bekommen.

Die flehenden, fordernden Blicke trieben ihr die Tränen in die Augen: »Es tut mir leid!«

Sie wendete das Pferd, ließ es die Böschung hinuntergehen, ritt im schnellen Trab Richtung Umbach und vermied es, sich umzudrehen.

Auf dem Rückweg in das Dorf kam sie an dem Wachposten der Miliz vorbei.

Im Näherkommen erkannte sie ihren ehemaligen Mitschüler Ralf, der mittlerweile Teil der Miliz war: »Hallo Jutta, ist alles okay bei dir? Du siehst aus, als ob du den Leiblichen persönlich getroffen hast?«

»Nicht den Leiblichen.« Sie musste sich anstrengen nicht laut loszuweinen. »Aber ich habe eine Ahnung von der Hölle erlebt.«

Ralf schaute sie verwundert an: »Ich verstehe nicht?«

»Ich war bei der Autobahn, hast du die Menschenmenge dort gesehen?«

»Ich habe das Dorf die letzten Tage nicht verlassen«, verneinte er.

»Das sind so viele Menschen«, versuchte sie ihre Eindrücke zu vermitteln, »wir können denen nicht allen helfen. Es sind Kinder dabei, viele Kinder. Wo bleibt die Hilfe vom Staat? Da müsste was kommen? Die müssen doch Notfallreserven haben!«

»Keine Ahnung, wo der Staat bleibt«, sagte Ralf, »es war klar, dass wir nicht allen werden helfen können.«

Jutta atmete tief durch: »Ja. Aber es ist etwas vollkommen anderes, wenn die Menschen Gesichter bekommen. Wenn du auf einmal die Kinderwagen siehst und eine Mutter, die um etwas zu trinken für ihr Kind bettelt.«

MALTE

Malte bereitete das Frühstück für seine Kinder und Gordon vor. Zufrieden saß er am Esstisch: Der von Laura erstellte Haushaltsplan hatte Wirkung gezeigt und es sah wieder etwas ordentlicher aus. Die Wäsche war ein großer Streitpunkt und irgendwann hatte Malte die Diskussion mit der Anordnung beendet, dass sich alle zusammen darum kümmern würden.

Er hörte, wie oben gespült wurde und da Gordon sich ähnlich laut bewegte wie Lukas, wusste er, dass seine Tochter wach war. Für die Toiletten musste es bald eine neue Lösung geben, einer der Feuerwehrleute hatte darauf hingewiesen, dass die Kanalisation zu wenig Wasser führte. Aktuell würde der Druck nicht ausreichen, alles wegzuspülen und der Geruch, der an einigen Stellen aus den Gullys kam, deutete auf Rückstände hin.

Bei der Wandererscheune wurden Latrinen errichtet, die von den Durchziehenden selbst geleert und gesäubert werden mussten. Wenn sie nicht die Wassermenge im Abfluss erhöhen könnten, würde man in den Häusern ebenfalls auf Latrinen und Plumpsklos ausweichen müssen. Mit Volldampf zurück ins 19. Jahrhundert, dachte Malte.

Wie er vermutet hatte, war seine Tochter aufgewacht und katzengleich die Treppe heruntergekommen: »Guten Morgen Papa!«

Sie nahm sich aus dem Regal eine Tasse und füllte sie mit dem Kaffee, den er in die Thermoskanne gefüllt hatte: »Ich habe über euren Vorwurf nachgedacht.«

Malte brauchte eine Weile, bis er begriff, dass sie die Internetsucht meinte: »Ach ja? Und hast du ein Ergebnis?«

Sie nahm gegenüber von ihm Platz: »Was soll ich sagen. Das ist eindeutig, ich hatte es ja selber formuliert. Solange ich beschäftigt bin, geht es mir gut. Jetzt wo Gordon hier ist, geht es mir gut.

Klar vermisse ich meine Freundinnen, das ist ja normal. Wenn ich halt nichts zu tun habe, dann fällt mir auf, dass ich etwas verpasse. Ihr habt recht.«

»Lukas hatte vorgeschlagen, dass wir dir helfen«, sagte Malte, »und das will ich auch. Ich habe nur keine Ahnung, wie man das macht?«

Malte war immer wieder verwundert, wie schnell die Stimmung seiner Tochter wechseln konnte, das hatte sie von ihrer Mutter.

Hoffnungsvoll sah sie ihn an: »Ich glaube, ihr müsst nur für mich da sein.«

»Wir sind nicht immer da. Was machst du, wenn es dich in so einem Moment erwischt?«

»Gordon ist jetzt hier. So oft werde ich nicht allein sein. Und so richtig heftig war es bisher nur den einen Morgen.«

Malte tastete sich vor: »Ich sehe nachher Doktor Haarberg. Darf ich ihn um Rat bitten?«

Lauras Augen wurden groß: »Doktor Haarberg? Ich bin doch nicht krank, nur ein wenig neben mir!«

Malte schaute sie eine Weile an: »Dir ging es an dem Morgen schlecht, du hast am ganzen Körper gezittert. Mir ist klar, dass ich dich nicht in Watte einpacken kann. Und dass wir dich nicht immer beschützen können. Ich möchte es wenigstens versuchen und da ich niemanden kenne, der sich mit Entzug auskennt, ist der Arzt der Erste, der mir einfällt, den ich zu dem Thema befragen könnte.«

»Wenn du meinst, dann mach' das.«

Malte versuchte, nicht zu grinsen. Diese Reaktion hätte von ihrer Mutter kommen können und wenn die das so gesagt hätte, war ihm klar, dass zwischen den Zeilen »auf keinen Fall« stand. In diesem Fall beschloss er, Laura beim Wort zu nehmen.

Oben war einer der jungen Männer zu hören, weshalb Malte das Thema beendete: »Ich gebe dir Rückmeldung.«

Gordon kam die Treppe herunter: »Guten Morgen!«

»Guten Morgen, Gordon«, grüßte Malte zurück.

»Bei uns daheim gibt es aktuell keine funktionierende Uhr«, berichtete Gordon, »zumindest war das nicht so, bis ich hierher gefahren bin. Weder bei uns im Haus, noch wie hier mit der Kirchturmuhr. Ich bin mir nicht sicher, ob ich das gut finde oder ob man sich damit nicht gleich wieder automatisch zum Sklaven der Zeit macht!«

»Es hilft, die Arbeit besser zu koordinieren«, erklärte Malte. »Angaben wie ›morgen Vormittag‹ sind halt nicht praktikabel.«

»Man könnte die Chance zum Entschleunigen nutzen«, grinste Gordon.

Oben ging die Zimmertür von Lukas und wenige Minuten später hatte er sich zur restlichen Familie an den Tisch gesellt: »Wir haben gestern herausgefunden, dass der Brand im Supermarkt gelegt wurde!«

Malte staunte: »Gibt es Hinweise auf den Täter?«

»Sind Feuerwehrleute nicht oft selbst Brandstifter?«, fragte Gordon.

Lukas schaute ihn mit einem bösen Blick an: »Nein, wir haben in die Richtung keine Spur. Wir waren mit dem einen Ex-Polizisten dort, Bittler.«

Malte brachte seine Tasse zur Spüle: »Wir wissen jetzt sicher, dass es Brandstiftung war, aber wir haben keine Ahnung, wer es gewesen war.«

»Wer profitiert denn vom Brand?«, fragte Laura.

»Darüber haben wir auch diskutiert«, ergänzte Lukas. »Und bei den Überlegungen, wem es nutzt, wurden das Hofgut und die Landwirte vorgeschlagen.«

»Wieso?«, wunderte sich Gordon.

Malte hatte eine Ahnung: »Die haben Lebensmittel und wir sind durch den Brand abhängiger von ihnen. Andererseits haben wir die Möglichkeit, die Sachen zu beschlagnahmen.«

»Vielleicht will jemand Stimmung gegen die Freyristen machen?« Lukas war es nicht recht, dass das Hofgut verdächtigt wurde.

»Was wird jetzt mit den Resten gemacht?«, fragte Gordon.

»Ein paar Freiwillige kontrollieren die ganzen Konserven und schauen, ob noch was zu retten ist«, antwortete Lukas.

»Gordon«, beendete Laura das Thema, »wir müssen los!«

Kaum hatten die beiden das Haus verlassen, als es klopfte.

Malte öffnete die Tür und erkannte den etwa zehnjährigen Nachbarjungen von Robert Kempf, sein Fahrrad stand in der Einfahrt: »Hallo Herr Kinzig, ich soll Ihnen von Herrn Kempf ausrichten, dass Sie bitte zu ihm kommen sollen!«

»Sofort?« Malte wunderte sich. »Ich brauche ein paar Minuten, willst Du warten oder kannst Du vorfahren und ihm sagen, dass ich gleich da bin?«

»Ich fahre schon mal vor. Auf Wiedersehen!«

»Auf Wiedersehen.« Malte schloss die Tür ging zum Tisch und schaute zur Spüle. »Lukas, ich weiß, dass ich dran bin, aber kannst du dich bitte um das Geschirr kümmern?«

»Klar«, reagierte Lukas, »was bietest du dafür?«

»Ich biete dir einmal Boden putzen als Ausgleich.« Malte war ein wenig verärgert, dass Lukas nicht einfach hilfsbereit war. »Ich gebe dir zu bedenken, dass es irgendwann eine Gelegenheit geben könnte, bei der du mich darum bittest, deinen Dienst zu übernehmen.«

Zufrieden stellte er fest, dass Lukas begann, die Optionen abzuwägen: »Weißt du was Papa, ich riskiere das einfach! Ich spüle für dich, du wischst morgen den Boden!«

»Okay.« Malte trug auf der Tafel im Flur neben seinem Namen ›Bin bei Kempf‹ ein. »Ich bin dann mal weg! Wir sehen uns später. Danke dir!«

»Danke dir!«, lachte Lukas zurück.

Malte nahm das Fahrrad und fuhr zu Robert Kempf. Die nächste Sitzung war für den folgenden Tag geplant und da sein Freund nicht selbst zu ihm gekommen war, musste etwas passiert sein, dass er nicht daheim wegkonnte.

Vor dem Hof parkte eine Personenkutsche und Malte kam beides unbekannt vor, er vermutete, dass es Besuch von ›außen‹ war. Ohne zu Klopfen trat er in den Hof ein. Dort standen drei bewaffnete Polizisten und eine Frau, die er nicht kannte. Er schätzte sie auf etwa 50 Jahre, die Haare gingen ihr bis zur Schulter und waren vor wenigen Tagen vermutlich gepflegt gewesen, mittlerweile aber strähnig. Die Kleidung war schlicht: Jeans, ein Paar Wanderschuhe, T-Shirt und eine Windjacke.

»Hallo Malte«, wurde er von Robert begrüßt, »darf ich dir vorstellen: Frau Julia Armsteiner vom Landratsamt. Frau Armsteiner, Herr Malte Kinzig, Mitglied des Gemeinderates.«

»Sehr erfreut.« Malte streckte ihr die Hand entgegen.

»Ebenfalls.« Sie schüttelte die angebotene Hand. »Da ich es eilig habe, komme ich gleich zum Grund meines Besuches. Sie haben sicher mitbekommen, dass es in Wetzlar gebrannt hat, wir haben in den Turnhallen viele Obdachlose, die Haus und Gut verloren haben und die dringend Nahrung benötigen.«

Malte gefiel nicht, in welche Richtung dieses Gespräch ging.

»Wir haben beschlossen, dass die umliegenden Gemeinden bei der Versorgung in die Pflicht genommen werden und bevor wir das Benötigte beschlagnahmen … fänden wir es gut, wenn wir das nicht machen müssten.«

Malte vermisste in diesem Moment Holzer oder Pape, denn die wären in der Situation die härteren Verhandlungspartner und er fragte sich, wieso Robert nicht einen der beiden kontaktiert hatte.

Der schien seinen Gedanken zu erraten: »Andreas und Carl sind in Dorlar, um die Zusammenarbeit der Milizen zu koordinieren. Frau Armsteiner: Wie stellen Sie sich das vor? Wie viel benötigen Sie?«

»So viel wie möglich, wir haben viele Menschen zu versorgen.« Malte war kurz vor dem Platzen, glaubte die Frau denn, dass sie nicht selbst ein Versorgungsproblem hatten, »wir sind dabei, Transporte zu organisieren, ihr Ort verfügt über Fuhrwerke, die wären hilfreich.«

»Was ist mit den Notfallreserven des Bundes?«, fragte Kempf, »haben Sie denn nicht darauf Zugriff?«

»Herr Kempf«, ihr Tonfall wurde kühler, »ich bin nicht hier, um mich vor Ihnen zu erklären. Wir benötigen jetzt die Lebensmittel und würden es begrüßen, wenn Sie kooperativ sind. Ihre Mitbürger sind in Not und brauchen Ihre Solidarität.«

»Welche Gegenleistung dürfen wir erwarten?«, fragte Malte.

»Gegenleistung?«, sie schien fassungslos zu sein. »Gegenleistung? Was meinen Sie?«

»Seit mehr als einer Woche sind wir auf uns selbst gestellt«, fing Malte an. »Sie sind die erste ›offizielle‹ Person, die hier aufgetaucht ist, und Sie haben sich nicht einmal die Mühe gemacht, eine Erklärung über den Stand der Dinge zu machen. Haben Sie Kontakt mit Wiesbaden? Mit Berlin? Mit irgendjemand?«

»Vor Ihnen muss ich mich nicht erklären«, sagte sie trotzig, »ich habe mich darum zu kümmern, dass unsere Mitmenschen versorgt werden!«

»Sind Sie auf der Autobahn vorbeigekommen?« Robert Kempf schien ebenfalls um seine Fassung zu ringen, »Überall suchen Menschen nach Hilfe. Haben Sie die Scheune vor dem Ort gesehen? Seit Tagen ist das die Unterkunft für viele Wanderer. Wir helfen bereits und sind am Limit. Wissen Sie, wie schwer es ist, um Hilfe Bettelnde abzuweisen? Und Sie kommen und bitten nicht, sondern wollen befehlen, dass wir Ihnen abgeben sollen? Was tun Sie für uns? Bisher haben Sie uns nicht eine Information gegeben, die wir nicht schon kannten!«

»Es ist nicht meine Aufgabe, Sie zu informieren«, zeigte sich Frau Armsteiner unnachgiebig. »Man wird Sie früh genug wissen lassen, was Sie wissen müssen.«

»Sie wissen selbst nichts!«, schwante es Malte, »sind Sie überhaupt vom Landratsamt? Was für ein Schauspiel liefern Sie hier?«

»Ich bin hier für heute fertig«, erwiderte sie kühl. »Herr Kempf, Herr Kinzig, wir erwarten Ihre erste Lieferung übermorgen beim Landratsamt. Sollten wir nichts von Ihnen hören, werden wir Sie beide persönlich verantwortlich machen. Auf Wiedersehen!«

Als sie bei den Polizisten vorbeiging, schnippte sie mit den Fingern, was diese als Zeichen verstanden ihr zu folgen. Kurz darauf hörte Malte die Kutsche wegfahren.

»Was hältst du von ihr?« Malte bewunderte die Ruhe, die Kempf ausstrahlte.

»Robert, ich habe keine Ahnung.« Er versuchte, sich einen Reim auf das Treffen zu machen, »hast du eine Idee, wer die Lagerorte der Bundesnotfallreserven kennt? Ich glaube nicht, dass sie das weiß. Und wieso ist die mit drei Polizisten unterwegs, während das restliche Land langsam im Chaos versinkt?

Und kann sie uns tatsächlich verantwortlich machen?«

»Ich denke nicht, ich wüsste nicht für was. Ihr fehlen die Lebensmittel und die Transportmittel. Polizisten scheint sie zu haben, aber wie viele? Ich bin verwundert, dass so viele Menschen in der Stadt sind. Den meisten muss schon vor Tagen das Wasser ausgegangen sein. Die Läden waren spätestens am dritten Tag leer. Und warum kommt erst jetzt jemand vom Landkreis? Ohne richtige Kommunikation kommen wir dauerhaft nicht weiter, da muss dringend was passieren.«

»Meinst du, sie ist wirklich vom Landkreis?«, zweifelte Malte. »Vielleicht schiebt sie nur ein Amt vor?«

Sie schwiegen sich kurz an, bis Robert die Stille brach: »Lass uns die Köpfe zusammenstecken, wenn Andreas und Carl zurück sind, die werden eine Meinung zu den Forderungen haben und vielleicht eine Idee, wie wir angemessen reagieren.«

TAG 9

JUTTA

Die Begegnung mit den Wanderern auf der Autobahn steckte Jutta noch in den Knochen und sie konnte die Erinnerung an die für ihr Kind bettelnde Mutter nicht verdrängen.

Sie war direkt nach Hause geritten, da Florian aber nicht daheim war, führte sie ihr Weg zu Malte, dem sie ihr Herz ausschüttete. Irgendwann ging ihr auf, dass ihre Schwägerin sich vermutlich in einer ähnlichen Situation wie die anderen Wanderer befand und der Gesichtsausdruck ihres Bruders sagte ihr, dass er vergleichbare Gedanken hatte.

Anschließend berichtete er ihr von dem sonderbaren Besuch von Julia Armsteiner. Das spätere Treffen mit dem Dorfrat war interessant gewesen: Holzer und Pape waren für komplettes Ignorieren. Nadine hatte vorgeschlagen, Hilfe für ein kleines Kontingent im Ort anzubieten.

Am nächsten Morgen war sie auf dem Weg zum Bodnerhof, als ihr vereinzelt der Gestank von Fäkalien auffiel. Es dauerte, bis sie den Zusammenhang zwischen Gullydeckeln und dem Geruch bemerkte.

Nadine hatte bereits beide Kutschen bespannt. Ihr Vater stand mit einem Paar neben einem der Gefährte und war so mit ihnen in ein Gespräch vertieft, dass zunächst niemand Jutta bemerkte.

»Guten Morgen«, machte Jutta sich bemerkbar und alle vier drehten sich zu ihr um.

Das Paar schätze sie auf etwa Mitte fünfzig und während der Mann kontrolliert wirkte, sah man der Frau an, dass sie geweint hatte.

»Hallo Jutta«, begrüßte sie Herr Bodner und wandte sich an das Paar. »Darf ich vorstellen, Jutta Dietz, die beste Freundin meiner Tochter.«

Das Paar stellte er als Lene und Mathias Norder vor: »Die beiden sind zu mir gekommen, weil sie ein Problem haben. Ihr Sohn wohnt in einer betreuten Wohnung für Behinderte und sie wollen ihn gerne zu sich holen.«

Jutta war erstaunt: »Warum jetzt erst?«

Frau Norder schaute auf den Boden und fing an zu weinen.

Ihr Mann vermied es, jemanden anzusehen: »Wir wollten keine Umstände machen und wir dachten, dass man dort gut auf ihn aufpasst. Wir können doch kaum etwas für ihn tun.«

»Wo müssen wir hin?«, fragte Jutta.

»Nach Werdorf«, antwortete Herr Norden.

»Wer soll ›wir‹ sein?«, Nadines Vater schien eine Ahnung zu haben, wen sie meinte. »Und wie stellst du dir das konkret vor?«

»Na ›wir‹ sind Herr oder Frau Norder, gerne beide«, erklärte Jutta, »Nadine und ich. Selbst wenn wir Umwege fahren, sind das hin und zurück weniger als vierzig Kilometer und wir sind zum Abendessen wieder hier.«

»Das werde ich so nicht zulassen.« Jutta war verwundert, sie hatte nicht mit Herrn Bodners Widerstand gerechnet. »Ich bestehe darauf, dass ein oder zwei Personen der Miliz mitfahren, ein Elternteil reicht und ihr müsst nicht beide mitfahren.«

»Es schadet nicht, wenn zwei Leute dabei sind, die sich mit Pferden und Kutschen auskennen«, kam Nadine Jutta zur Hilfe. »Miliz ist eine gute Idee. Ich fahre zum Major, der soll mir jemanden mitgeben. Jutta, bereite bitte die Kutsche vor und Papa, bitte Mama darum einen Proviantkorb vorzubereiten.

Frau Norden? Herr Norden? Wer von Ihnen wird mitkommen?«

Jutta beobachtete die flüsternde Unterhaltung des Paares und wunderte sich, wie die beiden sonst im Leben mit ihrer scheuen und zurückhaltenden Art zurechtkamen. Mit dem behinderten Kind wurden ihnen vermutlich genügend Steine in den Weg gelegt werden und mit Zurückhaltung kommt man bei Behörden und Krankenkassen nicht weiter.

»Ich werde mitkommen«, entschied Herr Norden.

»Brauchen Sie etwas für den Weg?«, fragte Nadine. »Da ich ohnehin in den Ort fahre, kann ich Sie beide mitnehmen.«

Das Paar nahm auf der Kutsche Platz und Herr Bodner sah ihnen hinterher: »Nette Menschen, aber schon in normalen Zeiten fehlt es ihnen an Härte.«

»Sie kennen Sie besser?« Jutta war neugierig.

»Besser ist übertrieben. Verwandtschaft: Er ist ein Cousin von mir. Entschuldigst du mich bitte kurz? Ich will den Proviantkorbauftrag von Nadine in die Wege leiten, nicht, dass sie wieder zurückkommt und der nicht fertig ist. Wir nehmen die Pferde, die sonst deine Kutsche ziehen und spannen sie vor die Wagonette.«

Eine Wagonette war ein gefederter, offener Pferdewagen. Vorne war die Fahrersitzbank, hinten gab es zwei gegenüberliegende Sitzbänke. Insgesamt konnten acht Personen gemütlich mitfahren, zusätzliches Gewicht belastete aber die Pferde, speziell wenn man länger unterwegs war.

Als Herr Bodner wieder mit dem Korb herauskam, war Jutta mit dem ersten Pferd fertig und er half beim zweiten Pferd. Kurze Zeit später kam Nadine zurück. Herr Norder saß mit auf dem Kutschbock, hinten saßen Ralf und der ›Major‹ persönlich. Neben den beiden Männern befand sich eine Kiste auf der Ladefläche.

»Hallo«, grüßte Jutta.

»Hallo.« Ralf gab allen die Hand.

Der Major beschränkte sich auf ein kurzes: »Hallo.«

Gemeinsam mit Ralf hievte er die Kiste auf die Wagonette. Jutta fiel auf, dass beide Männer Waffenhalfter hatten und ihr Blick zur Kiste war dem Major nicht entgangen: »Zwei Gewehre und Munition.«

Nadines Mutter hatte mittlerweile den Proviantkorb heraus-gebracht, gab diesen ihrer Tochter, die ihn auf der Kutsche ver-staute, und alle hörten zu, wie der Major den Plan erklärte: »Ich möchte direkt klarstellen: Meinen Befehlen ist unbedingt Folge zu leisten. Wir wissen kaum, wie die Verhältnisse in der Umgebung sind, und ich habe Herrn Norder schon auf dem Weg hierher klar gemacht: Wenn ich es entscheide, drehen wir um.

Ich werde mit Jutta vorne sitzen, Ralf sichert hinten.

»Wir werden auf den Hauptstraßen fahren«, fuhr der Mann fort. »Wenn irgendetwas wie eine Straßensperre aussieht, halten wir an und bereiten uns darauf vor zu wenden.«

»Die Wagonette hat einen engen Wendekreis«, erklärte Herr Bod-ner. »Das dürfte in so einem Moment praktisch sein.«

»Lukas ist sechzehn Jahre alt und geistig behindert, wie Herr Norder mir erzählt hat, verhält er sich etwa wie ein Dreijähriger. Körperlich normal entwickelt, für den Transport sind keine speziel-len Vorkehrungen zu machen.«

»Wir sprechen hier über einen Menschen und keine Fracht.« Jutta gefiel nicht, wie der Major über Lukas Norden sprach.

»Jutta, ich darf Sie doch so nennen? Mein Ziel ist es, dass wir den jungen Mann sicher abholen und herbringen. Wenn ich bei der Pla-nung einige Sachen recht pragmatisch angehe, bedeutet das nicht, dass mich das nicht berührt. Es geht mir darum, auf möglichst viele Eventualitäten vorbereitet zu sein. Würde Lukas in einem Rollstuhl sitzen, müssten wir anders planen.«

Sie fühlte sich erwischt: »Ja, Sie haben recht.«

»Wir werden über Blasbach fahren und umgehen den Weg di-rekt durch die Stadt oder problematische Viertel.« Der Major hielt eine Straßenkarte an die Kutsche und zeichnete mit den Fingern die Strecke.

»Problematische Viertel?« Herr Norder wirkte durch die Be-merkung verängstigt.

»Vor ein paar Tagen war es in Niedergirmes zu Überfällen ge-kommen«, erläuterte der Major. »Weitere Informationen spre-chen von Straßensperren und Schießereien. Weiterhin dürfte die

Ausfallstraße aus Wetzlar am Ikea vorbei eine der Hauptrouten für Flüchtende sein. Auf der von mir geplanten Strecke rechne ich mit den wenigsten Problemen.«

Jutta und der Major setzten sich auf die Kutscherbank, der Rest verteilte sich auf die Bänke hinten. Nadine auf einer, Herr Norder und Ralf ihr gegenüber. Die Wagonette ließ sich angenehm durch den Ort lenken und Arbeitstrupps waren dabei, die liegen gebliebenen Fahrzeuge zumindest zur Seite zu schieben, sodass alle Straßen im Ort problemlos zu befahren waren.

Sie verließen Umbach in Richtung Norden und wie an jeder anderen Ortsausfahrt hatte die Miliz Wachposten eingerichtet. Als sie den Major sahen, standen die beiden dort Wachhabenden auf und salutierten. Der winkte lässig zurück.

Als Jutta ihn fragend anschaute, reagierte er: »Ich will nicht, dass sie denken, sie wären nach ein wenig Ausbildung Soldaten, es braucht mehr und ich bin froh über jeden, der bei der Bundeswehr oder Polizei war.«

»Aber man schaut zu ihnen auf«, meldete sich Ralf zu Wort.

»Man wird auch schon über mich geschimpft haben«, grinste der Major. »Nicht alle mögen die Fitnessübungen!«

Von der Hauptstraße ausgehend hatte man angefangen, einen Graben auszuheben und mit der Erde in Richtung des Dorfes einen Wall aufzuschütten. Der Verlauf der Befestigungsanlage, hatte Nadine ihr erzählt, war heftig diskutiert worden: Sollte man Äcker mit einschließen oder nicht. Die Entscheidung waren zum Großteil nach praktischen Gesichtspunkten gefallen und man zog den Wall fast überall dort, wo Felder brach lagen, um nicht bald zu erntendes Getreide zu verlieren.

In Blasbach bot sich ein ähnliches Bild: Auf der Hauptstraße gab es einen Wachposten und man hatte damit angefangen, das Dorf einzuzäunen. Die Kutsche wurde aufgehalten und ein Wachposten befragte sie nach ihrem Ziel.

Der Major antwortete: »Wir sind auf einer Rettungsmission und wollen einen Jungen aus einem Behindertenheim in Werdorf holen?«

Die Wachen und der Polizist hörten zu und als der Major den geplanten Weg erklärte, schlug der Polizist vor: »Es gibt einen geteerten Feldweg, der führt über die Autobahn und sie können damit einen Teil der Ortschaften umgehen.«

Sie ließen sich auf der Karte die vorgeschlagene Strecke zeigen.

Jutta gab zu bedenken: »Könnte die Annäherung vom freien Feld aus nicht eher als Bedrohung angesehen werden? Wäre es nicht besser, offen über die Hauptstraße zu kommen?«

Der Polizist reagierte: »Ja, das ist möglich. Wir haben einige Tage nichts aus Hermannstein gehört, es ist auch niemand über die Strecke zu uns gekommen.«

Der Major entschied, dem Rat zu folgen, und der Polizist stieg mit auf die Kutsche, um sie zum beschriebenen Weg zu führen.

»Vielen Dank«, verabschiedete sich der Major.

Bis zur Brücke führte der Weg überwiegend durch den Wald, in dem sie vereinzelt Menschen sahen, die ihnen und der Kutsche aus dem Weg gingen, sich teilweise sogar, meist unbeholfen, versteckten. Ob sie aus den umliegenden Orten waren oder Wanderer, die die Autobahn verlassen hatten, war nicht zu erkennen.

Mit mulmigem Gefühl erblickte Jutta die Brücke. Mulmig, weil sie von ihr aus die Menschenmassen auf der Schnellstraße sah.

»Erschreckend«, unterbrach Ralf die Stille, »ich wundere mich, wieso bisher so wenige von denen nach Umbach gekommen sind, wir liegen fast wie auf dem Präsentierteller!«

»Ich glaube, wir sind von Norden aus wegen der Böschung kaum zu sehen und von Süden her scheinen andere Orte näherliegend sein«, vermutete der Major.

Auf dem Weg von der Brücke zu den ersten Häusern waren keine Menschen zu sehen. Sie hatten auf dem Feld kurz angehalten, die Karte studiert und suchten die Stelle, an der sie in den Ort abbiegen mussten. Im Gegensatz zu Umbach und Blasbach standen hier die Fahrzeuge dort, wo sie beim Stromausfall liegen geblieben waren. Je weiter sie kamen, desto mehr hatte Jutta das Gefühl beobachtet zu werden.

Auf einem Platz in der Ortsmitte überraschte sie eine Gruppe junger Männer, Jutta vermutete, dass es sich dabei um Türken oder Kurden handeln könnte. Der Major wies sie an, anzuhalten und die jungen Männer hatten sich blitzschnell verteilt und blockierten den Weg.

»Hallo«, grüßte einer von ihnen. »Willkommen in Aßlar, schön dass mal wieder Gäste hergekommen sind!«

Jutta bemerkte aus dem Augenwinkel, wie der Major sich umsah. Waffen sah sie bei den Männern keine, aber die konnten verdeckt unter der Kleidung sein.

»Hallo«, erwiderte der Major kühl, »würden Sie uns bitte durchlassen.«

»Sie sind erst angekommen, wir können uns doch erst mal unterhalten!« Der Tonfall des Mannes war freundlich, die wandernden Blicke ließen Jutta vermuten, dass er nach anderen Kompagnons Ausschau hielt.

»Wir haben es eilig und würden gerne weiterfahren.« Der Major ging gar nicht auf den Mann ein.

Der machte eine kurze Kopfbewegung und zwei seiner Männer bewegten sich langsam auf die Pferde zu und hoben die Hände, als ob sie die Pferde beruhigen wollten, so wie man es in Filmen oft sah.

»Bleiben Sie von den Pferden weg.« Der Major hatte die Pistole aus dem Halfter genommen, Ralf folgte seinem Beispiel, etwas leiser flüsterte er nach hinten: »Ralf, Nadine, schaut hinter uns. Jutta, gib Gas, wenn ich es sage.«

Die Männer gaben sich unbeeindruckt von der Warnung und griffen nach den Zügeln.

Ein Schuss ertönte, die beiden Männer hielten inne, schauten an sich herab und dann nach dem Major: »Ich sagte, Sie sollen von den Pferden wegbleiben. Lassen Sie uns nun durch?«

»Was soll das?« Der Anführer blieb erstaunlicherweise die Ruhe in Person. »So behandelt man keine Gastgeber!«

Die Pferde waren vom lauten Knall aufgeschreckt und Jutta hatte Mühe, sie ruhig zu halten.

»Lassen Sie uns durch.« Der Major zielte mit der Pistole direkt auf den Anführer. »Wir wollen nicht mit Ihnen sprechen.«

Ein weiterer Schuss war zu hören und Jutta sah, dass eine Kugel in die Kutscherbank neben ihr einschlug. Hätte der Major gesessen, wäre er getroffen worden. Der reagierte blitzschnell und feuerte so schnell, dass Jutta nicht mitbekam wie oft. Der Anführer hatte einen roten Punkt auf der Stirn und brach zusammen, auch einen der beiden Männer vor der Kutsche hatte der Major am Kopf erwischt. Den Dritten hatte er in die Brust getroffen und der schaute ungläubig auf den größer werdenden roten Fleck auf seinem Hemd, bevor er dann zusammenbrach.

»JUTTA!!!! Fahr los! Hörst du mich!« Der Major rüttelte an ihrer Schulter und holte sie aus ihrer Starre. Sie trieb die Pferde an, während der Major sich hinsetzte und ein weiteres Mitglied der Gruppe erschoss.

»Das war knapp«, hörte sie Nadine rufen, »eine Kugel ist direkt in den Waffenkoffer eingeschlagen.«

Jutta hörte, wie Ralf einige Schüsse abgab, während das Fuhrwerk schneller wurde und sie angestrengt versuchte, den Weg zwischen den liegen gebliebenen Fahrzeugen zu finden. Entlang der Hauptstraße gab es keine weiteren Gruppen oder Straßensperren und kurz nach dem Ortsschild verlangsamte Jutta die Kutsche, ließ die Pferde in einen leichten Trab übergehen.

»Seid ihr alle okay?«, fragte der Major.

»Ja«, sagte Nadine leicht zittrig, »außer der Kugel im Waffenkoffer hatten wir keinen Einschlag.«

»Doch«, korrigierte Jutta, »eine Weitere traf die Kutscherbank.«

»Bei mir ist alles okay«, sagte Ralf.

»Herr Norder?«, sprach der Major den Mann nach einer kurzen Pause an, der zitternd und weinend auf der Bank saß, »alles okay?«

»Ich habe Angst!«, wimmerte er.

»Das ist okay«, beruhigte der Major den Mann, »wichtig ist, dass uns nichts passiert ist. Wir fahren jetzt weiter zum Heim Ihres Sohnes und machen uns dann Gedanken über den Rückweg.«

»Na zumindest werden die von eben uns nicht mehr überfallen«, sagte Ralf.

Der Major schaute ihn streng an: »Wir wissen nicht, wie viele es waren. Auch nicht wie viele sie organisieren können. Ich garantiere Dir, dass wir auf dem Rückweg anders fahren werden, ich werde nicht riskieren, deren Freunden zu begegnen.«

Jutta brannten Fragen auf der Zunge, sie wollte wissen, wie der Major es geschafft hatte, so schnell die drei Männer auszuschalten, hatte aber den Eindruck, dass er für den Moment seine Ruhe haben wollte. Ohne Zwischenfall erreichten sie Werdorf, dort wurden sie von einer Straßensperre empfangen, die der in Umbach und Blasbach ähnelte.

»Was wollt ihr? Wir haben hier nichts für euch«, schallte es ihnen entgegen.

»Die Höflichkeit ging mit als Erstes flöten«, brummelte der Major. »Hallo, wir sind aus Umbach und wollen nichts von Ihnen. Wobei, das stimmt so nicht. Wir wollen den Sohn von Herrn Norder hier abholen, sein Junge lebt hier einer Wohngruppe.«

»Eines der behinderten Kinder?«, fragte der Wachposten.

»Ja, Lukas Norder, 16 Jahre«, präzisierte der Major.

»Mit den Waffen können Sie nicht in den Ort«, erklärte der Wachposten, »und auch mit der Kutsche nicht.«

Der Major schaute sich um: »Ralf, Nadine, ihr bleibt hier und wendet die Kutsche. Herr Norder, Jutta, wir holen den Jungen.«

Gemeinsam mit einem Wachposten liefen sie zu dem Haus, in dem normalerweise zwanzig überwiegend geistig behinderte Menschen lebten.

»Es ist nur noch einer da, die meisten wurden schon wenige Tage nach dem Stromausfall abgeholt«, sagte der Wachposten, der sie begleitete, nicht ohne Vorwurf in der Stimme.

»Das Personal ist noch da?« Jutta war sich nicht sicher, wieso sie die Frage stellte.

Der Mann schaute sie entgeistert an, antwortete aber nicht.

»Drinnen«, deutete er.

»Gehen Sie nicht mit uns herein?«, wunderte sich der Major.

Anstatt einer Antwort bekam er nur ein Kopfschütteln.

Herr Norder öffnete die Tür und der Gestank nach Kot, Urin und Fäulnis schlug ihnen entgegen. Kurz atmend, in der Hoffnung, den Geruch nicht zu sehr in die Nase zu bekommen, folge Jutta dem Major und Herrn Norder.

»Hallo?«, rief Herr Norder. »Ist jemand hier? Hallo? Lukas?«

Der Empfang war unbesetzt, genau wie das Personalzimmer. Stattdessen lag der Inhalt von Regalen und Schränken auf dem Boden. Überall lagen Exkremente, Kot war an die Wand geschmiert und Jutta kämpfte dagegen an, sich zu übergeben.

»Hallo? Lukas? Wo bist du?« In Norders Stimme schwang Verzweiflung mit. »Lukas?«

»Papa?«, hörten sie aus einem der hinteren Zimmer. »Papa?«

Erstaunlich agil für seinen Körperbau lief Norder auf die Stimme zu, der Junge kam aus dem Zimmer und war ein erbärmlicher Anblick. Mit großen, unbeholfenen Schritten rannte er auf seinen Vater zu. Bekleidet war er nur mit einem T-Shirt. Überall an seinen Beinen, am T-Shirt und in seinen Haaren hing Kot und wenn das überhaupt möglich war, stank der Junge noch mehr als die Umgebung.

»Ich habe einen Bericht über Kinderheime in Rumänien gesehen und mich gefragt, wie so etwas passieren kann«, erzählte der Major. »Aber das hier ist innerhalb nur einer Woche passiert!«

Norder umarmte seinen Sohn, Gestank und Kot schien er zu ignorieren und beiden liefen die Tränen die Wangen herunter.

»Lass uns Handtücher oder zumindest Feuchttücher suchen, wir müssen ihn wenigstens etwas sauber machen«, schlug Jutta vor und wartete keine Antwort ab.

Nach einem kurzen Moment kam sie mit einem Stapel Handtücher und zwei Boxen Feuchttüchern zurück und sie wollten anfangen, den Jungen zu säubern.

»Ich danke Ihnen, aber lassen Sie mich das bitte machen«, hielt Herr Norder sie ab.

Jutta zögerte, gab dann das Handtuch, das sie in der Hand hatte, dem Mann: »Sollen wir nach Kleidung für Lukas suchen?«

»Das wäre nett.« Herr Norder machte sich daran, seinen Sohn zu säubern. »Sein Zimmer ist hinten rechts.«

Im Raum des Jungen sah es nicht besser aus als in der restlichen Wohnanlage. Sein Kleiderschrank war unangetastet. Jutta nahm ein T-Shirt, einen Pullover, Unterwäsche, Socken und ein Paar Turnschuhe, der Major hatte eine große Sporttasche gefunden, in die er weitere Klamotten und Sachen aus dem Nachtschrank des Jungen beförderte.

»Papa, Hunger«, hörten sie Lukas jammern.

»Wer weiß, wie lange der nichts mehr zu essen hatte.« Jutta war wütend, wusste aber nicht auf wen.

Die Norders, die ihr Kind nicht früher geholt haben? Oder das Personal, das den Jungen hier alleine zurückgelassen hatte?

»Vorne war ein Speiseraum«, erinnerte sich der Major, »da wird eine Küche sein, ich schaue mal, ob sich etwas finden lässt. Wenn nicht muss er warten, bis wir wieder bei der Kutsche sind.«

Herr Norder kam mit seinem Sohn in dessen Zimmer, Jutta war erstaunt, dass der Mann, der so hilflos wirkt, einerseits so schnell und andererseits so gründlich gearbeitet hatte. Lukas stank immer noch, sah aber, bis auf die Haare, die kreuz und quer standen, ordentlich aus.

»Wir haben einige Sachen in die Tasche gepackt, schauen Sie bitte, was Sie noch mitnehmen wollen.« Jutta öffnete die Tasche und Herr Norder warf einen schnellen Blick hinein.

»Tiger!« Lukas wirkte fast panisch, Herr Norder fing an, sich im Raum umzuschauen, bemerkte den verwunderten Blick von Jutta: »Tiger ist sein Stofftier.«

Jutta half beim Suchen und fand das total verdreckte Plüschtier, das sich in ähnlichem Zustand wie Lukas kurz zuvor befand: »Dort drüben liegt er!«

»Danke.« Herr Norder fand im Schrank eine Plastiktüte, in die er ›Tiger‹ steckte und verknotete. »Den muss Mama erst sauber machen, dann bekommst du ihn wieder.«

Lukas nahm die Tüte an sich und drückte das verpackte Plüschtier fest an sich.

»Eine Packung Knäckebrot und etwas Käse.« Der Major war in der Küche bescheiden erfolgreich, wollte das Gefundene direkt Lukas geben, der sich wegdrehte.

»Er braucht lange, bis er auftaut, ich danke Ihnen.« Herr Norder streckte die Hände nach dem Knäckebrot aus.

»Haben wir alles?«, fragte Jutta. »Dann würde ich vorschlagen, uns auf den Rückweg machen.«

Sie verließen das Haus, dort wartete der Wachposten auf sie.

»Das ist der letzte Bewohner.« Zu Juttas Überraschung wirkte der Mann zufrieden.

»Was ist mit den anderen passiert?« Sie versuchte, ruhig und sachlich zu bleiben. »Wo ist das Personal hin? Wieso hat sich keiner um ihn gekümmert?«

Der Wachposten schien sich angegriffen zu fühlen: »Langsam! Es ist nicht mein Kind und nicht von irgendjemand aus dem Dorf. Welche Eltern lassen ihr Kind so lange alleine? Einige waren schon die ersten beiden Tage hier, um ihre abzuholen. Ein paar mehr im Laufe der Woche. Dann sind zwei Mitarbeiter mit einem der Kinder los, dessen Eltern in deren Nachbarort wohnen. Zum Schluss kümmerte sich ein Pfleger um zwei Kinder, gestern Morgen ist der verschwunden und das andere Kind wurde am Nachmittag abgeholt. Wir haben jeden Tag Wasser und etwas zu Essen hingebracht.«

»Waren Sie mal drinnen?« Der Major wirkte schockiert.

»Nur im Eingangsbereich«, antwortete der Mann, »hören Sie, wir haben hier große Probleme. Seit dem Stromausfall werden wir jeden Tag überfallen. Irgendwelche Reichsbürger von der einen, Türken von der anderen Seite. Von der Autobahn kommen oft Gruppen, die sich zusammenrotten und in die Häuser einbrechen.

Wir sind froh, dass das Heim jetzt leer ist.«

Jutta überlegte sich, was sie in der Situation gemacht hätte. Konnte sich nicht vorstellen, nicht zu helfen, aber war sich dessen nicht sicher.

Als sie die Straßensperre erreichten, rief ein Wachposten: »ALARM! ALARM!« Gleichzeitig läutete er eine Glocke und ein anderer lief in Richtung des Dorfes.

»Sie müssen gehen«, erklärte der Wachposten.

Der Major blickte auf die Straße, an deren Ende sich eine Gruppe Fahrradfahrer näherte: »Wer ist das?«

»Vermutlich die Gang aus Aßlar, ist mir aber egal, Sie müssen jetzt gehen, dort vorne ist ein Feldweg, der führt Sie zum Segelflugplatz und von da aus können Sie sich nach Umbach durcharbeiten«, erklärte der Wachposten erbarmungslos.

»Sie schicken uns raus? Wir könnten beim Verteidigen helfen«, versuchte der Major seine Mannschaft in Sicherheit zu bekommen.

Aus dem Dorf waren die Ersten mit Pistolen und Gewehren erschienen und Jutta fand die ihnen zugeworfenen Blicke erschreckend.

»Gehen Sie jetzt, Sie sind nicht Teil des Dorfes. Wenn Sie nicht gehen, werden wir dafür sorgen, dass Sie keine Gefahr für uns sind.« Obwohl der Major fast einen Kopf größer als der Wachposten war, stand er bedrohlich vor ihm und blickte auffordernd direkt in dessen Augen. »Habe ich mich klar und verständlich ausgedrückt?«

Der Major schluckte: »Wir danken für Ihre ›Gastfreundschaft‹.« Das letzte Wort betonte er kühl.

»Nadine! Auf den Kutschbock, Ralf daneben! Der Rest hinten drauf«, bellte er die Anweisungen.

Jutta schaute zu der sich nähernden Gruppe und empfand die Situation als absurd. Zwanzig bis dreißig Personen kamen die Straße herunter geradelt, vermutlich alles junge Männer. Sie erblickte den vorgeschlagenen Feldweg, schätzte die Entfernung, wie lange sie dorthin brauchten und verlor den Mut. Die Gegenseite würde die Abzweigung eher erreichen. Sie war die Letzte, die auf die Kutsche aufsprang und Nadine setzte sie ruckartig in Bewegung.

FLORIAN

Florian war zufrieden mit sich selbst. Der Einsatz mit Bernadette hatte eine Verbindung zwischen ihnen geschaffen und er hatte darauf geachtet, dass es oft genug zu Berührungen gekommen war.

Sie hatte ihn für den folgenden Tag gebeten, ihr zu helfen und bei der Begrüßung gab es eine Umarmung. Er genoss das Gefühl ihrer Brüste und tagträumte, wie die sich ohne Kleidung anfühlten.

Die bei Grosslitz gefundenen Zigaretten stellten ihn vor ein Rätsel: Unübersehbar handelte es sich um aus Osteuropa eingeschmuggelte Ware und er vermutete, dass der Landwirt eine Quelle im Dorf hatte. Zigarettenstangen waren in Krisenzeiten besser als Geld und er musste herausfinden, wer der Lieferant war. Er würde sich bei den Gästen von Grosslitz' Beerdigung umsehen. Und weit genug mitteilen, dass er verzweifelt Zigaretten suchte.

An diesem Morgen war Jutta schon eine Weile unterwegs, er selbst hatte es nicht eilig.

Er klopfte und Herr Siebenthal rief durch die geschlossene Tür: »Ich brauche heute nichts!«

Florian dachte sich seinen Teil und wollte seine Runde anfangen.

Er öffnete die Tür, ging zur Garage und war überrascht, hinter sich eine ihm bekannte Stimme zu hören: »Hallo Florian! Hast du mich vergessen?«

Er drehte sich um und wunderte sich, warum er sie nicht schon beim Verlassen des Hauses gesehen hatte: »Hallo Iris, was machst du hier?«

Sie ging einen Schritt auf ihn zu und säuselte: »Ich hätte erwartet, dass du mich mehr vermisst!«

Fest griff sie ihm in den Schritt und er schaute sich um, ob jemand sie beobachtete.

»Lass uns hereingehen und ein wenig … unterhalten«, schlug die Frau vor und ließ ihn los.

»Iris, ich muss meine Runde anfangen und wenn du hier gesehen wirst und das jemand Carl erzählt.« Er war froh, dass das Haus auf der Seite nur die blickdichten Badezimmerfenster hatte und Siebenthal sie nicht beobachten konnte.

»Dann lass uns hineingehen«, hauchte sie ihm zu. »Mir ist zu Ohren gekommen, dass deine Frau unterwegs ist die Göre der Norders abzuholen. Die ist so schnell nicht wieder zurück.«

»Iris, ich habe meine Runde zu machen.« Er kannte sie mittlerweile lang genug und wusste, dass sie nicht nachgeben würde. »Lass uns hochgehen, aber nur kurz.«

Er öffnete die Haustür und kontrollierte, ob nicht zufällig der Vermieter im Treppenhaus war und schickte Iris vor sich die Treppe hoch. Die schien sich bewusst zu sein, dass er hinter ihr lief, genau ihren Po vor der Nase hatte und schwang ihre Hüften.

Er schloss die Wohnungstür auf, sie schmiegte sich an ihm vorbei und ging zielgerichtet in die Küche, er verschloss die Tür und ließ den Schlüssel von innen stecken. Auch wenn Jutta länger unterwegs war, eine weitere Überraschung brauchte er an dem Tag nicht.

Iris Holzer hatte den Tisch frei geräumt, ihre Hose, Turnschuhe und der Slip lagen am Boden und sie saß mit gespreizten Beinen auf der Tischplatte: »Du kannst dir nicht vorstellen, wie ich dich vermisst habe! Seit dem Stromausfall funktioniert mein Zauberstab nicht mehr und ich musste mir fast Blasen an den Fingern reiben! Und sieh dir meine kleine Pussy an, die ist bestimmt ganz rot.«

Sie winkte ihn zu sich: »Komm näher, schaue es dir genau an und lass deine flinke Zunge arbeiten!«

Es pochte in seiner Hose und er war kein Kostverächter. Aber in der eigenen Wohnung und wenn er sich nicht sicher sein konnte, wer plötzlich in der Tür stand? Er müsste für sich und Iris andere Möglichkeiten schaffen.

Ihm war klar, dass sie keine Ruhe geben würde, bevor er sie nicht zum Höhepunkt gebracht hatte, und kniete sich vor den Tisch: »Frisch rasiert?«

»Schwätz nicht, leck mich!«

Er hoffte, dass sie entgegen ihrer Gewohnheit leise bleiben würde. Kurz vor ihrem Höhepunkt spürte er, wie sie die Muskeln in ihren Oberschenkeln anspannte.

Sie griff mit beiden Händen nach seinem Kopf und drückte ihn fest gegen sich: »Nicht aufhören! Nicht aufhören! Nicht aufhören!«

Als ob sie seine Befürchtung geahnt hatte, half ihr geschlossener Mund, die Lautstärke niedrig zu halten. Sie zuckte mehrmals, fing an, sich zu entspannen, und entließ seinen Kopf aus ihrem eisernen Griff.

Er setzte sich auf einen Stuhl, Iris streichelte sich selbst: »Danke! Zieh› deine Hose aus, ich glaube, ich kann auch was für dich tun!«

Florian war versucht, ihrem Angebot nachzugeben, entschied sich dagegen: »Ein anderes Mal! Ich werde uns etwas suchen, wo wir uns treffen können!«

»Na bisher habe ich nicht gemerkt, dass du meine Nähe gesucht hast«, schmollte Iris.

Der Vorwurf wunderte ihn, es war nicht das erste Mal in ihrer Affäre, dass sie sich länger nicht treffen konnten: »Ich habe keinen Plan, wann dein Mann daheim ist und seit Jutta die Kutsche fährt, kann die jederzeit überall im Ort auftauchen.«

Sie kletterte vom Tisch, stellte sich vor ihn, fuhr sich mit den Fingern durch die Schamlippen und streckte sie Florian entgegen, der kurz daran roch und sie ableckte: »Ja, Carl läuft zur Höchstform auf. Erst war er ein wenig sauer, dass der Major die Miliz übernommen hatte und die Ex-Polizisten ihm die Aufgabe als Polizeichef abgenommen haben. Und dass ihm die Schuldacker als Aufpasserin aufgebrummt wurde, das hat ihn einige Flaschen seines Alkoholvorrats gekostet.«

»Wenn ich ihn sehe, wirkt er nicht so.«

»Jahrelange Übung.« Er wusste nicht, ob sie resigniert hatte oder ob es ihr egal war. »Ich hätte schon vor der Hochzeit merken müssen, dass er Alkoholiker ist. Ich habe sogar versucht, mit seinem Sohn zu sprechen. Am Ende konnte ich froh sein, dass er nicht gleich gepetzt hat.«

»War er schon in der Schule so?«, stichelte Florian.

Während sie sich wieder anzog, streckte sie ihm die Zunge heraus: »Du bist ein Ekel! Kann ich doch nichts dafür, dass sein Vater auf mich steht.«

»Wir haben einige der Senioren zusammenlegen können und haben die Schlüssel zu deren Wohnungen. Kennst du das Haus von Zieglers?«

Nachdem Iris nickte, fuhr er fort: »Die haben ein erstaunlich modernes Gästezimmer, ich nehme an, es ist für die Kinder, wenn die zu Besuch da sind. Dort sollten wir uns treffen.«

»Und wann?«, fragte Iris.

Er schlug ihr einen Termin vor: »Und wenn es an dem Tag nicht klappt, den Tag danach. Das fällt nicht weiter auf, du kannst vorbeijoggen und ich komme auf meiner Runde ohnehin dort hin.«

Iris grinste: »Das hat was von einem Agenten …«

Sie wurden von jemanden unterbrochen, der im Garten stand und laut rief: »FLORIAN! FLORIAN!«

Erschrocken ging er zum Fenster und erkannte Reinhard, den Altenpfleger aus dem Medizinerrat.

»Sieh zu, dass er dich nicht sieht!«, wies er Iris an.

Die drückte sich weiter in die Wohnung rein, während Florian den Balkon öffnete: »Hallo Reinhard! Was ist los?«

»Wir haben einen akuten Blinddarm und Haarberg will so schnell wie möglich operieren«, rief der nach oben. »Und da du OP-Erfahrung hast, hätte er dich gerne dabei!«

Florian fühlte sich geschmeichelt, das Thema Operationen war beim Medizinerrat angesprochen worden, doch sie hatten es gemieden, bei der Planung präziser zu werden, als ob es den Notfall verhindern würde, wenn man nicht darüber gesprochen hätte: »Ich komme gleich, brauche ein paar Minuten!«

»Okay«, reagierte Reinhard, »ich warte vor dem Haus.«

Florian fluchte. Damit hatte der nervende Pfleger verhindert, dass er Iris aus dem Haus schmuggeln konnte: »Du musst nachher alleine aus dem Haus. Siebenthal geht fast nie ins Dorf, aber oft in den Garten. Das müsstest du von unserer Küche aus sehen können und dann kannst du die Chance nutzen.«

Sie küssten sich zum Abschluss innig: »Hm, du schmeckst nach mir. Danke noch mal!«

Sie rieb ihre Hüfte an seiner und genoss es, dass er sofort auf sie ansprang: »Lass das bitte, ich muss los! Wir sehen uns!«

Er verließ die Wohnung, ging die Treppe hinunter und hoffte, dass sie unbemerkt aus dem Haus kommen würde.

Vor dem Gebäude wartete Reinhard: »War doch nicht so lange.«

Florian machte es nervös, dass der Mann an ihm vorbeischaute, als ob er damit rechnete, dass noch jemand aus dem Haus kommen würde: »Manchmal geht es halt schneller! Lass uns losfahren.«

Beide traten in die Pedale und Reinhard schien seiner Fragen vorzugreifen: »Die Patientin ist ein Mädchen, Pauline Zinn, die vorhin mit den entsprechenden Schmerzen von ihren Eltern in die Praxis gebracht wurde. Haarberg war sich mit dem Befund relativ schnell sicher und entschied sich dann, dass operiert werden sollte. Mit seinen Mädels bereitet er eines der Behandlungszimmer als Notoperationssaal vor, Doris ist auf dem Weg zu Frau Liebenroth.«

»Die Veterinärin? Es ist ein Mädchen und kein Tier!« Er war gespannt, was sie dort sollte.

»Das Anästhetikum. Sie hat welches und Erfahrung mit Betäubung. Haarberg nicht«, erklärte Reinhard.

»Unsere Tierärztin wird die Narkose durchführen?« Er machte sich Gedanken, welche anderen Probleme sie denn während des Eingriffs haben könnten. »Was ist mit Sterilisation?«

»Da hoffen wir auf Frau Liebenroth, die operiert die Tiere in ihrer Praxis und hat sicherlich steriles Besteck.« Offensichtlich hatte Haarberg sich seine Gedanken gemacht.

»Warum nehmen wir nicht ihren OP?« Obwohl seine Frau das Pferd hatte, kannte er die Praxis der Tierärztin nicht.

»Gute Frage, keine Ahnung.«

»Ein großes Problem wird die Hygiene nach der OP«, versuchte er sich an die Zeit zu erinnern, in der er OP-Helfer war, damit hatte er als Kardiotechniker weniger zu tun.

Als sie bei der Hausarztpraxis ankamen, herrschte dort reges Treiben und die Patientin wurde auf einer Bahre herausgetragen.

»Florian, gut dass du da bist«, wurde er von Haarberg begrüßt, »wir gehen in die Praxis von Anna. Die hat einen Raum, der für Operationen geeignet ist. Nicht optimal, aber bei mir gibt es nichts, was besser wäre.«

Damit war Florians Frage beantwortet und der kleine Tross bewegte sich zur Tierarztpraxis. Bernadette und Doris kümmerten sich um die Betreuung der besorgten Eltern, die mit dem Umzug in die Veterinärpraxis ihre Probleme hatten. Florian konnte ihnen das nicht verdenken und wenn er an die Hygienestandards in seiner Klinik dachte, graute es ihm vor dem bevorstehenden Eingriff.

In der Praxis angekommen, bat Haarberg Doris, Reinhard und die Eltern, sich um das Kind zu kümmern, während er, Florian und die Tierärztin sich für eine Besprechung in ihr Büro zurückzogen.

»Ich will offen sein, meine letzte aktive OP-Teilnahme ist Jahre her«, erläuterte Haarberg die Situation. »Ich glaube nicht, dass wir eine Alternative haben. Florian, du hast hier vermutlich die meiste Erfahrung und Anna kennt sich mit Anästhesie am besten aus …«

»Ich habe noch nie einen Menschen schlafen gelegt«, gab Anna Liebenroth zu bedenken.

»Ich habe bisher keine Appendektomie durchgeführt«, beruhigte sie Haarberg. »Wir haben Pauline Midazolam zur Beruhigung verabreicht.«

Leicht schmunzelnd fügte er hinzu: »Den Eltern haben wir etwas gegeben und ich bin auch versucht etwas einzunehmen.

Wir haben keine idealen Bedingungen, keine Lüftung, keine richtige Schleuse, einzig das Besteck ist sterilisiert. Zum Waschen haben wir wenig Wasser, für uns drei sollte das reichen. Desinfektionsmittel haben wir, OP-Kleidung ist vorhanden, wie steril die ist, kann ich nicht sagen. Es ist nicht perfekt, aber besser als gar nichts.

Florian, hast du Vorschläge, was wir noch brauchen und wie wir das Risiko verringern können?«

»Licht. Wir brauchen ordentliche Beleuchtung«, war das Erste, was ihm einfiel.

»Der Raum hat ein Oberlicht und Fenster und der OP-Tisch steht gut zum Fenster, das Tageslicht sollte reichen«, beschrieb Anna den Raum.

»Intubieren mit den passenden Schläuchen, das Anästhetikum muss gespritzt werden«, fuhr Florian fort, »und dann musst du darauf achten, dass du sie in der Narkose hältst.

Hast du alle Werkzeuge, die du für den Eingriff brauchst?«

Haarberg zählte alles auf und ergänzte: »Ich hoffe, dass ich an alles gedacht habe.«

»Die letzte Appendektomie, bei der ich dabei war, ist eine Weile her«, gestand Florian. »Als Kardiotechniker ist man selten bei diesen Routineeingriffen dabei. Wenn wir irgendetwas vergessen haben, müssen wir halt improvisieren. Ist die Patientin nüchtern?«

»Soweit ich die Eltern verstanden habe, ja«, sagte Haarberg. »Das Letzte hat Pauline gestern Abend gegessen und seitdem nur Wasser getrunken.«

Haarberg atmete tief ein: »Fangen wir an, ich drücke uns die Daumen!«

Als sie aus dem Büro kamen, sah Florian die angsterfüllten Blicke von Paulines Eltern und überlegte sich, etwas Aufbauendes zu sagen. Die Tierärztin kam ihm zuvor und sprach die Mutter an: »Ich werde jetzt Pauline das Anästhetikum spritzen, kannst du ihr bitte die Hand halten.

Geht am besten eine kleine Runde spazieren, vielleicht besorgt ihr von daheim ein Kuscheltier oder irgendetwas, dass Pauline ablenkt. Nach der Operation werden wir warten, bis sie aufwacht und sie in die Praxis von Haarberg bringen und dort eine Weile beobachten. Dann schauen wir weiter.

Doris, kannst du sie bitte begleiten?«

Das hatte Anna geschickt arrangiert, musste Florian gestehen, damit würden die Eltern nicht ungefragt in die OP platzen und sind gleichzeitig abgelenkt. Erstaunlich geübt legte die Ärztin eine Kanüle und verabreichte Pauline das Narkosemittel, wenige Augenblicke später schloss diese die Augen.

Ihre Mutter ließ nur widerwillig die Hand los, ihr Mann nahm sie in den Arm und führte sie mit Doris aus der Praxis. Gemeinsam mit Haarberg brachten sie die Patientin in den nun als OP-Raum genutzten Behandlungsraum, legten sie auf den Edelstahltisch, um sich dann nacheinander ans Waschbecken zu stellen. Nachdem sie ihre Hände gesäubert hatten, warteten sie, bis die Feuchtigkeit verdunstet war und rieben sich danach mit dem Desinfektionsmittel ein.

Anna Liebenroth hatte dies schon vor der Narkose getan und führte einen Beatmungsschlauch ein, die Handpumpe betätigte Reinhard, während die Tierärztin den Puls und die Narkose überwachte.

Gemeinsam mit Haarberg trat Florian an den Tisch: »Dann los, desinfizierst du bitte?«

Florian befolgte die Anweisung und beobachtete, wie Haarberg das Skalpell nahm und zum Schnitt ansetzte.

Der Eingriff verlief ohne Komplikationen und erleichtert vernähte Haarberg den Schnitt: »Ich denke, das Schwierigste haben wir hinter uns, hoffentlich entzündet sich die Wunde nicht.«

Florian fing an, den Bestecktisch aufzuräumen, gemeinsam mit sämtlicher Einwegkleidung und benutzten Verbrauchsmaterialien steckte er das entnommene Organ in einen Beutel: »Wir müssen uns etwas einfallen lassen, woher wir sterile OP-Bekleidung bekommen oder wie wir die selber sterilisieren können.«

Pauline schien stabil zu sein und Anna Liebenroth atmete hörbar aus: »Die erste humanmedizinische Operation in meiner Praxis! So schnell brauche ich das nicht wieder!«

JUTTA

Grotesk. Jutta empfand die Situation als grotesk. Es war ein wenig so wie früher, als sie Kind war und mit Freunden auf Fahrrädern durch die Wälder und Felder um Umbach streifte und Cowboy und Indianer gespielt hatte. Nadine und sie waren oft zusammen ›geritten‹ und der ausgestreckte Zeigefinger reichte als Pistolenersatz. Aber sie waren keine Kinder und vor allem war es kein Waffenersatz.

Wie es der Major schaffte, ruhig zu bleiben, war ihr ein Rätsel: »Ralf, hol‹ die beiden Gewehre heraus! Norder, legen Sie Ihren Junior auf den Boden, er soll sich einrollen! Legen Sie sich neben ihn und beruhigen Sie ihn! Nadine mach Dich so klein wie es geht. Kannst Du die Kutsche von hinter der Kutschbank steuern?«

»Ja.«

»Perfekt, dann wechsle die Position, brauchst du Hilfe?«

Jutta übernahm die Zügel, während ihre Freundin nach hinten kletterte.

»Danke Ralf.« Der Major nahm eines der beiden Sturmgewehre an sich. »Nadine, du bleibst bitte in Deckung. Sobald wir an ihnen vorbei sind, werden Ralf und ich nach hinten wechseln und nach den Verfolgern schauen.«

Jutta bekam vom Major die Pistole in die Hand gedrückt.

»Sie ist entsichert. Halte sie mit beiden Händen fest, ziele auf den Brustkorb«, wies der Major sie schnell, aber ruhig ein.

»Aber …«, Jutta fühlte sich unwohl bei dem Gedanken auf jemanden zu schießen.

Der Major schien das zu ahnen: »Kein Aber! Die oder wir.«

Jutta nickte.

»Wenn unser Vorsprung mehr als 15 Meter beträgt«, erklärte der Major weiter, »hörst du auf, das wäre Munitionsverschwendung. Lass dir Zeit beim Zielen.«

»Wie können Sie so ruhig bleiben?«, fragte Jutta.

»Wenn man panisch wird, macht man Fehler«, kam die knappe Antwort. »Ralf, wir ignorieren die auf der rechten Seite. Du fängst von der Mitte nach links an, ich arbeite mich von links durch.«

Jutta stellte sich die Frage, woher die Sturmgewehre stammten, als Ralf und der Major zu schießen anfingen. War sie schon erschrocken, wie laut die Pistole war, schmerzten ihr nun die Ohren bei jedem Schuss der Gewehre. Die ersten Radfahrer fielen um, bevor das erste Gegenfeuer kam. Soweit Jutta das beurteilen konnte, waren die Schüsse des Majors wirkungsvoller, als die von Ralf, der zwar Sportschütze war, aber es weder gewohnt war, auf bewegliche Ziele zu schießen noch selbst zu zielen, wenn er sich bewegte.

Die Gangmitglieder reagierten, hielten die Fahrräder an, stiegen ab und brachten sich in Position. Dabei gaben sie klischeehafte Kopien ihrer Helden aus Gang-Movies ab, machten sich aber dadurch zu besseren Zielscheiben. Einzelne Kugeln schlugen in die Kutsche ein, wie durch ein Wunder blieben die Pferde unverletzt. Sie hatten es geschafft, die Gegner vor der Abzweigung aufzuhalten.

Juttas Sorge, dass die Pferde jemanden überrennen mussten, hatte sich erübrigt. Mit Tempo bog Nadine ab, Lukas fing laut zu schreien an, sein Vater stimmte mit ein.

Ralf und der Major wechselten die Position von vorne nach hinten, Jutta positionierte sich in der Mitte, so gut der Platz es zuließ. Sie holte tief Luft und begann zu zielen und feuerte.

Der Rückstoß überraschte sie und der Schlitten war ihr mit Wucht gegen die Daumen gedonnert: »Aua!«

»Beide Daumen auf der linken Seite vorbei«, korrigierte der Major sie, »nicht nach oben!«

Sie hatte keine Ahnung, ob sie getroffen hatte, änderte die Handhaltung, zielte erneut und war diesmal auf den Rückstoß vorbereitet. Sie begriff nicht, wieso die Männer ihnen überhaupt hinterherliefen. Sie hatten Verletzte und Tote.

Wieder zielte sie, schoss und sie sah, wie der Mann, auf den sie gezielt hatte, zusammenbrach: »Ja!«

Fast augenblicklich war ihr die Reaktion unangenehm, bedeutete sie doch den Tod eines Menschen. Schnell gewann die Kutsche Abstand, die ersten Verfolger drehten um und rannten zu ihren Fahrrädern zurück. Andere schossen weiter, ohne sie zu treffen.

»Feuer einstellen«, befahl der Major. »Das wären jetzt Glückstreffer und wir müssen Munition sparen.«

Jutta zitterte am ganzen Körper und das Bild des zusammenbrechenden Mannes tauchte vor ihrem inneren Auge auf.

Sie schaute den Major an, der wie die personifizierte Ruhe wirkte: »Können Sie sich an den ersten Mann erinnern, den Sie getötet haben?«

»Major, mir ist kalt.« Ralf kippte zu Seite und erst in dem Moment sah Jutta, dass sein Hemd blutdurchtränkt war.

Bevor er mit dem Kopf auf die Bank aufschlug, reagierte Jutta und fing ihn ab. Sie setzte sich hin und nahm seinen Kopf in den Schoss.

»Wir müssen die Blutung stoppen«, wies der Major an, »oder zumindest verlangsamen. Norder! Wir brauchen ein T-Shirt Ihres Sohnes.«

Vater und Sohn kauerten am Boden der Wagonette und reagierten nicht.

»NORDER! WIR BRAUCHEN DAS JETZT!«

Das zu einer jammernden Fratze entstellte Gesicht blickte hoch, zu Nadine, zu Jutta, zu Ralf, zum Major, reagierte aber nicht.

Kurz entschlossen nahm der Major die Tasche, kramte darin herum, bis er zwei T-Shirts fand und drückte sie Jutta in die Hand: »Ich glaube, die Kugel steckt noch, press das gefaltete Shirt fest auf die Wunde. Wir müssen so schnell wie möglich zu einem Arzt.«

»Nach Aßlar?«, wunderte sich Nadine.

»Nein, dort erwartet uns nichts Gutes, wir fahren über Blasbach zurück, nehmen diesmal Feldwege, da müssen wir nur die Hauptstraße nach Bechlingen überqueren.«

Er setzte sich auf die Kutscherbank neben Nadine, wechselte das Magazin des Gewehrs, hängte es an einen Haken an seiner Uniform und ließ sich die Pistole von Jutta zurückgeben, während er den Blick prüfend ständig wandern ließ.

Jutta öffnete Ralfs Hemd und war geschockt von der Menge Blut. Sie wischte mit dem einen T-Shirt die Wunde so trocken, wie es ging, und presste die andere so fest an ihn, wie sie konnte.

»Hätte ich gewusst, dass ich meinen Kopf in deinen Schoss legen darf, wenn ich angeschossen werde, hätte ich das mit sechzehn selbst gemacht.« Ralfs Worte kamen leise und teilweise undeutlich heraus.

»Wie bitte?«, fragte Jutta nach.

»Erinnerst du dich an die Feier bei Failings im Partykeller? Zehntes Schuljahr, wir waren sechzehn.« Ihn strengte das Reden hörbar an.

»Scht, schon dich!«, sorgte sich Jutta.

»Lass ihn reden, da bleibt er wach«, kam ein an sie geflüsterter Kommentar vom Major.

»Das war eine grandiose Feier, schade dass es keine Weiteren mehr gab!«

Das traf Jutta tief, denn soweit sie sich erinnerte, gab es die Feiern dort fast zehn Jahre und wenn man schon nicht eingeladen war, war es eine Kunst, nichts davon gehört zu haben. Sie versuchte, sich an die Erste zu erinnern, traurigerweise tauchte Ralf in ihrer Erinnerung nicht auf.

»Es lief ›November Rain‹ von den Roses und du und Nadine habt eng umschlungen getanzt, ich hätte alles gegeben mit einer von euch zu tauschen.« Er beugte sich vor und hustete, Jutta konnte nur mit Schwierigkeiten das Shirt auf seine Wunde pressen.

Nach dem Hustenanfall erinnerte er sich weiter: »Als dann der bombastische Teil losging, seid ihr auf der Tanzfläche ausgeflippt! Eure Haare haben sich wie Rotoren gedreht und ich habe mich gewundert, wie ihr es schafft, euch nicht zu verknoten! Ich habe von euch geträumt.«

»Das …«, Jutta war sich nicht sicher, ob sie froh über die Offenheit war, »… das ist ein schönes Kompliment!«

Er verzog seinen Mund zu einem angestrengten Lächeln: »Ich werde keine Details erzählen, das wäre mir zu peinlich. Schau her, hier liege ich, du hältst meinen Kopf und drückst ein T-Shirt gegen meinen Bauch, ohne Wunde würde es mehr Spaß machen.«

Er versuchte zu lachen, was in einen erneuten Hustenanfall endete: »Ruh' dich bitte aus, du brauchst deine Kraft.«

»Ich habe euch nie erzählt, dass ich seit der siebten Klasse in euch verliebt war!«

»In beide? Warum hast du nie auf dich aufmerksam gemacht?«

»Ihr wart diese coole Sorte Mädchen, wilder als die Prinzessinnen, aber bodenständig und ihr wart … ihr seid attraktiv. Habt nichts davon verloren. Und ihr wart ständig von den coolen Jungs umlagert, da passte jemand wie ich nicht rein.«

Er hatte recht, Nadine und sie hatten immer irgendwelche Jungs um sich. Dann hatte erst Nadine einen Freund, sie folgte mit ihrer ersten Beziehung etwas später. An Möglichkeiten hatte es ihnen nicht gefehlt, sie waren wählerisch und das war für ihren Ruf gut. Eine lockere Freundin trug irgendwann den wenig netten Namen »Miss zwei Wochen«. Erstaunlicherweise hatte die nie etwas mit dem »Mister zwei Wochen« aus dem gleichen Jahrgang, aber beide vermutlich ähnlich viele Kerben in der Bettkante.

»Ralf, manchmal muss man etwas wagen.« Jutta wusste, dass das einfacher klang, als es war.

»Ich werde mich bessern! Willst du mit mir ausgehen?«

»Siehst du, es geht doch! Wenn du wieder fit bist, treffen wir uns.« Sie wunderte sich wo.

Die beiden Kneipen hatten vorerst geschlossen, eine Wiedereröffnung war nicht abzusehen. Vermutlich experimentierten die ersten in ihren Kellern oder Garagen mit Braukesseln und Destillen, und da Apfelwein eine Tradition in der Region hatte, war davon auszugehen, dass fleißig produziert wurde.

Problematisch waren die Destillen aus zwei Gründen: Einmal arbeiteten sie mit offenem Feuer und nicht jeder wusste, was er da genau tat. Ein brennendes Haus wäre ein Horrorszenario, vergiftete Konsumenten das andere.

»Das ist ein Sturmgewehr.« Nadine formulierte es so, dass es der Major sowohl als Frage als auch als Feststellung verstehen konnte.

»Ja«, hielt der sich kurz.

»Sind die nicht illegal?«, bohrte Nadine nach.

»Ja«, blieb er bei einer kurzen Antwort.

»Okay, Major, wir können das jetzt ewig lange so weiter diskutieren und ich muss eingestehen, dass Ralf und Sie uns mit den Gewehren vermutlich das Leben gerettet haben, aber wie kommt man an zwei funktionierende Sturmgewehre inklusive Munition? Vor allem ein so rechtschaffener Bürger wie Sie.«

Der Major schmunzelte: »In Deutschland gibt es etwa 5,5 Millionen legale Waffen in privater Hand, dazu kommen mindestens zwanzig Millionen. Zwanzig! Illegaler Waffen. Einige davon dürften aus den Beständen der damals abziehenden Roten Armee stammen, andere aus den Balkankriegen, mittlerweile gibt es neben dem Darknet weitere Märkte, man muss nur die Kontakte haben.«

Nadine fragte weiter: »Warum macht man so etwas? Sie konnten so ein Ereignis doch nicht vorhersehen?«

»Es gibt weltweit Menschen, die auf ein apokalyptisches Ereignis gewartet haben. Krieg, Krankheit, Atomunfall, Meteoriteneinschlag, auch ein Blackout war eines der vielen Szenarien. Da ihnen klar war, dass zumindest Teile der öffentlichen Ordnung schnell zusammenbrechen werden, haben die sich vorbereitet. Als Bezeichnung hat man den Begriff ›Prepper‹ aus dem Englischen übernommen für …«

»Prepared«, warf Nadine ein.

»Exakt. In den USA ist die Szene groß, in Europa überschaubar, in Deutschland gehen die Schätzungen von 10.000 bis fast 200.000.«

»Wieso weiß man das nicht genauer?«

»Viele geben sich nicht zu erkennen. Nehmen wir an, du wärst Prepper, die Krise geht los und du hast das vorher im Dorf laut verkündet, was denkst du, würde passieren?«, stellte er ein Szenario vor.

»Okay«, grübelte Nadine, »da würde jeder vorbeikommen und um Hilfe bitten. Ich nehme an, du bist ein Prepper? Hast du den ganzen Keller voller Sturmgewehre und Munition, damit du deine Vorräte verteidigen kannst?«

»Exakt«, bestätigte er. »Nur den Keller voller Sturmgewehre und Munition, das stimmt nicht. Wir haben genug, um ein paar Milizionäre auszustatten.«

»Wir?«, fragte Nadine.

»Ich bin nicht der einzige Prepper in Umbach und kenne andere.«

»Warum lasst ihr nicht den Rest des Ortes links liegen und macht euer eigenes Ding? Wären eure Chancen dann nicht größer?«

Er erklärte: »In Krisen geht es um Führung und wenn du gute Leute hast, kannst du viel bewegen. Gut bedeutet dabei, dass die mit sich reden lassen. Es gibt solche, die die Macht haben und dann willkürlich vorgehen.

Ich war tatsächlich kurz davor, loszuziehen und mein Versteck aufzusuchen. Mir hat imponiert, wie schnell Robert Kempf die Versammlung einberufen hat und dass sich der Rat über zentrale Punkte Gedanken gemacht hatte. Gehen kann ich immer noch, aber hier kann ich helfen, etwas mit aufzubauen, und wenn wir das gut machen, dann brauche ich nicht zu gehen.«

»Ein Versteck?« Nadines Neugierde war kaum zu stillen.

»Ich schlag dir was vor«, lenkte der Major ab. »Ab morgen machen Jutta und du beim Miliztraining mit. Ich möchte, dass ihr auf den Kutschen in der Lage seid, euch zu verteidigen.«

Ralf hatte die Augen geschlossen und war in einen unruhigen Schlaf gesunken, sein Brustkorb hob und senkte sich schnell. Ihre rechte Hand, mit der sie das T-Shirt auf die Wunde presste, war durchnässt. Unbewusst fing sie damit an, ›November Rain‹ zu singen, die gewohnte Musik vermisste sie.

Als sie mit dem Lied fertig war, erschrak sie. Ralfs Brustkorb bewegte sich nicht mehr: »Major, kommen Sie bitte?«

Der drehte sich um, schaute nach Ralf und kletterte nach hinten. Der Major prüfte den Puls und schüttelte traurig den Kopf.

TAG 10

LAURA

Laura wachte auf und betrachtete das Licht- und Schattenspiel, welches sich durch die aufgehende Sonne und den halb herunter gelassenen Rollladen ergab. Ausgeruht drehte sie sich zur Seite und bewunderte ihren Freund: Groß, athletisch, sie konnte an seinem nackten Oberkörper die Ansätze eines Sixpacks entdecken. Genussvoll schmiegte sie sich an ihn, er reagierte mit einem eher abwehrenden Stöhnen. Das hielt sie nicht davon ab, mit ihren Fingerspitzen seine Brust zu streicheln und sie meinte ein kurzes Lächeln in seinem Gesicht zu erkennen. Dadurch angespornt, machte sie weiter, fuhr langsam den Bauch herunter, streichelte den Sixpack und wurde mutiger. Sie nestelte ihre Finger unter den Bund der Boxershorts hindurch und streichelte seine Leisten, ohne ›Ihn‹ direkt zu berühren.

Ihre Aktivitäten blieben nicht unbemerkt, Gordon blinzelte: »Was machst du …«

Ihr fester Griff um sein Geschlecht brachte ihn zum Verstummen: »Pst! Ich bin eine Forscherin!«

Sie bemerkte die verlangende Unruhe in ihm und genoss dieses Gefühl: »Was erforschst du?«

»Schwellungen am Morgen!«. Langsam bewegte sie ihre Hand auf- und abwärts und sie spürte, wie sein gutes Stück in ihren Fingern wuchs.

Geschickt drückte sie am Schaft zu und verharrte eine Weile, bis er versuchte, sich mit Hüftbewegungen selber zu helfen.

»Na, nicht bewegen, das verfälscht meine Forschungsergebnisse.« Sie brachte ihn dazu, sich wieder ruhig zu verhalten.

Sie spürte, wie er versuchte, seinen Arm um sie zu legen: »Verschränke deine Hände hinter dem Kopf. Ich sage dir, wenn du dich bewegen darfst.«

Sie ließ von ihrem Griff ab und fuhr mit den Fingerspitzen langsam vom Schaft bis zur Eichel, zurück und wieder hoch. Sie spürte seine Äderchen hervortreten und merkte, wie sie selbst kribbelig wurde. Hastig nestelte sie ihr Höschen herunter und zog ihm seine Shorts bis zu den Knien. Sie konnte die Erregung und Lust in seinem Blick fühlen, als sie sich rittlings auf ihn setzte.

Langsam, extrem langsam zog sie ihr Nachthemd hoch.

Als der Saum ihre Brust erreichte, ließ sie es fallen: »Ups! Da musst du dich noch ein wenig gedulden!«

Sie wiederholte das langsame, laszive Hochziehen, machte diesmal nicht halt, zog es über den Kopf und warf es auf den Boden. Dann beugte sie sich nach vorne, sodass ihre Brustwarzen seinen Oberkörper berührten, und streichelte damit seine Brust.

»Daran könnte ich mich gewöhnen«, freute sich Gordon eine Weile später.

Laura grinste: »Falls du mal früher wach bist, kannst du ja …«

»ICH WERDE ZUR MILIZ GEHEN!«, hörte sie Lukas von unten brüllen. Sollten ihr Vater und sogar ihr Bruder vor ihr aufgestanden sein?

So lange hatten sie gar nicht für das Schäferstündchen gebraucht.

»NUR ÜBER MEINE LEICHE!«, hörte sie ihren Vater zurück schreien.

Sie zog sich schnell eine Jogginghose und ein T-Shirt an und hastete die Treppe herunter.

Ihr Vater und Bruder standen sich mitten im Wohnzimmer gegenüber und beide hatten einen hochroten Kopf: »Guten Morgen.«

Beide schauten sie kurz an, um direkt darauf wieder dem Gegner den Blick zuzuwenden: »Die können jeden Mann gebrauchen und ich will helfen, das Dorf zu verteidigen!«

Kühl blickte Malte ihn an: »Da hast du schon deine Antwort. Die brauchen jeden ›Mann‹, du bist noch kein Mann!«

»Jeder da draußen sieht, dass ich meinen Mann stehe!«, konterte Lukas. »Ich helfe bei der Feuerwehr, bin quasi die rechte Hand von Dirk. Wie du helfe ich auf dem Feld und dafür soll ich auf einmal zu jung sein? Es gibt Zwanzigjährige, die weniger Mann sind als ich, und die dürfen? Warum siehst du nicht, dass sich die Zeiten geändert haben, dass man ein Mann nicht wegen des Alters ist, sondern wegen dem, was man macht!«

»Ich sehe, was du machst, und bin stolz auf dich. Reicht dir das nicht? Was willst du dir denn beweisen?« Malte war nicht dazu bereit, nachzugeben.

»Wenn wir wieder überfallen werden, will ich helfen, das Dorf zu verteidigen und nicht nur in den hinteren Reihen stehen und hoffen, dass das die anderen erledigen werden.« Er spielte auf kleinere, unkoordinierte Überfälle in den letzten Tagen und Nächten an.

Verzweifelte Gruppen von etwa zehn Personen hatten zu verschiedenen Tageszeiten versucht, in die Flüchtlingsscheune und Häuser am Rand des Dorfes zur Autobahn einzubrechen. Die vom Major trainierte Miliz hatte leichtes Spiel, das Alarmsystem mit Glocken hatte sich als wirkungsvoll erwiesen.

»Die haben im Moment genug Rekruten«, sagte Malte. »Lass dir Zeit, du wirst ohnehin zu schnell erwachsen …«

»Leck mich doch«, geiferte Lukas zurück, drehte sich um und verließ das Haus mit dem Knallen der Tür.

»Gut gemacht«, tadelte Laura ihren Vater.

»Fall du mir in den Rücken«, seine Wut war nicht verflogen. »Soll ich ihn etwa Soldat spielen lassen? Hast du nicht mitbekommen, was mit Ralf passiert ist?«

Die Rettungsaktion des Norder-Jungen war Dorfgespräch und wurde kontrovers diskutiert. Die Eltern von Ralf erhoben Vorwürfe gegen den Major, der die Aktion zu wenig geplant und damit das Leben ihres Jungen auf dem Gewissen hatte. Der Major räumte selbst ein, zu wenig geplant zu haben, verwies darauf, dass die Zeit zu eng für einen strukturierten Plan gewesen sei. Angesichts der Verdienste des Majors um die Miliz hatte er Rückhalt in der Gemeinschaft.

»Hättest du mit Dirk und dem Major nicht etwas drehen können?«, schlug Laura vor. »Die hätten eine Idee wie er sich nicht zurückgesetzt fühlt.«

»Ich setze ihn nicht zurück!« Ihr Vater erhob die Stimme.

»Keep calm, mit mir brauchst Du nicht brüllen«, warnte sie ihren Vater. »Du nimmst ihn nicht für voll, das machen Dirk, Florian und andere wesentlich besser.«

»Die sind auch nicht sein Vater«, versuchte Malte sich herauszureden. »Ich bin derjenige, an dem die Verbote hängen bleiben. Ich will doch nicht ständig ›Nein‹ sagen. Aber ich werde nicht zu allem ›Ja und Amen‹ sagen. Ich wünschte, deine Mutter wäre hier, die würde mir den Rücken stärken. Ohne sie ist der Kampf gegen den werdenden Mann furchtbar anstrengend und kräftezehrend.«

»Sprich mit Dirk und dem Major«, wiederholte sie ihre Idee. »Vielleicht kommt ihr zusammen auf eine Lösung, die Lukas gefällt.«

Ihr Vater setzte sich hin und stützte den Kopf in die Hände: »Danke dir, die Idee ist gut.«

»Er wird gerade ein Mann«, fügte Laura hinzu, »und ihm fehlt Mama. Selbst wenn jetzt alles normal wäre, würde er alles Mögliche machen, um von dir akzeptiert zu werden.«

»Aber ich akzeptiere ihn doch!« Laura wunderte sich, wie ihr sonst so intelligenter Vater das Problem nicht von selbst erkannte.

»Noch mal: Er möchte von dir, speziell von dir, als Mann gesehen werden«, erklärte sie geduldig. »Das ist so ein Ding, zwischen Vater und Sohn. Kannst du dich nicht mehr erinnern, wie es war, als dein

Vater dich das erste Mal so behandelt hat, als ob ihr auf Augenhöhe seid? Genau dieses Gefühl, das ist es, was Lukas möchte. Okay?

So, ich muss mich jetzt fertig machen, sonst komme ich zu spät!« Während Gordon an diesem Tag mit Malte unterwegs war, fuhr sie zur Schule. Der Betrieb der Kitagruppen lief gut, die Idee, die Organisation des Frühstücks auf alle Eltern zu verteilen, war für die Grundschulklassen ein voller Erfolg.

Die Hygiene war ein Problem. Denn ohne die Möglichkeit, die Kinder zu duschen oder zu baden, wuchsen die Schmutzschichten auf einigen Kindern ständig dicker und im Team machten sie sich Sorgen, wie lange es dauern würde, bis Läuse ausbrechen würden.

Am Eingang herrschte ein reges Kommen und Gehen, Eltern brachten ihre Kinder, Helfer brachten Wasser und Lehrerinnen und Erzieher kamen an. Meistens nutzten einige Eltern die Gelegenheit zu Gesprächen mit den Pädagogen, seltener umgekehrt, um das Verhalten eines Kindes zu diskutieren.

»Hallo Laura«, wurde sie am Eingang von einem Vater begrüßt. »Sagen Sie: Darf ich Ihnen eine Frage stellen?«

Laura wunderte sich, sie war sich sicher, dass der Mann nur Schulkinder hatte, war aber neugierig: »Na klar doch.«

Der Mann atmete hörbar ein und aus: »Ihr Freund, wohnt der bei Ihnen? Schläft der in Ihrem Zimmer?«

Laura war perplex: »Wie bitte?«

»Leben Sie in Sünde mit dem jungen Mann zusammen oder nicht?«, verdeutlichte der Mann seine Frage.

»Ich wüsste nicht, wieso das von Bedeutung sein sollte?«, versuchte Laura sich zu wehren.

»Sie müssen verstehen: Einige Eltern machen sich Gedanken über die Moral in unserem Ort. Wenn Hurerei bis in die Kindertagesstätte und die Schule getragen wird, können wir das nicht hinnehmen.«

»Wer ist denn bitte schön ›wir‹?« Laura hatte das Gefühl, ihr wurde der Boden unter den Füßen weggezogen.

Der ohnehin schon ernste Gesichtsausdruck des Mannes wurde finsterer: »Ich werde es nett formulieren: Wir sind viele und haben Einfluss. Wir beobachten Ihr ... obszönes Verhalten. Sollte sich nichts ändern, werden wir dafür sorgen, dass Sie nicht mehr im Kindergarten aktiv sein werden. Nehmen Sie das nicht auf die leichte Schulter! Auf Wiedersehen.«

Er wartete keine Antwort ab und verließ das Gebäude, Laura blieb wortlos zurück und brauchte eine Weile, bis sie die Fassung wiedergewonnen hatte. Erstaunlicherweise gab es keine Zeugen des Gespräches und sie hatte den Eindruck, dass ihr das niemand glauben würde.

Sie stand im Flur, als Patricia Krebs hereinkam, die quasi die Rolle der Leiterin für Schule und Kindergarten übernommen hatte: »Kindchen, was ist dir denn passiert? Du siehst aus, als ob man dir alle Farbe aus dem Gesicht gesaugt hätte. Du musst was trinken! Komm mit!«

Fast apathisch folgte sie ihrer Kollegin, die führte sie in ihr kleines Büro, wies ihr einen Stuhl zu, gab ihr ein Glas und goss ihr Wasser ein: »Erzähl! Bist du krank?«

»Du wirst nicht glauben, was mir passiert ist«, riss sich Laura zusammen. »Eben sprach mich ein Vater an, ich kannte ihn nicht. Der fragt mich, ob mein Freund bei mir im Zimmer schlafen würde. Er hat dann darauf bestanden, dass irgendwelche ›wir‹ das nicht gutheißen und nicht dulden würden, dass ich die Sünde hier ins Haus bringe.«

Ihr Gegenüber stand eine Weile mit offenem Mund da und lachte auf einmal los: »Was?«

Als Laura nicht reagierte, erstarb ihr Lachen: »Entschuldigung, ich finde das zu grotesk. Kannst du den Mann beschreiben?«

Laura beschrieb ihn, so gut sie konnte, allerdings waren ihr keine hervorstechenden Merkmale in Erinnerung.

Patricia schüttelte den Kopf: »Das passt auf die Hälfte der Väter. Vermutlich können wir es auf jemanden einschränken, der religiös und in einer der beiden Kirchen ist. Aber da fällt mir niemand ein. Ich werde nachher Ilka Odengartner befragen, die ist in der evangelischen Gemeinde aktiv, vielleicht hat die etwas mitbekommen.

Und du machst dir bitte keinen Kopf, du hast den Rückhalt beim Personal und den Eltern, wir stehen alle hinter dir! Und ich bin überzeugt, dass das nur ein paar Spinner sind, von denen werden wir uns nichts vorschreiben lassen.«

»Ich versuche es«, gab Laura zurück, fühlte sich selbst nicht überzeugt. »Was soll das? Wir haben genügend Probleme, warum ziehen die sich auf einmal an etwas hoch, das vollkommen normal ist? Und wen werden die noch auf dem Schirm haben?«

»Gute Frage«, ging Patricia auf sie ein. »Ich versuche, mehr herauszufinden, versprochen. Möchtest du dir heute lieber freinehmen, damit du das verarbeiten kannst?«

»Auf keinen Fall! Die Arbeit mit den Kindern lenkt mich von so vielem ab und würde ich jetzt nach Hause gehen, wäre das ein Nachgeben und das möchte ich nicht.«

»Okay. Wenn es dir zu viel wird, dann melde dich und du kannst gehen«, schlug Patricia vor.

»Ich danke dir«, sagte Laura. »Ich werde in meine Gruppe gehen, wir sehen uns später!«

Verunsichert ging sie in ihre Gruppe, wo Kinder und eine andere Betreuerin in ein Singspiel vertieft waren. Die fröhlichen Stimmen ihrer Schützlinge schafften es, dass sie sich schnell wieder gut fühlte und vereinzelte »Hallo Laura« gingen herunter wie Öl.

Sie musste sich eingestehen, dass die Kinder mit der ganzen Krise bisher besser und unverfänglicher umgingen als die Erwachsenen. Laut einiger Eltern war die Forderung nach der Abendfernsehzeit in vielen Familien oft ein Thema, manche Kinder wurden sauer, weil sie doch ›brav‹ waren und trotzdem nicht schauen durften. Dass manche ihrer geliebten Spielsachen nicht funktionierten, kompensierten die Kinder schnell mit Fantasie.

Nach dem Sing- folgte ein Tanzspiel, bei dem nacheinander alle Kinder und Erzieherinnen miteinander tanzten. Laura wurde in der dritten Runde ausgewählt und wollte in der nächsten ein Mädchen auswählen: »Nein! Fass‹ mich nicht an, Mama sagt, du bist eine Sünderin!«

Nach Soltau blieben die Hannoveraner auf der Landstraße. Die Motivation dabei war, dass man so ständig durch Orte kam und dort um Arbeit und Getränke bitten konnte. Schnell mussten sie feststellen, dass es wenige Gelegenheiten gab, in denen eine Gemeinschaft großzügig war.

»Wir sind jetzt über eine Woche unterwegs«, grübelte Simone laut, »und haben gerade hundert Kilometer geschafft. Selbst die Flüchtlingstrecks am Ende des Zweiten Weltkriegs haben teilweise täglich dreißig zurückgelegt!«

Fabian, der mit ihr die Nachhut der Hannoveraner bildete, versuchte sie aufzubauen: »Mag sein, aber versuche es positiv zu sehen: trotz des ganzen Irrsinns haben wir schon hundert geschafft!«

»Und wir haben seit zwei Tagen nichts zu Essen organisiert«, stellte sie fest. »Deinen Optimismus kann ich nicht teilen. Vermutlich werden wir bald anfangen, Baumrinden und Blätter zu essen. Wie in Hungerzeiten.«

»Es ergibt sich immer etwas.« Fabian hatte seinen Optimismus beibehalten. »Und bewaffnet sind wir jetzt auch.«

»Zumindest zwei Pistolen«, sagte Simone. »Ich bin froh, dass ich sie an Arne weitergeben konnte. So ganz wohl habe ich mich damit nicht gefühlt.«

Der hatte angehalten und die Hannoveraner gruppierten sich um ihn und Helge.

»Mein Wasservorrat ist aufgebraucht«, verkündete er. »Ich würde vorschlagen, wir suchen in dem kleinen Wald dort drüben nach einer Quelle.«

Den meisten ging es wie ihm, einige präsentierten ihre leeren Flaschen und die Gruppe legte den Weg bis zum Wald zurück. Ein kleiner Bach war schnell gefunden, sie folgen seinem Lauf aufwärts.

»Wir können das Wasser nicht filtern und müssen darauf achten, es direkt bei der Quelle zu entnehmen«, erklärte Fabian. »Sonst riskieren wir zu erkranken.«

Helge und Simone gingen vor, folgten dem Feldweg neben dem Bachlauf, der Rest lief hinterher. Der Bach selbst verlief einige Meter parallel zum Weg, um dann unter ihm hindurch und auf der anderen Seite tiefer in den Wald hineinzuführen. Im Gänsemarsch folgten alle dem Bachlauf, der an ein paar Stellen kleine Tümpel gebildet hatte. Helge hielt plötzlich an, hob die Hand hoch, drehte sich um und führte den Zeigefinger zum Mund, um dem Rest zu signalisieren, leise zu sein. Simone erkannte, was ihn zur Vorsicht animierte: Etwa achtzig Meter weiter knieten zwei Personen, neben ihnen standen große Trekkingrucksäcke. Genaueres erkannte sie nicht, vermutete aber aufgrund der Art, wie sie sich bewegten, dass es eine Frau und ein Mann waren.

Angestrengt sondierte Helge die Umgebung, Arne und Fabian hatten mittlerweile zu ihnen aufgeschlossen und suchten ebenfalls nach weiteren Begleitern, die beiden schienen alleine zu sein.

Helge schaltete als Erster: »Die scheinen nur zu zweit zu sein und keine Gefahr für uns darzustellen.«

»Vielleicht sind sie bewaffnet«, befürchtete Arne. »Wir sollten von zwei Seiten auf sie zugehen. Mit gezogenen Waffen.«

Der Waffenbesitz war in der Gruppe nicht unbemerkt geblieben und hatte für Unfrieden gesorgt. Ohne große Absprache trennten sich die Hannoveraner, Fabian und Simone führten die eine, Arne und Helge die andere Hälfte. Beim Näherkommen fiel ihr auf, dass die beiden Personen dabei waren, an der Quelle des Baches ihre eigenen Wasservorräte aufzufüllen. Vermutlich hatte das Gluckern des Wassers und der Flaschen gereicht, ihre Annäherung zu übertönen.

Etwa zwanzig Meter vor den beiden ließ Arne die Vorsicht fallen: »Hallo! Wir kommen aus Hamburg und wollen nach Hannover!«

Erschrocken schauten die Angesprochenen hoch und musterten die Gruppe um Arne, es dauerte etwas, bis sie die anderen in ihrem Rücken bemerkten.

Sichtlich unwohl standen sie auf und der Mann richtete das Wort an Arne: »Hallo, wir kommen aus Braunschweig und sind unterwegs nach Itzehoe. Wir wollen keinen Ärger!«

Erst hier ging Simone auf, dass ihre Gruppe auf die beiden bedrohlich wirken musste.

»Seid ihr an Hannover vorbeigekommen?«, fragte Arne.

»Nur weitläufig«, antwortete der Mann., »Uns kamen die ersten Wanderer aus Hannover entgegen, als wir nach Norden abdrehten. Seit wann seid ihr unterwegs? Wie sieht es denn in Hamburg und dazwischen aus?«

Arne ratterte eine kurze Zusammenfassung herunter, erwähnte den Überfall, aber nicht den Toten in den eigenen Reihen.

Die Frau reagierte mit einem Bericht über ihren bisherigen Weg, der zwar nicht einfach war, aber anscheinend waren sie ohne größere Probleme bis hierhergekommen: »Ich glaube, weil wir als einzelnes Paar auftreten, bekommen wir eher Unterkunft als eine große Gruppe.«

Arnes Blick fiel auf die großen Trekkingrucksäcke: »Was habt ihr in den Rucksäcken?«

Die schauten sich ängstlich an, die Blicke wanderten zwischen den Rucksäcken und Arne hin und her. Auch Simone überraschte die Frage und sie wunderte sich, was das sollte, denn offensichtlich ging von den beiden keine Gefahr für die Gruppe aus.

»Klamotten, unsere Schlafsäcke«, fing der Mann zögernd an, »etwas Proviant …«

Sofort legte Arne nach: »Was für Proviant?«

Den beiden wurde es sichtlich unwohl und die Frau baute sich selbstbewusst auf: »Warum? Wir wollen hier nur unser Wasser auffüllen und dann weiter.«

In einer fließenden Bewegung hatte Arne die Waffe aus seinem Hosenbund geholt, sie entsichert und zielte mit zwei Händen auf die Frau: »Weil ich das wissen will. So einfach ist das!«

Das Paar blieb wie angewurzelt stehen, Simone meinte zu erkennen, dass beide zu zittern anfingen.

Sie wollte Arne ins Gewissen reden, Fabian kam ihr zuvor: »Arne! Was soll das?«

Arne ließ den Blick auf der Frau, reagierte aber auf die Zurückweisung: »Ich denke, die haben die Tasche voller Proviant. Ich möchte das nur ein wenig umverteilen. Meinetwegen sollen die ihre Klamotten und die Schlafsäcke behalten, das Essen können wir unter uns allen aufteilen.«

Die Frau fasste ihren Mut zusammen: »Ihr wollt uns bestehlen? Wir haben selber nicht viel und einen weiten Weg vor uns!«

Arne schaute sie kalt an: »Du bist still, ich hatte euch vorhin um eine Antwort gebeten, jetzt redet ihr erst wieder, wenn ich es euch erlaube.«

Simone war überfordert, einerseits kannte sie ihn als bissigen Geschäftspartner, der bei jeder Gelegenheit und ohne Rücksicht auf Verluste seinen Vorteil ausspielte. So skrupellos hatte sie ihn bisher nicht erlebt: »Arne, das bist nicht du!«

Arne behielt die Frau im Blick: »Simone, wir versuchen seit zwei Tagen etwas Essbares zu bekommen. Da steht es. Wir nehmen nicht alles, wir teilen deren Vorräte auf alle auf und sie behalten ihren Anteil. Wem das nicht passt, der kann ihnen seinen Anteil überlassen.«

Bewusst oder unbewusst hatte Arne damit das bisherige ›alles für alle‹ durchbrochen. Innerhalb der Gruppe entstand ein Getuschel und eine der Damen brachte es auf den Punkt: »Magen vor der Moral. Ich bin für das Aufteilen!«

Simone spürte, wie ihr Magen knurrte, und entgegen ihrer Überzeugungen war sie hin- und hergerissen, denn dies war tatsächlich eine Gelegenheit und sie ließen die beiden nicht nackt zurück.

Arne war derweil in seinem Aktionismus schon weiter: »Okay! Du durchsuchst ihn nach Waffen, du die Dame. Ihr vier durchsucht die Rucksäcke und dann schauen wir, was wir alles haben.«

Die Beute konnte sich sehen lassen: eine Gaspistole, einige Packen verschweißtes Vollkornbrot, Müsliriegel und sogar etwas Schokolade. Arne wies die Frau an, den Vorrat aufzuteilen.

Weinend und hinter vorgehaltener Waffe folgte sie der Anweisung und Arne deutete jedem Hannoveraner, seinen Anteil zu nehmen: »Die drei Letzten sind für euch!«

Mit Tränen verhangenen Augen schaute die Frau ihn an: »Vielen Dank.«

Dabei schaffte sie es, so viel Abscheu und Hass in ihre Stimme zu legen, dass Simone überlegte, ihren Anteil zurückzulegen. Ihre Moral fiel ihrem Hunger zum Opfer.

Der Mann deutete auf die Waffe: »Was ist mit der? Kann ich die wieder haben?«

Arne schüttelte den Kopf: »Nein. Ich würde sagen, ihr packt jetzt und lauft los, schaut nicht zurück.«

Die Frau schaute ihn hasserfüllt an: »Bitte!«

Arne schien sich nicht mehr so sicher zu fühlen: »Entweder ihr packt die restlichen Rationen ein und geht los oder ihr geht ganz ohne Gepäck weiter. Die Rucksäcke und Schlafsäcke könnten wir gut gebrauchen.«

Hastig verpackten die beiden das, was man ihnen gelassen hatte, wehmütig schaute der Mann nach der Gaspistole und sie gingen los. Wortlos und schuldbewusst beobachteten die Hannoveraner, wie das Paar, das sie bestohlen hatten, den kleinen Wald verließ.

Simone musterte Arne: »Du hättest ihnen die Waffe lassen können.«

»Und dann? Lauert der uns auf und überfällt uns?«, reagierte Arne sauer. »Glaube mir, ich habe mir überlegt, wie ich ihnen die hätte lassen können, aber ich hatte keine Idee, wie man das ohne Gefahr für uns hätte machen können. Die sind fit, besser ernährt als die meisten Wanderer und dir dürfte nicht entgangen sein, dass sie noch Schmuck hatten. Die werden einen Weg finden, ihre Vorräte wieder aufzustocken.«

Fabian fühlte sich sichtbar unwohl: »Und wenn nicht? Dann haben wir die beiden auf dem Gewissen?«

»War das früher denn anders?« Arne wurde ungehalten. »Da war es nicht so offensichtlich. Die, denen wir die Lebensgrundlage weggenommen haben, haben früher in Afrika, Südamerika und Asien gelebt. Die Leute haben für einen Hungerlohn oder weniger gearbeitet. In Westafrika mussten zehnjährige Jungen auf Kakaoplantagen 50 Kilo Säcke tragen, nur damit wir Kakao und Schokolade hatten. Am besten für weniger als 80 Cent die Tafel.

Hat das jemanden gejuckt? Nein, irgendwelche haben sich feiern lassen, wenn sie ›Fair-Trade‹ gekauft haben, aber wer war da schon konsequent.

Und nun frage ich dich, außer dass wir das jetzt ohne Mittelsmann und Auge in Auge gemacht haben: Wo ist der Unterschied?«

Er blickte Fabian auffordernd, fast aggressiv an, als der nicht antwortete, ging er zur Quelle und füllte seine Wasservorräte. Nacheinander tat ihm das die ganze Gruppe gleich und die Anspannung und das schlechte Gewissen schienen bei den meisten nachzulassen.

»Er hat recht«, gestand Fabian Simone resignierend. »Im Grunde ist es so, wie er es beschrieben hat, trotzdem fühle ich mich wie ein Dieb.«

»Das war unser Sündenfall«, stimmte Simone zu. »Von hier an ist nichts mehr wie vorher, wir haben unsere Unschuld verloren, wir sind nicht mehr Opfer, sondern auch Täter.«

Arne gab die Gaspistole Simone und trank seine Wasserflasche in vollen Zügen aus.

Er kam zu den anderen dreien, musterte die Blicke, die sie ihm zuwarfen: »Ihr erwartet, dass ich ein schlechtes Gewissen habe?«

Fabian winkte ab: »Du hast es nicht alleine gemacht, wir alle haben uns beteiligt.«

Arne nickte: »Trotzdem habe ich das losgetreten. Nicht geplant. Es ergab sich. Ich bin nicht stolz darauf und ich weiß, der nächste Überfall wird uns einfacher fallen.«

Simones Augen weiteten sich: »Der Nächste?«

Arne schien verwundert, dass sie das nicht bedacht hatte: »Ja. Das wird nicht die letzte Gelegenheit gewesen sein und irgendwann kommt der Punkt, an dem es darum geht, zuerst zu agieren.«

Mittlerweile waren sie zurück zum Weg gelaufen, Arne schaute seine leere Flasche an und dann nach dem Bachlauf: »Wartet bitte, ich fülle mir die nur kurz auf.«

TAG 11

LUKAS

Die letzte Versammlung war eine Woche her und es hatten sich Fragen und Informationen angehäuft. Die Ermittlungen des Supermarktbrandes hatten bisher keinerlei Indizien gebracht und es war davon auszugehen, dass man den Täter nie herausfinden würde.

»Bestimmt waren das die Flüchtlinge«, hörte Lukas jemanden rufen.

»Welche denn? Die aus der Scheune oder die aus dem Flüchtlingsheim?«, fragte jemand anders.

»Die aus der Scheune sind Deutsche, die machen so was nicht!«, meldete sich die erste Stimme wieder zu Wort.

Es entstand ein riesiges Stimmgewirr, wurde geschimpft und erst ein lauter Pfiff von Nadine brachte Ruhe in die Versammlung.

Dirk stand mit dem Rat auf der Bühne und erklärte noch mal: »Uns fehlen Hinweise auf den Täter, es gibt ein paar Zeugenaussagen, die widersprechen sich aber. Ich möchte bitten, davon abzusehen, haltlose Spekulationen aufzustellen.

Positiv zu vermelden haben wir die Fertigstellung des ersten Abschnittes der neuen Wasserleitung.«

Nachdem Dirk mit seinem Bericht durch war, erzählte Nadine, wie es um die Nahrungsmittelvorräte stand: »Durch die Getreide- und Futtervorräte der verschiedenen Höfe sind wir gut aufgestellt.

Für die aktuelle Ernte brauchen wir Helfer. Wer sich zutraut, mit einer Sense umzugehen, meldet sich nachher bitte bei meinem Vater! Auch beim Garbenbinden benötigen wir Hilfe, dazu bitte bei meinem Vater melden, je mehr, desto besser! Wir haben knappe vier Wochen Erntezeit bei dem Getreide vor uns und damit jeder eine Vorstellung bekommt: Die Arbeit, die vor ein paar Wochen ein Mähdrescher in einer Stunde verrichtet hat, dauert bei Handarbeit mindestens 360 Mal so lange! Je mehr Helfer, desto besser.«

Verhaltene Reaktionen zeigten Lukas, dass nicht jeder davon begeistert war, in der Feldarbeit eingesetzt zu werden, er wunderte sich, was sie sonst den ganzen Tag tun wollten.

Carl Holzer gingen wohl ähnliche Gedanken durch den Kopf: »Entschuldige Nadine, ich muss das etwas drastischer formulieren: Wir sind als Gemeinschaft darauf angewiesen, dass die Ernten funktionieren. Wer nicht bei anderen Diensten tätig ist, ist nicht nur angehalten, auf dem Feld zu helfen, sondern dazu verpflichtet. Ich werde es an dieser Stelle bei einer Ermahnung belassen, möchte darauf hinweisen, dass wir bei der Verteilung von Rationen die Mithilfe beachten werden.«

»Was ist, wenn man etwas anderes zu tun hat?« Der Mann, der das fragte, wirkte fast aggressiv.

Holzer reagierte gelassen: »Wir werden vorerst unterscheiden in Arbeiten, die der Gemeinschaft dienen und solche, die es nicht tun.«

»Und ihr entscheidet das, oder was?« Lukas kannte den Mann nur vom Sehen.

Robert Kempf stand auf und beruhigte allein durch sein Wesen: »Für den Moment werden wir das. Auch wenn es euch nicht so vorkommt, die Zeit rennt uns davon und wir haben Glück, dass der Stromausfall am Anfang des Sommers geschah und nicht Anfang des Winters. Wir brauchen die Hilfe von allen und wie Carl das angedeutet hat, müssen wir darauf achten, um gerecht zu bleiben.«

»Gerecht?« Das war einer der Landwirte eines Aussiedlerhofes. »Ihr beschlagnahmt unser Getreide und quasi direkt meinen Boden und erzählt etwas von gerecht?«

Kempf nahm sich des Vorwurfes an: »Vorrangiges Ziel ist im Moment und für die nähere Zukunft die Versorgung des Dorfes. Um das zu gewährleisten, mussten wir auf die Mittel zurückgreifen und das Gesetz sieht eine Entschädigung vor. Ich kann dir im Moment nicht versprechen, wie die aussieht, wir werden eine Regelung finden.«

Der Landwirt wollte zu einer Reaktion ansetzen, doch Kempf ließ ihn gar nicht zu Wort kommen: »Ich bitte zu akzeptieren, dass momentan nichts normal ist. Jeder ist angehalten, sich einzubringen und wir versuchen, jedem seinen Anteil zukommen zu lassen.«

»Das ist Kommunismus!«, ließ der Landwirt nicht locker.

Holzer platzte der Kragen: »Es geht ums Überleben. Solange das nicht komplett von selbst läuft, werden wir weiterhin so handeln. Und wir reden nur über die Eigenversorgung des Ortes, Forderungen des Landkreises sind gar nicht dabei.«

»Forderungen des Landkreises?« Der Landwirt wirkte überrascht.

Kempf richtete sich dann an die Versammlung: »Vor ein paar Tagen hatten wir Besuch vom Landkreis. Jedenfalls gab man vor von dort zu sein. Mich wundert, dass das bisher nicht die Runde gemacht hat. Uns wurde ein Ultimatum gestellt, wir müssten einige unserer Vorräte abführen.«

Der Landwirt hatte sich wieder gefangen: »Wann wollen die das abholen?«

Kempf antwortete: »Gar nicht, wir sollen nach Wetzlar liefern.«

»Was bekommen wir als Gegenleistung?«, fragte der Landwirt.

Kempf wartete lange: »Uns wurde nichts versprochen.«

Das führte zu einem kleinen Tumult in der Versammlung und es dauerte lange, bis Nadine die Aufmerksamkeit mit zwei Pfiffen auf sich lenkte: »Dazu wären wir noch gekommen und wir wollen vom Rat keine Entscheidung allein treffen.«

Langsam kehrte wieder Ruhe ein und Kempf erklärte: »Bei uns hat sich eine Frau Julia Armsteiner vorgestellt. Sie war in Begleitung von Polizisten. Oder Personen, die Einsatzkleidung der Polizei trugen. Einen Nachweis ihrer Behauptungen brachte sie nicht, sie konnte oder wollte sich nicht ausweisen. Persönlich kannte ich sie nicht. Hatte von euch jemand mal mit ihr zu tun gehabt?«

Lange Zeit reagierte niemand, bis sich ein Mann meldete: »Beim Namen klingelt bei mir etwas, ich meine, sie war mal Direktkandidatin bei einer Landtagswahl. Für irgendeine Splitterpartei.«

»Je nach Partei ist das kein Hindernis, dass sie nicht im Landratsamt ist«, vermutete Kempf. »Außer ihrem Wort und den Uniformen haben wir keine Belege. Sie hat sonst keine Informationen mit uns geteilt.«

»Wir sollten ablehnen«, schlug der Landwirt vor und schaute erwartungsvoll in die Versammlung.

»Und wenn die sich die Sachen mit Gewalt holen werden?«, stellte Holzer zur Diskussion. »Sind wir bereit, uns zu verteidigen?«

Der Major übernahm das Wort: »Wir haben acht ehemalige Soldaten mit Kampferfahrung, zehn Polizisten und Ex-Polizisten. Durch den Schützenverein haben wir knappe 50 Einwohner, die den Umgang mit Schusswaffen gewohnt sind. Dazu kommen 20 Bogenschützen, fünfzehn Jäger und weitere 60 Freiwillige.

Mit der Hilfe von Alex … Alexander«, er suchte jemanden in der Menge, der sich meldete, »bin ich dabei, nach Veteranen unter den Spätaussiedlern zu suchen. Wir gehen davon aus, dass es einige gibt. Ich bin zuversichtlich, dass wir auch bei den Freyristen einige Kampferfahrene zur Verteidigung des Dorfes rekrutieren können. Für einen offenen Kampf sind wir zu ungeübt, wenn wir uns einigeln könnten und entsprechende Verteidigungsnester aufbauen, ist der Vorteil aber auf unserer Seite. Robert, darf ich einen kurzen Überblick über das, was wir aus der Nachbarschaft wissen, geben?«

»Fahr fort,« sagte Robert.

Der Major schaute kurz durch die Runde: »Wir haben bisher wenig Informationen, wie es in der Umgebung aussieht. Ein paar Infos von Wanderern, ein wenig von dem, was wir durch die Nachbarorte mitbekommen. Unser aktueller Stand ist der folgende: In unseren Nachbardörfern Blasbach, Waldgirmes, Dorlar, Atzbach und Biebertal haben sich Gemeinschaften gebildet, die uns ähnlich sind. Wir versuchen zu schauen, wie wir uns gegenseitig helfen können. Weniger eindeutig ist die Lage in Naunheim, Niedergirmes und Hermannstein. Niedergirmes wurde kurz nach dem Stromausfall vermutlich von einem koordinierten Angriff von Reichsbürgern überfallen, die Teile der türkischstämmigen Bevölkerung von dort vertrieben haben. Eine Gruppe junger Männer hatte die Verfolgung der Angreifer unternommen, unbestätigten Gerüchten zufolge hatte man ihnen einen Hinterhalt gelegt und alle wurden getötet. Aßlar scheint in der Hand einer Gang zu sein. Werdorf hält sich isoliert, Ehringshausen wird ebenfalls von Reichsbürgern und Sympathisanten dominiert. Wie es in Wetzlar durch den Brand der Altstadt aussieht, können wir nur vermuten. Lebensmittel dürften weitestgehend aufgebraucht sein, der Druck, die Stadt zu verlassen, wird größer werden. Unser Vorteil ist, dass die erst durch die umgebenden Stadtteile müssen.

Von Dutenhofen, Garbenheim, Heuchelheim und Kinzenbach haben wir wenig Infos, von dort kamen bisher keine Wanderer durch. Gießen ist in den Händen von Linksautonomen.

Was wir bis jetzt an Überfällen erlebt hatten, waren nur unkoordinierte Verzweiflungstaten. Irgendwann wird es zu geplanten Angriffen kommen. Oder die Menge der Angreifer könnte sehr groß werden. Ich würde deshalb vorschlagen, dass jeder, der kann, an Verteidigungsübungen teilnimmt.«

Lukas horchte auf, das war seine Chance und das würde er seinem Vater auf die Nase binden.

Er überlegte, ob er sich hier auf der Versammlung freiwillig melden sollte, als ein Mann das Wort ergriff: »Was qualifiziert Sie denn für die Führung der Miliz? Sie haben meinen Sohn auf dem Gewissen.«

Lukas hatte keine Ahnung, wer der Mann war, der Major schien zu wissen, mit wem er es zu tun hatte: »Hören Sie, die Aktion wurde kurzfristig geplant, Ralf hatte sich sofort freiwillig gemeldet und es sprach nichts dagegen ihn mitzunehmen. Es war ihm klar, dass es gefährlich sein wird.«

Sein Gegner ließ nicht locker: »Haben Sie die Gefahr unterschätzt? Meinen Sohn hat es das Leben gekostet!«

Der Major machte ein ernstes Gesicht: »Ich war mir der Gefahr bewusst, die Zeit drängte, weshalb wir sofort aufbrechen mussten.«

Ralfs Vater wurde ungehalten: »Und wegen des Krüppels ist mein Sohn tot? War es das wert? Für ein Kind, das nicht einmal alleine zur Toilette gehen kann, das gefüttert werden muss, dafür musste mein Sohn sterben?«

Die Versammlung wurde so still, dass ein einzelnes Räuspern wie ein lauter Schrei wirkte. Lukas blickte zu seinem Vater, der wirkte geschockt und der Major hatte offensichtlich Probleme, nicht die Fassung zu verlieren.

Bevor der Major reagieren konnte, kam ihm Robert Kempf zur Hilfe: »Ich verstehe eure Wut um euren Verlust. Eure Trauer. Aber wir werden nicht damit anfangen, Leben gegen Leben aufzurechnen!«

»Ich verstehe.« Der Mann stand auf und ging Richtung Ausgang. »Ich verstehe.«

Nachdem er die Versammlung verlassen hatte, dauerte es, bis Kempf sich wieder an die Versammlung richtete: »Wir haben folgende Optionen:

A) Wir kommen den Forderungen nach und liefern einen Großteil unseres Getreides nach Wetzlar.

B) Wir bieten an, eine kleinere Menge zur Abholung bereitzustellen.

C) Wir weigern uns und verteidigen unsere Vorräte.

Bitte Handzeichen wer dafür ist, den Forderungen nachzugeben.«

Wenige Hände hoben sich. Kempf wartete eine Weile: »Wer ist dafür, eine kleinere Menge zur Abholung bereitzustellen?«

Hier meldeten sich etwas mehr, doch es war offensichtlich, dass es keine Mehrheit ergeben würde.

Kempf forderte erneut zu Handzeichen auf: »Wer ist dafür, dass wir unsere Vorräte verteidigen?«

Das Votum war eindeutig und der Major richtete sich an die Versammlung: »Ich möchte darauf hinweisen, dass wir damit zur Zielscheibe werden. Ich bitte darum, dass jeder, der etwas Zeit übrig hat, bei dem Ausbau der Verteidigungsanlagen hilft.«

»Die Wanderer aus der Scheune sollen helfen«, forderte jemand aus der Menge, »das wäre nicht zu viel verlangt, immerhin bekommen die zu essen und trinken.«

Nadine antwortete: »Nicht jeder ist in der körperlichen Verfassung dazu, aber ja, wir können eine Gegenleistung einfordern.

»Die letzten Nächte gab es wieder Probleme«, berichtete ein Milizmitglied, Lukas meinte in ihm einen der Ex-Polizisten zu erkennen. »Wir müssen die Zusammenstellung der Flüchtlinge überdenken.«

»Wie meinst du das?«, fragte Nadine.

»Wenn die Flüchtlinge in der Scheune mehrheitlich Männer zwischen 15 und 45 sind, kommt es zu Streit und Schlägereien«, erklärte der Expolizist. »Wir sollten in Zukunft den Zugang entsprechend einschränken, bzw. allein wandernde Männer ablehnen.«

»Ich sehe nicht, dass etwas dagegenspricht, den Zugang einzuschränken«, meldete sich Andreas Pape zu Wort. »Das bringt mich zu einem anderen Punkt, über den ich ein paar Tage nachgedacht habe. Wir sollten den Zugang zur Gemeinschaft einschränken.«

Lukas sah, wie sein Vater sich erschrocken zu Pape umdrehte: »Was einschränken?«

Pape wartete, bis er die Aufmerksamkeit der Versammlung hatte: »In den letzten Tagen sind einige Familien beim Hofgut angekommen. Bei vielen Familien kamen vereinzelt Freunde und Bekannte, vornehmlich aus der Umgebung, an. Ich plädiere dafür, dass wir diesen Zugang so schnell wie möglich einschränken.«

Lukas Vater schien der Vorschlag nicht zu gefallen: »Wo willst du denn bitte eine Linie ziehen?«

Pape schien auf die Frage nur gewartet zu haben: »Jeder hier hat gute Freunde und Verwandtschaft, die außerhalb lebt. Geschwister, Eltern, Partner und wenn jeder so viel einladen kann, wie er möchte, haben wir die Einwohnerzahl schnell verdoppelt. Und das, wo wir jetzt schon knappe Ressourcen haben.

Es kann nicht angehen, dass jeder mal so eben jemanden bei sich daheim aufnimmt.«

Lukas wurde bewusst, dass damit Menschen wie Gordon gemeint waren. Das würde seiner Schwester sicher nicht gefallen, die Logik von Pape war jedoch nachvollziehbar.

»Mit dem Stichtag von heute möchte ich die Rationen pro Haushalt einfrieren«, erläuterte Pape seinen Plan. »Es steht jeder Familie frei, Freunde und Familie von außerhalb bei sich aufzunehmen, die müssen dann von ihren eigenen Rationen abgeben. Das betrifft die Lebensmittel, Wasser haben wir genug.«

Lukas freute sich für Laura, mit dem vorgeschlagenen Stichtag hätte Gordon seine eigene Ration. Nicht jeder im Saal schien vom Vorschlag angetan zu sein.

Ein Mann beschwerte sich: »Wenn mein Bruder unterwegs ist, hätte er Pech, dass er noch nicht angekommen ist?«

»Ja! Wieso heute?«, meldete sich eine Frau zu Wort. »Das ist ungerecht!«

Pape schien diesen Einwand geahnt zu haben: »Welchen Stichtag würden Sie denn nehmen? Morgen? Nächste Woche? Nächsten Monat? Es gibt keinen guten Tag, keinen perfekten Moment. Soweit ich das überblicken kann, ist seit vorgestern niemand angekommen. Das muss nicht in Stein gemeißelt sein. Bis die Versorgungskette wieder läuft, bin ich überzeugt, dass es sinnvoll ist, den Zugang zum Dorf einzuschränken.«

Robert Kempf schien nichts von Papes Gedanken gewusst zu haben: »Meinst du, das ist notwendig? So viele Leute sind doch bisher nicht gekommen?«

Andreas schüttelte den Kopf: »Bisher ist es überschaubar, in den nächsten Tagen ist mit einem Anstieg zu rechnen. Bei vielen dürften die Vorräte daheim zur Neige gegangen sein, die werden sich auf den Weg machen. Wir sollten darüber abstimmen, bevor es zum akuten Problem wird und die Neid und Missgunst Diskussion losgeht. Ich stelle hiermit den Antrag, dass bei der Rationierung vorerst nur Dorfbewohner beachtet werden, die als Einwohner registriert sind, oder bis einschließlich heute angekommen sind. Wer ab jetzt kommt, ist auf die Rationen seiner Gastgeber angewiesen. Wer ist dafür?«

Die Ersten meldeten sich zögerlich, dann mehr und mehr. Es war offensichtlich, dass der Vorschlag eine breite Mehrheit gefunden hatte.

Pape rief zur Gegenprobe auf und verkündete: »Okay, ich bitte den Vorschlag selbst und die Annahme durch die Versammlung zu Protokoll zu nehmen.«

JUTTA

Jutta erkannte am Gesichtsausdruck ihres Bruders, dass er mit der Abstimmung von Pape keineswegs zufrieden war. Im Gegenteil, er schien sauer zu sein. Pape hatte das nicht mit den restlichen Ratsmitgliedern abgesprochen und geschickt die Stimmung genutzt, seine Idee durchzudrücken. Die Versammlung hatte auf ein Abschotten des Dorfes von der Umwelt hingearbeitet. Folgte man den vorgebrachten Argumenten, erschien das sinnvoll, allerdings war sie sich sicher, dass das früher oder später irgendwelche Grenzfälle erzeugen würde, durch die es zu Unfrieden kommen würde. Nicht nur ihr Bruder wirkte unzufrieden, auch Nadine war angesäuert. Robert Kempf blieb die Ruhe in Person, wenn er sich über Pape aufregte, merkte man es ihm nicht an. Holzer dagegen schien das recht locker zu nehmen, vermutlich hatte Pape ihn vorher informiert.

Sie dachte, die Versammlung wäre damit beendet, aber die evangelische Pastorin meldete sich zu Wort: »Ich würde gerne darauf hinweisen, dass die Mitglieder meiner Gemeinde die Sonntagsruhe beachten und am Gottesdienst teilnehmen möchten. Das ist durch die Arbeitseinsätze auf dem Feld, bei der Wasserversorgung und bei der Miliz leider teilweise nicht möglich.«

Der katholische Pfarrer sprang ihr zur Seite: »Dem schließe ich mich uneingeschränkt an. Mitglieder meiner Gemeinde haben sich beschwert, dass sie wegen der Arbeitsdienste nicht an der Messe teilnehmen können. Da die Kirchen die Basis unserer Moral und Gesellschaft sind, muss ich auf die Einhaltung des Sonntags bestehen.«

Nadine rollte mit den Augen: »Soweit ich weiß, war die Erntezeit von jeher als Ausnahme in der Sonntagsruhe akzeptiert. Wer zum Gottesdienst möchte, kann das gerne machen, es spricht nichts dagegen, dass man danach auf dem Feld erscheint. Wir sind mit der Ernte vom Wetter abhängig und je schneller wir die einbringen, desto besser. Für uns alle.«

Die beiden Geistlichen schauten sich erst gegenseitig an, die Pastorin richtete das Wort an Nadine: »Das betrifft nur die, die bei der Ernte helfen, alle anderen sollten die Sonntagsruhe einhalten können.«

Holzer schien mit dem Vorschlag gar nicht zufrieden zu sein: »Unser Dorf ist in Gefahr und wir sollten keine Pause einlegen, solange der Schutzwall nicht fertig ist.«

Das Projekt hatte Holzer zusammen mit Kempf entwickelt, wusste Jutta von Nadine. Dazu hatten sie Bücher durchgearbeitet. Kempfs eigene Bibliothek bot einige Bücher über Dorfentwicklung. Der Plan war einfach, aber erforderte hohen Aufwand: Ein Graben soll das Dorf im Westen schützen, die ausgehobene Erde sollte zu einem Wall auf der Innenseite aufgeschüttet werden. Dieser sollte mit Hainbuchen, Weißdorn, Holunder und Hasel bepflanzt werden und so eine undurchdringliche Hecke entstehen lassen. Bis die Pflanzen groß genug waren, sollte ein Palisadenzaun den Wall krönen. Bewachte Tore bzw. Pforten an den Ortseingängen würden Durchgänge bieten. Problematischer waren der Nordosten und Osten, dort grenzte der Ort oft direkt an den Wald.

Der Pastor zeigte kein Einsehen: »Glauben Sie denn, dass dieser Wall benötigt wird? Wir leben im 21. Jahrhundert! Auf einen Tag mehr oder weniger wird es nicht ankommen!«

Holzer ging zum Angriff über: »Ich denke, wir sind uns hier alle einig, dass wir vor eineinhalb Wochen mindestens 150 Jahre zurückgeworfen wurden. Haben Sie eine Ahnung, wie es ungeschützten Dörfern ging, wenn die Armeen durchgezogen sind? Haben Sie eine Vorstellung davon, welches Leid Dörfer durchleben mussten? Noch gibt es keine Armeen, nicht einmal große Banden, die durch das Land ziehen. Wenn Sie sich die letzten Tage die Mühe gemacht hätten, um von der Brücke auf die Autobahn herunterzuschauen, hätten Sie gesehen wie viele Menschen unterwegs sind. Viele nach Hause, andere nur auf der Suche nach etwas zu essen. Wir haben Nahrung und das weckt Begehrlichkeiten und irgendwann wird jemand kommen, der versuchen wird, sich das zu nehmen, was er möchte.«

Kalt reagierte die Pastorin: »Wie lange wollen Sie denn die Gebote noch brechen?«

Holzer ließ den Vorwurf an sich abperlen: »Mal schauen, eine fertige Wallanlage wäre das eine, eine Lösung für die Teile des Ortes, die direkt an den Wald grenzen, das andere. Das kann noch dauern.«

Die Geistliche bemerkte, dass sie in der Versammlung keinen Rückhalt hatte und entschied sich für den Rückzug: »Zumindest für den Gottesdienst sollten die Leute die freie Wahl haben. Wenn die Wallanlage fertig ist, würde ich das gerne erneut diskutieren.«

»Meinetwegen«, brummte Holzer.

Seit dem Stromausfall hatten die Kirchengemeinden mehr Zulauf. In Krisenzeiten entdeckten viele ihren Glauben wieder und Jutta war erstaunt, dass einige ihrer Bekannten sich in Besucher des Gottesdienstes verwandelt hatten.

»Wenn wir bei Moralfragen sind«, meldete sich ein Mann zu Wort, »hätte ich ein Anliegen. In der Kindergartengruppe und in der Schule sind Frauen tätig, deren Lebensweise moralisch nicht einwandfrei ist.«

Kempf zog die Augenbrauen hoch: »Wie bitte?«

Der Mann plusterte sich auf: »Es gibt Pädagogen, die unverheiratet mit ihren Partnern zusammenleben und eine der Lehrerinnen ist geschieden.«

Erwartungsvoll schaute er den Dorfrat an, Kempf hatte immer noch die Augenbrauen hochgezogen: »Ja und?«

Mit der Reaktion hatte der Mann anscheinend nicht gerechnet: »Ja und? Mehr fällt Ihnen dazu nicht ein? Die Pädagogen sollten Vorbild für die Kinder sein. Das funktioniert nicht, wenn die Erzieherinnen und Lehrerinnen rumhuren.«

Jutta war sich nicht sicher, ob sie von den Ausführungen geschockt oder amüsiert sein sollte. Das Thema polarisierte offenbar genug, dass es einige heftige Diskussionen gab, die, wie üblich, durch einen lauten Pfiff von Nadine unterbrochen wurden.

Kempf schaut den Mann an: »Es mag an Ihnen vorbei gegangen sein, aber man wirft heute Menschen, die unverheiratet das Bett teilen, nicht mehr ›Hurerei‹ vor. Auch Scheidung ist Privatsache und da weder die KiTa noch die Schule einen kirchlichen Träger haben, hat das für unsere Einrichtungen keine Relevanz. Ich bedanke mich für die Wortmeldung, würde mich freuen, wenn Sie den betroffenen Damen eine Entschuldigung zukommen lassen.«

Offensichtlich hatte der Mann daran kein Interesse: »Ich bin nicht der Einzige, der so denkt!«

Bestätigendes Gemurmel aus verschiedenen Richtungen der Versammlung gaben seiner Behauptung zusätzliches Gewicht.

Der Mann fühlte sich dadurch ermutigt: »Ist Ihnen die Idee gekommen, dass der Stromausfall eine Strafe Gottes für das sündige Verhalten der Menschen ist? Eine neue Sintflut, um die Erde von den Sündern und Ungläubigen frei zu waschen?«

Jutta sah, wie die Pastorin und der Pfarrer mit dem Finger auf den Mann deuteten, was sie riefen, ging im Tumult unter und es dauerte sehr lange, bis wieder Ruhe einkehrte.

Kempf schaute entgeistert seine Ratsmitglieder an: »Okay, ich denke, wir sind damit für heute durch. Ich schlage vor, dass wir uns in einer Woche wieder hier treffen. Natürlich stehen unsere Türen zwischendurch jedem offen, der ein Anliegen hat! Ich wünsche allen einen schönen Tag!«

Langsam und mit Diskussionen löste sich die Zusammenkunft der Dorfbewohner auf und Jutta wartete, bis Nadine und Malte nicht mehr von Fragenden umringt waren.

Als Erstes hatte sich die Freundin befreien können und Jutta begrüßte sie: »Na diese Versammlung war ja aufregend, da hatten wir lauter Reizthemen.«

Nadine nickte: »Du sagst es. Es war mir klar, dass nicht jeder Landwirt klaglos mitmacht und die Frage nach Entschädigung kommen wird. Ich hatte gehofft, dass das erst später passiert. Ralfs Eltern … ich kann ihre Wut und Trauer nachvollziehen, aber dass sie Lukas Norder einen Krüppel genannt haben, das zeigt, wie dünn die Zivilisationsschicht ist, die auf uns drauf ist.«

»Sind das andere die Anzeichen vom aufkommendem religiösen Wahn?«, fragte Jutta.

Mittlerweile hatte Malte sich zu ihnen gesellt: »Laura ist gestern in der Schule von irgendeinem Vater auf ihr Verhältnis zu Gordon angesprochen worden. Ob das der gleiche Mann war wie heute? Ich verstehe das nicht, draußen geht es Menschen schlecht, viele sind von Hunger, Durst und Krankheiten bedroht und hier macht man sich Gedanken um die Sonntagsruhe und ob jemand verheiratet ist oder nicht?«

Nadine antwortete: »Wir sollten damit rechnen, dass sie Zulauf bekommen werden. Mit Pape müssen wir unbedingt reden. So ungern ich es zugebe, denke ich, dass er grundsätzlich recht hat, dass wir den Zugang ins Dorf einschränken müssen. Dass er das komplett an uns vorbei in und durch die Versammlung gebracht hat, das geht gar nicht.«

»Meinst du, es war ein Testballon, was er sich erlauben kann, welche Möglichkeiten er hat?«, wunderte sich Malte.

»Pape ist nicht dumm«, antwortete Nadine, »der wird das schon mit Absicht gemacht haben. Ich bin nicht sicher, ob er sich bewusst ist, dass er damit jedem die Möglichkeit eröffnet hat, Vorschläge einzubringen und zur Abstimmung zu stellen.«

»Mehr Demokratie?«, fragte Jutta. »Hört sich jetzt nicht allzu falsch an.«

»Nein, definitiv nicht.« Nadine nickte. »Trotzdem sollte man sich bei manchen Entscheidungen Zeit lassen, sich ein wenig informieren. In dem Fall waren die Argumente schnell und vernünftig dargelegt, das wird bei anderen Gelegenheiten nicht so einfach sein. Stell dir vor, Ralfs Eltern hätten angefangen, darüber abzustimmen, welches Leben mehr Wert ist, das kann unschön werden.«

»Wenn unsere Ressourcen knapp werden«, wandte Malte ein, »dann wird diese Diskussion automatisch kommen.«

Sie verabschiedeten sich von Malte und ritten bzw. fuhren gemütlich in Richtung des Bodnerhof.

»Früher sind wir solche Wege um die Wette gefahren«, erinnerte sich Nadine.

»Oder geritten«, ergänzte Jutta. »Mit dem Fahrrad hast du jetzt keine Chance!«

»Ach. Du hast nur Angst, zu verlieren und drückst dich. Bis zur Kreuzung?«

»Auf Los gehts los!«, rief Jutta und trieb ›Kleine Tante‹ an.

Nadine trat in die Pedale und erst sah es so aus, als ob sie gleichauf wären. Das Pferd beschleunigte und ließ die Fahrradfahrerin schnell hinter sich.

Jutta wartete bei der Kreuzung auf sie und als sie ankam, war sie komplett außer Atem: »Das nächste Mal dann doch bitte beide mit Fahrrad oder Pferd!«

»Ich hatte es dir gesagt«, grinste Jutta. »Hast dich trotzdem gut ge …«

Es ertönte der Ruf »FEUER! FEUER!«

Die Freundinnen schauten in Richtung der Rufe und machten sich auf den Weg. Aus allen Richtungen strömten Frauen und Männern mit Eimern zur Feuerwache.

Als sie dort ankamen, war Dirk dabei, Anweisungen zu geben: »Zum Flüchtlingsheim, alle mit Eimern bitte beim Löschteich mit der Kette anfangen.«

Andere Feuerwehrleute hatten die Spritze aus dem Gebäude geholt und schoben sie in Richtung des Brandes. Nadine und Jutta folgten den Freiwilligen, fanden einen Platz, wo sie das Fahrrad abstellen, und ›Kleine Tante‹ anbinden konnten und gesellten sich mit in die Löscheimerkette. Sie waren nahe genug am Brand, um zu sehen, dass nicht das Haus selbst brannte, sondern etwas davor. Es gelang dem Dorf, das Feuer innerhalb kurzer Zeit zu löschen und als Jutta und Nadine näherkamen, sahen sie, dass jemand Holzstämme in Kreuzform auf den Boden gelegt und angezündet hatte. Der Geruch nach Benzin lag in der Luft.

»Sind wir hier in den Südstaaten«, fragte Nadine. »Wer macht so was?«

Das Gras um die Stämme war verkohlt, wer das getan hatte, hatte sich sogar die Mühe gemacht, die Holzstämme so einzukerben, dass sie nicht gegeneinander abrutschten. Die Freiwilligen sammelten sich um die Wiese vor dem Haus, das seit 2015 als Flüchtlingsheim genutzt wurde und in dem aktuell zwei Familien wohnten.

Dirk begutachtete die angekohlten Stämme und ließ dann den Blick über die Menge schweifen: »Ich möchte allen für die Hilfe danken.«

Dirk stand auf: »Ich nehme an, niemand hat gesehen, wie die Stämme hierher transportiert wurden?«

Ein betretenes Schweigen antwortete ihm und er wartete eine Weile, ob nicht doch jemand etwas zu sagen hatte: »Okay, das scheint nicht der Fall zu sein. Falls jemandem etwas einfällt, ich bin jederzeit ansprechbar.«

TAG 12

MALTE

Der Dorfrat saß in Kempfs Esszimmer, draußen war es zu windig. »Weißt du«, erklärte Malte, »wir haben nichts gegen mehr Basisdemokratie und sind gut damit gefahren. Trotzdem wäre es schön, wenn du uns vorher in Kenntnis gesetzt hättest.«

»Was willst du denn?«, wehrte sich Pape. »Ich hatte mir erst am Abend davor Gedanken dazu gemacht und als die Versammlung war, habe ich das Thema auf den Tisch gebracht. Und besser wir haben das jetzt entschieden, anstatt zu warten, bis es brennt.«

Kempf griff schlichtend ein: »Ich würde es begrüßen, wenn wir in Zukunft untereinander kommunizieren, bevor wir etwas in die große Runde tragen und hoffe, ihr seid alle damit einverstanden.

›Brennt‹ ist ein anderes Thema. Ich hatte heute Morgen ein Gespräch mit Dirk. Wie zu befürchten, hat der keine Idee, wer die Kreuze hingelegt haben könnte. Bittler befragt die Nachbarn. Wir tappen im Dunkeln. Die beiden Familie fühlen sich bedroht. Zurecht. Carl, hast du eine Idee, wie wir ihnen ein Gefühl von Sicherheit geben können?«

Holzer schüttelte den Kopf: »Wir haben nicht die Kapazität, irgendjemandem rund um die Uhr Personenschutz zu geben. Das waren irgendwelche Spinner, wir sollten das nicht zu ernst nehmen.«

Nadine schaute ihn böse an: »Nicht ernst nehmen? Sonst geht es, oder? Die Täter haben einen Moment abgepasst, bei dem sie weitestgehend unbeobachtet waren. Wie kommst du darauf, dass wir das nicht ernst nehmen sollen?«

»Wenn ein paar Leute wegen der Flüchtlinge übermütig werden«, fing Holzer an, »muss man kein Fass aufmachen. Die haben nicht das Haus direkt angesteckt. Außerdem haben wir mit den Forderungen des Landkreises und den kleinen Überfällen Bedrohungen, die uns alle angehen.«

»Ach?« Nadine schien innerlich zu kochen. »Dann ist alles okay und wir müssen uns erst Gedanken machen, wenn das Haus brennt und nicht nur die Kreuze davor? Meinst du das ernst? Das sind Methoden des Ku-Klux-Klans.«

»Meint ihr, die Freyristen könnten dahinterstecken?«, vermutete Malte.

»Würde mich wundern«, reagierte Pape. »Die sind definitiv nicht Pro-Flüchtlinge, aber die Gemeinschaft ist nicht christlich, die haben ihre eigene naturnahe Weltanschauung. Mutter Erde oder so.«

»Dann die Tiefreligiösen?«, meldete sich Holzer zu Wort. »Die gegen deine Tochter und die anderen Pädagogen schießen?«

»Die sind neu«, verneinte Pape. »Aber vermutlich eher gegen Homosexualität und Sex vor der Ehe.«

Robert Kempf kratzte sich an der Schläfe: »Wir beobachten eine Radikalisierung innerhalb des Dorfes, ohne genau zu wissen, wer dahintersteckt. Die Flüchtlingsfamilien sind bisher aktiv bei der Ernte und anderen Sachen dabei und im Grunde gut integriert. Sperrt alle die Ohren auf und Carl, gib das denen mit, die in der Miliz auch für Polizeiaufgaben gedacht sind.«

In dem Moment klopfte es am Tor und Alexander kam in den Hof. Kempf winkte ihn zu sich, der Mann trat durch die Glastür ein: »Die Frau vom Landkreis steht mit zwei Kutschen und acht Polizisten vor der Westpforte, der Major bittet um eure Anwesenheit.«

Malte musste grinsen, das hörte sich so extrem förmlich an. Sofort machten sie sich auf den Weg zur ›Westpforte‹, die im Moment nichts anderes war als ein schnell zusammengezimmerter

Unterstand, ein wenig wie ein Jägerhochstand, nur eben nicht so hoch. Oben erkannte Malte den Major, Wallanlage und Graben waren auf der Seite des Dorfes fast fertig. Er war erstaunt, was man mit Handarbeit in so kurzer Zeit leisten konnte.

Auf der Straße vor der Pforte standen zwei Kutschen, auf dem vorderen Kutschbock saß Frau Armsteiner, um die beiden Gefährte wachten acht Polizisten in Einsatzmontur, inklusive Helme und schusssicherer Westen.

»Herr Kempf«, wurde er kühl von der Frau begrüßt. »Es wurde Zeit. Ich empfinde es als Affront, dass Sie mich warten lassen.«

In diesem Moment wirkte Kempf vollkommen deplatziert. Zwar war er gut darin, die Belange des Dorfes zu überblicken und planen, aber für harte Verhandlungen war er der falsche Menschentyp.

Der ›zerstreute Professor‹ flößte niemandem übermäßig Respekt ein und umso offensiver traute sich Frau Armsteiner, ihn verbal anzugreifen: »Sei es drum. Wir sind gekommen, um die ersten Rationen abzuholen, Sie haben es leider verpasst, uns zu beliefern.«

»Ich glaube, da liegt ein Irrtum vor«, fing Kempf an. »Wir haben keine entsprechende Abmachung …«

»Herr Kempf«, fuhr sie ihm ins Wort, »Sie und ich, wir wissen genau, dass das Recht auf meiner Seite ist. Als Vertreterin des Landkreises bin ich ermächtigt, Nahrungsmittel für deutsche Bürger zu beschlagnahmen. Ihren Mitbürgern droht der Hunger, das kann ich nicht hinnehmen.«

Malte schaute dem Gespräch gespannt zu, bemerkte von seiner Position die Aktivitäten auf der Dorfseite des Walls.

»Werte Frau«, reagierte Kempf, »bisher haben Sie es vermieden, sich bei uns auszuweisen. Ihre Autorität besteht nur aus Ihrem Wort und ehrlich gesagt reicht mir das nicht aus. Weiterhin haben Sie nur gefordert und keinerlei Gegenleistung angeboten, nicht einmal Informationen wollten Sie weiter …«

»Ich habe viele Menschen zu versorgen«, schnitt sie ihm erneut das Wort ab, »und für ihre Sperenzchen habe ich keine Geduld und Zeit.«

Sie gab den Polizisten ein kurzes Handzeichen und alle acht griffen nach ihren Waffen.

»Das würde ich sein lassen«, hörte man den Major vom Hochsitz mit ruhiger Stimme sagen. »Es mag Ihnen entgangen sein, aber auf jeden Ihrer Polizisten sind Waffen gerichtet. Ich darf Ihnen versichern, dass wir die Kevlarwesten bemerkt haben, weshalb ich die Anweisung gegeben habe, auf deren Männlichkeit zu zielen. Bitte lassen Sie Ihre Waffen wieder los.«

Die Polizisten schauten sich um und schienen erst jetzt die Milizionäre zu bemerken. Zwei hatten automatisch die freie Hand schützend vor das eigene Geschlecht gehalten. Unsicher schauten sie sich gegenseitig an, bis alle Blicke auf einen der Polizisten gerichtet waren, vermutlich der Ranghöchste.

»Ich bitte Sie erneut, die Hände von den Waffen zu nehmen«, insistierte der Major. »Ich denke, dass ein Schuss in die Eier schmerzhaft ist.«

Der führende Polizist kam der Anweisung nach, die anderen folgten seinem Vorbild.

»Wenn ich mir es recht überlege«, ergänzte der Major, »würde ich es begrüßen, wenn Sie alle Ihre Waffen und Waffengurte auf den Boden legen würden.«

»Das können Sie nicht mit mir machen«, erboste sich Frau Armsteiner, »ich bin hier im Namen des …«

»Gute Frau«, wieder blieb der Major ruhig, »während Ihre Schergen Waffen und Waffengurte ablegen, haben Sie die Gelegenheit, der Bitte von Herrn Kempf nachzukommen und sich auszuweisen. Vielleicht würde sich der Vorgesetzte Ihres Polizeitrupps anschließen und seine Dienstmarke vorzeigen.«

Die Polizisten hatten die Anweisung befolgt und die Waffengurte und Waffen lagen auf dem Boden vor ihnen.

Mit hochrotem Kopf schaute Frau Armsteiner in Richtung des Majors: »Es wird Ihnen leidtun, dass Sie Ihrem Volk nicht geholfen haben!«

Der Major gab sich unbeeindruckt: »Wenn Sie sich nicht ausweisen wollen, würden wir es bevorzugen, dass Sie uns verlassen.

Wenden Sie Ihre Kutsche, fahren Sie zurück und sehen Sie bitte von weiteren Besuchen ab.«

Der vorgesetzte Polizist gab seinen Männern eine kurze Anweisung, zwei nahmen die Pferde und drehten das Gefährt, danach stiegen alle, bis auf Frau Armsteiner, auf und warteten auf sie.

»Ich bin mit Ihnen noch nicht fertig!«, schimpfte sie, stieg auf und die beiden Kutschen bewegten sich fort.

Die Milizionäre und Dorfbewohner, die die Szene verfolgt hatten, fingen zu jubeln an.

Der Major kam vom Hochsitz herunter und gab Anweisungen an seine Männer: »Behaltet Sie im Auge.«

Robert Kempf ging auf ihn zu und schüttelte ihm die Hand: »Danke! Das war eiskalt. Wie konnten Sie so ruhig bleiben?«

»Erfahrung«, erklärte der Major, »erstaunlicherweise reagieren viele Männer wesentlich einsichtiger, wenn ihre Eier bedroht sind, als wenn man auf ihren Kopf zielt. Das sollte einem zu denken geben.«

»Angeblich wurde in einigen Sportarten das Suspensorium vor dem Kopfschutz eingeführt«, beeindruckte Kempf mit Wissen, dass außer in Quizshows wenig Relevanz hatte. »Das Phänomen scheint nicht neu zu sein.«

Alexander kam dazu und hatte sich in ›Hab Acht‹-Stellung neben dem Major aufgestellt, der nickte ihm kurz zu, worauf der eine lockerere Haltung einnahm.

»Wir brauchen definitiv mehr Infos«, wurde der Major wieder ernst. »Wir sind blind und Gefahr bemerken wir erst, wenn sie an die Tür klopft.«

»Was schlagen Sie vor?«, fragte Malte. »Beobachtungstürme errichten? Spione herausschicken?«

»Auch wenn sich beides im ersten Moment absurd anhört«, antwortete der Major, »dachte ich an Ähnliches. Beobachtungsposten müssen halt so sein, dass die Wachen sich bei Gefahr problemlos zurückziehen können.

Spionage ist ein schwierigeres Thema, wir wissen von unserer heutigen Gegnerin gar nichts. Die Uniformen und Westen haben den meisten ihrer Begleiter nicht gepasst, ich gehe davon aus, dass es keine echten Polizisten gewesen sind. Ob das die ganze Streitkraft von Frau Armsteiner war oder nur ein kleiner Teil, lässt sich nicht sagen.«

»Vielleicht können uns die Freyristen mit mehr Informationen versorgen?«, schlug Alexander vor. »So fern sind die und die Armsteiner sicherlich nicht.«

Robert Kempf hörte gespannt zu: »Könnten Sie ein Konzept ausarbeiten und uns vorstellen? Wir treffen uns in drei Tagen vormittags bei mir, ich würde es begrüßen, wenn Sie vorbeikommen.«

Der Major nickte: »Das kann ich machen. Allerdings habe ich mir für die Aufklärung bisher wenig Gedanken gemacht. Wir sollten den Austausch und die Zusammenarbeit mit den Nachbardörfern suchen.

Ich bitte mich zu entschuldigen, ich muss ein paar Anweisungen für die Wachen loswerden!«

»Bis bald«, verabschiedete sich Kempf und Malte folgte dem Beispiel: »Bis dann!«

»Das war beeindruckend«, fasste Kempf seine Eindrücke zusammen.

»Definitiv«, pflichtete Malte bei. »Ich denke, wir können froh sein, dass der Major auf unserer Seite ist. Alexander hat er wohl zu seinem Adjutanten erwählt?

Ich muss jetzt los, habe noch einige Sachen zu tun.«

»Alexander, ja. Sympathisch und auch geschickt, so sind die Deutschrussen direkt in der Miliz integriert«, sagte Kempf. »Ich habe so viel zu tun, ich bekomme alles gar nicht in einen Tag hinein. Deine Schwester und Nadine wollen mit mir nachher in das Heimatmuseum und vorher noch meine Bibliothek konsultieren. Die haben Pinn vorgeschlagen, Butter und Käse zu machen.«

»Na dann viel Spaß, Herr Wikipedia!«, verabschiedete sich Malte.

»Herr Brockhaus«, korrigierte Robert Kempf ihn, »ich bestehe darauf!«

Als Malte nach Hause kam, war er überrascht, dass ein alter Bekannter vor seiner Tür saß und anscheinend auf ihn wartete: »Hallo Heiko! Was verschafft mir die Ehre deines Besuches?«

Als Heiko Gram zu ihm aufschaute, sah Malte die von Tränen verquollenen Augen: »Hallo Malte, ich muss mit jemandem reden. Vertraulich bitte.«

Malte fragte sich, was der Mann, der als Justizvollzugsbeamter arbeitete, so Schlimmes zu erzählen hatte: »Komm‹ rein, ich glaube, du könntest einen Schluck Bier oder Wein gebrauchen?«

»Danke dir, gerne. Ich möchte dich warnen, ich mache dich zum Mitwisser!«

»Komm herein.« Malte hatte die Tür geöffnet und bat seinen Gast, einzutreten. »Setz dich an den Tisch. Wein oder Bier?«

»Bitte ein Bier«, bat Heiko Gram.

Malte holte es aus dem Hauswirtschaftsraum, befand es als kühl genug zum Trinken und brachte eine Flasche für sich selbst mit: »Bald sind meine Vorräte erschöpft!«

»Ich will dir nicht das letzte Bier wegtrinken«, wehrte Heiko ab.

Malte beruhigte ihn: »Trink und erzähl.«

Heiko fing an: »Als der Strom ausfiel, hatte ich Dienst. Das Abendessen war fertig und wir hatten die Gefangenen in ihren Zellen eingeschlossen. Genau wie an den anderen Tagen. Als wir damit fertig waren, fiel der Strom aus.«

Mit zittriger Hand führte Heiko die Flasche zu seinem Mund. »Im Wachzimmer wurden die Monitore schwarz und umgehend kamen die ersten Beschwerden der Insassen. Warum wir ihnen den Strom abschalten, sie könnten nicht mehr Fernsehen, Musik hören. Alles Mögliche halt.« Wir trafen uns mit der Belegschaft und versuchten, die Welt draußen zu erreichen. Kein Telefon ging und schnell fiel uns auf, dass der ganze Ort betroffen war. Notstromaggregate gab es nicht und wie du dir vorstellen konntest, ging keine Batterie, kein gar nichts.«

Heiko schwieg kurz. »Dass das alles größer war, wurde uns erst so gegen 21:30 Uhr am Tag des Stromausfalls bewusst und die Zeit hatten wir nur, weil der eine Kollege eine Uhr mit Feder zum

Aufziehen hatte. Der Nachtdienst erschien nicht, nicht ein einziger Kollege kam. Wir vom Spätdienst bereiteten uns vor, den Nachtdienst mit zu übernehmen. Das gab das erste Murren innerhalb der Mannschaft, es sollte nicht das Letzte bleiben. Die Nacht haben wir dann ruhig hinter uns gebracht, nur die sanitären Verhältnisse schafften uns Probleme. Wir erlaubten uns den Luxus, die Wasserflaschen zum Spülen zu nutzen, für die Gefangenen hatten wir nichts und schnell stank es aus allen Zellen.«

Heiko nippte kurz an seinem Bier und schaute dann die Flasche an, als ob sie etwas ganz Kostbares wäre. »Am ersten Morgen sind zwei Kollegen weg, sie gaben vor, Hilfe zu suchen, aber kamen nicht mehr zurück. Ob ihnen etwas passiert ist oder ob sie die Chance genutzt hatten zu türmen … egal, ich kann es ihnen nicht verübeln. Wir machten notdürftig Frühstück für die Insassen, behielten alle in den Zellen, was die meisten aggressiv machte. In den Doppelzellen kam es zu ersten Schlägereien und wir hatten keine Möglichkeit, Streitende zu trennen. Wir hatten andere Sorgen, uns war es egal, wenn die sich gegenseitig die Fresse polierten. An eine Verlegung in eine andere Anstalt war nicht zu denken, wir hatten mittlerweile festgestellt, dass keine Fahrzeuge mehr funktionierten. Gegen Nachmittag haben wir die erste Welle an Häftlingen herausgelassen. Jedem drückten wir zwei Scheiben Brot und eine Flasche Wasser in die Hand und schickten sie weg. Kleine Betrüger, alle die, die nicht wegen körperlicher Delikte einsaßen.«

Malte hatte langsam eine Ahnung, was seinen Freund bedrückte. »Das Personal dünnte weiter aus, erst mit Absprache, alle die, die kleine Kinder daheim hatten. Dann hauten die Nächsten ab. Am zweiten Abend gingen uns die Wasservorräte aus und wir waren froh, dass wir durch die Entlassungswelle jedem eine eigene Zelle geben konnten. Die Lebensmittel wurden knapp und wir hatten nur noch etwas Brot, Käse und Wurst. Angehörige von Häftlingen hatten sich organisiert und am zweiten Abend einen Angriff auf die Anstalt gestartet, wir wehrten ihn ohne Verluste ab, wie viele Verletzte und Tote es auf der Gegenseite gab … keine Ahnung.«

Heiko legte wieder eine lange Pause ein. »Am dritten Morgen konnten wir den Knackis nicht mal mehr Wasser anbieten. Wir hielten einen kleinen Vorrat für uns zurück und in der Nacht hatten uns noch mehr Kollegen im Stich gelassen. Damit waren wir nur noch fünf Leute und wir beschlossen, die nächsten Knackis zu entlassen. Da wir sie nur in Zweigruppen rauswarfen, hat das fast den ganzen Tag gedauert. Dann hatten wir nur noch die Mörder, Totschläger und Vergewaltiger in den Zellen sitzen. Es dauerte nicht lang und der Erste wurde vor Durst wahnsinnig, er versuchte, mit dem Kopf die Zellentür einzurennen, und schaffte es sein Genick zu brechen. Die anderen tranken das Wasser aus den Toiletten und jammerten über Durst. Am vierten Tag ging das Brot aus. Der fünfte Kollege machte sich aus dem Staub und wir restlichen vier überlegten, welche Optionen wir überhaupt hatten.«

Er nahm einen Schluck und stellte die Flasche auf den Tisch, Tränen kullerten aus seinem Auge: »Verstehst du? Wir konnten sie doch nicht laufen lassen! Und wir mussten sichergehen, dass sie nicht zufällig von jemandem befreit werden. Vierundachtzig Mörder, Totschläger und Vergewaltiger, die konnten wir nicht gehen lassen! Niemand kam uns zur Hilfe und wir wollten alle nach Hause. Wir hatten nicht mal mehr Nahrung für uns, wie hätten wir die Knackis versorgen sollen?«

Er wischte sich die Tränen aus den Augen. »Wir fingen gegen Mittag an und gingen von Zelle zu Zelle. Den Ersten haben wir eiskalt erwischt, der ahnte nichts und als wir die Tür öffneten, freute er sich, weil er wohl dachte, wir würden ihn herauslassen. Wir hatten vorher die Reihenfolge ausgelost, in der wir dran waren, und der Kollege setzte dem Mann die Kugel direkt zwischen die Augen. Der Schuss schreckte die anderen Häftlinge auf. Sie flehten uns um ihr Leben an, bettelten, ich rief mir in Erinnerung, was wir von ihnen wussten. Das machte es einfacher.«

Heiko stüzte seinen Kopf in seine Hände. »Meinen Ersten, das kostete mich Überwindung. Beim Zweiten ging es einfacher und als ich meine einundzwanzig durchhatte, war ich eiskalt. Ich dachte nur an die Leben, die die Kerle zerstört hatten. Wir sperrten die

Zellen wieder zu, ließen sie liegen. Danach verließen wir den Knast, schlossen ab und gingen alle nach Hause.«

TAG 13

FLORIAN

D ie Beerdigung von Grosslitz war das Traurigste, was Florian je gesehen hatte. Wo genau die Ex-Frau mit den Kindern lebte, wusste niemand und es waren nur eine Handvoll Trauernde gekommen.

Den Zigarettenlieferanten von Grosslitz würde er dort nicht finden. Weil kaum jemand da war, konnte er sich nicht unauffällig aus dem Staub machen und blieb bis zum Ende da.

Die Pastorin gab sich wenig Mühe, den Abschied würdevoller zu gestalten, und spulte ihr Programm fast mechanisch herunter. Nachdem der Sarg in die Erde gelassen wurde, löste sich die Trauergesellschaft auf.

»Florian«, hörte er jemand hinter sich sagen.

Florian drehte sich um und sah einen der Männer vom Bauhof, während sein Kollege angefangen hatte, das Grab zuzuschaufeln: »Ja?«

»Mir ist zu Ohren gekommen, dass du Kippen brauchst.« Er stellte seine Schaufel ab. »Ich könnte dir da helfen.«

»Kennen wir uns?«, Florian zog eine Augenbraue hoch.

»Boris Kling.« Er streckte ihm die Hand entgegen und Florian schlug ein.

»Du bist meine Rettung«, gab Florian vor, »wie viel kannst du mir denn besorgen?«

»Wie viel rauchst du am Tag?«, fragte er. »Ein Päckchen? Ich kann dir spielend bis nächstes Jahr aushelfen.«

»Du willst mir nicht diese Fälschungen anbieten, solche mit Rattenkot, Plastik und altem Tabak?«

»Nein, gute Ware aus Osteuropa«, beruhigte ihn der Mann.

»Und was kostet mich der Spaß?« Florian überschlug im Kopf, dass er mindestens 40 Stangen horten musste, eher mehr.

Als er ihn betrachtete, fragte er sich, ob der Kerl überhaupt wusste, dass sein kleiner Nebenerwerb im Wert explodiert war.

»Na ja«, fing der Mann zu stammeln an. »Geld ist momentan nichts wert. Ich denke Gold und Silber, da würde ich mit mir reden lassen.«

Abseits der Nahrungsmittel- und Wasserversorgung durch die Gemeinschaft war ein Schwarzmarkt entstanden, an dem Florian gut verdiente. Sein Vorrat an Medikamenten war gefragt, sogar mehr, als es ihm recht war, denn ihm war klar, dass er Aufmerksamkeit erzeugen würde. Der kleine Ganove vor ihm hingegen war leichtsinnig und Florian würde schnell agieren müssen, bevor er auffliegen würde.

»Butter bei die Fische«, forderte Florian, »Wie viel für eine Stange?«

»Lass uns morgen an der Trauerhalle treffen«, schlug der Boris vor. »Bring etwas Schmuck mit und ich denke, wir werden irgendeinen Tauschkurs finden. Etwa gegen Mittag? Passt das?«

»Ja«, bestätigte Florian, »bis morgen!«

Sein Gesprächspartner ging zum Grab und half seinem Kollegen. Florian beobachtete ihn kurz und machte sich auf den Weg, um seine Pflegetour zu erledigen.

Herr Siebenthal war immer noch abweisend, bedurfte aber nur relativ wenig Hilfe. Die nächste Station waren zwei Damen, die man gemeinsam in eine Wohnung verlegt hatte. Bei einer musste ein Kompressionsstrumpf angelegt werden, der anderen setzte er eine Insulinspritze und damit war er dort schon durch. Um die

Wasser- und Nahrungsmittelversorgung der beiden Damen kümmerten sich die Nachbarn und die aufgeräumte Wohnung sprach dafür, dass sie gut alleine zurechtkamen.

Insgesamt hatte er bei seiner Tour die einfachen Fälle, die anderen brauchten wesentlich mehr Zeit als er. Er hatte seine letzten Patienten hinter sich und schaute zur Kirchturmuhr und nahm sich vor, endlich sein Versteck umzuräumen. Es wunderte ihn ohnehin, dass Jutta nicht zufällig darüber gestolpert war.

Wie bei seiner Pflegetour üblich hatte er einen großen Rucksack dabei, mit diesem betrat er die Garage und achtete darauf, dass er beim Betreten nicht gesehen wurde. Er verfrachtete die Medikamente in den Rucksack, der damit voll war. Sein neues Versteck befand sich im Keller des Hauses. Einige Jahre zuvor hatte er sich einen E-Bass mit passendem Verstärker und zwei großen Boxen gekauft, eine mit einem 15 Zoll-Lautsprecher, die andere mit vier 10 Zöllern. Da sein Equipment auch ohne Stromausfall ungenutzt im Keller verstaubte, könnte er das Innere als Lagerraum für seine Beute verwenden. Die Rückwände waren mit Schrauben fixiert und er drehte nicht alle wieder komplett herein. Drei sollten genügen, ohne Akkuschrauber würde das Befestigen unnötig lange dauern. Nach vier Besuchen der Garage hatte er seinen aktuellen Warenbestand und den erbeuteten Schmuck in den Boxen verstaut und war der Ansicht, dass die niemand so schnell finden würde. Er stellte die Boxen mit dem Rücken wieder zurück an die Wand und zwei mit CDs gefüllte Kisten davor.

Florian ging in die Wohnung und suchte ein Telefonbuch, darin sollte sich die Adresse von Boris Kling finden lassen. Da er bis zum Treffen des Medizinerrates Zeit hatte, fuhr er mit dem Fahrrad beim Haus des Zigarettenmannes vorbei. Wie die Adresse vermuten ließ, war es eines dieser nach dem Krieg in großer Zahl gebauten kleinen, freistehenden Häuser. Im Gegensatz zu den Nachbarhäusern hatte dieses weder Anbauten, noch nicht einmal Gauben auf dem Dach, die oft die Zimmer in solchen Häusern vergrößerten. Zumindest würde damit die Zahl der möglichen Verstecke reduziert und in Florians Kopf entwickelte sich ein Plan, wie er den Großteil der

Zigaretten für sich bekommen und den Verdacht auf jemand anderen lenken könnte. Dafür müsste er erst herausbekommen, wer noch dort Zigaretten kaufte. Er würde den Zigarettenmann beobachten müssen.

Nachdem er meinte, genug gesehen zu haben, machte er sich auf den Weg zur Praxis von Haarberg. Neben einigen Patienten warteten dort im Büro die Apothekerin Bernadette und der Zahnarzt Haendel.

»Hallo Florian«, grüßte ihn Doktor Haarberg, »ich habe noch zwei Patienten, geh bitte schon zu den anderen ins Büro.«

»Hi Doc!«, grüßte er zurück und ging ins Büro: »Hallo Bernadette, hallo Hendrik!«

Die Apothekerin stand auf und drückte ihn, er umarmte sie, achtete darauf, seine Hand nicht zu tief auf ihren Rücken zu legen. Er drückte sie leicht an sich und genoss die Berührung ihres Körpers.

»Hallo Florian«, reagierte der Zahnarzt, »meine Glückwünsche zu eurer gelungenen ersten OP!«

»Dem schließe ich mich an«, sagte Bernadette, »das habt ihr großartig gemacht!«

»Wir haben getan, was nötig war.« Florian gab sich bescheiden, genoss aber das Lob. »Die Narbe hat sich leicht entzündet. Nichts, was der Doc nicht hinbekommt, schöner wäre es gewesen, wenn es ohne Komplikationen verheilt wäre.«

Nacheinander kamen die Mitglieder des Rates und Haarberg hatte seine Patienten abgearbeitet: »Das Positive ist, dass ich aktuell weniger Patienten habe. Viele kommen wegen kleiner Wehwehchen gar nicht mehr. Das ist auf der einen Seite positiv, auf der anderen Seite befürchte ich, dass schnell etwas verschleppt werden kann. Wir müssen uns etwas überlegen, die Menschen dafür zu sensibilisieren, früh genug zu uns zu kommen. Irgendeine Epidemie, weil jemand etwas nicht auskuriert hat oder krank herumläuft, brauchen wir überhaupt nicht.«

»Und die Jahreszeiten mit den vielen Krankheiten kommen erst«, bemerkte Verena Kratsch.

Bernadette berichtete direkt aus ihrem Ressort: »Jeder, der mit Diabetespatienten zu tun hat, dürfte sich bewusst sein, dass unser Insulinvorrat endlich und vor allem durch die fehlenden Kühlungsmöglichkeiten bedroht ist. Bei den Patienten mit dem Typ 2 könnte die erzwungene Nahrungsumstellung dazu führen, dass der Bedarf an gespritztem Insulin gesenkt werden könnte. Ich habe einen Bericht über Diäten herausgesucht, nach dem die Hälfte der Teilnehmer einer Untersuchung danach ohne Spritze auskamen und bei den anderen die Dosis verringert werden konnte.

Für die Patienten mit dem Typ 1 fehlen uns alle Mittel. Wenn das Insulin ausgeht, können wir ihnen kaum helfen.«

»Könnten wir es selbst herstellen?«, fragte Florian. »Was hat man denn früher Patienten gegeben, bevor es Humaninsulin gab?«

Bernadette schüttelte den Kopf: »Es gab Verfahren, Insulin aus Bauchspeicheldrüsen von Rindern und Schweinen zu gewinnen, wie man das genau macht, entzieht sich meiner Erkenntnis. Leider ist das keine Option.«

»Wie lange werden unsere Vorräte denn reichen?«, fragte Haarberg.

»Schwer zu sagen«, versuchte sich Bernadette in einer Antwort, »wenn wir bei den Typ 2 Patienten etwas einsparen und die Temperatur des Insulins stabil halten können, könnten wir ein paar Wochen gewinnen. Spätestens im Herbst dürften die Vorräte dann verbraucht sein. Vermutlich schon früher.«

»Wie viele Menschen im Ort betrifft das?«, meldete sich Anna Liebenroth, die Tierärztin, zu Wort.

»Wenn meine Unterlagen vollständig sind«, fasste Haarberg seine Kenntnisse zusammen, »sind es aktuell elf Patienten.«

Das kurze Schweigen wurde von Florian unterbrochen: »Ich schlage vor, dass wir akut nichts machen. An der Versorgungssituation können wir nichts ändern und wenn sich das Leben wieder normalisiert, wird der Nachschub laufen. Wenn absehbar ist, dass das Insulin zur Neige geht, sollten wir mit den Betroffenen und deren Verwandten das Gespräch suchen. Hat jemand von euch Erfahrung mit der Arbeit in einem Hospiz?«

Doris, die vor dem Stromausfall in der ambulanten Pflege tätig war, antwortete: »Ich war dort als Freiwillige.«

»Kannst du uns bis zum nächsten Treffen so etwas wie eine Einweisung vorbereiten?«, bat Doktor Haarberg.

»Ja«, bestätigte Doris, »Es wird nicht viel sein. Ich werde zusammenfassen, an was ich mich erinnere.«

TAG 14

LAURA

D U WILLST WAS?« Laura war außer sich vor Wut, wie konnte er ihr das antun. »WIESO WILLST DU MICH VERLASSEN?«

»Laura«, verteidigte sich Gordon, »ich will dich nicht verlassen, ich möchte nach meinen Eltern schauen!«

»UND DAFÜR RISKIERST DU DEIN LEBEN?« Es war ihr nicht klar, wieso er sich freiwillig in Gefahr bringen wollte. »DER WEG HIERHER WAR DOCH SCHON GEFÄHRLICH GENUG! WIE KANNST DU GLAUBEN, DASS DU EINFACH SO WIEDER ZURÜCKFAHREN KANNST, OHNE DASS DIR ETWAS PASSIERT!«

Heulend setzte sie sich an den Tisch und vergrub ihr Gesicht in den Händen. Gordon ging auf sie zu und versuchte, sie sanft an der Schulter zu berühren: »Ich mache mir Sorgen um meine Eltern und möchte wissen, wie es ihnen geht! Und natürlich werde ich vorsichtig sein. Und ich komme so schnell wie möglich wieder zurück.«

Er legte den Arm um sie und sie schaute ihn aus verheulten Augen an: »Wenn dir etwas passiert? Ich bin mir sicher, dass deine Eltern das nicht wollen! Und wenn sie dich nicht wieder gehen lassen? Was dann?«

Gordon streichelte ihre Wange: »Ich könnte dir jetzt vormachen, dass es einfach wird. Mir ist klar, dass es nicht ungefährlich ist, aber ich bin länger unterwegs, als ich es ihnen versprochen habe. Meine Eltern werden sich Sorgen machen.«

Sie sah ihn trotzig an: »Und was ist mit deiner Aufgabe hier im Ort? Man verlässt sich auf dich!«

»Ich habe mit Nadine gesprochen«, erklärte Gordon, »sie sagte, sie könne verstehen, dass ich nach meinen Eltern sehen möchte. Sie hat mir quasi Urlaub gegeben.«

»Und sie hat dich nicht auf die Gefahren hingewiesen?« Laura reagierte trotzig. »Kannst du denn nicht jemanden mitnehmen? Ich kann mitkommen!«

Gordon wirkte geschockt: »Ich komme allein am besten durch. Und ich möchte dich nicht in Gefahr bringen.«

»ACH JA? DU KANNST DICH SELBST IN GEFAHR BRINGEN UND WILLST ES MIR VERBIETEN?«

»Ich will es dir nicht verbieten, es muss nur nicht sein.« Gordon verlor langsam die Ruhe. »Ich glaube nicht, dass dein Vater damit einverst …«

»WAGE ES NICHT! ICH BIN EINE ERWACHSENE FRAU UND MEIN VATER HAT MIR NICHTS VORZUSCHREIBEN!«

In diesem Moment kam, fast wie auf Kommando, Malte die Tür herein: »Was ist denn hier los?«

»Gordon möchte zu seinen Eltern zurück«, klagte Laura.

Malte sah Gordon nachdenklich an: »Meinst du nicht, dass das etwas gefährlich ist?«

Gordon warf Malte einen flehenden Blick entgegen: »Mir ist das bewusst, aber eigentlich wollte ich kürzer hierbleiben. Meine Eltern warten auf mich und meine Mutter macht sich bestimmt Gedanken. Ich komme doch wieder zurück.«

Malte setzte sich zu den beiden an den Tisch: »Ich verstehe dich und kann mir vorstellen, dass sich deine Eltern um dich sorgen. Sollen wir zum Major gehen und ihn fragen, wie du dich vorbereiten kannst?«

»PAPA!« Laura war außer sich, ihr Vater sollte Gordon von der Idee abbringen und ihn nicht dabei unterstützen. »Gordon soll nicht gehen!«

Malte sah seine Tochter an: »Wenn es umgekehrt wäre, und deine Mutter und ich wüssten nicht, was mit dir ist, würden wir uns freuen, etwas von dir zu hören.«

»Aber wenn ich woanders sicher wäre?«, antwortete Laura trotzig.

»Gordons Eltern wissen« nicht mal, ob er hier angekommen ist«, gab Malte zu bedenken. »Vielleicht solltet ihr euch Gedanken machen. Über die nächsten Wochen und Monate. Gordon, du bist hier willkommen, unser Haus ist dein Haus. Ich erwarte von euch kein Eheversprechen, aber euch sollte klar sein, dass es eine Weile dauern kann, bis man wieder unbeschwert durch die Gegend fahren kann.«

Laura und Gordon schauten Malte erstaunt an und es dauerte eine Weile, bis Laura die Sprache wieder fand: »So hatte ich das noch gar nicht gesehen. Irgendwie hatte ich gedacht, wir machen so weiter wie bisher.«

Gordon setzte zu einer Antwort an, doch Malte fiel ihm ins Wort: »Das mag sich für dich momentan so richtig anfühlen, aber Gordon ist dafür ein großes Risiko eingegangen und nimmt dafür in Kauf, dass er nicht mit Menschen zusammen ist, die ihm viel wert sind.«

Lauras Augen füllten sich erneut mit Tränen: »Deine Eltern können doch nach Umbach kommen!«

Gordon schüttelte den Kopf: »So einfach wird sich das nicht lösen lassen, sie sind in ihrer Nachbarschaft gut integriert, da geht man nicht weg.«

»Sie können doch bei uns leben.« Laura fühlte sich verzweifelt. »Wir haben das Gästezimmer, das ist genauso groß wie Mamas und Papas Schlafzimmer. Und Papa kann beim Rat die Aufnahme durchsetzen.«

Malte schaute seine Tochter mit traurigen Augen an: »Laura, Gordons Eltern haben selbst ein Zuhause. Und was das Dorf betrifft, du hast bei der letzten Sitzung mitbekommen, dass die Aufnahme von Nichtbürgern eingeschränkt wurde.«

»Aber du bist im Rat«, regte Laura sich auf. »Für dich machen die bestimmt eine Ausnahme.«

Gordon holte tief Luft: »Ich komme so schnell zurück, wie ich kann. Ich möchte nur meine Eltern sehen und ihnen mitteilen, dass es mir hier gut geht.«

»Ausnahme?«, Laura flehte ihren Vater an.

»Laura, ich entscheide im Dorf nicht alleine, im Moment kann ich da nichts machen«, erklärte Malte.

Nach einem endlos wirkenden Augenblick schaute Laura Gordon an: »Du versprichst mir, dass du wieder kommst. Versprichst du es?«

Gordon hielt ihrem flehenden Blick stand: »Ja. Ich komme zurück.«

»Und dann bleibst du hier«, forderte Laura.

»Laura«, schob sich Malte dazwischen, »eines nach dem anderen und erpresse jetzt kein Versprechen, das Gordon nicht halten kann.«

Gordons dankbarer Blick in Richtung ihres Vaters entging Laura nicht.

»Komm so schnell wie möglich zurück, bitte«, sagte sie.

»Lass uns jetzt zum Major gehen«, schlug Malte vor, »der wird ein paar gute Ideen haben. Laura, kommst du mit?«

»Nein, ich bleibe hier«, sie umarmte ihren Freund. »Du verabschiedest dich aber?«

»Ja«, versprach Gordon, »bis gleich.«

Die beiden Männer verließen das Haus, Laura blieb eine Weile sitzen und ließ ihren Tränen freien Lauf. Um sich abzulenken, ging sie in ihr Zimmer, nahm ihre Gitarre und fing an, ein paar Akkorde zu spielen, aber bekam nichts hin. Die beruhigende Wirkung, die Musikmachen sonst auf sie hatte, blieb aus. Ihr Blick fiel auf das defekte Tablet auf ihrem Schreibtisch, sie nahm es und versuchte, es anzuschalten.

Hatte es kurz aufgeblinkt oder war das nur ein Lichtreflex vom durchs Fenster scheinende Sonnenlicht? Frustriert legte sie es wieder zurück und holte ihr Smartphone aus ihrem Nachttischschränkchen. Genau wie beim Tablet blieb das Display des Gerätes schwarz. Sie wurde des Wartens überdrüssig und begab sich in die Waschküche, um die dort liegende Kleidung in große Seesäcke und Taschen zu verstauen. Sie hatte Lukas das Versprechen abgetrotzt, dass er ihr beim Wäschemachen helfen würde und sie würde ihn nicht aus der Zusage entlassen.

Im Garten goss sie das angelegte Gemüsebeet und bedauerte, dass ihre Eltern keine Obstbäume angepflanzt hatten. Vor ein paar Tagen war sie gemeinsam mit Tante Jutta, Nadine, Lukas und einigen anderen die Feldwege abgelaufen, um Johannisbeeren und Walderdbeeren zu ernten. Die ersten Süßkirschen waren reif, das Problem war die Lagerung der Früchte. Das Einkochen war eine bewährte Methode, vielen Haushalten fehlten die Einmachgläser. Die nicht mehr abgeholten Altglascontainer boten zumindest eine Hilfe, die Reinigung der gebrauchten Marmeladen- und Konservengläser war teilweise eine echte Herausforderung. Laura erinnerte sich, wie sie sich über die Regale voller eingemachter Früchte und Gemüse im Keller älterer Menschen gewundert hatte. Schon ihre Eltern gehörten zu der Generation, die auf Tiefkühlgeräte umgestiegen waren und die Art der Vorratshaltung aufgegeben hatten. Ausgehende Vorräte an Gasflaschen erschwerten das Einkochen, denn wenige Haushalte verfügten über einen mit Holz befeuerten Herd. In vielen Gärten waren schnell provisorische Feuerstellen gebaut, auf denen die Töpfe, die bis dahin nur moderne Ceran- oder Induktionskochfelder kannten, genutzt wurden. Die Folge war ein Anstieg an Verbrennungsverletzungen, die Doktor Haarberg mit zusätzlicher Arbeit versorgte.

Lukas kam mit den großen Wasserflaschen von der Verteilstelle herein: »Hallo Laura! Was ist denn mit dir passiert? Du schaust aus, als ob es wochenlang geregnet hat.«

Tränen schossen ihr in die Augen, aber sie versuchte gefasst zu antworten: »Gordon will zu seinen Eltern. Er ist jetzt mit Papa beim Major, um sich Tipps für den Weg geben zu lassen.«

»Klasse.« Laura empfand Lukas als unsensibel. »Der wird Gordon gut beraten.«

Laura wurde leise: »Ich will nicht, dass er geht.«

Ihr Bruder schien erst jetzt zu erkennen, wie ihr das zusetzte: »Oh, aber er wird doch bald zurückkommen.«

Laura war zum Schreien zumute: »Kann denn niemand verstehen, dass ich Angst um ihn habe? Muss er jetzt gehen, kann er nicht warten, bis es sicherer ist? Ihr seid mir keine Hilfe!«

»Es dreht sich halt nicht nur um deine Gefühle«, wurde sie von ihrem kleinen Bruder getadelt. »Vielleicht akzeptierst du, dass andere Menschen ihre eigenen Sorgen haben.«

Die Ankunft ihres Vaters und von Gordon verhinderten, dass sie Lukas zurechtwies.

»Hallo Schatz«, grüßte ihr Freund. »Der Major hat meine Motivation sofort verstanden und mir ein paar Tipps gegeben, wie ich Ärger umgehe.«

»Und das bringt dich sicher zu deinen Eltern«, Laura klang aggressiver, als sie wollte, »und wieder zurück?«

»Zumindest so sicher, wie es aktuell geht«, erklärte Gordon, »willst du mich bis zum Wachposten begleiten?«

»Ja«, antwortete Laura und fühlte sich dabei hin- und hergerissen.

Gordon packte seinen Rucksack, kam herunter und gemeinsam mit Malte gingen sie bis zum Wachposten Richtung Waldgirmes.

Malte wies Gordon an: »Ich habe hier ein Empfehlungsschreiben für Waldgirmes und Dorlar, das sollte dir helfen, sicher durch die Orte und auf deinem Rückweg auf keinen Widerstand zu stoßen. Danach bist du auf dich gestellt, weiter reichen unsere Kontakte bisher nicht.«

»Vielen Dank.« Er drückte Malte, der nahm ihn ebenfalls in den Arm.

Gordon drehte sich zu Laura um: »Ich komme so schnell wie möglich wieder zurück, versprochen. Pass gut auf dich auf!«

Die beiden umarmten sich innig und küssten sich lange. Nur widerwillig ließ Laura Gordon los, der sich auf sein Fahrrad setzte und losfuhr. Malte nahm seine Tochter in den Arm und sie schauten ihrem Freund hinterher, bis er aus dem Sichtfeld verschwunden war: »Er wird zurückkommen. Bald. Da bin ich sicher.«

Sie schmiegte sich an ihren Vater: »Danke.«

»Herr Kinzig? Könnten Sie bitte zur anderen Pforte kommen«, fragte ein Milizionär. »Dort möchte Sie jemand sprechen.«

»Mich?«, ihr Vater schien verwundert. »Hat er gesagt, wer es ist?«

»Ein Arbeitskollege, Meier, mit ›ei‹«, der Mann zuckte mit den Schultern.

»Ich komme.« Malte ließ seine Tochter los. »Willst du mitkommen?«

Da sie im Moment nicht alleine sein wollte, willigte sie ein: »Ja.«

Laura war es zwar gewohnt, Wege innerhalb Umbach mit dem Fahrrad oder zu Fuß zurückzulegen, trotzdem hatte man sich an die Entfernungen ›im Auto‹ gewöhnt. Straßen, die eben wirkten, waren auf einmal steil und Wege, die einem kurz vorkamen, zogen sich in die Länge. Sie brauchten knappe zehn Minuten, bis sie die Pforte erreichten, die von den Umbachern den Titel ›Naunheimer Pforte‹ verpasst bekommen hatte.

Vor der Pforte wartete eine Familie und sobald er ihren Vater erkannt hatte, winkte der Mann ihm zu: »Hallo Malte! Schön dich zu sehen!«

Malte blieb stehen und musterte den Mann, die dazugehörige Frau und die drei Kinder, die Laura auf sechs, acht und zwölf Jahre schätzte: »Hallo Thomas! Wie geht es? …. Wie kann ich dir helfen?«

Der Angesprochene ließ die Schulter hängen: »Wir haben bis gestern in Wetzlar ausgehalten, nun sind wir ohne Vorräte und in der Stadt können wir keine Hilfe erwarten.«

Er machte eine lange Pause und hoffte wohl auf eine Reaktion: »Ich bitte dich um Hilfe, wir suchen ein neues Zuhause und können arbeiten.«

Sie bemerkte, dass ihr Vater sich sichtbar unwohl fühlte: »Thomas, ich kann das leider nicht alleine entscheiden.«

»Du kannst ein Wort für uns einlegen?« Der Mann machte sich Hoffnung.

»Die Gemeinschaft hat entschieden«, erklärte Malte, »dass wir vorerst niemanden mehr aufnehmen.«

Die Enttäuschung im Gesicht von Herrn Meier war klar und deutlich abzulesen: »Malte, bitte! Zumindest meine Kinder! Ich flehe dich an!«

Lauras Vater blieb hart, sie konnte sehen, wie schwer ihm das fiel: »Ihr könnt eine Nacht in der Scheune bleiben. Ihr werdet mit ein wenig Nahrung und Wasser versorgt, mehr kann ich leider nicht für dich machen.«

Der Mann schaute zur Scheune, die Enttäuschung im Gesicht wandelte sich in Hilflosig- oder gar Hoffnungslosigkeit. Er nahm zwei seiner Kinder an die Hand und ging mit hängenden Schultern und gesenktem Kopf in Richtung der Scheune.

Malte blieb eine Weile stehen und sah ihnen hinterher: »Ich mag Thomas, wir saßen lange in einem Büro und hatten viel Spaß. Er hat mir von seinen Kindern erzählt und ich ihm von euch. Ich würde ihm gerne helfen, aber ich weiß nicht wie. Und draußen gibt es noch viel mehr Menschen, mit denen ich mich ähnlich verbunden fühle.«

SIMONE

Niemand sprach über den Überfall, man merkte, dass es alle beschäftigte. Am Tag danach hatten sie Arbeit bei einem Landwirt gefunden. Der Lohn war dürftig. Es hatte eine Scheune zum Übernachten und etwas ungekochtes Gemüse, Obst und hartes Brot gegeben. Zum Wasserauffüllen hatten sie sich den Weg zu Quellen zeigen lassen und manche hatten die Gelegenheit und die warmen Tage genutzt, um in einem Teich zu baden. Die Unterwäsche wurde so mitgewaschen, Hosen, T-Shirts hatten sie versucht zu säubern, aber in Ermangelung von Waschmitteln roch es eher klamm. Die Haare aller Hannoveraner sahen ungepflegt aus, ohne Kamm und Bürste drohte Simones Haar zu verfilzen und sie versuchte, sich notdürftig mit den Fingern zu kämmen.

Eine Sperre, die die gesamte Fahrbahnbreite einnahm, blockierte ihren Weg.

»Da hat jemand Ordnung gemacht«, staunte Helge. »Fahrzeuge wurden entweder bis zur Sperre oder an den Rand geschoben, die Sandsäcke drum herum und kein Hindernis, hinter dem man sich verstecken könnte.«

Langsam näherten sie sich der Sperre, bis eine Stimme dahinter erklang: »HALT! STEHEN BLEIBEN UND ALLE HÄNDE NACH OBEN, SODASS WIR SIE SEHEN KÖNNEN!«

Fabian schaute sich um und hob als Erster seine Hände, die anderen folgten seinem Beispiel: »WIR WOLLEN NACH HANNOVER!«

Zwischen einer Lücke trat ein uniformierter Mann heraus, Simone erkannte eine Bundeswehruniform: »BITTE KOMMEN SIE NÄHER! EINER NACH DEM ANDEREN! BLEIBEN SIE AN DER MARKIERUNG STEHEN UND DANN KOMMT JEDER EINZELN, WENN ER GERUFEN WIRD.«

Im Gänsemarsch und mit erhobenen Händen näherte sich die Gruppe der gut sichtbaren gelben Linie, die quer zur Fahrbahn verlief. Dort blieben sie stehen.

»DER ERSTE BITTE!«, wurde gefordert und Fabian ging los.

Er wurde von dem Soldaten durch die Absperrung geführt und keine Minute später war der Soldat wieder vor der Sperre: »DIE NÄCHSTE!«

Simone bewegte sich mit erhobenen Händen auf den Mann zu, der wies ihr den Weg durch die Sperre, dahinter sah sie, wie Fabian seine Waffe auf einen Tisch legte, hinter dem Soldaten standen.

Der Soldat, der hinter dem Tisch stand, nahm die Waffe entgegen, schaute sie sich kurz fachmännisch an, schrieb etwas auf einen Zettel und gab ihn Fabian: »Gut aufheben, wenn Sie uns verlassen, dann bekommen Sie sie zurück.«

Ein zweiter Tisch war auf der anderen Seite aufgebaut, davor stand eine weibliche Soldatin: »Bitte kommen Sie her und behalten Sie Ihre Hände oben!«

Wieder befolgte Simone die Anweisung, stellte sich vor die Frau, die sie abtastete. Ihre Gaspistole musste sie ebenfalls gegen einen Zettel abgeben.

»Gehen Sie bitte in den Bus, nehmen Sie sich einen Platz und warten«, befahl ihr die Soldatin.

Fabian war bereits eingestiegen. Sie folgte seinem Beispiel, stieg in den Bus und war überrascht, dort von einem Soldaten eine kleine Flasche Wasser gereicht zu bekommen: »Suchen Sie sich bitte einen Platz, wenn Ihre Gruppe komplett hier ist, werden wir Ihnen Erklärungen liefern.«

Simone setzte sich neben Fabian und der grinste: »Wer hätte das gedacht, dass noch ein wenig staatliche Ordnung erhalten geblieben ist?«

Die Durchsuchungen waren effizient und bald saßen alle Hannoveraner im Bus. Der Soldat, der hereinkam, wirkte wie ein Stereotyp eines Unteroffiziers: »Hallo meine Damen und Herren, ich bin Stabsfeldwebel Schmidt, mit ›dt‹, und ich darf Sie bei uns begrüßen. Sie fragen sich sicher, wer ›uns‹ ist. Am ersten Tag nach dem Stromausfall haben wir, ausgehend von der Kaserne Wilhelmstein, in gemeinsamer Arbeit mit den lokalen Polizeiverbänden, der Hilfe von den Feuerwehren, dem THW und vielen Freiwilligen die Ordnung aufrecht erhalten. Nahrungsmittel wurden beschlagnahmt, aus Notlagern verteilt und so sind wir momentan in der Lage ein Gebiet zu verwalten, das im Süden bis kurz vor Hannover reicht. Hier im Osten etwas weiter als die A 7, im Westen reicht es etwa bis Nienburg an der Weser. Die Kommunikation läuft mit Fahrradkurieren und wir versuchen, so gut wie möglich zu kontrollieren, wer in unser Gebiet eintritt. Wenige von Ihnen hatten Waffen, ich hoffe, Sie haben Verständnis dafür, dass wir die Ihnen vorläufig weggenommen haben. Wenn wir Ihre Ziele kennen und Sie uns verlassen, bekommen Sie diese wieder. Außer dem Wasser und einem Dach über dem Kopf für eine Übernachtung können wir Ihnen nicht viel bieten. Eine kleine Notration für jeden ist eingeplant.«

Simone schaute sich um, keiner schien damit gerechnet zu haben, Soldaten zu sehen, die die Ordnung aufrecht erhielten.

Der Unteroffizier fuhr fort: »Leider wissen wir wenig darüber, was in den Gebieten passiert, die nicht unter unserer Kontrolle sind. In den benachbarten Regionen reichen die Zustände von totaler

Anarchie, selbstorganisierten Gemeinden, Übernahme durch kriminelle Clans, Rockergruppen oder Reichsbürgern und ähnlichen Vereinigungen.

Von der Landesregierung aus Hannover haben wir bisher nichts gehört, auch zu anderen Bundeswehreinheiten haben wir keinen Kontakt. Das Gleiche gilt für die in Deutschland stationierten Verbündeten aus der NATO.«

»Also keine offizielle Meldung aus Berlin?«, meldete sich Arne.

»Nein«, antwortete der Soldat kurz und knapp.

»Besteht unser Land überhaupt noch?« Arne war sehr direkt.

»Da ich bisher nichts anderes weiß«, reagierte der Stabsfeldwebel schnell, »gehe ich davon aus, dass das der Fall ist. Die Kommunikation ist gestört und um ehrlich zu sein, sind wir nicht in der Lage, die Sicherheit im ganzen Bundesgebiet zu garantieren. Wir befinden uns faktisch im Ausnahmezustand. Ich bin jedoch zuversichtlich, dass wir Dorf um Dorf wieder unter Kontrolle bekommen werden.«

»Was wird mit uns passieren?«, fragte Fabian.

»Ihnen steht es frei, unser Gebiet zu durchqueren«, fasste der Soldat zusammen. »Wo möglich helfen wir Ihnen, allerdings fehlt es uns, wie Sie es sich vorstellen können, an Kutschen und Fahrrädern. Dafür gibt es an jedem Ort Sammelunterkünfte für Menschen, die nur auf der Durchreise sind. Wir würden uns über Berichte Ihrer …. Reise freuen, damit wir uns einen Überblick über die Situation machen können. Gerne teilen wir mit Ihnen unser Wissen.«

»Wir nennen uns die ›Hannoveraner‹«, stellte Fabian die Gruppe vor, »und sind seit dem Tag nach dem Stromausfall von Hamburg aus unterwegs. Das gemeinsame Ziel ist Hannover, für die meisten ist es nur ein Zwischenziel.«

Er gab eine präzise und weitestgehend emotionslose Zusammenfassung ihrer Wanderung. Die Herkunft der Waffen erklärte er, ohne ins Detail zu gehen. Den Überfall auf das Paar an der Quelle ließ er aus.

Der Soldat nickte: »Ich würde vorschlagen, jeder gibt sein Ziel an und wir überlegen uns, wie wir am besten helfen können, oder in welche Richtung wir Sie schicken.«

»Wie bekommen wir dann unsere Waffen wieder?«, fragte Arne.

»Wir werden jedem von Ihnen eine kleine Eskorte stellen, die Ihre Waffen mitnehmen werden«, stellte der Mann klar. »Wer muss wohin?«

»Bielefeld«, begann Helge.

»Das gibt es doch gar nicht!« Der Unteroffizier konnte ein Lächeln nicht unterdrücken. »Nein, Entschuldigung, ist notiert. Weiter?«

»Ich muss in die Nähe von Frankfurt«, sagte Simone.

»Ich auch«, schloss sich Arne direkt an.

Der Soldat notierte die Ziele und es wurde schnell klar, dass Simone und Arne bis Kassel drei weitere Begleiter haben würden. Leicht wehmütig wurde Simone klar, dass sich damit der gemeinsame Weg mit Helge und Fabian trennen und sie Abschied nehmen würden.

»So gerne ich Ihnen mitteilen würde«, zog der Unteroffizier die Aufmerksamkeit wieder auf sich, »dass wir Sie mit dem Bus in die nächste Sammelunterkunft bringen können, muss ich leider darauf hinweisen, dass Sie den Weg laufen werden. Das Positive ist, dass es nur zwei Kilometer sind. Folgen Sie mir bitte.«

Nacheinander verließen sie den Bus und folgten dem Soldaten und einer kleinen Eskorte, die sie zur angesprochenen Unterkunft führte. Diese war in einer Turnhalle untergebracht, auf dem Außengelände hatte man Latrinen angelegt und primitive Waschmöglichkeiten errichtet. Trotzdem das Wasser kalt war, genoss Simone das Gefühl, ein wenig sauber zu sein. Auch Bürsten und Kamm waren vorhanden, sie konnte die Knoten in ihren Haaren etwas entwirren, ohne dass sie dabei allzu viele ausriss.

»Ah, merklich besser«, begrüßte Arne sie, als sie zurück in die Sammelunterkunft kam. Jedem war ein Feldbett mit Decke und Kissen zugewiesen worden.

»Charmant«, grinste sie ihn an, »wie immer!«

»Zwei gemeinsame Wochen«, resümierte Helge. »Das ist ein wenig wie ein Urlaub! Daran habt ihr nicht gedacht, als ihr nach Hamburg geflogen seid?«

»Tatsächlich nicht.« Simone schien das viel länger als zwei Wochen her zu sein. »Morgens hin, Termine abarbeiten und abends wieder zurück. Eigentlich der absolute Irrsinn, wir hätten das Programm auf zwei Tage verteilen und eine Übernachtung einplanen sollen.«

»Ob wir uns überhaupt wiedersehen werden?«, sprach Simone die im Raum stehende Frage aus.

»Ihr habt meine Hamburger Adresse«, sagte Helge. »Ich gebe euch die Heimatadresse meiner Eltern. Wer weiß, welche Kommunikationswege uns in Zukunft zur Verfügung stehen werden!«

»Briefe? Boten?«, vermutete Arne. »Oh Mist … bin gleich wieder da.«

Er stand auf und rannte schnell, aber seltsam verkrampft, aus der Unterkunft heraus.

»Was hat er?«, wunderte sich Fabian. »Elegant sah das nicht aus?«

»Keine Ahnung.« Helge zog die Augenbrauen hoch. »Ich würde vermuten, dass ihm etwas auf die Verdauung geschlagen hat. Es sah aus, als ob er den Hintern zusammen klemmt.«

»Das ist unser letzter gemeinsamer Abend«, stellte Fabian fest. »Muss ich als Reiseleiter so etwas wie eine Abschlussveranstaltung organisieren?«

Helge lächelte: »Du hast so viel organisiert und deine Kontakte haben uns so extrem geholfen. Wenn was organisiert werden müsste, dann von allen anderen!«

Simone schaute sich um.

Die meisten Hannoveraner lagen auf ihren Feldbetten: »Ich denke, die sind schlicht zu müde, um etwas zu machen. Die Möglichkeit, in einer sicheren Unterkunft schlafen zu können, ist extrem verführerisch. Keiner muss Wache halten, wir brauchen keine Angst zu haben, überfallen zu werden.«

»Was werdet ihr daheim vorfinden?« Helge formulierte die Frage über das Ungewisse, die alle beschäftigte, aber vor sich herschoben.

»Ich muss gestehen, mir ist ein wenig mulmig. Bei allem, was wir bisher gesehen haben, kann alles sein.«

»Mein Heimatort ist relativ klein«, berichtete Simone. »Keine dreitausend Einwohner und liegt zwischen zwei Städten, die nicht allzu groß sind. Ich hoffe, dass es meinen Kindern und meinem Mann gut geht und dass das Dorf sich gut organisiert hat. Bundeswehr gibt es bei uns keine mehr, die Ordnung muss aus der Mitte der Orte kommen.«

»Ich finde es schlimm, das man ins Ungewisse fährt«, gestand Helge. »Der Horizont geht nur bis zur nächsten Kurve oder Abzweigung, was man nicht sieht, weiß man nicht.«

»Das war doch schon vorher so?«, wandte Fabian ein.

»Ja. Nein. Jain.« Helge tat sich schwer, die richtigen Worte zu finden. »Vor drei Wochen hat man sich in den Zug oder ins Auto gesetzt und ist in die Stadt gefahren, in die man wollte. Wenn die Deutsche Bahn oder die Verkehrsverhältnisse auf der Straße mitgespielt haben, war man in absehbarer Zeit am Zielort.

Momentan kann man das gar nicht. Den einen Tag kommt man dreißig Kilometer weiter, an einem anderen nur einen. Vielleicht kommt man gar nicht weiter. Und man hat nicht mal die Gelegenheit, eine Nachricht vorauszuschicken … ›Komme etwas später an‹.«

»Wir brauchen Brieftauben!«, lächelte Simone.

Arne kam zurück und wirkte blass, sie schaute ihn besorgt an: »Was ist los? Dein Gesicht hat alle Farbe verloren!«

»Keine Ahnung.« Arne setzte sich ungelenk auf sein Feldbett, er wirkte verkrampft. »Irgendwas, was ich gegessen habe, muss meinen Magen gereizt haben. Mir ist etwas übel, ich sollte nach einem Eimer …«

Er sprang auf und rannte wieder heraus und hielt sich dabei den Mund zu.

»Das ist eine ungünstige Zeit, um krank zu werden«, sagte Helge.

»Den Magen verdorben?«, beschwichtigte Fabian. »Bei der Kombination aus Obst, ungekochtem Gemüse und altem Brot.«

»Was erwartest du daheim?«, sprach Helge Fabian an.

»Wir hatten vor dem Stromausfall eine gut funktionierende Nachbarschaft«, antwortete Fabian. »Viele Familien aus unserer Gemeinde. Ich denke, die werden recht gut zusammenhalten. Wenn man sich wie in Soltau zusammengeschlossen hat, dürfte viel gehen.«

»Hast du jemals deinen Optimismus verloren?«, fragte Helge.

»Nicht seit ich meinen Glauben gefunden habe«, reagierte Fabian. »Ich bin in einer Freien Gemeinde aufgewachsen, folgte mehr meinen Eltern als meinem Glauben. Beruflich ist einiges bei mir passiert. Die eine Firma, für die ich gearbeitet hatte, ging pleite, bei der nächsten kam ich mit der Leitung nicht zurecht. Dann war ich in einem Laden, ich bin mir heute nicht mehr sicher, hatte damals das Gefühl, dass ich gemobbt wurde. Als meine Stelle einer Personalkürzung zum Opfer fiel, war ich am Boden. Das war noch vor meinem ersten Kind. Auf dem Heimweg stiegen mir die Tränen so sehr in die Augen, dass ich am Straßenrand halten musste. Wegen meiner Eltern lag in unserem Auto eine Bibel und ich fing an zu lesen. Ich fand zurück in die Herde und meinen Optimismus.«

»Eine bestimmte Stelle?«, fragte Simone.

»Wie bitte?« Fabian schaute sie verwundert an.

»War es eine bestimmte Bibelstelle, die dich zum Glauben zurückführte?«, präzisierte Simone ihre Frage.

»Nein«, antwortete Fabian, »ich habe an verschiedenen Stellen gelesen und irgendwie haben die zusammengepasst. Göttliche Fügung!«

Arne kam wieder zurück: »Jetzt kommt nix mehr. Und ich bin so was von müde, ich verabschiede mich direkt in den Schlaf.«

»Gute Nacht, John Boy«, witzelte Helge.

»Waltons!«, grinste Arne, der sich hingelegt hatte und nach der Antwort direkt eingeschlafen war.

»Ich drücke uns allen die Daumen«, sagte Fabian, »und freue mich auf ein Wiedersehen!«

»Ja.« Simone merkte, wie sie langsam von der Erschöpfung und Müdigkeit übermannt wurde. »Das wäre schön. Gute Nacht!«

TAG 15

MALTE

A larm!« Malte blinzelte und war desorientiert.
Er setzte sich an den Rand des Bettes und langsam kombinierte er die Eindrücke. Glockengeläut. Nicht das Geläut der Kirche. Die Glocken der Wachposten. Er meinte Schüsse zu hören.

»Hörst du das?« Lukas war ins Schlafzimmer gestürmt. »Wir werden angegriffen!«

»Woher kommen die Schüsse?«

»Ich glaube von einem der Aussiedlerhöfe, der vom Grosslitz oder der Nachbarhof«, vermutete Lukas. »Ich mache mich auf den Weg.«

»Langsam!«, bremste Malte seinen Sohn aus. »Was meinst du, was du da tun könntest? Auch wenn du jetzt eine Einweisung an der Waffe erhalten hast, ich bin überzeugt, man hätte dir gesagt, wenn du beim Verteidigen helfen sollst.«

»Dann lass uns zusammen zum Schützenhaus fahren«, schlug Lukas vor. »Da werden wir Anweisungen bekommen!«

Dem hatte Malte nichts entgegenzusetzen: »Gib' mir ein paar Minuten, ich ziehe mich an und dann fahren wir los.«

Im Eingangsflur zog er seine Schuhe und eine Jacke an. Trotz des Sommers wurde es in der Nacht teilweise recht kühl. Lukas polterte die Treppe herunter und Malte verdrehte die Augen.

Sie nahmen ihre Fahrräder und fuhren zum Schützenhaus, wo ein reges Treiben herrschte. Männer und Frauen rannten in das Gebäude, andere kamen mit Waffen wieder heraus, stiegen auf Räder und fuhren davon: »Du hast recht, die fahren in Richtung des Hofes von Grosslitz.«

Sie betraten das Schützenhaus und an einem Tisch saß Holzer, während um ihn herum Waffen ausgegeben und Anweisungen erteilt wurden: »Hallo Malte! Was führt dich hierher?«

»Hallo Carl«, reagierte Malte. »Der Alarm war nicht zu überhören und Lukas meinte, wir sollten helfen.«

Carl Holzer musterte Lukas und danach Malte: »Soweit ich weiß, hat Lukas eine Einweisung an der Waffe gehabt? Lass dir ein Gewehr geben, fahre in Richtung der Aussiedlerhöfe im Westen, der Major hat dort einen Kommandoposten aufgebaut und bei ihm meldest du dich.«

Malte sah Holzer schockiert an, der ahnte, was der Blick bedeuten sollte: »Bleib ruhig Malte, der Major wird ihn aus der Gefahr heraushalten. Aber jeder zusätzliche Schütze hilft uns.«

Malte verschränkte die Arme: »Weißt du denn, was passiert ist?«

»Einer Patrouille sind Aktivitäten auf dem Grosslitzhof aufgefallen«, berichtete Holzer. »Sie meinten Einsatzuniformen der Polizei erkannt zu haben und haben mindestens zwanzig Leute gezählt, wobei wir davon ausgehen, dass es mehr sind. Es ist zwar nicht Vollmond, aber da die Nacht wolkenlos ist, kann man relativ gut sehen. Wir vermuten, dass deren Ziel die Vorräte sind. Aktuell haben wir sie auf dem Grosslitzhof festgenagelt.«

Lukas hatte sich ein Gewehr abgeholt und wollte sich auf den Weg machen: »Warte, ich komme mit.«

»Papa«, wehrte sich Lukas, »was willst du dort? Du bist unbewaffnet!«

»Keine Widerrede.« Malte hielt sich kurz. »Ich möchte mir einen Überblick verschaffen. Carl, wir sehen uns nachher!«

Sie folgten den Milizionären bis zum Kommandoposten. Malte wurde bewusst, dass seine Vorstellung eines Gefechts durch

Kriegs- und Actionfilme geprägt war. Vereinzelt hörte man Schüsse, er hätte ununterbrochenes Feuer erwartet.

»Lukas«, der Major schien ein wenig überrascht, »halte dich an Guido!«

Guido war ebenfalls bei der Freiwilligen Feuerwehr und als Lukas zu seinem Kollegen gegangen war, sprach der Major etwas leiser zu Malte: »Keine Angst, Guido und ein paar andere haben die Aufgabe, das kleine Lazarett zu schützen. Wenn ich die Lage richtig einschätze, haben wir schon die Oberhand, allerdings haben sich einige der Angreifer in den Gebäuden des Hofes verschanzt.«

»Lazarett?« Malte versuchte, einen Blick darauf zu werfen.

»Es ist weniger, als Sie sich vorstellen«, beruhigte ihn der Major. »Nur ein kleiner Pavillon. Ihr Schwager und Doktor Haarberg verarzten dort die Verletzten. Und bisher haben wir, soweit ich weiß, keinen Schwerverletzten zu beklagen.«

»Wissen Sie, wer uns angreift?« Malte war unwohl zumute, als ein schreiender, am Bauch blutender Milizionär an ihnen vorbei zum Lazarett getragen wurde.

»Verdammt.« Der Blick des Majors folgte dem Verletzten. »Auch wenn ich Frau Armsteiner nicht gesehen habe, gehe ich davon aus, dass das ihre Leute sind. Die Angreifer tragen teilweise Einsatzuniformen der Polizei, wie eine Sondereinheit verhalten sie sich aber nicht. Ich hatte schon beim letzten Besuch vermutet, dass nicht jeder, der eine Polizeiuniform trägt, Polizist ist oder war.«

»Major!«, ein Milizionär kam angelaufen, »aus dem Wohnhaus wurde eine weiße Flagge gehalten!«

»FEUER EINSTELLEN!«, rief der Major und in der Folge wurde weniger geschossen. »FEUER EINSTELLEN! JETZT!«

Ein letzter Schuss wurde abgegeben, dann wurde es ruhig und der Major verließ seinen Kommandoposten: »Mal sehen, was die wollen. Kommen Sie mit?«

Malte war nicht sofort klar, dass er ihn meinte: »Wohin?«

»Wir werden verhandeln«, erklärte der Major. »Es kann nicht schaden, wenn ich jemand vom Dorfrat dabei habe.«

Malte war unwohl bei dem Gedanken: »Ich bin mir nicht sicher, aber ja.«

Sie gingen näher auf das Bauernhaus zu und der Major rief: »KOMMEN SIE HERAUS, DIE HÄNDE NACH OBEN, SO-DASS WIR SIE SEHEN KÖNNEN!«

Nach einer Weile kamen zwei Männer, einer davon in Zivilkleidung mit der weißen Fahne in der erhobenen Hand, der andere in einer Polizistenuniform, nach draußen: »Wir wollen über unseren Abzug verhandeln!«

»Wer sind Sie?« Der Major ging auf die Abzugsfrage zunächst gar nicht ein.

»Wir sind nur ein paar Männer, die auf der Suche nach Nahrung für ihre Familien sind«, beantwortete der Uniformierte die Frage.

»Wo kommen Sie her?« Der Major hatte sich breitbeinig aufgebaut und stemmte die Fäuste in die Seite.

»Aus Wetzlar, unsere Familien haben seit Tagen nichts …«

»Wer ist ihr Befehlshaber?«, unterbrach ihn der Major.

»Wir haben keinen Bef …«

Wieder fiel ihm der Major ins Wort: »Wie viele Männer sind Sie?«

»Wir waren fünfundzwanzig Männer und Frauen«, berichtete der Verhörte. »Wir möchten über unseren Abzug reden.«

»Warum sollten wir Sie abziehen lassen?«, fragte der Major provokativ. »Sie sitzen im Haus fest, wir müssen nur warten.«

Malte hatte den Eindruck, dass der Uniformierte und sein Kompagnon sich die Verhandlungen einfacher vorgestellt hatten: »Aber nicht ohne Gefahr für Ihre eigenen Leute!«

Der Major gab sich siegessicher: »Wir haben einen Ihrer gefallenen Mitkämpfer und so eine Idee, wie viel Munition und Verpflegung Sie mitgebracht haben. Im Haus selbst dürften Sie nur Reste an alkoholischen Getränken finden und fast keine Nahrung. Ihre Munition dürfte bald zur Neige gehen. Was haben Sie uns konkret anzubieten? Und vor allem: Welche Garantien können Sie uns für die Zukunft geben?«

Nachdem Antworten ausblieben, diktierte der Major Bedingungen: »Wir gestatten den Abzug. Nehmen Sie Ihre Verletzten und

Gefallenen mit. Ihre Ausrüstung, Waffen, Munition und Kevlarwesten bleiben hier.

Herr Kinzig, ist das im Sinne des Rates?«

Malte war überrascht, denn er hatte nicht damit gerechnet, in die Verhandlung hineingezogen zu werden: »Äh, ja. Ich denke, das ist annehmbar.«

Die Parlamentäre des Überfallkommandos nickten und der Uniformierte entledigte sich seiner Weste.

Er drehte sich herum: »Ihr habt es gehört, die Ausrüstung bleibt hier, wir gehen.«

Nacheinander verließen achtzehn Männer und Frauen das Wohnhaus und die Nebengebäude, fünf weitere Angreifer wurden getragen. Malte konnte nicht sehen, ob sie nur verletzt oder sogar tot waren. Aus einem Gebüsch humpelte eine Frau, zwei Milizionäre brachten den anderen Gefallenen zu den ›Polizisten‹. In einer unordentlichen Reihe entfernten sie sich vom Hof und wurden von einer Eskorte Milizionäre bis zum offenen Feld geleitet.

»Durchsucht das Haus nach Waffen, Westen und anderen Sachen, die zurückgelassen wurden«, wies der Major seine Leute an.

Malte war erleichtert, dass das Dorf ohne Verluste geblieben war: »Hatten wir nur Glück dass wir nur Verletzte ha …«

Eine Explosion im Haus unterbrach ihn, das Schreien von zwei Männern strafte Maltes Erleichterung Lügen.

Der Major rannte auf das Haus zu: »Achtet auf Stolperdrähte!«

Nach einem Augenblick wurde ein vor Schmerz schreiender Mann aus dem Haus getragen, wenig später ein lebloser Körper.

Der Major schüttelte den Kopf und verteilte Anweisungen: »Ihr vier bewacht den Hof! Wir werden das Haus und die Nebengebäude morgen früh durchsuchen!«

»Major«, ein Milizionär salutierte, »sollen wir die Abziehenden verfolgen und …«

Malte sah, dass der Major abwägte: »Nein. Wenn wir ihnen jetzt nachsetzen, könnten wir uns selbst in Gefahr bringen. Wir sichern die Grenzen des Ortes, ich glaube nicht, dass wir heute Nacht einen weiteren Angriff erwarten müssen.«

Malte ging zum Lazarett, grüßte Florian und den Doktor und suchte nach Lukas, als es vom Dorf schallte: »FEUER! FEUER!«

»So viel zu ›kein weiterer Angriff‹«, sagte Malte zu sich selbst. Lukas hatte den Ruf ebenfalls vernommen und gemeinsam bestiegen sie ihre Fahrräder und fuhren zum Feuerwehrgebäude.

Wieder hatten sich dort die Einwohner des Dorfes mit Eimern eingefunden und Dirk war dabei Anweisungen zu verteilen: »Diesmal brennt das Haus, in dem die Flüchtlingsfamilien gewohnt haben! Die Eimerkette wie beim letzten Mal bilden, vom Löschteich in zwei Reihen bis zum Gebäude. Macht schnell, wir wissen nicht, ob Menschen im Gebäude sind!«

Lukas gesellte sich zu den Kollegen von der Feuerwehr und half, die Spritze zum Haus zu schieben. Malte beteiligte sich an der Löscheimerkette.

Es dauerte eine halbe Stunde, bis Dirk den Löscheinsatz abbrach: »Wir können sicher sein, dass das Feuer nicht auf andere Gebäude überspringt.«

Langsam gingen die Helfer nach Hause. Obwohl schon der Morgen dämmerte, würden die meisten versuchen, etwas Schlaf zu bekommen.

Malte gesellte sich zu Lukas, Dirk und den anderen Feuerwehrleuten: »Waren … sind noch Menschen in dem Haus?«

Dirk sagte: »Sicher bin ich nicht. Wir müssen warten, bis es heruntergebrannt ist.«

»Das können Sie sich sparen.« Der Major war zur Brandstelle gekommen. »Mir wurde vorhin von der Südpforte berichtet, dass die beiden Familien vor ein paar Stunden komplett mit Kinderwagen, Sack und Pack das Dorf verlassen hätten.«

»Mitten in der Nacht?« Malte war verwundert. »Und zufälligerweise in dem Moment, als das Dorf angegriffen wurde? Ob das ein Zufall war?«

Der Major erklärte weiter: »Die Wachen hatten versucht, sie aufzuhalten und irgendwelche Informationen aus ihnen herauszubekommen, aber die waren nicht zu halten. Fast panisch. Irgendwas von ›Männern mit Masken‹ die mit ›Messern und Schlägern‹ bewaffnet gewesen waren und die den Flüchtlingen erklärt hätten, dass das Haus brennen würde. ›Mit ihnen drinnen oder ohne sie‹.«

»Wer macht so was?«, fragte Dirk. »Die Familien waren gut integriert und störten niemanden.«

»Offensichtlich doch.« Malte war schockiert. »Vermutlich haben wir wieder keine Zeugen. Das ist schon der dritte Brand, ohne dass wir irgendeine Spur haben.«

»Wir können relativ sicher sein«, sagte Dirk, »dass diejenigen, die die Kreuze hergebracht hatten, die Gleichen sind, die heute Nacht aktiv waren.«

Malte überkam die Müdigkeit: »Wir haben morgen eine Menge aufzuarbeiten, ich werde versuchen, etwas Schlaf zu bekommen.«

»Heute«, schmunzelte der Major. »Heute. Dürfte ich vorschlagen, dass ich meine Ideen bezüglich Wachposten und Erkundungstrupps erst morgen präsentiere? Ich würde gerne ihrem Beispiel folgen, etwas schlafen und mich danach im Haus von Grosslitz umsehen. Außerdem müssen wir den Überfall analysieren und uns Gedanken machen, was das Ziel für weitere Überfalle sein könnte.«

»Weiterer Überfalle?« Malte fühlte sich übermüdet und überfordert. »Lassen Sie uns morgen darüber sprechen. Lukas? Kommst du? Ich möchte nach Hause fahren.«

LAURA

Laura wachte verwirrt auf und wurde panisch. Wo war Gordon? Es dauerte einen Augenblick, bis sie sich daran erinnerte, dass er einen Tag vorher zu seinen Eltern fahren wollte. Kaum hatte sie sich über sein Fehlen beruhigt, ging ihr die Gefahr durch den Kopf, in die sich Gordon gebracht hatte, und sie wurde wieder panisch. Sie öffnete die Schublade ihres Nachttisches, kramte ihr Smartphone hervor und drückte wild darauf herum. Das Ausbleiben einer Reaktion des Gerätes trieb ihr die Tränen in die Augen. Sie spürte, wie ihr die Luft wegblieb und sich ihr Puls beschleunigte.

»Ruhig Atmen«, sagte sie zu sich selbst und versuchte, sich auf das Ein- und Ausatmen zu konzentrieren.

Es dauerte eine Weile, bis sie sich wieder unter Kontrolle hatte. Sie legte das Handy zurück in die Schublade und stand auf. Im Bad putzte sie sich die Zähne, wusch sich Gesicht und Körper mit kaltem Wasser und gönnte ihren Haaren einige Zeit mit Kamm und Bürste. Anschließend flocht sie sie zu einem einfachen Zopf, schaute sich im Spiegel an und war zufrieden mit sich. Nicht optimal, aber auf die Schnelle und bei den gegebenen Möglichkeiten das Beste, was sie daraus machen konnte. Als sie die Treppe herunterging, kamen ihr Vater und ihr Bruder zur Tür herein.

»Ihr seid noch wach?«, staunte sie. »Was ist denn passiert?«

Abwechselnd berichteten Lukas und Malte zunächst vom Überfall auf den Bauernhof und vom Brand des Flüchtlingshauses.

»Reichlich Action für eine Nacht«, befand Laura. »Das mit den Flüchtlingen ist schrecklich. Warum macht jemand so was?«

»Keine Ahnung«, antwortete ihr Vater, »wir haben uns Gedanken über potenzielle Täter gemacht. Ich glaube nicht, dass wir einfach herausfinden, wer es war.«

»Papa, denkst du daran, dass du mit dem Melken dran bist?«, erinnerte sie Malte.

»Oh Mensch.« Ihr Vater ließ die Schultern hängen. »Kannst du das nicht mal heute Morgen für mich übernehmen?«

»Ich bin ohnehin zu spät für den Kindergarten«, wehrte sich Laura, »sonst hätte ich dir gerne geholfen.«

Malte schaute seinen Sohn an: »Dich kann ich vermutlich nicht überreden?«

»Ich gehe jetzt sofort ins Bett«, grinste Lukas. »Viel Spaß bei der Kuh!«

»Vielleicht sollten wir fragen, ob wir die Kuh zu uns in den Garten holen können«, schlug Malte vor, »dann muss man nicht immer so weit fahren!«

»Für den Winter wäre das nicht verkehrt«, befand Lukas.

Winter. So weit hatte Laura gar nicht gedacht und ihr ging auf, dass es im Wohnzimmer zwar den Holzofen gab, der würde nicht ausreichen, das ganze Haus zu beheizen. Dabei hatte der Sommer erst angefangen und wer weiß, was bis zum Winter alles passieren würde!

»Sorry Dad«, entschuldigte sie sich halbherzig, »ich muss los! Gib der Kuh einen Kuss von mir!«

Malte grinste: »Mach dich weg! Irgendwann willst du mal, dass ich es deinen Dienst übernehme und dann …«

»Und dann schaue ich dich mit großen Augen an«, kokettierte sie mit ihm, »und du wirst es mir nicht abschlagen können!«

Lukas lachte laut los, Malte schaute verdutzt und Laura verließ das Haus, um mit dem Fahrrad zur Schule zu fahren. Dort herrschte ein reges Kommen und Gehen, und als sie ihr Rad abgeschlossen hatte, fiel ihr der Mann auf, der sie auf ihre Beziehung mit Gordon angesprochen hatte. Er stand, zusammen mit einigen anderen Männern, am Eingang und hatte Laura schon bemerkt, denn er machte seine Nachbarn auf sie aufmerksam.

Mit ungutem Gefühl ging sie auf den Eingang zu, aber die Männer versperrten ihr den Weg: »Ich habe Ihnen bereits gesagt, dass wir es bevorzugen würden, wenn Sie nicht mit unseren Kindern arbeiten!«

»Und das entscheiden jetzt Sie?« Laura war gereizt und versuchte, an den Männern vorbeizukommen, aber die gaben nicht nach.

Andere Eltern ignorierten die Szene und betraten auf der anderen Seite mit ihren Kindern das Gebäude.

»Sehen Sie? Für eine Hure setzt sich keiner ein«, legte der Mann nach.

Laura war sprachlos und versuchte, mit Schwung durch die Blockade zu kommen, die Männer verhakten ihre Arme und sie hatte keine Chance.

»Was ist denn hier los?« Im Eingang erschien Norbert Reutow und er ging direkt auf Laura zu. »Würden Sie bitte Frau Kinzig durchlassen?«

»Wir wollen nicht, dass diese Hure unsere Kinder betreut«, stellte sich der Wortführer dem Hausmeister entgegen.

Der sah zu Laura und musterte abfällig die Männer, die ihr den Weg blockierten: »Johannes Roloff. Lustig, dass du hier etwas von ›Huren‹ erzählst. Du kennst dich da ja aus, umso mehr wundert es mich, dass du Laura beleidigst. Ich würde ja auf eine Entschuldigung bestehen, aber dazu fehlt es dir an Manieren. Du und deine Kumpels, ihr verzieht euch jetzt besser.«

Er zog Laura zu sich und führte sie die Treppe hinauf. Als sie aus der Sicht der Männer war, brach Laura in Tränen aus.

Unsicher nahm Norbert sie in den Arm: »Na, lass dich nicht von solchen Spinnern herunterziehen.«

Langsam erlangte sie die Fassung wieder: »Würde ich ja gerne, aber letztens hatte mich eines der Kinder eine ›Sünderin‹ genannt. Dabei wissen die Kids nicht einmal, was damit gemeint ist. Wie kann man nur so engstirnig und verbohrt sein?«

Er führte sie zum Büro von Patricia: »Ich gehe Marlene holen.«

»Hallo Laura«, begrüßte sie Patricia, »was ist denn passiert?«

»Können wir warten, bis Marlene hier ist?«, bat Laura. »Es geht wieder um diesen religiösen Vater.«

»Schon wieder?«, regte sich Patricia auf.

Wenig später kam Norbert mit Marlene zurück: »Als ich eben vor die Tür trat, wurde Laura von einigen Männern am Betreten der Schule gehindert. Ihr Wortführer war Johannes Roloff. Erschreckenderweise sind in der Zeit Eltern mit Kindern an ihr und den Männern vorbeigelaufen und haben sich nicht eingemischt.

Roloff erzählte, sie wollten nicht, dass eine ›Hure‹ ihre Kinder betreute. Ich bin gar nicht darauf eingegangen, habe Laura hereingezogen und den Kerlen klar gemacht, dass sie gehen sollen.

Roloff ist bisher nicht als besonders gläubig aufgefallen.«

Patricia lehnte sich vor: »Okay, das können wir nicht ignorieren. Ich hatte nach dem ersten Mal ein Gespräch mit Ilka, ob ihr in ihrer Gemeinde etwas aufgefallen sei, was sie verneinte.«

»Von den Lehrerinnen und Pädagogen ist Laura die einzige Unverheiratete«, berichtete Marlene.

»Bei der letzten Versammlung hatte Roloff von einer ›geschiedenen Lehrerin‹ gesprochen«, berichtete Laura.

Patricias Augen weiteten sich: »Das wäre ich. Es erstaunt mich, dass das überhaupt bekannt ist. Nicht dass ich es verheimlichen würde, aber das kann man fast als ›Jugendsünde‹ abtun und war nach einem Jahr fertig.«

»Heute habe ich das hinbekommen. Wenn die mehr werden, weiß ich nicht, ob wir dagegen ankommen«, sagte Norbert. »Es wäre gut um Hilfe bitten.«

»Wer spricht den Rat darauf an?«, fragte Patricia.

»Ich kann direkt bei Herrn Holzer vorbeigehen«, bot sich Norbert an.

»Danke dir Norbert!« Patricia spielte mit dem Haar. »Wo ich euch hier habe: Beim Hofgut ist letzte Woche eine Familie angekommen, die Mutter war … ist Lehrerin und hat gefragt, ob wir Hilfe benötigen. Ich habe ihr gesagt, wir würden das besprechen und schnellstmöglich bei ihr melden.«

»Wir können jede Hilfe gebrauchen«, sagte Marlene. »Wir sollten sie einladen, mit ihr sprechen und schauen, ob das passt?«

»Du hast Bedenken?«, kombinierte Patricia.

»Was heißt ›Bedenken‹«, reagierte Marlene. »Die Weltanschauung der Bewohner des Hofguts ist uns allen bekannt. Wenn wir die eben besprochenen Probleme dazunehmen, sollte klar sein, dass jemand mit strengen Moralvorstellungen nicht dabei helfen wird, die Situation zu beruhigen. Wir können ihr genau solche Fragen stellen und uns dann entscheiden.

Wir müssen uns ohnehin die Frage stellen, wer Entscheidungen trifft. Bisher sind Patricia für die Schule und ich für den Kindergarten als Leitung akzeptiert, das muss nicht so bleiben.«

»Ich würde keine schlafenden Hunde wecken«, warf Norbert ein. »Soweit ich das mitbekomme, ist das von den Eltern genauso akzeptiert und der Dorfrat steht hinter euch.«

Patricia stand auf: »Falls keiner mehr eine Frage hat, würde ich die Diskussion beenden. Norbert, du sprichst mit Holzer über den Zugang zur Schule? Laura, willst du dir heute freinehmen oder willst du lieber arbeiten?«

»Ich bleibe hier«, sagte sie ein wenig trotzig. »Wenn ich nach Hause gehe, gäbe das den Fanatikern das Gefühl, ich hätte mich ihrem Willen gebeugt.«

»Wunderbar«, fasste Patricia zusammen, »das ist die richtige Einstellung! Ich werde die Lehrerin vom Hofgut bitten, morgen oder übermorgen vorbeizukommen. Wir sehen uns in der Pause!«

Der Tag im Kindergarten verlief ohne Vorkommnisse und Herr Reutow berichtete, dass ab dem nächsten Tag jemand von der Dorfpolizei am Eingang stehen würde. Als Laura nach Hause fuhr, war sie freudig überrascht, dass Gordons Fahrrad in der Garage stand.

Schnell stürmte sie in den Wohnraum zu ihrem Freund: »Gordon! Ich bin so glücklich, dass du wieder hier bist!«

Sie wollte ihn in den Arm nehmen, erst da fiel ihr auf, dass seinem Gesichtsausdruck die sonst übliche Freude fehlte.

Im Gegenteil, er schien, seit seinem Aufbruch, um Monate gealtert zu sein: »Was ist passiert?«

Laura setzte sich neben ihren Freund, der starrte ins Leere: »Sie sind tot.«

Zuerst begriff Laura nicht, wen er meinte, dann kombinierte sie und hielt ihre Hände vor den Mund: »Tot?«

»Der Weg nach Hause lief gut«, fing Gordon zu berichten an. »Ich habe keine Stunde gebraucht, bis ich daheim war. Den herumziehenden Wanderern konnte ich aus dem Weg gehen, ein oder zweimal streckte jemand die Hand nach mir aus, aber die bewegten sich teilweise so langsam und apathisch wie die Zombies aus ›The Walking Dead‹. «

Laura nahm Gordon in den Arm, sie war froh, dass er wieder da war, aber sein Schmerz war für sie spürbar.

Er drückte sie eine Weile fest: »Im Ort angekommen, bin ich direkt zu meinem Elternhaus gefahren und etwas kam mir komisch vor. Ich stellte mein Fahrrad ab, ging zur Eingangstür, schloss auf und stand einem Mann gegenüber, den ich nicht kannte. Was ich in seinem Haus wolle, hat er mich gefragt. Ich schaute ihn verstört an und er wurde aggressiv, fragte, ob ich schwachsinnig wäre. Als ich mich ein wenig gefasst hatte, erklärte ich ihm, dass es das Haus meiner Eltern sei und nicht seins. Er wirkte kurz überrascht und lachte, ob ich meine Eltern denn sehen würde, oder sonst irgendetwas, dass meine Behauptung stützen würde? Ich schaute mich um, das waren unsere Möbel, allerdings fehlten an der Garderobe Jacken, Mäntel und Taschen meiner Eltern und von mir. Meinen Versuch, ins Wohnzimmer zu gehen, verhinderte er und wurde aggressiv. Auf welche Idee ich kommen würde, einfach bei ihm ungefragt ins Wohnzimmer zu wollen. Meine Erklärung, dass ich ihm so beweisen könne, dass das unser Haus sei, ignorierte er. Er packte mich am Oberarm, zerrte mich vor den Eingang und zeigte auf das Klingelschild. Er hatte das Schild ausgewechselt und es war offensichtlich neu. Mein Hinweis, dass das gerade erst ausgetauscht worden sei, winkte er ab. Ich wäre ein Spinner und solle zusehen, Land zu gewinnen oder er würde von seinem Recht Gebrauch machen, sein eigenes Haus zu verteidigen.«

»Er hat dich nicht weiter hereingelassen?« Laura wunderte sich.

Gordon schüttelte den Kopf: »Im Gegenteil, er verlieh seinen Worten Nachdruck und schubste mich heraus, hatte mich immer noch am Oberarm gepackt. Wenn ich nicht augenblicklich verschwinden würde, würde ich ihn kennenlernen. Ich nahm mein Fahrrad, ging auf die Straße vor dem Haus und wusste nicht, was ich machen sollte. Alles schien normal, zumindest so normal, wie es seit dem Stromausfall sein konnte und ich beschloss, bei den Nachbarn nachzufragen. Der Erste öffnete mir die Tür, nachdem ich angeklopft hatte, sah mich an und empfahl mir, mich zu verpissen. Beim Zweiten war die Reaktion nicht besser, die Tür öffnete sich, die Frau sah mich und schlug die Tür direkt wieder zu. Auf weiteres Klopfen reagierte niemand. Nach drei weiteren Häusern gab ich auf und fuhr ein paar Häuser weiter, wo die beste Freundin meiner Mutter wohnte. Wieder klopfte ich an die Tür und rechnete mit Abweisung, Beschimpfung oder damit, nur ignoriert zu werden, tatsächlich öffnete die Freundin. Sie sah ohnehin schon verheult aus und als sie mich sah, fing sie direkt an zu weinen. Sie zog mich in das Haus, schloss die Tür und umarmte mich mit den Worten, dass ich ein ›armer Junge‹ sei. Ich schaute sie verständnislos an, sie drückte mich fest und bat mich, mit ins Wohnzimmer zu kommen. Dort saß ihr Mann und der schien überrascht, mich zu sehen, bot mir einen Platz an und holte mir etwas zu trinken. Er erzählte mir, dass einen Tag, nachdem ich weg war, meine Eltern überfallen worden sind. Die Familie, die jetzt im Haus meiner Eltern wohnten, waren Teil einer Gruppe, die sich leer stehende Häuser unter den Nagel gerissen hatte. Nach dem Überfall hätten sich einige der Nachbarn am Plündern des Hauses beteiligt. Bis der Kerl dem ein Ende gesetzt hatte und allen klar gemacht hatte, dass es jedem, der ihm quer kam, so ergehen würde wie den Leuten, die vorher in ›seinem‹ Haus gewohnt hatten. Ich schaute sie verständnislos an und fragte, wie es meinen Eltern ergangen war, wollte wissen, wo sie waren. Die Freundin meiner Mutter brach in Tränen aus, ihr Mann schluckte und erklärte, dass sie erschossen wurden.«

TAG 16

SIMONE

A rnes Übelkeit hatte sich nicht über Nacht gehalten und zwei Tage später liefen sie weiter. Wie versprochen, wurde ihnen beim Verlassen des von der Bundeswehr kontrollierten Gebietes ihre Handwaffen und die Munition zurückgegeben. Entgegen der Aussage des Stabsfeldwebels hatte man Simone und ihre reduzierte Gruppe mit drei Einmannpackungen pro Person ausgestattet. Der Abschied von Helge und Fabian fiel Simone schwer.

»Vierzehn Tage und wir haben nur etwa ein Drittel unserer Strecke geschafft.« Arne lief neben ihr und die Nächte in den Notunterkünften der Bundeswehr hatten einiges dazu beigetragen, dass sie etwas Kraft hatten auftanken können. »Wenn wir das Hochrechnen, sind wir nur einen Monat von daheim entfernt.«

Simone schaute ihn traurig an: »Fabian hatte es besser drauf, die Gruppe zu motivieren.«

»Sorry«, entschuldigte sich Arne, »du weißt, ich mag Zahlenspiele. Was würde dich denn motivieren? Ein schönes Steak? Ein kühles Bier?«

»Du bist ein Sadist.« Ihr lief das Wasser im Mund zusammen und sie boxte ihm in die Seite. »Wobei ich einen guten Fisch dem Steak vorziehen würde und statt des Bieres lieber einen halbtrockenen Rotwein!«

»Du kannst beim nächsten Cracker so tun, als ob das ein Lachs ist«, schlug er vor. »Dazu brauchst du nur ein wenig … verdammt …«

Er ließ seine Tasche fallen und rannte in die Böschung in einen der Büsche hinein. Die Geräusche, die von Arne kamen, klangen nicht gut, seine Verdauungsprobleme waren doch nicht vorbei.

»Ich brauche eine Weile!«, rief er ihnen aus dem Busch zu. »Bitte entschuldigt.«

Die anderen drei waren ein paar Meter weiter gelaufen und Simone rief ihnen zu: »Könnt ihr warten, Arne braucht ein wenig.«

Simone kam es vor, als ob sie widerwillig stehen blieben. Unsicher schauten sie zurück zu ihr, dann wieder auf den Weg, der vor ihnen lag, und fingen zu diskutieren an.

Die anderen Wanderer, die über die Autobahn liefen, wurden sich ähnlicher. Durch Schmutz bekam die Kleidung eine graue Schicht, die Farben verblassten immer mehr. Simone hatte bei sich bemerkt, dass die Klamotten weiter wurden, die Strapazen der Wanderung und die reduzierten Kalorien zeigten Wirkung. Auch bei den anderen Wanderern wirkten Hosen, T-Shirts und Pullover zu weit, viele mussten regelmäßig ihre Hose hochziehen.

»Simone.« Die Frau, war von der Gruppe auf sie zugekommen. »Arne hat wieder Durchfall?«

»Ich denke ja«, antwortete sie, »wir werden uns vermutlich auf einige Unterbrechungen einstellen müssen.«

»Wir haben uns Gedanken gemacht«, fing die Frau an.

Simone wurde hellhörig: »Gedanken?«

»Weißt du«, der Frau war das Gespräch sichtlich unangenehm. »Mit Krankheiten ist heute nicht mehr zu spaßen, das Risiko, sich anzustecken ist groß, die medizinische Versorgung auf der Straße nicht gegeben.«

Sie hatte eine leise Ahnung, in welche Richtung dieses Gespräch gehen würde: »Ja. Und?«

»Es ist nichts Persönliches gegen Arne«, stotterte die Frau, »aber wir wollen nicht angesteckt werden.«

Simone ballte die Fäuste, fand keine Worte.

»Du kannst gerne mit uns gehen«, gewann die Frau wieder an Sicherheit, »aber wir werden uns von Arne verabschieden.«

»Ihr lasst uns nach 150 gemeinsamen Kilometer alleine?«, warf sie der Frau vor.

»Nicht euch«, schränkte die Frau ein, »du kannst mit uns kommen. Verstehe doch, dass Arne eine Gefahr für uns alle ist. Auch für dich. Ohne Medikamente. Wenn der uns ansteckt. Das ist zu gefährlich.«

»Zu gefährlich?«, wiederholte Simone. »Ich danke dir, dass du den Mut hattest, uns das mitzuteilen. Ich verzichte auf eure Gesellschaft und werde Arne helfen. Ich hoffe, dass sich keiner von euch irgendetwas einfängt, und dann erfahren muss, wie es ist, aus einer Gruppe ausgestoßen zu werden.«

»Simone.« Die Frau sah auf den Boden. »Es geht nicht gegen ihn persönlich, es geht um unsere eigene Sicherheit. Eigentlich müsste Arne sogar von sich aus vorschlagen, die Gruppe zu verlassen, im Interesse der anderen!«

»Geht weiter.« Simone rollte mit den Augen. »Macht euch keine Gedanken um uns. Wir kommen ohne euch zurecht.«

Sie blieben eine Weile voreinander stehen, bis sich die Frau umdrehte und zur Gruppe ging. Die anderen schauten kurz verstohlen zu Simone, drehten sich weg und liefen los.

Als Arne wiederkam, sah sich erstaunt um: »Wo sind denn die anderen?«

»Weg«, gab Simone kurz zurück.

»Wie weg?«, Arne schaute die Straße herunter, konnte die ehemals eigene Gruppe zwischen den Wanderern nicht mehr erkennen.

»Weg.« Simone presste die Lippen aufeinander. »Sie haben beschlossen, dass du eine zu große Gefahr für sie darstellst, weil du sie anstecken könntest.«

Solange sie Arne kannte, hatte sie ihn selten wortlos erlebt.

Nun schaute er die Straße hinunter und Simone an: »Mir fehlen die Worte.«

»Mir auch«, unterstützte sie ihn.

»Und nun?«, fragte Arne.

»Wir gehen weiter«, sagte Simone. »Unsere Gruppe ist halt um einiges kleiner geworden. Wie geht es dir denn?«

Arne antwortete: »Nicht so schlecht wie vorgestern abends, aber auch nicht gut.«

»Wir laufen so lange du kannst und schauen dann weiter«, plante Simone. »Und keine übertriebene Männlichkeit, wenn du eine Pause brauchst, sagst du es!«

»Ja Mama!«, fügte sich Arne. »Dann los!«

Trotz ihrer reduzierten Geschwindigkeit waren sie nicht die langsamsten auf der Straße. Familien mit Kindern und älteren Menschen wurden von ihnen überholt. Mitgefühl schien auf der Straße keinen Platz mehr zu haben, einer gestürzten älteren Frau kam, außer ihrem eigenen Mann, niemand zu Hilfe.

Simone nutzte die Gelegenheit, als Arne ein weiteres Mal schnell in die Böschung verschwunden war, und ging auf das Paar zu: »Darf ich Ihnen helfen?«

Misstrauisch schauten die beiden sie an, die Frau verengte die Augen: »Was wollen Sie von uns?«

»Ich möchte Ihnen nur helfen«, verteidigte sich Simone, die überrascht war, dass ihre Hilfe nicht angenommen wurde. »Sind sie umgeknickt?«

»Sind Sie etwa Ärztin?« Der Mann war argwöhnisch.

»Nein, ich bin Bankerin.« Simone lächelte und hoffte, so das Eis brechen zu können. »Ich habe zwei Kinder und schon so einige Verletzungen mitbekommen.«

»Ich bin einfach hingefallen.« Die Augen der Frau füllten sich mit Tränen. »Mir fehlt die Kraft zum Laufen, wir haben seit vorgestern nichts mehr gegessen.«

Simone dachte an die Einmannpackungen in ihrem Rucksack, entschied sich jedoch dagegen, Samariterin zu sein: »Wo wollen Sie denn hin?«

»Wir sind auf dem Weg nach Hildesheim.« Dem Mann waren die Tränen in die Augen gestiegen. »Unser Sohn hat dort in einem Vorort ein Haus und wir hoffen, bei ihm unterkommen zu können.«

Simone versuchte, sich an die Straßenkarte zu erinnern, und meinte auf dem letzten Autobahnschild Hildesheim als einer der nächsten Orte gelesen zu haben: »Dann haben Sie es doch bald geschafft.«

Die Frau schüttelte den Kopf: »Mir tut jeder Schritt weh, mir fehlt die Kraft aufzustehen. Von Laufen brauchen wir gar nicht erst anzufangen.«

»Wir könnten Sie stützen«, bot Simone an. »Sie ein wenig begleiten.«

Arne kam zurück und hielt sich den Bauch: »Besser als eben, aber ich muss meine Wasservorräte auffüllen. So schnell wie möglich.«

Der Mann schaute Arne an: »Sie sind total blass! Sind sie etwa krank? Bleiben Sie fern von uns!«

Tatsächlich sah Simone Schweiß auf der Stirn von Arne: »Wir wollen Ihnen doch nur helfen!«

»Gehen Sie!« Die Frau gab ihr mit der Hand zu verstehen, dass sie weiter gehen sollten, »wir kommen alleine zurecht!«

Simone war von der Abneigung überrascht: »Aber …«

»Gehen Sie«, sagte der Mann. »Ich danke ihnen für das Hilfsangebot, aber wir brauchen Ihre Hilfe nicht!«

Frustriert zuckte Simone mit den Schultern und ging mit Arne weiter. Der drehte sich um: »Was war das?«

»Der Frau fehlt die Kraft zum Weiterlaufen«, erklärte Simone. »Wollten sich aber nicht von uns helfen lassen. Sie hatten Angst, dass du sie anstecken könntest.«

»Sehe ich wirklich so krank aus?«, wollte Arne wissen.

»Auch ohne zu wissen, dass du Durchfall hast«, bestätigte Simone, »sieht man, dass es dir schon mal besser ging. Du wolltest deine Wasservorräte auffrischen? Wollen wir unser Glück im Wald da vorne probieren?«

Sie zeigte auf einem Wald, durch den sich die Autobahn schnitt: »Leicht hügelig, da wird sich eine Quelle finden lassen.«

Dort angekommen, verließen sie die Straße und liefen zunächst quer durch das Gehölz, bis sie auf einen kleinen Waldweg trafen.

Der hatte eine leichte Steigung, der sie folgten und tatsächlich fanden sie Wasser: »Dort ist ein Bach, eher ein Rinnsal. Lass uns die Flasche auffüllen.«

»Lass uns die Quelle selbst suchen«, hielt Simone Arne ab. »Schau doch, was hier alles herumliegt, so nah an der Autobahn haben sich hier viele Wanderer erleichtert und wer weiß, welcher andere Dreck das Wasser verunreinigt.«

Sie folgten dem Rinnsal und verließen dafür den Weg, bis sie die gesuchte Quelle vor sich hatten.

»Sieht doch gut aus«, befand Arne, setzte seinen Rucksack ab und fing damit an, nacheinander seine Flaschen zu füllen. Simone folgte seinem Beispiel und beide tranken direkt eine Flasche, die sie wieder auffüllten.

»Was macht denn deine Verdauung?«, sorgte sie sich.

»Momentan geht es«, antwortete Arne, »ich fühl mich ein wenig ausgelaugt. Allzu weit kann ich heute nicht mehr laufen.«

»Lass uns zur Autobahn gehen.« Simone schulterte ihren Rucksack und ging los. »Und dann suchen wir was zum Übernachten.«

Sie suchten sich den Weg zurück auf die Straße und gaben sich dabei Mühe, nicht in irgendwelche Hinterlassenschaften der anderen Wanderer zu treten. Hier standen die Fahrzeuge noch dort, wo sie beim Stromausfall liegen geblieben waren. Im von der Bundeswehr kontrollierten Gebiet hatte man sich die Mühe gemacht, zumindest die Pkws und Kleintransporter zur Seite zu rollen. An einigen Stellen hatte man damit angefangen, Lastkraftwagen und Busse mithilfe von Pferde- und Ochsengespannen wegzuräumen. Einer der Soldaten hatte ihnen erklärt, dass man die Straßen so besser für Kutschen nutzen konnte, und gleichzeitig schaute man in alle Fahrzeuge hinein, ob man nicht etwas Verwertbares darin finden könnte.

Seit sie das Gebiet der Bundeswehr verlassen hatte, konnte sich Simone nicht erinnern, an einem Fahrzeug vorbeigekommen zu sein, das nicht aufgebrochen war oder dessen Türen nicht offenstanden.

Die Frage, wo man in der Nacht sicherer war, ließ sich nicht so einfach beantworten.

Auf der Landstraße und den Autobahnen war man potenzielles Ziel von anderen Wanderern und Banden, die auf der Suche nach Beute waren. Solange sie eine größere Gruppe waren, konnten sie problemlos Wachen einteilen. Zu zweit würde das wesentlich schwerer sein.

Zu Simones Überraschung überholten sie das ältere Paar von vorher, die Dame stützte sich auf den Mann. Kurz musterten die beiden Simone und Arne, sprachen sie aber nicht an.

»Schön, dass sie wieder laufen kann«, sagte Arne, »aber die Frau braucht vermutlich einen Rollstuhl oder einen Rollator.«

»Du machst dir um sie Gedanken«, wunderte sich Simone, »obwohl die unsere Hilfe wegen deinem Gesundheitszustand abgelehnt haben?«

»Würdest du jemandem helfen«, fragte Arne, »der offensichtlich so krank ist wie ich?«

»Ich bin hier«, antwortete Simone.

»Ja, aber du kennst mich«, schränkte Arne ein. »Würdest du das machen, wenn ich jemand Fremdes wäre?«

»Übertreib mal nicht«, winkte Simone ab. »Du bist krank, aber nicht bettlägerig. Klar kommen wir die nächsten Tage vermutlich langsamer voran. Sobald es dir besser geht, überholen wir die anderen und zeigen ihnen den Stinkefinger!«

»Du bist so nachtragend?« Arne schien überrascht zu sein.

»Nachtragend nicht«, grinste Simone, »ich kann mir gut merken, wie jemand mit mir und meinen Freunden umgegangen ist!

Hey, wie wäre es mit dem Sharan da vorne?«

Sie deutete auf einen weißen Van, den der Fahrer auf dem Standstreifen hatte ausrollen lassen. Die Fenster schienen unbeschädigt und eine der Seitentüren stand offen.

»Scheint keine beschädigte Scheibe zu haben«, urteilte Arne, »Wir haben unser Quartier für die folgende Nacht gefunden. Besser wäre vermutlich nur die Schlafkabine in einem Lkw oder eine Reihe in einem Bus!«

Das Problem mit den Beobachtungsposten ist«, erklärte der Major, »dass sie im Angriffsfall schnell von uns abgeschnitten sind. Da wir weder Telefon noch Funk haben, müssen die ihre Beobachtung entweder mit Flaggen- oder Lichtzeichen weitergeben. Die Wachposten stellen wir entlang der Autobahn auf, so etwas wie die Hochsitze von Jägern.«

Der Dorfrat hatte sich am Vormittag bei Robert Kempf versammelt und den Major zu Gast.

»An wie viele Posten denken Sie?«, fragte Holzer. »Haben wir dafür genug Leute?«

»Es sollten mindestens vier sein«, antwortete der Major. »Wenn der Wall fertig ist, würde uns das nach Westen recht gut absichern.«

»Was ist mit den anderen Richtungen?«, sorgte sich Pape. »Im Nordosten ist überall Wald. Dort bringt ein Wall vermutlich wenig.«

»Das Problem teilen wir uns mit den anderen Orten«, fasste der Major zusammen. »Da habe ich keine schnelle Lösung. Wir könnten Schneisen in die Wälder schlagen. Das Holz können wir entweder zum Kochen und Heizen verwenden, alternativ können wir einiges davon für die Palisaden nutzen.«

»Schneisen in den Wald schlagen«, schmunzelte Kempf, »hört sich einfach an, mit den Mitteln, die wir haben, ist das nicht mal eben getan.«

»Nein«, bestätigte der Major.

»Wie wäre es, wenn wir zwischen den Wachtürmen Zäune anlegen?«, schlug Nadine vor. »Das muss nichts Großes sein.«

»Das ist eine gute Idee«, nickte der Major, »das schreibe ich mir auf.«

Nach einem kurzen Augenblick sah er von seinen Notizen hoch: »Das Thema Allianzen hatte ich angedeutet. Mit Blasbach haben wir die erste Zusammenarbeit, mit den anderen Orten sind wir auf einem guten Weg. Ich bin der Meinung, dass wir das langsam aufbauen sollten. Und wenn wir eine vernünftige Zusammenarbeit haben, können wir daran arbeiten, unsere Bündnisse zu erweitern.«

»Das wird nur funktionieren«, wandte Holzer ein, »solange man sich nicht um Ressourcen streitet.«

Dem konnte keiner widersprechen und der Major fuhr fort: »Aktuell versuchen wir, jeden zu befragen, der von außerhalb kommt, denn jede Information ist wichtig. Wir sind dabei ein paar Leute als … Kundschafter auszubilden.«

»Spione?«, vermutete Malte. »Das wird nicht ungefährlich sein?«

Der Major schüttelte den Kopf: »Das kommt darauf an, wer in den Orten das Sagen hat und wie mutig die Leute sind. Ich glaube, dass wir nach den ersten Missionen etwas mehr Klarheit haben werden und dann können wir weiter planen.«

Robert Kempf schaute zufrieden aus: »Das hört sich alles gut an und nehme an, dass es da von keinem Widerspruch oder andere Ideen gibt?«

Niemand meldete sich zu Wort und Kempf bat den Major um eine Zusammenfassung des Überfalls: »Was gibt es zu dem nächtlichen Überfall zu sagen? Wissen wir, wer es war?«

»Es spricht viel dafür«, sagte der Major, »dass es die Lakaien von Frau Armsteiner waren. Vermutlich bestand die Gruppe der Angreifer aus 25 bis 30 Personen. Einige wurden getötet, wir wissen nicht wie viele. Die Uniformen können nicht darüber hinwegtäuschen, dass es überwiegend keine Polizisten sind. Dort scheint es in der Gruppe Ex-Soldaten zu geben, beim Rückzug hatte jemand im Haus von Grosslitz eine Sprengfalle hinterlassen, der zwei Angehörige unserer Miliz zum Opfer fielen.«

»Hätte man das nicht vorher sehen können?«, kritisierte Pape.

»Vielleicht hätte man das«, bestätigte der Major, »wir haben es nicht. Trotz der Verluste waren wir als Miliz gut vorbereitet. Worüber wir … Sie sich Gedanken machen müssen ist, wie wir in Zukunft mit Gefangenen umgehen sollen. Ich nenne jetzt absichtlich keine Optionen und schlage vor, dass Sie sich alle selber überlegen, welche Möglichkeiten es gibt. Ich wäre mit meinen Berichten fertig.«

Malte brauchte einen Moment, bis ihm aufging, dass er damit die Option ›keine Gefangenen zu machen‹ ins Spiel brachte.

Kempf holte ihn aus den Gedanken: »Danke Major, bleiben Sie bitte hier. Es schadet nicht, wenn Sie in Zukunft an den Ratssitzungen teilnehmen. Wir sollten uns Gedanken über die Hilfe des Hofguts machen. Wie Malte und Nadine befürchtet hatten, stellt Frau Odrell immer mehr Bedingungen oder droht, Hilfe einzuschränken, wenn Erwartungen ihrerseits nicht erfüllt werden. Andererseits haben wir keinen Überblick, wie viele Menschen dort leben, es scheinen ständig neue Familien anzukommen. Erstaunlicherweise ist davon kaum jemand über eine der Pforten in den Ort gekommen.«

»Ich sehe da kein Problem«, befand Holzer. »Das sind ordentliche Leute, die werden uns kein Gesocks in den Ort holen.«

»Beim Dorf Abschotten bist du vorne dabei und hier nicht?« Nadine wirkte sauer. »Ich halte das schon für ein Problem. Selbst wenn sich die Freyristen bisher beteiligt und die eigenen Vorräte geteilt haben, wer garantiert uns, dass es so bleibt?«

»Wenn alle Stricke reißen«, reagierte Pape, »können wir immer noch das beschlagnahmen, was wir brauchen.«

Malte schüttelte den Kopf: »Frau Armsteiner hat das bei uns versucht. Wie du dich erinnern wirst, hat das nicht funktioniert.«

»Das ist was anderes«, wehrte Pape ab. »Das Hofgut ist Teil des Ortes. Mit den Gewächshäusern und vorhandenen Beeten liefern die einen wertvollen Beitrag zur Ernährung des Ortes. Nur schade, dass sie vegetarisch leben.«

»Wenn dort genügend Familien wohnen«, versuchte Malte klarzustellen, »werden wir nichts mehr beschlagnahmen können. Außerdem bricht das Hofgut die Regeln, die bei der letzten Versammlung aufgestellt wurden! Das können wir nicht durchgehen lassen.«

»Die Freyristen fangen an, sich in die Erziehung an der Schule und im Kindergarten einzumischen«, berichtete Nadine. »Wir sollten die Leine nicht zu locker lassen. Zumindest bei weiterem Zuzug müssen wir uns an die Abstimmung der Dorfgemeinschaft halten. Andreas, du erinnerst dich?«

»Etwas Positives habe ich zu berichten«, freute sich Kempf. »Es ist gelungen, das Hochreservoir direkt mit dem Brunnen zu versorgen. Wir können mit dem Wasserdruck nur etwa die Hälfte des Ortes versorgen. Wichtig ist, dass die Leute, die dann Wasser haben, diszipliniert sind. Die Brunnenleistung ist begrenzt. Eventuell müssen wir mit hohen Strafen drohen, wenn jemand zu viel Wasser entnimmt.«

»Was soll da schon schief gehen.« Pape verschränkte die Arme vor der Brust. »Da ist Ärger vorprogrammiert.«

»Welche Teile vom Ort bekommen dann Wasser aus der Leitung?«, wollte Malte wissen.

»Andreas, der Einwand ist registriert«, erklärte Kempf. »Ich werde nachfragen, welche Möglichkeiten wir zu Kontrolle haben.«

»Ich bin gespannt«, bemerkte Pape, »wie lange das funktionieren wird.«

»Problematischer ist die Entsorgung«, leitete Kempf zum nächsten Punkt über. »Der normale Hausmüll wird bald weniger ein Problem sein, da kommt nur noch wenig hinterher. Trotzdem muss das, was da ist, auf unsere Müllkippe.

Kritischer ist das Abwasser: Die Kanalisation bekommt zu wenig Wasser und verstopft. Der strenge Geruch aus den Gullys wird allen aufgefallen sein!«

»Sollen die Leute nicht mehr auf Toilette gehen?«, regte sich Holzer auf.

»Sie sollen sich entweder Latrinen oder Plumpsklos anlegen«, reagierte Kempf, »oder meinetwegen eine Grube graben und anstatt in die Toilettenschüssel in einen Eimer … halt nicht mehr in die Kanalisation.«

»Würde uns ein Sommerregen nicht helfen und den Kram wegspülen?«, vermutete Pape.

»Leider nur teilweise«, winkte Kempf ab. »Wir haben im Ort sowohl Trennkanalisation, in der Niederschlagabwässer getrennt von Hausabwässern abgeführt werden, und Gebiete, in denen es eine Mischkanalisation gibt, in der alle Abwässer vermischt ablaufen. Dort wird uns Regen helfen, bei den anderen nicht.«

»Das wird vielen Einwohnern nicht gefallen«, gab Nadine zu bedenken.

Kempf hob die Schultern: »Das ist mir klar, ich habe keine Ahnung, wie wir das anders regeln sollen. Zumindest nicht, solange wir nicht wieder eine normale Wasserversorgung hinbekommen.«

»Ich bin gespannt, wie das in der Versammlung aufgenommen wird.« Pape lehnt sich nach vorne. »Ich habe noch ein Thema und möchte, dass wir uns da einigen. Wir sollten den Zugang zum Ort so einschränken, dass nur Einwohner hereindürfen. Die Zahl der Flüchtlinge in der Scheune sollten wir ebenfalls reduzieren.«

Schmerzhaft wurde sich Malte bewusst, dass Simone irgendwo auf Hilfe angewiesen war.

Es widerstrebte ihm, Pape kein Kontra zu geben, erinnerte sich an den Arbeitskollegen, der mit seinen Kindern vor der Pforte stand und ihn um Hilfe angebettelt hatte: »Mein Herz sagt, dass das Unsinn und unmenschlich ist. Mein Verstand gibt dir recht, wir brauchen strikte Regelungen. Muss es denn härter sein als aktuell? Und vor allem: Wirst du das gegen das Hofgut durchsetzen?«

Pape wirkte, als ob Malte ihn auf dem falschen Fuß erwischt hatte: »Das mit dem Hofgut ist so eine Sache, da habe ich keine Lösung. Die Ressourcen, die die Scheune verbraucht, das ist zu viel. Im Grunde könnten wir alles für die eigenen Leute gebrauchen.«

»Was ist mit den Leuten, die nur durch den Ort laufen wollen?«, fragte Nadine.

»Wir sollten keine Fremden erlauben, sich alleine durch den Ort zu bewegen.« Holzer hatte die Hände zu Fäusten geballt, »Wanderer auf Durchreise? Die sammeln wir an den Pforten und werden dann mit einer Eskorte durch den Ort geleitet. Nicht ohne dass wir sie auf Waffen kontrolliert haben. Wir könnten ihnen Wegegeld abneh …«

»Wegegeld?«, regte sich Malte auf. »Geht es noch? Die meisten haben nichts und schlagen sich jeden Tag aufs Neue durch und du willst denen etwas abnehmen? Was ist mit dir los? Was läuft bei dir falsch?«

Kempf versuchte zu beruhigen: »Das mit der Eskorte ist eine gute Idee. Das mit dem Wegegeld vergessen wir wieder.«

»Wir können doch nicht alle so durch das Dorf laufen lassen«, wehrte sich Holzer. »Wer weiß, welches Gesindel da rumläuft. Der Transit sollte denen etwas wert sein.«

Malte sprang auf und wollte antworten, Robert Kempf deutete ihm, sich wieder hinzusetzen: »Ich glaube nicht, dass wir momentan eine Mehrheit für dein Wegegeld haben. Habe ich mich deutlich ausgedrückt?«

»Robert«, Holzer verschränkte die Arme vor der Brust, »sei doch nicht so naiv. Wir haben etwas, das andere wollen. Wenn wir jemandem helfen, dann sollen die dafür etwas leisten. Es gibt heute nichts mehr umsonst.«

Robert Kempf richtete sich auf: »Carl, die meisten der Wanderer haben nur das, was sie am Leib bei sich tragen. Sie sind auf Hilfe angewiesen. Und wenn wir ihnen schon kaum etwas geben können, werden wir sie nicht noch bezahlen lassen.

Ich würde gerne über das Problem an der Schule mit euch sprechen.«

»Haben wir das nicht vorhin schon?«, wunderte sich Pape. »Als wir über das Hofgut gesprochen haben?«

»Teilweise«, bestätigte Kempf, »neben dem Gutshof gibt es eine weitere Gruppe, die versucht, über die Schule und den Kindergarten Einfluss zu gewinnen. Gestern Morgen haben mehrere Männer den Zugang zum Gebäude für Maltes Tochter blockiert. Das alleine ist erschreckend genug. Ähnlich schlimm finde ich, dass einige Eltern Laura nicht zur Hilfe gekommen sind. Ich bin mir nicht sicher, ob man das als fehlende Zivilcourage ansehen kann oder ob es zeigt, wie viel Rückhalt diese religiösen Fanatiker bereits haben.«

»Vielleicht beides?«, mutmaßte Nadine. »Ich habe sowohl mit der Pastorin und mit dem Pfarrer gesprochen, beide haben mir versichert, dass die Haltung nicht von ihren Gemeinden direkt kommt. Beide haben eingeräumt, dass es seit dem Stromausfall bei einigen Gemeindemitgliedern zur Radikalisierung gekommen sei.«

»Kann die Miliz den Zugang zur Schule freihalten?«, richtete sich Kempf an den Major.

Der war überrascht angesprochen zu werden: »Im Grunde ist das eher eine Polizeiaufgabe, da müsste ich die Kollegen der Dorfpolizei bitten, das kann Herr Holzer machen, dem sind sie unterstellt.«

Holzer nickte: »Ich werde mich darum kümmern. Wir haben nicht viele Leute, aber bis auf die Brandstiftungen und ein paar Kleinigkeiten hatten unsere Polizisten bisher wenig zu tun. Sollen wir den Rädelsführer direkt in Gewahrsam nehmen?«

»Wegegeld, Rädelsführer in Gewahrsam nehmen?«, regte sich Malte auf, »geht es dir gut? Wir sind der Dorfrat und nicht ›Judge Dredd‹!«

»Wie bitte?«, wunderte sich Holzer.

»Ach. Vergiss es«, keifte Malte. »Eine Comicfigur, die Polizist und Richter in einem war. Wurde verfilmt. Mit Sylvester Stallone. Auf welcher Grundlage willst du den Mann denn verhaften? Auch wenn mir sein Verhalten gegenüber Laura absolut nicht gefällt, da muss er schon mehr machen.«

Kempf runzelte die Stirn: »Ihr sprecht einen guten Punkt an. Uns fehlt so etwas wie ein Gericht.«

»Das stimmt nicht«, korrigierte Nadine, »wir haben das Ortsgericht, also den Ortsrichtervorsteher und die vier Schöffen. Das sollte für den Anfang reichen.«

»Oh, da hätte ich selbst dran denken können.« Kempf schmunzelte. »Zurück zu den«, er kratzte sich an der Schläfe, »etwas fanatischen Herren. Sollten wir nicht versuchen, im direkten Dialog die Wogen zu glätten? Vielleicht können wir ihnen so den Wind aus den Segeln nehmen?«

»Ich hatte bei der letzten Versammlung nicht den Eindruck«, resümierte Malte, »dass sie auf eine einvernehmliche Lösung aus sind. Einen Versuch ist es wert.«

TAG 17

JUTTA

Verstehst du«, Jutta war begeistert, »so wie der Pony-Express! Das kann man dann ausbauen, wir hätten Kuriere zwischen den Ortschaften und könnten so wichtige Botschaften schnell transportieren. Und das können wir mit Pferden und Fahrrädern machen!«

Nadine schaute ihrer Freundin beim Erklären zu und schmunzelte. Jutta konnte sich wie ein Kind hineinsteigern.

»Wir müssen nur anfangen«, freute sich Jutta. »Und in jedem Ort braucht es halt ein Büro, wo die Nachrichten hingebracht werden. Das müsste dann nur von jemandem verteilt werden. Erstmal nur die wichtigen Botschaften und nach einer Weile kann man das Erweitern und einen Postdienst daraus machen, der es allen Menschen erlaubt, ihre Freunde anzuschreiben. Es gibt viele, die wissen wollen, wie es ihrer Familie und ihren Bekannten geht, die woanders wohnen!«

»Das ist wieder so eine Idee«, sagte Nadine. »Die ist so banal, dass man sich fragt, wieso da bisher niemand drauf gekommen ist.«

»Für den Anfang wäre das Büro der Gemeindeverwaltung geeignet«, plante Jutta. »Wir brauchen ein paar Reiter und Fahrradfahrer.«

»Und was ist mit den anderen Orten?«, fragte Nadine. »Es bringt nichts, wenn nur wir eine Pony-Express-Station haben!«

»Können wir den Rat zusammenrufen?«, drängte Jutta. »Wir könnten noch heute in Blasbach und Waldgirmes nachfragen.«

»Wir können bei Robert vorbeigehen«, schlug Nadine vor. »Das werden wir auf dem kurzen Weg entscheiden können.«

»Sattel dein Pferd, ich warte mit ›Kleine Tante‹ auf dich«, trieb Jutta ihre Freundin an.

Gemeinsam ritten sie zu Robert Kempf.

Der freute sich über den Besuch: »Welch schöne Überraschung! Was verschafft mir die Ehre eures Erscheinens?«

»Hallo Robert«, Jutta war nicht zu halten. »Ich würde gerne einen Kurierdienst zwischen den Nachbarorten starten. Erst mal nur für wichtige Nachrichten, später kann man das zu einem kleinen Postdienst erweitern.«

Roberts Gesichtsausdruck erhellte sich: »Und wie kommen die Kuriere von Ort zu Ort? Reiten?«

Er schaute nach den Pferden der beiden Frauen und Jutta nickte: »So wie der Pony-Express, nur nicht für weite Strecken. Und wir finden sicherlich einige Radfahrer, die fit genug sind. Wobei die Entfernung zwischen den einzelnen Orten überschaubar ist. Und man würde Nachrichten zunächst nur von Ort zu Nachbarort tragen. Wenn es weiter gehen soll, dann würde das der nächste Kurier übernehmen.«

»So ein wenig wie das Internet?«, vermutete Robert Kempf.

Die beiden Frauen schauten den pensionierten Lehrer an und waren über die Frage überrascht. Jutta wusste nicht, was er genau meinte.

Ihr Gesichtsausdruck zeigte das wohl und Kempf setzte zur Erklärung an: »Dort werden, oder wurden, die Datenpakete von Server zu Server geschickt, bis sie am Rechner ankamen, zu dem sie sollten. Der Weg der Daten war nicht vorgegeben und es passierte, dass der eine Teil einer Nachricht einen anderen Weg nahm als ein anderer. Die Idee gefällt mir.«

»Ich hatte gedacht«, sagte Jutta, »dass das Gemeindebüro als Nachrichtenzentrale geeignet wäre. Man müsste es nur ständig besetzt halten und es sollten ein oder mehrere Kuriere bereitstehen.«

»Das sollten wir ein wenig konkreter planen.« Kempfs Kommentar brachte Jutta ein wenig auf den Boden. »Aber das hindert uns nicht, jetzt schon aktiv zu werden. In den anderen Orten müsste das ebenfalls geplant werden.«

»Jutta hatte vorgeschlagen«, erklärte Nadine, »dass wir mit Waldgirmes und Blasbach anfangen. Die können das deren Nachbarorte vorschlagen.«

Jutta war kaum zu bremsen: »Wir könnten schon heute beide Orte besuchen.«

»Wir?«, wunderte sich Nadine. »Wen meinst du mit ›wir‹?«

»Dich und mich«, grinste Jutta. »Wenn wir gleich losreiten, sind wir gegen Mittag aus Waldgirmes zurück, dann hätten wir den ganzen Nachmittag, um nach Blasbach zu reiten.«

»Da will ich eurem Aktionismus nicht im Weg stehen«, lächelte Kempf. »Ich gebe euch zwei Adressen mit. Die werden euch weiterhelfen, jemanden zu finden, der sich im Ort verantwortlich fühlt.«

Er notierte die Adressen auf einen Zettel und gab diesen Jutta: »Das ist so etwas wie die erste Nachricht!«

Sie grinste: »Wir melden uns nachher und berichten über die Reaktionen!«

Sie verließen den Ort durch die Südpforte und sahen, wie Umbacher einen Wall zwischen den Orten hochzogen. Der in Richtung der Autobahn war fertig aufgeschüttet, dort waren mehrere Trupps damit beschäftigt, einen Palisadenzaun zu errichten.

»Seit wir den Norder-Jungen abgeholt haben«, stellte Jutta fest, »habe ich das Dorf nicht mehr verlassen!«

Der Weg nach Waldgirmes war kurz, sie passierten das Museum am römischen Forum und bogen etwas später auf die Hauptstraße ein. Auch hier gab es am Ortseingang Wachposten und nachdem sie ihr Anliegen erklärt hatten, wurden sie von den Wachen durchgewunken. Dabei half, dass man in Nachbarorten meistens jemanden kannte. Hier war es einer der Wachen, der früher mit einer Schulfreundin von den beiden zusammen war.

»Weißt du, wo die Straße ist?«, fragte Jutta und gab Nadine den Zettel.

»Ja«, nickte Nadine, »fast am anderen Ende.«

Die Autos waren an den Straßenrand geschoben, einzig ein Lkw, der beim Abbiegen vom Stromausfall überrascht worden war, steckte teilweise in dem Haus, dem der Fahrer ohne die ausgefallenen Fahrhilfen wohl nicht mehr ausweichen konnte.

Wenige Menschen waren auf der Straße unterwegs, vermutlich waren viele auf den Feldern oder beim Errichten der eigenen Wallanlage beschäftigt. Die Passanten, die sie trafen, grüßten sie und wurden zurückgegrüßt. Sie fühlten sich nicht als Fremde und wurden nicht als solche wahrgenommen.

»Wir hätten damit früher anfangen sollen«, befand Nadine. »Kommunikation ist wichtig und der bisherige Austausch lief eher schleppend.«

»Das mag daran liegen«, beschwichtigte Jutta, »dass jeder Ort mit eigenen Problemen zu kämpfen hat.«

»Ja, das mag sein«, gab ihr Nadine recht. »Aber bei der Verteidigung wäre ein schneller Austausch besser.«

Sie bogen in die Straße ein und standen bald vor der Adresse, die Robert Kempf ihnen gegeben hatte.

Beide stiegen vom Pferd ab. Nadine nahm die Zügel und Jutta klopfte an der Tür, grinsend drehte sie sich zu ihrer Freundin um: »Geht doch! Ich habe eine Woche gebraucht, mir das Drücken der Klingel abzugewöhnen!«

Ein älterer Mann öffnete die Tür und schaute die beiden Frauen an: »Ja?«

»Hallo«, begrüßte ihn Jutta. »Wir sind Jutta Dietz und Nadine Bodner und kommen aus Umbach. Robert Kempf meinte, sie wären der Richtige, wenn wir hier mit jemandem über unseren Plan reden möchten.«

Der Mann runzelte die Stirn: »So? Und was ist Ihr Plan?«

»Wir beabsichtigen, einen Kurierdienst zu starten«, erklärte Jutta, »mit dem wir Nachrichten von einem zum anderen Ort übermitteln können. Und wenn es über mehrere Orte geht, dann könnte man das als Kette machen.«

»Und das soll mit Pferden gemacht werden, nehme ich an?« Er deutete dabei auf die beiden Reittiere.

»Reiter oder Radfahrer«, bestätigte Jutta. »Für Umbach haben wir das dortige Büro der Gemeindeverwaltung als Kurierstation festgelegt. Wir haben erst mit der Planung angefangen.«

»Hm«, der Mann zögerte. »Generell hört sich das wie eine gute Idee an. Ich nehme an, wir sollen dann unsere Nachbarorte informieren und animieren mitzumachen?«

»Zumindest die«, stimmte Jutta zu, »zu denen der Kontakt sicher ist. Alles darüber hinaus wäre zu riskant.«

»Ja, das klingt sinnvoll«, der Mann überlegte kurz. »Ich bin von Ihrem Vorschlag ein wenig überfallen und muss mir ein paar Gedanken machen. Aber das soll nicht Ihr Problem sein.

Ich bestimme dann mal als Kurierstation das hiesige Büro der Gemeindeverwaltung. Sie wissen, wo das ist?«

Nadine nickte: Ja.«

»Wunderbar«, freute sich der Mann, »dann richten Sie bitte Robert einen herzlichen Gruß von mir aus. Und ich kümmere mich darum, dass wir das nötige Personal für den Kurierdienst zusammenbekommen.«

Nadine und Jutta verabschiedeten sich und ritten gemütlich nach Umbach.

»Lief das nicht besser, als wir uns das erwartet hatten?«, fragte Nadine.

»Ja«, stimmte Jutta zu, »wenn das in Blasbach ähnlich läuft und wir überall genügend Kuriere zusammenbekommen, dann haben wir quasi innerhalb eines Tages ein Start-up aus dem Boden gestampft!«

Nadine lachte los und Jutta wurde davon angesteckt. Sie verließen Waldgirmes, grüßten die Wachposten und ließen die Pferde die Strecke bis nach Umbach locker galoppieren.

Der Besuch in Blasbach verlief ähnlich kurz und produktiv, am frühen Nachmittag konnten sie Robert Kempf die Grüße beider Kontakte ausrichten und waren zuversichtlich, dass der Kurierdienst schon bald verfügbar war.

Danach trennten sich die Wege: Nadine ritt auf den eigenen Hof zurück, Jutta nach Hause. Sie brachte ›Kleine Tante‹ in den Garten, sattelte sie ab und nahm ihr das Zaumzeug ab. Das Pferd trottete gemütlich zu seinem Futtertrog und fraß genüsslich. Jutta schaute zum Haus und sah Herrn Siebenthal am Fenster stehen, der ihr zuwinkte. Sie winkte zurück und ging zur Haustür. Als sie die Treppe hochgehen wollte, hörte sie aus dem Keller Geräusche und gab ihrer Neugierde nach.

Da sie sich leise bewegte, hörte Florian sie nicht herunterkommen. Sie war überrascht, ihn an einer seiner Bassboxen hantieren zu sehen. Die standen, seit er vor Jahren mit der Band aufgehört hatte, ungenutzt im Keller und jetzt waren sie so nutzlos wie der berühmte Kühlschrank auf Grönland.

»Was machst du da?«, fragte sie und ihr Mann zuckte erschrocken zusammen.

Er drehte sich um und versuchte, mit seinem Körper den Blick auf die Box zu verdecken.

Jutta fiel auf, dass die Rückwand abgeschraubt war und sie erkannte, dass darin Verpackungen lagen: »Hortest du da Medikamente?«

Sie trat einen Schritt vor und schob ihn zur Seite, um besser in die Box hineinschauen zu können. Was sie sah, bestätigte ihren ersten Eindruck, sie kannte sich mit Pharmazeutika nicht gut aus und erkannte nur verschiedene Schmerzmittel.

»Was soll das?« Sie nahm eine Packung und hielt sie ihm vor das Gesicht. »Die brauchst du doch nicht alle?«

Sein Gesichtsausdruck verriet ihr, dass er nach einer Antwort suchte. Dass er so lange brauchte, ärgerte sie.

»Hallo? Erde an Florian! Hast du die Sprache verloren?«

»Lass mich doch mal Luft holen«, gewann er langsam die Fassung wieder. »Das sind Medikamente.«

»Nein.« Jutta konnte und wollte den Sarkasmus in ihrer Stimme nicht verbergen. »Wirklich? Medikamente? Und was machen die hier?«

»Wir haben harte Zeiten«, holte er aus, »und dir ist aufgefallen, dass Geld aktuell keinen Wert hat. Da braucht man andere Wertsachen.«

»Dir ist bewusst«, sie stemmte die Hände in die Hüfte, »dass es Menschen gibt, die diese Medikamente brauchen?«

»Mal langsam«, versuchte er ihr Wind aus den Segeln zu nehmen. »Wir haben genügend Vorräte für die akuten Patienten. Hiermit kann ich Menschen helfen, die aktuell nichts aus diesen Beständen bekommen.«

»Ich dachte, es hat Gründe, dass die Medikamente rationiert sind.« Die Wut hatte sie im Griff. »Wieso sollte man eine Ausnahme machen? Früher oder später sind die Vorräte in der Apotheke aufgebraucht und dann könnte man die hier gut gebrauchen?«

»Nicht wenn die bis dahin schon abgelaufen sind«, verteidigte sich Florian. »Und es gibt genügend Leute, denen es nicht gut geht und die ohne Medikamente auskommen sollen. Denen bin ich eine Hilfe.«

»Wie selbstlos«, spottete Jutta, »und das machst du nur aus reiner Nächstenliebe?«

Florian wirkte, als ob er sich erwischt fühlte: »Nein, natürlich nicht. Ich lasse mich dafür entschädigen. Wie schon gesagt, Geld ist nichts mehr wert, man braucht andere Sachen zum Tauschen.«

»Und womit lässt du dich bezahlen?«, fragte Jutta. »Geld kann es nicht sein.«

»Schmuck«, erklärte Florian. »In erster Linie Gold. Manchmal Silber, wenn die Kunden kein Gold hatten.«

»Manchmal?« Jutta riss die Augen auf. »Wie viele ›Kunden‹ hast du denn?«

»Das ist überschaubar«, antwortete Florian. »Zu viele würden Aufmerksamkeit erregen. Und nicht jeder kann sich meine Medikamente leisten.«

»›Deine‹ Medikamente?« Jutta holte tief Luft. »Wo hast du die überhaupt her? Aus unserer Hausapotheke sind die nicht.«

»Teilweise aus dem Krankenhaus«, gab Florian zu, »ein paar aus den Beständen aus der Apotheke.«

»Du hast Bernadette beklaut?«, regte Jutta sich auf. »Sie vertraut dir doch …«

Ihr fiel die Geschichte ein, die er von seinem Heimweg von der Klinik erzählt hatte: »Wie kannst du etwas aus dem Krankenhaus mitgenommen haben, wenn du einen Dieb verfolgt hast?«

Er zögerte kurz und erklärte dann: »Der Dieb hatte die aus dem Krankenhaus mitgehen lassen. Als ich ihn erwischt habe, habe ich seine Beute an mich genommen.«

»Und du bist nicht auf die Idee gekommen«, verhörte sie ihn, »die ›Beute‹ bei Bernadette abzugeben?«

»Jutta.« Er gewann langsam seine Sicherheit zurück. »Ich mache das alles nur für uns! Wenn es schlecht läuft, sind wir erst am Anfang der Krise. Wir brauchen Reserven und Werte.«

»Wenn das so wäre«, sie musste sich anstrengen nicht loszuschreien, »warum hast du mir nichts davon erzählt? Dir muss doch klar gewesen sein, dass ich damit nicht einverstanden bin!«

Er gab zu: »Weil mir das klar war und weil ich davon überzeugt war … weil ich davon überzeugt bin, dass das für uns das Richtige ist, dass wir uns damit einen kleinen Vorteil verschaffen können, habe ich es dir nicht gesagt. Auch damit du dich nicht belastet fühlst. Es hätte gereicht, wenn ich mich um das Geschäft gekümmert hätte, ich kann dich damit besser schützen und uns helfen.«

»Wenn du meinst.« Sie drehte sich um und wollte erst in die Wohnung gehen, entschied sich um, ging in die Garage, nahm ihr Fahrrad und fuhr ohne Ziel los.

LUKAS

»Er ist zu weich«, urteilte Lukas, der gemeinsam mit Gordon auf dem Weg zum Bodnerhof war. »Wir müssen härter sein.«

»Dein Vater ist ein Idealist«, relativierte Gordon, »Er hofft auf das Gute im Menschen und hat den Wunsch, dass man sich gegenseitig gut behandelt. Er hat sich schon den Realitäten gestellt. Zum Beispiel, als er seinen Arbeitskollegen abgewiesen hatte.«

»Er sollte trotzdem mehr durchgreifen«, befand Lukas, »und öfter im Sinne des Dorfes denken und nicht an jedermann.«

»Ich finde das nicht verkehrt«, sagte Gordon. »Die Welt würde besser aussehen, wenn mehr Menschen wie dein Vater wären.«

Lukas reagierte darauf nicht und so fuhren sie wortlos den Rest des Weges. Der Freund seiner Schwester hatte den Tod der eigenen Eltern nicht mehr erwähnt. Er wirkte manchmal so, als ob nichts wäre und in anderen Momenten sehr in sich gekehrt.

Beim Bauernhof angekommen, stellten sie ihre Fahrräder ab und gesellten sich zu den Erntehelfern, die sich auf dem Hof eingefunden hatten.

Herr Bodner kam hinzu: »Guten Tag die Damen und Herren, ich freue mich, dass so viele hier sind. Wer hat denn schon mal auf dem Feld geholfen?«

Von den dreißig Leuten meldete sich niemand: »Na gut, ich hatte nicht damit gerechnet. Ich habe einige Sensen vorbereitet und würde es gut finden, wenn jeder mal mit einer arbeitet. Wir fangen auf dem Feld auf der anderen Straßenseite an und schauen, wie schnell wir dort vorankommen. Ich würde dann gerne … ja? Lukas?«

Lukas hatte sich gemeldet: »Sie haben doch den alten Traktor, der ohne Strom läuft, warum nehmen Sie den nicht zum Ernten?«

Der Landwirt antwortete geduldig: »Ich will den für die schweren Arbeiten aufsparen. Die Felder pflügen, nur so als Beispiel.«

»Ach so«, Lukas war zufrieden mit der Erklärung und ärgerte sich ein wenig, überhaupt die Frage gestellt zu haben.

Herr Bodner lächelte in die Runde: »Folgende Arbeitsschritte haben wir heute vor. In einem ersten Schritt wird das Getreide mit den Sensen geschnitten. Wer aufmerksam hinschaut, wird sehen, dass es noch nicht ganz reif ist. Die Idee ist, dass, wenn es zu reif ist, die Halme zu trocken sind und wir zu viele Körner verlieren würden. Die geschnittenen Halme werden von einer zweiten Person eingesammelt und eine dritte bindet diese als Garben zusammen. Die Garben schichten wir auf, das Ganze bekommt einen Deckel, das nennen wir eine ›Dieme‹ und das Getreide kann so trocknen.

Ein paar Tage später sammeln wir die Garben ein und fangen mit dem Dreschen an. Wir haben eine alte Dreschmaschine hier, aber auch Dreschflegel und wir werden beide Techniken nutzen.«

Er führte die Gruppe zur Scheune, verteilte Sensen an etwa jeden Vierten und gemeinsam begaben sie sich zum angrenzenden Getreidefeld: »Ich habe die gestern Nachmittag alle gedengelt, im Laufe des Tages werden wir die nachschärfen müssen.«

Die Vormittagssonne brannte schon jetzt herunter und Lukas war froh, an die Baseballmütze gedacht zu haben. Ein zweites T-Shirt wäre eine gute Idee gewesen, ihm war bewusst, dass dann der Wäscheverbrauch zu hoch wurde. Er wunderte sich ein wenig, wie die Menschen das früher gemacht haben, die müssen doch alle nach Schweiß gestunken haben.

Herr Bodner hatte eine der Sensen in der Hand und führte eine Bewegung vor, bei der er die Klinge kurz über dem Boden führte, ohne damit Getreide zu schneiden: »Seht ihr? So! Eine flüssige Bewegung und dann die nächste Reihe.«

Er ließ die Trockenübung nacheinander von allen wiederholen und war schnell so zuversichtlich, dass er zur nächsten Lektion überging: »Und jetzt schneiden wir nicht nur Luft, sondern kümmern uns darum, dass wir bald Brot auf den Tellern haben!«

Nahezu mühelos setzte er die Trockenübung am Getreide fort und die Halme fielen in gleichmäßigen Reihen um: »Der Nächste bitte.«

Gordon versuchte es als Erster und auch wenn seine Bewegung nicht so flüssig wie die von Herrn Bodner waren, war es mehr als akzeptabel: »Nicht schlecht! Du machst das wirklich das erste Mal?«

»Ja Herr Bodner«, bestätigte Gordon, »vielleicht hilft es, dass ich mal Feldhockey gespielt habe?«

»Möglicherweise«, lächelte der Landwirt. »Okay, der Nächste. Fange bitte ein wenig weiter drüben an.«

Nacheinander ließ Herr Bodner jeden die Sense schwingen und bestimmte diejenigen, die die erste Schicht übernehmen sollten: »Okay, bevor wir loslegen noch der nächste Schritt. Das Aufsammeln des Getreides ist einfach, das Verknoten mit Halmen verlangt ein wenig Fingerspitzengefühl. Ihr nehmt dafür ein paar Halme, legt sie um ein Bündel wie dieses und verknotet es. Und schon habt ihr eine Garbe!«

Alle Blicke folgten seinen Händen, die flink waren.

Eine Frau meldete sich zu Wort: »Können Sie das noch mal ein wenig langsamer machen?«

»Klar«, Herr Bodner schnürte die nächste Garbe und achtete darauf, nicht zu schnell zu sein.

Anschließend ließ er jeden zwei Garben bündeln und verteilte die Aufgaben: »Wir arbeiten jetzt erst mal eine Stunde, dann bauen wir aus den Garben die Diemen und danach wechseln wir die Tätigkeiten.«

»Wäre es nicht sinnvoll, wenn jeder das macht, was er am besten hinbekommt?«, fragte die Frau, die eben schon um die langsamere Vorführung gebeten hatte.

»Ja und nein«, antwortete Herr Bodner. »Es ist generell gut, wenn jeder jede Tätigkeit lernt und etwas Abwechslung in den Bewegungen wird guttun. Ich bin überzeugt, dass ihr heute Nacht alle gut schlafen werdet!«

Eine Stunde lang bearbeitete die Gruppe das Feld, Herr Bodner ging von Helfer zu Helfer und korrigierte deren Bewegungen, wenn es notwendig war. Die verschiedenen Schnitter, so nannte der Landwirt die mit den Sensen, kamen mit unterschiedlicher Geschwindigkeit voran und auch bei den Bindern, so bezeichnete er diejenigen, die das Getreide aufsammelten und zu Garben zusammenbanden, unterschieden sich die Leistungen.

»Das klappt besser, als ich gehofft habe!«, lobte Herr Bodner. »Wir nehmen je etwa zwanzig der Garben und stellen sie zu einer Dieme zusammen.«

Er fing mit einer Garbe an und ließ sich weitere Garben reichen.

Als es genug waren, erklärte er weiter: »Eine Garbe noch, die setzen wir umgekehrt oben drauf, damit Wasser besser ablaufen kann. Falls es regnen sollte.«

Es dauerte nicht lange, bis sie die bisherige Ernte zu weiteren Diemen aufgestellt hatten.

Lukas, der als einer der Binder gearbeitet hatte, schaute sich seine Unterarme an: »Verdammt, vom Stroh zerschnitten.«

Gordon grinste ihn an: »Jammer nicht herum, du bist doch ein Kerl!«

Lukas boxte ihn auf den Oberarm: »Wart's ab, gleich bekomme ich die Sense und dann kannst du dir die ganzen kleinen Schnittwunden einfangen!«

Nach einer kurzen Pause ließ der Landwirt die drei Gruppen die Tätigkeiten wechseln. Lukas war noch nicht mit der Sense dran, er gehörte nun zu denen, die die Getreidehalme aufsammelten. Man kam gut voran und das abgeerntete Stück des Feldes wurde größer.

»Herr Bodner«, fragte Lukas, »mir ist aufgefallen, dass auf dem Boden recht viele Ähren liegen, die von den Halmen abgefallen sind.«

»Früher haben die Kinder die aufgesammelt«, lächelte der Landwirt und dann ein wenig nachdenklicher. »Oder ärmere Familien kamen zur Nachlese. Da wir uns keine Verschwendung leisten können, werden wir das nachher noch machen.«

Lukas begutachtete die abgeerntete Fläche und wurde sich bewusst, dass das viel Arbeit in gebeugter oder kniender Haltung bedeuten würde. Sie kamen gut voran und Herr Bodner ließ wieder die Garben zu Diemen aufschichten, um danach noch mal die Aufgaben neu zu verteilen.

Lukas war nicht ganz so effektiv mit der Sense wie Gordon, aber zufrieden mit sich und Herr Bodner lobte ihn. Die hochstehende Sonne deutete die Mittagszeit an und sie gingen auf den Hof, um sich in den Schatten der Bäume zu begeben und eine Pause einzulegen. Frau Bodner brachte Wasser, Brot und Käse für ein kleines Picknick.

Als die Pause beendet wurde, spürte Lukas beim Aufstehen seine Muskeln: »Ich hätte mich besser nicht hinsetzen sollen. Ich spüre das jetzt schon!«

»Wie wird das erst den Älteren in der Gruppe gehen?«, flüsterte ihm Gordon zu, wobei ›Ältere‹ relativ war: Soweit Lukas das sah, war niemand über 50 Jahre bei den Erntehelfern dabei. Wenn man von Herrn Bodner selbst absah.

Nach wenigen Metern fühlte sich Lukas wieder regeneriert und auf dem Feld erwarteten sie die Anweisungen von Herrn Bodner: »Wir haben jetzt etwas mehr als ein Drittel des Feldes geschafft, ich denke, wir werden jetzt schneller sein und den Rest in der gleichen Zeit schaffen.«

Er teilte die Gruppe in Schnitter ein, zu denen Lukas und Gordon gehörten, Binder und eine weitere Gruppe, die die Garben zu Diemen aufbauten. Wie der Landwirt vorhergesagt hatte, brauchten sie etwa die gleiche Zeit, um das restliche Feld abzuernten.

»Ich bin mehr als zufrieden«, freute sich Herr Bodner, »eine Woche Übung und ihr habt fast die Geschwindigkeit wie die Schnitter früher!«

Am Ende des Tages brachte seine Frau erneut Brot, Käse und sogar Wurst auf das Feld, das sie bei einem Picknick aßen. Dazu hatte sie einige Flaschen Apfelsaft und -wein bereitgestellt. In fast romantischer Umgebung hörten alle zu, wie der Landwirt über die Erntezeit in seiner Jugend berichtete und wie er sich bei so einer Ernte in seine Frau verliebt hatte.

Die Helfer verließen das Feld, gingen oder fuhren nach Hause. Am Ende saßen Lukas und Gordon mit Herrn Bodner zusammen, der Apfelwein zeigte Wirkung.

Lukas fühlte, dass seine Reflexe nicht mehr so schnell waren: »Sagen Sie, Herr Bodner, war das Leben früher einfacher?«

Der alte Mann schaute Lukas fragend an: »Früher? Meinst du vor dem Stromausfall? Oder früher, als ich so alt war wie ihr?«

»Ganz früher.« Lukas lallte ein wenig. »Dass es vor dem Stromausfall einfacher war, weiß ich selbst. Aber verglichen mit der Zeit vor dem Stromausfall und früher …«

»Schon verstanden«, lächelte der Landwirt. »Wenn du speziell die Erntezeit meinst, das war früher romantischer, aber auch extrem anstrengend. Mit modernen Maschinen konnten wir vor wenigen Wochen in einer Stunde so viel erledigen, wofür man früher und heute hunderte Mannstunden benötigte.«

»Mannstunden?«, wunderte sich Gordon.

»Die Arbeit, die ein Mensch in einer Stunde verrichten kann«, erklärte der Landwirt. »Da wurde viel automatisiert. Und auch wenn das Leben eines Landwirtes immer anstrengend ist, das war früher schon schwieriger. Wobei das ein wenig darauf ankommt, was für eine Landwirtschaft man hat.

Als Viehwirt hat man das ganze Jahr Arbeit. Kühe, Schweine, Geflügel haben keinen Urlaub und müssen jeden Tag gefüttert und gepflegt werden. Landwirtschaft ohne Vieh, da hat man im Sommer extrem viel zu tun, im Winter ist es überschaubar. Da kümmert man sich um all die Sachen, die während der Feldarbeit liegen geblieben sind. Viele machen beides und ich glaube, wenn ich nicht in eine Bauernfamilie hineingeboren worden wäre, hätte ich bestimmt etwas anderes gemacht.«

»Was hätten Sie denn gerne gemacht?«, gab Gordon seiner Neugierde nach.

»Ich habe gerne an Autos gebastelt«, erinnerte sich der alte Mann. »Das hätte mir als Beruf gefallen. Oder studieren. Ich war gut in der Schule und meine Lehrerin hatte versucht, meine Eltern zu überreden, dass ich länger auf der Schule bleiben sollte. Die waren dagegen und brauchten mich auf dem Hof. Ihr müsst wissen, ich hatte keine Geschwister, es war für meine Eltern früh klar, dass ich den Hof übernehmen sollte.«

»Als sie Kind waren«, vermutete Lukas, »war Ihr Hof damals nicht mitten im Dorf?«

Herr Bodner zog die Augenbrauen hoch: »Das weißt du? Tatsächlich war das so. Kennt ihr das Haus von Robert Kempf? Da bin ich geboren worden. In den Fünfzigern wurden dann die Aussiedlerhöfe gebaut, immer paarweise, vermutlich um die Kosten für Infrastruktur wie Strom, Wasser und später Telefon zu sparen.

Man hat das einmal gemacht, weil die ganzen kleinen Bauernhöfe sich nicht mehr lohnten, und vor allem hatte man dadurch Konfliktpotenzial aus dem Dorf genommen, denn ein Bauernhof erzeugt immer Schmutz und Geruch, das mochte nicht jeder.«

»Ich würde einen Bauernhof einigen Nachbarn, die ich hatte, vorziehen.« Gordon wirkte bedrückt und Lukas war klar, auf was er abzielte.

»Ich würde dir jetzt gerne sagen, dass du das anders sehen würdest, wenn dich des Bauern Hahn frühmorgens wecken würde«, sagte der Landwirt. »Aber Nadine hat mir erzählt, was mit deinen Eltern passiert ist. Du hast mein Beileid und ich hoffe, dass man die Schuldigen zur Rechenschaft ziehen wird.«

»Wissen Sie«, Tränen stiegen in Gordons Augen, »es ist nicht nur das sinnlose Verbrechen. Ich finde es erschreckend, dass einige Nachbarn nicht nur nicht eingeschritten sind, sie haben sich am Plündern beteiligt.

Mir ist klar, dass es heute viele solcher Geschichten gibt, dass es viele gibt, die ihnen nahestehende Menschen verloren haben, aber«, er schluckte, holte tief Luft, »mich interessieren die ›Anderen‹ nicht. Ich würde gerne dort hinfahren und es denen heimzahlen.«

Herr Bodner wartete lange, bis er antwortete: »Das wird dir einen kurzen Moment der Genugtuung geben. Deine Eltern wird es dir nicht wieder zurückbringen.«

Tränen liefen Gordons Wange herunter: »Ja. Aber es kann doch nicht sein, dass diese Leute ungestraft davon kommen?«

Der alte Mann legte seine Hand auf Gordons Schulter: »Ich würde dir gerne sagen, dass das irgendwann so sein wird. Momentan sieht es nicht so aus, aber genauso schnell, wie unser Leben aus den Fugen geraten ist, kann sich alles wieder ändern.«

Lukas zog die Augenbrauen hoch: »Glauben Sie, dass der Strom wiederkommen wird?«

Herr Bodner legte sich nicht fest: »Ich habe keine Ahnung. Aber ich bin mir sicher, dass selbst wenn der Strom wieder da wäre, es lange dauern wird, bis wir wieder so etwas wie Normalität hätten.«

TAG 18

LAURA

Gordon und Lukas waren abends angetrunken nach Hause gekommen und Laura war froh, dass sie sich dazu entschieden hatten, ihre Fahrräder zu schieben.

Am Morgen ging es beiden überschaubar gut und Laura konnte sich ein gelegentliches Schmunzeln nicht verkneifen: »Und ihr geht heute wieder aufs Feld? Die Sonne wird eure dicken Köpfe brutzeln!«

»Nie wieder Apfelwein«, philosophierte Lukas eine Erkenntnis, die einige vor ihn hatten, um sich doch nicht daran zu halten.

»Zumindest nicht heute«, grinste Gordon, »wir sollten versuchen, so oft wie möglich in den Schatten zu kommen. Außerdem wird Herr Bodner auch einen dicken Kopf haben, der wird für uns Verständnis haben.«

Laura hob die Augenbrauen: »Wenn du meinst. Der ist eher einer von der ›Wer trinken kann, kann auch arbeiten!‹ Fraktion.«

»Du hast heute deinen persönlichen Polizeischutz?«, wechselte Lukas das Thema. »Und alles wegen so ein paar Spinnern!«

»Na ja, persönlich«, grübelte Laura, »es gibt noch die geschiedene Kollegin und ich hoffe, dass sich der Spuk von selbst auflöst.«

»Wir müssen los.« Gordon stand auf, umarmte Laura und gab ihr einen Kuss, Lukas erhob sich ebenfalls und ging vor. Laura wusste, dass er das ›Geknutsche‹ von Gordon und ihr nicht mochte.

»Es wird Zeit«, befand Laura, »dass er eine Freundin bekommt.«

Gordon lächelte: »Da gab es gestern eine auf dem Feld. Blondes Mädel, da hat er einige Male hingeschaut. Dir drücke ich die Daumen für heute, auf dass die Idioten nicht da sein werden.«

Er drückte sie und folgte Lukas. Laura konnte durch die Haustür erkennen, dass ihr Bruder sein Fahrrad und das ihres Freundes aus der Garage geholt hatte.

Mit flauem Gefühl im Magen räumte sie den Tisch ab und erledigte den Abwasch. Mittlerweile hatten sie gelernt, mit weniger Geschirr und Besteck auszukommen. Die ständig rutschende Hose nervte sie. Auch wenn sie vor dem Stromausfall sportlich war, zeigten die reduzierten Kalorien ihre Wirkung, sie hatte mehr Platz in ihrer Kleidung.

Den Weg zur Schule legte sie zögernd zurück und sie war erleichtert, dass am Eingang einer der Dorfpolizisten und Norbert standen. Von den Männern, die sie drangsaliert hatten, war weit und breit nichts zu sehen.

»Hallo Laura«, begrüßte sie der Hausmeister, der Polizist nickte ihr stumm zu. »Vermutlich haben die geahnt, dass wir heute die Polizei hier haben.«

»Hallo«, grüßte sie die beiden Männer, »ich hoffe es.«

Sie betrat die Schule und ging in den Gruppenraum, dort waren die ersten Kinder und spielten mit Marlene ein Brettspiel. Während einige Kinder voll konzentriert das Spielbrett im Auge behielten, schauten andere hoch.

Kleine Gesichter erhellten sich: »Hallo Laura!«

Die Arbeit mit Kindern machte ihr Spaß, denn sie waren ehrlicher und gerade heraus. Der Junge, der letztens von ihr nicht angefasst werden wollte, schaute sie misstrauisch an und konzentrierte sich dann wieder auf das Spiel auf dem Tisch.

Marlene nickte ihr zu: »Hallo Laura! Gab es heute Probleme?«

»Hallo Marlene«, sie schüttelte den Kopf, »Nein, es war niemand da. Also der Dorfpolizist war da, aber keiner der sonderbaren Herren.«

Es klopfte an der Tür und Patricia kam mit einer blonden Frau herein, die ihre langen Haare zu einem Zopf geflochten hatte, eine Bluse und einen fast knöchellangen Rock trug. Ohne dass Patricia sie vorstellen musste, wusste Laura, dass das die Lehrerin vom Hofgut war.

»Hallo!«, begrüßte Patricia. »Ich darf euch Isabell Pischeterz vorstellen, sie wird die nächsten Tage ein wenig hospitieren und wir werden dann schauen, ob wir zusammenpassen.«

Die blonde Frau ging auf die beiden zu und reichte ihnen die Hand: »Hallo! Freut mich, euch kennenzulernen.«

Marlene gab ihr die Hand: »Hallo, ich bin Marlene Gehl.«

Laura folgte dem Beispiel: »Hallo, ich bin Laura Kinzig, eigentlich nur Praktikantin, aber durch die Umstände fester Teil der Belegschaft.«

Die Frau musterte Laura: »Ah ja, Laura. Nett dich kennenzulernen.«

Laura entging das Zögern nicht und sie fragte sich, ob es etwas bedeuten sollte. Die Frau lächelte sie freundlich an und Laura verdrängte den Gedanken wieder.

»Mit der Hilfe einiger Eltern schaffen wir es«, berichtete Patricia, »den kleineren Kinder eine Betreuung und für die größeren Kinder Unterricht anzubieten. Aktuell haben wir Kinder bis etwa zwölf Jahre, also sechstes Schuljahr, vor dem Stromausfall haben wir nur Unterricht bis zur Vierten gehabt.«

»Was ist mit den älteren Kindern?«, fragte Isabell, »gehen die an einen anderen Ort?«

»Da fehlt noch eine Lösung«, gestand Patricia. »Uns fehlen bisher die Leute dafür, aber auch der Raum wird knapp.«

»Wir könnten wieder in den Kindergarten ziehen«, schlug Marlene vor, »wir hätten vermutlich sogar Platz für eine Klasse!«

»Das müssen wir nicht jetzt ausdiskutieren«, beendete Patricia das Brainstorming. »Sobald wir mehr Lehrer haben, könnten wir mit dem Planen anfangen! So, wir gehen weiter, ich wünsche euch viel Spaß!«

»Danke«, sagte Marlene. »Bis später!«

»Bis später«, schloss sich Laura an.

»Bis nachher«, sagte Isabell und verließ mit Patricia den Gruppenraum.

»Und?« Die Tür war kaum zu, da konnte Marlene ihre Neugier nicht bremsen. »Was hältst du von ihr?«

»Ist dir aufgefallen«, bemerkte Laura, »dass sie aussieht wie mit der Zeitmaschine hertransportiert? Da fehlen fast nur noch das BDM-Abzeichen und das Halstuch.«

»Ja«, bestätigte Marlene, »erschreckend oder? Und als du dich vorgestellt hast, da hat sie so seltsam reagiert?«

»Wir sollten das nicht überbewerten«, meinte Laura.

»Deinen Optimismus kann man nicht trüben, oder?«, fragte Marlene. »Aber du hast recht, wir werden sie in den nächsten Tagen kennenlernen.«

»Marlene«, unterbrach sie einer der größeren Jungen. »Ich habe Hunger!«

»Frühstück dauert noch eine Weile«, vertröstete sie ihn. »Du musst ein wenig Geduld haben.«

»Aber ich habe seit gestern nichts mehr gegessen!«, protestierte der Junge. »Ich habe jetzt Hunger!«

Marlene und Laura schauten sich an. Trotzdem allen Familien Rationen zugeteilt wurden, schienen einige davon Probleme damit zu haben, diese lang genug einzuteilen. Der Junge vor ihnen war nicht der Einzige in der KiTa, der die Fehler seiner Eltern ausbaden musste.

»Komm' mit.« Laura hielt ihm die Hand entgegen. »Wir gehen in die Küche, da werden wir was für dich finden.«

In der Küche, die sich im Untergeschoss der Schule befand, waren Frauen damit beschäftigt, das Frühstück für alle Kinder vorzubereiten.

»Es werden immer mehr, die daheim zu wenig bekommen«, stellte eine der Helferinnen mit traurigem Unterton fest, als Laura mit dem Jungen die Küche betrat.

Dabei musste sie gar nicht erwähnen, weshalb sie dort waren, es war ein kleines Ritual, dem die Helferinnen, Erzieherinnen und Lehrerinnen mittlerweile jeden Tag nachgingen. Sie gab dem Jungen ein Brot mit etwas Käse und der setzte sich zu zwei weiteren Kindern, die ebenfalls daheim zu wenig zu essen bekamen.

»Ich glaube die Eltern setzen darauf«, vermutete eine andere Helferin, »dass ihre Kinder hier durchgefüttert werden! Das kann nicht so weitergehen. Wir müssen alle den Gürtel enger schnallen!«

»Trotzdem können die Kinder nichts dafür«, verteidigte die Frau, die Laura begrüßt hatte, die Essensausgabe. »Vielleicht sollte man die bestrafen? Oder sie bekannt geben!«

»Einen Pranger?« Laura war erschrocken. »Meinst du, das wäre das Richtige?«

»So kann es nicht weitergehen«, befand die zweite Frau. »Außer den Dreien dort waren heute Morgen schon fünf da und ich gehe davon aus, dass es bis zur Frühstückspause noch mehr werden.

Die Eltern müssen sich um ihre Kinder kümmern und jede Familie bekommt ihre Ration. Außerdem gibt es Familien mit Kindern, die man nie bei der Obstsuche sieht. Vermutlich drücken sich viele vor der Erntearbeit.«

»Sie hat recht«, stand ihr die erste Frau zur Seite. »Und wenn Eltern ihre Kinder fast als Geisel nehmen, dann kann das die Gemeinschaft auf keinen Fall durchgehen lassen. Macht ihr Listen, welche Kinder daheim nichts zu essen bekommen?«

Laura schüttelte den Kopf: »Nein.«

»Ich werde das Marlene und Patricia vorschlagen«, sagte die zweite Frau. »Wir werden es doch hinbekommen, dass sich die Eltern um ihren Nachwuchs kümmern!«

Nachdem der Junge das karge Frühstück, angereichert mit einem halben Apfel, verdrückt hatte, ging Laura mit ihm zurück in die Gruppe und sie erzählte Marlene von dem Gespräch in der Küche.

»Hm, einerseits erscheint mir das zu heftig«, gestand Marlene, »dann wieder haben sie nicht unrecht. Wir sollten das notieren und vielleicht kommt das bei einigen nur vereinzelt vor. Wenn jemand ständig auf der Liste ist, kann man aktiv werden. Überhaupt, wir können froh sein, dass wir bisher keine Waisen haben.«

Laura erinnerte sich an den Tag des Stromausfalls und wie sie seinerzeit mit Emily auf deren Eltern gewartet hatte. Nach allem, was sie mitbekommen hatte, hielten sich die bisherigen Verluste für Umbach in Grenzen. Sie musste an frühere Berichte über vermisste Personen denken. Wenn nach Katastrophen Menschen selbstgestaltete Plakate machten, um nach ihrer Familie und Freunden zu suchen. Laura war ein wenig erschrocken, dass sie selbst nicht darüber nachgedacht hatte, dass andere Menschen im Dorf ihr Schicksal teilen könnten und ein Elternteil vermissten.

»Laura«, riss ein Mädchen sie aus den Gedanken, »ich muss mal!«

»Ja Kleines«, sie gab dem Mädchen die Hand, »lass uns gehen.«

Sie gingen zur Toilette, die sich in einem separaten, kleinen Gebäude neben dem Schulhof befand. Die hygienischen Verhältnisse waren, laut Patricia, besser als vor dem Stromausfall, was vermutlich daran lag, dass immer eine erwachsene Person mit den Kindern dorthin ging. Laura stand vor der Kabine und wartete, dass das Mädchen nach ihr rief.

»Laura?«, hörte sie die vor Neugier strotzende Stimme. »Geht bei euch der Fernseher?«

»Nein«, sie lächelte, »der Fernseher nicht, das Radio nicht, das Licht auch nicht.«

»Ich finde das doof«, stellte das Mädchen fest. »Jetzt kann ich abends nicht mehr meine Geschichte hören. Und meine Lieblingslieder kann ich auch nicht mehr hören.«

»Du kannst doch selber singen«, schlug Laura vor, »und deine Eltern können dir Geschichten vorlesen. Meine haben das gemacht.«

»Machen die das nicht mehr?«, wunderte sich das Mädchen.

Laura musste lächeln: »Nein. Dafür bin ich schon zu alt.«

»Warum?«

Ja warum eigentlich, dachte sich Laura, früher hatte sie es genossen, wenn ihre Mutter oder ihr Vater sich zu ihr gesetzt hatten und ihr ihre Lieblingsgeschichten vorgelesen hatten. Auch als sie selbst lesen konnte, hatten ihre Eltern diese Tradition eine Weile aufrechterhalten und sie konnte sich gar nicht erinnern, wann sie damit aufgehört haben. Sie vermutete, dass sie selbst diejenige gewesen war, die sich ›zu groß‹ dafür befunden hatte.

»Du, das ist eine gute Frage«, gestand Laura, »ich fühlte mich wahrscheinlich zu groß dafür.«

»Das habe ich nicht gefragt«, insistierte ihre Gesprächspartnerin, »warum ist man zu alt, um etwas vorgelesen zu bekommen?«

Laura musste wieder grinsen, sie war von einer Vierjährigen in die Ecke argumentiert worden: »Ich habe darauf keine Antwort. Zumindest nicht jetzt. Weißt du was? Sobald mir eine einfällt, sage ich es dir sofort!«

Es folgte eine kurze Pause und Laura ging davon aus, dass sich das Mädchen Gedanken über das Angebot machte: »Na gut. Wenn du es weißt, kommst du sofort zu mir. Ja?«

»Versprochen!«, sagte Laura.

»Ich bin fertig!«, meldete sich das Mädchen und Laura half ihr.

Das Toilettenpapier wurde knapp und würde nur noch wenige Tage reichen. Auch daheim schwand der Vorrat und zusammen mit Gordon hatte sie die Papiertonne nach benutzbarem Material durchsucht. Sie hatten herausgefunden, dass die Menschen früher die Blätter der Pestwurz genutzt hatten, die deshalb auch den Namen Arschwurz trug. Oder alte Lumpen oder Schwämme. Letzteres konnte und wollte sich Laura im Moment nicht vorstellen.

»Wir haben daheim kein Klopapier mehr«, beichtete das Mädchen. »Mama hat gesagt, wir nehmen dafür jetzt alte Zeitungen.«

Laura wusste nicht, was sie darauf antworten sollte, und wurde erlöst, als das Mädchen weitersprach: »Das kratzt. Am Popo. Ich finde das doof. Hoffentlich kaufen Mama und Papa bald wieder Klopapier.«

»Das kann man nicht mehr kaufen«, versuchte Laura ihr zu erklären.

»Wieso nicht?«, ließ ihre Gesprächspartnerin nicht locker.

»Na die Fabrik, in der das Toilettenpapier gemacht wird, arbeitet nicht mehr«, belehrte Laura, »und die Lastwagen, die das Klopapier in die Supermärkte bringen, fahren nicht. Die Kassen in den Supermärkten funktionieren ebenfalls nicht, man kann nicht mehr bezahlen.«

Laura sah, wie es im kleinen Köpfchen arbeitete: »Wann macht ihr, dass es wieder normal wird?«

Sie war erstaunt. Bis dahin hatte sie den Eindruck, dass die Kinder mit den ganzen Entbehrungen seit dem Stromausfall besser zurechtkamen als alle Erwachsenen. Nun schienen Verzicht und Mangel merklichen Einfluss auf das Leben der Kinder zu nehmen und vermutlich war die Lust am neuen Abenteuer nicht mehr so stark wie am Anfang. Der erwartungsvolle Blick des Mädchens traf sie und sie suchte verzweifelt nach einer guten Antwort.

Ihr wollte nichts Vernünftiges einfallen: »Ich wünschte, ich könnte es dir sagen.«

FLORIAN

Dass Jutta das Versteck für die Medikamente gefunden hatte, war mehr als nur ein Rückschlag. Sie hatte nicht darauf bestanden, den Schmuck und seinen anderen ›Lohn‹ zurückzugeben. Er hatte überlegt, ihr zu folgen, wusste aber, dass es nicht verkehrt war zu warten, bis sich der erste Ärger gelegt hatte. Als sie dann spät abends nach Hause gekommen war, sprach sie kein Wort mit ihm.

Zumindest hatte sie ihm einen ›Gute Nacht‹-Kuss gegeben. Sie hatten sich mal die Regel gesetzt, dass man sauer aufeinander sein durfte, aber Verabschiedungen sollten mit einer Umarmung erfolgen und vor dem Schlafengehen sollte es immer einen Kuss geben.

Am Morgen hatte sie das Haus früh verlassen, ihm pflichtbewusst einen Kuss gegeben und ihn umarmt, jedoch kein Wort mit ihm gesprochen. Florian war überzeugt, dass sie nach einer Weile begreifen würde, dass seine Geschäfte ihnen beiden helfen würden.

Bis dahin wurde es notwendig, dass er ein neues Versteck finden würde. Er nahm seine Sporttasche und den großen Rucksack, ging in den Keller und beförderte alles in die beiden Taschen.

Er grübelte über die verschiedenen Optionen: Das Haus und die Garage selbst kamen nicht infrage. Er entschied sich für das Haus der Zieglers, in dem er sich mit Iris traf. Neben dem offiziellen Schlüssel, den man beim Pflegedienst liegen hatte, hatte er im Haus einen weiteren Schlüsselbund gefunden, der ihm Zugang zum gesamten Haus, der Garage und dem Keller gestattete. Hinter dem Grundstück verlief ein kleiner Trampelpfad, man konnte es betreten, ohne gesehen zu werden, und der Kellereingang war von der Straßenseite nicht zu sehen.

Den Weg durch den Garten hatte er Iris empfohlen und dieses Mal nutzte er ihn selbst. Mit den Taschen durch die Hecke zu kommen, war schwieriger als ohne und er musste sie nacheinander durch die kleine Lücke drücken. Eine Treppe führte zum Kellereingang, die Tür war schnell aufgeschlossen und er schaute sich nach einem geeigneten Versteck um. In einem der Räume standen zahllose Kartons mit Erinnerungsstücken der Familie. Schnell hatte er die Barbiesammlung der Tochter der Familie in eine Mülltüte verstaut und in eine Ecke gestellt, die frei gewordenen Kartons reichten für die Medikamente und den Schmuck. Für die Zigaretten, neben denen von Grosslitz hatte er von Kling zwei Stangen für eine einfache Silberkette bekommen, nutzte er einen anderen Karton, in dem alte Gardinen lagen.

Er drapierte die Säcke mit den Barbies und den restlichen Gardinen so, dass sie im Kellerraum nicht weiter auffielen, begutachtete sein Werk und war zufrieden mit sich. Florian verließ das Haus über den Hintereingang, achtete darauf, dass ihn niemand aus der Hecke heraustreten sah und ging den Trampelpfad zum entfernten Ende durch. Ein wenig Vorsicht konnte nicht schaden, man wusste ja nie, wer einen zufällig beobachtete.

Einige Tage vorher war der gemeinsame Selbstmord eines Paares entdeckt worden. In einem Abschiedsbrief hatten sie die Ausweglosigkeit beschrieben, in der sie sich zu befinden meinten. Für ihn ergab sich mit deren Beerdigung ein Zeitfenster, das er für den Einbruch in das Haus von Boris nutzen konnte.

Der war zunächst mit dem Ausheben der Gräber beschäftigt und später mit dem Begraben. Vom Haus der Zieglers war es nicht weit bis zu seinem Ziel und er beobachtete die Umgebung eine Weile, bevor er das Grundstück betrat. Es gab einen Kellereingang, der abseits neugieriger Blicke lag. Er zog sich ein paar Arbeitshandschuhe an, um keine Fingerabdrücke zu hinterlassen. Florian konnte beim Anblick der Tür sein Glück nicht fassen, sie hatte ein Buntbartschloss. Noch überraschter war er, als er feststellte, dass der Einsatz seines Dietrichs überflüssig war: Die Tür war nicht zugeschlossen.

Er betrat den Keller und versuchte, einen ersten Eindruck zu gewinnen. Er befand sich in der Waschküche und neben der modernen, mittlerweile nutzlosen, Waschmaschine standen der Waschkessel und -trog. Der Mann hatte die perfekten Voraussetzungen, seine Wäsche wie vor 50 oder 60 Jahren zu waschen und nicht am Bach, wie es viele Dorfbewohner machten. Ein schmutziger Wäscheberg auf dem Boden war Hinweis, dass der Hausbesitzer sich dazu bisher keine Gedanken gemacht hatte. Auch wenn er niemandem vom Waschkessel berichten konnte, nahm er sich vor, beim nächsten Medizinertreffen seine Erinnerung an solche Waschkessel zu teilen, sicherlich gab es einige weitere im Dorf.

Einer Eingebung folgend, schaute er direkt in den Kessel und dem Unterbau nach, so einfach war es dann doch nicht. Er ging von Raum zu Raum und gab sich keine Mühe vorsichtig zu sein. Er räumte den Inhalt von Regalen mit einer Armbewegung aus und verteilte den Inhalt auf dem Boden. Nach kurzer Zeit war offensichtlich, dass im Keller nichts versteckt war. Er stieg die Treppe hoch, um die Küche, das Wohn- und das Esszimmer zu durchsuchen. Florian war über die Einrichtung erstaunt. Der Mann war Mitte vierzig, die Einrichtung wirkte eine Generation älter. Ein Wohnzimmerschrank im Dekor Eiche rustikal, die Küche sah wie aus einer anderen Zeit aus, vermutlich stammte die Einrichtung von seinen Eltern und wenn Florian die Fotos richtig interpretierte, war der Bewohner ein spätes Kind seiner Eltern.

Als er im Erdgeschoss nichts fand, stieg er ins Obergeschoss. Der erste Raum, den er betrat, wirkte wie ein Kinderzimmer aus den Achtzigerjahren, ergänzt durch einen riesigen Fernseher, einer davor stehenden Spielkonsole und einem modernen Notebook, das auf einem Kinderzimmerschreibtisch stand. Neben dem Bett lag eine aufblasbare Puppe und Florian spürte, wie ihn der Ekel durchschüttelte. Er öffnete den Schrank und versuchte, das Bett und den Rest des Zimmers zu durchsuchen, ohne etwas direkt anzufassen, und selbst mit Handschuhen schüttelte es ihn immer wieder vor Ekel. Auch hier war seine Suche erfolglos und er fragte sich, ob der Mann nicht doch ein Versteck außerhalb des Hauses hatte. Beim Herausgehen fiel sein Blick auf einen Baseballschläger, der neben der Tür stand, und er nahm ihn an sich.

Der nächste Raum war ein Schlafzimmer, das ihn an das seiner eigenen Großeltern erinnerte. Ein aus der Mode gekommenes Ehebett und der wuchtige Schrank, der die ganze Breite einer Wand einnahm. Nacheinander öffnete er jede Tür. Darin hing und lag die Kleidung, die vermutlich den Eltern gehört hatte. Erst als er die Matratzen hochhob, entdeckte er unter den Lattenrosten Kartons, die den ganzen Raum unter dem Bett füllten. Einer war geöffnet und gab den Blick auf eine leicht erkennbare rot-weiße Verpackung frei. Er hatte das gefunden, was er gesucht hatte. Zwar hatte er damit gerechnet, mehr als ein paar Stangen zu finden, die Menge stellte ihn aber vor logistische Probleme.

Er arrangierte Matratzen und die Lattenroste vor den Schrank und stapelte die Kartons mit den Zigaretten neben der Tür. Ihm war klar, dass er nicht alle auf einmal mitnehmen konnte und bei dem Chaos, das er angerichtet hatte, würde er keinen zweiten Versuch haben. Er ging herunter und beseitigte die Unordnung im Flur zumindest so, dass der Schmuggler keinen Verdacht schöpfen würde. Dann ging er ins Wohnzimmer, stellte demonstrativ zwei Zigarettenkartons, die er mit heruntergenommen hatte, auf den Tisch, der vom Flur aus zu sehen war, und positionierte sich zur Probe hinter der Tür. Von oben holte er den Baseballschläger, nahm wieder die Position hinter der Tür ein und versuchte einen Probeschlag durch die Luft.

Dann wartete er. Florian setze sich auf den Sessel, von dem aus er die Straße im Blick hatte und plante, wie er in der Nacht die Beute abholen würde.

Zwei Kartons würde er im Haus lassen: die, die er auf den Wohnzimmertisch gestellt hatte. Einen Weiteren benötigte er, um sie im Haus des Arbeitskollegen zu deponieren. Wenn alles so lief, wie er es plante, würde der sich am nächsten Morgen auf die Suche nach seinem nicht zur Arbeit kommenden Kollegen machen und ihn dann finden.

Florian fragte sich, wie ein Mann so leben konnte. Abgesehen von der Sexpuppe im Zimmer gab es anscheinend keine Frau in dessen Leben und einen eigenen Antrieb, die Wohnung zu verändern, schien er nicht zu haben. Fast alles in dem Haus wirkte, als ob er mit einer Zeitmaschine direkt zurück in die Achtziger gereist wäre, selbst der Fernseher war noch ein riesiges Röhrengerät. Florian empfand fast Mitleid, dachte dann aber, dass jeder seines eigenen Glückes Schmied war.

Nach einer Weile sah Florian Boris auf der Straße zielstrebig zum Haus gehen. Er stellte sich auf den Platz hinter die Tür, schulterte den Baseballschläger und wartete. Der Mann ging die kurze Treppe hoch, er hörte, wie der Schlüssel in das Schloss gesteckt wurde und sich die Tür öffnete.

Der Mann pfiff ein Lied, betrat den Flur und es wurde still: »Was ist denn das?«

Er zögerte, betrat das Wohnzimmer und ging, ohne sich umzusehen, direkt auf die Kartons auf dem Tisch zu. Florian ging einen Schritt vor, holte aus und ließ den Schläger auf den Kopf seines Opfers herunterschnellen. Der hatte das Geräusch hinter sich vernommen, konnte sich nicht schnell genug umdrehen und brach zusammen. Beim Aufprall des Schlägers hatte Florian ein Knacken gehört, Blut breitete sich unterhalb des Kopfes seines Opfers auf dem Teppich aus. Der Brustkorb bewegte sich auf und ab und Florian holte erneut zu einem Schlag aus und zielte diesmal direkt auf den Nacken. Er hörte ein weiteres Knacken, der Mann bewegte sich nicht mehr. Florian überlegte kurz und schlug weiter, bis der Kopf aufgeplatzt war und Knochen, Gehirn und Blut am Baseballschläger klebten.

Er schaute an sich herab und fluchte. Er hätte sich einen Einwegoverall besorgen sollen, auf seiner Kleidung waren Spuren seiner Tat zu sehen. Auch wenn es wenige waren, würde er die Hose so entsorgen müssen, sodass ihm niemand auf die Spur kommen konnte. Den Schläger legte er neben die Leiche, ging nach oben um die restlichen Kartons in die Waschküche im Keller zu bringen. Bis zur Dunkelheit waren es einige Stunden und er entschied sich das Haus vorerst ohne Beute zu verlassen, um in der Nacht wiederzukommen. Er ging durch den Keller heraus, schaute die Straße entlang und hoffte, dass ihn niemand beim Verlassen des Grundstückes beobachtete.

Als er in die eigene Wohnung kam, war Jutta noch nicht daheim. Er nutzte die Gelegenheit, die Hose zu wechseln, und verpackte die Verschmutzte in den Rucksack. Als er fertig war, hörte er aus der Ferne das Geläut einer Alarmglocke. Der Wachposten schlug Alarm und damit hatte er die perfekte Gelegenheit, seine Beute in Sicherheit zu bringen. Er bestieg sein Fahrrad und fuhr zum Haus des Schmugglers. Viele Dorfbewohner waren auf der Straße, die einen eilten in Richtung der Alarmglocke, andere zum Schützenhaus, vermutlich um sich dort Befehle und Waffen abzuholen. Wenn er seine eigene Angelegenheit erledigt hatte, würde er ihnen folgen und hätte das perfekte Alibi.

Während vom Wachposten im Südwesten Schüsse zu hören waren, stand er vor den Kartons mit den Zigaretten. Schwer waren sie nicht, nur unhandlich und vor allem alles andere als unauffällig zu transportieren. Zum Zieglerhaus musste er durch den halben Ort gehen. Er konnte die Kartons nicht direkt dorthin bringen, ohne Gefahr zu laufen gesehen zu werden. Eine Weile überlegte er, bis ihm einfiel, dass die Koppel auf der Jutta den Pferdeanhänger geparkt hatte, nicht weit weg war und die Kartons darin geschützt sein würden. Nach vier kurzen Touren hatte er seine Beute dort

445

untergebracht und bei der letzten konnte er einen der blutverschmierten Kartons aus dem Wohnzimmer mitnehmen.

Das Haus des Arbeitskollegen des Schmugglers war sein nächstes Ziel und er wartete in Sichtweite, ob jemand im Haus war. Als er sich sicher war und sich unbeobachtet fühlte, wechselte er die Straßenseite, suchte die Seitentür der Garage, die nicht mit dem eigentlichen Haus verbunden war, und öffnete sie. Florian wunderte sich immer wieder, dass viele Menschen so vertrauensselig waren. Ihm kam es gelegen und er schaute sich um. Wie bei vielen war in der Garage für ein Fahrzeug kein Platz mehr, Gerümpel, Fahrräder, Gartengeräte und Kartons füllten jede Ecke. Die Herausforderung für Florian war es, einen Ort für den Karton zu finden, der zumindest im Ansatz wie ein Versteck wirkte. Bei dem Chaos war die Wahrscheinlichkeit, dass er übersehen wurde, groß. Da ihm die Zeit langsam davonlief, entschied er sich für einen Platz auf einem Regal direkt neben der Tür. Er verließ die Garage und schlich sich zurück auf die Straße.

Im lockeren Dauerlauf folgte er dem Lärm. Auf der Hauptstraße liefen die meisten in Richtung der Südpforte, wenige in die Gegenrichtung.

»Was ist los?«, versuchte er einen Entgegenkommenden zu fragen. Der winkte ab: »Keine Zeit, muss zum Schützenhaus.«

Florian schaute dem Davoneilenden hinterher und ging weiter. Auf dem Feld hinter dem Wall und der Südpforte waren Hunderte von Menschen, sie trugen Fackeln, Latten, manche schienen Feuerwaffen zu haben und er meinte, Mistgabeln entdeckt zu haben. Die Dorfmiliz schoss auf die näherkommende Menge, fand Ziele, da die Angreifer so dicht nebeneinander liefen, dass sie nicht ausweichen konnten. Die, die zu Boden gefallen waren, wurden direkt von der nachschiebenden Masse verschluckt.

In diesem Moment wurde ihm bewusst, dass er selber keinerlei Waffe bei sich trug. Doktor Haarberg sah und rief ihn zu sich: »Florian! Gut dass du hier bist, ich brauche dringend Hilfe!«

Trotzdem die Miliz aus geschützter Position verteidigte, lagen in einem Vorgarten Verletzte und Florian sah, dass bei mindestens zwei der dort liegenden Körper Jacken über dem Kopf lagen.

»Weißt du, was hier los ist?«, fragte er den Arzt. »Wer greift uns an?«

Doktor Haarberg erklärte: »Vermutlich sind es verzweifelte Menschen aus Wetzlar, die die Nacht für einen Überfall nutzen. Wie du bemerkt hast, sind sie zwar schlecht, aber nicht unbewaffnet und haben in der ersten Welle zwei unserer Leute töten können.«

Er blickte in Richtung der Angreifer: »Und ich möchte nicht wissen, wie viele wir erwischt haben.«

Florian dachte sich, besser es erwischte die als ihn, sprach es aber nicht aus: »Wenn du mir das vor drei Wochen erzählt hättest, ich hätte es nicht für möglich gehalten.«

Er verband eine Schusswunde am Oberarm eines jungen Mannes, während Haarberg die Schulter einer Milizionärin behandelte. Im Hintergrund hörte Florian die Rufe der Miliz nach mehr Munition und konnte aus dem Augenwinkel sehen, wie der Major abwechselnd seine Leute anfeuerte und selbst seine Waffe anlegte.

»Sie fliehen«, triumphierte jemand, der sich siegessicher aus der Deckung wagte und direkt von einer Kugel getroffen wurde.

»In Deckung bleiben!«, schrie der Major, »und Feuer einstellen!«

»Wie viele solcher Angriffe werden wir noch abwehren können?«, fragte Haarberg. »Was machen wir, wenn die Munition verbraucht ist?«

TAG 19

MALTE

V ier Tote auf unserer Seite«, berichtete der Major, »und fünfzehn Verletzte. Auf der Gegenseite gab es 37 Gefallene. Wir
haben zehn Verwundete gefangen genommen. Der Angriff startete
te zur Dämmerung, die tief stehende Sonne wurde, bewusst oder
unbewusst, als Vorteil genutzt. Nach meiner Einschätzung war die
Aktion nicht koordiniert, es ist aber nicht auszuschließen, dass jemand die Meute aufgehetzt hat, um uns zu schwächen oder unsere
Verteidigung zu testen.«

»Wie meinen Sie das?« Robert Kempf runzelte die Stirn. Der Rat
hatte sich am späten Vormittag bei ihm versammelt, um den Überfall zu analysieren.

Der Major ging hin und her: »Vermutlich waren das mindestens
500 Menschen, Schusswaffen hatten nur wenige. Hätte man die
Menge verteilt und uns an zwei Stellen gleichzeitig angegriffen,
wären wir dazu gezwungen gewesen, unsere Kräfte aufzuteilen.
Jemand mit militärischem Verstand hätte die Angreifer mit Pistolen und Gewehren nicht mitten in der Menge mitlaufen, sondern
aus geschützter Position ihre Ziele anvisieren lassen. Es gibt etliche
Möglichkeiten, das geschickter zu machen.«

»Sind die Gefangenen vernehmbar?«, fragte Pape. »Die werden
doch Auskunft geben können?«

»Die meisten sind aktuell im Spital«, erklärte der Major, »und es steht nicht gut um sie. Zwei haben Schusswunden an den Beinen und waren gesprächig, konnten aber wenig Auskunft geben. Eine kleine Gruppe wäre durch Niedergirmes gelaufen und hatte ›Wir holen uns das Essen aus Umbach‹ gerufen, und denen sind sie gefolgt. Bis sie das Ende von Naunheim erreicht hatten, wäre die Gruppe riesig angewachsen. Eine genaue Beschreibung der kleinen Gruppe vom Anfang konnten sie nicht geben.«

»Die Angreifer werden von uns behandelt?«, regte sich Holzer auf. »Wieso?«

»Carl«, versuchte Kempf ihn zu beruhigen, »wir sind …«

»Robert«, unterbrach Holzer. »Die wollten unsere Leute töten! Die Medikamente werden knapp, Verbandsmaterial auch. Warum sollten wir das an solchen Hurensöhnen verschwenden!«

Malte war schockiert: »Du willst so von jetzt auf gleich humanitäres Recht aufgeben?«

Holzer schaute ihn ernst an: »Die haben uns angegriffen. Die haben sich nicht an die Regeln gehalten. Die haben vier unserer Einwohner getötet, hätten mehr umgebracht, unser Essen geraubt und unsere Frauen vergewaltigt.«

»Es reicht Carl«, ermahnte Nadine. »Dieses ›unsere Frauen‹ ist so was von daneben …«

»Ist es das«, reagierte er aggressiv, »wir haben hier bis jetzt Beachtliches geleistet, wir arbeiten daran, dass wir unser Dorf Woche für Woche durch diese schweren Zeiten führen. Außerhalb unserer Befestigungsanlage juckt sich keiner mehr um humanistische Erziehung. Es geht nur ums Überleben.

Und wer nichts hat, der ist bereit zu töten, um etwas zu bekommen. Mich wundert es, dass es so lange gedauert hat, bis so ein großer Mob versucht hat, uns zu überfallen. Wenn wir alle umsorgen, die uns angreifen, dann können wir unsere Vorräte gleich auf die Felder legen und abholen lassen.

Ich würde vorschlagen, dass wir kurzen Prozess mit den Plünderern machen, anstatt unsere Medikamente an ihnen zu verschwenden.«

Holzer hatte es nicht direkt ausgesprochen, Malte entging nicht, dass er damit Hinrichtungen in die Diskussion geworfen hatte.

Es dauerte eine Weile. Kempf war der Erste, der die Sprache wiedergefunden hatte: »Das meinst du nicht ernst.«

Holzer hatte sich mittlerweile beruhigt: »Welche Möglichkeiten haben wir denn? Denen werden andere folgen. Machen wir ein Gefangenlager auf, während wir Familien mit Kindern weiterschicken? Wie lange wollen wir die Leute festhalten? Wollen wir sie laufen lassen und ermahnen, nicht wiederzukommen?«

Niemand hatte eine Antwort auf diese Fragen parat. Holzer fuhr fort: »Es ist eine Illusion, wenn wir uns vormachen, bei Straftaten so weiterzumachen wie vor dem Stromausfall.«

»Trotzdem werden wir nicht einfach jemanden hinrichten«, widersprach Malte. »Damit verlieren wir unsere Menschlichkeit.«

»Malte«, Holzer holte tief Luft, »deine Vision einer Welt, in der alle miteinander im Frieden leben, war schon vor dem Stromausfall eine Utopie. Von der sind wir heute noch weiter entfernt.«

»Es muss Alternativen geben.« Kempf schien nicht bereit Holzers Lösungsvorschlag zu folgen. »Ein Gefängnis und wenn sie wieder laufen können, schicken wir sie wieder weg.«

»Stimmen wir doch ab«, schlug Pape vor. »Wer ist dafür, die Gefangenen hinzurichten?«

Holzers Hand ging nach oben und auch Pape meldete sich. Malte fühlte sich erleichtert, dass es nur die beiden waren.

Pape fragte: »Wer ist für Roberts Vorschlag: Wir behalten sie im Gefängnis, bis sie wieder laufen können?«

Nadine, Robert und Malte hoben die Hand.

»Sie haben auch eine Stimme, Herr Major«, erklärte Kempf.

»Ja«, erwiderte der, »ich möchte mich enthalten. Tatsächlich tendiere ich eher zu einer radikalen Lösung, fühle mich bei dem Gedanken aber nicht wohl.«

Holzer verschränkte die Arme: »Ich würde das gerne bei der nächsten Dorfversammlung mit allen besprechen.«

»Und abstimmen lassen?«, fragte Nadine.

»Ja«, bestätigte Holzer.

Kempf nickte: »Das wird eine schwierige Diskussion. Und je nach Entscheidung werden sich andere Fragen stellen.«

Alle sahen ihn fragend an: »Für Hinrichtungen benötigt man einen Henker.«

Wieder kam es zu einem Augenblick der Stille, diesmal unterbrach sie der Major: »Herr Holzer erwähnte, verwundert zu sein, dass wir nicht schon früher von so einer großen Gruppe angegriffen wurden. Mittlerweile haben wir Informationen aus den Nachbarorten sammeln können. Wie wir bereits wissen, kam es in Niedergirmes einen Tag nach dem Stromausfall zu Überfällen auf einige der dort lebenden Türken, mit Vertreibungen. Woher genau die Angreifer kamen, wissen wir nicht. Man kann davon ausgehen, dass diese sich auf solch einen Fall vorbereitet hatten.«

»Wie konnte man sich auf so etwas vorbereiten?«, fragte Pape.

»Prepper sind Menschen«, erklärte der Major, »die sich auf alle möglichen Katastrophen vorbereiten. Pandemien, Naturkatastrophen, Krieg. Darunter gibt es Fraktionen, die sich auf den kompletten Zusammenbruch der öffentlichen Ordnung einstellen und geplant haben, dass entstandene Vakuum auszunutzen, um ihre Vorstellungen umzusetzen. Es ist davon auszugehen, dass der Plan, die Türken aus Niedergirmes zu vertreiben, schon vorher angelegt wurde und dabei auch der Zusammenbruch der Kommunikation eingeplant wurde.«

»Und man hat sich dann an verabredeten Punkten getroffen«, mutmaßte Pape. »Genauso wie sich die Angehörigen der Notdienste zu ihren Zentralen begeben sollten?«

»Ja«, nickte der Major, »davon ist auszugehen. Selbst wenn viele Familien nach dem Überfall geflohen sind, zur Ruhe sind die Angreifer nicht gekommen. Spätestens seit dem dritten oder vierten Tag nach dem Stromausfall gibt es Kämpfe zwischen den zu Gangs formierten jungen Männern aus Aßlar und Hermannstein und den Rechten, die Teile von Niedergirmes übernommen hatten.«

»Sind diese Prepper so was wie Reichsbürger?«, fragte Kempf.

»Nein«, der Major schüttelte den Kopf, »es gibt vermutlich eine Schnittmenge und andere extrem Rechte, aber auch viele Menschen aus der Mitte der Gesellschaft und ebenfalls aus dem linken Spektrum. So haben in Gießen und Marburg Autonome die Macht an sich gerissen und haben angefangen, einen Agrarkommunismus aufzubauen. Die Kämpfe zwischen diesen Gruppen sind für uns ein Glücksfall, denn dadurch beschäftigen sich die ›bösen‹ Jungs gegenseitig und blockieren den Weg zu uns. Solange nicht eine Seite die Überhand bekommt, sind sie für uns keine direkte Bedrohung.«

»Und wenn sich das ändert«, vermutete Kempf, »werden sie ihre Aufmerksamkeit in unsere Richtung lenken?«

»Das ist nicht auszuschließen«, antwortete der Major. »Wir werden die Zeit nutzen, unsere Verteidigungsanlagen zu verbessern. Die Miliz muss besser ausgebildet werden und ich würde gerne in den Häusern bei den Pforten Widerstandsnester anlegen.«

Kempf wurde durch ein Trompetensignal unterbrochen und alle schauten den Major an.

»Nordpforte«, sagte der kurz, »ich muss los!«

»Mitten am Tag?«, wunderte sich Holzer.

»Wir sollten schauen, ob wir helfen können«, schlug Nadine vor.

Malte meinte, in den Mienen von Holzer und Pape einen Anflug von Angst zu erkennen, den sie schnell überspielten.

Holzer lenkte ab: »Ich gehe ins Schützenhaus, bestimmt braucht man mich dort.«

Pape folgte ihm und nuschelte etwas, Malte wollte nicht nachfragen.

»Dann bleiben wir drei«, fasste Kempf die Situation zusammen.

Als sie sich der Nordpforte näherten, wurden sie von Angehörigen der Miliz überholt. Der Wachposten kam in ihre Sichtweite, als ein weiteres Trompetensignal hinter ihrem Rücken sie zum Anhalten brachte.

»Das war von der Südpforte.« Nadine schien den gleichen Gedanken wie Malte zu haben. »Wir werden an zwei Stellen gleichzeitig angegriffen!«

Genau wie sie waren einige der Milizionäre stehen geblieben, die einen entschieden sich, weiter zur Nordpforte zu gehen, andere drehten und rannten die Straße in Richtung des anderen Signals.

Der Major kam ihnen auf seinem Fahrrad entgegen und blieb kurz stehen: »Vermutlich ist das oben nur ein Ablenkungsmanöver, unterstützt bitte meine Leute dort. Ich versuche, einen Überblick zu bekommen, was an der Südpforte los ist.«

An der Pforte angekommen, bot sich Malte eine Kopie der Berichte von dem Angriff am Abend zuvor. Der Gegner schien aus den Rückschlägen gelernt zu haben, verteilte sich auf dem Feld und bot so schwierigere Ziele. Trotzdem waren nur wenige mit Pistolen und Gewehren bewaffnet und die Felder boten kaum Schutz. Malte schätze die ihnen entgegenkommende Menge auf zweihundert Männer und Frauen, denen standen nur etwa dreißig Milizionäre auf ihrer Seite gegenüber.

»Wir brauchen mehr Leute«, flüsterte Malte.

»›Wir‹ sind ›mehr Leute‹«, erklärte Nadine und ging direkt zum Wachposten, wo sie mit Alexander, dem Adjutanten des Majors, sprach.

Der winkte Robert und Malte zu sich, nahm zwei Pistolen mit Munitionsschachteln, drückte sie ihnen in die Hand und erklärte, mit leicht russischem Akzent: »Ich wünschte, ich hätte Zeit für eine Einweisung.«

An einer dritten Waffe führte er vor, wie man sie belud: »Ihr könnt uns helfen, wenn ihr dafür sorgt, dass wir geladene Waffen haben. Herr Kempf, Sie bleiben bei mir. Nadine, gehst Du bitte da drüben hin? Und Herr Kinzig, helfen Sie Guido dort drüben.«

Malte erkannte in Guido ein Mitglied der Freiwilligen Feuerwehr und sofort flammte in ihm die Frage auf, wo sich Lukas befand. Schüsse von der anderen Seite des Ortes holten ihn aus seinen Gedanken, er legte sich bäuchlings neben Guido auf den Wall und spähte nach draußen.

»Hallo Malte«, wurde er kurz begrüßt.

»Hallo Guido«, entgegnete er.

Die Menschen auf der anderen Seite der Befestigung boten einen Anblick des Elends. Die Kleidung war verschmutzt, wirkte oft zu groß. Malte griff unbewusst nach seinem Gürtel, den er mittlerweile zwei Löcher enger schnallen konnte, und wurde sich bewusst, dass er seit dem Stromausfall zumindest nicht hungrig ins Bett gehen musste. Die meisten in der Menge vor ihm hatten vermutlich schon erfahren, wie es war, mit Hunger einzuschlafen.

Als sich die ersten Angreifer auf etwa 50 Meter genähert hatten, eröffneten die mit Gewehren bewaffneten Milizionäre das Feuer. Guido hatte angelegt, gezielt, geschossen und Malte pfiff das Ohr vom lauten Knall.

Auch wenn die Reihen weit auseinandergezogen waren, fanden die Verteidiger Ziele und die ersten Gegner brachen zusammen. Das Feuer wurde von den Angreifern erwidert, außer etwas aufgewühlter Erde am Verteidigungswall richteten sie keinen Schaden an. Trotzdem hatte Malte panische Angst und musste sich anstrengen, sich nicht in die Hose zu machen.

Guido gab ihm das Gewehr, deutete auf die Schachteln mit Munition und ließ sich die Pistole geben: »Mit der Handwaffe muss ich warten, bis sie über den Feldweg kommen. Lade das Gewehr.«

Malte nahm das Gewehr, fingerte mit zittrigen Händen eine Patrone aus der Schachtel. Als er sie in die Waffe legen wollte, wirbelte ein Querschläger Erde auf und die Patrone fiel ihm aus der Hand. Nervös suchte er den Boden ab, fand die Kugel und hob sie auf. Neben ihm knallte der erste Schuss aus der Pistole so laut, dass Malte vor Schreck die Kugel wieder auf den Boden fallen ließ.

Guido schien das aus dem Augenwinkel gesehen zu haben: »Lass sie liegen, die verschmutzt uns nur den Lauf. Nimm eine Neue.«

Malte nahm die Packung, schaffte es, eine weitere Patrone herauszuziehen, und diesmal fand sie ihren Weg in das Gewehr. Er wiederholte das, bis Guido das Gewehr von ihm forderte und ihm die Pistole in die Hand drückte. Er legte an und Malte wunderte, wie er unter den Bedingungen so ruhig zielen konnte, als ein ploppendes Geräusch zu hören war.

»Scheiße!«, brüllte Guido und Malte sah, dass sich auf dem rechten Oberarm ein roter Fleck ausbreitete.

Malte hatte gerade das Magazin der Pistole herausgenommen und wusste nicht, was er machen sollte.

»Ich bring dich zum Sani«, beschloss Malte und wollte ihn wegziehen.

»Vergiss es«, wehrte sich Guido, »lade die Pistole fertig und erwisch so viele, wie es geht!«,

Malte schaute die Waffe in seiner Hand an und dann die näher kommende Bedrohung. Fressen oder gefressen werden, ging es ihm durch den Kopf. Er lud die Pistole, legte mit beiden Händen an und suchte sich ein Ziel. Trotz der Verluste durch das Gewehrfeuer beschleunigten die Angreifer und rannten auf die Befestigung zu. Die Schnellsten waren nur wenige Meter vom Feldweg entfernt, Malte wählte einen kräftigen, bärtigen Mann als Ziel, der mit einem Messer bewaffnet war.

Der Mann erreichte den Feldweg, Malte zielte auf seine Brust und schoss.

Er hatte nicht mit dem Rückstoß gerechnet und die Lautstärke des Knalles überraschte ihn erneut. Sein Ziel hatte er verfehlt und lediglich den Boden neben dem Bärtigen getroffen. Dem wurde bewusst, dass er die Zielscheibe von jemandem war und suchte den auf ihn zielenden Schützen. Malte konnte auf die Entfernung den Gesichtsausdruck kaum erkennen, vielleicht war es Angst, vielleicht Hass. Sein Gegner schien schneller zu werden und der Abstand zwischen ihnen verringerte sich. Malte legte wieder an, zielte mitten auf die Brust, zog den Abzug und war diesmal auf den Rückstoß vorbereitet. Der blieb genauso aus wie der Knall.

»Ladehemmung«, schrie Guido. »Entfern die Kugel und schieß weiter.«

Malte öffnete den Verschluss, sah die verklemmte Patrone und schaffte es irgendwie, sie zu entfernen. Der Bärtige hatte Boden gut gemacht, Malte konnte sehen, wie die Kugeln der anderen Umbacher Ziele fanden. Er zielte erneut und diesmal kamen Knall und Rückstoß und ihm schmerzte die Schulter.

Ein roter Fleck auf dem einst weißen T-Shirt des Bärtigen, sein Stolpern, das Fallenlassen des Messers zeigten Malte, dass er getroffen hatte. Nach wenigen Metern brach der Mann zusammen, zuckte.

»Schieß weiter«, schrie ihn Guido von der Seite an, »da kommen mehr!«

Malte wurde aus seiner Trance gerissen, suchte sich das nächste Ziel und es verschlug ihm den Atem. Er hatte einen verwahrlost wirkenden jungen Mann ins Visier genommen und als er den Abzug durchziehen wollte, erkannte er Lukas Freund Sören. Malte wollte sich das nächste Ziel suchen, als er sah, wie der Junge von einer Kugel am Kopf getroffen wurde.

»Nein!«, schrie Malte. »Nein!«

»Schieß weiter, Mann«, brüllte ihn Guido an, »schieß weiter!«

SIMONE

Etwas hatte sich verändert. Einerseits waren sie nicht mehr Teil einer größeren Gruppe, auch der Umgang der Wanderer untereinander hatte sich geändert. Simone erinnerte sich an den Tag, als sie die Fahrradgruppe aus Hamburg getroffen hatten und munter Erlebtes ausgetauscht hatte. Mittlerweile beäugte man sich misstrauisch, ging sich aus dem Weg.

Arne wurde von Tag zu Tag langsamer und bot einen Anblick des Elends: Der Durchfall hatte ihn so im Griff, dass er es nicht immer rechtzeitig in die Büsche schaffte und er stank bestialisch.

»Wir sollten uns einen Ort suchen und einige Tage ausruhen«, schlug Simone vor. »Zumindest bis der Durchfall ausgestanden ist!«

»Die drei letzten Dörfer haben uns weggeschickt«, lehnte Arne ab. »Wir können froh sein, dass uns niemand mit Steinen beworfen hat!«

»Es wird sich schon eine verlassene Hütte finden«, insistierte Simone. »Du ruhst dich aus und ich suche uns was zum Trinken und Essen.«

Der Flüssigkeitsverlust von Arne machte ihr Sorgen, sie hatten es geschafft, jeden Tag eine Quelle zu finden, aber er verlor definitiv mehr, als er zu sich nahm.

»Und du hast nicht nur Durchfall, du bist auch fiebrig!«

»Du klingst wie meine Mutter«, tadelte er sie. »Ich bin groß und kann auf mich selbst aufpassen!«

»Charmant«, reagierte sie, »wenn du dich sehen könntest, würdest du sofort auf mich hören.«

Arne schaute sie mit glasigen Augen an, ging zum nächsten Auto und blickte in den Außenspiegel: »Ich weiß nicht, was du hast? Klar, für ein Fotoshooting brauche ich ein wenig Make-up, ansonsten bin ich top in Form.«

»Wir verlassen dort vorne die Autobahn und suchen einen Ort, zum Ausruhen«, bestimmte Simone, »und ich dulde keinen Widerspruch.«

Arne zuckte mit den Schultern, kam ins Stolpern, fing sich wieder auf und sie gingen nebeneinander her.

»Vielleicht solltest du die Pistole nehmen«, schlug Arne vor. »Ich bin nicht sicher, ob ich im Moment damit umgehen kann.«

Simone nickte: »Ja. Aber sobald es dir besser geht, wirst du sie wieder nehmen.«

Simone betrachtete die zahllosen Fahrzeugwracks: Einige davon waren vor wenigen Wochen noch Statussymbole, viele eine Notwendigkeit für die Besitzer, um zur Arbeit fahren zu können.

Zwei Tagen zuvor hatten sie das erste Grab am Straßenrand gesehen und sich kurz Zeit genommen, die Inschrift auf dem schlichten Holzkreuz zu lesen, das Auskunft über die Lebensdauer der dort bestatteten Frau gab. Es war nur das erste Kreuz, mittlerweile waren es mehr geworden und Simone ahnte, dass sie auf ihrem Weg noch mehr sehen würden.

»Da lang«, sie deutete auf eine Scheune, die etwa einen Kilometer von ihrer Position entfernt lag. »Wir versuchen es dort.«

Ohne Widerworte folgte Arne ihr über die Leitplanke und die kurze Böschung zu einem befestigten Feldweg herunter.

Während sie sich dabei relativ galant bewegte, stolperte Arne und überschlug sich, bis er von einem Baumstumpf am Ende des kleinen Abhangs abgefangen wurde: »Scheiße! Tut das weh!«

Simone rannte zu ihm und wollte ihm beim Aufstehen helfen.

»Nicht anfassen!«, brüllte er sie an, »lass mich in Ruhe!«

Sie schreckte zurück und wartete, bis er sich wieder aufgerichtet hatte: »Fuck ...«

Vor ihren Augen zog er Hose und Unterhose herunter, hockte sich hin und sie konnte hören und sehen, wie der Durchfall ihn quälte.

Da sie nicht wusste, wie sie darauf reagieren sollte, versuchte sie es mit einem Witz zu überspielen: »Na jetzt habe ich mehr von dir mitbekommen als von Malte!«

Arne schaute sie gequält an, setzte zu einem Lächeln an, verzog aber schmerzhaft das Gesicht und hielt sich den Brustkorb: »Ich glaube, das war eine Rippe, oder zwei.«

Sie drehte sich um und gab ihm Gelegenheit, sich zu säubern und die Hose wieder hochzuziehen: »Da vorne stehen ein paar Obstbäume. Ich schaue, ob ich was für uns finden kann.«

Ohne seine Antwort abzuwarten, ging sie zu der Baumgruppe und suchte nach reifen Früchten, wurde fündig und pflückte einige Äpfel für beide. Herzhaft biss sie in das Obst, genoss die saure Süße und setzte sich so, dass sie sich an einen der Baumstämme lehnen konnte. Arne war ihr mittlerweile gefolgt, platzierte sich neben sie und nahm einen Apfel entgegen.

»Als Kind wollte ich Bauer werden«, sagte er, nachdem er einige Bissen genommen hatte. »Weißt du, wenn du in der Stadt aufwächst, dann haben Kühe und Pferde etwas Magisches. Und ich war von Mähdreschern fasziniert! Ich wusste zwar nicht genau, was die machten, aber das war mir egal, die Maschinen waren toll. Ich hatte davon Spielzeugversionen, die guten von Siku, nicht das billige Zeug.«

»Und wann hast du dich dafür entschieden lieber in eine Bank zu gehen?«, lächelte Simone.

»Später«, sinnierte Arne, »viel, viel später. Zwischendurch wollte ich Busfahrer, Astronaut, Lokomotivführer und Bauarbeiter werden.«

»Bei Lukas sind diese Berufswünsche gefühlt gar nicht so lange her«, erinnerte sich Simone, »und ich bin mir nicht sicher, ob es dieselbe Reihenfolge war, aber die Wünsche waren die gleichen.«

»Und in welche Richtung tendiert er jetzt?«, fragte Arne.

»Feuerwehrmann«, antworte Simone. »Das ist im Moment sein Hobby. War es, vor dem Stromausfall. Nach dem Sommer hätte er auf die Oberstufe gewechselt. Und dann noch Jahre Zeit gehabt, sich immer wieder neu zu entscheiden.«

»Ich erkenne mich da eindeutig wieder«, gestand Arne. »Erst beim Bund habe ich mich für das BWL-Studium entschieden. Und es war definitiv keine Entscheidung aus Leidenschaft, eher pragmatisch. War das bei dir anders?«

»Nein«, befand Simone, »nicht wirklich. Ich …«

Sie wurde durch Schreie von zwei Frauen unterbrochen, die die gleiche Böschung herunterkletterten wie kurz vorher Arne und sie. Simone stand auf und zog die Pistole, Arne mühte sich ebenfalls hoch. Den beiden Frauen folgte eine Gruppe Männer, Simone zählte sieben.

»Bleibt stehen«, rief einer der Männer. »Ihr macht es nur schlimmer für euch!«

Gewalt zwischen Gruppen von Wanderern waren alltäglich geworden und sie versuchten, nicht einbezogen zu werden. Die beiden flüchtenden Frauen bewegten sich, bewusst oder unbewusst, auf Arne und Simone zu. Diesem Konflikt konnten sie nicht aus dem Weg gehen.

Erst jetzt schienen die Verfolger Arne und Simone bemerkt zu haben und als die Frauen an ihr vorbeiliefen, stellte sich Simone mit gezogener Waffe den Männern entgegen.

»Hoooo, langsam Püppchen«, der führende Mann stoppte, hielt die anderen Verfolger auf und hielt Simone seine Hände entgegen, wie als ob er ein Pferd beruhigen wollte. »Das ist kein Spielzeug, wir wollen nicht, dass Du dir wehtust.«

»Ich bin nicht dein Püppchen«, reagierte Simone.

»Nicht?«, der Mann deutete auf Arne. »Willst Du lieber das Püppchen dieses Häufchen Elends sein? Schau ihn dir an, zitternd, sabbernd, die Hose vollgeschissen. Mit dem kommst du in der neuen Welt nicht weit.«

»Ich will eure Hände sehen«, forderte Simone.

Ihr war bewusst, dass sie nicht alle gleichzeitig in Schach halten konnte, und entschied sich, sich den Anführer vorzuknöpfen. Sie wartete auf Reaktionen, die blieben aus.

»Ich sagte, ich will Eure Hände sehen«, wiederholte sie. »Wenn nicht, braucht Euer Anführer ein neues Knie. Und vielleicht sollte ich erwähnen, dass ich nicht sehr geübt im Zielen bin. Vielleicht treffe ich das Knie, vielleicht höher.«

Der Gesichtsausdruck des Anführers veränderte sich merklich, gewann aber schnell an Sicherheit zurück: »Okay Männer, ihr habt die Lady gehört, hebt eure Hände.«

Er blickte zuerst links hinter sich und dann rechts, um sicherzugehen, dass sie seine Anweisung befolgten: »Dir ist bewusst, dass du niemals alle von uns erwischen wirst.«

Der Abstand zwischen ihnen betrug zehn Meter und Simone war genau dieser Gedanke durch den Kopf gegangen: »Keiner von euch kann sicher sein, dass ich ihn nicht erwische!«

»Pass auf Püppchen«, begann der Anführer erneut.

»Ich bin nicht dein Püppchen, du armer Wicht.« Simone versuchte, so selbstsicher zu klingen, wie sie konnte.

Ihr Gegner grinste sie an und öffnete den Mund: »Püppch ...«

Ein Schuss drang in den Kopf des Mannes, der leblos zusammenbrach.

Seine Kumpanen schauten erschrocken auf ihren toten Anführer und dann auf Simone, die die Waffe immer noch auf Kopfhöhe der Angreifer richtete: »Ich habe ihm mehrmals erklärt, dass ich nicht sein Püppchen bin.«

Die restliche Gruppe wirkte kopflos und Simone vermutete, dass sie verzweifelt überlegten, wie sie reagieren sollten. Weglaufen, angreifen, stehen bleiben und warten.

»Hey!«, hatte der Erste die Sprache wiedergefunden, »das war uncool! Wir wollten doch nichts von Euch!«

»Hab ich Dich gefragt?«, schrie Simone ihn an, die selber nicht fassen konnte, einen Menschen erschossen zu haben. »Hab ich Dich irgendetwas gefragt?«

Der Angesprochene zuckte zusammen: »Nein. Beruhige Dich mal!«

»Auf die Knie«, forderte sie. »Alle auf die Knie!«

Da der Rest noch sprachlos war, reagierte der Gleiche: »Und dann? Ich würde sagen, wir gehen einfa …«

Ein weiterer Schuss ertönte und der zweite Verfolger brach in der Brust getroffen zusammen. Die restlichen Männer schauten sich gegenseitig an, den Moment zum Angreifen hatten sie verpasst, ihre geplanten Opfer waren unerreichbar und ihre eigene Flucht war nicht sicher.

Simone holte tief Luft: »Ich möchte, dass ihr euch auszieht. Alles.«

Die verbleibenden fünf schauten sie verwundert an und erst, als sie die Pistole auf einen von ihnen richtete und erneut aufforderte, reagierten sie: »Ausziehen. Sofort!«

Kurz darauf knieten die Männer nackt vor ihnen, bedeckten mit den Händen ihre Scham und warteten. Die Angst war ihren Gesichtern anzusehen.

Sie drehte sich zu den beiden Frauen um, die sich zitternd umarmten: »Haben die Kerle euch etwas getan? Wollt ihr euch revanchieren?«

Die beiden schauten sich an und dann auf ihre Verfolger, die im Adamskostüm wenig furchteinflößend wirkten. Simone betrachtete sie und schätzte, dass es sich dabei um Mutter und Tochter handeln könnte, etwa im Alter wie sie und Laura. Die Mutter löste sich von der jüngeren Frau und ging auf den ersten Mann zu, stellte sich vor ihn und schaute ihm in die Augen. Er hielt ihrem Blick nicht stand.

Sie ging einen Schritt zurück, trat ihm direkt in seine Männlichkeit und wich geschickt seinem sich krümmenden Oberkörper aus. Die anderen Männer zuckten, Simone schwenkte mit der Waffe und deutete ihnen zurückzuweichen. Die Frau hatte die Chance genutzt und den Mann zu Fall gebracht, trat ihm wiederholt in die Seite. Als er die Arme hob, nutzte sie die Chance und trat ihm wieder und wieder in das Geschlecht. Durch die Tritte war sein Penis oder Hoden aufgerissen, er blutete und schrie in Schmerzen, krümmte sich, um sich zu schützen, aber die Frau ließ nicht nach. Ihre Tritte trafen seinen Kopf, die ungeschützte Seite.

»Simone«, flüsterte Arne, »meinst du nicht, es reicht?«

Sie schaute zu der Tochter, zu der Frau, auf die anderen Verfolger und dann auf den sich windenden Mann auf dem Boden: »Das ist nicht meine Entscheidung.«

»Simone«, Arne ließ nicht locker, »sie wird ihn tottreten!«

»Ich habe eben zwei Männer erschossen«, gab Simone kühl zurück. »Glaubst du, mir kommt es auf einen von denen an?«

Sie war erschrocken über sich selbst. Erschrocken, wie einfach ihr es gefallen war, den zweiten Mann zu erschießen. Beim Ersten war es so wie ein Reflex, eine Reaktion auf seine wiederholten Provokationen. Sie war sich nicht sicher, was die beiden Frauen erlebt hatten. Auch nicht, ob die Gruppe für die Wut verantwortlich war, die die Mutter antrieb. Sie sah in den beiden Laura und sich und überlegte, den Mann am Boden von seinen Schmerzen mit einem Schuss zu erlösen, entschied sich aber dagegen.

Mittlerweile bewegte er sich nicht mehr von selbst, der Körper reagierte nur noch auf die Tritte der Frau, die eine Weile später erschöpft aufhörte und schluchzte: »Ihr Schweine, ihr Schweine!«

Die Tochter war ihrer Mutter gefolgt und ergriff ein langes Messer, das neben dem Kleidungshaufen eines der Männer lag.

»Bitte nicht!«, wimmerte der ihr am nächsten stehende Mann. »Ich habe euch doch nichts getan!«

Entschlossen bewegte sich die junge Frau auf den außenstehenden Mann zu, der Jüngste der Gruppe: »Heb die Hände hoch!«

Der Mann schaute flehend zu Arne: »Hey Mann, mach etwas! Hilf uns!«

Die junge Frau stellte sich so, dass der Mann Arne nicht mehr sehen konnte: »Die Hände hinter den Kopf.«

»Nein«, konterte ihr Gegenüber.

Sie schnitt mit dem Messer über seine behaarte Brust.

»Du Schlampe«, brüllte er und krümmte sich.

Mit der linken Hand griff sie nach seinem Penis und ließ das Messer herunter schnellen. Simone sah, wie die junge Frau angewidert das Abgeschnittene wegwarf. Der Mann schrie quiekend und sank auf die Knie.

Voller Hass betrachtete die junge Frau die restlichen Männer. Sämtliche Überheblichkeit und Selbstsicherheit waren aus ihrer Körperhaltung und ihren Gesichtsausdrücken verschwunden. Der Mann, der der jungen Frau am nächsten stand, schnellte vor und griff nach dem Messer. Im Reflex drehte sich die Frau und rammte es ihrem Angreifer in die Brust. Erst schaute er überrascht an sich herunter, dann wurde sein Blick leer und er sackte zusammen. Die beiden anderen Männer versuchten, ihre Chance zu ergreifen, einer ging auf die Mutter los, der andere bewegte sich in Richtung Simone.

Simone hatte den anderen Mann im Visier, ihr erster Schuss verfehlte ihn, der zweite traf ihn am Hals. Als sie einen Dritten abgeben wollte, hatte sie der andere Mann erreicht und von den Füßen gerissen. Er versuchte, an ihre Waffe zu gelangen, biss ihr in den Arm und Simone schrie, mehr vor Überraschung als vor Schmerz. Als sie die Pistole verlor, traf etwas den Mann und er rollte von ihr herunter. Die Mutter hob ihre Waffe auf und schoss dem Angreifer in den Kopf. Dann drehte sie sich um und ging langsam zum Angreifer, der sich die Wunde am Hals hielt.

Mit flehenden Augen schaute er um sich: »Bitte, bitte! Lasst mich gehen!«

»Wir haben euch angefleht«, reagierte die Frau, »immer und immer wieder. Tagelang. Habt ihr uns gehen lassen?«

Der Mann schaute auf den Boden und die Frau wiederholte ihre Frage laut: »Habt ihr uns gehen lassen? Nein, ihr Schweine habt uns eingesperrt und … ihr seid Tiere!«

»Ich habe euch nicht …«, versuchte sich der Mann herauszureden.

»Schweig«, fuhr ihn die Frau an.

Einen Moment lang war nur das Wimmern des kastrierten Mannes zu hören und in den Augen des Angeschossenen keimte etwas Hoffnung auf. Die Mutter schien diese zu sehen, hob die Waffe und schoss ihm zwischen die Augen.

Sie zielte auf den letzten Lebenden, entschied sich dann dafür, die Pistole Simone zurückzugeben: »Von mir aus kann der verbluten.«

Sie ging zu ihrer Tochter, nahm sie in den Arm und ihr das blutverschmierte Messer ab.

Sie umarmte die junge Frau, streichelte ihr durch die Haare und sprach ihr Mut zu: »Es ist vorbei Schatz, es ist vorbei.«

WIE ES WEITER GEHT ERFÄHRST DU IM
ZWEITEN BAND DER REIHE!

NACHWORT

TO BE CONTINUED …

Normalerweise kommt in Büchern hier die Stelle, an der sich der Autor bei den ganzen Helfern und Unterstützern bedankt. Das komplette Nachwort ergibt sich erst mit den folgenden Bänden.

OHNE STROM – BIS ÜBER DEINE GRENZEN
BAND II

OHNE STROM – JENSEITS DEINER GRENZEN
BAND III

HINTERGRÜNDE BLACKOUT

EINLEITUNG

Die positive Nachricht vorweg: Die im Roman dargestellte Katastrophe ist reine Fiktion. Es gibt kein (bekanntes) Phänomen, das Elektrizität komplett verschwinden lässt. Der gleichzeitige Zusammenbruch des Stromnetzes und Ausfall aller Akkus, Batterien und Dynamos wird so nicht passieren.

So viel zum Positiven.

Wie im Roman beschrieben, hängt unsere Lebensweise sehr stark von der Verfügbarkeit von Elektrizität ab. Die dahinterstehende Branche macht Umsätze in Milliardenhöhe und es ist ein hart umkämpfter Markt. Wie sehr unser Lebensstil von Strom abhängt, ist etwas, das man meistens verdrängt, weil die Verfügbarkeit als gegeben angenommen wird. Bei einem Blackout (der Begriff bezeichnet einen plötzlichen, überregionalen Stromausfall) dürften die Rettungskräfte und der Katastrophenschutz schnell an Grenzen ihrer Leistungen kommen. Eine Studie aus dem Büro für Technikfolgen-Abschätzung beim Deutschen Bundestag beendet die untersuchten Szenarien nach zwei Wochen Stromausfall. Die Studie geht jedoch davon aus, dass Teile der Infrastruktur weiterhin funktionieren.

Grundsätzlich sehe ich drei Gefahren, die unser Stromnetz bedrohen: Sonneneruptionen mit der Folge von Magnetstürmen, EMPs und das Stromnetz selbst.

SONNENERUPTION

Das Carrington-Ereignis von 1859 bezeichnet den bisher größten beobachteten, durch eine Sonneneruption ausgelösten magnetischen Sturm auf der Erde. Damals waren Polarlichter bis Hawaii und Rom zu sehen und in Telegrafenleitungen wurden so hohe Ströme induziert, dass Papier in den Telegrafenstationen durch Funkenschlag Feuer fing.

Würde uns heute solch eine Eruption treffen, wären die Auswirkungen wesentlich dramatischer: Alle am Stromnetz angeschlossenen Geräte würden durch die in den Überlandleitungen induzierten Ströme zerstört werden, die großen Verteilertrafos in den Umspannwerken ebenfalls. Es wäre auch mit Schaden an Satelliten im Orbit zu rechnen. Autos, Schiffe und Flugzeuge wären vermutlich nicht betroffen.

Im Juli 2012 schleuderte die Sonne Billionen Tonnen Plasma ins All und verfehlte die Erde nur knapp. Es wird geschätzt, dass Sonnenstürme, wie der dem Carrington Ereignis vorangegangene, im Schnitt alle 500 Jahre auftreten. Die ersten Strahlungen würden uns mit Lichtgeschwindigkeit knappe acht Minuten nach der eigentlichen Eruption treffen. 16 bis 20 Stunden später würde die Schockfront die Erdatmosphäre mit voller Wucht treffen.

1859 war man in diese Richtung noch blind und weitestgehend immun. Heute können wir dies beobachten und ein frühzeitiges Herunterfahren der Stromnetze könnte Schäden und Folgeschäden massiv reduzieren. Es müsste, für Milliarden von Menschen, die Entscheidung getroffen werden, dass sie ein oder mehrere Tage ohne Strom leben müssten. Ohne große Vorbereitung müsst man die Menschen davor warnen für die voraussichtliche Dauer des Magnetischen Sturms elektrische Geräte zu nutzen. Wenn man sich das als Katastrophenfilm vorstellt, sieht man auf der einen Seite den warnenden Wissenschaftler und auf der anderen Seite Politiker und Wirtschaftsvertreter, die die Gefahr herunterspielen oder das Eintreten des Ereignisses für unwahrscheinlich halten.

EMP

Die Detonation einer Atomwaffe erzeugt einen elektromagnetischen Impuls. Die Auswirkungen auf das Stromnetz und elektrische Geräte hängen dabei von vielen Faktoren ab: Stärke der Detonation, Detonationshöhe und wie gut die elektrischen Geräte abgeschirmt sind.

Durch Induktion werden das Stromnetz und nicht ausreichend geschützte elektronische Schaltkreise in Mitleidenschaft gezogen, teilweise zerstört. Ausgeschaltete Geräte wären überwiegend nicht betroffen. Autos, die sich während der Detonation in Betrieb befinden, wären sehr wahrscheinlich betroffen, genauso wie viele andere Verkehrsmittel, in denen Transistoren genutzt werden.

Mit einem Faradayschen Käfig und anderen Maßnahmen kann man Geräte vor einem EMP schützen. Die ›Air Force One‹ ist so konstruiert, dass sie einem EMP standhalten kann und somit vor dem Ausfall der Bordelektronik geschützt ist.

Um einen EMP zu erzeugen, benötigt man einen nuklearen Sprengkopf. Möchte man ihn hoch in die Atmosphäre transportieren, noch ein entsprechendes Trägersystem. In Forstchens Roman »One Second After« ist es eine aus dem Golf von Mexiko gestartete Rakete, die einen EMP auslöst, der die USA lahmlegt. Zwei weitere Sprengköpfe detonieren über Osteuropa und Russland sowie Japan und Süd-Korea. Als Verursacher wird eine Allianz zwischen dem Iran und Nord-Korea angenommen. Es ist davon auszugehen, dass das Konzept des EMP als Waffe sowohl bei den »bekannten« Nuklearmächten als auch bei terroristischen Organisationen präsent ist. Gerade bei Terrororganisationen sind die Skrupel zum Einsatz vermutlich gering, dafür aber die Beschaffung der nötigen Systeme eine hohe Schwelle. Die Stärke eines EMP hängt von der Stärke der Detonation und der Detonationshöhe ab.

Das europäische Verbundnetz soll die europaweite sichere Versorgung mit Strom gewähren. Das System an sich wird durch ständiges Steuern und Gegensteuern in einem Bereich zwischen 49,8 und 50,2 Hertz gehalten. Kann dies nicht eingehalten werden, sind Teile des Netzes von einem Ausfall bedroht. Im Extremfall kommt es zu einer Kettenreaktion und in ganz Europa würden die Lichter ausgehen. Verschiedene Ursachen können zu den Schwankungen führen, die einen Blackout auslösen.

Da der Strom fast ausschließlich in dem Moment hergestellt werden muss, in dem er auch verbraucht wird, müssen Kraftwerke hoch- oder heruntergefahren werden, um an den Bedarf angepasst zu sein. Zu viel und zu wenig Strom führt zum Ausfall. Es gibt zwar sogenannte Speicherkraftwerke, die das Überangebot zu einem Zeitpunkt speichern und zu einem anderen wieder abgeben können, aber die Kapazitäten sind gering. Problematisch wird es, wenn ungeplant Kraftwerke ausfallen, die nicht schnell genug ersetzt werden können. Kritisch sind an dieser Stelle auch Windkraftanlagen und Solarvoltaik, da diese nur bei den entsprechenden Wetterbedingungen Strom liefern. Durch den Atomausstieg entsteht hier perspektivisch eine Versorgungslücke, die durch Stromimporte gestopft werden müsste. Ein beschleunigter Kohleausstieg würde die Versorgungslücke noch vergrößern. Aber auch der Ausfall anderer Kraftwerke kann das empfindliche Gleichgewicht im Netz schnell stören.

Der Ausfall von großen Stromtrassen ist ein weiteres Risiko. Im November 2006 kam es zur Emslandstörung, bei der Teile von Deutschland, Frankreich, Belgien, Italien, Österreich und Spanien teilweise bis zu zwei Stunden ohne Strom waren. Eine Abschaltung zweier Hochspannungsleitungen, die für die Überführung eines Kreuzfahrtschiffes notwendig war, wurde ungenügend geplant und umgesetzt. Bis zu zehn Millionen Haushalte in Europa waren betroffen. 2005 kam es zum Münsterländer Schneechaos.

Strommasten konnten das Gewicht von Schnee und Eis nicht tragen und in der Folge waren rund 250.000 Menschen bis zu vier Tage ohne Strom. Im Februar 2021 war Texas nur wenige Minuten von einem monatelangen Blackout entfernt: Durch fehlende Modernisierungen in bestehenden Kraftwerken und die extrem niedrigen Temperaturen standen mehrere Kraftwerke kurz davor, den Betrieb einzustellen. In einer Kettenreaktion wären Trafostationen überlastet und schlimmstenfalls zerstört worden.

Deutschland stand im Juni 2019 dreimal kurz vor einem Blackout, weil weniger Strom in das Netz eingespeist als abgerufen wurde. Die Ursache waren Preisspekulationen mehrerer Stromhändler und das Geschäft war und ist so komplex, dass es schwer gegen Manipulation zu schützen ist.

Der Schweizer Rundfunk hat mit »Blackout« eine Dokutainementserie veröffentlicht, bei der ein mehrtägiger Blackout beschrieben wird, dessen Ursache der Handel an der Strombörse war.

Neben dem Wetter, der Infrastruktur selbst und dem Stromhandel besteht ein weiteres Problem darin, dass Teile der Infrastruktur nur schwer bis gar nicht zu schützen sind. Gezielte Anschläge auf mehrere Stromtrassen gleichzeitig würden das Stromverbundsystem an die Grenze oder darüber hinaus belasten. Die Folgen wären dramatisch. Sowohl in finanzieller Hinsicht, aber vor allem auch mit der Sicht auf Menschenleben.

AUSWIRKUNGEN

Egal ob EMP, magnetischer Sonnensturm oder instabiles Stromnetz: als Erstes gehen überall die Lichter aus. Das wäre dabei aber noch das geringste Problem: Kühl- und Gefrierschränke konservieren unsere Nahrung, Pumpen versorgen unsere Wohnungen mit Wasser. Wer nicht vorgesorgt hat, ist innerhalb kurzer Zeit von einem der 5.200 öffentlichen Brunnen zur Notfallversorgung abhängig. Anstatt Wasser aus dem Hahn zu holen, muss man mit Kanistern und Flaschen zu den Verteilstellen gehen.

Einkaufen wird nur in wenigen Fällen möglich sein, da es in den meisten Geschäften elektronische Kassensysteme gibt. Selbst wenn bar kassiert werden kann: Die meisten haben wenig mehr als einhundert Euro Bargeld bei sich. Unsere Just-In-Time Lebensweise erzeugt das nächste Problem, da der gesamte Logistikprozess dahinter von IT-Systemen abhängig ist, die nicht mehr funktionieren würden. Selbst wenn die dafür nötigen Lkw nicht durch die Ursache des Stromausfalls betroffen sind, fehlt es an Möglichkeiten zu tanken. 2019 gab es in Deutschland gerade 15 Tankstellen, die über ein Notstromaggregat betrieben werden konnten. Der Sprit, den man im Auto hat, ist zunächst alles, was man hat.

Die Telekommunikation bricht sofort zusammen, da die wenigsten Mobilfunkzellen eine eigene Notstromversorgung haben. Funkgeräte können hier helfen. Es empfiehlt sich, ein batteriebetriebenes Radio zu haben. Die Radiosender sind zumindest für ein Notprogramm vorbereitet.

Im Winter wird die Situation durch die ausgefallene Heizung dramatischer. Wohl dem, der einen Holzofen oder Kamin hat. Auch Gas würde nicht mehr geliefert werden, da die Infrastruktur von Strom abhängig ist.

Die meisten Krankenhäuser sind für etwa 48 Stunden mit riesigen Dieselaggregaten versorgt, benötigen dann aber Nachschub. Ob der geliefert werden kann, ist, je nach Szenario, nicht gesichert.

Die Grundversorgung würde innerhalb kürzester Zeit zusammenbrechen und viele Menschen haben nur Nahrung für zwei bis drei Tage zu Hause. Die Bundeswehr und das THW würden an dieser Stelle aushelfen, wären aber bis über ihre Grenzen hinaus belastet.

Je länger der Stromausfall andauert, umso gravierender die Auswirkungen, die dann denen im Roman geschilderten immer ähnlicher würden.

Ein Problem beim Wiederherstellen könnten die riesigen Trafos in den Umspannwerken sein. Wenn diese beim Ereignis mit zerstört würden, benötigt man Ersatz, der unter normalen Bedingungen erst nach Monaten zur Verfügung stehen würde.

DIR HAT DAS BUCH GEFALLEN?

⚡

Ich freue mich sehr, dass du mein Buch bis zu dieser Stelle gelesen hast. Wenn es dir gefallen hat, wäre es toll, wenn du ihm bei dem Online-Shop eine Bewertung gibst, bei dem du bestellt hast. Oder du schreibst bei einem deiner Lieblings-Buchportale eine Rezension.

Es ist nicht nur sehr schön, Meinungen zu meinem Buch zu lesen, es hilft mir auch dabei, weitere Geschichten zu schreiben und neue Leser für meine Bücher zu finden.

CHIEMSEE
VERLAG

ANNE OLDACH

NEW WORLDS

LÜGE & VERRAT

ROMAN

Eine mitreißende Geschichte über Lüge & Verrat

Dystopischer Jugendroman
ISBN: 978-3969665053

REBEKAH STOKE

PSYCHOTHRILLER KAWA

DAS VERSTECK

**Niemand verlässt sein Versteck,
wenn er es nicht will!**

Psychothriller
ISBN: 978-3986600419